浙江省哲學社會科學重點研究基地
江南文化研究中心課題成果

衢州叢書

北山小集

〔宋〕程俱＼著

徐裕敏＼點校

人民文学出版社

圖書在版編目（CIP）數據

北山小集/（宋）程俱著；徐裕敏點校．—北京：人民文學出版社，2018
（衢州叢書）
ISBN 978-7-02-014410-5

Ⅰ. ①北… Ⅱ. ①程… ②徐… Ⅲ. ①中國文學—古典文學—作品綜合集—宋代
Ⅳ. ①I214.42

中國版本圖書館 CIP 數據核字（2018）第 146927 號

責任編輯　**葛雲波**
裝幀設計　**黃雲香**
責任印製　**王重藝**

出版發行　**人民文學出版社**
社　　址　**北京市朝内大街 166 號**
郵政編碼　100705
網　　址　http://www.rw-cn.com

印　　刷　**河北新華第一印刷有限責任公司**
經　　銷　**全國新華書店等**

字　　數　660 千字
開　　本　880 毫米×1230 毫米　1/32
印　　張　26.25　插頁 3
印　　數　1—4000
版　　次　2018 年 11 月北京第 1 版
印　　次　2018 年 11 月第 1 次印刷

書　　號　978-7-02-014410-5
定　　價　68.00 元

前言

一

程俱（一〇七八—一一四四），字致道，號北山，後人稱爲『程北山』或『北山先生』，浙江衢州開化人。

程俱生於兩宋之交，學問卓著，時人稱之，『藝學績文之士鮮出其右』。但是他命運多舛，落寞不遇，内外交困，經歷了黨禁、戰亂、喪子、風痹，『奇蹇窮獨，世無與比』。

程俱出生於世代奉儒守官之家，曾祖程煦，官至都司郎中；祖父程迪、叔祖程宿、父親程天民，外祖鄧潤甫都是進士出身。程俱從小便受到良好的教育，加上天性聰穎，才學受到師長的青睞。朱長文目爲『奇童』，或舉程俱『以勵其子』（《宣義郎知常州江陰縣朱君墓誌銘》）；外祖鄧潤甫對其非凡穎悟也『深奇之』（《行狀》）；米芾稱程俱爲『李太白後身』，且酬詩唱和（《題米元章墓》）。

紹聖四年（一〇九七），程俱以外祖鄧潤甫蔭補爲承務郎，後又補爲吴江縣尉，開始了他的仕宦生涯。正當他雄心勃勃，决心『有志要必償』之時，便遭受了人生的第一個打擊。崇寧元年（一一〇二），『詔中書籍元符三年臣僚章疏姓名，爲正上、正中、正下三等，邪上、邪中、邪下三等』（《宋史·徽宗本紀一》），程俱也因為上書論時政，不幸被擯入邪等，之後罷歸。大觀元年（一一〇七），復出求仕，監常州市易務，不久遷通仕郎。政和元年（一一一一），知泗州臨淮縣，改宣德郎。再次爲官的程俱正當壯年，勤於政事，正當他以爲事業有所起色之時，政和三年（一一一三），又因前次上書再次罷職。再遭重創的程俱萌生退意，他在蘇州築『蝸廬』，過起了交友、讀書的退隱生活。雖説仕途失意，但在這段時間裏，他結識了葉夢得、賀鑄、趙子晝等一時俊彥，彼此性情相投，優游於田園山林之間，酬唱於閒暇宴飲之際，度過了一段愜意的歲月。

政和七年（一一一七），程俱再次出仕，一直延至宣和四年（一一二二），在短短的五年時間裏，歷任編修《國朝會要》檢閲文字、道史檢討、將作監丞、秘書省著作佐郎、禮部員外郎，頗爲通達。宣和五年（一一二三），丁母憂，暫退歸。宣和七年（一一二五），程俱服除，回到朝廷，復除禮部員外郎，而此時北宋朝廷已經危在旦夕，程俱『以病告老，不俟報而歸』。建炎元年（一一二七），宋高宗即位，程俱轉朝請郎。次年，復除著作佐郎。三年（一一二九）正月，遷禮部員外郎；三月，除太常少卿，程俱力辭；四月，以直秘閣知秀州。建炎四年（一一三〇），金兵南下，二月，陷秀州，程俱率官屬棄城保華亭。宣撫使周望欲深治之，賴朝廷宥釋；三月，以病乞歸，冬，復召至行在，任直秘閣。紹興元年（一一三一）三月，除秘書少監；九月，除中書舍人；十月，兼權侍講。次年，因依附蔡攸、棄秀州，罷中書舍人，提舉江州太平觀。仕途的沉沉浮浮，讓程俱看清了官場的險惡。之後的十幾年，程俱回到故里，寓居僧舍，過著清閒的隱居生活。雖然中間朝廷多次徵用，程俱都以疾力辭。『歸來北山北，邂逅得素心』，他終於回到了念念不忘的五畝園，再也不想回到那個是非之地。紹興十四年（一一四四），程俱病死家鄉，終於走完了生命的旅程。

二

終程俱一生，雖不免有附蔡攸、棄秀州之事爲人詬病，然而在南北宋之交那個特殊的時期，自有其無可奈何之處。實際上，程俱在政治上并非是畏首縮尾、唯利是圖者，無論是當政還是歸隱，均以抗直敢言著稱。『俱在掖垣，命令下有不安於心者，必反覆言之，不少畏避』（《宋史》本傳）。載在《北山小集》有多篇狀劄，能清楚看到程俱急於國事、不計私人利害的性格。《繳蘇易轉行横行奏狀》論武臣不當輕易轉官，《二月二十日實封奏》論徐俯不當驟除右諫議大夫，皆封還詞頭。其耿直之性格、俊邁之氣概於此可見一斑。

程俱在任職期間勤於公事、恪守官職，無論是任中書舍人，還是知臨淮縣、知秀州，都頗著政聲。這既與其性格有關，也與其出生於世儒之家有關，家庭奉儒守官的傳統，耳聞目染之間，不學以能。

在政事上，程俱明顯體現出的是恪盡職守、敬事不懈的儒家思想，但如果進入程俱個人的精神世界，我們會發現他的思想裏有著濃厚的佛家和道家因素。《北山小集》中，有《老子論》五，《莊子論》五，《維摩詰所説經通論》八篇，其對老莊的虛無、佛禪的空静觀深有體悟。而詩、贊、碑記等文體，更是廣泛地取自佛教題材，闡發釋老思想。諸如《西庵》、《庵居》、《空相僧舍書事》、《示了空長老》、《雲巖寺》、《寂照軒即事二首》等詩，《衢州開化縣雲門院法華閣記》、《衢州開化縣靈山寺大藏記》、《鎮江府鶴林天寧寺大藏記》、《安養庵記》等記，在集中俯拾皆是。終其一生，程俱大多寓居寺院僧舍，多與僧人交游，沾染佛教思想在所難免。而國事突變、仕途起伏、喪子之痛，都不斷打擊著他，『人生亦草木，萬化迭侵擾』（《借居東門毗陵四首》），『乃知諸夢境，遁化豈有常』（《吳縣游靈巖》），『安知隨泡露，變滅失俄傾』（《哭阿申》），更增添了其虛空夢幻的人生觀。

除此之外，程俱似乎對道教也頗感興趣。《真誥》、《云笈七簽》、《神仙傳》等書，在詩文中屢次引用；赤松子、許遠游、左慈等人，心嚮往之。『誰能遺我太平酒，戲追玉斧希林巔』（《同趙叔問江仲嘉游法華……》），『時從赤松子，亦訪吳市門』（《過劉姓園居》）。他甚至還學養生之術，《記夢》序稱，『時方專氣辟穀』，可見他不僅在思想上，而且在行動上也有著求仙修煉之事。

程俱的思想是複雜的，然究之兩宋之世，也就不足爲奇了。程俱的思想，實乃當時士人思想之體現。

三

程俱在當時即以『長于譔著』稱，其著述頗豐，今存《北山小集》四十卷、《麟臺故事》五卷、《班左誨蒙》三卷、《韓文公歷官記》一卷等。

《北山小集》是程俱手自編次的一本詩文集。其中詩十一卷，文二十九卷。詩以古體居多，共計八卷，律詩二卷，絶句一卷。文包括賦一卷，論二卷，雜著三卷，其餘以表制狀劄居多。錢大昕跋稱『北山詩文有風骨，在南宋可稱錚錚佼佼者』，乃是中肯之語。

程俱的詩歌，葉夢得評價頗高。其《北山小集序》稱：『至於詩章，兼得唐中葉以前名士衆體。』而吳之振《宋詩鈔·北山小集鈔》序稱：『詩則取塗韋柳以上窺陶謝，蕭散古淡，有忘言自足之趣，標致之最高者。』更是點出了程俱詩的最主要特徵。

程俱推崇的詩人，首先是陶淵明。《讀陶靖節詩》云：『吾觀靖節詩，三歎有遺音。卧看起詠之，愔愔澹多心。欲學靖節詩，慎勿學其語。心源如古井，衡氣光發宇。言無出言意，妙語自天與……』可見，他對陶淵明的詩是有一個主動學習、潛心研究的過程的，而且他認爲要學陶詩不能光學表面的語言，而要學習陶詩的精髓。程俱在詩中反復提到『五畝園』，那是他心嚮往之的一個精神家園，如陶淵明田園生活一般的恬淡閑逸，没有外界的紛爭。『安得五畝園，良苗接平疇』，『何時五畝開三徑，負郭臨溪寄一區』，『安得五畝園，如翁一生了』，從這些詩句裏，我們可以明顯地看到陶詩的影子。其《得小圃城南用淵明歸田園居韻六首》，更可看出程俱對陶詩的喜愛。

次推柳宗元。他的詩作有很多是和柳詩，如《和柳子厚讀書》、《和柳子厚詩十七首》等。他甚至模仿柳宗元『西丘雅飲』，與朋友在神魚泓歡宴（《神魚泓是日與諸公流杯水中如西丘故事》）。柳宗元山水詩中的超脱與幽絶，对程俱是有影響的。

程俱對陶、柳詩之推崇，恐怕也和其人生際遇有關係，在屢遭挫折之後，心境孤寂，無非是從吟詠陶、柳的詩作中尋找精神慰藉，産生共鳴。兩宋時期的文人包括歐陽修、蘇東坡等在内，均有此共同的嗜好。

程俱詩題材衆多，内容豐富，有山水紀游、田園、贈答、説理、詠懷、詠物、戰爭等，而其中寫得最好的，乃是山水田園詩。程俱受佛道思想影響，思想上不免有消極之處；生平坎坷，詩中也有嗟窮歎卑之詞。然其在山水詩中，一洗其衰颯之氣，而發其高潔之志趣，勃鬱之精神。如『幽禽静相呼，乘和自翻翔』、『會當從之子，濯足萬里流』（《吴縣游靈巖》），『清溪照千仞，空翠疑可掬』（《山中對酒》），『幽禽發寒唳，響振高林疏』（《游善權寺》），『江梅故幽獨，綽約不自持』（《過紅梅閣》）之語，讀後皆能一洗凡卑之氣。所以錢大昕説『北山詩文有風骨』，是很有見地的。

《北山小集》中的散文，《宋史》稱『典雅閎奥』，殆指表制而言，今讀其文，用語典雅，音節和婉。當時稱與汪藻『表裏絲綸』，程俱實當之無愧。

四

《北山小集》是作者手自編纂的集子，幾乎收録了作者所保留的全部詩文。《北山小集》成書以來，出現了四十卷本、三十四卷本和八卷本。另有《宋詩鈔·北山小集鈔》、《北山律式》等節選本。三十四卷本今已不存。流傳的四十卷版本主要有：

（一）吴之振跋清抄本。今藏中國國家圖書館。書尾有吴之振跋，跋云：『此冊昔年爲季滄葦侍御所贈，侍御從絳雲樓宋槧本影寫者。』可知此本爲季振宜（號滄葦）據錢謙益絳雲樓宋槧本影寫，後贈與吴之振。後此本又爲馬思贊、鮑廷博等遞藏。四庫全書編纂時從知不足齋徵集此書，後爲錢桂森所得，又輾轉於各藏書家。吳本跋中云『紙墨精良，字畫無僞』，然今日所見集中有多处墨筆校改，或出於四庫館臣之手。

（二）馬思贊抄本。今藏中國國家圖書館。卷首有馬思贊『衎齋』和『道古樓鈔藏』兩印。因吳之振跋清抄本首頁有馬思贊『南樓』印（馬思贊號南樓），故知馬思贊曾收藏吳之振跋清抄本，此本當是馬思贊收藏吳之振跋清抄本時抄錄，故仍基本保存宋槧本原貌。如遇集中『慎』、『構』等避諱字，四庫本皆據己意補入，而此本和吳本一致，仍保留宋槧本『犯御名』三字的原貌。此本與吳本亦偶有異文，當是抄寫或校改所致。

（三）四庫全書本。《四庫全書總目》中說：『《北山小集》四十卷（浙江鮑士恭家藏本），宋程俱撰。……其集傳世頗稀，此本乃石門吳之振得於泰興季振宜家。蓋猶從宋槧抄存，故鮮所缺佚。』可知四庫本乃據吳本抄錄。影響較大的有文淵閣四庫全書本和文津閣四庫全書本，但由於抄寫、校對等人手不同，兩本之間也存在著不同，各有優劣。文淵閣本常能糾原本之誤，但偶有妄校之疑。如第一卷《秋思》首句『凉颷動秋思』下文淵本增『林間溽暑散，四序遞轉移』二句，此二句爲各本所無，估計是文淵本據己意而改。此種情況文淵閣本尚有幾處，至有全詩不同者。文津閣本校改之處不如文淵本多，但校改頗精，如第六卷《定林》，各本皆作『得非夸娥民』，唯文津閣本作『得非夸娥氏』，故頗有校對價值。又二本遇『胡』、『賊』、『寇』等字常避諱，作不同改動。此四庫本之一特點。

（四）宋刻殘本。今藏臺北『中央圖書館』。此本或即黄丕烈所藏宋刻本之殘本。黄丕烈曾花重金於書商購得《北山小集》宋刻本，錢大昕曾跋云：『黄孝廉蕘圃得宋槧本《北山小集》四十卷，皆用故紙印刷，驗其紙背，皆乾道六年官司簿帳，……此本紙墨古雅，的是淳熙以前物。』後黄丕烈藏本歸於汪士鍾『藝芸書舍』。後又歸龐氏。祝尚書《宋人别集敘録》中説：『此本歸汪氏藝芸書舍，又歸龐氏（見瞿氏《書目》卷二一）。今臺北「中央圖書館」藏卷二十四至二十七凡四卷一冊，不知即其殘帙否，餘不詳所在。』此本與《四部叢刊續編》本相較，偶有小異，當是《續編》本因傳抄所致。

（五）黄丕烈抄本。黄丕烈所藏宋刻本歸藝芸書舍後，又向汪氏借歸抄録一部。黄丕烈《士禮居藏書題跋記》云：『歲辛巳，郡中有修志之舉，始憶及此，遂向主人借歸，分手傳録，録畢細校，即以原本歸趙。』後不知所終。

（六）袁廷檮貞節堂本。今藏中國國家圖書館。《鐵琴銅劍樓藏書題跋集》卷四云：『道光五年春三月，仿士禮居黄氏影宋本鈔録，藏於五硯樓，貞節堂袁識。』可知此本乃仿抄黄丕烈抄本，後歸瞿氏鐵琴銅劍樓。袁本與《四部叢刊續編》本相似度較高，可見二本抄寫之慎。偶有小異，在所難免。

（七）張金吾家藏本。黄丕烈跋云：『海虞月霄張君愛素好古，收弆秘冊甚多，著有《愛日精廬讀書志》，於一書之源流，纖悉畢具。余所歸之書，亦得附名簡末，此真讀書者之藏書也。聞余有此，欲傳其副，遂復從余分寫本仍分寫予之，并讎校之。』可見，張金吾家藏本是黄丕烈據家藏抄本再抄録贈與張金吾的。

（八）張蓉鏡家抄本。今藏中國國家圖書館。乃張蓉鏡據張金吾家藏本抄録。張金吾跋云：『宋槧本《北山小集》四十卷，吴縣黄氏士禮居舊藏，轉入汪氏藝芸書舍，金吾從之影寫一分，芙川此本又從金吾藏本傳録者。』傅增湘《藏園群書經眼録》云：『《北山小集》四十卷，宋程俱撰。道光七年張蓉鏡家影寫宋刊本，十行二十字。前葉夢得序，門人吳中鄭作肅後序，次目錄。後有程瑀行狀。……方若蘅、張金吾、邵淵耀、柳瀛選跋。』

（九）《四部叢刊續編》本。張元濟跋云：『江安傅沅叔同年得此書於上海，藏余家者浹月，余請於沅叔攝影備印，存之有年矣。……檢閲原本暨鐵琴銅劍樓瞿氏所藏同出一源者均如此。此足見傳寫之慎，一筆不苟，洵可信已。』此本乃傅增湘據張蓉鏡家抄本進行攝影，後張元濟又據此印入《四部叢刊續編》。

據此，《北山小集》的版本源流已比較清晰。它主要有兩個系統：一個是吳之振跋清抄本，馬思贊家藏本、四庫全書本都同出此源；另一個是黄丕烈所藏宋刻本，袁廷檮抄本、張金吾家藏本、張蓉鏡抄本、《四部叢刊續編本》都同出此源。

除四十卷本之外，另外重要的版本還有八卷明寫本。此本詩文皆不全，末頁有『晚學潛山施介夫編輯』。明寫本訛誤較多，然亦有校對價值。如卷十二《後松江賦》，各本皆作『閲事之萬變』，唯明寫本作『閲世事之萬變』。今藏國家圖書館。

本次校勘所選用的底本是《四部叢刊續編》本（簡稱《續編》本）。其中的原因是《續編》本是據張蓉鏡家抄本而攝影，而張蓉鏡家的抄本也是據黄丕烈所藏宋槧本抄寫，基本上保留了宋槧本的原貌。如邵淵耀所説：『芙川此本乃士禮居舊藏宋槧，雖經一再傳抄，而典型尚在，猶可想見風軌。』又參校吳之振跋清抄本（簡稱吳本）、馬思贊家藏本（簡稱馬本）、文淵閣四庫全書本（簡稱文淵閣本）、文津閣四庫全書本（簡稱文津閣本）、袁廷檮本（簡稱袁本）、明寫本等。

所出校記，繫於各篇末尾。出校原則：

一、凡底本不誤而他本誤者，皆不出校；

二、凡異體字、通假字皆不出校；俗體字則徑改爲通行字體，不出校；顯見的誤字徑改，不出校；顯見的避諱字徑改或徑補，不出校。

三、底本有誤，據他本改；底本、他本兩可，出異文校；底本闕漏，據他本補入；底本文顛倒錯亂，據他本乙正。

四、校記務求簡煉，不作考證。

五、附録三《程北山先生年譜》（簡稱《年譜》）原文共有五萬餘字，因大部分文字乃集中原文，爲方便讀者閱讀，删去與集中文字重合的部分。所引用的原文僅存目。

六、《年譜》中校記有價值者，《集》中校記如採用，則注明『據《年譜》改』或『據《年譜》補』。

《附録》爲四：一是《行狀》和《宋史》本傳；二是原集所附的序跋；三是葉渭清所著《程北山先生年譜》，我們分别从衢州博物館和開化檔案館蒐集到叶渭清先生的手稿本，二本相比，从字迹紙張上看，開化檔案館顯係寫定本，且内容多有增益，故選擇開化檔案館的寫定本，本書收録時，進行了必要删減。四是版本著録，收宋代以來藏書家版本著録。相信這些資料，能給研究《北山小集》提供一些幫助。

本集點校，得到了浙江師范大學黄靈庚教授的悉心指導，在搜集版本時，又得到了黄教授的熱心幫助；同時，衢州學院的劉小成老師和魏俊杰老師也給本次點校提出了寶貴意見，在此并表謝忱。

同時感謝衢州博物館和開化檔案館提供的幫助。本次點校，參考了《全宋詩》、《全宋文》、李欣與王兆鵬所著《程俱年譜》及王瑜瑾的碩士論文《程俱〈北山小集〉研究》等成果，在此一并説明。

本集點校中的錯誤之處，敬希讀者指正。

目錄

北山小集卷第二

古詩二

北山小集卷第三

古詩三

北山小集卷第四

古詩四

北山小集卷第五

古詩五

北山小集卷第六

古詩六

北山小集卷第七

古詩七

北山小集卷第八

古詩八

北山小集卷第九

律詩

北山小集卷第十

律詩

北山小集卷第十一

絶句

北山小集卷第十二

賦騷

北山小集卷第十三

論一

北山小集卷第十四

論二

北山小集卷第十五

雜著一

北山小集卷第十六

雜著二

北山小集卷第十七

雜著三

北山小集卷第十八

碑記一

北山小集卷第十九

碑記二

北山小集卷第二十

表

北山小集卷第二十一

啟書

北山小集卷第二十二

外制一

北山小集卷第二十三

外制二

北山小集卷第二十四

外制三

北山小集卷第二十六

外制五

北山小集卷第二十七

外制六

北山小集卷第二十八

內制　進故事

北山小集卷第二十九

進講

北山小集卷第三十

墓銘一

北山小集卷第三十一

墓銘二

北山小集卷第三十二

墓銘三

北山小集卷第三十三

墓銘四

北山小集卷第三十四

行狀

北山小集卷第三十五

狀劄一

北山小集卷第三十六

狀劄二

北山小集卷第三十七

狀劄三

北山小集卷第三十八

狀劄四

北山小集卷第三十九

狀劄五

北山小集卷第四十

狀劄六

附録一

詩文補佚

附録二

行狀傳記

附録三

序跋

附錄四

年譜

附錄五

版本著錄

北山小集卷第一

古詩一

雜興十首

一日復一日，百年如此耳。那將千百計，來日何窮已。逝者不可追，來者安可知。正恐聞道晚，勿言功用遲〔一〕。

誤點成駮牛，妙技有餘賞。作意畫蛇足，至今猶撫掌。君看人間事，類此或往往。浩歎可奈何，悠然起遐想。

中夜忽自省，昔我今是非？音聲故如昨，齒長鬚滿頤。有人夢中言，子念無乃癡？今猶昔人耳，昔人安在兹？

濯濯簷下溜，刁刁樹間鳴。蟲號百鳥鬧，小大各有聲。聲多不留礙，響振元無形。何殊百千炬，光影各自明。

胡葵向晨照，日引一尺長。松栽四五年，擢幹未出墻。溥溥露方晞，借此顔色芳。各留一寸心，試待九月霜。

春鳩一何拙，社燕一何巧。天陰逐其婦，飲啄聊自了。銜泥亦綢繆，託此華厦好。物生固有分，巧拙均一飽。

穇穇新稾秸，補此茅屋漏。問云力田人，歲事苦耘耨。終年手足胝，得此以自覆。香秔一過眼，糠覈餘滿竇。

昔年過吳江，戀戀不能去。臨江鏖思盡，廓若掃翳霧。兹爲三年留，已厭波濤怒。乃知常人情，趣新方捨故。

軋軋田邊車，卷卷不得休。出之一寸痕，益以幾尺流。扶提暴中野，强作田家謳。車聲真哭聲，天遠將誰尤。

少小思振奇，頗恨身不長。身長益多累，信與憂俱生。回思二紀間，浪使儵忽爭。誰能補黥劓，反我孩與嬰。

【校記】

〔一〕『遲』，原作『運』，據吳本改。

秋思

涼飈動秋思〔一〕，中夜一長歎。月回西南隅，澹若霜華亂。清甘汲露井，起坐待晨盥。毋爲事安眠，急景不可玩。午陰日以薄，墜葉黃且枯。遶舍足榆柳，鳴條眼中疏。芸芸悴方榮，髮白不再青。所以姑射子，騎龍出蒼冥。殘炎如老健，雖壯寧復久。新涼若涓流，已快執熱手。蕭然發朝暮，羽扇一芻狗。移奪定誰尤，論功亦何有。飢蟬得清風，向夕聲更急。林間鳴絡緯，長伴幽蛩泣。青燈對青編，秋氣已復然。誰謂月有恨，正應人可憐。

【校記】

〔一〕『思』，文淵閣本作『風』。文淵閣本下有『林間溽暑散，四序遞轉移』二句。

吴縣游靈巖

春物已如許，放舟出横塘。扶槐漾滌漲，迨此白日長。草木有佳色，欣欣弄浮陽。幽禽静相呼，乘和自翻翔。春風不著人，浩浩吹我裳。終年思煩促，於此興未央。捨舟得平地，陟彼萬仞崗。明霞墮山西，夜氣欝已蒼。豈無從我遊，夾道鬞鬡張。風來得好語，落落隨低昂。幽堂掃禪榻，静對燈燭光。身輕浴新出，境寂慮欲忘。虚窻忽含曉，睡起日照梁。羣山發春姿，秀碧澹以芳。晨光晞薄露，草樹滋幽香。徜徉尋昔遊，步屧循長廊。振衣一長嘯，寸目了八荒。上嗟百世基，竟坐一笑亡。見劉禹錫詩。當時館娃地，今作選佛場。乃知諸夢境，遁化豈有常。飄然詠歸歟，此適頃未嘗。重來會有興，肯使墮渺茫。旁人挽予言，借問身閑忙。吾方有公事，子去無相妨。

古風送錢定國顯道

登崖無坦蹊，下瀨無平波。尋常即千里，奈此巇阻何？朝躋青陽硤，暮入黄牛渦。見之令人老，況乃身所過。賴有萬頃陂，洗我心煩痾。

中林有幽華，乃擅一國香。終年不自見，道路草木長。應知當門病，要謝移根傷。終恐荷鋤人，遡風襲流芳。紉之瓊瑶佩，致彼君子堂。永捐盈腰艾，扈服不可忘。『扈』，恐作『户』。《楚詞》云：『户服艾以盈腰。』

送傅國華墨卿赴保塞簿

閉門坐咄咄，出門長太息。問之何爲爾，歲月亦可惜。褰衣臨大河，跬步燕粤隔。回車撫長劍，玉食慘無色。男兒重性命，慷慨輕遠適。非關飢所驅，豈爲五鼎食。國華淛東來，觸熱向河北。行行四千里，易去若持被直。怪無懷土念，語軟心似石。要令飽辛勤，不使媮安逸。顧余一畸士，束髮守編策。夜闌相對語，耿耿氣横臆。保州幾窮塞，百里望疆埸。蕭蕭易水寒，壯士不復得。易水在安肅軍之北。安肅，保州鄰也。君家義陽侯介子，尺八建雄績。時平廓信度，胡頸安足赤。深藏百僚底，聊作青衫客。吾徒會時須，要子繼休奕傅玄。

過方子通惟深

白日苦易晚，我懷多隱憂。憂思劇春浸，浩漫不可收。出門欲有適，舉步且復休。塵中等膠擾，念此將焉投。駕言城東北，閭閻即巖丘。是中有幽人，厲志凌霜秋。寸田荆棘盡，不假斤斧修。門無雜車馬，一飯乃見留。虛堂芝术香，下有百尺虬。蒼陰匝平地，老幹森下樛。堂中羅酒漿，耿耿燈燭幽。四天黮無光，萬籟肅以揫。炯然坐相向，更僕語益遒。我身動乖迕，夢寐喬松遊。常恐在泥滓，永爲天所囚。會當從之子，濯足萬里流。

夜聞壁間蛩鳴有感二首

露草亦已冷，寒蛩獨無依。入我壁間鳴，出處定有時。誰言秋氣高，感此動物微。我欲以意續，一歎三嗟咨。耿耿夜將旦，殘星月邊稀。

寒日苦易短，燕鴻暮何之？念爾捨沙漠，爲此萬里飛。銜蘆不厭高，繫書端寄誰？寒聲夜相呼，客子涕已垂。聲斷腸亦斷，歸期各何時？

夜半聞横管

秋風夜攪浮雲起，幽夢歸來度寒水。一聲横玉静穿雲，響振踈林葉空委。曲終時引斷腸聲，中有千秋萬古情。金谷草生無限思，樓邊斜月爲誰明？

讀神仙傳六首

騎龍上天入太清，繼世而往在我盈。握鈴而呼大司命，主非使者走折脛。乃知神仙非智巧，積功累行如邠鎬。專懷邪辟祈長年，誰言淮南鷄犬飛上天？

安期生，赤玉舄，遺之東海濱。千年求我蓬萊下，祖龍豈是千年人。安期一量舄，葱嶺一隻履。茫茫九州在泥滓，至人去之如脱屣。吁嗟，祖龍蕭翁寧悟此！

鯉魚腹中有隱符，白魚腹中有素書。鞭靈走石纔一戲，騎麟上天亦徒耳。誰能解衣涿水中，使人呼指赤鯶公。

莫作龍眉山頭客，三百年不得作直。故應未辦作李公，投身百斛旨酒中。鼓琴先生有怒色，有愛終當爲物役。江都王勿預人事，倮蟲膏血使誰從汝索？

崑崙下有三頃田，赤烏玉兔蹲兩邊。下有烏靈木，灌以華池泉。耕之不用一寸鐵，使公家富不可說。如坻如京會有盡，萬物皆吾橐中物，摶泥作金何屑屑。

胥門著蔡經，市門著梅福。我爲松江吏，與汝相望亦相逐。高冠長劍衛士從，有口底事使蠟封。此身況不爲陳尉，就公蠟封三尺喙，不能擲米作珠爲狡獪。

古釣臺歌送阮閎休美成沿檄浙東

餓夫一往西山空，攫金胠篋清晝同。東方作矣事何若，玉柙未解裙襦中。排肩炙手日卓午〔一〕，暮夜掉臂目送西飛鴻。謂言冰壺不受汙，正似馬耳經東風。我思一人，去我千載，乃在淛水之東富春瀨。山嵚嶇兮矗雲漢，溪流喧豗白石亂。瀨聲盡處萬尋碧，蟠蜒蜿兮守斯人之故宅。旁人指山名釣臺，下視九土氛黃埃。投竿百犗何足道，直拂三珠挂瑤草。彼一人兮皎獨立，清風爲神冰爲骨，佩瓊蕤兮結明月。紉蘅蘭以薦枕兮，服龍淵之無缺。羊裘蒙茸溪水旁，大勝被袞升明堂。劉秀發兵誅不道，氣壓昆陽纔一掃。登床撫腹坐太息，始信赤符非至寶。君房素癡定不癡，致位鼎足何其危。阿諛順旨腰領絕，安知直言身見殺。我昔客新定，挂帆七里灘。整冠拜祠下，巉巉千仞層臺巔。神遊八海極，髣髴聆其語。但覺萬古松風寒，滔滔舉世無不可。正自喪我非毋我，嚴灘水清山翠微。貪廉懦立歸來兮，奎蹄絮縫不可以久棲。

【校記】

〔一〕『卓』，原作『車』，據吴本、袁本改。

即事戲作四首

老烏作巢一何拙，柳條垂絲今禿缺。銜枝復墮苦饒舌，編條作巢枝錯節。老烏柳好汝勿傷，藏烏待得春葉長。安巢令汝著哺母，密葉更能庇風雨。齋前數柳樹，爲老烏取新條作巢，幾盡。

黄雀黄雀飛相逐，相呼門前啄遺粟。啄粟飽即休，有人挾箒掃泥待作粥。數日門外輸苗，遺粒狼戾〔一〕，黄雀喧集。貧家小兒爭掃去，謂之『掃泥米』。

鶴喙固有似，云何啄泥取蚯蚓。蚯蚓食泉曾不惡，鰌鮔蜿蜒尤不忍。何如忍飢向芝田，腥涎溷爾不得飛上天。畜一鶴，頗食腥穢，可厭。

烏啼未必惡，麾去恨不早。鵲噪兩耳聾，主人亦言好。安知一喙鳴，喜戚自顛倒。朝來群鵲噪不已，童稚無知助吾喜。群鵲自與烏爭巢，慎勿喜歡真誤爾。齋前群鵲時噪。

【校記】

〔一〕『狼』，原作『狠』，據吳、袁本改。

謝人惠硯

帝鴻墨海世不見，近愛端溪青紫硯。溪流見底寒且清，光凝淺紺淵之精。斧柯千古遺仙局，雲暗芊芊溪草裏石，半山含紫玉。割雲鑱玉巧如神，龍尾銅臺可奴僕。君來自南數千里，不載珠璣如薏苡。虛中含默靜相對，那復草玄驚世人。劉禹錫有『端溪石硯人間重，贈我應知正草玄』之句。明窻大几墨花春，爐山吐蘭千穗雲。硯，文字之祥直送喜。

穹窿葬事回邑有感

生別萬里餘，會面終有期。死別不轉眸，一朝千古非。白日光在天，玄陰閟泉扉。盈盈閨中秀，土化成枯骴。冠笄共甘苦，謂見素髮垂。那知死生變，不待桑蔭移。室有病時茵，篋有嫁時衣。了了眼中事，閑粧靜容儀。垂楊手曾折，爲我當春稀。迅流無迴波，落英無還枝。空房闃無迹，新墳草離離。傷心北門道，同來不同歸。

遊華藏此君亭

山空木葉脱，霜露日已寒。蕭蕭歲寒子，勁氣不可干。下庇秋草根，上棲衆鳥安。煙梢掠雲漢，過者仰首觀。云何九衢罅，有此五畝寬。况當秖洹舍，永謝翦伐嘆。高人名此君，千載莫敢刊。豈同渭川封，肯汙秦氏官。鵷鶵未來食，螟螣或見殘。今年江淮飛蝗至，食竹葉一空。終然保常操，特立良獨難。我疑下忠貞，鐵石瑣肺肝。遺骸寄此地，藏碧留餘丹。精誠入毛髮〔一〕，化此千琅玕。見之發三嘆，臨風肅衣冠。

【校記】

〔一〕『毛』，吳本作『毫』。

獨遊保寧鳳凰臺

飢鴞嚇腐鼠，鳴鳥久不聞。一登鳳凰臺，目送蒼梧雲。山川麗晚日，氳氳發餘熏。覽此萬里輝，振我衣上塵。前瞻翠回環，極望天無垠。低昂互盤踞〔一〕，佳氣或未堙。山坳指樓觀，青骨今尚神。馳煙謝逋客，三徑久已榛。長松眇如薺，下有高世人。斯人不可作，此道日以新。回睇白鷺洲，長江瀉沄沄。遙岑出澮碧，不辨楚與秦。淮西在江左時苻秦地也。我行適淮西，出處難重陳。豈無羈旅歎，乃有山水因。兹遊頗幽獨，作伴影與身。寧辭足力盡，聊使眉頭伸。憑虛默自計，逝將祈孔賓。寄聲華陽老，異日期相親。

【校記】

〔一〕『互』，文淵閣本作『石』。

過劉姓園居甲申

負郭三頃稻，並田五畝園。人生如此足，安用華其軒。親戚居南陌，交遊在東村。有酒輒共醉，傾輸見情言。三徑雜桃李，九畦蒔蘭蓀。黄甘百頭奴，碧梧萬支孫。山供景無盡，石映溪不渾。桑麻中饋任，布刈鄰翁論。下以活妻孥，上以奉清温。時從赤松子，亦訪吴市門。嗟我抱此志，十年若朝昏。家山眇天末，松菊豈復存。兹園臨官道，坐笑車馬奔。前山復場圃，疏築隨坳墩。我來適春穠，亂眼紅青紛。悦然動鄉思，夢寄東飛雲。

宿海會寺

萬杉堆青没山骨，雲埋七峯時出没。飛泉拂石瀉哀湍，下有萬古蛟龍窟。藏頭睡熟呼不起，地坼三年蝗蝻出。千山脈理漬清甘，一罅涓涓流石液。同遊况與惠詢輩，許主簿、遠首座。納屐振衣何勃窣。大門當前新築道，跨水曲欄欹突兀。春鳴轣轆趁朝炊，水䀹懸流機械發。揞笻對此自三嘆，抱甕老人長搰搰。却坐幽堂忽浩歌，回首已失西山日。

山谷寺

初，梁白鹿先生請以爲觀，志公飛錫先之，遂爲僧寺。今有飛錫泉，今靈仙白鹿所基也。常苦無水，而山谷獨有餘。寺有太宗、真宗、仁宗三聖御書，歲度僧七人。

竺法暨華土，出傳骨與書〔一〕。金僊屹不動，坐使四海趨。山川第一勝，盡爲佛者居。葱葱灊之谷，蛟鸞互盤紆。一爲飛錫先，方士回雲車。顧眄榛楚地〔二〕，翬簷湧層虚。英靈護泉脈，飲此白足徒。

當年蓋國衆，莫挽碧眼胡。傳衣到三葉，此地滋焦枯。異氣生傑閣，宸奎動天樞。神龍盡傾向，寶此明月珠。三聖陟帝所，雲章久寧渝？餘霑及婆塞，歲復六七夫。堂中老沙門，古態幾皇胥。定知黄龍窟，不著點額魚。長老嗣黄龍南。門開兩山陘，萃然七浮圖。沙步對石麓，溪流清且徐。危甍隱深樾，間見碧與朱。寺前隔溪，山上有亭林間。朝來雨脚斷，雲氣尚卷舒。懸知磴道滑，一水不復逾。州家有造請，上馬及未晡。

【校記】

〔一〕「出」，文淵閣本、袁本作「止」。

〔二〕「昞」，文淵閣本作「盼」。

石牛洞山上有左慈丹井，洞有荆公題

陽城山頭遽如許，金華山中呼不去。癡牛失脚墮天河，共向空山飽煙霧。阿瞞安知眇道士，丹井至今存故處。琤淙萬古穿石斷，峽束奔流鬧山塢。嵬峩上欝千仞勢，洞下坡陁無塊土。文公古句驚舊觀，拂拭蒼苺增媚嫵。亦欲磨崖放楚狂，掃迹政恐山神怒。

望九華甲申

船發大雲倉五十里許，顧江南衆山中有數峰奇爽特異〔一〕，一見即知其爲九華〔二〕，問篙人，果然。因知褚季野於廣坐中識孟萬年，正應如此。作詩一首。

卷簾坐對江南山，掠眼送青來亹亹。雲泉肺腸久厭飫，挂頰悠然聊復爾〔三〕。奇峯遠濇忽四五，爽秀鬅鬅逼窻几〔四〕。平生九華盛名下，一見定知真是矣。非關目力覩天奥，正覺群山如聚米。好山如人有高韻，不獨江州孟公子。直緣佳處無仕逕，落莫道邊同苦李。大是忘年耐久交，藜杖青鞵結終始。

【校記】

〔一〕文淵閣本『山』字下有『廻環掩映嶂複巒重』八字。

〔二〕文淵閣本下有『峯也』二字。

〔三〕『挂』，疑當作『拄』。

〔四〕文淵閣本下有『巒重嶂複饒雲煙，望中掩冉凝青紫』二句。

谿行歎

濊濊石間流，落落灘下石。相因成悍嶮，日夜更拒激。化爲百雷車，轉入千丈碧。推舟上磊砢，盡日不尋尺。我行三伏中，正自澁如棘。于時久不雨，陽炎去劇炊炙。谿流僅如綫，但見沙渚赤。透迤呼蚍港，百步涉重磧。迢迢神亭瀨，罤盪無遺力。此身誠不貲，此日良足惜。胡爲弃分陰，盡室寄𦼰阸。長謠飛仙章，忼慨三歎息。

山中對酒乙酉

秋容澹青山，爽秀雨皆足。清溪照千仞，空翠疑可掬。何年顧兔窟，桂子墮山腹。老香散深林，屑玉綴黃粟。朝來客衣動，一葉下空谷。客心如棼絲，日月共煩促。胷中尚磊塊，陶寫賴新淥。要當酒千鍾，澆我愁萬斛。顧有獨醒人，翛然倚枯木〔一〕。

【校記】

〔一〕「翛」，原作「脩」，據吴本改。

二月二日富陽城東

閉門三日坐聽雨，不知春光已如許。桃花弄晴成艷笑，穠李怯風猶半吐。當年赤白桃李花，恨無佳人絶代歌。無事對花豈易得，有酒不飲將如何？

一春何許最佳處，柳色初匀思殺人。風揉雨練不可觸，明緑映空顔色新。舊雨來時花未齊，今雨一過花團枝。明朝試踏城西路，已復可憐枝上稀。

桐廬道中書事

一星熠熠初尚微，俄頃滿天如灼龜。溪流黯黮四山黑，怒芒當空唯太白。舉頭仰書天漫漫，飛星縱横絶河漢。新月未高不可見，終夜起坐發三歎。

題張太丞明園亭

京華真陸海，聲利之所闤。向來山林士，往往去不還。濡足未肯已，没身何足歎。張侯翰林客，金龜著朝班。生平用一指，談笑起廢殘。紛紛多盧子，名譽莫敢攀。五十未云老，皤然歸故山。歸來謝奔走，治此五畝園。養樹如養生，斤斧不浪干。醫花如醫疾，察標見其源。《花譜》有醫花法。上有十圍木，蓊然午陰寛。下有百步荷，紅鮮映清瀾。爽氣日夕佳〔一〕，西山挂簷端。安能九衢内，髀肉磨韉鞍。我今坐奇窮，進退坎井間。違己恨紆轡，長飢思抱關。當時彭澤令，四壁唯瓢簞。折腰未爲辱，徑去曾無難。而我亦何者，栖栖猶强顔。

【校記】

〔一〕「夕」，原作「多」，據吳本改。

送崔閑歸廬山四首

白露下修竹，當窻作秋聲。冷然拂商絃，客子中夜驚。振衣一長嘯，下瀨如飛星。昔者去草堂，新松蔭軒桀。別來今十年，霜華著青青。想見溜雨姿，森蒼舞蛟鯨。歸歟當及健，羇栖亦何營。

琅琊山中水，韻入三尺桐。琅然醉翁操，發自玉澗翁。流泉不成音，寫寄十二宫。醉翁不可見，妙語聊形容。嘗聞三峽泉，上與天漢通。請君記餘響，相彼玉珮風。此聲儻可繼，那復有此公。

論世得師友，陶公乃其人。清遊入夢寐，廬山真夙因。邇來二十年，浪染衣上塵。陶公去已久，欻如空中雲。廬山如高士，可望不可親。坐想虎溪路，聞鍾動微顰。永懷爐峯頂，飛煙發朝曛。羨子歸故隱，兹焉畢其身。吾意久規往，當從君問津。

吾友胡少汲，結廬皖公城。灊山有小隱，背負紫翠屏。前臨一溪水，可以濯我纓。欲分青山半，留我谷口耕。信美非吾鄉，翩然遂宵征。聞君草堂處，亦復占地靈。虛簷倚蒼崖，下有玉澗鳴。樂哉不可到，因君懷友生。

黄魯直有食甘念慈母衣綻懷孟光之句用爲韻作五首以寄旅懷

據梧不必席，裹趼不必舄。飢來太倉陳，飽勝列鼎食。願言伏嵁巖，保此稼穡甘。正使能已百，寧當籠暮三。

凋林如白鬢，色變不可染。招提據木末，清凜絶浮念。俯窺群啄雞，仰見烏哺兒。歛手不敢嚇，無爲傷彼慈。

吴山視諸山，聳秀若諸母。上有一段雲，使我屢回首。瀫水向浙水，涼飆生遠漪。中有一雙鯉，爲傳我所思。高堂有華髮，游子行當歸。歸歟不可緩，霜露沾人衣。

棼絲不可經，百結不可綻。吾今成放浪，豈復事編簡。羈游無好懷，坐看西日頽。壯心正不已，亦復何爲哉！

伯鸞未山棲，俯首愧賢孟。一朝相告語，矯首謝三聘。謝公卧東山，故有經綸興。夫人勸之仕，擁鼻作傖詠。終然爲時須，起攬晉國柄。古人重行藏，二十聿有光。吾志屬有在，姑安此糟糠。

有美一人 乙酉

有美一人在昭君，藕絲爲衣蘭作裙。君初顧言淑且真，直欲載以黄金輪。人心變化如浮雲，明粧覺暗笑作顰。何當還之承華茵，令君宴寢凝清芬。

有美一人在煙汀，朱顔朝滌玉壺冰，素手暮理朱絲繩。語言窈窕丹鳳鳴，坐持紈扇睇秋螢。何當還之翡翠屏，爲君把鏡整衿纓。

有美一人在南浦，月明採珠光照渚。瑶衣被體金索縷，獨抱幽寒沫煙雨。何當置之白玉宇，爲君歌《陽春》《激楚》。『有美一人在南國』以下四首亡。時鄒志完在昭州，曾子開在汀州，陳瑩中在合浦。

辯師鼓琴

上人芒屩麻爲衣，常修如幻三摩提。但依三業作供養，坐見八德金沙池。是中寶網間行樹，微妙音出難思惟。師從定觀去起奮迅，寫之三尺桐與絲。枯桐嗒然若空谷，人倚繩牀支槁木。枯桐槁木靜相向，中有世間無盡曲。曲中有曲非宫商，及門但覺聲琅琅。罷琴一笑各揮手，庭樹微風清夜涼。

山中秋夜丙戌

夜氣挾秋至，颼然驚户庭。空山答清漏，客夢忽以醒。林梢月未墮，流光委疎櫺。冷露濕山桂，寒蕤動幽馨。整衣坐蒲團，破屋呈稀星。我生本無涯〔一〕，寒暑飽所經。以彼泡電境，勞此草木形。吾猶昔人耳，不與寒暑并。蘧然返初枕，人境已兩冥。

【校記】

〔一〕『生』，原作『身』，據吳本改。

賦長興錢圃翁詩

學書要不成，學圃苦不早。向來執戟郎，何似於陵老。我無拏雲意，所念在一飽。閉門種蕪菁，抱甕澤枯槁。荒畦財一席，嚙嚼到春草。頗聞長城翁，八十顏色好。城西有寬閑，終歲常却掃。安得五畝園，如翁一生了。

秀州沈珪漆煙最善持葉翰林詩來求余詩爲作一首

白頭柱史寥陽居，浮提龍檢封金壺。千金寶液出方外，灑作三元雲篆書。至今道德五千字，一一破闇如明珠。安知此老天地祖，聊遣二化爲詼娛。華亭老工入吳市，戲以淳漆滋松腴。壁中科斗何足道，勒崇正欲遵河圖。故令墨客從毛穎，玉堂伴直鄰清都。如椽之筆吐光燄，賡歌紀瑞無時無。却分圭璧到蓬户〔一〕，寂漠著書憐腐儒。漢光武覽《河圖》，議封禪，初欲以漆書玉牒云。

【校記】

〔一〕『璧』，原作『壁』，據文淵閣本改。

吳下去冬不寒春不雨人以爲病城中火災相仍自十二月至今凡八九發雍熙佛寺災勢尤甚閭里訛言相驚往往徙貨泉載家具日爲避火計二月乙巳郡守以承天佛寺慧感神像供府第爲佛事禳禱是日雨明日雪丁未又大雪農事有初火怪庶或熄人心稍安作詩記其事

飛蟲滿空冬不冰，迎春草木皆夭榮。轆轤續綆楹桷燥，緋衣老人白晝行。城中一日二三發，徼巡司武徒縱橫〔一〕。化城海藏湧地出，耀眼金碧明青冥。中宵澒洞半天赤，一彈指頃隨煙升。重雲仙人具悲智，脱屣珍麗依無生。千年吳地赴緣感，疾甚景響從形聲。入廛應供始敷坐，一雨便覺歊塵清〔二〕。黎明密雪灑四澤，灝氣交徹何晶熒。句芒蒙潤亦助喜，眩轉鼓舞隨飛英。畢方褫魄走荒外，雖有光怪何由呈。衡茅倦客正高卧，浩歌黃竹飢腸鳴。妻孥號寒不敢恨，且尉南畝滋春耕。

【校記】

〔一〕『武』，文淵閣本作『虓』。

〔二〕『歊』，原作『敲』，據吳本改。

和葉翰林阻雨楓橋

白雨下車軸，江湖與天鄰。渾流已横潰，川陸無行人。蕩蕩淮楚舟，篙檣動蕭晨。淹留寒山寺，河灣俯清淪。虚堂夢春草，落紙佳句新。長嘯寄遐想，深談破無因。外道無因論。泊無軒裳累，但覺山林親。遲遲去魯意，欲駕還逡巡。陰霖固無限，所念商農迍。乃知君子懷，絶出世俗塵。

天寧潛老以山中春莫三詩投鴻慶尚書末章見及次韻答之

大空無故新，春物自來去。風幡有時轉，霜鐸深夜語。芸芸無定在，榮悴更彼此。誰於百草頭，了不挂絲縷。

當年白尚書，居士衆稱首。魔軍坐調伏，消散如拉朽。何如丹陽矦，法鼓開聽牖。方當與天遊，豈復爲物囿。尚書比閲藏經，深入佛海。

踉蹌鶴阿師，遮眼寄經籍。苦吟思島可，達觀泯儒墨。高軒時一過，平聲。解帶有餘適。頽然後車人，大瓠喝五石。孟郊《贈無本》云：『有時蹌踉行，人驚鶴阿師。可惜李杜死，不見此狂癡。』

北山小集卷第二

古詩二

泊義興長橋

俠骨久已朽，南山長上於菟。當時老蛟窟，遺種今有無？我來適秋成，場圃收刈初。年豐似足樂，薄酒儻可酤。田家復何事，父老仍愁吁。滔滔五濁海，所向誰當娱。長年得强健，且食清溪魚。

遊善權寺

放舟荆溪上，溪水清且徐。雲中離墨山，慘淡初有無。捨舟並松麓，下直浮屠居。朅來東軒上，爽氣已有餘。飛來定何年，無乃與此俱。奔流漱庭下，比竹梁寒渠。山深絶凡境，物物清以臞。蕭森倚巖秀，夭矯懸崖枯。幽禽發寒哫，響振高林踈。我行亦良苦，却步計已迂。解衣卧清晝，慰我千里劬〔一〕。余自衢來姑蘇省女，兄竟欲歸。却行二百七十里，訪江仲嘉於宜興，故有『却步』之句。

【校記】

〔一〕「千」，原作「十」，據文淵閣本、清鈔本改。

善權洞

嘗聞包山境，中有林屋天。旁通號地脉，嶽瀆潛鈎連。兹山豈其類，須洞皆中穿。二巖岌山足，琤淙激奔泉。牛羊走大石，吐受無窮年。金堂下石液，雪積如烹煎。從來米鹽稱，浪播俚俗傳。一洞啓山腹，穹窿亦聯綿。誰題九斗字，大篆仍深鐫。中藏丈五石〔一〕，屹若龍騰淵。回頭問主人，謂仲嘉。我輩定不凡。云何逐官牒，常得我所耽。向來共幽討，九鏁藏芝巖。而我自林屋，翩然游皖灊。洪崖儻可俯，不在南山南。

【校記】

〔一〕「丈」，原作「文」，據文淵閣本、袁本改。

白馬洞

披榛不知疲，詰屈巖下路。俄然見深窾，偶步入巖户。一泓窈而澄，百步清以鶩。人言紫髯仙，白馬從此度。磷磷盡赤石，丹竈遺滓汙。收藏已兒啼，効速勝麻護。因知世盲聾，荒怪雜疑誤。虚空如許大，長嘯可平步。胡爲萬山底，躑躅向煙霧。

神魚泓是日與諸公流杯水中如西丘故事

柳州固奇士，戲好亦幽絶。遠懷西丘飲，千古清興發。徜徉恨無所，盤俎對羇紲。聊爲五里行，邂逅一壺挈。神魚伏山根，渟湛初一穴。侵侵決寒溜，沙石助清越。披莎得盤石，離坐若天設。實觴競乘流，眩轉亦飄瞥。爭持或三釂，遇坎時一蹶。歡來朱碧亂，笑罷巾帽脱。相望西丘游，詎易議優劣。

九斗壇善權山中

萬族同一垢，齊州集微塵。高靈不來下，厭此濁惡薰。從來築壇處，往往清無鄰。腥羶遠人迹，庶或來仙真。兹壇峙幽絶，尚有古制存。龜圖布八隅，彷彿數兑坤。黄冠道中塞〔一〕，寓址今祇園。遊人躡其上，未覺大象尊。空令恨聃史，不使群聾奔。蓋公雖未見，豈乏欒與垣。

【校記】

〔一〕『塞』，原作『寒』，據吴本、袁本改。

張公洞

昔年京江夜，飛夢投雲山。仍追謫仙老，嘯詠層崖巔。左盼俯無地，蒼巒生紫煙。當時賦幽賞，妙境竟莫宣。今我來自東，扶橈漾荆川。飽聞張公洞，怪絶駭所傳。聊從二三子，一結青山緣。北靈敞奇觀，下矚壺中天。怳然驚昨夢，了了墮我前。仄徑繚危棧，重扃護靈淵。奇礓互圾倚〔一〕，側洞時鈎穿。初疑天台聚，納此一室間。夸娥運神化，不隘亦不顛。又疑清都客，翩然下雲軿。幢旄儼行立，導從森蟬聯。丹梯香霧濕，玉室珠瓔懸。撑虚一柱屹，戴重三能騫。鉛竈久已冷，青騾那可鞭。香壇望八景，東晨開五便。坡陁忽度險，宛轉漫無邊。或深如列厦，或迮纔容肩。高躋乍捫頂，偶步欲墊泉。不知行遠近，一步目九遷。噫嘻此天設，端在太古先。恨無少陵手，寫之黄絹篇。聊書夢中夢，投筆一粲然。《公羊》：粲然皆笑。

【校記】

〔一〕『礓』，原作『僵』，據文淵閣本、袁本改。

借居毗陵東門四首

客去不能寐，翛然清夜闌〔一〕。樓居俯長川，仰視天宇寬。長川濯雲漢，錯落星宿秀寒。青燈故可親，且還對塵編。其人骨已朽，千載與我言。掩卷三太息，虛簷清露漙。

急景不可挽，吾生豈無涯。吳中十年舊，鬚鬢亦已華。嗟我壯且老，方知失林鴉。欲歸巷無廬，欲駕塗無車。而子亦羇滯，心事如蓬麻。人生無巧拙，命耳將如何！『吳中十年舊』謂傅冲益。

猗猗隔河樹，冪冪緣堦草〔二〕。時當長養候，顏色豈不好。萌芒忽柯葉，茂大旋枯槁。滔滔不自知，但見壯而老。人生亦草木，萬化迭侵擾。朱顏日夜變，素抱豈自保。

借居臨官道，堂陰俯長河。前車接來軫，後棹紛相摩。我獨居其間，超然嘯而歌。頗從故人語，安用高軒過。旁有五畝園，不知主誰何。時能曳屐往，豈異吾山阿。

【校記】

〔一〕『倏』，原作『倐』，據吳本、袁本改。

〔二〕『緣』，原作『綠』，據吳本改。

和柳子厚讀書己丑

事賤反多暇〔一〕，居卑適無虞。人間不爭地，聊此謝畏途。豈無營營子，熟視付一吁。廛中亦何有，坐聽日月逾。展卷閲千古，置書忘萬殊。不妨權子母，亦復商有無。平生僅識字，乃與憂患俱。持此遊學海，層臺漸積蘇。年來但遮眼，頗覺心恬愉。囊錢足自飽〔二〕，肯怖騶朱儒〔三〕。起卧一榻間〔四〕，兀如槃株拘。涼風北窻下，不減愚溪愚。誰能三萬卷，懸頭苦劬劬。小極正當寐，睡魔不須驅。

【校記】

〔一〕『反』，原作『及』，據文淵閣本改。

〔二〕『錢』，吳本作『粟』。

〔三〕『肯怖驧朱儒』，文淵閣本作『詎肯羨侏儒』。

〔四〕『榻』，原作『塌』，據文淵閣本改。

虞君明辥和劉氏園居詩再用前韻作因以叙出處之意

靖節真有道〔一〕，高懷俯黄園。翹足北窻下，超然詣羲軒。早悟俗中惡，歸老三家村。清詩有遺味，誰知本無言。回觀一世間，不辨艾與蓀。青黄飾斷木，冠裳裹王孫。當時甚寒餓，聲利終莫渾。公今二千石，此事安足論？入當陪雋賢，峩冠宣與温。出當仗漢節，登車金馬門。豈爲尚平子，但畢兒女昏。我今乃窮士，壯圖無一存。摧頹風埃下，坐見歲月奔。歸歟乃其分，卜勝如浮墩。他年有餘食，會見脱世紛。過我五湖上，一區同子雲。

【校記】

〔一〕『真』，吳本作『直』。

陪君明華藏燕集復用前韻

華藏萬竿玉，何殊辟彊園。城中最佳處，時復過高軒。危亭望北郭，依依遠人村。露葉有佳色，桃蹊亦無言。纍纍古藤陰，附石如菖蓀。下有小衡霍，巑岏列兒孫。方池是魚樂，水作千里渾。座滿北海客〔一〕，文追謫仙論。襟期㸿散鄭，目擊忘言温。斯須接棋戰，堅壁如轅門。不有覆舟慮，寧爲注金昏。越醫死更起，齊霸亡爲存。日入萬籟息，羇禽趣林奔。林間屹層臺，此豈蕭公墩？徜徉步松月，香霧時披紛〔二〕。胡床興不淺，點綴無微雲。

【校記】

〔一〕『滿』，吳本作『有』。

〔二〕『霧』，文淵閣本作『露』。

初秋偶題

涼風入高梧，冷翠滴幽露。新娥欲西流，綽約一回顧。中宵汲冰華〔一〕，爽氣拂庭户。蕭然視天宇，目送流螢度。微雲澹河漢，雲漢亦容與。宜搜静中境，安得此佳句。

【校記】

〔一〕『宵』，原作『霄』，據吳本、馬本改。

和傅冲益冬夜獨酌用柳子厚飲酒詩韻

忽忽歲晼晚，幽懷寄芳樽。及兹寒夜永，寫我憂思煩。放杯獨長謠，翕如負晴暄。那知曲身直，但覺冰腸温。遥思石亭林〔一〕，玉雪今正繁。安能松窻下，撚鬚哦五言。須君尋昔遊，攀梅擷蘭蓀。勝事難重得，悠然空默存。頃與冲益遊義興諸山間，甚適。石亭有梅數百株，勝絶。

【校記】

〔一〕『亭林』，文淵閣本作『林亭』。

秋日市區作

火壯亦已老，朝昏發微凉。高梧逼秋枕，曉夢不得長。區中了無營，起卧在一牀。時時忽忘我，徑至無何鄉。是身亦何爲，萬化詎未央。朅來蘭陵市，三見草木黄。頗欲索其身，窮年就庚桑。臨淵故有羨，説食誰能嘗。尚有平生懷，嶔崎類癡狂。佳時坐自失，恐復墮渺茫。有生浪營營，有志終遑遑。胡爲自前却，坐待兩鬢霜〔一〕。

【校記】

〔一〕『鬢』，原作『鬚』，據文淵閣本改。

客舍寫懷呈王八丈侍郎五首辛卯

君門如雲漢，可望不可攀。地上挾冰子，肉身無羽翰。豈無國士知，勢有不得言。空懷激揚意，歸坐自長歎。此意重千金，寧論官九遷。所媿誤賞音，賞音從古難。

長安窮居客，一日一歲長。况乃夏方半，迢迢良未央。赬虬駕瓊車，萬里飛炎光。冰崖不可見，仰視峯雲翔。蝸蟠兩壁間，跂想深夜凉。一暍非死所，念之熱中腸。其誰卧清晝，雲構羅千章？

束髮營五斗，飄然落江湖。當時尚癡絶，秣驥初問途。去國十五年，俯仰同朝晡。心隨澤中雉〔一〕，官作竿上魚。及兹財一遷，名實初未殊。且當百里地，磨研城旦書。

一室不可掃，陰晴兩非宜。朝蠅汙簡編〔二〕，暮蚊入裳衣。爾來三日雨，門有一尺泥。所喜庭户間，新凉洗餘曦。貧賤無造請，閉關良不癡。

白雲浮東南，下有姑胥臺。去家桃始花，欻見温風來。久無萬金書，一使羈懷開。倚門有華髮，扶床有提孩。雖無凍餒憂，百慮不可排。何當放雙槳，黄流入清淮。

【校記】

〔一〕『雉』，文淵閣本作『雁』。

〔二〕『蠅汙』，原作『繩汗』，據吳本改。

秋將穫水行田中不復留因竅塍通溝引水過堂下小兒以芒葦作車其上晝夜决决不休戲書壬辰

水行山原溉平疇，時當斷壺穫且收。功成則退逝不留，去彼甽遂來清溝。測之深咫淺可抔，循除瀧瀧環一丘。堆沙纍石隘厥流，勢激灧澒吞黄牛。誰持機緘設中洲，折芒斷葦駕兩輈〔一〕。置之不汩亦不浮，六輻眩轉無時休。推行作止莫可諏，孰居無事供其求。迫而後動真無尤，眩轉自彼非吾謀。屈伸臂頃一萬周，我無欣厭何名憂。孰能觀身與此侔，衆假合集成堅柔。沈輕燥溼交相仇，逝川洄洑更春秋。滔滔南北東西遊，死生壯老休王囚。形骸流運我則不，物境萬變何其幽。

【校記】

〔一〕『芒』，原作『芸』，據吴本改。

同江彥文緯江仲嘉褒度菱湖嶺游三衢諸山道靈真出入巖谷勝絶可駭雜然有卜築之意然此地寥闃人所不爭小隱不難致顧吾曹出處何如耳二公皆修真養氣精進不衰予晚聞此道又爲憂病頓挫志倦體疲每思益友儻得静舍安餘年資二子以待老豈不樂哉作詩叙游且志本末巖谷之勝實自仲嘉發之予嘗聞而賦詩所謂武陵迷漢魏妙喜斷山川者也甲申

我昔未省事，倀倀如病狂。仰規結繩初，下歷漢魏唐。謂此紙中語，卷舒在行藏。功名戾契取，有志要必償。跰足方不暇，何由放洪荒。行年冠而字，世故頗已嘗。試窺竺乾書，出入應帝王。丘軻有妙藴，合處如宫商。形骸乃塵沫〔二〕，笑唾却老方。蹭蹬過二紀，身如浮海航。風濤浩無際，寄命蛟鼉鄉。外爲萬緒嬰，内以百慮戕。摧頹不一偶，病骨無由强。初心益乖迕，始覺計未良。擬追赤松遊，補我黥劓創。惟時子真子，青衫尉南昌。亦有虬鬚翁，種桃擷春芳。不求飛霞珮，肯受紫錦囊？至言無旁午，照用寂以忘。爾來又十年，前却方彷徨。何殊一日暴，正坐多岐亡。虬鬚彼幽人，物化不可量。子真日千里，似欲窮扶桑。安知阡陌間，共此暇日長。廣文今稚川，腹有雲笈章。黃金儻可成，綠髮不復蒼。養生百千門，一一登奥堂。相從巖壑間，笑傲無羲皇。衢山甚奇峭，不數三石梁。嵚崎盡中空，玉室聯珠房。九日濱未落，洪波怒懷襄。洄流蕩沙壤，靈構忽以彰。至今衆玉聚，山骨堆琳琅。峩空怒猊踞，出谷驚龍翔。委蛇青童轍，散亂初平羊。懸崖勢欲墜，植笥森分行。晨光乍映發，紫翠雲霞張。攀蘿趙公巖，九土何茫茫。豈無太平酒，浣此膏榖腸。側身棲真洞，跼蹐仍蹌踉。深行得穹窿，陟降殊未央。舉頭見空圓，欻若來飛光。翠巖衆山底，怳蕩疑無旁。故應却塵污，九壘蒼屏障。斯遊固足樂，質象不可詳。要之大洞中，太山一毫芒。回鞭靈真路，林硐森相望。窮幽得巖谷，高青對崢嶸。虵行九鏁中，宛轉流泉聲。琤琮瀉哀湍，力與亂石爭。懸瀑或尋丈，勢洶洪河傾。泠泠赴深竇，或如環佩鳴。或於薈蘙中，琴筑時丁丁。或穿嵌巖下，洄洑儲深清。或如鐵堂硤，絶壁飛猿驚。龍蛇走根榦，薜蔓懸珠瓔。或如鈷鉧西，竹樹春冬榮。低昂牛馬飲，偃蹇熊羆登。或如袁家渴，長陰晝冥冥。草間蘭茝香，石上梗楠青〔二〕。或如灊谷中，坡陁負崩騰。或如三峽底，仰見匹練明。聯綿道林麓，左右臨洮城。行行川谷開，藹藹皋原平。冥搜已復失，巧語未易名。不意天壤間，雲關敞金庭。向來保幽邃，不挂世俗稱。輪蹄固無迹，樵牧或未經。吾屬豈神悟，權輿摽地英。昏嫁會當畢，衡茅茲可營。二子早聞道，勤行得貞寧。要收十年功，不止九府卿。二樹結佳實，五腴練飛瓊。處靜已超靜，留形要遺形。我懶百不堪，寸田方力耕。會從浮丘伯，及此洪崖生。乘風御倒景，出入撫八紘。下窺冰炭士，擾擾盤中蠅。三人笑相視，事願良難并。此志不可負，無爲滯塵纓。清泉聞此言，白石相與盟。作詩紀勝絶，亦用銘吾膺。

【校記】

〔一〕『沬』，原作『洙』，據文淵閣本、袁本改。

〔二〕『梗』，原作『梗』，據吴本改。

戲呈虞君明察院暮癸巳

三仕三已心如空，一壑一丘吾固窮。門施雀羅正可樂，車如雞栖良不惡。胷中九華初欲成，綵衣玉斧雙鬢青。世間何樂復過此，不失清都左右卿。長安陸海如洪爐〔一〕，五金出入無精觕。平生椎鈍堅重質，一往融液隨流珠。請觀五石大瓠種，正以濩落浮江湖。環中何者爲榮辱，千鍾何如三釜粟。坦途緩步東方明，大勝跨虎臨深谷。

【校記】

〔一〕『如』，原作『知』，據吴本改。

君明見和再作

十年接淅家屢空，門無八關延五窮。誰言浩浩有餘樂，世故撩人工作惡。君不見韓非白首終無成，至今説難書汗青。要之賦命默有制，巧拙安知司馬卿。羨公腹有金丹爐，凡泥六一何其觕。棗梨扶疏荆棘盡，夜半北海收明珠。爾來問舍浙江曲，正以畫笥觀西湖。我生抗髒今耐辱，貧病欲貸監河粟。他年公伴赤松遊，遺我刀圭固玄谷。

出北關再以前韻作寄

從公十日羇愁空，超然似欲忘途窮。神遊八極共天樂，浮白不應嫌客惡。元次山以不飲者爲惡客。中年偃蹇百無成，唯有見賢雙眼青。狂歌時有眇道士，擬賦臞仙非長卿。平生清夢遊香爐，雲巖犖确衢山觕。不應近捨武林秀，僧寶況多滄海珠。勝遊屢約不成往，白雨連日翻平湖。公如二疏方不辱，我亦三吳甘脱粟。會當乘雪叩公門〔一〕，正恐鳴騶還入谷。

【校記】

〔一〕『叩』，原作『叨』，據吳本改。

雨霽行西湖二首

晨輝麗春山，雨過松竹香。連峯翠欲滴，動摇雲水光。長堤如卧虹，草暗路已荒。菰蒲破緑淨，老葑日以張。念昔總角遊，秖今二毛蒼。物境既非昨，我身安得常。

半生走三吴，問舍如捕風。敢辭百尺樓，高卧媿元龍。向來江道人，卜宅湖山中。安知三十年，忽如化人宫。蒼雲翳脩竹，飛閣凌春空。主人兩鬢霜，驅車大河東。豈念五畝園，方作萬里封。而我志幽獨，長年羡冥鴻。翻無容足地，茅茨剪蒿蓬。

哭阿申二首

我生百不諧，進退得坎井。二毛初抱子，亦足慰衰冷。珠庭照日角〔一〕，眉目秀而炯。人言驥墮地，意作千里騁。居然萬金産，每見百憂醒。嗟哉時夜計，便欲老箕潁。安知隨泡露，變滅失俄頃。悲來淚成河，俯仰吊孤影。

遺劒日以遠，刻舟那可求。滄溟一漚發，散滅何當收。而我祇犢悲，中懷不能休。推排更嵬磊，棘刺生衿喉。夜夢多見之，犀玉照兩眸。沉憂信傷人，曉覺雙鬢秋。深慙東門達，恐効西河尤。所念盛德後，一身如綴旒。

【校記】

〔一〕『日角』，原作『見用』，據吴本、袁本改。

秋夜寫懷呈常所往來諸公兼寄吳興江仲嘉八首

秋聲不關人，倦客偏入耳。蕭蕭舞黄葉，策策振疎葦。明知壯則老，搖落固其理。如何石心人，嘅歎中夜起。

蓬藋没三徑，藤虆上瓜廬。時聞步屧聲，款關問何如。定坐無雜語，文章較精麤。馬融辭東觀，抗髒與世疎。顧此窮巷士，華顛空著書。屬王元規防。

外監嗟已遠，吾猶識其孫。森然見孤韻，辯作懸河翻。低頭向螢窻，有類鶴在樊。讎書五千卷，字字窮根源。頗携未見書，過我樵無煙。屬賀方回鑄。

向來霜秋句，俯仰歲一終。人間有寒暑，方外無窮通。青青千丈松，不改冰雪容。坐閲蒲與柳，飄蕭隨雨風。寒松老益高，蒲柳老益衰。流萍況無蔕，復與飛蓬期。却掃計不早，出門欲何之？屬方子通惟深。余壬午歲常過子通，賦詩有云：『是中有幽人，厲志凌霜秋。』又云：『會當從之子，濯足萬里流。』俯仰十二年矣，愧此高人。

剥啄驚午枕〔二〕，軒昂見長身。蒼髯如脩竹，定非俯仰人。德公卧襄陽，不踏官府塵。此老頗似之，酒酣見天真。結廬甚幽獨，已辦老圃鄰。披榛時一來，數面久益親。屬楊彝父懿孺。

二十出吳下，諸生有楊王。相從寂寞濱，無乃計未良。縱横三千字，坐可致玉堂。詞章乃穅粃，不直粟一囊。我媿非子雲，文書昧偏旁。窮居似韓子，草樹亦荒凉。時能出佳句，尉我秋夜長。屬王楊二貢士。

物色一如此，淒風薄人衣。遥憐卞山客，增歎雉朝飛。固知難爲懷，舉飡念齊眉。勿使梨棗間〔二〕，纏綿生繭絲。

清霜掃蕃廡，豈爲一草木。方春萬物遂，苑籞及冰谷。乾坤本平施，憎愛豈有屬。不應懷偏慳，獨遇吾黨酷。奇窮坐迂疎，此事計已熟。如何半世間，生理常刺促。二篇屬江仲嘉。仲嘉有氣節，多難，比有伉儷之戚，故云。

【校記】

〔一〕『午』，原作『牛』，據吳本、袁本改。

〔二〕『勿』，吳本、馬本作『忽』。

與江仲嘉裒趙叔問子晝潘杲卿杲分題賦詩以顔魯公裴晉公賀監陳希夷畫像爲題以我思古人爲韻余得裴晉公我字韻一首

晉公護河東，身退勢亦左。憂心極飢渴，讜議抗嵬瑣。居朝重九鼎，下賊飛一笴。淮西彈丸地，孺子甚么麽。發兵本無難，萬口無一可。平淮取淄青，如掇掌中果。折衝乃餘事，世論豈知我。天方厭唐德，莫捄蕭墻禍。空餘丘禱詩，千古幽涙墮。

北山小集卷第三

古詩三

夜坐

飢烏夜啼棲復起，仡栗飛光透窻紙。捲簾萬瓦白生煙，桂影扶踈淨如洗。回腸正隨清漏轉，葉下空庭亂如霰。青燈耿耿夜何其，雲篆吐蘭初一線。歲云暮矣萬竅號，霜天旅鴈求其曹。月行虚空幾萬里，群犬吠光聲正豪。蒲團瞑目空危坐，逝者如斯白駒過。悠悠昨夢不可攀，此身此心何日閑。

春日寫懷

春風遍芳華，一國盡狂醉。窮閻獨不知，但見長蒿薺。秋颸起蘋末，一華初未墜。幽懷獨先覺，意象已凄厲。故知春與秋，物不爲我計〔一〕。危絃自應悲，寒木終易脆。要之夢中夢，憂樂同一寐〔二〕。翻然詠軒丘，心量浩無際。

【校記】

〔一〕「物」，吳本作「初」。
〔二〕文淵閣本下有「萬物渾冥觀，遺塵通智慧」兩句。

豁然閣

雲霞墮西山，飛帆拂天鏡。誰開一窻明，納此千頃靜。寒蟾發澹白，一雨破孤迥。時邀竹林交，或盡剡溪興。扁舟還北城，隱隱聞鍾磬。

二十八舍歌示錢定國顯道吳江尉

山川不捨騂與角，亢鼻孤豚殊不惡。委身投筆事氐羌〔一〕，何異天球薦房闥。人心如面各不同，蛇頭蝎尾吾安容。脂韋肯効箕箒態，拔劍撞斗真才雄。少年食牛有餘氣，大笑文章幾女工。立談寧與子虛比，危冠欲入明光宮。功成築室依故丘，作書重壁垂千秋。宸奎一札呼不起，閉門老死如黔婁。爾來養生如養胃，未羨昂精刀筆吏〔二〕。疲神畢慮子所訶，鳳觜鸞膠誰汝試。觜以字同借用。曾參忘心身亦空，身如丘井心如風。君言作解皆魔鬼，蒲柳松筠同盡耳。三星在霤能幾許，張拳且擊闟南鼓。遊龍作御雲生翼，軫地蓋天從莫逆。

【校記】

〔一〕『委』，原作『安』，據吴本改。

〔二〕『刀』，原作『力』，據吴本改。

數詩述懷庚辰

一生共悠悠，今者曷不樂。二十起東山，誤爲微官縛。三年瞬眸耳，郵傳那久託。四壁自蕭然，青編束高閣。五更霜鍾動〔一〕，起視星錯落。六律聿其周，忽忽更歲籥。七哀哦幽韻〔二〕，感念驚獨鶴。八極豈不廣，衰懷了無託。九原歎多賢，死者那可作。十里望煙村，天隨去寥廓〔三〕。

【校記】

〔一〕『動』，文淵閣本作『起』。

〔二〕『哦』，原作『我』，據吴本改。

〔三〕『廓』，原作『廊』，據吴本改。

讀陶靖節詩

吾觀靖節詩，三歎有遺音。卧看起詠之，愔愔澹多心。盧鴻《草堂歌》：『白玉徽兮流水音，聽之愔愔澹多心。』

欲學靖節詩，慎勿學其語。心源如古井，衡氣光發宇。言無出言意，妙語自天與。譬如清泠淵，月湛不可取。嶔崎阸鷩湍，乃若震雷鼓。斯言可深味〔一〕，往往棄如土。

【校記】

〔一〕「味」，原作「咏」，據吳本改。

八音歌贈別趙子雍虢之二首

金鑛具奇質，百鍊出其剛。石中含結綠，追彼蒲穀章。絲也談有餘，於道乃易方。竹林醉黃壚，誕放非古狂。匏瓜固非倫，順俗豈所望。土門謝惡友，要若拒獠羌。革枉表斯正，渟滓水乃清。木貴就繩矩，願言贈子行。

金張珥漢貂，況乃出天派。石渠重儒冠，武弁聊復戴。絲麻宜自任，蠃使有萅蒯。竹簡書汗青，高吟當人籟。匏雖貴中虛，植固須本大。土耕戒莽鹵，道耕惡疵纇。革帶勿佩韋，贈子絃作佩。木強雖過中，寧師伯夷隘。

寫懷

宇宙一火宅，我身寓其間。靈臺真逆旅，憂喜更往還。其來不可却，倏去不可攀。冥然閉六鑒〔一〕，暫使逆旅閑。中虚本無住，夜半移舟山。身隨事物化，鬢與寒暑班。奈此業累深〔二〕，始知定力慳。况兹塵沫聚，豈比金石頑。顧影忽自笑，吾心定何顔。

【校記】

〔一〕『冥』，原作『宜』，據吴本改。

〔二〕『奈』，原作『祭』，據吴本改。

和楊秀才友夔三首

天地有肅殺，好生本無傷。陽施待秋成，相濟如宫商。芸芸共欣榮，衆葉蕤蕤光。回頭失故林，蕭條弄微陽。獨有歲寒姿，掀髯尚低昂。流膏亦歸根，晬如養中黄。大哉一氣中，人心自炎凉。安知晞春露，不異腓草霜。秋日。

誰謂方寸地，并包無故新。長宵不能寐，萬緒愁攻人。展轉計後有，攀緣及前身。苦恨隙駒疾，回嗟穢塗辛。被衣問何其，夢覺兩不真。白鳥固已空，青燈聊可親。念此紙上迹，皆爲窖中塵。投卷嘿忘我，栖雞已鳴晨。秋夜。

三吴足秔稌，狼戾及宋粱。故爲胥門隱，未辨耕南陽。豈無如雲稼，竭澤歸富强。收成一過眼，胼胝念黔蒼。綿綿太平區，阡陌盡八荒。願從鼓腹游，自放逍遥場。貴賤均飽㸌，藜羹等膏粱〔一〕。那令力田夫，一飯不可望。秋郊。

【校記】

〔一〕『梁』，原作『粱』，據吳本改。

同餘杭尉江仲嘉褎道人陳祖德良孫遊洞霄宮

太湖隱吏迂且頑，手板柱頰看西山。筆床茶竈向何許，往來洞庭林屋間。舊聞西門徹懸霤，故整煙艇尋苕川。却驚天柱矗雲表，勢與太華爭擎天。幅巾跨馬及曉鼓，逸思自覺奔春泉。其誰從者二妙士，金庭老客南昌仙。齊驅共語失長道，但見平阪連桑田。籃輿後繼獨不語，鼻息栩栩山聳肩。崗回澗曲若無路，萬疊老翠漫秋煙。二山對起鎖詰屈，僅容蹄轍通人寰。羊腸移險在平地，九疑山色荒聯綿。穿松酌水尋二洞，低隱巖腹高山巔。山巔石室如列厦，接肘可置千賓筵。最憐西洞隔凡處，凝去乳絡壁留空圓。我將拂袖去不返，戲擊雷鼓揮神鞭。三華寶衣立可致，九赤班符何足傳。只將尻輿駕神馬，豈顧家火燒凡鉛。又疑靈物之所宅，卵孕變化蟠蜿蜒。金龍玉簡投不滿，恐復下與東溟連。我嗟何地非聖處，火聚正坐青雲軿。目前閶闔晝自啟，電頊已超天地先。正緣一念重山嶽，障硋何啻重城堅。就令信脚到仙宇，凡骨至死包腥羶。膠膠世網浪自纏，會當去之如蜕蟬。誰能白衣傍金馬，且復錦袍乘釣船。金庭客，南昌仙，他年與我乘八景，舉手少別三千年。

灌竹

户樞不容蠹，展轉夕與朝。死水不赴壑，淺於杯所膠。人生戒甚逸，起我少自勞。呼僮續長綆，落落鳴桔槔。携瓢傍脩竹，灌灑繞百遭。念此十二君，竹十二竿，手種。離群自江皋。移栽一年餘，已長數尺梢。齋前雨霜叢，歲久根已交。交根纏籊龍，卷葉不復摇。聊蘇夏日畏，未謝春雨膏。蕭蕭便生凉，霍若雲霧消。却坐井邊石，清泉濯雙骹。官閑但數數〔一〕，聽以老圃嘲。豈敢運甓比，漫欲滋枯焦。

【校記】

〔一〕『官』，原作『宫』，據文淵閣本改。

送江仲嘉褒東還家山方將從赤松子遊爲作仙遊之詩以相步虚云

空山月出栖鳥驚，濺濺暗溜山間鳴。桂陰羃歷夜香冷，有人步虚聞紫清。翩然騎麟下青冥，君非遠遊定方平。雲軿冉冉風袂舉，左右玉立花娉婷。手摩我頂一笑粲，别來彈指三千齡。至言不煩去畦町，齒下端有真長生。忽然縱身浮太廷，却笑煉砂飛八瓊。采芝方壺濯南溟，秦姬吹簫緱氏笙〔一〕。茫茫齊州九窖塵，人間可哀胡不聞〔二〕。武夷君有人間可哀之曲。

【校記】

〔一〕『籥』，原作『蕭』，據文淵閣本改。

〔二〕『間』，原作『開』，據吴本、袁本改。

到官兩旬四走山野作詩以自勞云

上山偃仲如望天，下山傴仆如深泉。胡爲持此不貲寶，來試萬丈懸崖巔。前人見踵後見頂，反足鳥道相攀牽。欻然置我章貢上，水激石罅奔霤填。荒塍曲澗無遠近，渺渺不見墟中煙。土岡鑿路狹如隧，蘇壁藤薜蛟虵纏。寒風颼飀失白日，上有萬木蒼陰玄。航溪之深揭其淺，碎石齧足聲號川。茗山發我一長喟，彼有吴市人中仙。飛瓊練玉存故處，秖有井竈無霜鉛。我今正坐五斗米，悔不辟粒從期佺。向來吴松厭覊旅，三歲半逐鴟夷船。故教筦庫著踈嬾，坐守兀兀聊窮年。安知求逸得奔走，豈異避挺蒙戈鋋。咄嗟萬事無必計，努力唯有歸園田。按《圖經》：茗山有梅福鍊丹竈。故有『飛瓊』之句。

吴正仲提舉至游堂

妙喜寄鍼潁，大空浮海漚。儵然一環堵，安住有至游。内觀如寒龜，無縛浪自囚。外遊如渴鹿，逐餤無時休。安知至游處，不止亦不流。廣文來東南，持節十四州。江海見函丈，雲林入衣裘。平生山水國，不滿一轉眸。高堂坐隱几，笑遣車下牛。虛簷白日靜，顧眄九極周。是中有至樂，可以忘春秋。却來觀世夢，聊復憂人憂。

和林德祖惠山詩一首

好山如幽士，勝絶不可攀。往者天姥夢，長謠愁謫仙。兹山出平野，秀特無株連。招提倚雲錦，森然見林巒。幽尋無十里，正處閑忙間〔一〕。入門心目靜，世累若可捐。靈泉出土脉，汩汩無流難。茶神瀹浮乳，方士沉餘丹。我生猿鶴姿，頗有山水緣。何時共清賞，杖屨窮崖巔。

【校記】

〔一〕『間』，原作『澗』，據吳本、袁本改。

用德祖韻送毛彦時二首庚寅

往者玉樓客，棲遲感秋蓬。龍鍾江海士，屑屑悲窮冬。孟郊有『暮天寒風悲屑屑』之句。今我亦羇旅，號寒思祝融。故鄉邈千里，胡馬長嘶風〔一〕。平生飲最少，亦復賢聖中。其誰共談笑，無乃志所同。泮宮備文質〔二〕，楩楠飾雕櫳。毛子亦好古，摛辭麗春工。飄然適我願，一舸來自東。明時獵英奇，備問羅皋忽〔三〕。逢辰若公等，附鳳雲從龍。遙知賦伐木，相望有梁鴻。梁鴻東遊，思其友高恢，作詩曰：『鳥嚶嚶兮友之期。』

斷港冰未泮〔四〕，海風起蓬蓬。君行亦良苦，浮家秋復冬。故人一相遇，醉覺心形融。道舊有深樂，班荆餘古風。何當度楊子〔五〕，起視東井中。未應迫期會，促步佐一同。况當萬燈燃，流光熓疏櫳。胡爲即言别，繫書憑鳥工。空令千里月，團團出天東。解舟動棲禽，破曉啼忽忽。酒闌城西道，已失銜燭龍。振衣一回首，瞥去如驚鴻。

【校記】

〔一〕『嘶』，原作『斯』，據吴本、袁本改。

〔二〕『泮』，原作『伴』，據吴本改。

〔三〕『忽』，原作『怱』，據吴本、清鈔本改。

〔四〕『未』，原作『末』，據吴本、袁本改。

〔五〕『何』，原作『可』，據吴本、袁本改。

爲宜興鄭主簿賦寓軒一首

物生太空中，巨細同一寓。機緘固有待，舟壑本無住。二儀立毫塵〔一〕，萬化失朝暮。要之儻來寄，正自墮形數。滔滔人間世，俯仰若泡露。浮遊皆適然，蚊睫漫來去。著身方丈室，聊作槁梧據。了觀諸幻境，内外絶欣惡。須知五藴山，今我聊託附。回頭主人翁，妙住了無處。

【校記】

〔一〕「二」，原作「土」，據吳本改；「毫」，文淵閣本作「毛」。

君明出留題吳江詩次韻辛卯

包山水脈通西垠，森然林屋開東晨。飛仙下視三萬頃，豈異滴水陶家輪。時時餘浸被吳楚，赤子鰦鰦哀漂淪。松江一支東入海，海道今者皆揚塵。遂令洪波洄不吐，禹跡莫辨僞與真。滔滔利往橋下水，省照黄綬孤吟身。月輪行空萬籟息，尚記此境清無倫。當時苦恨無好句，空負歲月臨江津。得公新詩妙入理，羊酪敢方千里蓴。公言慎勿作境會，取捨過咎由來均。

題滕司户虚舟庵和韻

萬族同一海，至人乘桴浮。狂風鼓溟壑，安問蜃與鰌〔一〕。擾擾墮濁水，蚩蚩守藏舟。其誰善游者，動寂兩不侔。紛綸萬境前，了了轉處幽。愛君虚舟句，勿逐虚舟求。倘佯曹掾中，聊作虚舟留。長維五蘊山，亦泳愛水流。飄搖度夷險，不喜亦不憂。我乃蹇淺人，褊心屢招尤。君心果空曠，永矣從君遊。

【校記】

〔一〕「蜃」，原作「指」，據文淵閣本改。

同江趙潘集以鍾監博山爐黟硯石屏爲題予得鍾監分韻得金字鍾監蓋響板也形製如鍾背作雲雷紋面可監我曹創爲之銘曰癸巳作鍾監子子孫孫永保用張有篆甚奇古

帝軒工皁和九金，童丁構炎成婦壬〔一〕。戲驅豐隆發凝陰，雷轟列缺光下臨。飛精入範天機深，四規闕明追蠡痯。厥聲鏗宏中黃林，隱如霜降豐山岑。豈惟正衣冠佩簪，對之炯炯生肅心。應而不藏無古今，監之無窮叩逾音。至人之心我所欽，槃盂不須銘且箴。

【校記】

〔一〕「炎」，文淵閣本作「鑠」。

再分題得易分韻得醉字一首

吾觀空劫初，妙藴固無示。誰令南北海，七竅鑿元氣。靈龜出洪河，六畫乃其寄。庖犧覷天巧，創物發奇祕。太虛本無邊，小大隨汝視。窮之得幾深，見者自仁智。或從鍊丹砂，或用資卜筮。終然有神護，回祿翻引避。絶編固冰釋，覆瓿正心醉。却懷投閣生，寂寞發長喟。

雨霽同仲嘉小酌久之雲開月出光照席上頗發清興戲作此詩癸巳

初月脱氛翳，微雲遞踈光。徘徊照庭户，皎皎涵清觴。牢愁不可排，磊塊如高岡。煩君著酒澆，身世得暫忘。舉觴漱明月，似覺幽桂香。擬吹三江水，浣此九轉腸。中霄起四顧，河漢生微凉〔一〕。飄然想風馭，夢寄無何鄉。

【校記】

〔一〕『河』，原作『何』，據吴本、袁本改。

過吴興城北超覽堂

佛子固多幻〔一〕，開軒納群山。平疇展摩衲，回塘縈玉環。新荷麗朝日，一一發清妍。引簟北窻下，雲嵐揖高寒。超然醉司馬，寄傲羲皇前。座有眇道士，長謡九華丹。張翁老篆癖，勢逼之罘鐫。濡毫記姓名，夭矯龍騰淵。日没群動息，城陰静娟娟。長林有歸翼，吾駕亦言還。眇道士謂劉貧子。是日，張有以篆字題名壁間。

【校記】

〔一〕『幻』，原作『幼』，據吴本、袁本改。

奉陪知府内翰至卞山有詩五首甲午

玉德泉

卞維吴興鎮，傑出衆山外。晴朝自生輝，韞玉見奇態。新阡表南陽，獨據山水會。青松三萬本，已復出蓬艾。靈泉發道左，天遺資灌溉。初無一綫溜，泛濫欲浮芥。披榛佇方空，餘浸忽可澮。清踰金沙泓，甘比中泠派。朝涵卞峯雲，暮作霅溪瀨。豈惟供百須，旱歲亦多賴。殷勤五大夫，隨喜奉微蓋。有松出偃其上。嘗聞瑜瑾姿，德與君子配。兹泉爲人出，固是神所介。當令玉德名，相與流千載。

庵居

幽亭名思洛，寒潭俯澄虚。回頭三百年，勝地成荒墟。公今草堂址，無乃昔所居。環之碧玉峰〔一〕，帶以清泠渠〔二〕。流泉響琴筑，松竹皆簫竽〔三〕。妙哉無盡藏，一一爲我娱。東岡作蘭若，鍾梵鄰樵漁。亦有桑柘村，旁開蔬菓區。何煩引三徑，故自與世踈。主人去霄漢，夜直承明廬。斯遊入清夢，儻寄空中書。

【校記】

〔一〕『峰』，原作『蜂』，據吴本、袁本改。

〔二〕『泠』，文淵閣本作『冷』。

〔三〕『竿』，原作『竿』，據吴本、袁本改。

朱氏山居

嶔崎寶山麓，亂石如鬬獸。雲根盡中空，噓吸弄昏晝。兹山頗似之，無乃共靈構。如何在人境，有此泉石囿。深巖隱薈翳，竹樹兩森秀。坡阤接煙磴，足力恣所究。恍然天地開，遠目千嶂驟。中營五畝宅，何必封石竇。朱公死，其妻與諸子守之。桑麻無外求，茶果供日富。夭條列僮奴，花草更黼繡。生生所應有，取足謝奔走。嗟余四方志〔一〕，老大無一就。對此寸心驚，無因託圭竇。

【校記】

〔一〕『志』，原作『忠』，據吴本、袁本改。

西庵

是公固麟鳳，入獸不亂群。吴儂欲爭席，但見一幅巾。藍輿從去逋客，上下寂寞濱。却行共談笑，媿此禮意親。行行得西庵，杉竹含清薰。解衣静盤礴，虚窻蕙煙紛。濡毫散珠璣，咳唾不自珍。曳屐轉山足，長林蔽浮雲。旁連衆迤邐，上有高嶙峋。穹窿見深洞，劃如敞重闉。往者玉京子〔一〕，翔空駕飈輪。于今蜕骨在，堅重踰蒼珉。頗欲窮其源，燃犀問蛇神。鉤穿忽無間，信有仙凡分。却尋招提路，松風亦隨人。潺潺石橋水，洗盡荆吴塵。胡牀興不淺，已覺千山曛。

【校記】

〔一〕『玉』，原作『王』，據吴本、袁本改。

夜歸

日入三籟息，群山鬱蒼蒼。巾裾濕煙霧，宛轉度澗岡。涓涓暗泉鳴，冉冉松�香。林梢吐纖月，露葉瑣碎光。歸來叩禪扉，幽燈對繩牀。相羊有餘適，笑詠白雪章。翰林是日有詩數首。

同遊道場何山二首

道場山

何年窣堵波，獨立妙峯頂。憧憧五湖舟，黑月仰光影。千章列雲構，靈液走甘冷〔一〕。隆棲絶清空，横側見峯嶺。下窺三州聚，塵末集毫穎。振衣薄雲漢，萬劫彈指頃。遼遼天宇大，出没笑蛙井。堂中老比丘，奮迅頗精猛。擬分數椽地，飽飣卧清境。何必少陵翁，聞鍾始深省。

【校記】

〔一〕『冷』，原作『令』，據吴本、袁本改。

何山

謝公滄海士，眷眷在林壑。飛輿下層巒〔一〕，及此日未落。翩然何山麓，古澗謝疏鑿。方橋跨清泠，鬱密交翠幄。通幽更窮深，木末見楹桷。琅璫鳴老屋，拉攞相倚薄。莊嚴布金地，藤蔓土花剥。當年軒裳客，小隱事鉛削。能令此山名，谷口振京洛。如何給園居，勝士久不作。豈唯雪山輕，顧恐泉水濁。周行一泛覽，懷古嘆冥漠。安知千載人，不作來遊鶴。化鶴來遊事見《圖經》。

【校記】

〔一〕『下』，原作『丁』，據文淵閣本改。

同遊勝林亭次韻

會意不在遠，巢枝良有餘。居然勝林境，魚鳥皆欣娱。危城俯回谿，歸航數風蒲。幽蹊接遐觀，褰裳欲凌虚。却顧容膝地，清陰繞扶疎。念此晨日長，言旋更踟躕。翰林留新句，體骨超黄初。深藏恐飛去，照夜空江湖。

同葉翰林游虎丘分韻得丘字

四顧渺平野，孤撑見林丘。常疑湧地出，儻復海所浮。上有千人臺，靈蹤想前修。無情肯深義，頑石亦點頭。下有百尺淵，神光干斗牛。陰崖不見日，草木皆先秋。兩晉多達士，東亭抑其流。結廬遠車馬，寄此山之幽。一朝施白足，弃去如毛輶。矧伊桑下宿，肯作賈胡留。

同葉内翰遊南峯竊觀壬辰舊題詩謹次嚴韻

道林彌天辯，妙譽傾斗南。山陰有餘賞，禹穴或已探。晚歲折舌筇杖，兹焉寄伽藍。呼鷹閲神駿，對客手自談。却顧夸奪子，心兵戰方酣。當時蹇驢輩，蹴踏豈所堪。斯人不可見，荒徑昔已諳。青鞵踏松月，幽燈照禪龕。爾來十五年，身世猶朝三。羇游了無蔕，飛蓬轉毗嵐。愧此石窟人，堅持證那含。石庵間有道者坐禪。如公世所挽，明堂要樟柟。徘徊弭玉節，聊酌需泉甘。老乃澗底松，霜枝鬱毵毵。尚有蠹書癖，囊中密如蠶。中年痼泉石，此外無餘耽。從公恣幽討，形疲意猶貪。安得五畝園，旁營二空庵。心游萬物表，曠若巨海涵。恨無買山具，撫境思髯參。郗超每聞高隱者，輒傾財資之。

葉翰林有徐熙桃竹方尺許索詩輒賦一首

寒禽抱幽叢，意得窺綠淨。夭華媚霜筠，慘澹若春暝。胡僧手幻藥，納此方池境。重重互涉入，妙悟付毛穎。

仲嘉錄示新齋聯句用韻書懷奉寄一首

我歌無庸歸，禮意固有屬。渠儂方不顧，欲問何拘曲。乃知交際難，不若逃空谷。憂端浩無窮，日飲思枕麴。文求世人笑，字異山鬼哭。龍鸞閱斯冰，劍弩對繇鵠。鴈門既呼卿，司武或見梏。閉關固自如〔一〕，青簡得三復。誰能足趑趄，墮彼手翻覆。汩泥無紆轡，絶迹慕前躅。故人有新詩，遠寄資臘馥。嗚嚶倡復和，流徵斷還續。華如三女粲，學陋一夔足。謂夔一足。吟餘寫幽懷，蹇思慙刻燭。

【校記】

〔一〕『如』，吳本作『好』。

夜寒大風洶洶不能寐用前韻作一首

朔風如長兵，犀兕貫七屬。寥寥挾霜露，浩浩入空曲。羇禽無安巢，凍獸吼冰谷。枯摧卵壓山，石走塵飛麴。終朝恣飄鼓，衆竅似歌哭。客懷正無聊，默念歎鴻鵠。窮愁巧相尋，夜氣將恐梏〔一〕。羲娥不我待，始姤今已復。黄昏歌苦寒，達旦幾翻覆。悲蛩尚啾喧，餓鼠時躑躅。青編置床頭，芸竹有餘馥。枯腸浪自苦，無食安能續。平生僅識字，無地寄雙足。呼僮屏書眠，傳記真舉燭。

【校記】

〔一〕『將恐』，吳本作『恐將』。

遷居城北蝸廬

有舍僅容膝，有門不容車。寰中孰非寄，是豈真吾廬。不作大耳兒，閉關種園蔬。茅簷接環堵，無地可灌鋤。不作下榻翁，一室謝掃除。平生四海志，投老河魚枯。愿從素心人，不減南村居。蕭然冰炭外，傲睨萬物初。坐視蠻觸戰，兼忘糟粕書。聊呼赤松子，伴我龜腸虛。

北山小集卷第四

古詩四

蔡州葉翰林寄示近詩次韻八首

浚治西池

世間潢潦生科斗，聞説西池歲時久。不應朝滿夕已除，秋至先衰等蒲柳。知公旁觀久技癢，聊試它年膏去苗手。泥塗不忍海波臣，畚鍤故煩牛馬走〔一〕。嘗聞汝水行地底，出没川源無不有。濺濺忽作寫盤珠，盎盎俄承注牀酒。清涵荇藻更姿媚，明燭鬚眉見妍醜。巢蓮永無龜曳尾，雨花定有魚頒首。使君佳政盡如此，説尹遥知不容口。何由步屧逐春風，作社慇懃就田叟〔二〕。

【校記】

〔一〕『鍤』，原作『鍾』，據吳本、袁本改。

〔二〕『慇懃』，文淵閣本作『慇慇』。

諸葛菜

三雄未辨誰朱紫〔一〕，秪有群狙聊作使。卧龍偃蹇正躬耕，一飽但知藜藿美。平生習氣故難盡，品藻蕪菁傳錦里。投醪飲河真有味，置薤留根何足比。要知茹草可終身，肯作染羹搖食指。公今嘯諸坐堂上，方丈盈前寧少此。戲持微草調諸傖，筆勢滔滔下南紀。云亭漫吏食不足，幾欲送窮煩鬱壘。拔毛蒸瓠當家膳，漱石枕流徒厲齒。因公始識武侯鯖，蓋地何當似芣苡。芣苡，車前也。退之詩：『榆莢車前蓋地皮。』

【校記】

〔一〕『三』，原作『二』，據吴本改。

九日雨中對菊忽忽塊坐用雨中對花韻三首

胷中有天游〔一〕，一室未爲迫。永懷東籬翁，那復有此客。重陰敗佳辰，長去雨不爲澤。堆壓對黄華，菜色被臧獲。黄華亦蕭條，伴我雙鬢白。猶能相呴濡，嫩葉供小摘。

去年蛾眉山，痛飲真得計。新蟾繼秋陽，明潔謝點綴。今年坐蝸廬，簷溜落空砌。花開信多雨，會少苦分袂。茫茫大塊間，游子況無蔕。百年能幾何，行復驚改歲。

危心如危絃，未斷先凛凛。風庭忽知秋，中夜不安枕。力行無遠塗，積縷成重錦。男兒未蓋棺，雅志安得寢。榮衰非所念，身世固已審。亦復羡久生，聊爲老饕飲。魏文《與鍾繇書》云：『屈平悲冉冉之將老，思飡秋菊之落英。輔體延年，莫斯之貴。謹奉一束，以資彭祖之術。』

【校記】

〔一〕『天』，原作『大』，據吴本、袁本改。

卞山信至三首

公昔舉阡隴，二毛不勝簪。扶杖事耘植，咿鳴雜呻吟。耿耿霜露感，遑遑蓼莪心。浮雲爲愁容，鳥獸亦哀音。徘徊動行路，下比元與任。宿草今已長，新松鬱森森。尚有五芝秀，熒熒爛如金。爲公賦南陔，凱風吹我襟。公廬墓芝生墓次道旁〔一〕，故有『五芝』之句。

行雲本無心，虚舟但乘流。主人非逋客，不使芳杜羞。鳴騶入山谷，黽勉赴所求。明知廊廟具，豈爲猿鶴留。朝來尺素書，聯翩自巖丘。平安喜筠柏，寧論橘千頭。豈無木石居，吾非若人儔。既與世同樂，那容不同憂。

往客霅溪上，舒娥幾虧盈。深窮卞山境〔二〕，勝槩不可名。柴車逐公游，登皋復臨清。夜投阿蘭若〔三〕，松窻待朝明。濟勝劇許掾，評詩陋鍾嶸。靈滋初可抔，龍籜忽已萌。斯游今幾時，坐想飛泉鳴。尚應几杖間，隱隱金石聲。『金石』見杜子美《寄聲事蘇大侍御書》詩。

【校記】

〔一〕『芝生墓』，原作『之生廬』，據吳本改。

〔二〕『卞』，原作『下』，據吳本改。

〔三〕『投』，原作『役』，據吳本、清鈔本改。

題葉翰林閱駿圖

葉公龍友天下才，當年麒麟天上來。儒童抱送太一況，下游閶闔觀瓊臺〔一〕。高標故自賞神駿，肯使餘恨遺蒿萊。帝閑食粟幾千駟〔二〕，盛氣勃鬱馳天街。穩銜金勒立仗下，俯視冀北皆駑駘。訾黄不來八龍遠，尚有寫照埋氛埃。短屏高障久零落，意象崪嵂求其儕。收羅絶足共一處，引素便覺風沙開。偉哉十馬盡殊相，神物變化須風雷。騰驤振迅各有態，豈顧短脰空徘徊。持韁頓轡者誰子，無復墮淚鳴聲哀。刷燕秣越安足道，會逐銜燭西山頹。其中一驥屹不動，尾垂青絲蹄卓錐。安知萬里志未已，但見寂寞如寒灰。龍眠老筆不再得，幻化百億紛驪駒。鄭生晚出擅圖貌，盛名欲與曹韓偕。肉身飛入九天去〔三〕，清都樓觀金崔嵬。玉花照夜不論價，想見火齊珊瑚堆。只今此畫已難致，肯戲禿筆霑殘煤。千金市骨意不淺，對此慷慨傷虺隤。

【校記】

〔一〕『闔』，原作『闑』，據吳本改。

〔二〕『駟』，文淵閣本作『斗』。
〔三〕『入』，原作『八』，據吴本、袁本改。

元夕塊坐因用葉翰林去年見寄元夕詩韻寫懷

兒童逐遨戲，先春禱春晴。心如飄風快，目若冰壺明。寧爲惜日計〔一〕，所願佳節并。老來見紛麗，如乾闥婆城。流光不可挽，譬彼空中聲。那知節物佳，翛然謝將迎〔二〕。幽燈對簡編，歷歷記所更。斯須閉關卧，鼻息驚雷鳴。寤言北山北〔三〕，田家已催耕。胡爲異鄉久，空寒猿鶴盟。短日良易暗，凝陰有時晴。何人勸之照，燭燎皆爭明。今年春苦寒，寒威劇幽并。連綿積三白，雲埋闔廬城。深泥浹新雨，行路無人聲。藜燈不來下，箕卜豈復迎。朝來日照梁，天氣忽已更。稍聞橋市間，簫鼓遠近鳴。吴人尚游樂，急如赴春耕。唯有窮巷士，守窮如守盟。

【校記】

〔一〕『計』，原作『許』，據吴本、袁本改。
〔二〕『翛』，原作『脩』，據文淵閣本改。
〔三〕『念』，吴本作『言』。

西安謁陸蒙老大夫觀著述之富戲用蒙老新體作

丈人意何長〔一〕，縱目文史足。琅然五行落〔二〕，洞視不再讀。作書兼遠獎〔三〕，衆妙探玄竺。公作《莊頌》、《般若頌》數百篇。時時歌四始，笑捧五經腹。高堂發新藁，重複羅籤軸。觀之類窺管，諷味得膏馥。蒙老號爲連韻，如云風捧諷馥。

白頭書生黑頭翁，長安時花幽澗松。遠飛近啄雖異志，天命厚薄無雌雄。鈎深采博燥喉吻，守此一畝蓬蒿宫。杜門不出交二仲，木陰澗曲遥相通。紫囊貝葉資藝苑，款關一見踰三冬。亭亭漫吏多所歷，乾死書螢心似漆。王門賓閣不留行，赭顔趼足搜泉石。茅簷正欲結雲根，竹葉榴花薦餘瀝。當從元亮賦言歸，木茹麻衣永投筆。蒙老號爲合離藥名，如當歸、木筆。

【校記】

〔一〕「丈」，原作「文」，據吴本改。

〔二〕「落」，文淵閣本作「草」。

〔三〕「奘」，原作「奘」，據吴本改。

昨夕風月頓清獨坐中庭夜分不寐翛然四顧寂無人聲如在塵外作詩一首以寫一時之適

鄰家雙井桐，下有羃翠庭。晚來微風過，已復含秋聲。歸舍對環堵，�窗亦泠泠。月輪正行空，洗光自東溟〔一〕。常星爲失色，肯與纖雲并。廓如淨琉璃，中有玉鑑明。太虛本無滓，心目固自清。浩然天壤間，洞視萬古情。

【校記】

〔一〕『洗』，文淵閣本作『瀉』。

數日春物甚麗坐閱歲華偶成古句

東皇駕蒼龍，超忽了八區。清明風從冰輪際，轉入厚地潛噓濡。周行無間寂無迹，但見動植咸昭蘇〔一〕。艳如醇醪入花骨〔二〕，凍塊一一成豐腴。花光照空日色醉，天宇蕩滉青蓮敷。爛霞漲淥萬堆雪，剪刻不用施鉛朱。銅丸晝漏五十刻，銜燭緩轡經天衢。游人正與春物競，汲汲磨蟻同馳驅。固知一氣共舒慘，機關默動非人須。孰居無事主張是，繡黼萬象歸無餘。青黃赤白豈有意，應見略似摩尼珠。區中代謝未有極，故自有物無榮枯。

【校記】

〔一〕『昭』，原作『照』，據文津閣本改。

〔二〕『醪』，原作『謬』，據吴本改。

陳君學正草堂成提點大夫梅十五丈有詩且蒙借示見邀同作謹次元韻因以叙懷〔一〕

行藏固殊塗，臭味非一族。或峩冠攫金，或被褐懷玉。持身凛冰淵，或洞洞屬屬。和光略畦町，或落落碌碌。或來儀帝庭，或去隱王屋。堆愿肉生髀，馳鶩趼重足〔二〕。或委餘膏粱，或不厭杞菊。或翬飛千柱，采錯煥金緑。或蝸盤四壁，分光待鄰燭。要之皆幻寄，眇矣太倉粟。明冥默乘除，塞馬更禍福。陳公作茅齋，足以媚幽獨。苟全真易成，知足定不辱。有門晝常關，何必在巖谷。向來萬金堂，奔走九州牧。一朝巢自焚，始悔突不曲。何如東郭舍，椽柱隨把束。張志和築室會稽東郭，采椽不斲，茨以生草。翛然已忘世，肯嘆碩人軸。我今客吴門，飢卧謝僕僕。年來寄蓬茨，慕此高讓俗。《夏統傳》：有夏禹之遺風，泰伯之義讓。室中了無藏，鼠竊屢驅逐。衰懷百念冷，對境無可欲。窮通如四序，損益正三復。衡門可棲遲，薄酒等醽醁。吾聞老聃言，爲腹不爲目。近遭小寇，故有『鼠竊』之句。

【校記】

〔一〕『同』，原作『司』，據吴本、袁本改。

〔二〕「趼」，原作「研」，據吴本、袁本改。

十月五日集季野家歸作

賢愚孰無營，急景信可惜。如何闔廬城，乃有此閑客。懷安豈初志，運甓有餘力。相從無何鄉，邂逅一日適。虛窻得朝陽，寒凜作春色。琴書羅棐几，一一淨如拭。畫沙見奇蹤，落屑非近識。似追永和還，未覺正始隔。崢嶸衡霍囿，莽蒼雲夢澤。時華互低卬，幽鳥共深寂。誰驅此變幻，戲納方丈域。慙公傾春釀，澆我憂思積。豈無車公語，謂方回。顧匪伯仁匹。自謂。長檠蠟華摧，起視霜月白。酣歌美清夜，擁髻侍通德。參差吐幽妍，鑿落灩芳碧。觥籌不留行，爲問此何夕。言歸謝主人，五斗安可極。

戲示江協律漢

酸寒北山尉，憔悴孔州守〔一〕。枯魚同處陸，濡沫賴詩酒。當時年尚壯，意氣亦何有。秪今雙鬢華，十載一回首。仕初君似遇，遊倦吾已醜。邂逅記昔遊，空嗟漢南柳。

【校記】

〔一〕「憔悴」，原作「樵粹」，據吴本改。

再和一篇以答固窮之句

車行有險夷，初不入天守。乘顛了無擇，正自全於酒。我身天地間，毫末寄九有。正當帶笭箵，章甫誤加首。久知田園樂，不信村野醜。平生笑何人，戚戚柳州柳。

江再和戲答四篇

當年季將軍〔一〕，晚節河東守。誰令一人譽，揮去坐使酒。長卿起遐陬，落筆賦烏有。要之乃雕篆，意不在黔首。窮通付造物，世俗浪妍醜。何必送五窮，呼奴結車柳。

長言屹秦城，古例開墨守。三年不窺園，一吻莫飲酒。斯人浪自苦，初不繫無有。何如從子微，亦復問賢首。此身未能了，何暇念億醜。超然方丈間，觀化肘生柳。右二篇寫懷。

君家翠巖翁，三一久已守。與沈愛欲泥，寧飲聲聞酒。當知華藏海，正在十二有。他年涅槃門，燕路須北首〔二〕。胖然一心定，六賊如獲醜。感彼志冰霜，吾衰等蒲柳。右一篇屬仲嘉。

太平一春臺，好在四夷守。持盈何足道，飽德醉以酒。君爲樂歌詞，嘉瑞無不有。不知府中士，誰子號稱首。如君真嫵媚，孰謂施嬙醜。故應洗餘累，令君繼温柳。

【校記】

〔一〕『季』，原作『李』，據吴本、袁本改。

〔二〕『燕』，原作『無』，據吴本、馬本改。

季野見和次韻二首季野與予嘗爲左右史，先後知潤州

談遷太史令，趙衛淛西守。妙齡中青錢，大筆笑元酒。一麾分隼旟，七載去螭首。行看賈生還，固異顔駟醜。何許從宸游，金鞍繫宫柳。

此身非匏瓜，圭竇可長守。初爲弦歌計，肯飲中山酒。深虞委司敗，政術空無有。故將老衡茅，敢復歎華首。公詩金錯刀，刻畫無鹽醜。應憐五窮韓〔一〕，定作三黜柳。

【校記】

〔一〕『窮』，原作『霸』，據文淵閣本改。

次韻葉内翰游西余山用袁奉議韻甲辰

平子愧明略，長卿真倦游。笭箵儻可佩，瑤玉豈復舟。舊聞西余老，猖狂白蘋洲。毫端寶刹見，塵起大地收。奮迅師子王，蚓蛙視蛟虬。向來大滌翁，晚節萬户侯。襄陽一轉語，富貴真雲浮。此道久

已微，碔砆混琳球。念昔過苕霅，尋谿亦經丘。同游今安在，十載一瞬眸。嘗與江仲嘉至西余。幾欲挂長劍，刻舟笑延州。焉知甕中人，寂默無春秋。香爐著古廟，一念萬劫休。安得五畝園，良苗接平疇。脱身飢寒外，結友高勝流〔一〕。一一邊無餘習，六賊可盡劉。誰能使危腸，一日一萬周。須公謝三旌，故事追羊求。青鞵一幅巾，來往山之幽。且復載明月，深潭戲垂鈎。

【校記】

〔一〕「友」，原作「及」，據吴本、袁本改。

次韻江司兵寄示所和趙司録相從飲解嘲之句

卜居林塘靜，禽魚樂融融。陽和一披拂，照爛黼繡工。柔條罥繁枝，幽香來晚風。誰謂武陵遠，臨清千樹紅。俯仰村郭間，從容聖賢中。暮見月圓缺，餘光入疏櫳。朝乘日車作，坐守四壁空。遥想趙與江，屈身簿書叢。正類鸛雀碧，未爲覆盆烘。祿隱寄簪笏，神游在方蓬。時時望西山，把酒一笑同。茗盌傾石鼎，山蔬出筠籠。不妨問中聖，何暇賦惱公。趙子五車腹，春秋富終童。居然出其類，儼如黄髮翁。江子事超曠，町畦漫無封。但見磊砢姿，温温若春濃。人生迭相笑，傖父嘲吴儂。鴟夷與井餅，憂樂殊初終。具當從所好，迂轡若爲容。

空相僧舍書事癸巳

午景入踈竹，堂陰篘粉香。疏簾撲空翠，無風自微凉。碁聲破禪寂，日轉幡影長。霏煙觸垂爪，泛乳搜枯腸。投局起尋勝，徘徊雨花堂。巢蓮見靈龜，信有千歲祥。徐觀乃跛鼈，圉圉循菰蔣。笑罷得歎息，是非可兼忘。却坐對談塵，冰松想千章。斯須二三子，矯若鶩鴻翔。府中有料理，不作功曹狂。

杜甫爲功曹，云：『束帶發狂欲大叫，簿書何急來相仍。』是日，江、趙、潘以幕職事去。

戲贈江仲嘉司兵

君不見謝公栖遲欒東土，起作司馬征西府。莫年談笑有穰孫，鶴唳風聲走強虜。又不見子猷剡川高興闌，肯隨鶴書落人間。不知騎曹底官職，朝來柱頰看西山。平生清真翠巖老，泉石膏肓偶同調。歲寒落落見孤松，不忍低眉寧枯槁。年來無米繼朝炊，聞説吴興富魚稻。不妨來作古司兵〔一〕，士卒投醪止鳧藻。美哉洋洋霅溪水，秋塘百里荷花繞。當年釣徒放浪處，醉目悠然送歸鳥。斯人不死世不識，往往凌波弄瑤草。君方參同構龍虎，我欲治平荒種梨棗。會當月夜見尨眉，一笑超然凌八表。張志和自號爲江湖釣徒。

【校記】

〔一〕「司」，原作「同」，據吳本、袁本改。

次韻和江司兵淛江觀潮〔一〕

寥天月魄更旁哉，歸墟兩潮時去來。乃知大塊與人等，欠噫風動聲爲雷。支川千億具毛竅，四溟翕張玄牝開。人間百刻乃一息，斷岸飄鼓如輕埃。二山横控江海際，俠以幽闕雙嵬嵬。偉哉吞吐王百谷，視彼淺狹真臺陪。倒流千里駭凡目，正自違性同棬杯〔二〕。相傳昔者楚亡將，事成國霸遭雄猜。英靈不沒尚爲爾，姓字往往欺啼孩。錦鄉功臣老元帥，酒酣拔劍歌莫哀。戲令强弩飛勁箭〔三〕，大堤屹立藏風桅。吳兒荒怪不足錄，適與支諾資談咍。豈知六合有常理，水中出火能焚槐。當年謝公正游樂，遺形物表如王駘〔四〕。微吟獨嘯向海道，幾見銀雪西山回。讀君新句寫奇觀，便似放目吳王臺〔五〕。何當共此散煩鬱，大瓠五石充瓶罍。更因長風破巨浪，與君挂席尋蓬萊。

【校記】

〔一〕吳本題下有「乙未」二字。

〔二〕「正」，原作「止」，據吳本、袁本改。

〔三〕「箭」，原作「前」，據吳本、袁本改。

〔四〕「駘」，原作「駘」，據吳本、袁本改。

〔五〕『目』，原作『自』，據文淵閣本改。

送趙子晝奉議歸睢陽用熊倅韻〔一〕

紛華眩人劇朱碧，子獨好書如好色。王孫被服甚寒生，射策君門先破的。滎州書窟三萬卷，錦囊付此庬眉客。南游句吳北大魏，亦復徒勞問刀筆。不唯脣齒腐經史，正自雲山鑠胷臆。老來息交思簡事，爲子忘劬廢晨昔。春風滿帆送歸舸，回首清游如昨日。知君名駿定千里，不待朝廷訪幽側。有書時寄鴈南飛，顧我漁樵正爭席。

【校記】

〔一〕吳本、馬本題下有『丙申』二字。

同趙奉議離吳興江仲嘉與其兄仲舉送百餘里醉中戲作此句一首

大江飲酒如澆灰，小江縱酒顛如雷。扁舟相送不道遠，百二十里雲帆開。云亭老人窮不死，故園茅屋荒蒼苔。闔廬城中一畝地，已辨甕牖鋤蒿萊。吳興上佐吾黨士，十年縱賞西王臺。眉間黄色袨綵服，柂樓長嘯春風回〔一〕。要須酩酊酬此別，不離萬頃添金杯。明朝相望即湖海，縱有美酒何爲哉！

【校記】

〔一〕「㩦」，原作「拖」，據文淵閣本改。

蝸廬有隙地三兩席稍種樹竹已有可觀戲作七篇

菊

吾聞酈侯國，産菊千丈潭。采華食其葉，垂根漬芳甘。遂令酈川氓，難老如彭聃。庭前有古井，秋霖發清涵。慇懃東離綠，覆此白玉匳。時能嚼新蘂，汲月散餘酣。

竹

種玉未渠久，踈篁長兒孫。勝會不在多，何須辟彊園。我觀榛蕪地，塵思紆且煩。蕭森對此君，清涼徹心源。草木初無情，妄作淨穢觀。乃知識種子，正是生死根。

鳳仙

微華若么鳳，倒挂茂蔚中。鳴鳥不可見，幽懷寄芳叢。初移幾寸苞，稍展兩翅紅。能使寂寞濱，餘妍映蒿蓬。

雞冠

峨冠百草頭，意象出其類。望之似木鷄，正自五官廢。寧須斷其尾，無乃假予臂。可復近幽窻，談玄有深詣。

紅莧

嘉生苦不榮，凡草忽猥大。君看庭中莧，易長劇稂稗。初無封植意，不見蟲鳥害。穰穰�菊間，紅紫不可殺。微功尚足收，染我槃中菜。

芭蕉

芭蕉中無堅，譬彼泡夢幻。了然觀我身，生死知一貫。學書端未暇，覆鹿真自亂。一雨過空庭，秋聲入深宴。

水青

水青雖楚楚，不復中棟梁。黄封入雕檻，亦足被寵光。朝離糞壤區，暮上君子堂。胡爲伴幽獨，墮此一畝荒。

黄嘉父朝請公彦示詩以不數面爲言且索近著次韻謝答一首

黄公游不成，白髮奉朝請。東歸樂閒燕，有味如雋永。雙鳧倦朝飛，獨鶴方夜警。知余亦衰窮，繫馬無復騁。貽詩重瓊玖，未展意先領。勞生厭塵霧，對此得暫屏。終當遺長鬚，亦復釣縮頸。相過舉清觴，野水吹萬頃。君當傾錦囊，我亦倩毛穎。時尋招提勝，蓮社比宗炳。如何迫寒餓，去棹聊一整。興盡即言歸，江湖足佳景。

和楊彝甫靜妙軒

君家執戟郎，寂寞墜天祿。蕭然劉董外，那用相窘束。居無甔石儲，但有書滿屋。君今老衡茅，出處異蘭菊。靜中獨觀妙，四達開惠目。中園鬱黄華，庭下森翠竹。飢來索盤飡〔一〕，小極須睡足。時當叩君門，爲問梅子熟。

【校記】

〔一〕『飡』，原作『食』，據吴本、袁本改。

過毛達可友給事覽壁間舊詩次韻二首

堂前清飇發，樹外赤日西。坐令天壤間，氣候忽不齊。解帶席嘉蔭，長哦壁間題。故應有神護，塵土不得迷。前年款公門，鶗鴂亦已啼。今年復羈旅，庭莎欲鳴鷄。西游有底急，觸熱忘卑棲。似爲飢所驅，不計轍與蹄。綈袍意彌厚，粲飡洗羹藜。磊塊久不澆，醇醪代朝虀。襄陽乏新句，夜直難相携。

黄華非不佳，寒澹每見少。蕭蕭亦無言，懷抱不自曉。深嫌小桃夭，欲伴霜松矯。窺叢慰寂寞，時有南飛鳥。主人真賞音，灌植勤便了。徘徊傍東籬，高興在塵表。坐有白頭生，臨風百憂繞。

北固懷古

阿瞞長驅壓吳壘，飲馬長江投馬箠。英雄祇數大耳兒，彷彿芒碭赤龍子〔一〕。幄中况有南陽客，布衣躬耕無甂石。當時鼎足計未成，聊此一奇空赤壁〔二〕。人隨流水去不還，卧羊頑石留空山。如今留石亦煨燼，山與長江相向閑。

【校記】

〔一〕『赤』，原作『亦』，據吳本、袁本改。

〔二〕『奇』，吳本、馬本作『寄』。

焦山

龍伯不解事，投竿牽大鼇。逆流直上三萬里，怒卷渤澥秋風潮。適當長江入海處，贔屓擲此雙岧嶢。一山正臨聲利窟，來檣去櫓紛艨艚。一山獨與世踈闊，突據幽險盤雲濤。飛仙播蕩去不返，止有一翁身姓焦。至今金玉作山骨〔一〕，草木堅勁無夭條。爾來寂寞幾千歲，稍見遊子來山椒。吁嗟一與人境接，世故擾擾如牛毛。安得夸娥還著鼇背上，因之置我三山高。

【校記】

〔一〕『金玉』，文淵閣本作『玉石』。

和葉翰林湖上夜歸古句

琅玕一紙傳青桐，西湖默存清夢中。遥知湖上發新倡，凡馬一洗煙雲空。翰林文章舊驚世，聊試三輔分符銅。玉檠無聲轉清夜，水天交貫冰朣朧。况聞許下足名士，歠詠鼓舞馮夷宮。擔簦獨欠此狂客，顚頷企踵臨西風。朝來珠璧入懷袖，坐想星宿羅心胷。自憐華髮烏帽底，俯仰正慙張長公。何當從公萬物表，妙契不待將無同。展書三復更太息，但見缺月穿疏櫳。俱初約造門當在中秋。

北山小集卷第五

古詩五

秋華無幾尚有紫薇相對里巷間

晚花如寒女，不識時世粧。幽然草間秀，紅紫相低卬。榮木事已休，重陰鬱深蒼。尚有紫薇花，亭亭表秋芳。扶疏綴繁柔，無復粉艷光。空庭一飄委，已覺巾裾凉。手中蒲葵箑，雖復未可忘。仰視白日永，凄其感冰霜。

傅冲益寄淮口阻風及清淮道中詩二首又次漣水一首用其韻和寄時冲益罷九域編脩東歸

群玉聚名儁，作書如九丘。回覩白虎儒，譾淺安可侔。傅子故疏爽，十年嗟滯留。嶔崎百憂後，晚爲造物收。平生未見書，頗足資吟謳。縱未服豸角，且當佐螭頭。安知免官去，觸熱送濁流。清朝正須才，洗垢方鎮浮。豈使三語掾，垂綸逐群鷗。譬如飄風頃，終濟萬里舟。

青山照長淮，氣象一方冠。清光湛溶溶，洛尾殺湍悍。斯遊今一紀，回首若朝旦。塵容故如昨，凡骨終不換。但於憔悴餘，生死知一貫。歸田食不足，乘障力難捍。折腰委吏間，亦豈愧儒緩。自君彈冠西，吾事足悲惋。坐看秋空雲，已復澹河漢。鮮歡杯杓乾，絕學編策斷。西山雖爽氣，烏幘安敢岸。思君笑言樂，目送歸翼亂。朝來得新詩，一一錦繡爛。塵膺久結約，邂逅百憂泮。何當索此身，久矣次山漫。

故人尺素來天際，頗憶當年任守壘。平明一笑百事空，不作細書書紙尾。寄書五湖夸海岱，入眼滄溟無百里。軍城崒屼枕青山，地脉遙從岱宗起。題詩要爲寫高閣，播颺意欲先穅粃。晚登南宫頭已白，却駕朱轓臨泗水。丹燒未辨令威鶴，神游先跨琴高鯉。可憐蕭散竹林士，埋玉青山骨空委。人生一世偶相值，轉首羲娥不停晷。西山妙蹟欲仙去，爽氣朝來盡如洗。遙知吊古一長喟，引勝澆愁付浮蟻。有詩淮上可微吟，會有流魚出傾耳。米元章當時自稱漪漣守壘，寄書吴江，求海岱樓詩，云：『軍宅枕岱一支，左海八十里在目中，真偉觀也。詩來，當爲刻之楹間。』故有如前數句云。

周萃秀才惠詩次韻酬之一首

病驥伏長坂，悲鳴想戎軒。游魚落枯肆，墮淚臨河墳。古樂府有『枯魚過河泣』。人生道脩阻，跰足窮崑崙。沈淵探驪頷，一跌萬鬼鄰。我老不解事，區區筭沙塵。讀書亦良苦，内視餒且貧。爲文富詼笑，初不救否屯。爾來自箴切，習氣不復存。方將補黥劓，寂兀謝世紛。朝露視窮達，春冰釋癡嗔。君胡創推激，發我惰與昏。如君東吳秀，俊拔昔所聞。名駒始就秣，意氣已不群。抗髒市門客，豈堪同日論。

秋雨三首

細字忽難讀，松窻失朝暉。開簾視天宇，屯雲凝去如黳。霏微乍噴洒，翕忽看淋漓。斯須建百川，中庭即方池。秋雷亦動地，勢洶萬鼓鼙。虚簷忽無聲，蒼狗變白衣。飄搖露穹碧，凉飆洗蒸炊。雨師真解事，作止適所宜。

十日儷辰次，如環了無端。人言秋甲子，畏濕不畏乾。向來譙門道，旁立三尺壇。故勤壁間緣，一起泥中蟠。青衣躍且躁，有如沐猴冠。先聲忽洒道，直此辰與干。邇來未旬浹，三見急雨寒。黄流抹河草，連檣度平瀾。良苗有佳色，未覺千畝寬。時暘亦須早，無使江潮翻。頃年吳江大水，斷長橋，吳人相傳爲太湖翻。

華首三不遇，求田亦良圖。莫嗔湖海士，豪氣故不除。扶犂本吾事，二頃終勝無。繞舍生蒿蓬，閉門種英蕪。從渠百尺樓，笑此蝸牛廬。吳中久卜鄰，會從故人居。荆溪一廛地，儻與求羊俱。屠門過大嚼，一雨喜有餘。正恐二三子，聯翩躡雲衢。空令千里駕，悵望黄公壚。林德祖、周憲之皆居蘇，郭慎求田園在陽羡。

過紅梅閣一首

春風如醇酒，著物物不知。能使死瓦色，化爲明艷姿。寒枯出繁秀，巧與節物期。江梅故幽獨，綽約不自持。居然北枝後，追此白日遲。春風日浩蕩，醉色回冰肌。清妍有餘態，衆芳謝凡卑。憑虚一回睇，俯仰歲月馳。所恨培雪根，向來歲寒枝。差池弄芳晚，坐令顔色移。顔色固嫵媚，幽香無故時。

周憲之用余送趙子雍詩韻作屬德祖及余同作二首

嗟我涉世路，有如陸推舟。尋常不可冀，况乃萬里流。安能逐驪騄，超忽十二州。雖然晚聞道，淺嘈如孫休。往者謝五斗，種瓜從故侯。家山三畝宅，白首遂首丘。一爲飢所驅，復作漫浪遊。曲意泯圭角，終然足人尤。焉知大隱地，亦復懷百憂。

大雲吳中士，妙學兼般舟。筆下走三峽，胷中包九流。考古自墳典，探玄極方州。别來十五年，邂逅一笑休。作書不求聞，取重唯桓侯。尚此官獨冷〔一〕，塵埃忘跖丘。爾者稍薦賢，蒲輪遂西遊。會當君相聞〔二〕，作詩繼何尤。遥知市門子，人不堪其憂。德祖居吳大雲坊，自號『大雲居士』。

【校記】

〔一〕『此官』，原作『北宫』，據吳本改。

〔二〕「聞」，原作「間」，據吳本改。

劉朝散長源淮夫劉先生彝之子孝悌有賢行年六十一且致仕侍其親義興爲賦詩一首

劉侯六十衣綵衣，上堂娛戲如嬰兒。慈顔華髮顧之笑，坐令寒日生春暉。折腰斂板三十載，晚登名籍黄金閨。緋衫裹束不料暖，况坐筦庫窮刀錐。古心古貌乃天與，雖欲嫵媚將安施。一朝拂袖不回顧，擇鄰問舍荆溪湄。人言家徒四壁立，如君四壁初無之。我知劉侯有至樂，視世五鼎同糠糜。分陰不博雙白璧〔一〕，啜菽自作羔豚肥。有兒教飭知禮節，不以口耳傳書詩。應門侍坐走前後，翼翼想見名家規。天恩優老命之仕，俾繼禄食安其私。古人未必兼有此，篤行知足如君稀。聖皇側席思厚俗，詔取八行登前軀。向來蒲輪走四海，有賢如此誰當知。冥鴻一舉不可挽，道路仰首空嗟咨。

【校記】

〔一〕「璧」，原作「壁」，據吳本改。

題蔣永仲蜀道圖

梓州别駕真雛鳳，賞古探奇坐飢凍。要窺瓊構蔚藍天，直上潼江歷秦宋。每逢佳處静盤礴，流出胷中九雲夢。乾坤坱圠本無迹〔一〕，我獨毫端發神用。戲驅萬變寄陶寫，軒豁端倪巧搏控。蒼筠擢秀飽冰雪，古榦撐空中梁棟。奇礓那得在山谷，回首何年委堅重。輪囷偃蓋屈金鐵，夭矯驚虬起巖洞。春江莽蒼迷東西，漢南老柳參差垂。煙中遠近見木末〔二〕，明星已没城烏啼。平生險怪三峽水，古木巃嵸陰風吹。石間雷雹殷九地，出入噴薄無窮時。我身跰足半天下，偃蹇故是山林姿。南行瀟霍北嵩洛，應接不暇空狂癡。作詩寫意如捕景，况有三絶窮天機。清晨對此倪自失，眼中太白横峨嵋。請君十襲秘緹革，恐復仙去歸無期。

【校記】

〔一〕『圠』，原作『北』，據吴本、袁本改。

〔二〕『煙』，原作『湮』，據吴本改。

寄開化李令光四首

我行阡陌間，苗麥已復青。茅茨間新稾，鷄犬有和聲。不見吏索錢，田家得其生。鷄犬亦肥字，不遭無事烹。於斯可觀政，豈在赫赫名。父老亦相語，驩然就春耕。官租及時了，卒歲樂無營。

李侯諸生秀，峩冠論玄虚。安知俗吏事，小試已可書。瘝心究人瘼，要使安田廬。慨然有奇趣，耿耿非世儒。乃知百里間，亦足寄所攄。誰當索幽隱，置彼九達衢。

山間古梅林，有鶚集其端。不飛亦不鳴，彈射莫敢干。下窺群雀雛，啄顙刳其肝。欣然舐兩爪，意得良自安。飛來多凡鳥，助此凶且殘。安知萬山曲，亦復鳴棲鸞。相咻固不可，見嚇技亦殫。衆鳥既有恃，相期在歲寒。

平生四方人，墮地隨蓬桑〔一〕。故鄉二頃田，稊米寄太倉。從渠雀鼠耗，敢計松菊荒。未能思計然，錐刀析毫芒〔二〕。十年乃一歸，歸席不煖牀。吾廬正如寄，縣府固相忘。偶聞賢長官，邂逅尉所望。吾寧媚之子，故是衆所臧。

【校記】

〔一〕『墮』，原作『惰』，據吳本改。

〔二〕『析』，原作『折』，據《年譜》改。

同叔問諸人以橘栗柿蔗爲題以東南之美爲韻余得橘美字韻一首

三閭老沈湘，嘉頌誰與美。白華發幽馨，春色薦甘醴。金衣光出懷，縹實酸裂齒。豈無三百苞，未見十二子。緬懷商山翁，善幻亦徒耳。壺中何足道，千刹一毫比。我今老而窮，饘粥思乞米。恨無千頭奴，杼軸供萬指。慇懃祝移根，勿作江北枳。

仲嘉分題得詩分韻得經字是日仲嘉以事先歸代作一首

六義出秦火，至今如日星。人言三百篇，聖手昔所經。我疑東家丘，削迹不自懲。羇臣與孽子，中有怨刺情。胡爲不删去，被彼絃歌聲。遂令甫白輩，不識至道精。昔爲人所重，今爲時所輕。時禁作詩。

建除一首酬林德祖處癸丑〔一〕

建旟撫方面，簪筆登雲衢。除書無虚日，念子何躊躇。滿堂羅經史，問字無停車。平明户外屨，接迹叩所需。定坐爲詳説，從周述唐虞。執經退食罷，貝梵頗卷舒。破魔無堅壘，解髻皆明珠〔二〕。危絃寡知音，寂寞空居諸。成詩遠相寄，尺鯉來東吴。收之巾十襲，永好不可渝。開緘歎奇决，已作東歸圖。閉蕃著空舍，誰辨公車書。

【校記】

〔一〕「丑」，文淵閣本作「巳」。

〔二〕「髻」，吴本作「結」。

仲嘉被檄來吴按吏用非所長既足歎息而或者妄相窺議益足笑云戲作十二辰歌一首

驅騾搏鼠難爲功，不如置之牛皂中。平生暴虎笑馮婦，豈向兔脚分雌雄。龍山從事盛德士，達觀已悟蚿憐風。馬曹五斗直如寄，羊仲三徑終當同。群猴憎猿坐殊趣，甕中醯鷄無遠度。從渠狗曲誚王生，欲辨龍猪復誰語。

聞仲嘉叔問繼以職事行縣道遊茶山及諸勝境作寄一首

春風入山骨，毛甲亦已舒。晨熹被春山，草木清而姝。况乃顧渚源，雲關護靈區。陰崖氣亦暖，瑞草先春敷。小杜詩：茶稱瑞草魁。金沙出清泉，甘冽滋芳腴。依依楊柳村，渺渺桑苧居。前瞻大小寒，山名〔一〕。窈窕窮崎嶇。飛流吐明月，轉壑千雷車。參天亡陳檜，霜黛鬱不枯。當時臨春地，變滅成榛蕪。安知歲寒質，千載獨不渝。大中乾元字，入木蛟鸞俱。薰風想佳句，竒蹤典刑餘。獨往三住翁，至今有遺墟。真游豈易遇，庶或聞沉榆。方子通言：『頃有好事人刻意仙術，聞施翁遺跡，故往訪之。臨歸，但聞妙香不絶，云沉榆之香。』事見《王子年拾遺記》。飽聞東吴勝，欲往世累拘。二子獨幽討，仙舟繼籃輿。林間伯勞飛，茶筐春事初。尚有北枝秀，明空雪千株。幽香發清夜，肝膽生冰壺。王事既料理，清游亦忘劬。遥知山水間，快若縱壑魚。今我方祿隱，居然卧蝸廬。晝墁固無役，反如著轅駒〔二〕。亦擬浮扁舟，乘春經五湖。收帆白蘋下，令子見潛夫。二子數以書見招，爲扁舟之游，故有此句。老杜：『幾回書札待潛夫。』

【校記】

〔一〕『名』，馬本作『居』。

〔二〕『反』，原作『及』，據吴本、袁本改。

園居荒蕪春至草生日尋野蔬以供匕筯今日枯桍間得蒸菌四五亦取食之自笑窮甚戲作此詩一首

平生囁嚅口，出語無媚悦。定非肉食姿，賦分在藜蕨。僑居得空園，窮陋亦清絶。分陰豈不惜，飽睡送日月。蕪菁不須種，衆草今已茁。朝來一雨過，青細皆可掇。東籬有更生，杞狗僅堪捋。乃知天隨生，豈羨五鼎列。堂萱不吾負，芽甲破春雪。縻身薦瓢簞，解我憂思結。薺花雖未繁，著地爛於纈。驚雷發蒸菌，自可當夏鼈。馬蘭亦芳脆，人莧固凡劣。晴朝當去炙背，俯僂事挑抉。家人各盈襜，汲井手自挈。滿炊太倉陳，侑以冬菹冽。盤中長闌干，置饋每虚撤。恨無籜龍苞，此味那得闕？長謠青青槐，饞液想庭樾。妻孥覆相誚，男子志勳烈。君非老浮圖，菜本可長齧？况兹閑草木，豈爲刀匕設。乃翁笑摩腹，萬事付一吷。此中有真趣，勿爲兒輩説。

同趙叔問江仲嘉遊法華法華之勝唯曲水會有客先焉還飲舟中分韻賦詩得山字一首

乖龍忽起華陽天，東來銜雨鳴空山〔一〕。豐隆轟空光照地，怒髯抉石飜雲煙。蜿蜒遺迹尚如昨，勢若九曲來河源。紛紛火齊散林莽，至今璀璨青霞端。我來夏木正森寂，萬籜簁簁抽琅玕。冰渠逗玉轉清淺，爽氣五月生秋寒。安知引勝獨無處，雙鳧徑度飛帆前。强尋幽逕俯東澗，一笑却掉稽山船。如聞神物家近岫，白龍洞。雪色千丈明山川〔二〕。誰能遺我太平酒，戲追玉斧希林巔。楊羲夢天中白龍長數千丈，光彩耀空。云侍帝晨宮龍也，以待許玉斧諸人。太平酒、希林宮，并見《真誥》〔三〕。

【校記】

〔一〕『銜』，文淵閣本作『御』。

〔二〕『雪』，原作『雲』，據馬本改。

〔三〕『誥』，原作『告』，據文津閣本改。

同江仲嘉納涼飛英寺

浮圖湧平地，翳彼燒空雲。虛堂引脩廊，白晝來清薰。翛然據胡床，振我衣上塵。芙渠出金沙〔一〕，氣作芝蘭芬。冉冉度池閣，依依著裾巾。道人拂朱絃，攖醳清且純。回觀笙簧耳，寡和非陽春。步屧縱幽討，禪房逕踈筠。幽窻不見日，無異昔所聞。蒼然小山桂，偃蹇冰雪根。紛紛壁間題，蛇蚓雜鳳麟。媸妍等一戲，日月無停輪。我老厭羇旅，三年困歊氛。年年走長道，東越西游秦。白汗信揮雨，孤蓬坐如焚。今年下苕霅，過此金蘭人。何山豈不好，積翠相依因。炎威不相貸，可望不可親。須君蠟雙屐，重來約秋旻。兹遊亦蕭爽，聊足慰吾憖。

【校記】

〔一〕『芙』，原作『天』，據文淵閣本改。

九月七日夜夢王元規詰旦其弟元矩適相訪感而作詩一首

故人入幽夢，彷彿平生懷。心知九泉隔，意象慘不開。哦詩不成章，惝怳誰能裁。曰此蕭爽士，寧當沒黃埃。夢中作詩兩句，似是此意，然不記本語。清晨客在門，乃自烏衣來。典刑見難弟，共歎一息乖。幽明不可詰，此夢何爲哉？回觀南園道，微徑已蒿萊。

南窻夜集叔問戲取樟木腦然雪爲燈因與仲嘉叔問聯句一首

性空本無方，水火不留礙。致。陽生至陰中，此理固有在。問。初疑水焚槐，忽若鏡加艾。致。又如大海中，神龍出光怪。冰姿映烈焰，勢恐不兩大。原燎正焮騰，湯沃忽崩敗。嘉。涓涓燰泉涌，熠熠寒光碎。問。偉哉六合間，恢詭不勝載。陰風結飛雨，來自九天外〔一〕。蒼樟出芳液，根節依大塊。初非氣相求，又豈天所配。如何冰炭仇，乃作坎離會。因知造化機，幻手端可貸。致。

【校記】

〔一〕『自』，原作『日』，據吳本、袁本改。

九日塊坐無聊越州使君季野舍人見過敝廬會方回承議亦至因遊章公山林登覽甚適越州置酒暮夜乃歸作詩一首

獨坐正搔首，華軒款柴荆。念兹節物佳，及此久雨晴。駕言共幽討，一放遠目明。森蒼蛾眉山，上有百尺亭。遙岑出西南，杳藹川原平。城中十萬家，煙雲隱飛甍。凉秋得遐觀，始覺天地清。朱欄據木末，開筵敞南榮。持觴屢相屬，泛彼東籬英。不知日云暮，初月忽已升。秋娥亦徘徊，流光代華燈。風流龍山集，坐見千古情。慷慨相顧言，曜靈急飛騰。人生無根蔕，聚散不可憑。懸知明年會，相望若初星。公如洪都宴，傑閣依青冥。儻有英妙客，摛文焕丹青。我如斜川翁，浪愛九日名。幽憂不能寫，濁酒或自傾。會與鑑湖老，兹山聊復登。方回自號『鑑湖遺老』。

夜宿丞舍即事呈蔣大匠存誠蘇少監元老

蛩動夜方息，啾啾草間鳴。殘炎未云謝，遽作凉秋聲。秋風來幾時，朝暮氣已清。虚窻置方榻〔一〕，境寂身暫輕。卧念平生懷，展轉不得寧。王生一言善，從容水衡丞。無功樂佳釀，能令濁流清。顧我老且奇，微官代躬耕。正當急跨馬，問訊桷與楹。觀公成風手，一引朱絲繩。簡書可少置，頗哀此無能。

【校記】

〔一〕『榻』，原作『塌』，據文淵閣本改。

和同舍胡元茂松年夜直書懷

南枝挂明月，翳羽無安眠。天寒倚脩竹，窈窕誰當看。平生飽幽獨，古井不復瀾。一來英俊中，夢寐猶林泉。夜直石渠閣，周廬别閑寬。恨無清藜杖，照此清夜寒。腐儒足嘲病，志願湌與眠。潭潭右文地，不作朱儒看。翬飛接觚稜，碧瓦如澄瀾。儻使論白虎，寧當賦甘泉。人間未見書，縱目宇宙寬。顧語芝蘭友，勿嫌松桂寒。

北山小集卷第六

古詩六

趙叔問過別留夜話偶閱鮑溶詩有感用韻作

磨蟻不停足，故交益無多。向來苕谿夢，但有高軒過。昂昂芝田態，長飢玉山禾。顧我老且窮，吹毛從鳥窠〔一〕。何當寂寞濱，紉蘭共捫蘿。非無煙霞志，奈此飢凍何。言離更躊躇，參横照斜河。爲公睇金臺，慷慨徒悲歌。

【校記】

〔一〕『窠』，原作『巢』，據吳本改。

方時敏見和再作屬時敏

世士窘邊幅，如公患才多。欲方曹劉駕，似恐不啻過。居然東吳瑞，豈但異畝禾。試令南宫直，文采照錦窠。華髮乃未遇，高花繞青蘿。千載鳶肩生，低頭客常何。一朝風雲上，顧豈求監河。勉旃安固窮，聊復曳屣歌。

得小圃城南用淵明歸田園居韻六首丁未

城南美林壑，城上皆青山。山光照庭户，於此可盡年。穰穰千石區，化作魚蒲淵。秋蕖渺無際，紅鮮間田田。邂逅得小隱，連山在其前。流泉帶其左，松篁接風煙。它年營把茅，不待雪滿顛。寧圖五鼎食，坐失十載閑。願比小人腹，一飡期果然。

説難死韓非，法敝歎商鞅。當時軒冕計，肯作刀鋸想？辰來陰影集，事過流電往。胡爲意無窮，機械日爭長？俗中多局促，正覺斯道廣。斯道不可迷，荒塗闢榛莽。

年大百無味，區中故人稀。京江一都會，卜築行當歸。儻回故人車，雲關訪荷衣。時來吐情話，未覺世相違。

餘生甚窮獨，四海誰與娱。故鄉道脩阻，宛在太末墟。向來親仁意，正擬城南居。烏衣丈人行，玉樹珊瑚株。所冀鄰里間，徜徉從所如。如何漳濱卧，使我恨有餘。會當悟杯蛇，靈府静以虚。且復陪杖屨，敢言通有無。

緬懷斜川人，勝日追鄰曲。超然睇層丘，鷄黍聊自足。却觀夸奪子，勝負一棋局。空懷千歲憂，晝短思秉燭。

長安冠蓋區，九軌三廣陌。不知烏帽底，誰獨適吾適。定無羊求子，相與數晨夕。莫言三徑微，永杜聲利隙。流風有仍孫，心不受形役。朱門見蓬户，華榜標世績。二仲儻可晞，忘年賴謙益。此篇屬蔣尚書仲遠。

偶書二首

我身如甘柘，既壓無復味。一爲老所壓，乃與枯柘類。出家既後時，止觀苦昏睡。唯於讀誦中，味出甘柘外。不作筭沙人，依語不依義。經云：『譬如甘柘，既被壓已，滓無復味。壯年盛色，亦復如是，既被老壓，無三種味。』謂出家、讀誦、坐禪也。

壯膏日已滅，老炷安得久。亦如臨河樹，岸塹根復朽。久生安足羡，捄死常飢走。誰言黄老師，語異竺乾叟。生死未嘗關，知爲不亡壽。經云：『壯膏既盡，衰老之炷，何得久停。』以譬燈炷也。

感春三首用退之韻

春物感兵氣，微陽有無間。遥天覆長路，仰視青漫漫。歸來如新燕，巢土初未乾。投跡浪自喜，乘和亦翩翩。安得出八極，舉身青霞端。

今晨風日佳，積潦亦已退。安能如寒龜，自縶形骸内。春風入桃臉，巧笑已無賴。誰云五畝園，浩蕩了無外。

流年不可攀，短髮久已白。星星亦種種，那復三萬尺。春光浩無邊，淡沲周八極。向來游樂地，鼙鼓森矛戟。賤貧非所歎，稅駕無安席。常虞風濤際，咫尺燕越隔。却笑同谷翁，哀歌諒何益。

和柳子厚詩十七首庚戌

覺衰

老境一如此，羲娥日交侵。霜毛三千丈，安問尺與尋。陳力會知止，嘉言佩周任。歸來北山北，邂逅得素心。朝見東日升，暮見西日沉。流運有終古，朱顏豈常今。譬之如澠酒，豈耐無停斟。萬化未有極，誰能惜分陰。捕影良自苦，沈哀寄微吟。安知菩提樹，正在生死林。長風振遙壑，三籟有餘音。

同趙叔問涉澗伐荒翳得大石壁立喬木蒼然上蔽雲日因平築尋丈地時憩其下《夏初雨後尋愚谿》

披榛亦捫蘿，度此幽澗曲。寒藤繞蒼壁，杉桂雜篁竹。雲泉固膏肓，大勝谿壑欲。彼哉機士懷，冰炭甚寒燠。

曉起《獨覺》

勞生垢濁中，長夜不知曉。幽人自超然，下視正膠擾。巾冠及鷄晨，夢覺常了了。

趙叔問被召赴行在《零陵贈李卿元侍御簡吳武陵》

登車大梁下，掃迹金川湄。佳人倚脩竹，鉛華爲誰施？滔滔大塊間，一一窮途悲。今晨尺一書，趣駕當及時。盤石久不固，慇懃濟時危。豺狼尚縱横，蔓草恐復滋。當宁正嘗膽，諸公力猷爲。老子意不淺，長哦江漢詩。

示從父弟偉《晨訪超師院讀禪經》

汝年近知非，我老過艾服。向來萬金書，一紙百過讀。安知復一處，林壑時追逐。茅茨稍經營，秔稌今已熟。壺觴悦情話〔一〕，步屧三徑竹。安能捨冰墟，蟣虱吊湯沐。相期戢良規，不辱在知足。

【校記】

〔一〕『話』，原作『語』，據文津閣本改。

早涼過西塢《旦携謝山人至愚池》

尋壑轉松嶺，雨餘秋氣清〔一〕。時時捨籃輿，散策亦意行。石磴縈巃嵸，幽泉高下鳴。蒲團蔭嘉樹，兀坐已忘情。

【校記】

〔一〕『秋』，原作『枕』，據吳本、袁本改。

卜築西塢《南澗中題》

出處初漫浪，淹留失佳時。時英盡珠璞，寧復見誰差。一去四十年，伏櫪久已疲。幸此歲將暮，穿雲弄清漪。窈窕煙塢中，蒼陰晝森垂。兹焉寄茅屋，橫仄任所宜。谷口藝杉竹，柴門畏人知。誰言一丘壑，儻與汗漫期。

寫懷因簡趙叔問《造法華寺西亭》

胡塵暗中原，世路日以艱。脱身九死中，自笑老且頑。才志本不競，拂衣謝塵寰。相從莫逆人，雲蘿共躋攀。固知千里駒，未免山復山。漢武謂劉德『千里駒』。我已卜西谷，背崖結三間。豈無風篁嶺，亦有明月灣。西湖之西有風篁嶺，洞庭山有明月灣。平生真遠遊，舊觀忽以還。兒童釣遨處，陳迹猶班班。疊嶂藹空翠，暗泉響餘潺。采芝嵁巖下，長謠想商顏。山行得紫芝九本，金芝三。逋客不復駕，居然掩雲關。從來悟泡影，豈但忘觸蠻。所幸戎馬際，餘生得長閑。

終日塊坐無與晤言戲作《溪居》

大音無成虧，寂默無瑕讁。莫嗟無往還，正自主忘客〔一〕。談玄口挂壁，對境心似石。相向兩無言，秋山倚空碧。

【校記】

〔一〕『主忘客』，文津閣本作『忘主客』。

示了空長老《贈江華長老》

老空嗜酒肉，早歲事禪寂。歸來山中舍，杖屨不停跡。高門走縣薄，兩版扃四壁。醉來草間卧〔二〕，度此風雨夕。遥遥慧日峰，法涌分一滴。應笑北山人，藜羹比香積。

【校記】

〔一〕『草』，原作『見』，據吴本改。

寄茭湖江仲長衮《初秋夜雨贈吴武陵》

急澗無止水，秋蘭無故叢。別來今幾年，坐閱毗嵐風。交親半鬼録，生者仍衰窮。及兹過君家，樽酒一笑同。知我厭鼙鼓，煩君韻絲桐。相携步林壑，暫覺萬慮空。樗社寄莊叟，自謂。醉鄉著無功。謂仲長。醒平來百憂集，尚寐期無聰。

天久不雨高田皆坼鄉人祈禱閲月乃雨遠近告足有足喜者《首春逢耕者》

長夏久不雨，良苗失欣榮。塵生甽澮間，小大空營營。麻粟半乾死，所憂負春耕。嗷嗷走香火，靈湫汲寒清。梵唄喧里社，油雲被嘉生。俄然下甘澤，驩聲接柴荆。年年鎬京宴，及此萬寶成。偷生得一飽，感慨難爲情。顧念龍在野，悲歌淚縱横。

寄江彦文緯《秋曉行南谷經荒村》

往追雙玉人，芒屨踏巖谷。阿咸今獨往，宰上森拱木。公來定何時，舊唱猶能續。尋壑復穿雲，仙山看飛鹿。壬辰歲與彦文、仲嘉縱遊山間，時余作詩有『雙玉人人阮阿咸』之句，又戲作疊韻詩爲酒令。前日，復以數句相調，稍欲尋盟矣，故有『舊唱猶能續』之句。北山有塢曰『君讓』，石間有馬跡，相傳神仙所嘗居，不知君讓爲何人也。武夷山有飛鹿。

十二月二十三日大雪中種物〔一〕《巽上人以竹間自採新茶見贈》

密雪彌四極，紛紛亂空華。斯須失千嶂，僵木忽以芽。眼中萬株春，璀璨通巖涯。迨此凡艷熄，坤輿淨無瑕。蒼根移遠梅，不憚澗谷遐。含冰伴幽獨，思慮無由邪。寶樹發銀界，無脩證三耶。皎皎天宇外，何勞凌絳霞。梵語『三耶三佛』，亦云『三藐三菩陁』。盧鴻一《十志歌》有云『皎皎之子曰獨立』。

【校記】

〔一〕『物』，文津閣本作『梅』。

野人致紫竹栽手植方丈後《再至界圍巖水簾遂宿巖下》

名山昔遠遊，老罷無復覩。永懷避世士，往往寄農圃。移家白雲根，及此未春雨。桃梅足新栽，把玩喜欲舞。可無紫琅玕，葉作翠鳳羽。寵光松菊徑，蕭散煙霞聚。雌雄比嶰谷，顏色蓋南浦。龍鞭雖未行，玉茁亦已吐。咄嗟勿留情，萬物乃吾府。竹十二竿，故有『嶰谷』之句。

得白菌引酒徑醉《郊居歲暮》

春霖接歲寒，鮭菜已久索。誰持玉輪菌〔一〕，侑我金鑿落。安知老瓦盆，平昔滋味薄。得此徑陶然，朱顏忽如昨。

【校記】

〔一〕『玉』，原作『王』，據吳本改。

辛亥正月六日夜雷已發聲大雨達旦山中流泉高下噴薄殆不啻九十九不減仇池也《湘口舘瀟湘二水所會》

故歲聿其除去，微陽已潛回。始玆魚上冰，殷地驚春雷。急雨暗清夜，飛流散巖隈。遲明起四顧，妙境神所開。未信小有洞，蒼崖隔凡埃。琤淙十九泉，漱玉松風哀。褰裳喜欲狂，幽興不可裁。妙喜真斷取，呼猨定飛來。相與俯清駛，傳杯聊遡洄。

戲書古句題山居

青山秀色若可飡，卷書飢坐看南山。樂哉洋洋巖下水，可以樂飢仍洗耳。石田墝埆不敢荒，時耕帶月歸帶霜。田中不了麴糵事，蟬腹且追張子房。

五月二日同叔問過彌陁閣觀山中飛瀑

飛泉落青冥，掩冉振森木。驚雷殷厚地，噴薄轉空谷。崩湍爭喧豗，漱此千丈玉。洶如秦軍破，勢比不周觸。初疑三峽移，無乃九井蹙。雲中阿蘭若，峻嶺鏁重麓。悽寒絶人境，共此娟幽獨。長飢不難忍，洗耳謝羈束。君方應時須，我已甘脱粟。正恐山不深，從今友麋鹿。

戲題錢守宋漢傑泉巖古刹和韻戊申

廣文斗酒邀同襟，胷中嵩衡鬱千尋。醉來盤礴吐幽怪，慘澹崖谷森相臨。向來三絶信珠璧，肯用抵鵲荆山岑。詩中有畫畫中句，兩峯高並藍田陰。秖應摩詰可方駕，老向海角嗟英沉。何人左手作右字，題此古刹藏煙林。不知眼力尚能爾，疊嶂巃嵸窮幽深。使君家世舊湖海，戲假尺素資謳吟。更登日觀望八極，中有山水無窮音。古詩：「山水有清音。」

某前日謁見國史侍讀尚書獲款燕談蒙出示周楊子書報許藏山中得巖壑之勝過冷泉亭者歎想不已俾某賦詩退成七言古句一首上呈戊申

素王之宫行祕府，斷取瀛洲納環堵。諸儒何必四庫書，正自胷中有千古。野人上車纔不落，索米無庸面如鼓。歸來仰屋坐太息，咄咄書空欲誰語。石林居士今龍坂，憂國形臞心獨苦。向來豈止見夷吾，叩閽何由避寒暑〔一〕。伯仁三日應可爾，頓解新亭對悽楚。坐中人傳雙尺素，思洛橋南雪溪渚。山回壤接二百里，許藏幽奇天所與。人間那得此巖壑，坐想周郎喜而舞。蒼崖壁立欲千仞，蔽日青林自風雨。信知靈境不待匠，古澗穿巖巧吞吐。慇懃留此萬里流，更覺山川生媚嫵。了觀澄湛本非住，却覓喧𨻶無處所。手誅陰木結茅屋，掀抉高深期盡取。四山擢翠若無地，三石撑空裊相柱。書詞豈夸驚我甚，下視呼猨觸天姥。卞峯勝絶固自足〔二〕，莫爲東山思解組。龍驤雲起要侯王，鶴唳風聲走夷虜。會令藿食保安眠〔三〕，北固山南事幽圃。三舘寓局夫子廟之西廡，故有『素王之宫』之句。

【校記】

〔一〕『閣』，吴本、袁本作『閤』。

〔二〕『卞』，原作『下』，據吴本、袁本改。

〔三〕『保』，文淵閣本作『飽』。

山居

勝林堂

超然出稠林，無二無分別。若問勝林堂，清風滿庭樾。

妙高堂

君知妙高堂，何異妙峯境。向來妙高人，宛在妙峯頂。

常寂光庵

云何常寂光，徧在一切處。元本住庵人，無來亦無去。

無垢池

湓然集清冷，無厭亦無受。故此巖下池，予名曰無垢。

普潤池

疊翠繞幽谷，清池鍾百泉。安知一壑雲，利澤浸無邊。

妙湛池

妙華出淤泥，定水湛然滿。上有清凉峯，森蒼映清淺。

寂照堂

古鏡懸太虛，摩尼珠五色。紛然百草頭，寂照照常寂。

定林

定林在何許，窈窕鍾山麓。得非夸娥氏〔一〕，遺我障巖谷。

【校記】

〔一〕『氏』，原作『民』，據文津閣本改。

盤谷

重重翠聯錦，一掩一回互。三徑踏煙霞，披榛自來去。

谷口堂

子真巖石耕，名稱動都邑。不比北山翁，銷聲寄禪寂。

雲巢

朝見雲飛簷，暮見雲生礎。客至覓雲巢，雲深在何許。

競秀泉

千山秀回環，靈液走巖竇。清甘佇方空，可嚥不可漱。

繡谷亭

西山屬黄岡，相錯宛如繡。倚杖立幽亭，歸鴻没煙岫。

韜雲磴

陰陰韜雲徑，步步雲生足。巾裾撲空翠，逶迤向山麓。

清音澗

潺湲清音澗，便是偃溪水。長笑箕潁人，區區洗吾耳。

虚緣靜

萬緣正繁興，當處即解脱。當知本來空，不受汝摩撮。

崇蘭塢

猗蘭轉光風，幽芳被山谷。悵望斷金人，同心不同躅。

梅谷

穠華敢爭先，獨立傲冰雪。故當首群芳，香色兩奇絶。

三休臺

三徑屬桃煙，遥遥想寧極。終當珮飛霞，頡頏向空碧。

達觀臺

蒼陰冪杉松，延緣出幽谷。豁然天地開，八極啟遠目〔一〕。

【校記】

〔一〕『啟』，吴本作『放』。

通幽徑

躋攀通幽徑，鬱密森松竹。雲雪正埋山，深林閟寒綠。

漆林

敬侯那易學，正自追農圃。平生老瓦盆，安用雕髹許。

竹嶺

嘉名追輞川，未辨茱萸沜。勿使斤斧侵，煙梢拂雲漢。

慧照峯

暘光出扶桑，照耀四天下。慧日破無明，蒙光失長夜。

清凉峯

嵃峩古澗西，萬木集歸鳥。炎炎日流金，爲君除熱惱。

德雲庵

德雲老比丘，經行衆山頂。普光明法門，觸目無二境。

法乳泉

山腰發靈滋，甘美勝牛乳。應持供茶神，慎勿汙烹煮。

菊泉

一泓貯清泉，百本蓊佳菊。長年汲芳甘，霜鬢儻重緑。

羃翠軒

開軒面杉竹，冷翠搖清空。披衣水邊石，長夏來薰風。

歙溪硯

令族子製研於歙溪，得米元章所謂鳳池樣者，代作詩云。

硯鳳池，石龍尾，金其聲，玉其理，文字之祥助公喜。助公喜，爲公壽，籥雲衢兮龍爲友。儀簫韶兮鳴鳳味，金玉相兮椒蘭臭。老復丁兮昃還晝〔一〕，壽而臧兮世無有。生彌長兮視彌久，見太平兮休戰鬭。泳學海兮恢文囿，俯松喬兮齒倉籀。翰林客卿管城偶，揮毫振藻常無咎。

【校記】

〔一〕『昃』，原作『吴』，據吴本改。

春日與汪彦章藻趙叔問相約遊樟林閣樟林閣蓋郡豪家舍背城郊墟無與比者因詠靖節感彼柏下人安得不爲歡之句偶書五言呈同遊二公

人生歸有盡，大齊不踰百。君看花間冢，背郭高歷歷。向來夸奪志，汗漫何窮極。一朝隨露電，變滅無餘迹。所以靖節翁，壺觴樂晨夕。寧爲鬱澗松，不作移根柏。豈唯一窮通，固自忘夷跖。吾生亦崎嶇，末路苦荆棘。投閑得蕭散，身病頭更白。豈無素心人，相與弄泉石。及晨爲兹遊，聊用適吾適。溪山景無盡，秀色光照席。安能仰屋歎，抱恨長戚戚。

晨起梳頭髮白且稀有感

余髮已種種，我懷亦依依。風林無安巢，寒日無餘輝。束髮隨官牒，前言服良規。豈唯會計當，自詭牛羊肥。妄獻北闕書，野芹安足希。一挂邪士籍，徒嗟寸誠微。惓惓畎畝志，正作禍患機。羇危不如人，行行向知非。世變不可料，胡塵暗王畿。真人起白水，帝命式九圍。誤沐宣室召，白頭侍經幃。誰言螢爝光，敢近白日暉。誰言草木萌，敢試雷霆威。野馬立仗下，軒昂妄鳴嘶。弃之老牛皂，無復瞻龍墀。天公了無私，與奪適所宜。時方急功名，選愞安所施。士方貴才辯，安用鈍訥爲？常人與善士，何異於愚癡。譬之捄焚溺，珮玉行逶迤。弃捐乃其理，刺天看群飛。幸非高明室，百鬼浪見闚。自從伏嵁巖，風淫得偏痱。有足不得行，有手不得持。每思林野娛，濟勝憂無期。堆𢌞不得往，如驥縶且羈。如盲不忘視，如寒不忘衣。如痿不忘起，如羈不忘歸。但願老窮健，長甘北山薇。豈復理鬢鬟，峩冠待晨曦。

叔問縱步郊野得竹栽二小叢携以見分

叢筠無尺長，氣與西山爽。聊持內方丈，便作淇渭想。會當冰雪餘，傑立千林上。自非歲寒人，誰與共幽賞。

觀白公蘭若寓居詩如寫余懷但不能晨游夜息如彼自由耳輒用韻作

生非廊廟姿，雅志在林野。擬作奢摩他，疾至薩芸若。身心潙山牛，得失塞翁馬。城南寄僧坊，一室謝掃灑。當時醉吟翁，高謝香山下。安知衰病夫，亦有如翁者。

比者彦文少卿一再枉過且有卜鄰之約投老山林深尉孤陋兹者誤蒙召旨固已具述多病不才乞侍祠宫觀矣辱况佳篇佩戢厚意謹次韻奉酬

衰遲澹無營，百念已灰冷。時吟藻珠句，聊復寄三景。平生坐五窮，相逐如形影。華顛行路難，雅志不一逞。逝言北山北，耕釣得重整。結廬甚幽深，不覺在人境。江公飽叢林，高視妙峯頂。時迂百里駕，清坐舉春茗。相期老巉巖，守望依同井。久知無朋酒，出没均酩酊。向來醒而狂，投老狂方醒。如何紫泥書，名姓蒙記省。控辭苦陳情，抱病當自屏。肯令曉猿驚，滓辱及崖嶺。新詩比移文，三復得深領。

和蔣尚書園第新亭二首

千尋屹冰臺，一室穿甕牖。傷生定難遵，極侈固無取。兹亭挹空翠，勢出巨靈手。縱目雲夢區，時來賦烏有。空翠亭。

群山對西丘，突兀幾千歲。超然宇宙間，安用乘雲氣。松筠非小草，出處皆遠志。他年姚尚書，指畫要十事。柱笏亭。

以夜宿匠舍詩示晁以道説之乃以古句爲謝次韻酬之一首

平生拙自理，不辨一畝宫。聊從斵輪扁，敢慕執戟雄。慙非五鳳手，正著雙凫中。何言散騎省，難下青藜翁。相望一牛吼，有客方固窮。牀頭河洛書，瑩光吐長虹。時時發佳句，執若萬折東。我詩出龜腸，寒螿抱霜叢〔一〕。誰當寫秋思，妙器無號鍾。相從無何境，曳履哦清風。來詩有『潘廬』之句，故云『何言散騎省』。

【校記】

〔一〕『霜』，吳本作『芳』。

北山小集卷第七

古詩七

借葉內翰畫令小江模寫

十年問舍今華顛，印山滿眼囊無錢。每看圖畫輒心醉，自笑説食流飢涎。世間范李真幻士，断取妙喜移山川。朝來問疾方丈室，但怪衡霍羅窻軒。飄風急雨暗四澤，轉看錦翠開雲煙。崔嵬磊磈凍相倚，恍然雪塞藍田關。是中大有結茅地，指點三徑依林泉。世人無乃笑癡絶，心境二妄交相纏。安知三萬師子座，同此幻力無中邊。衢山小江新悟幻，落筆欲追祈與虔。願從公借此妙景，已具東絹和丹鉛。照中寫照供幻觀，聊用自尉銷窮年〔一〕。千巖萬壑納環堵，更令一拂松風絃。宗少文好山水，凡所游履，皆圖之室中。自云：『每鼓絃動操，欲令衆山皆響。』小江又善琴云。

【校記】

〔一〕『聊用自尉』，文淵閣本作『聊自慰藉』。

自仲嘉云亡未始見夢舟行夜入吴興境有夢如平生感而賦詩四首

江子隘斯世，翛然向方蓬。一朝成千古，寤寐不復通。夜入霅溪境，胡然見幽夢。高標何所似，俯仰風中松。笑談如平生，炯炯雙方瞳。去年經行地，陳迹亦已空。故應玄真老，相與游無窮。

諸人久不死，而使武子先。斯言太癡絶，愛惡無乃偏。君看雅正情，播在三百篇。秦人哀三良，百身寧可捐。相鼠有深刺，嗟哉胡不遄。此豈惑者歟，加膝墜諸淵。乃知孫楚狂，未必非公言。

世以勢論士，君誠不如人。揚揚乘軒者，志滿氣甚振。外見七尺軀，中有萬斛塵。鑿枘固難入，鶚鸞豈相倫。炙手苟可熱，行路爲雷陳。高棲冷如鐵，骨肉不得親。誰能獨無死，榮辱久乃真。

皇天非無知，伯道固有後。百年能復幾，僅比一昏晝。久知彭籛夭，不及殤子壽。向來簞瓢生，廟食至今侑。東陵雖飽死，千載有餘臭。梟萫得刳腸，苕折謾遺瞉。試當問玄夫，此理或可究。

初到書局以萬七千錢得一老馬盲右目戲作古句自嘲一首

蹄間三尋汗流赭，九逵雷雹爭飛灑。我窮那得騁追風，正擬虺隤行果下。平生畏塗飽經歷，夜半臨深無馭者。故應造物巧相戲，却比盲人騎瞎馬。李南知音當促步，廣漢騰嘲不相假。執鞭良稱塞翁兒，並轡聊從杜陵夏。厖然病額豈其類，老矣問途那可捨。徑煩一夫事刷秣，似桂新芻不盈把。向來伯厚亦安在，結駟雞棲同土苴。他年東去把撩風，縱爾逍遥汴東野。

神霄宫知宫陳應常邀鄉人集道堂余不果往毛彦時有詩諸公皆和見率同作次韻一首

南枝月明烏鵲飛，北風驚沙燕馬嘶。倦遊乃有故鄉念，强學處士聽朝鷄。馬蹄得得烏帽底，與日競走東還西。安知神府在人境，曉霧十里飛香猊。咄嗟似與化人遇，宫殿盤鬱窮煙霏。瑛房蘂篋浩無極，當關九虎何由闚。仙郎邀客自清旦，闐若岫户臨江湄。向來同是爛柯客，石梁跨野長虹垂〔一〕。登晨未辨七明蓋，祈年欲採三華芝。授書忽作蘂珠吏，雲篆豈特傳盟威。故人一笑共清景，常談曲謹皆芟夷。而余煮餅北窻卧，正坐世網纏綿之。棗瓜麟脯不同舉，但見綵筆方交馳。蕭然俯仰在環堵，窮巷傴仄仍喧卑。高堂脩竹寄遐想，况烹雪乳調清絲。徑須暇日一尋勝，眼中塵袂空成帷。

【校記】

〔一〕『長』，原作『是』，據吴本改。

以蔣永仲畫雙松爲故人壽

青松千歲姿，擢質萬仞岡。霜根初茁秀，氣已凌千章。去天尺五地，雨露先衆芳。晨光爲膏沐，鬣鬣傾扶桑。故應神物護，茂葉成深蒼。爾來向三紀，已作拏雲驤。豈唯蔽牛馬，固已中棟梁。上有參天枝，下有延年肪。蒼蔭被草木，皆爲芝术香。衆鳥不敢巢，或來孤鳳凰。會當回萬牛，一柱來明堂。却顧冰澗底，歲寒永相望。

詩送趙承之祕監鼎臣安撫鄧州三首

平生竹隱翁，胷次著千古。揮毫劇翻瀾，碑版照秦楚。十年屈僚佐，留使望天府。今年道山巔，士論乃深許。歌詞薦清廟，盛典更藻斧。忽持南陽節，聲動漢江浦。清班寄麟臺，雄職暫符虎。遙知佳政傳，召杜安足數。

往者南陽耕，相望鹿門翁。時來拜牀下，雞黍相與同。安知田舍中，鵷鳳友伏龍。我疑兩州間，地美物亦豐。故應釣遊處，清泉蔭高松。人英何代無，儻有前賢風。弓旌恐難致，羔鴈或可通。

潭潭内史府，侃侃東西録。當年得二士〔一〕，衆視驚刮目。何殊致洪造，初不羡博育。林侯忽東歸，懷寶媚幽獨。趙侯小騰騫，文采冠群玉。要之進退間，了不異蘭菊。因公懷若人，皎皎歎空谷。

【校記】

〔一〕『二』，原作『一』，據吴本、袁本改。

和酬梅悦之大夫澤送行古句

讀書何如事耕種，屑腐頭童得飢凍。半生塌翼墮江湖，仰視群飛困嘲弄。閉門誦説不知悔，時以聖賢資折中。飢來驅我向京華，爲米折腰隨所用。一官此固初不惡，浪以討論辭冗從。梅公據鞍殊矍鑠，滿腹精神比錢鳳。新詩借我快筆端，省向江南賦雲夢。向來高門邇衡陋，杖屨時來窺牖甕。今公三徑爲誰開，顧我五窮那易送。會當投檄復言歸，時訪祇園談不共。大夫時游僧舍〔一〕，久欲奉陪，未果也。十八不共法是佛經。

【校記】

〔一〕『大夫』下原衍『文』字，據吴本删。

和同舍千葉緋桃

飛花動江光，風力兩相怯。扁舟老參謀，覓句時拄頰。連昌出墻枝，晞日香汗浥。深宫夾脩篁，歲久森翠葉。至今丹青妙，華宇張九疊。誰移此繁英，密蔭如栽接。都城有花陰。因依肖蜾蠃，變幻胥蝴蝶。忽如剪緋帬，又似翻錦篋。殷唇注猩血，細蘂輕蚊睫。爭春雖云晚，鬭麗固當捷。冰實儻可分，仙梯不難躡。賡詩憎怪煩〔一〕，我意終未愜。

【校記】

〔一〕「憎」，原作「僧」，據吳本改。

同舍以筆墨更相遺有詩見邀同作

將軍白首玄池陰，手持毛錐如綠沉。千人獨掃杜陵老，百牿欲連東海任。中山豪族一當百，即墨堅壘高臨深。孫郎精騎故無疋，長卿偏師那可侵。久知良工須利器，豈但善賈緣多金。故追老兔盡三窟，已倒霜松踰十尋。於菟猶存鳳閣卧，黄庭不博鵞池臨〔一〕。請觀越石已成冢〔二〕，始信管城真盡心。客卿摩頂利天下，脩竹欲汗南山林。儒生意廣亦自苦，但有遺迹藏來今。兩公筆陳略相抗，往往鉞井張旗參〔三〕。鋪揚功伐借二物，寸木可使齊高岑。嗟余絶學久焚弃，嘿守三一朝飛森。

【校記】

〔一〕「庭」，原作「鹿」，據吳本改。

〔二〕「請」，原作「清」，據文淵閣本改。

〔三〕「井」，原作「并」，據吳本改。此句文淵閣本作「往鉞井張旗犄參」。

松鶴圖

崑崙五城十二樓，洪河空注經神州。西連仙掌五萬里，一柱上直清都浮。琳琅琪碧乃凡草，青華絳實森纍樛〔一〕。南辰真人厭嫵媚，下勑保命更冥搜。元精結感浹地軸，奮此倚天蒼鬣虬。燭龍晞露吐珠琲，青女斂轡回春秋。上有飛晨煥景之卿雲，下有金精石髓之清流。盤根竦節孤且直，扶疏羣木罕與儔。風濤吹落九天上〔二〕，倒景雨沛參雲油。晬然和氣發柯葉，俯芘芝术齊薰蕕。當年箕潁眇霎闕，户牖森翠蒼陰稠。挺生初不待封植，天遺異質榮仙洲。居然神蔡産千歲，不但明堂來萬牛。台符兩兩直其上，芳膏美蔭被九丘。紫清騏驥〔三〕下擇木，展翮還自青田幽。瓊芝瑤草供僎啄，蓬閬曾記添仙籌。會有玉沙丹露飲，清風飄颯玄霜裘〔四〕。巢雲友鳳乃其所，昂昂肯爲鷄群謀。神霄之境接華蓋，永作帝瑞同天遊。

【校記】

〔一〕『實』，原作『寶』，據馬本改。

〔二〕自『孤且直』至『九天上』十七字原作『輪囷夭嶠屹不動聲撼』，據文淵閣本補正。

〔三〕『紫清騏驥』，文淵閣本作『玄衣丹頂』。

〔四〕自『瓊芝瑤草』至『玄霜裘』四句原作『豈無映林光夜供僎啄會有玉沙丹露飲此絳恰元霜裘』，據文淵閣本補正。

晁無斁將之錄示近詩有和其兄以道說之詩次韻以致區區兼簡以道

往登妙高臺，千嶂如聚墨。煌煌化人宫，屹立斷鰲足。題輿亦不惡〔一〕，嘯詠此浮玉。粃糠空在前，不謂公肯辱。竟乖南州望，聊作信都福。吹竽定誰真，抱璞安忍哭。高情禦外物，不計處與出。端如屋間霤，障以千步築。我窮居城南，甕牖藩援秃。華裾每來過，煗語加帛粟。洋洋塤篪音，珍重同結綠。吟毫久不濡，辱贈不敢獨。所塹春畚股，持抗不周觸。余初除潤倅，會召入書局，無數繼除潤倅〔二〕，改冀倅，故有『粃糠在前』、『聊作信都福』之句〔三〕。

談詩如談禪，練性如練墨。以道深於名理，頗喜造墨〔四〕。壯心悟龜毛，少去作豈蛇足。平生甚元龍，未信今伯玉。十年得投閑，高卧謝寵辱。定知貧勝富，固自平爲福。著書著名山，會使山鬼哭。結廬近三休，爲米時一出。猶嫌佛場選，肯問燕臺築。俗人難與言，鏡髢遺盲秃。前年客長安，正覓三釜粟。塵中一傾蓋，爽氣岷峨綠。别來更崎嶔，寡陋嗟我獨。塵埃篋中書，有手不暇觸。

【校記】

〔一〕『輿』，原作『與』，據吳本、袁本改。

〔二〕『無』下原無『斁』字，據吳本、袁本補。

〔三〕文淵閣本『粃糠』下有『空』字，『聊作』前有『及』字。

〔四〕『頗』，原作『順』，據吳本、袁本改。

復次韻酬葉翰林見寄

渭川千頃青，上谷千竈墨。縣河供拂石，濡筆應未足。公初入承明，神采映冰玉。孤芳信難羣，廉士故可辱。虚懷得逢蒙，泛愛近籍福。終然翟公題，正墮楊朱哭。于今十年後，猶作一麾出。何當還宣温，不用求鈞築。遥知西湖柳，蔽芾誰敢秃。應餘金石文，會使天雨粟。留連借三輔，夏木今再緑。斯文詠公歸，悵望非我獨。覊懷老無堪，覽卷百憂觸。

次韻寄謝公表韓公朝請

世人如鯽魚，自蔽黐吐墨。猩熊亦何罪，不衛脣與足。要當時木鴈〔一〕，安問定石玉。向來休休翁，老去稱耐辱。迹高名自汙，卒享清淨福。肯爲接輿生，叩木安歌哭。韓公早聞道，垢濁久已出。終成九層臺，不弃一簣築。長安列戟第，桐影將缺秃。寧辭治中輿，且食祠宫粟。胷中荆棘盡，華髮當更緑。抗塵我何庸，勇退公所獨。何如善刀藏，聊放虚舟觸。

【校記】

〔一〕『時』，文淵閣本作『如』。

次韻寄謝存之曾公學士

往居闔廬城，有客面如墨。論文口瀾翻，嗜學苦不足。時稱曾校書，秀句示珠玉。今晨塵眼開，來贈忽先辱。風騷窮乃工，投閑詎非福。言音關感動，妙比韓娥哭。此道久荒蕪，名家亦時出。五言古長城，屹若萬夫築。何如丹鳳樓，樸斵千嶂禿。雖然皆戲劇，渺甚一毛粟。付之兩忘情，蘭蕙等茨綠。聞公會西游，顧我陋而獨。掃齋待清談，奮麈或相觸。

和葉翰林送李從事

賞音真兩難，邂逅多契闊。一朝潮間容刀，三歲歌采葛。古人抱脩能，初不露錐末。誠令處囊中，談笑堪式遏。豈無識玉人，顧恐鑠金奪。遂令緇衣好，斂迹裁自脱。畫虵杯已疏，志鵠弓遽撥。徒嗟湖海上，髪白牙齒豁。懷公劇梅林，念至失焦渴。臨風賦新謡，憂思不可掇。

次韻和潁昌葉翰林〔一〕七首。《汎舟漠水》、《目病廢讀書》、《生第三兒》、《月飲杏花下》

同許學士亢宗幹譽汎舟漠水

高雲下甘澤，膚寸即有餘。瀛波納牛跡，無復鱣鯨居。翰林補天手，妙語追三閭。聊從潁川借，似厭承明廬。坐令嘯諾地，不異畏壘墟。斯人樂佳政，欣若飽稻魚。恢恢雲夢胷，中有幾石渠。時來漠水旁，敖倪萬物初。

嗟我一寸筳，登公五言城。時窺錦囊句，似發黄鍾聲。閉門得長哦，有酒或細傾。誰云千里隔，回薄萬古情。駕言從公遊，上馬短策横。塵纓縛我急，有足安得行。何當來上都，既見心始平。爲公賦三秋，瘖嘆空營營。

往者巾柴車，追游卞山村。今焉鎮三輔，鼓吹喧譙門。遥知手種松，浸有蒼苔痕。許下今樂郊，勝事亦復繁。但令足兵食，飽煖同君恩。長安舉頭見，煌煌太微垣。江湖與魏闕，一一寄默存。正恐受鼇室，虚懷待微言。

許侯蓋静者，無乃祖遠游。著身朝市間，淡若無所求。命駕眇千里，西湖正凉秋。是中有真趣，軒裳何悠悠〔二〕。溴水清且姝，仙舟度深幽。徐行問疾苦，懷新想平疇。坐念方外樂，嚵涎麴車流。持觴會相屬，我唱公當酬。

【校記】

〔一〕『潁』，原作『穎』，作地名當改。

〔二〕『何』，吴本作『付』。

目病廢讀書

空華信無根，遺迹故非足。如公三萬卷，磈磊貯心曲〔一〕。中虚自昭曠，不必巖電目。納芥本無難，膠弦端可續。亡書共推張，斷簡當問束。笑談針左肓，指顧命騷僕。豈知窮巷士，眼暗髮將秃。短檠黮無光，默坐守幽獨。正當黜聰明，豈復分句讀。便便了無庸，但有孝先腹。

【校記】

〔一〕『磈』，文淵閣本、文津閣本作『碨』。

生第三兒余近得子，因及之

生兒如班伯，絶業出金華。惱人如添丁，索抱聲啞啞。人生各有分，豪末不可加。丹山無凡彀，寒根無早芽。如公翔千仞，衆鳥不敢譁。將雛一來儀，美瑞世所夸。嗟我困冰谷，霜枝鬱盤拏。華顛有二女，爾爾聊自佳。今年熊羆夢，亦復來貧家。平生坐著書，每笑括與奢。籃輿一幅巾，緩步可當車。儻學長史掾，修真凌景霞。《真誥》：『散景霞以飛軒。』

同許幹譽步月飲杏花下

公不見錦衣白璧誰家郎，春風得意尋春忙。紅雲步障三十里，一色繁艷無餘香。又不見玉川穠李正清絶〔一〕，夜携仙客通寥陽。連天剪刻萬株雪，縞裠練帨看明粧。古來勝賞不易得，况乃花下延舒光。毫端頓挫役萬物，如彼棗葉持鍼芒。昔人曲水詠觴處，茂林修竹空宫牆。蘭亭今爲佛宫〔二〕。騁懷吊古賴何物，麴生風味安可忘。自憐春色不到眼，歸卧北窻書滿牀。

【校記】

〔一〕『玉』，原作『王』，據吳本、清鈔本改。

〔二〕『宫』，文淵閣本作『寺』。

故人張達明澂餉舒朮將以古句次韻酬之〔一〕

憶官古龍舒，妙境開禹甸。漱流探九井，曳屐窮四面。山名。借居龍谿上，窗户列巖巘。客懷劇棼絲，撩亂不可剪。時時出登臨，款段勝屈産。如持古神挹，破此牢愁鍵。地靈多草木，灌蔓森秀輭。嘗聞左宫仙，藥笈發珍瑑。摛辭叙山精，豐綺信無愧。幾尋青冥斸，時作芙蓉搴〔二〕。雲琅未云剖，月醴忽以泫。回觀豨苓輩，市積空巉巇。至今阿連功，焜燿華陽典。寧當柙而藏〔三〕，正恐知者鮮。豈同西河方，但取一笑莞〔四〕。力驅三彭仇，况比萬金腆。芳腴散靈柔，坐使百痾遣。故人山中來，雅素過何點〔五〕。應知藜莧腹，豈復禁平茗盌。輕翔不可獨，分送勤折簡。新詩出强韻，趣步不容挽。微吟復小啜，氣味清而婉。何須養生論，藥石問中散〔六〕。

【校記】

〔一〕『朮』，原作『木』，據吳本、袁本改。

〔二〕『搴』，原作『塞』，據吳本、袁本改。

〔三〕『柙』，原作『神』，據吳本、袁本改。

〔四〕「莞」，原作「筦」，據吴本、袁本改。
〔五〕「何」，原作「河」，據吴本改。
〔六〕「藥」，原作「樂」，據吴本、袁本改。

雪中與禮部同舍過葆真宫

朝來青霞城，洶涌爛銀闕。悠然眄天宇，晶瑩欲冰徹。虚空無表裏，白照混日月。九區絶纖塵，爽氣爭栗冽。初疑鶱林境，琢玉墮飛屑。人間出靈苗，頃刻皆秀發。不知皇季氏，羽衛森幢節。剛風振長空，襟珮劇飄瞥。真僊足按地，險穢盡平潔。坐令三千界，一洗聲利熱。偉哉此遐觀，曳屣到濛越。池臺静相照，澒洞失坳垤。仰窺乾坤大，未信東南缺。要須風露腹，始稱此清絶。安得垂天鵬，一跨眇空闊。濛翳、越衡，乃諸天名。

虎圖

山深草長鬱崷崒，俯仰蕭森蔽雲日。於菟一嘯谷風生，舉頭爲城鬚爲戟。藜蒿不采中梁柱，雉兔麞猿亦蕃息。它山豈無三萬仞，跛牂直上無難色。朝游芻牧行莘盡，暮投斤斧千林赤。乃知鳥獸有折衝，不獨鷙翰空纍百。何人寫此出林態，巖電眈眈氣深寂。書堂高挂走螭魅，不怒而威如有德。流傳影象一如此，大勝留皮配圭璧。古來真虎不易逢，僕姑誤没南山石。

春日與會要同舍會飲西園

今我忽不樂，駕言及陽春。西郊桃始華，未動車馬塵。名園開緑野，氣象淑且新。相從同舍郎，珠璧驚市人。垂鞭度長楊，和風拂衣巾。時花靚無言，草木含晴薰。迢迢西莊鏡〔一〕，似與江南鄰。漾舟入天境〔二〕，不辨水與雲。誰移呼猿澗，亂石瑣怪珍。奔雷轉三峽，可漱不可渾。止水照我心，流泉醒我神。終年九衢客，一洗聲利氛。歸來卧蝸舍，夢墮吳松濱。

【校記】

〔一〕『鏡』，文津閣本作『境』。

〔二〕『境』，文津閣本作『鏡』。

和滕子濟考古圖

我生百無味，忘懷欲捐書。翛然謝糟粕，敖倪萬物初。平生蠹魚間，習氣未盡祛。朝來覽千古，似歷仙公壺。權輿自四目，雨粟號靈魖。天球周序陳，科斗魯壁餘。切玉有至理，范金足良模。彭亨屹漢鼎，璀璨羅商瑚。初疑鳥遺跡，忽若龜負圖。典刑尚可見，聊用舉一隅。黝思楊子雲，語默與道俱。

豈無載酒人，相對時軒渠。奇字決魚魯，微言折甄舒。譬彼學耕稼，當從老長沮。滕侯飽今古，稟秀連青徐。三年考聚訟，坐判墨與儒。入眼爛珩玦，搜奇到黄虞。端令宇宙中，俯仰縱所如。我欲發其祕，聯詩慙貫珠。何殊穰田祝，豚蹄操酒盂。

和蔡待制放蟬一首

放歌北亭漁，見盧仝《觀孟諫議放魚詩》。千古有生氣。當時及物心，豈在坳堂内。如公有遠度，寄此枝上嘒。定知膚寸雲，四海不難至。應憐風露腹，不受塵土蔽。寧嫌壤中丸，聊復一引臂。初如飛鳥楊，下逐游鱗戲。終然跐清波，振翼出荷芰。斯須曳餘響，決起望陰邃。臨風贈良規，毋以利昏智。禽魚逐甘香，鼎俎芼薑桂。請觀垂天鵬，纖繳安可冀。

龍尾硯同毛彦時隨聯句

歙水清以駃，歙山文且堅。程。誰持玉斧琢，製此月樣圓。想當結繩後，要使鳥跡傳。雕鎪見骨格，豈與瓦礫全。毛。陂陁百氏圃〔一〕，泓澄九經淵。墨海不復見，柯巖那可肩。星稀涵緯象，眉綠生春妍。程。規模異鎔鐵，濡寫殊懷鉛。正當秋兔穎，發此霜松煙。毛。一從毛褚遊，幾作蟲魚箋。徵辭想妃子，揾首懷張顛。寧同李生瘞，聊續胡公鐫。程。常疑老蚌殼，浸潤成膏妍。毛。堅踰鶩池鑄，質謝銅臺娫。紛紛況多僞，渴雀同梔鞭。程。琳坳隱多水，十手寄所宣。池光瀲墨色，雲氣開毫聯。翔鸞及垂露，逸勢徒飛騫。毛。誰云過珪璧，或用磨戈鋋。吾今欲焚棄，負耒歸園田。程。

【校記】

〔一〕『陂』，原作『故』，據吳本改。馬本、袁本作『坡』。

泛舟鑑湖同趙來叔子泰趙叔問聯句

春風卷三江，雨雹暗秦望。今晨風日佳，遠目聊一放。致道。人情暫愉悦，天宇亦清曠。逝將一葉舟，遠破萬里浪。叔問。澄陂〔一〕撥寒醅，疊巘展新障。致道。飄搖過餘芳，容與矚孤漾。叔問。停雲冒山巔，新緑浮天上。枯楊吐輕黄，欹岸抹晴漲。遠水没輕鷗，羇禽變圓吭。鑑湖清可啜，蕺菜柔堪餉。來叔。時當祓禊及〔二〕，路指蘭亭鄉。豈無謫仙盃，聊舉剡谿榜。叔問。吟牋灑餘研，茶竈發新煬。徜徉寫幽憂，蕭爽絶纖块。年華自繁穠，世故足悽愴。致道。吊古意雖遐，感時心自亮。來叔。雄濤折東南，舊牒分霸王〔二〕。梅梁寄遺靈，禹迹疑可訪。星分九土毛，帶挽百川漨。胼胝識神姦，玉帛來崛强。規模至今存，形勢亦云壯。致道。膽嘗信焦思，金範徒審象。當年浣沙人，絳縷起窮巷。姑胥失層臺，榛棘遶青嶂。彼姝者誰子，婉孌固難忘。撫事即元龜，終古可懲創。叔問。永懷文靖公，造厦得良匠。平生滄海志〔三〕，顧豈矜岫幌〔四〕。笑談遺諸兒，百萬皆膽喪。晚節終自完，流言一何妄。安知彼天游，中有無盡藏。致道。觸目發長謠，懷人獨惆悵。來叔。入木想八分，登山知幾兩。風流四明客，投老志蓬閬。玄熊殊夢問，鴝鵒比狂尚。慇懃覽陳迹，忼慨有餘怏。致道。雲雷正經綸，兵甲相磨蕩。虎貔驅七萃，鵞鸛張兩廣。帥維丞相度，餉倚晉公滉。足食佇流錢〔五〕，宣恩同挾纊。顧慙已么麽，安處官冗長。短拙竟何裨，恩私誠謬降。猶能樂閒適，深恐遭譙讓。叔問。故應方虎間，不乏廉藺將。祕計走閼氏，奇功收跳盪。無煩秦庭哭〔六〕，坐使楚軍張〔七〕。何當躍龍津〔八〕，歸擁雲臺仗。官儀見炎靈，王氣蓋芒碭。專車戮防風，掩骼收魯項。致道。祿山終自焚，僕固胡能誑。來叔。雍容兩宮還，娛樂天下養。弁會肅鼂趨〔九〕，花深度雞唱。叔問。馬牛縱山林，弓矢戢櫜韔。致道。錢鎛待豐盈，壺簞更勞迋。周室已再安，漢業欣重創。來叔。返予綿上耕，酌我兵厨釀。致道。昂昂妙高叟，辭藻舍人樣。方爲東山起，朝論深倚仗。金昆固神秀，獨立起輩行。深嚴職右府，折中歸至當。伊予最畸孤，艱阨隨所傍。幾驚虎尾履，分委魚腹葬。偶然還一處，已幸神所相。矧復陪清游，快飲吸長江。叔問。深慙抗塵容，豈敢窺雅量。文衡久已持，宗盟從此亢。騄驥政騰驤，駑駘徒頡頏。雄筆掃千軍，榮光高萬丈。清朝尊陛廉，群枉窒户向。偉節素推高，嘉言行更讜。定應謝逋客，終冀寬俗狀。常貧固吾道，共約稅歸鞅。來叔。中興百六掾，麟趾豈神況。便便飽經史，婉畫正所仰。勤劬照藜青，豪俊嗤帳絳。如何艱危中，骯髒容跌宕。軒裳欲吹韲，文字堪覆醬。數奇豈無雙，妄發坐少戇。逍遙漆園莊，澹泊竹林向。重來縛塵纓，夜鶴空蕙帳。會蒙子雲嘲，未免王戎遏。致道。黐思京國游，幾作榆枋搶。無聊每過君，攄豁資直諒。朝野時歡娛，金石日擊撞。月遷惟佞幸，朝奏坐誣謗。寢薪積憂思，把酒亦愴悢〔一〇〕。斯須失和平，占候奏天棓。狂瀾黐四冥，覆蕢安得抗。顛冥今幾年，失喜問無恙。叔問。豈期愕鯨波，復此言輕颺。來叔。談追正始音，句屬郢中唱。致道。融金無留礦，探珠驚老蚌。來叔。更須月團團，追此春盎盎。還携玉色醪，共理黄篋舫。致道。清文韻韶濩，雅好羅觚罌。振衣躡崇山，一濯惠風暢。來叔。

【校記】

〔一〕『及』，馬本作『友』。

〔二〕『王』，原作『玉』，據吴本、袁本改。

〔三〕『志』，原作『忘』，據吴本、袁本改。

〔四〕『幌』，原作『愰』，據吴本改。

〔五〕『食』，原作『湌』，據吴本、袁本改。

〔六〕『秦』，原作『泰』，據吴本改。

〔七〕『使』，原作『流』，據吴本、袁本改。

〔八〕『躍』，原作『濯』，據吴本改。

〔九〕『趨』，原作『越』，據《年譜》改。

〔一〇〕『恨』，原作『恨』，據吴本、袁本改。

會要官集西池同舍翁挺作詩次其韻

瓊構涌空碧，魚龍濯晴波。游人與春競，奈此西日何。緬懷散花洲，青笠委緑蓑。當年漁樵侶，問我何時過。依然五湖境，亂眼煙雲多。恍疑三壺夢，欲繼七字哦。恨無石心兒，慨慷叩舷歌。時英滿四座，自許皆隋和。翁子獨不語，詩源瀉懸河。不作杜陵老，眼寒驚綺羅。

道山堂後小桃著花頗有幽態

春陽入花骨，踈葉皆昌豐。蓬山足松檜，不作倚市容。小桃三四花，擢秀冰雪中〔一〕。瓶顔澹無言，綽有林下風。無人對清賞，似笑華髮翁。老來懶尋芳，掛杖無青銅。不知春色深，但怪風日融。頗聞西郊路，欲作朝霞烘。何須逐流水，有馬如遊龍。騎驢哦新句，醒醉同一空。當年玄都觀，葵麥棲殘紅。却顧此幽絶，蕭然對繁穠。

【校記】

〔一〕「擢」，原作「櫂」，據吴本、袁本改。

北山小集卷第八

古詩八

分題得舡子和尚一首同宗正江少卿緯彦文、周比部武仲憲之、趙編修子晝叔問

洪波鼓溟壑，浩浩包神姦。安知五濁海，平地即九淵。此老獨安住，蕭然五湖天。勿言一葉舟，中有宇宙寬。我昔初吏隱，掌中視包山。垂絲月明夜，獨立無往還。當年夾山人，付此八尺竿〔一〕。安知甀瀾口，終日本無言。

【校記】

〔一〕『八』，原闕，據吳本補。

避寇村舍戲踏杷顛仆

試踏百齒杷，怳如乘風航。甈䫆不自持，尋丈得仆僵〔一〕。牛驚更疾走，天全偶無傷。代斲既創手，學製安可嘗。田翁一笑粲，何日千斯倉。

【校記】

〔一〕『丈』，原作『文』，據吳本、袁本改。

漸寒補治籬壁防盜戲書

元龍湖海士，豪氣老不除。龐公解脱人，法界一蘧廬。寶藏且不顧，家資何足儲。一朝四壁空，聊與妻孥居。今我貧病老，視身猶贅餘。室中亦何有，但有數篋書。飢寒士之常，肯歎食無魚。一官有微禄，二頃亦可鉏。騰騰苟任運，水到自成渠。

叔問觀韋蘇州詩至蕭條竹林院風雨叢蘭折幽鳥林上啼青苔人迹絶燕居日已久夏木紛成結几閣積群書時來北窻閱以爲適與景會寫以寄余因用韻書懷云

憂時鬢成絲，念遠心欲折。年芳豈不好，花下輒愁絶。衰顔有時丹，病指不能結。來往但鄰翁，奇書每同閱。

傷前輩諸賢無存者復用前韻

嶕峣玉山頹，磊砢霜松折。群同冀北空，絃爲鍾期絶。鞭從晏嬰執，襪慕王生結。往躅那可追，我躬方不閱。

自寬吟戲効白樂天體

武陵謫九年，下惠仕三已。或窘如拘囚，或了無愠喜。吾生憂患餘，年忽及耆指。偏痱未全安，抱病更五祺。進爲心已灰，棄置甘如薺。坐狂合投閑，佚老宜知止。向令身安健，不過如是耳。每思古窮人，我幸亦多矣。照鄰嬰惡疾，羈卧空山裏。纏綿竟不堪，抱恨赴潁水。文昌兩目盲，無復見天地。簡編既長辭，游覽永無冀。吾今雖抱病，蹇曳非頓委。時時扶杖行，積步可數里。校之卧床席，欲坐不能起，雖扶不能行，懸絶安可比。時從親故談，亦不廢書史。右臂故依然，運筆亦持匕〔一〕。籃輿時出遊，初不廢牢醴〔二〕。况無他證候，色脉苦無異〔三〕。詳觀動息間，儻有全安理。侍祠了無庸，竊祿愧索米。借居浮屠宫，非村亦非市。廷堂甚爽塏，高屋敞窻几。郊林接溪水，眼界頗清美。嘗聞天地間，禍福更伏倚。藉令衰蹇身，終老只如此。何須苦嗟咨，未必非受祉。形如支離疏，飽食逸終世。目盲如宋人，全生免徭使。平生嘆遠遊，今我在桑梓。田園接家山，區處及耘耔。平生困鞅掌，今我恬無事。

寢興縱所如，出處不違己。病來益尊生，對境空相似。永無貪欲過，稍習衛生旨。不爲六賊牽，豈受三彭毁。人言病壓身，往往延壽紀。大鈞默乘除，萬一理如是。安全固自佳，蹇廢亦可尔。死生猶寤寐，況此一支體。細思安否間，相去亦無幾。如何不釋然，萬事付疑始。

【校記】

〔一〕『匕』，原作『已』，據吴本、馬本改。

〔二〕『軆』，原作『體』，據《年譜》改。

〔三〕『苦』，吴本作『若』。

次韻和叔問古風送曾吉甫提刑

夢覺紙窗白，幽禽語匆匆。傳呼動林野，楚歌已三終。漢太守、刺史所至，歌者望見車，嗷咷楚歌〔一〕。今傳呼類此。故人忽在眼，四牡來城東。閑門雀可羅〔二〕，繞舍森蒿蓬。如何不我遺，臭味固所同。昔別全盛日，華戎文軌通。豈意喪亂後，晤言復相從。知君飽新得，敬慎過南容。蕭然氣深穩，隱如柙藏鋒〔三〕。向來夸奪境，變滅毗嵐風。訪舊半鬼録，榮衰等虚空。顧我老且病，齒摇頭欲童。念子方穎脱，如錐出囊中。會如金僕姑，犀兕貫七重〔四〕。光華得膚使，周咨廣堯聰。黠虜將革面，天方誘其衷。皇明並日月，塵霧不得蒙。遄歸侍幃幄，海嶽增深崇。儻因東飛翼，一訪白髮翁。時哉不可失，决去如驚鴻。

【校記】

〔一〕『嗷』，原作『噭』，據吳本、馬本改。

〔二〕『閑』，吳本作『閉』。

〔三〕『柙』，原作『神』，據吳本、袁本改。文淵閣本、文津閣本作『匣』。

〔四〕『兕』，吳本作『革』。

贈别吳忱宣德并序

余客都城，邂逅河南吳誠伯，偕寓興國僧舍。其爲人樂善嗜學，練熟世故。徙居蘄春，適再世耳，而蘄春人至都下者，無賢不肖必來問訊其廬，所傾下往往知名士。故舊有以急告，隨所厚薄賙之。誠伯自言尉光山時，捕得强盗十許人，賞應第一等。獄具，部送府，盗親戚望哭道旁，或扶老携幼，號戀不忍聞。誠伯顧盗非素猾賊爲人害者，一旦迫飢寒，適爲盗，乃陷重辟耳，因以盗還送縣，稍緩其獄。久之，皆得不死。賞固不論也。凡此過世俗遠甚。今兹同寓僧舍者至數十人，乃獨見親厚，此又何也？余調官東歸，誠伯從余索詩爲别，匆匆不暇，還家作此寄之。

吳公河南守，薦士得賈生。偉兹天下士，何止千人英。吳公失名字，功業曖不明。要非萬頃陂，莫著横海鯨。當時好賢意，豈愧勃與嬰。蔽賢如面墻，自使兩目盲。好賢如力穡，穰穰嘉穀成。至今餘慶在，望著河南城。如君豈其裔，樂善莫與京。高門二千石，世德故可評。平生周旋士，往往凌青冥。

作吏今十年，讀書不求名。向來光山政，何異古所稱。嗟哉士營己，寧使我負人。聊須借汝頭，一用朱吾輪。今君乃能尔，所棄如毛塵。故知古賢世，尚見風俗淳。猗予一畸士，落落良可憎。折腰務求合，俗眼竟不青。憧憧九衢内，邂逅蓋一傾。何從乃知我，頓有交舊情〔一〕。相隨若形影，出語見肺膺。長安速化地，頑鈍終無營。中宵起歸思〔二〕，襆被東南征。投林無擇巢，促步無安行。寧嫌蕞尔邑，要是衆不爭。紛紛同舍客，聚散兩不停。毛子去山邑，哦詩對崢嶸。想見簿領間〔三〕，炯如九秋鷹。毛世高倜。深州戢脩翮，題輿重廬陵。胷中若懸鑑，圭角不自呈。上官閎中恢。石老故游倦，飄蕭數星星。崇山古惡地，無乃煩笞榜。音彭。石興宗振有子悉，有時名，早死。程翁頗專嘿，兩版晝夜扃。時時繫烏帽，匹馬挾一駩。安知刹那間，一卧不復興。程興之。其餘復誰在，誰與交忘形。去駕雖結轍，來檣競揚舲。懷君尚留寓，京塵染裾纓。其誰念久要，佐子飛且鳴。况君緇衣後，世故飽所更。會當力推挽，横絶非階升。却顧五湖上，有人方耦耕。

【校記】

〔一〕『舊』，文淵閣本作『歡』。

〔二〕『思』，原作『忌』，據吴本、袁本改。

〔三〕『簿』，原作『薄』，據吴本改。

焦秀才出舊作送李世弼佐古詩李侯舊見知今亡矣覽之愴然爲和一首

李侯使東南，談士不容口。傾倉飽元元〔一〕，倒屣先九九。虚懷無故新，盡下商可否。摘文真鸑鷟，考異自科斗。臨人武城宰，薦士河南守。當從古人求，敢用時輩偶。如何二毛初，蒿里澆絮酒。悲歌不成章，千古一揮手。

【校記】

〔一〕『飽』，原作『鮑』，據吳本、袁本改。

酬焦秀才一首

焦生老儒冠，耳目接前輩。詞源如春水，浩浩漲清渭。長篇極春容，島可真瑣碎。人生各有趣，相笑等醒醉。胡爲嗜文章，不作速化計。明珠枉投贈，懷袖欲三歲。今晨雪寒門〔一〕，剥啄驚熟睡〔二〕。軒昂開劇談，良足慰幽悴。

【校記】

〔一〕『寒』，吳本作『塞』。

〔二〕『啄』，原作『喙』，據馬本改。

送林德祖致仕東歸并序

壯而仕，老而歸，理也。士溺於仕，故困而知返，病而能休，老而知止者，世則猶然貴之。若德祖於斯三者無一焉，然去官如脱屣，是乃真可貴矣。德祖方未仕，以學行有盛名。四十起家，至爲部刺史，所歷皆儒官，入糾天府，於今爲要地。年始登六十，茹蔬飲水，神幹儼如也。一朝浩然有歸志，退自府舍，不謀於朋友，不告於妻子，夜半狀上府，晨朝可命下，斯亦奇矣。余行道南徐，過故人蘇承祖，出許振叔書，道德祖掛冠勇決之狀。余時冒初暑，向遠途，忽忽煩憒，聞之灑然，如挹寒流而濯清風也。而或者疑焉，余曰：『子無異也。士溺於仕久矣，其視爵禄，猶飢者之羡膏粱，渴者之赴水泉，寒者之陽，而暍者之陰也。意若攀垂綆而上千仞，不可須臾置也。今乃有人負通博之才，居軒冕之會，非有宜去之年不得已之事也，然且一朝去之〔一〕。彼以夸競之心計之，是豈不可駭而疑哉？且仕不仕，何常之有。德祖非爲亢者也〔二〕，非要利者也，徒曰適吾之適以遂吾之性而已。雖然，自砥節礪行之詔屢下，所以愧責貪競者之辭實深，聖主之所望〔三〕，士夫之恥也。今觀德祖之去就重輕，亦足以振士風矣。夫仕者畢心力以奉所職，處者先廉退以風士類，是皆有益於時者也。德祖豈不賢遠於人矣哉！』既遇諸淮陰，舟翩然東，使人有冥鴻之歎，因爲詩以附諸公之末云。

浩浩聲利間，靜躁同一區。排肩日中市，有類逐獸趨。中朝尺寸地，衆睇咸睢盱。安知大雲客，出與飛雲俱。翛然棄之去，初不計卷舒。紛紛軒裳士，瞠目口爲呿。茫然更歎息，不問賢與愚。乃知楊少尹，未足繼兩踈。時當老而傳，不失仕且居。非同會稽史，苦誓困簡書。不比狂季真，索身憂病餘。耆年了無事，方當騁亨衢。投簪逸湖海，沛若縱壑魚。雖無揮金事，日者誰公如。清風激多士，故是明時須。恨無采詩氏，儻有東歸圖。

【校記】

〔一〕『去』，原作『云』，據吴本、袁本改。

〔二〕『祖』，原作『相』，據吴本、袁本改。

〔三〕『聖』，原作『聖』，據吴本、馬本、袁本改。

送太府宋少卿京赴邠州守一首

使君西南雋，掞藻陽臺春。聲稱動華省，故是青雲人。時於鵷鷺行，軒昂見長身。向來清官曹，往往席上珍。聊憑五經笥，一校九府緡。寧論尹卿筆，有志不自伸。探懷出銀黄，笑指漆水濱。房公嘯諸地，廐吏持朱輪。懸知涇渭間，廣畝連高囷。洪河潤九里，坐息西羌塵。長言繼豳風，耕稼可重陳。會當采謡俗，夜誦供華勛。時寺監局務皆以中官總領。宋卿按行左藏庫，杖胥徒一二人，總領梁平怒，遂出守。

周太博携詩見投作詩酬之

在事常鬱鬱，抛官意揚揚。安能屈五斗，秉耒庸何傷。往者永康令，柴桑遠相望。烹魚得赬尾，縮手生背芒。投簪息吾駕，刺口時談王。坐見明月溪，柔柯擢長楊〔一〕。願以三寸舌，横流制湯湯。櫑具驚曼倩，長裾識鄒陽。馮軾下賊壘，頹雲如壞墻。

【校記】

〔一〕『擢』，原作『櫂』，據吳本、袁本改。

少作

初秋

金天却炎威，二氣始交戰。雲奇未摧峯，江淨欲呈練。曉風清蟬腹，宿霧凝荷面。凉氣忽侵衣，庭花亂如霰。庭中紫薇甚嘉。

新凉發巾裾，欣此清夜永。寒蟲如泣恨，啾唧不可省。急節度霜砧，踈陰閟桐井。林搖澹月碎，葉颭幽露炯。坐久睇空簷，流螢點秋影。

秀峯遊戲効李長吉體

玉龍銜碧縈山脊，蜿蜿踏龍上穹碧。神奇鬼巧鑱高青，露壓春煙染山色。舉頭便足千里遊，太湖萬頃涵天白。剪霞噀霧濕青紅，錦楣花礎明清空。松聲拂枕破幽夢，冰輪逗滑寒朣朧。殿角聯珠挂星斗，透冷飛光射疏牖。古香飄桂夜陰陰，雲樓報曉生銅吼。摧頹羈客青山人，悠悠九土飛紅塵。眼前歷歷千古意，琴臺不見吳宮春。

過顔幾故居有感

幽蘭忌當門，野馬難駕車。顔生跅跎士，一跌不可扶。少年豪於文，自擬靈虵珠。生涯寄罇酒，醉目隨飛凫。興來不停筆，似覺膽力麄。開胷吐奇秀，濆湧春雲趺。嵚崎四五十，不挂薦士書。漫滅禰衡刺，佯狂阮生途。拂衣苕溪上，茅簷客東吳。懸鶉冬不完，脱粟午未餔〔一〕。醉中有天地，别是仙翁壺。惜哉不羇才，白首甘窮閭。平時同袍客，半在青雲衢。音塵邈山河，豈顧莊魚枯〔二〕。羈棲風塵下，日月雙馳駒。誰知聚沫身，倏去不可呼。死唯一函土〔三〕，生獨四壁居。寄骸無尺地，傳業無遺孤。詩人多命薄，此語或不誣。吴天千古月〔四〕，空昭酒家壚。

【校記】

〔一〕「午」，原作「牛」，據吴本、袁本改。

〔二〕「莊」，原作「壯」，據吴本、袁本改。

〔三〕「函」，文淵閣本作「坏」。

〔四〕「吴」，文淵閣本作「昊」。

登凌歊臺本宋武帝凌歊臺

凌歊正在塵歊外，四起雲山翠欲浮。丹檻昔時空勝事，錦袍何處想靈遊。鼇分一島來平野，鯨吸長江帶兩州。手決飛雲天作幕，坐侵寒露月垂鈎。向來時有千巖夢，對此渾銷萬古愁。醉目歸鴻天際没，地高空闊更宜秋。

同趙子雍過朱元益耜樂圃

秋風脱葉盡，弱質例可憎。樂圃森老木，深蒼鬱奔騰。中有白眉子，貌古心亦澄。歲寒儷松筠，豈直朱絲繩。籃輿一尋訪，相携得良朋〔一〕。促膝對軟語，沉憂釋春冰。叢編出奇蹤，璀璨獻與凝。琱戈及篆鼎，往往見未曾。慙君傾家釀〔二〕，幽亭暮方登。但怪一林白，孤蟾自東升。斯須接詩戰，掉鞅苦不勝。羨子醉經史，吾方著弓矰。白眼安取轉，尊拳恐相仍。見子意已足，何須酒如澠。

【校記】

〔一〕『朋』，原作『明』，據吴本、袁本改。

〔二〕『家』，吴本作『佳』。

送朱伯原博士赴太學癸酉

朱公將赴成均時，炎炎六月雲峯奇。閶門鼓聲催畫鷁，陂塘菡萏方華滋。朝雲回首暮雲合，汗青嵬磊扃巖扉。先生顧此重惜去，片帆未肯乘風飛。賤子乃前致以詞，誠知去魯心遲遲。丈夫出處會有時，從來猿鶴焉能知。醇儒況復生盛世，終老巖穴將何爲。公其去矣莫回首，君王仄席思賢久。公懷慷慨善哉言，挽舟便出楓橋口。

送朱伯脩延年入京秋試

朱生西遊不負書，堆胷自有一千卷。囊中亦不貯黄金，肯學癡兒事遊宴。會稽要待買臣歸，洛中須使張華見。扁舟去日春正深，嬌紅嫩白粉成林。沙頭酒盡一麾手，黄鸝亦作離群音。明年射策先髦傑，晝繡還鄉春事歇。剩沽美酒膾鱸魚，同醉垂虹亭上月。

雪中口占二首

萬木號風雪未乾，畫簷冰筋水精寒。日高丈五猶慵起，夢到江湖理釣竿。
一夜滿城三尺雪，寒林枯木盡生春。盆池水窄成冰鑑，庭竹枝低掃玉塵。

北山小集卷第九

律詩

和虞長洲遊虎丘

尋壑復經丘，人看李郭舟。藤花多背日〔一〕，桐葉最知秋。虎去藜藿盡，龍歸蛙黽愁。振衣臨石壁，未羨習池遊〔二〕。

【校記】

〔一〕『藤』，明寫本作『菱』。

〔二〕『羨』，文淵閣本作『見』。

移竹庚辰

寓目無清致，興懷要此君。影移千畝月，枝散五湖雲。鳳實和筠得，龍苞帶籜分〔一〕。傷根同柏大，剪葉異芝焚。拔篠衣霑粉，連鞭蘚破紋。虛心寧擇地，直節任離群。但欲通三徑，何須比萬軍。凛然真玉立，蔓草即堪耘。

【校記】

〔一〕『籜』，原作『蘀』，據文淵閣本改。

和友人陳傳道師仲司錄遣興之作〔一〕

急景去不返，官遊心易闌〔二〕。死生交道絶，冷暖世情看。適俗須多可，隨緣亦大難。一年還欲盡，三界直無安。

【校記】

〔一〕『傳』，原作『慱』，據吳本改。

〔二〕『官』，吳本、明寫本作『宦』。

沙塞松江和韻

三江既入今安有，萬化無端去莫留。蟹蚌失波枯斥岸，蛟龍移窟見沙洲。水窮范蠡扁舟返，海變麻姑兩鬢秋。通塞正應天數在，荷蓑持鍤直堪愁。

曉起回文

霜林一望極空寒，曉鼓催人覺夢殘。黄霧帶晴江渺渺，勁風翻影露漙漙。香飄引篆新添火，髪密勝簪慢整冠。藏拙懶便惟少事，興來閑借遠山看。

餘杭法喜院荆文公書堂文公康定中讀書於此辛巳

鍾山太傅起從龍，鼓動風雷指顧中〔一〕。未見圖形求傅野，豈知徒步客新豐。青鞵曾訪滄芝老，許遠遊登嵓茹芝〔二〕，乃餘杭山中也。白首唯餘擣藥童。寺僧言文公多養疾此堂，當時給侍童子，今八十餘歲矣〔三〕。藏壁故應留斷簡，至今山鬼慟悲風。

【校記】

〔一〕『雷』，文淵閣本作『雲』。

〔二〕『許』，原作『詩』，據吳本、明寫本改。

〔三〕『餘』，吳本作『一』。

送蔣主簿入都赴試一首壬午

東南貢吏紫髯郎，一馬騣騣客路長。袖裏山林洗塵霧，腹中文字了縑箱。流年過我長如許，樂事知君詎未央。行恐飢來驅我去，也遮西日上河梁。蔣有名畫小軸，常置懷袖，名壺中圖。

罷吏客郡城已數月滯留忽已歲暮浩然興歎作一首

一行作吏向吳城，五見娵隅上薄冰。魏顗三章堪自約〔一〕，殷源百尺敢言登。揶揄秖送人爲郡，噎媢墨音初非我負丞〔二〕。鞅掌棲遲俱害性，不知鬚鬢欲侵凌。

【校記】

〔一〕『顗』，原作『覬』，據明寫本改。

〔二〕『媢』，原作『媚』，據吳本改。

寒夜遣懷一首

强醉重雲欲散鹽，三更飛霰忽驚簾。大呼何與癡人事，此意多應俗士嫌。出户仰看天漫漫，持盃愁作夜厭厭。消除心事都無處，下盡中軍三百籤。

高郵旅泊書懷寄淮東提舉蔡成甫觀兼呈鄭使君弇三首癸未〔一〕

久客頗自厭，長歌胡不歸。束書方有適，捧檄定焉依。塵裏音容改，山中信息稀。十年長漫浪，深覺負荷衣。

命矣周南滯，時哉冀北空。居無刮目視，動有轉喉窮。泛宅如蠻蜑，淫書伴蠹蟲。飄蓬故人念，賴有繡衣公。

長夏熱欲死，迎秋氣已清。蚊蠅任來往，螟螣尚縱横。行止厭人問，棲遲真自驚。使君高義在，解榻見深情。

【校記】

〔一〕『旅』，明寫本作『夜』。

喜雨呈鄭高郵

赤地無遺蘖，懸知一歲空。乖龍忽解事，死虎亦爭功。時高郵用厭勝法，投虎骨龍潭中，至是雨。土燥財霑塊，人安未轉蓬。翻思瀉東海，何計請天公。田畝膏腴闊，河流脉絡通。邦人依豈弟，指日望登豐。

人日書懷兼寄吳中三二友甲申

東西南北走紅塵，又見江淮草木薰。小謝篇章成畫餅，卧龍功略付浮雲。孔明爲孫權畫赤壁之策及謝惠連爲司徒府法曹時，與予今年齒正同。棲遲枳棘今如許，嘯傲冰霜賴此君〔一〕。太湖多竹，所居有脩篁千箇。俛仰折腰成底事，故交千里漫離群。

【校記】

〔一〕『嘯傲冰霜』，文淵閣本作『笑傲風霜』。

許主簿見和過有推借再作奉呈

身謀自昔須三窟，世味端能敗一薰。醉裏閑愁濃似酒，春來歸思亂於雲。松栽咫尺傳盧老，棗實方將訪許君。見許遠遊《與王逸少書》。却喜雲孫共來往，扁舟時入白鷗群。

用前韻作招許主簿

風騷無復見黄初，尚想應劉載後車。病骨不知緣底瘦，愁眉時得爲君舒。動人春色來隨鸞，入眼溪流靜見魚。秖有此中多好句，可來茅閣試憑虛。

謹追和諸父留題雲門聲闍梨經閣詩一首

傑閣護真文，金僊妙大雲。風林終日説，露柱一時聞。谷暖春先到，山高日易曛。經行復宴坐，華雨任繽紛。

適軒庚寅歲郭慎求見邀同作

厭苦常從樂未央，不如要足兩俱忘。當飢糲食遺三鼎，便一平體綈袍勝五章。夜雪扁舟千嶂淨，午風高枕一窻凉。飄然自適非人適，肯受轅駒六尺韁。

謝江仲舉惠酒乙酉

山城無物可忘憂，但有平原病督郵。知我囊中無白水，煩君若下出青州。芳甘未謝三年醞，傲兀能消萬古愁。會待東郊春意動，鳴鞭乘興草堂游。

次韻張祠部見示丙申

大滌先生不諱貧，鬢髯雖白臉長春。三江魚美東曹後，二柳泉甘慧曉鄰。《南史》：張融與陸慧曉並宅云云。懷組歸來無長物，挂冠誰復並清塵。自怜出處俱違性，旋結衡茅寄此身。

章僕射山林

王子池臺迹已荒，年來華構壓高岡。長林不礙千山月，老榦猶含九夏霜。便覺平泉冠東洛，還依淥水記南塘。蝸廬却憙通幽徑，岸幘時來一嘯長。此地本錢王諸子園亭。

次韻張祠部敏叔游滄浪蘇子美故園

醉倒春風載酒人，蒼髯猶想見長身。試尋遺址名空在，却嘆張羅事已陳。稍置曲欄穿徑竹，别開高閣俯汀蘋。拏舟更欲陪清賞，要看毫端藻繪春。

次韻鄭大夫半隱亭

脱屣歸來稅兩轓，信知塵世有蕭閑。幽亭似近郎君谷，捷徑知非少室山。歲月優游真得計，風埃顦顇獨何顔。園林日涉仍多趣，坐看雲飛鳥倦還。

哦詩夜坐缾罍久空無以自勞寄吳興趙司錄江兵曹

詩成不直一杯水，年大常懷千歲憂。何須中令能强記，正要將軍爲破愁。故人久負丘壑志，公子欲尋梁宋游。相逢儻有蒲萄淥，肯向西涼博一州。

九日寫懷

節物驚心兩鬢華，東籬空繞未開花。百年將半仕三已，五畝就荒天一涯。豈有白衣來剥啄，亦從烏帽自欹斜。真成獨坐空搔首，門柳蕭蕭噪暮鴉。高適《九日》詩：『縱使登高秖斷腸，不如獨坐空搔首。』

次韻葉翰林見寄乙未

雅望清班亦醉翁，暫令槐閣曳鈴空。更評它日歸賢守，畫諾何人稱治中。蔡州今爲汝南郡，故得用汝南故事。便合追鋒來就日，已知投刃有成風。貽詩千里兼金意，俎豆常憐斷尾雄。相望千古一涪翁，還向江湖四壁空。病木自甘桃李後，野麇難著鳳麟中。未成下澤還鄉里，且寄窮閻蔽雨風。舉世知音常契闊，悲歌沉抑爲誰雄。

傅國華從使遼東已事還朝拙詩送別二首

夫君胷次有天游，笑指滄溟寄一漚。正使叩舷歌小海，不妨安席詠洪流。翩翩聊試千金學，刺刺應慙萬里侯。歸袖飄然望華闕，獨留珠玉照遐幽。

向來南北歎流年，十載相逢走道邊。作佛頓慙靈運後，著鞭猶恐祖生先。彈冠豈欲夸三組，負耒還思受一廛。默計此身端未了，別懷撩亂故依然。國華造道益深，而俱蹇淺滋甚，故有『天游』、『作佛』之句。

窮居苦雨

慢膚便腹轉踈慵，睡足茅簷目過鴻。墨客縱令三尺喙，木奴何似十年功。門前羅雀非吾病，竈底生蛙不世窮。舊雨未乾新雨漲，可憐愁絶力田翁。

謝張敏叔餉陸子泉

接輿叩木狂歌處，猶有清泉出翠微。不學癡人供水遞，肯分餘潤及柴扉。七甌已辦煎茶厄，三咽能忘啜菽飢。身寄吳門聲利窟，更思冰洞濯塵衣。

張敏叔得請謝事欽仰高躅謹成口號〔一〕

富貴紛紛有底難，乘時如探橐中丸。高人不啻曇華見，晚節誰爲趙璧完。且憙芝蘭俱秀發，不嫌松桂愈清寒。它年仄席思耆舊，矍鑠猶能一據鞍。

【校記】

〔一〕『謹』，文淵閣本作『因』。

晚雨菊次韻和張敏叔

異質寧當雜衆芳，故留寒穎度微霜〔一〕。三鍰何必分靈樹，九畹那能擅國香。不惜繁英供夕餌，肯持佳色媚朝陽。徑須移奉華堂燕，路草多應愧久妨。

【校記】

〔一〕『微』，原作『徵』，據吳本、馬本、袁本改。

葉内相赴淮西〔一〕

向來英妙壓鼇頭，去國三年白鬢秋。蕭傅豈煩更吏治，賈生元自贊皇猷。高文已得江山助，遠業寧爲管晏留。聞説云亭已除地，正須椽筆紀鴻休。

【校記】

〔一〕『相』，文淵閣本作『史』。

江仲嘉仕吳興雅重道場山長老惠顔仲嘉之柩以八月十五日至山下顔以是日告寂

道人非復世間情，居士空留身後名。共擬凌雲成一笑，不妨乘月話三生。桐鄉定有蟬衣在，葱嶺遥知虎錫鳴。耿耿幽懷無處寫，眼中泉石記經行。

觀王君玉侍郎集有酒胡詩次韻〔一〕

簿領青州掾，風姿麴秀才。長煩拍浮手，持贈合歡盃。屢舞回風急，傳籌白羽催。深塹偃師氏，端爲破愁來。

【校記】

〔一〕『胡』，原作『明』，據文淵閣本、袁本改。

九日陪章湖州致平援登道場山汎舟溪上

九日登臨得翠微，拂天松竹引丹梯。神游八表層霄近，目盡千山落日低。人散飛雲留畫棟，舟回初月照清溪。故知王謝風流在，吹帽何人醉似泥。謝傅、王大令嘗爲吳興守。

次韻趙叔問對雪共酌有懷江仲嘉之作

悦然身寄一山川，玉宇銀墻擁我前。便欲乘風向寥廓〔一〕，恨無新句落雲煙。延枚座右頻虚席，訪戴人遐歎獨賢。余至湖，江仲嘉適被檄之會稽。二公皆幕客，故以鄒、枚爲況。遥想支頤對秦望，朝來清思浩無邊。

【校記】

〔一〕『便欲』，吳本作『欲便』。

癸巳歲除夜誦孟浩然歸終南舊隱詩有感戲効沈休文八詠體作

北闕休上書

説將且不暇〔一〕，干時真自踈〔二〕。深塹叔孫子，未辨茂陵書。正自飢欲死，敢言忠有餘。平生畎畝志，本不羨嚴徐。

【校記】

〔一〕『説』，文淵閣本作『就』；『且』，文淵閣本作『日』。

〔二〕『干』，文淵閣本作『于』。

南山歸敝廬

故廬今茂草，新構羨茅茨。久負泉石約，空令猿鶴悲。一廛端可共，三徑復誰期。會結忘年友，耕雲茹紫芝。

不才明主棄

沃壤有多稼，良工無廢材。固知時不棄，正坐老無媒。病驥終難駕，寒花不易開。古來天下士，取次沒蒿萊。

多病故人踈

鴈足慵難寄，鷄栖出厭頻。路長時有夢，人遠遽如新。膠漆唯窮士，雲泥隔要津。嚚嚚亦何病，懶放任天真。

白髮催年老

轉眼過三紀，搔頭見二毛。先秋同柳弱，早白誤山高。種種從渠落，青青竟莫逃。形骸姑置此，痛飲讀離騷。

青陽逼歲除

顦顇身仍健，崢嶸歲又窮。天寒春未應，臘盡雪初融。萬化豈有極，一生常轉蓬。誰知元不動，日月自西東。

永懷愁不寐

腷膊南枝鵲，鏗宏半夜鍾。遼遼數寒漏，唧唧類吟蛩。馬革思强仕，牛衣慕老農。此身何處是，展轉聽朝春。

松月夜窻虚

透隙風號屋，翻簷雪灑窻。遙知迷九澤，似欲卷三江。引睡繙書帙〔一〕，澆愁泥去酒缸。無因踏松月，癡坐對清釭。

【校記】

〔一〕『帙』，原作『秩』，據吳本改。

避寇村舍戊申

再脱兵戈裏，全家走路塵。百年同是客，萬事不如人。幻境終歸盡，生涯正要貧。故人知在否，魂斷楚江濱。寇至之日，江子我、趙叔問適泊舟江口〔一〕，未知今在亡。

【校記】

〔一〕『我』，原作『支』，據《年譜》改。

哭王元規

華顛傾蓋便忘年，信有烏衣不乏賢。膝上中郎名譽早，湖南司馬歲時遷。去天尺五非無地，擊水三千竟莫前。唇腐五車真底用，人琴冥漠付重泉。

和答何蒙聖刪定

賀中林壑寄商顏，門外紅塵了不關。年去人猶昔人耳，身游才與不才間。與君同覺夢中夢，顧我長嗟山復山。何日方舟歸里社，韋編應許試窺班。蒙聖深於易學。〔一〕

【校記】

〔一〕『聖』，原作『正』，據吳本改。

江仲嘉書稱去常山靈真洞半里許得林壑殊勝予記昔過謝原道中亂峯峭壁間竹樹薈翳今仲嘉所稱得非此耶因寄百二十字

聞說靈真路，旁開小洞天。蒼巒閟清境〔二〕，陸地接飛仙。壁立驚猨挂，松枯老蔓纏。攢空永亭石，漱壑定林泉。煙磴盤三徑，玄牕屬五便。武陵迷漢魏，妙意斷山川。勝絶端如此，經營欲老焉。烹魚幾折屐，命駕擬加鞭。易禿三千丈，寧辭四萬錢。把茅應早計，拱木歎流年。鴻鵠須塵外，鵷鸞自日邊。人生各有在，雅志共超然。

【校記】

〔一〕『巒』，原作『鑾』，據吳本、馬本改。

鄒侍郎挽詞二首 辛卯

鑾貊人無間，鄉閭行益尊。芝蘭有餘化〔一〕，桃李竟無言。遠日來千兩，它年歎九原。死生如可作，安用百身存。

夷跖雖殊趣，彭殤共一歸。投荒萬里再，乘化百年非。細行皆無憾，常言亦造微。秖應存信史，千古有沾衣。

【校記】

〔一〕『化』，文淵閣本作『臭』。

與蔣子有道丁丑相從吳下之適感而賦詩 甲午〔一〕

三徑旁臨招隱谿，子真池館叩林扉。拏舟夜雪多乘興〔二〕，步屧春風每醉歸。居舍相望一牛吼，官塗常作二鳧飛。試尋邀月持杯地，共覺勞生四十非。

【校記】

〔一〕『與』，原闕，據吴本、馬本、清鈔本補。

〔二〕『夜雪』，吴本作『雪夜』。

暴書會和陳正字磷觀御製書二首

龍檢金壺記子年，寥陽宫殿玉虚前。三元初識皇文祕，八法爭看御墨鮮。叢簡舊藏丹蘂篋，群仙疑近白蛙泉。隆樓縹緲侵雲漢，神物撝呵衛九天。

七聖雲章秘紫清，睿謨神藻發長生。六爻妙畫超龍瑞〔一〕，千里真修叙廣成。但覺焕文驚俗眼，何勞掘筆避書名。法宫涵演方無盡，玉海濡毫卷四瀛。帝鴻氏有硯名玉海。

【校記】

〔一〕『畫』，原作『盡』，據吴本、馬本改。

送傅舍人國華使高麗二首

長嘯溟波又一游，眼中壺嶠接滄洲。紫微垣近三台象，銀漢槎回八月秋〔一〕。七制還須補天筆〔二〕，一帆聊展濟川舟〔三〕。從容歸奏承清問，膏澤東南四十州。

翩翩淥水泛紅蓮，一紀重來擁使旜。雲外兩星明漢節，海東千里戴堯天。舊聞箕子多遺俗，會使匈奴失左肩。五十年來蒙惠渥，故應微風莫深鐫。

【校記】

〔一〕『回』，文淵閣本作『浮』。

〔二〕『筆』，吴本作『手』。

〔三〕『一』，原作『二』，據吴本、馬本、明寫本、袁本改。

送朱職方希亮出使利州路二首

許下多名士，朱公盛德人。懷文深自匿，謀道不求伸。雅望臺中妙，宣恩劒外春。聊憑巴漢水，一洗九街塵〔一〕。

星使出文昌，仍分古華陽。過家真晝繡，擁節異懷章。泛應超餘刃，深心即道場。前旒須獻納，早晚侍明光。

【校記】

〔一〕『洗』，明寫本作『浣』。

和江仲嘉見寄壬辰二首

蓽門蓬舍不知春，車似雞栖甑有塵。千里傳情望雙鯉，一杯和影秖三人。交親離合同巢燕，身世羇危獨繭綸。四體不勤心擾擾，擬將玄旨問吳筠。江修練，故有此句。

寒谷應殊尺五天，鹽車無復望騰騫。至人未免填溝壑，大隱不如居市廛。長笑呼鷹思上蔡，獨令留石在平泉。茅茨欲作終焉計，未有滄浪四萬錢。

何蒙聖挽詞二首

倦遊初返北山農，一面忘年得此翁。易學知公無復過〔一〕，詩窮如我敢言工。安知接迹金蘭直，便作回頭夢幻空。本自無生今豈滅，不應吾道有西東。乙酉歲歸里中，始獲交蒙聖，蒙聖時年五十。

五籍紛綸井大春〔二〕，一言超詣阮參軍。王門設醴重經席，藏室讎書老蠹芸。問字毫釐分鳥迹，論文領略到皇墳。他年宿草傷心地，千里衢山隔暮雲。蒙聖深於《易》道，於荆文公《字說》發明指趣，未見其比。

【校記】

〔一〕『易學』，明寫本作『學易』。

〔二〕『井』，原作『并』，據吳本、馬本、明寫本、袁本改。

北山小集卷第十

律詩

酬潁昌葉內翰見招丁酉

觸熱西游泝濁波，京華旅食謝經過。年侵鏡裏今如此，歌缺壺邊可奈何。賓閣遥知懸玉麈，直廬應許到金坡。唐孟浩然故事。須公一節趨環召，猶及昆明百步荷。

旅舍寫懷

半世江湖寄此身，冰墟何意及陽春。離騷痛飲非名士，款段還鄉亦善人。病木作花真强活，長魚沈陸恐摧鱗。清時英俊如麻葦，敢歎長年甑有塵。

酬葉翰林喜某除官東觀庚子

冰谷難通杜曲天，淺聞那識絳人年。揮斤始免從輪扁，操牘寧堪佐史遷。正恐商樊譏浪仕，可令齊魯歎無傳。笭箵挂壁空回首，林有孫枝竹長鞭。

列宿羅胷妙補天，巨鼇峯頂號耆年。致君舊擬唐虞上，去國徒驚歲月遷。夢筆絲綸建瓴下，憇棠膏澤置郵傳。平生傾倒燕臺意，可使英豪慕執鞭。

送葉善卷致仕歸吴衛尉丞葉勸　庚子

衛尉新除蓋次公，便抛簪紱向江東。秋鱸正與蓴絲美，夜鶴休驚蕙帳空。滿腹詩書元未試，會心林壑與誰同。自憐華髮無歸處，慚愧冥冥物外鴻。

和同舍雪晴即事

雪消晴沼漲微波，一局文楸比爛柯。塵外清霄三島近，日邊春色五雲多。不妨窈窕耽書癖，時遣槍旗戰睡魔。洶湧詩情何所似，九軍雷動伐靈鼉。

和同舍上元迎駕起居辛丑

瓊構浮空錦作山，五門遥北望金鑾〔一〕。燭龍飛度崑丘曉，玉斧修成寶鑑寒。便覺冰荷回暖律，恍疑雲翼傅靈丸〔二〕。都人喜色瞻鸞蓋，更擬交光雪未殘。

【校記】

〔一〕『北』，吳本、馬本作『比』。

〔二〕『傅』，原作『傳』，據吳本、明寫本改。

和同舍夏日四詩辛丑

寒暑不到處，翛然天地中。夏冰聊善幻，性水自真空。松壑凝寒露，荷燈障遠風。峩峩欲千仞，扇暍意無窮。清冰。

曉來風破睡，天外失參横。雨作刻漏下，人思江海傾。林塘回秀色，廛市亦驩聲。漏屋吾無憾，聊蘇秉耒氓。暑雨。

夜氣接平旦，微涼生太虚。庭槐秋影動，簷月曉光餘。執熱寧無間，探湯固有初。斯須銜燭轉，汗漬羽陵書。晨起〔一〕。

赤日不可度，紅塵能許深。糞除知有意，垢淨亦唯心。葉落石門曉，花殘桃徑吟。安知煩溽地，擁篲却流金。掃地。

【校記】

〔一〕『起』，原作『夜』，據明寫本改。

車駕幸祕書省口號壬寅二首

端門清蹕隱脩廊，麟省新開接建章。六玉虬飛黃道穩，五芝華聳赭袍光。風生凡腋天顏近，春入仙洲晝漏長。拭目訓詞成飽德，共瞻雲日仰陶唐。

清塵膏雨浹人寰，金殿晴開瑞霧間。帝座騰暉臨璧府，飈輪紆景按蓬山。龍鸞初識昭回迹，麋鹿驚隨侍從班。再拜逡巡戴君賜，却迎天仗款賢關。

和田龍圖升之登秋宴口號二首

赭黃高拱玉霄間，金殿祥麟九色班。湛露恩濃開鎬宴，大風歌奏仰龍顏。自驚垂老抛農畝，浪逐群仙款帝關。銀甕白環方紀瑞，汗青脩竹盡南山。

矍鑠仍堪將帥間，壯猷聊與虎臣班。來詩云：『坐於諸軍團練使之後。』公車獻賦城南杜，郎省興嗟北地顏〔一〕。合殿千官瞻黼扆，中天雙闕敞瓊關。彤庭拜舞嵩三呼，延閣干雲真道山〔二〕。

【校記】

〔一〕「北」，原作「比」，據吴本、馬本、袁本改。

〔二〕「干」，原作「千」，據吴本、馬本、明寫本改。

林德祖有詩寄光禄蔣卿夢錫瑎及送朱博士駿發終篇皆見及次韻寄懷

閉門那復賦三都，傳世何妨强著書。東海遺榮行路歎，南山歸隱故人踈。尚平婚嫁無餘累，摩詰身心即淨居。六十挂冠雖早計，絶勝銜索泣枯魚。聞德祖兒近已娶婦〔一〕，故有「尚平」之句。

金華玉府九天開，夜誦何人薦逸才。大學諸生終莫挽，長沙賢傅幾時來。别離傳恨空魚素，歲月如飛逐管灰。亦欲相追老湖海，稽山肯放酒舡回。德祖既休致，不復作都城書，余獨時致書問訊，故有「空魚素」之句。

【校記】

〔一〕「聞」，原作「開」，據吴本改。

和江子我端友戊申

雨脚初收曉霧開，青鞵布韈好追陪。幽人無事長相見，佳句有時還自來。白業誰能超石壁，朱顏亦任發春醅。憂來忽憶燕南信，安得閿鄉老萬回。

齒落

年運過半百，齒摇先右車。朝來忽自墮，笑罷却成嗟。鶴髮情知爾，牛呞老更加。舌柔真足恃，寂默寄生涯。

種蓮

不向東林社〔一〕，聊分玉井蓮。淤泥超黑業，定葉異青錢。八法那能染，三車固可捐。從容共魚樂，吾意已忘筌。

【校記】

〔一〕『社』，原作『杜』，據文淵閣本改。

別後有懷子我追用巾字韻作寄

漉酒空㦸五柳巾，一觴相屬念情親。玉川奴婢今猶昔，錦里田園老更貧。冰洞清泉誰共酌，風篁幽徑好尋春。開年晴暖須歸去，還向江湖覓故人。子我東去，云欲居無錫，或過錢塘，故有『冰洞』、『風篁』之句。

殷浩廢處信安偶覽衢州圖經故居尚有遺址有感予懷書四十字

中軍時所廢，我廢坐衰殘。軒冕儻來寄，炎涼非意干。空函嗟外重，小品亦徒看。異代均流落，還來客信安。

觀梅

江梅開過尚餘香，半面殘粧對夕陽。野草凡花正無賴，競將紅紫占春光。

觀老杜久客一篇其言有感於吾心者因爲八詠

羇旅知交態

故里翻爲客，衰年亦倦遊。犢褌慙北阮，膰饋略東丘。門巷遊麋鹿，閭閻風馬牛。翟公良可笑，大署欲何求。

淹留見俗情

扶病來城郭，棲遲又幾年。炎凉驚節變，榮悴與時遷。掉臂人趨市，駢頭蟻慕羶。回觀衰冷地，古竈不生煙。

衰顔聊自哂

禿髮無重綠，踈髯已半凋。識風搖老炷，火宅豎衰標。往事那堪記，幽懷不自聊。餘年儻窮健，猶及中興朝。

小吏每相輕

鼠輩何知禮，奴曹只世情。鵾鴞嚇鸞鳳，螻蟻困鯤鯨。舍者時爭席，將軍莫夜行。豈堪供一笑，正自不須驚。子美詩又云：『何當官曹清，爾輩堪一笑。』東坡詩云：『爾輩何曾堪一笑。』

去國哀王粲

獻納無明略，衰遲只故鄉。養痾憑藥裹，掃迹寄僧坊。不作荆州客，空悲漢署郎。王粲少爲蔡中郎所禮。登樓那暇賦，哀鬢白蒼蒼。

傷時哭賈生

僭逆真苕燕，腥羶尚井蛙。蒼生困徵斂，黄屋久咨嗟。北狩終當返，東巡亦未賒。皇基甚宏達，四海會爲家。

狐狸何足道

宿㪚雖毛舉，中原尚土隮。時聞殲狗鼠，未遂戮鯨鯢。冠蓋翔鴛鷺，兵戈集虎貔。埋輪豈無意，攬轡欲誰期〔一〕。

【校記】

〔一〕此首文淵閣本作：『任爾威堪假，其能久自持。引明徒纍纍，逐利自嬉嬉。有態偏工媚，無端亦善疑。高懸秦鏡日，鼯技竟何施。』

豺虎正縱横

黠虜頻窺塞，潢池或弄兵。未傳朱泚首，時勞亞夫營。四海幾糜爛，群凶會鼎烹。皇威清海岱，談笑掃欃搶。

哭徐節之學士慎言

辯口懸河氣吐雲，賢豪往往盡知聞。論兵似欲無堅敵，攬轡常思去敗群。正使流言成玉玷，何妨浹骨自蘭芬。他年罷社悲閭里，宿草猶應哭故墳。節之以社日不起疾，故云。

又六言

臨汝音容近隔，幽明生死俄分〔一〕。可但一朝千古，真成聚沫浮雲。

【校記】

〔一〕『幽』，原作『源』，據文淵閣本改。

叔問録示樂天篘字韻詩余和以簡叔問

槽滴真珠不用篘，塵飛華棟發清謳。時危尚想承平態，勝會那從戰鬬求。「戰鬬求」，見《世説》桓南郡挾彈事。遺物方將期汗漫，苦心何必志窮愁。憑君賸作消憂計，痛飲狂歌爛熳遊。

興龍節日有感二首

往歲興龍節，寰區樂未央。姜任垂德化，夔契拱巖廊。事逐流年往，憂隨愛日長。嘉時真易失，追想故難忘。

往歲坤成節，群生鼓舞中。至公同造化，和氣浹羌戎。佐佑三王治，彌縫十亂功。戎衣何日定，無處問高穹。

龍圖閣待制知亳州事傅公挽詞四首

北地休奇績，東閩出雋儒。文明知世異，才德應時須。臺閣咨純正，朝廷重楷模〔一〕。九原如可作，素業上唐虞。

置醴王門重，和羹帝意深。方酬稽古力，未展濟時心。履道端由户，繩身異直尋。如何天不憖，注想動宸襟。

龍駕初從代，羊裘首訪齊。但聞還舊物，已足慰群黎。綸綍王言大，蓍龜國論稽。空留吾黨恨，桃李信成蹊。

曳杖空成歎，騎箕去莫追。桑陰曾未改，棠茇有餘悲。笳鼓千山路，龜螭萬古碑。登門慙惷陋，何以報深知。

【校記】

〔一〕『廷』，原作『延』，據吴本、袁本改。

黄修中大夫挽詩

少日無雙譽，中年嘆數奇。音徽叔度比，治迹次公爲。羔鴈徒三至，牛鷄不兩施。空令吴楚地，阡陌有餘思。

曠度中無纇，懷才竟莫伸。入朝誰不達，出宰一何頻。吏隱琳宫冷，郎潛素髮新。話言猶可想，攬紼涕霑巾。

致政程承議挽歌詞伯禹侍郎璃之父

手種庭槐擢幹長，誰知種德久彌芳。錦標荷橐看榮養，命服恩書被寵章。合浦珠還增氣象，延平劍合斂光芒。新阡鬱鬱車千兩，慶善哀榮動故鄉。

太守富樞密見示題趙叔問回光庵詩次韻奉和因叙比蒙屈顧郊居愧謝之意

千騎雙旌間綠沉，草堂無逕辱幽尋。應憐范叔窮愁甚，更覺文翁德化深。泌飲衡門聊寄老，高山流水舊知心。朝來拭目窺新句，入木鏘金比道林。

又和呈叔問

潮海當年共陸沉，山林投老得追尋。清溪宛轉千山静，喬木陰森一徑深。法界含容居士室，庵基堅固祖師心。山王終恐歸廊廟，回首清遊歎竹林。

用韻述懷

故交離合異升沉，枉直寧當問尺尋。伏櫪疲驂千里暮，當關虓虎九門深。炎凉殊態看浮俗，衰病交侵失壯心。一壑一丘真自足，野麋終是樂長林。

送莊大夫綽赴鄂州守〔一〕

白首同經本命年，君臨方面我歸田。應無衛尉一錢直，空羨漆園三十篇。季裕著《本草蒙求》三卷，頗工。麟閣功名應未晚，羊腸岐路莫爭先。西歸不待三年最，肯訪柴門瀫水邊。

【校記】

〔一〕明寫本題下有『字季裕』三字。

偶成四十字上呈彦章內翰叔問侍郎

頭童心亦盡，老矣不中書。賴有金閨彦，時來冰氏墟。但令尊有酒，安問出無車。更得身强健，登臨縱所如。

彦文見和謹用韻作二首

禪翁憐病士，時枉數行書。野寺尋荒逕，煙林接遠墟。擬回逋客駕，仍挽故人車。會赴山林約，無勞問久如。久與叔問約同訪彦文山居，行當如約。

知公探理窟，玉檢祕瓊書。宴坐超三界，靈光洞九墟。折腰憐五斗，舐痔笑多車。定起時遊戲，新詩錦不如。

再作述懷

不作頭錢直，徒看萬卷書。秋螢羞赫日，潢潦異歸墟。絶意高門地，真乘下澤車。終年日高卧，豈問夜何如。

再和寄彦文

踵息庵中老，看書不蠹書。青燈對編簡，秋氣入郊墟。農圃從爭席，笙歌載後車。風流傾一座，誰復似相如。

某啟伏蒙宫使資政左丞以某末疾漸平寵況新詩仰荷眷私欽誦不足謹依嚴韻攀和四首少叙盛德仍述鄙懷伏惟采覽某再拜

如公真似泰山雲，敷寸崇朝四海聞。出處要同周四友，聲名何減漢三君。詞源笑唾三冬學，妙旨深明六藝文。要是天孫機杼手，莫將雲錦並纖紋。

典訓文章見白麻，經綸才術乂王家。如何袖手千巖裹，却旁臨溪一徑斜。憂國丹心知益壯，濟時素業復誰加。何當樂壽亭前路，杖屨追游閲歲華。

載酒何人過子雲，閉關蘭若斷知聞。分無秔秫資三徑，豈有篇章詠五君。親故易成南浦別〔一〕，漁樵時寄北山文。懸知倚市傾城態，應笑寒窻刺繡紋。

充庭英俊劇蓬麻，迂惷無庸合卧家。錦里煙塵終不到，玉川思慮本無斜。山東何翅三年別，霜鬢潛驚一半加。會见中興平四海，要看元凱佐重華。

【校記】

〔一〕『親』，文淵閣本作『新』。

叔問覽北山小集用葉左丞韻辱惠佳篇推與過情良深愧戢謹次韻奉酬二首

過眼紛紛夢電雲，羡君强識與多聞。風流千載鑑湖老，博極群書都水君。顧我衰懷無復理，空餘宿習寄微文。深慙推借逾涯甚，偶爾真同禦木紋。

衡門相望接桑麻，人識城南二十家。老罷應難夸競病，詩狂時復賦車斜〔一〕。韋編閲世時時絶，班劒看人歲歲加。徒把槧鉛消永日，强分奇正與英華。

【校記】

〔一〕『時』，吴本作『無』。

鄭希尹大夫會吴中諸老唯方子通不至余作詩呈希尹

黑頭新貴擁朱輪，交會耆英久不聞。博識猶多漢郎吏，敦詩仍有晉將軍。一作『悃幅無華漢郎吏，詩書執禮晉將軍』。河流曲曲靈光異，芝蓋莖莖瑞氣芬。是日九人。坐想城東隱君子，無心閑似嶺頭雲。張敏叔祠部，章伯成户部，餘皆員郎〔一〕，故有『郎吏』之句。張仲謨嘗帥熙河〔二〕，故有『將軍』之句。

【校記】

〔一〕『郎』，文淵閣本作『外』。

〔二〕「河」，原作「何」，據吳本、馬本改。

避寇還舍一首戊申

亂定還三徑，陰陰夏木初。驚弦無固志，巢幕且安居。宴坐心如地，幽尋步當車。經丘仍窈窕，逶屋正扶疏。摶黍空懷友，提壺或起予。老來無住著，聊復愛吾廬。

得趙叔問衢婺道中書作寄己酉

田中有秫醉淵明，石上無禾養伯齡。聳澗蒼根終鬱鬱，拂雲歸翼會冥冥。避喧人境心隨遠，入夢家山眼共青。歲晚定知成二老，深慙招隱苦丁寧。

和答江彥文送行長句辛亥二首

醉裏求名苦不情，翛然誰信萬緣輕。却觀塵境端如夢，更憙幽栖得此生。游客乍歸寒雀噪，山人還去曉猿驚。會當蠟屐同幽討，無限青山照眼明。

贈行新句比陽春，朝奏當年竦搢紳。素業異時應有待，玄談高處亦無倫。平生骯髒皆華首，閱世崎嶇信損神。只恐鶴書還赴隴，未容公作獨醒人。

會稽旅舍言懷

北山之北寄柴扉，茅屋參差倚翠微。老罷那知還作客，春來無奈苦思歸。淹留恐復荒三徑，潦倒寧堪扈六飛。乘鴈雙鳧成底事，不應容易裂荷衣。

次韻江子我見寄長句余時初忝祕書少監

泥行正作龜藏穴，霧隱初微豹一斑。豈有高標如冠玉，况無談舌解連環。一登文石趨宣室，三竊蟠桃向道山。早晚共尋鷄黍約，林泉猶得半生閑。

苦雨

積潦徹厚地，油雲成漏天。乘舟迷晚市，懸釜鬱晨煙〔一〕。卉服幾三沐，蘧廬亦九遷〔二〕。何由開白日，直恐墊黄泉。天道終持滿，皇心劇捄然。多應洗兵馬，且復奠山川。浩浩收溟漲，穰穰浹帝壥〔三〕。爕調知努力〔四〕，延頸待豐年。里諺：『夏雨甲子，乘舡入市。』今年三雨甲子，故有『乘舟』之句〔五〕。

【校記】

〔一〕「釜」，原作「金」，據吴本、馬本、明寫本、袁本改。

〔二〕「廬」，原作「蘆」，據吴本、明寫本改。

〔三〕「穰穰」，原作「穣穣」，據吴本、馬本、袁本改。

〔四〕「弩」，吴本作「努」。

〔五〕「有」字前原無「故」字，據吴本補。

比閲藏經偶成短偈仍寄同志者〔一〕

君看故教定何緣，豈爲多聞與福田。念念會融歸自已，言言當處便忘筌。無錢空數他人實，遮眼那令兕革穿。鳥度虚空風過穴，不妨開卷亦安禪。《華嚴經》云：「譬如貧窮人，日夜數他實，自無半分錢，……懈怠者亦然。」

【校記】

〔一〕吴本、馬本題下有「丙午」二字。

丙辰八月六日作

負痾今日四周年，藥裏關心雪滿顛。坐失分陰嗟倏忽，行扶跬步苦跰蹁。支離徒費三鍾粟，潦倒仍依二頃田。身在山林名絳闕，無功飽食愧前賢。

戲呈叔問

野寺蕭條獨掩扉，了無才術赴時危。未成鴻鵠舉千里，且比鷦鷯足一枝。短髮望秋如葉落，壯懷因病與年衰。何時負郭通三徑，鳩杖相將醉習池。

彥章屢顧郊居作詩叙謝

骯髒衰頹歲月侵，冰墟誰復顧山林。閭閻揖讓潛夫老，車騎雍容重客臨。表裏絲綸曾濫吹，推揚巴俚久知音。時來解帶揮談麈，正始微言得重尋。余在掖垣，彥章在翰林，故有『表裏絲綸』句。

鬱鬱澗底松戲作省題

鬱鬱千山麓，常嗟澗底松。老應從禹貢，清不受秦封。偃蹇龍虵蟄，摧藏冰雪容。地偏難聳壑，根固獨凌冬。天近知材大，辰來有棟隆。山苗應見笑，穴蟻莫相攻。

與叔問預約繼九老之會

七老當年四美并〔一〕，韓溫千載接儀刑。世間天爵兼人爵，雲外台星聚德星。白髮簪花看更好，碧山環座眼偏青。相期勉繼耆英會，留與衢城作畫屏。

【校記】

〔一〕『七』，明寫本作『九』。

日日辛巳

日日長川去，行行萬化新。回思幾年事，已似隔生人。章甫寧資越，連城漫入秦。應知衣內寶，肯渾隙中塵。

山近

山近雲多態，身閑夢亦幽。紙窻先得曉，布被最知秋。海眼來陰冷，雲根逗暗流。結茅容我卜，投老爲君留。

看鏡辛巳

看鏡怳如夢，今余猶昔余。身經幾墮甑，迹寄一蘧廬。仙客有遐怨，昔人以鶴爲仙客，鴨爲閑客。孔兄無近書。塵纓與蕙帳，兩事欲何居。

丁巳九日携酒要叔問登通道門樓而江彦文寄玉友適至因用己未歲吴下九日詩韻作

凉秋風物正清華，極目高樓不見花。老境固知無樂事，醉鄉聊欲寄生涯。銀鉤遠寄清桐滑，玉液親題赤印斜。笑引壺觴成一醉，歌筵遥想鬢堆鴉。聞彦文是日有盛集。

戊午歲九日復與叔問登城樓再用前韻作

兀坐空哦服九華，衰頹深覺負黄花。但令無事長相見，敢歎百年生有涯。雉堞曉登千嶂抱，縠波秋淨一溪斜。歸來更展新詩卷，醉墨淋漓似老鴉。盧仝有『却來案上翻墨汁，塗抹詩書如老鴉』之句。

靈山觀

入夢無黄石，收身賴赤松。濯冠臨皖水，執簡叩灊峯。司命開琳闕，明光下玉龍。高靈心拱衛，江海勢朝宗。清夜垂星斗，空山答鼓鍾。雲車來絳節，風馬上丹封。樓觀參差見，巖崖轉仄容。山川瞻勝異，蘋藻薦嚴恭。凡骨應難换，幽人豈易逢。他年華山藕，安用葛陂笻。是夕設醮，宿觀中，謁崔道士，值出。明日出山，遇諸道。崔走避茅舍，余下馬亟往見之，與語，不相酬答。頃之，衆中目余，袖間出藕一節遺余，且云勿覼縷，因逸去。

題靈山息軒

擾擾塵勞客，誰能一念休。向炎皆渴鹿，犯稼劇奔牛。舟壑雖無住，江河竟不流。超然隨萬境，轉處實能幽。

舟行過吴江有感

陳迹端如幻，羇懷秪自驚。十年窮不死，四海寄餘生。蒲柳成衰質，枌榆憶舊耕。重吟五湖句，慷慨動幽情。

棲棘空迴首，飛梟竟折腰。秖今隨泛宅〔一〕，敢復歎沉僚。行路終難拗，迷魂不可招。山川良是昔，恍似鶴歸遼。

【校記】

〔一〕『今』，原作『令』，據文淵閣本改。

葺蝸廬吳下用葉翰林見寄詩韻作

四海無廬置此翁，故營松竹儘囊空。明知計出柏馬下，正擬身全木鴈中。東郭易成生草舍，南村先怯卷茅風。向來豪氣今如此，敢與元龍較長雄。張志和結廬東郭，茨以生草。余結廬皆竹椽松柱，故有『松竹』之句。

和白樂天二首寫懷仍効其體

莫把蓍龜更問天，向來心事已蕭然。塵中惝怳常如失，夢裏呻吟半不眠。三徑松筠終問舍，五湖煙水不須錢。艾耆相去能多少，早擬懸車十五年。

中臺退食每逡巡，不向重華即淨因。豈但語言都少味，亦知才術不如人。五雲華闕通閨籍，萬頃煙波擲釣綸。梟鴈去來何足道，從容居士宰官身。

和趙子雍游石園

長嘯西風一散襟，重陰踈影靜相臨。水通笠澤秋容淨，竹種玄池野思深。石磴掃雲留晚步，松蹊隨鶴盡幽尋。舊游回首成春夢，太息憑誰寫寸心。

謁蔡開府延客周歷堂宇覽觀山林巖洞之勝頓失袢暑退作律詩一首

蒼虬銜雨轉晴巒，噴霧跳珠玉甃寒。掩冉風林聽竽籟〔一〕，蕭森煙籜種琅玕。期僊磴屬三休逕，羃翠庭臨八節灘。赫赫雲峯張火繖，陰陰冰洞却霜紈。山藏神府新瓊簡，壁挂磻谿舊釣竿。怪底蕭條增秀發，六龍曾此駐和鑾。

【校記】

〔一〕「竽」，原作「竿」，據吳本、馬本改。

和王給事易簡殿試舉人五首

試進士

切雲冠弁拱長生，匝地英髦集紫清。共喜草茅承帝問，欲傾塵霧贊皇明。飄飄六翮鳴皋意，浩浩三眠食葉聲。正學儻言應不乏，松筠寧爲四時更。

試特奏名

十上寧嗟老此生，長年終得似河清。良金熟練精英在，古劒磨光星斗明。伏櫪向來猶壯志，據鞍它日想騰聲。當時誰出菑川右，充選何勞固請更。

試武士

射策兼收燕頷生，不須文檄似常清。驚弦戎虜從容下，聚米山川指顧明。豈但執戈堪武衛，還應舞羽繼仁聲。汾陽千古知無匹，怪底麾旌不浪更。郭子儀舉異等，麾幟不更〔一〕。事見《李光弼傳》。

【校記】

〔一〕『麈』，原作『魔』，據吴本、馬本改。

考校

金闈人静月華生，玉宇風微曉露清。深拱北辰三素遠，静看東壁幾星明。嬙嫫豈易欺軒鑑，韶濩那容奏鄭聲。聞説壺天春日永，怳疑鼇戴欲番更。

唱名

萬里煙霄羽翼生，肉飛安用漱華清。緋頭黄尾何勞記，紫籍青書故自明。香撲賜袍迷草色，風傳宫漏出花聲。騏驥一一充閑廐，千里那聞駕屢更。《九章》云：『勒騏驥而更駕兮〔一〕，造父爲我操之。』

【校記】

〔一〕『驥』，原作『騮』，據《楚辭》、吴本、馬本改。

和何文縝禮部種竹一首

筠節寧當混草萊，寸根中有拂雲材。清游未接諸賢遠，幽徑終因二仲開。歲晚蒼陰元自茂，實成丹鳳幾時來。何郎冰雪森相對，默轉談鋒萬壑雷。

某皇恐上啟伏承太師均佚之暇修真養浩日與造物者游謹成拙句上塵鈞覽

碧海崑崙接絳臺，故應春至自花開。絲毫不立元非靜，梨棗潛生豈用栽。種種初無心外法，綿綿時向定中回。却來重展調元手，會見華胥遍九垓。

北山小集卷第十一

絶句

太湖沿檄西原道即事三首

司空山頭朝出雲，西源渡口十里陰。煙中鷄唱未及午，白雨作泥泥已深。

上崖下谷鳥道中，前屬後巾魚貫從。西山路暗光已夕，東山山頭餘日紅。

道旁甕盎如汝陽，石間黿鼉如吕梁。不知身世在何許，舉頭四山鬱蒼蒼。

登富陽觀去聲山亭三首

游雲凝空日無華，煙江冥迷如眼花。觀山直南是秦望，不見高青天雨沙。

東吳山川少雄遠，此中形勢如江南。當年伯符亦浪出，三雄相視徒耽耽。

橋公宅中木參天，孫郎山前春燒去煙。大橋不向五湖去，建康宫深空歲年。

壬子春暮罷職西省以宫觀東歸道由富陽默記舊詩俯仰二十八年矣有足感者用前韻作因簡叔問并諸故人三首

春風吹衣雙鬢華，山中小桃應著花。回思二十九年事，世故困人如筭沙。

故園在眼日漸近，北山之北南山南。從來不飲聲聞酒，況學詩翁老更耽。

擊水三千尺五天，故人拭目上凌煙。北山還我扶犁手，准擬今年大有年。

題蔣崇德彝所藏明皇夜游圖二首

燃膏飛控逐流光，露溢金盤樂未央。擬跨八龍窮轍迹，誰令一馬向銅梁。

崤函伊洛好家居，四十三年似覆盂。盡道蛾眉供一笑，安知傾國有胡雛。

即事

照空初涌玉芙渠，驚起霜林尾畢逋。託宿一枝翻自失，倦飛三匝正相呼。

山中次葉翰林韻五首

四山松桂擁高寒，臘盡陰崖雪未乾。發石開林窮鳥道，披榛尋壑見鯢桓。

繞舍蕭森碧玉椽，西丘桑苧遠相連。東山一爲蒼生起，付與幽人枕石眠。

步尋芳草坐班荆，照眼林泉動客情。安得長年專一壑，北窻高卧更何營。

李郭一舟知謾與，羊求三徑可無人。它年午橋窮勝事，應許幅巾來卜鄰。

雨餘雲氣渺三江，松月徘徊拂夜窻。坐對縣河瀉千古，故知難並隴頭瀧。

七夕六首

阿母雲車下建章，茂陵秋草竟荒凉。漢庭卿相如麻葦，只數窺窻陛戟郎。

緱氏山頭白鶴飛，山川良是昔人非。倏然脱屣人間世，不獨遼東丁令威。

胥門老蔡定凡仙，會有神人與作緣。自笑塵容滯窮骨，不如鷄犬上青天。

腹中書籍雖無幾，可奈多知作病何。正欲掃除無復理，聊將犢鼻挂庭柯〔一〕。

織女機邊天漢流，盈盈脉脉望癡牛。未應乞巧能如願，咫尺星橋不自由。

乘槎吾欲問天孫，榮悴寧當巧拙論。富貴可求難自强，五窮那肯置迷魂。

【校記】

〔一〕『犢鼻』，原作『鼻犢』，據吳本乙。

江仲嘉行邑將歸見寄絶句次韻八首

骯髒江公故不群，八關三窟斷知聞。喜談狗馬從無鬼，獨抱冰霜似此君。

常嫌小知漫閒閒，曠度蕭然只愛閑。不借黄粱留客醉〔一〕，嚴關三鼓款銅鐶。

若下餘杯一望間，不辭山上復加山。孟嘉固是盛德士，犀首何能終日閑。

勸農行稼亦看山，牛驥何妨共一閑。應笑云亭老頗僻，背崖無地結三間。

漾漾扁舟拂水飛，飄飄蘋末細吹衣。傳呼匝地來連璧，東郭人知典午歸。仲嘉行縣歸，司錄趙叔問迓之南門，聯鑣還府，率以爲常。

詩城端欲據天山，酒户猶能敵飲仙。幽事相關公事了，如屏千嶂翠連綿。

聞説人間有閬風，飛霞無路欲誰從？只今華髮驚衰態，却羡蒼松獨奈冬。

君知曹子幻奇功，法界由來一性風。等是少年誇狡獪，杖端聊挂蘂珠宫。仲嘉詩中用《神仙傳》曹博士逆風舉帆事。

【校記】

〔一〕『借』，文津閣本作『惜』。

葉翰林令畫僧作偃松於石林堂壁有詩余次韻四首

試驅毛穎沐方諸，盤礴經營慘澹初〔一〕。莫作世間虚妄見，筆端三昧入無餘。

當年溜雨三千尺，回首丘山力萬牛。故作輪囷欹絶壁，苦心蒼節俯清流。

人間境物無非畫，筆下丹青却似詩。流出胷中無盡藏，翰林詞筆是良師。

眼中突兀藍田館，前日空山穢不治。聊遣上人供幻事，戲將方丈納仇池。

【校記】

〔一〕『慘』，原作『滲』，據文淵閣本改。

寄謝葉翰林見招二首

風流刺史從英游，況復西湖菡萏秋。授簡豈堪陪兔苑，舉鞭聊欲醉荆州。

白雪詞章勝遠游，胷中清鑑有陽秋。玉堂正要如椽筆，肯使經年借一州。

題許徽猷韓幹二馬

並轡長途騁二龍，紫騮飛度玉花驄。何年照影瑤池暮，露鬣風鬉慘澹中。

觀大洪淳公送覺上人頌演爲四首

異類潛行未兆前，箇中誰辨正中偏。沉沉海底三更月，杳杳長空萬里天。
昂藏頭角聳磨天，玉馬嘶風曲調全。却向大洪山頂上，一聲驚散野狐禪。
迴途莫守寒巖草，巖前枯木春風到。玉顏年少滿頭霜，花落花開不知老。
耕破威音那畔田，向來荒草不知年。鐵牛閑卧無人喚，回首芃芃緑滿川。

和潛老秋日山中三首

夜漏初添數刻長，毛塵何足較牛羊。道人一念三祇劫，春草秋花自在香。《佛本行集經》云：『七羊毛頭塵成一牛毛頭塵。』
籜龍變化九天去，草木如空冀北群。竹林之游寧復得，邈若山河懷五君。《五君詠》，蓋竹林諸賢也。

琅玕摧空一葉下，塵鑑出柙南山高。卧看微雲澹河漢，佳句不復推亭皋。

三峯草堂二首

庭前雙梧一畝陰，禪房蕭森花木深。清霜脱葉空山響，夢覺寒窻松月林。

雨洗千山翠欲浮，稻畦松澗已爭流。朝來風急凝雲盡，歷歷鍾聲過五州。

觀元章帖有寄王寶文絶句戲和

好奇不減猗犴叟，放論猶嫌石户農。怪底西山增爽氣，佳城蕭瑟閟滕公。

避寇儀真六絶句

二紀重來一葦杭，脱身兵火走風霜。安知老境今如此，滿眼旌旗兩鬢蒼。

北固山頭竪白旗，西津渡口僕姑飛。將軍笑引三千騎，洗馬鵝翎間道歸。是日聞浙西總管提兵自瓜州取道儀真，度長蘆，便道趨杭。

江漢長哦向渺茫，白沙朱雀正相望。東巡百萬臨瓜步，拭目中興望我皇。

拜表時時上閤開，九重葱鬱信佳哉。天旋地轉會有日，填咽都門龍御回。

瑤臺侍臣不可作，嚴谷道人今也亡。杖黎三徑非無約，一笑凌雲有底忙。往與王八丈彥周經由儀真歸浙，至鎮江，遇友人江仲嘉，今二十四年矣。

茅茨低小對青山，准擬餘年向此閑〔一〕。南望青山是黃鶴，欲憑黃鶴寄書還。

【校記】

〔一〕『准』，原作『淮』，據吳本、馬本、袁本改。

泊舟儀真江上連日風雨作六言遣悶四首

洶洶風號萬竅，冥冥雨暗長江。午夢歸尋三徑，南山恰對書窻。

常寂光偏一切，勝義諦即世間。正自縱橫五位，不妨透脱三關。蝸廬有佛室曰『常寂光』，小齋曰『勝義』。

韋杜去天尺五，鯤鵬擊水三千。作意公能活國，餘生我得安禪。

上流下流兵渡，江南江北人歸。寒盡春生梁苑〔一〕，天旋日轉皇畿。

【校記】

〔一〕『生』，吳本、馬本作『至』。

題太守錢侍郎所藏薛少保獨鶴圖和韻三首

紫清之驥下閶闔，昂然野態猶高騫。矯如喬松欲仙去，袂聳霞外雙眉軒。
丹帢玄襟雪色衫，羽人冠墜不須簪。夜來白露聞清警，却使憂懷百不堪。
通泉寫真不復見，劫火變滅隨毗嵐。豈惟畫筆世莫比，正自草書無第三。

題錢守宋漢傑清夢圖二首。錢守用余所收隆師小軸六言韻作見要，題此

展盡衡廬清影，卷將震澤俱還。自有毫端千剎，誰論塊視三山。
登泰山小天下，斷妙喜出世間。萬壑千巖掌握，江月松風往還。

戲題畫卷

五載京塵白鬢鬚，丹青遐想寄衡巫。如今掃迹長林下，却對真山看畫圖。
胷中雲夢本無窮，合是人間老畫工。常恨無因繼三絕，倩人拈筆寫胷中。

答和江子我四首

長江衮衮葉蕭蕭，心與虚空自寂寥。過眼文書風度穴，迎秋衾枕帶忘腰。

椰㮚横擔入亂山，怳如黄鶴倦飛還。不妨步屧時來往，山北城南一望間。

和江子我〔一〕

黄河入海汴東傾，消息沉沉秖涕零。賴有真人翔白水，正須元帥得咸寧。時聞宗元帥物故，方謀帥汴京。

【校記】

〔一〕此題『和江子我』與下題『戲和』，文淵閣本俱無題。

戲和

欲知黄鶴山中客，便是芙蓉室裏僧。不比妙高窮老圃，堆壓懵懂百無能。

庭菊爛開招子我共賞而空無酒飲聞瓜洲酒美遣酤數升殆如灰汁戲作三絶句因以酬九月四日戲贈之作

慳囊不瘦空四壁，只有黄花如散金。急遣籃輿喚居士，飲溪飡菊對幽吟。《楚詞》：『夕飡秋菊之落英。』孟郊詩云：『日暮飲溪三兩盃。』

蒲萄餘瀝不到我，買酒得漿醨自嗟。安得長江化爲酒，亦分春色到貧家。酒有洞庭春色。

疥癢終非腹心疾，身如空聚任爬搔。惡酒未應勝茗飲，消憂聊以永今朝。時子我方苦疥癢，不飲。

次韻和江子我道中絶句七首丁未

初入鴈蕩山

雲關深掩裂荷衣，却著青衫扈六飛。鴈蕩峯前瞻使節，一星還旁紫垣歸。兵部領駕、庫二部，故有『扈六飛』之句。

名山無復見金堂，盡日蒼巒對夕陽。還向江城動悲思，背人驚鴈兩三行。山南曰朝陽，山北曰夕陽〔一〕。

【校記】

〔一〕『夕』，原作『少』，據吴本、馬本改。

羅漢洞有經一藏

人間結習盡無餘，肯向諸天五淨居。寶藏至今留洞穴，應真時有讀殘書。

雲巖寺

鋤姦未辦煩温造，督戰聊應問石雄。行遍江南好山水，不妨仍在嘯吟中。

新城道中許敬宗新城人

遺臭千秋信不磨，當年意氣奈君何。長沙老獠雖流落，身後聲名得自多。

籃輿度水復穿松，三紀回思一夢中。壯齒佳時那復得，蕭蕭華髮對秋風。元祐庚午歲嘗至新城。

楊梅

吳兒真是沐猴冠[一]，欲比楊梅荔子丹。不用紅塵占使騎，畫船飛楫向長安。

【校記】

〔一〕『沐』，原作『休』，據吳本、馬本改。

駐蹕楊州以提點刑獄公廨爲尚書省禮部在西北隅卷書樓下甲戌年余嘗寓止焉今寓直其下有感

三入南宫更白頭，夜寒持被卷書樓。那知跰足半天下，投老浮山省舊遊。

戲題郭慎求所寄書尾

老罷歸來寄一廛，交親南北散如煙。誦君雪暗天涯句，離合升沉二十年。慎求爲海州幕官，行縣。嘗有詩云『曉烏啼啞啞，游子初去家。去家向何許，雪暗天一涯』云云。斷句云『舉頭語天公，慇懃推日車』，頗爲吾黨所推。

題隆師山水短軸二首六言用蔣仲遠尚書韻

抱甕終年五畝，結茅何日三間。正擬螢飛自照，真成鳥倦知還。
能畫所畫皆幻，是心是境無還。未暇法師蓮社，且從居士香山。

己酉二月二日車駕渡楊子江四日匆遽離鎮江余與妻孥徒步趼足飢走至吕城道中口占

白日無光卷地風，扶携趼足去匆匆。安知白首干戈裏，身寄淮南老小中。

題叔問燕文貴雪景二首戊申

雲鼎峯前十九年，醉看銀色變山川。當時天喜遺身世，知是人間第幾天。
一壑回環十二峯，茅茨送老白雲封。如今塵裏看圖畫，却愧當年邴曼容。

新作紙屏隆師爲作山水筆墨略到而遠意有餘戲題此句末句蓋取所謂柴門鳥雀噪游子千里至也時守秀州，屢乞宫觀歸山居，未遂

急雨初收山吐雲，清溪曲曲抱煙村。抛書午枕無人唤，歸夢真疑鵲噪門。

聞家山方丈蘭畹滋榮喜而作詩

崇蘭燁燁轉光風，林下幽芳一信通。更斸青冥窮窈窕，竹陰濃處蒔春叢。

會稽喜得家書辛亥

黄耳東來一破顔，直從松竹報平安。遥知雲頂峯前住，霜鬢風篁六月寒。

戲簡陸學士宰

泉石膏肓老更慵，豈堪華髮抗塵容。千巖萬壑空圖畫，遺我壺中第一峯。

試端溪古硯偶書二首〔一〕

白首重來衹厚顏，有懷端欲向誰傳。語言相對都無味，色在蜚鴻落照邊。
人生當復幾兩屐，我飲寧須三百杯。破硯猶堪磨老境，醉拈椽筆掃霜煤。

【校記】

〔一〕『古』，文淵閣本作『石』。

舟行即事二首

日出千山蘭蕙香，清溪一曲轉滄浪。扁舟卧看張雲錦，不爲春歸有底忙。
歸帆日日駕春風，夾岸花迎笑臉紅。更謝幽禽巧言語，勸人歸隱翠微中。

歸至山居戲集古句

終日思歸此日歸，野人休誦北山移。且看欲盡花經眼，可忍醒來雨打稀。

即事

雲裏琤淙十九泉，茅茨深寄白雲邊。何年斷取仇池境，擲過荆吴萬里天。

九日夜月色如晝山林清絶念無與共此賞者聞元長宗正仲長隱居陪端殿樞公過彦文太常因游招福戲簡彦文三首

明月行空照膽寒，翠微高處倚欄看。寥寥物外非塵世，萬籟無聲清露溥。

人間急景矛頭過，林下閑官物外游。尋壑經丘穿紫翠，相從一笑萬緣休。

野人談舌久不掉，上客高軒何日過。已恐柴門不容轍，旋鋤幽徑翦庭莎。

余常愛杜牧之晚花紅艷静高樹緑陰初之句還山居適當此時諷味不已有槩於余心者用爲韻作十絶

向來越溪吟，丘壑今在眼。不嫌䳖鴂鳴，所恨歲畹晚。

嘉樹著青子，崇蘭吐幽花。慇懃衝細雨，小徑岸烏紗。

老鬢不重緑，衰顔時借紅。藥窺文武候，酒雜聖賢中。
青山如佳人，亦復美而艷。晴嵐秀可飡，暮靄碧堪染。
清池浸蒼崖，草樹臨緑静。應名洗玉淵，亦號巖花鏡。
莫作朱伯厚，寧從龍伯高。不妨騎款段，聊復著東皋。
桑陰繞扶疎，墻下亦已樹。柴門不須關，野老自來去。
壺中小嵁巖，色作峨眉緑。爽氣壓西山，哀音叩寒玉。
風篁縈磴道，夏木晝陰陰。一鳥不鳴處，山高流水深。
擁褐入三昧，超然心地初。那知庵外事，人境兩如如。

偶作三首

薰風習習動林光，紫翠陰中草木香。山鳥一聲清晝永，白雲深處北窻凉。
老向甘泉補侍臣，歸來還作卧雲人。一重一掩藏煙塢，三沐三熏屏世塵。
誰遣生駒玉作鞍，春來苜蓿徧春山。自知不入黄麾仗，振鬣長鳴出帝關。

書壽昌驛丁亥

歲暮白日速，風高黃葉稀。歸心與寒鴈，一夜向南飛。

宿章戴

百里半九十，暮程無盡時。長途飽風日，顏鬢最應知。

用葉翰林韻題趙叔問燕文貴山水

列岫軒窻五柳門，瀼西林谷渭南村。一區正欲尋幽處，指點丹青得細論。

壬子七月十六日夜月蝕五首

青天那得蝦蟆窟，白地空憂蟣蝨臣。坐待煤炲露殘魄，十分寒玉涌秋旻。

阿脩羅王手所障，盧佉蝨吒心定知。一念多生人我垢，能令天眼作昏眵。

怪發玻瓈塌死灰，食餘明鏡掛高臺。撒沙星出爭光大，不易青蓮火裏開。
撐腸拄肚何繇足，接掖持頤可自娛。底事緣天得剳礫，未妨璧月照空虛。
爛銀盤從海東出，雲樓半開壁斜白。時有幽人自往來，蘭珮相逢桂香陌。此絶集古句。

叔問作崇蘭館圖畫叔問去非與余相從林壑間二公各題二絶句余同賦四首

嬰朔千年契義深，秖今林壑共幽尋。同心更結崇蘭伴，衰世誰知有斷金。
崇蘭深寄北山幽，何日追隨得自由。下石向來多賣友，斷金投老得良儔。
道義寧論故與新，紛紛誰復繼雷陳。圖形預作山林約，笑殺青雲得路人。
置我正須巖石裏，如公摠合上凌煙。要令它日看圖畫，不愧平生與昔賢。

同叔問逃暑蔡氏山林

清渠脩竹靜相臨，喬木參天十畝陰。一片藕花香不斷，不知門外日流金。

即事

春深草木未欣榮，冰谷崢嶸霰雪零。鸞鳳不來黃鵠舉，請看鸒雀鬧荒庭。

寄彦文

踵息庵前草又青，庵中禪客養黃庭。起來何物共吟嘯，照眼雲山錦翠屏。

得叔問書報柳元禮許寄鶴二首

海上胎禽雪翅翎，故人千里念巖扃。崇蘭館近光音塢，爲子新添放鶴亭。

北山林沼久荒凉，正要仙禽借寵光。爲報携籠須問道，直防妖鳥嚇鸞凰。

遣興二首

膏肓二豎能爲害，腸胃三蟲不姓彭。安得此身無一事，林間耳目也清明。

但見虛空昏又曉，也知身世老還衰。須乘般若超三界，有底窮通比四時。

寄潛老求菊栽丁未

東籬終日對南山，三徑荒蕪十畝寬。正欲秋英媚幽獨，可令霜鬢苦高寒。

過徐節之宅有感三首丙辰

頤慶堂成未一年，窻中紫翠列千山。重來前日持杯地，桃李飄零春自闌。

市駿不應遺泛駕，更刀猶足中桑林。故知老驥思千里，未害鴟夷致萬金。

遊倦歸來老境侵，炎凉薄俗見升沉。東阡北陌追遊處，獨對春風淚滿襟。

苦雨

一夜溪流漲幾竿，還驚四月雨聲寒。竈生蛙黽木生耳，誰信勾吳有漏天。

書事呈叔問

召節蒲輪走四方，眼看浮俗變炎涼。升沉變化那知許，但覺琳宫氣味長。

五年香火奉殊庭，愚惷衰殘得此生。不解常山無一事，也紉蘭珮解塵纓。

寄彦文仲長

踵息華光信絶塵，黄芽白雪鎮長新。仙翁抱朴仍宗好〔一〕，好趁丹臺八伯人。

【校記】

〔一〕『好』，原作『從』，據吳本、馬本改。

六言屬叔問

崇蘭一日千里，長壽三年不飛。頽惰無人似我，精堅似子誠稀。

賀仲長得子

華光深閟養黄芽，又見嬰兒繼女牙。好賦夢熊詩百首，年年持寄老仙家。

曉起

魚鼓鏗鏗驚睡昏，披衣兀坐了無言。掃除浮念都灰冷，紫府崑崙寄默存。

李泰發雪中見過有絶句次日會叔問舍和酬三首

一觴相屬對江梅，玉塵清談得重陪。不似稽山尋賀老，越溪空掉酒船回。

幽寒長似北枝梅，鵷鷺英游不再陪。邂逅故人成一笑，衰顔華髮覺春回。

二公才業盡臺萊，並轡天衢昔屢陪。自笑摧頽無復理，寸心衰謝等寒灰。

何瞻聖博士究新年八十口號奉賀三首

懸弧嘉祐太平年，壽帙行開第九編。可但天公錫難老，棗梨仙樹植三田。

漆書行復開藏壁，金版方思得釣璜。何似懸車無一事，逍遥塵表壽而康。

四朝冠蓋三更變，萬國兵戈百戰場〔一〕。屈指鄉閭數耆舊，幾人能似魯靈光。白樂天言時俗謂七十以上爲開第八帙，故是詩有『行開第九帙』之句〔二〕。伏生年九十，漢文帝使鼂錯往授《尚書》。四朝謂元豐、元祐、崇寧、靖康。

【校記】

〔一〕『百戰』，原作『戰百』，據文淵閣本乙。

〔二〕『九』，原作『八』，據文淵閣本改。

偶觀樂天酬楊八絶句有槩於心者因追和贈叔問二首

君以曠懷宜静境，我因蹇步稱閑官。閉門足病非高士，勞作雲心鶴眼看。樂天。

老壯榮衰才命别，如何同作侍祠官。幾春桃李開還落，贏得閑人冷地看。余和仍効樂天之體。

籃輿行清輝門外即事

映日梅花雪不如，清溪一曲抱城隅。何時五畝開三徑，負郭臨溪寄一區。

新正未得與彥文相見聊寄二絶句爲壽

燕處超然老復丁，等閑高樹脱塵纓。知君已悟長生理，不作容成作廣成。
胷中梨棗光陸離，神泉不竭生華池。期頤豈足爲公道，千二百年形不衰。

即事有感再用前韻二首

邪正誰分寇與丁，眼看奴隸擁繁纓。至今四海生痍痏，辛苦仍康起一成。
回首中原歎黍離，山河無復舊城池。安知七寶輪王境，頓作天人現五衰。

彦文見和新正爲壽絶句推借過厚再和呈二首

不隨時態冷如丁，只有肥牛與濯纓。正自幽寒似長吉，愧無詞賦敵蘭成。

跰躃索敵病支離，安得神方飲上池。已把屠魁覩愛欲，更將流電比榮衰。

叔問見和寄彦文絶句過蒙推借謹次韻奉酬二首

正是群疑判稚丁，鳴鶻時駭曼胡纓〔一〕。青藜燭照三冬足，黄絹詞先七步成。叔問時習射方勤。

新雛初引囀黄鸝，松徑桃蹊到習池。坐閲四時如鏡像，此中無利亦無衰。佛經有利衰苦樂毁譽稱譏八法不能動，則所謂八風吹不動。

【校記】

〔一〕『鶻』，文津閣本作『鶻』。

寂照軒即事二首

疊嶂連環翠欲浮，雨餘殘照晚雲收。樓臺城闕真圖畫，坐對南塘事事幽。

面面軒窻草木香，祇園深處寄禪房。山林倒影方池静，魚鳥忘機白晝長。

小雨默坐北軒諸山如失須臾雨止紫翠突兀眼中似尉老人岑寂也二首

煙雨濛濛山有無，小軒孤坐對城隅。斯須突兀千峯秀，似尉衰頽老病夫〔一〕。

茅茨聊復寄寬閑，縱目林端見遠山。大是時人不爭處，柴門雖設要常關。

【校記】

〔一〕『頽』，吳本作『顔』。

數日江上頗有春色偶成絶句遣興五首庚辰

柳怯餘寒未展眉，嫩黄輕緑漸依依。春郊正好閑行處，不及遊蜂自在飛。

錯莫江梅春信遲，晴熏寒蘂雪團枝。年來頓失尋春意，一任高樓玉笛吹。

遠樹參差數點煙，目窮天際水黏天。背人葉葉風帆去，應有鴟夷萬里船。

不奈江頭春色何，暖光摇日漲晴波。憑欄何處牽幽興，楊柳沙洲一釣蓑。

露壓濃煙染遠山，垂虹真在畫圖間。平湖渺渺思無限，何日浮雲伴我閒。

寄朱元益

小園桃杏已欣榮，華髮逢春秪自驚。聞説江城多暇日，想教于蔿入新聲。

癸未秋金陵懷古三首

壯士狂歌擊唾壺，追風老驥望長驅。山川形勢端如此，當日寧無一伯符。

大舅塵埃直污人，西風便面障衣巾。身危肯拜陶寧遠，事定終慚温太真。

山丘華屋一沾巾，無復風流盛德人。百萬秦軍渡淝水，只消長嘯静胡塵。

和翁祕監彦深喜雪絶句四首〔一〕

朝來喜氣溢層霄，側聽封人共祝堯。密雪正應歌九扈，疾雷先已破三苗。時初殄睦寇。

即看新緑歸千畝，還見陳紅積九年。便覺雨暘如有意，不須花草苦爭妍。

九重誠意格天關，一夜風回萬壽山。銀闕瓊臺迷遠近，直疑群玉接蕭閑。

風鈴相語紙窻鳴，拭縮饑鵶凍不驚〔二〕。却憶剡中高興盡，雪消江草喚悲生。

【校記】

〔一〕『雪』，原闕，據吳本補。

〔二〕『拭』，文津閣本作『瑟』。『不』，原作『下』，據文津閣本改。

秋深向寒數日泥補墻垣入此室處用東窻即事韻作四首

杜陵廣厦何可見，原生貧居良已多。賣刀植杖苦不早，會牽孫犢繫交柯。

山中高隱不易得，今古荒塗空九招。何異清湖長茭葑，翳眼蒼雲誰復撩。吳人謂撩湖。

西風朝來脱一葉，蕭蕭已似湘湖間。突成深墨髀生肉，晝爾于茅安得閑。

莎鷄知時已入户，庭草多情猶映堦。何妨擁褐坐閱世，著書不用如齊諧。

北山小集卷第十二

賦騷

採石賦

建中靖國元年，以脩奉景靈西宫，下吴興、吴郡，採太湖石四千六百枚，而吴郡實採於包山。某獲目此瑰奇之産，謹爲賦云：

吴吏採石於包山也，洞庭鄉三老趨而進、揖而言曰：『惟古渾渾，物全其天。金藏於穴，珠安於淵。機械既發，剖蚌椎礦。不翼而飛，無脛而騁。刳山探海，階世之競。迺若富媪贅瘤，則爲山嶽，茂草木於毛膚，包嶄巖於骨骼。與瓦甓其無間，何終焉而是索。《晏子春秋》：『靈山以石爲身，以草木爲毛髮。』今使者窺複穴、蕩沉沙，搜奇礓於洞脚，劂巧勢於丘阿。呼靈匠以運斤，指陽侯使息波。暨江山之崿崿，積劒閣之峩峩。江淹《江上之山賦》曰：『百里兮崿崿。』張載《劒閣銘》：『巖巖梁山，積石峩峩。』莫不剔山骨，拔雲根。嗟主人之貞女屹立，伏虎晝奔。督郵攘袂以相睨，令史臨江而抗塵。雖不遭於醯沃，豈有恨於苔痕。不見，信羊牧之猶存。何一拳之足取，笑九仞之徒勤。王韶之《始興記》：『中宿縣有貞女峽，水際有石似女子。』《幽明録》：『宜都建平界有倚石如二人，俗謂二郡督郵爭界於此〔一〕。』《南康記》：『湘源有長瀨，其旁石或像人，土人名爲令史〔二〕。』

盧仝《贈石詩》：『主人雖不歸，長見主人面。』又：『自慚埋没久〔三〕，滿面蒼苔痕。』既而山户蟻集，篙師雲屯，輸萬金之重載，走千里於通津。使山以爲骨，則土將圮；使玉以爲璞，則山將貧。煮粮之客，歎終年之無飽；談玄之老，持一法其誰論。《神仙傳》：白石生煮爲糧。嘗聞不爲無益，則用之所以足；惟土物愛，則民之所以淳。怪斯取之安用，非野夫之得聞。敢請使者。』吏呼而語曰：『醯鷄不可與語天，螻蛄不可與論歲。矧齊侯之讀書，豈輪人之得議。』三老曰：『極治之世，樵夫笑不談王道；至聖之門，鄙夫問而竭兩端。野人固願知之。』對曰：『上德光大，孝通神明。闡原廟之制，妥在天之靈。以謂物不盛則禮不備，意不盡則享不精。故金瑰珠琲，天不祕其寶；樟楠楩梓，地不愛其生。而青州之怪〔四〕，猶未足於充庭，故於此乎取之。且鑿太行之石英，採穀城之文石，以起景陽於芳林者，魏明之侈陋也；菲衣惡食，卑宫室以致美乎祭祀者，夏禹之勤儉也。上方罷後苑之作，緩文思之程，示敦樸以正始，盡情文而事神，此固上德之難名者矣。抑嘗聞之，西有未夷之羌，北有久驕之虜，顧蹀血之未艾，乍遊魂而送死〔五〕。方將不頓一戈，不馳一羽，殄醜類於煙埃，瞰幽荒於掌股，庶黄石之斯在，儻素書之可遇。抑又聞之：三德雖修，不去指佞之草；萬國雖和，猶豢觸邪之獸。蓋邪佞之蠱心，猶膏肓之自膄。惟屬鏤之無知，顧尚方之奚捄。故將鑄采石以爲劍，凛豎毛於佞首。若是則在邊無汗馬之勞，在廷無履霜之咎也。《穆天子傳》：『天子升于采石之山，取采石焉，鑄以成器于黑水之上。』抑又聞之：堯不能無九年之災，湯不能無七年之旱。雖陰陽之或盭，豈閑縱之可緩。故將放鞭石於宜都，回雨暘於咳眄。《荆州圖副》：『宜都有石穴，穴有二石。俗云其一爲陽，其一爲陰，旱鞭陽石則雨，雨鞭陰石則晴。』抑又聞之：扶耒之子，有土不毛；抱甕之老，有茅不薅。富者侈而貧者惰，游者逸而居者勞。雖齊導之有素，奈狡焉而是逃。故將取嘉石以列坐，平罷民於外朝。抑又聞之：日不蔽則明，川不閼則清。聽之廣者視必遠，基之固者構不傾。方披旒而出黈，俾伐鼓而揚旌。蓋蕭牆之戒，坐遠於千里；朽索之馭，益危於薄冰。矧四者之無告，尤聖人之所矜。故將盡九山之赤石，達萬寓之窮民。』三老悚然而興曰：『聖治蓋至此乎？』吏曰：『此猶未也。若其造化掌中，宇宙胷次，彌綸兩儀而執天之行，燮理二氣而襲氣之母，此包犧之婦所以引日星之針縷，方將鍊五色以補天，育萬生於一府。既無謝於襄城之師，又何驚於藐姑之處？吾亦與汝飲陰陽之和，而游萬物之祖矣，又何帝力之知哉！』盧仝詩：『女媧伏羲婦，引日月之針五星縷。』三老稽首再拜曰：『鄙樸之人，聾瞽其知，鹿豖其游。竊億妄議〔六〕，乃今知之〔七〕。』

【校記】

〔一〕『二』，原作『一』，據吳本、馬本、明寫本、袁本改。

〔二〕『土』，原作『二』，據吳本、馬本、明寫本改。

〔三〕『慚』，原作『漸』，據吳本、明寫本改。

〔四〕『怪』，明寫本下有『石』字。

〔五〕『遊』，文淵閣本作『驚』。

〔六〕『議』，文淵閣本作『測』。

〔七〕『乃今知之』，文淵閣本作『安識帝德之宏休』。

松江賦

鴟夷子皮既棄越相，乘扁舟，携西子，泝東流。方將家五湖以長邁，屣萬鍾而不留。放若巨魚縱大壑，脱若六驥馳坦道而挾輕輈。時則八荒收雲，千里一碧，狂瀾不興，遠岫凝色。目盡意往，雲天出没。引風檣以悲嘯，趣煙波而不極。於是遇亡是叟而問津焉，曰：『三江之湊，實爲五湖，地脉四遠，衍爲松江。洶洶渾渾，溶溶洋洋。孤岑連嶂，七十有二，眇若散螺黛於微茫。五湖之中，大曰包山，風穴晝瞑〔一〕，霜林夏寒。暮煙屯其疊翠，冬實纍其錯丹。麟鶴之所憇，蛟鼉之所淵。山中之人，忘世與年。條桑縹緲之下，採石明月之灣。包山有縹緲峯、明月灣。草衣木茹，泊若追羲盤而與還。江流之窮，是則歸墟。王百谷於一吸，環齊州於一區。大鵬奮翅於泱漭，燭龍洗光於咸虞。由江而下二百餘里，布帆無恙，尚可以朝海門而暮方壺。雖然，善賈者據其會，善搏者扼其吭。方趣南則遺北，既畫圓而失方。今子將攬衆物之會，莫若遐觀乎中央。惟是江湖之接，二州相望。散荒墟於垤塊，識斷岸於毫芒。嘗試與子至中流而四顧〔二〕：陰霾欝興，不辨雲水，天高日出，萬頃在目者，五湖也；岡岫相屬，如走如伏，溟濛突兀，乍見乍失者，包山也。擁松江之上流，窮海道於一葦。時矯首而斯盡，固可以訪漁樵而種魴鯉〔三〕，亦優游而卒歲矣。吾子以謂何如？』子皮曰：『然。務外游者有待，樂内觀者無窮。吾方以日月爲燭，六合爲宫，參天地以爲友，從四海之諸公，乘雲氣，御飛龍，指包山於遺礫，視五湖於一鍾。松江之勝，又安能芥蔕於胷中乎！』

【校記】

〔一〕「瞑」，原作「暝」，據文淵閣本、文津閣本改。

〔二〕「顧」，文淵閣本作「望」。

〔三〕「種」，明寫本作「繪」。

後松江賦

程子既爲《松江賦》，假鴟夷子皮、設亡是叟以爲詞。是夜夢有夫頎然而長、黧色而脩髯，叩舷而稱曰：「『松江之勝，吾子之詞侈矣！然子亦聞吳越之遺事乎？』唯而答曰：『長橋卧波，截江之衝。飛欄疊架，排霧行空。萬景所會，而垂虹屹立乎其中。吾嘗登垂虹，顧二渚，尚想夫霸國之爭雄。方其踐忍烏喙，差耕石田，禍起腋下，謀箝悟先，則吳陣江北，越軍江南。殺氣朝合，軍聲夜嚴。銜枚北渡，奮爲兩翼。方風馳而霧障，頓雷轟而雹擊。吳卒麕潰，江流赭赤。畢夫椒之世仇，償會稽之膽食。於此蓋夫子之雄績。乃自太湖，過横山，亂越來之溪，登姑胥之臺。弔亡國於游鹿，指血化於黄埃。挽艅艎以凌江，卷旌旗而南歸。則夫子於此退身行意，揖勾踐而長辭。蓋與夫咎犯之貪天，子推之獨賢，歌龍虵而激憤，塊然與槁木而偕燔者，不可同日而言矣。間者五季棼亂，錢鏐崛興，蘇據都會，乃淮浙之必爭。徐約先拔，孫儒繼焚。彼得之不能以歲月守，我守之不能以歲月寧。則江之兩厓，相爲二城。鎮威武之右境，遏淮南之寇兵，實用武者之所憑。吳江，錢氏時謂之『南北兩城防遏所』。版圖入朝，置爲縣治。畫井疆，設群吏。皋畝棋別，居廬鱗次。帶以千尺之橋，捍以百里之塘。舟輿所通，樓觀相望。曾城邑之幾時，翳喬木之蒼蒼矣。吾嘗嘆曰：一江方東，雖逝不流。閲世事之萬變〔一〕，去莫知其所遁，而來莫知其所由。今之松江，其昔之松江耶？抑夜半之藏舟，失萬世於俯仰，盡賢愚於一丘？夫子亦嘗弔抉眼之忠魂，而訪伏劒者之靈游不乎？』子皮不對，顧謂西子，援琴而歌。歌曰：『霰雪紛兮雲霏霏。帶長鋏而佩寶璐兮，子安適而不歸？歲晼晚而將暮兮，路既壅而中迷。嗟二子之不返，折疏麻而搴杜若，羌搖搖其遺誰？』餘音未息，蘧然而覺。棹頭載歌，付千古於一笑。

【校記】

〔一〕『世』，原闕，據明寫本、《吴郡志》卷十八補。

神遊賦記夢

怳余躡乎石嶺兮，羌又陟乎山巔〔一〕。揖崔嵯之重嶂兮，睇崖谷之陳前。曾草毛之無有兮，削蒼玉其鈎聯。望芝巖之中窽兮，錯幡幟之駢懸。與器御而皆泄兮，匪鬃繒而攻鐫。廼回眄以下屬兮，蔽穹崇之洞天。萬山攢屹乎其中兮，倚怪玉之瓏欒。色零壁而翠澤兮，質壺口之鏤穿。發紺采以眩目兮，靄冲融乎紫煙。前予瞻乎峭壁兮〔二〕，下欲墊乎重淵。既駭視而芒瞀兮，神儻惚而連卷。旁一人之山立兮，若骯髒之儒先。意飄飄而振衣兮，欬珠琲之微言。更矯眇以冥索兮，顧謂余而口傳。余方若觀伯昏之不射兮，已蘧然其默存。『旁一人之山立』，蓋夢中所見東坡蘇翰林也。後五年，游宜興張公洞，巖洞境物了如昨夢，時東坡去世累年矣。

【校記】

〔一〕「又」，原作「人」，據吴本、馬本、明寫本、袁本改。

〔二〕「予」，原作「子」，據馬本、明寫本、清鈔本改，吴本作「余」。

懷居賦并序

士而懷居，弗可以爲士矣。蓬桑之志，見於始生，誠以歲月不可以坐失，力命不可以偏廢，此古之聖賢所爲汲汲遑遑者已。余轉徙四方，實自始生之年，今兹二十有八年矣。上不得謀道，下不得爲貧，内外無所營，如病狂東西走者又三年矣。旦暮將適東，慨然有疲苶之歎〔一〕。夫天地之大，春直而冬冥；昆虫之微，晝動而夜息。余人也，役役曾不得少休，則其懷一日之安，亦人之常情也。賦曰：

歲作噩兮招搖指辰，戒余舟兮東征。抱衾兮夜喟，接淅兮晨興。逐飛櫓兮無蔕，擁敝裘兮懸鶉。山之連兮蒼蒼，水之駃兮瀰瀰。我初來東兮芽甲始拆〔二〕，今之還兮甲者奮而芽者榮〔三〕。顧四時兮幾何，嗟汲汲之圜清。天囿余兮不釋，亦馳驅而靡寧。余生魏而長吴兮，間蓬轉乎四方。既僑食乎岐隴兮，又薄游乎宋梁。躡龜峯之竒兮，酌桐江之清。弔采石之英兮，叩灊山之靈。由褓齔以迄今兮，與日月而競馳。曾謀食之不遂兮，豈云道之敢營。異匏瓜兮可繫，羨侏儒之太倉。懷鉛刀兮一割，感二鳥之寵光。耕兮不足以卒歲，仕兮不能以安親。徒遑遑兮羈旅，操危心兮若零。

亂曰：稟氣不嫵，命不偶兮。進以分寸，退尋丈兮。三年以仕，七年飢兮。齒髮日長，將及壯兮。才非卧龍，誰三顧兮。名謝文虎，無三書兮。孔明相玄德及韓愈登第時，皆年二十八矣。退之登第，時又謂之龍虎牓〔四〕。笑長年之貧賤兮，悼道德之初心。託妻孥於昏友兮，奉親闈以北南。悵宇宙之浩莫兮，茫不知乎安止。仰浮雲之蒼莽兮，望白日之駸駸。吾窮死其無憾兮，豈爲余而咿喑也。

【校記】

〔一〕『歎』，原作『數』，據文淵閣本、明寫本改。
〔二〕『拆』，原作『折』，據吳本、馬本、袁本改。
〔三〕『甲者奮而芽』，明寫本作『芽者奮而甲』。
〔四〕『又』，吳本、馬本、明寫本作『人』。

小山賦爲鄒志完侍郎作〔一〕

何崔嵯之千嶂兮〔二〕，習森萃乎中唐。厝瀠廬之峭極兮，納浩漫之湖湘〔三〕。仰炎曦之翕翕兮，俯霧雨之滄涼。微風過而淪漪兮，激珠琲而漱琳琅。擢含冰之令姿兮，氣已蓋乎千章。灌江蘺與叢桂兮，蔭草樹之幽芳。暍禽顧而下息兮，游儵鼓鬐以洋洋。儼高堂之隱几兮，一與之爲徜徉。望磴道之回折兮，轉陰岑而入杳茫。念平生之遠游兮，寄一戲於何鄉。或曰先生其猶未耶，何樂此一簣與坳堂？彼烏知夫子之達觀兮，固已行天壤而隘八荒。以百世爲旦夜〔四〕，以千里爲尋常。濯足洞庭之波，晞髮南衡之陽。眇雲海之變幻，吊蒼梧之有亡。㫚曳屣而徐歸，朱顔渥而瞳方。撫環堵之大囿，味藜莧之牛羊。視拳窪與溟岱，等微塵之集毫芒。顧何有而非幻，又奚小大之足量哉！

【校記】

〔一〕「志」，原作「至」，據吴本改。

〔二〕「何」，原筆畫有闕，據明寫本補正。文淵閣本作「倚」。

〔三〕「納」，原筆畫有闕，據明寫本、文淵閣本補正。

〔四〕「夜」，吴本作「暮」。

臨芳觀賦

政和七年春，蔡州作臨芳觀于牙城之上。太守，翰林葉公也。俱爲之賦云：

覽飛霞兮鼇丘，翩乘風兮下游。觀豫俗兮安舒，弭霓旌兮少留。衷天孫之錦裳，戲毫端兮組繡協。驅陳前兮萬象，付心宰兮錘鈎。撫曾城兮坐歗，睠山川之曠脩。矗連雲乎蜚觀，奂翬檐兮上浮。席沈息兮南榮，帶汝潁兮雙流。仰晨宵兮闉闉，寄心馳兮北眸。俯動植兮欣榮，繄童耋兮休休。眇桑麻兮牟稷，藹平皋兮廣疇。嗛臣力之何有，歸鴻庬乎帝猷。方青春兮浩蕩，落斯成以旨羞。揭臨芳之高顔，聊託物兮優繇。面柴潭之滈衍，被璀錯兮華洲。森號風之僵木，㫚豐豔兮敷柔。知造化之神駿，寧與物兮爲謀。等孤茇與叢蔓，何此恩兮彼仇。紛游鱗與翔羽，亦乘和而出幽。蹇鶤鴂兮將鳴，見有生之王去囚。閱芸芸於過目，澹無心乎獻疇。念千古兮一晌，經向來之樂憂。笑東門兮黄犬，異晉國之青油。咉奇功兮劒首，謝酣寢於矛頭。想平輿之二龍，匪罥罝兮可蒐。豈嵁巖兮無伏，羌莫挽兮誰佝。要平曳塗之靈介，勝泣河之鮑鱐。緬句吴之旅人，守冰墟兮海陬。聞淩虛之傑觀，悅夢寐兮將求。慭贏糧而即之，嗟道岨其奚由。儻從公乎嵺廓，挹浮丘之長褏協。覽熙熙兮無外，同春臺兮九州。寫登高之遐素，斯可以補《由庚》[一]，而賦何尤也！

【校記】

[一]『庚』，原作『庾』，據吴本、馬本、明寫本改。

獻占[一]

余數奇多故，常有意外之慮。春秋輒問占於筮人，以知一歲之衍忒。春占遇蹇䷦之咸䷞[二]，秋占遇蹇。退而嘆曰：『物固有有足而不得行、無心而能感者。枯草豈欺予哉！』作《獻占》。

我從筮人，訊之占只。分策定卦，遇蹇之咸。只曰此蹇，險在前只。不利東北，利西南只。遠險無咎，近則愆只。矧其乘之，蹶以顛只。子行實難，良未央只。若臨巨川，無舟梁只。苟惟載之，冰崢嶸只。太山屬天，登無車只。鷄栖或存，雪塞塗只。孟烏更輓，莫進寸只；匹雛掎之，墮千仞只。蓋其貞則良，悔則坎只。止以有待，毋乘險只。若將終身，勇於不敢只。苟當於位，無心而感只。子始休乎，遯以無憾只。我惟厥占，體則宜只。我行孔艱，孰其尸只。凡人之生，無巧愚只。與接爲構，唯其逢只。遇合則吉，畸則凶只。適成則智，敗則庸只。竊鉤者誅，竊國封只。注金則拙，注瓦工只。直木先伐，材之災只。不鳴之烹，反以不材只。畫虵於地，惟敏之求只。有加其足，以敏爲尤只。墜鼠中去會，被深仇只。點蠅非意，得妙賞只。宋人之瞽，福於患只。狼子之葬，承其反只。横海之鱣，制螻蟻只。伏雌之卵，爲豿虺只。探物囊笥，猝然失只。志禽雲漢，往則克只。引之或墜，抑或伸只。戚之或疏，仇或恩只。同生並處，爲參辰只；絶域異世，爲金蘭只。或談王道，目蜚鴻只；或相狗馬，喜見容只。一言意合，澤六宗只；歷説白首，不贏其躬只。外物不必，古則然只。有生之變，不勝量只。君子所蹈，惟其常只。反身修德，器則藏只。進不如需，健以光只；退不爲困，揜以剛只。靈蓍之告，亦孔之明只。利見大人，得中行只。

【校記】

〔一〕明寫本題下有『南渡前作』四字。

〔二〕『䷦』，原作『䷵』，據馬本改。

廣游

猗有生之若浮，同一世之泡露。汩東西與南北，顧何適而非寓。咨余生之特甚，與日月而偕騖。非多雖突黔之不暇，固無異於衆庶。抱天囚之三捷，縱跰足而安愬。豈斯遊之敢成，奚隗始之云慕。

財於什一，逐陶猗之故步。安饑寒之分定，寧汲汲於貴富〔一〕。失佳時於壯齒，度迅景於倏路。倏秋空之泬寥〔二〕，感候蟲之在户。盍圖安於容膝，休微躬於歲暮。假故人之敝廬，就寸禄於吴下。耳閭閻之竊笑〔三〕，類鴻乙之來去。浪十年之不居，何衰頹之猶故。覺今昨之皆非，均後前於一倨。念委靈於沖和，豈坐耗而待仆。老筋骸於伏櫪，汙鋒鋩於齒腐。從五窮而不置，信厚薄之殊賦。仰圓穹之蒼蒼，豈唯我之爲惡。諒力命之有制，奚是非之足語。聊兩忘乎物初，覽四海之風馭。

【校記】

〔一〕「汲汲」，原作「伋伋」，據吴本、馬本、袁本改。

〔二〕「泬」，原作「沉」，據吴本、袁本改。

〔三〕「耳」，文淵閣本作「聽」。

懷忠并序

顔公之節，不待淮西而後顯，此中人以上曉逆順、立然諾者槩能之〔一〕，非公之所難者。而其忠義之性，乃在於從容食息之間，常有愛君憂國之心，不以顛沛易其操，蓋所謂「招之不來，麾之不去」，如古社稷之臣者。方開元、天寶時，天下久無事，縣官自視有泰山之安，獻替可否之論，不復至於朝廷。一旦有緩急，相與北面臣賊者，皆前日高車大蓋出入廊廟、都俞和附之人。而伏節死義之臣〔二〕，顧出於疏遠無聞之地。其隱然以孤城抗賊鋒者，顔氏弟兄，而明皇未之識也。向使數人者用於朝，峩冠緌帶，而胡人不敢謀矣。惜乎，公之壯不得爲彼以名一代之良臣。不幸白首至大官，更肅、代、德宗世，政益紊，憂益深，雖搶攘版蕩之際，而常持憲秉禮、尊王守官，曾不爲少貶其惓惓之意，豈惡安佚而樂竊危？誠忠義激於内也。公之言行益危，而疾公者益急。自乾元後，連斥醜地，歲歷十二辰，走半天下。中間還之朝，席未及煖，又襆被而南矣。觀其愛君之心，如伯奇、申生孝於親，逐之不忍去，讒之不知避，之死而無二也。忌者知其流離窮餓不足以懲也，則委之豺虎甘心焉。其勢必至於此，蓋無足驚咤者。《詩》稱仲山甫『既明且哲，以保其身』，又曰『柔亦不茹，剛亦不吐。不侮鰥寡，不畏彊禦』，而漢唐末流至假明哲以自便，方以柔順緘默爲賢，烏在其剛不吐也？且《詩》胡不曰『既柔且默，以保其身』哉！夫唯明不足以燭理，哲不足以知人，而當山甫之任，其得全身者，幸也。若公之見善勇義，殺身成仁，其於輕重取舍，不既明且哲乎！其所以保身者固存也。不如是，則是關播、盧杞之全，合於山甫之美而賢於顔公之節矣。余游吴興，拜祠下，肅然想其餘烈，退爲文以頌之，名曰《懷忠》。上言公窮而無悶，故能從容是邦，適其適而紓其憂，遠而不忘君，故其憂未嘗不在王室也。中言公不能與世浮沉，卒放棄窮極，見笑於頑佞之夫。下言公之精誠當與天地長存，雖死而不亡也。庶幾千載之下，幽人志士尚能薦芳洲之蘋，酌苕谿之水，歌此辭以祠公云。其辭曰：

返吾輈兮巴山，釋吾櫂兮揚瀾。歲晼晚兮道阻脩，望長安兮未還。聊駕言兮出遊，攜美人兮山之幽。撫雲霄兮遐觀，恨辰莫兮淹留。誅蓁菅兮出秀，寄雅志兮巖丘。搴春洲兮白蘋，擢青桂兮冬榮，野無人兮誰芳，君不御兮安薦予之潔誠？抱沈憂兮永嘆，障西風兮夕塵。其一辟食兮侯居，朱輪兮塞塗。世以是爲得兮，胡不能飽妻子而全軀？狙利兮抵巇，鈎時君之嚬笑兮於睫與眉〔三〕。世以是爲才兮，胡獨徑行而不回？豈形群而情異兮，何惡逸而幾危？紛肩摩而轍結兮，誰不乘君車而衣君衣。奚獨好乖而多事兮，耻時之不堯舜與皋夔？羌以生而易義兮，幾何而不謂纍之狂癡？其二

狐蠱兮蠅營，夜慚景兮晝畏人。生奄奄兮倀倀，留無知兮窖塵。展伊人兮超然，何虎兕與甲兵。忠爲骨兮，義以爲軀。元如生而血爲碧兮，信前修之不誣。髮之鬒兮蒙茸，顔如丹兮渥腴。雖錮九泉而壓嵩岱兮，亦將馭飛龍而撫八區。與日月兮齊光，極河漢兮爭流。左吾飆兮洪崖，右吾欻兮遠遊。慰我人之思兮，儻復過峴山而税蘋洲。悵神交兮千載，覽陳蹤兮夷猶。其三

【校記】

〔一〕『逆順』，文淵閣本作『順逆』。

〔二〕『伏』，吴作『仗』。

〔三〕『嚬』，原作『頻』，據吴本、馬本、明寫本改。

臨池并序

庚申十月丙申，予夜夢至一堂上，棟宇宏敞。或出法書縱觀，蓋嶽麓真迹。又一種云是鍾王，絹素極塵暗。顧堂上板壁明淨，因大書其上，書所謂『不令執簡侯亭館』者，觀之似不減傳師，

『令』字尤覺精采逼真，意頗欣然。念欲以絹素好書，遽寤，則已嘗度賦句在口。心開意朗，思如湧泉。衰年乃猶有少時情思，竊自喜也。因索燭疾書之紙，將以示同好云。

若夫敞晴日之軒窗，臨惠風之池閣。山榧陳几，海珊置格。濯玉海於清泉，飲霜毛於松壑。滰玄雲之霮䨴，散晨鴉之紛泊。舒白璽與烏絲，棄禾麻之凡惡。捐鷄羊之獰陋，羅象犀之綵錯。指實無間，掌虛似握。乍手和而筆調，亦神凝而慮却。出重匱之深藏，發脩梁之祕鑿。還神明之舊觀，鄙元和之新脚。初覓戲於汪洋，俄鴻鶩於寥廓。軒軒跨海之鵬，冉冉遊雲之鶴。煥出水之芙蓉，韻繞梁之清角。賓主揖讓，陰陽磅礴。雲澹煙霏，崖崩石落。波三折而導送，勢千鈞而沈著。紛舞鳳之參差，駭怒猊之噴薄。八分聊使於張軍，掘筆寧甘於示弱？百金論價以猶輕，十部推賢而不怍。竦危峯之障日，矯孤松之秀擢。異婢子之羞澀，粲舞姝之婥約。婉如援鏡以笑春，勁若劍揮而弩彍。峭快若吳興之童稚，退縮匪深山之鄙樸。居然王謝之風流，儼若帝皇之濩蠖。登山逶迤於嵩華，陷陣回旋於騧駱。籠鵝無憚於空群，寶劍不虞於詐略。逍遙散聖之禪，窘束毗尼之縛。紛異態而殊能，有彼餘而此觳。天然則不擇而能精，積習則有資於力學。踐鐵閾以屢穿，仰天門而苦卓。嗟余老以纏痾，方捐書而靜樂。顧志在而力疲，徒心勞而夢噩。嗟土炭之殊嗜，笑偃濛之善謔。雖習氣之未除，羌才踈而技薄。與畫史其何殊，眩精神於幻藥。本變現於吾心，浪妍媸而喜愕。苟戲好之猶存，庶猶賢於弈博。當知鏘金入木，辭華雖照於荆相；二妙一臺，筋骨終慙於张、索也。

北山小集卷第十三

論一

老子論一

古之聖人，退與道冥，則雖介然之有〔一〕，有所不受；出與道會，則雖樊然之應，有所不辭。故可道之道，以之制行；可名之名，以之立言。至於不可道之常道，不可名之常名，則聖人未之敢以示人。非藏於密而不以示人也，不可得而示人焉耳。凡天下之可道者皆有行地，而道常無爲；凡天下之可名者皆有儀則，而道常無名。竊嘗以謂將以思而得耶，是則思也，非道也；將以行而至耶，是則行也，非道也。以有爲可以爲道乎，則火馳物絃皆爲道矣；以無爲可以得道乎，則枯株塊石皆得道矣。然則常道果可道乎？以道常爲有，則謂虛空不用之處道不在焉，可乎？以道常爲無，則謂萬物並作之際無資於道，可乎？以爲大則不見其體，以爲小則莫知其邊。然則常名果可名乎？聖人以謂道果不可以示人也，則其制行立言可以示天下、迪後世者，亦其次焉而已。故西方之聖人，其所示見設爲乘者三，演爲分者十二，命之曰教。若夫傳於教外者，則其不可道與不可名者也。中國之聖人，祖唐虞，憲文武，以訂《詩》、《書》、《禮》、《樂》之文，命之曰經。若夫其所以言猶履之非迹者，則其不可道與不可名者也。故老子著五千之文，將以示天下、迪後世，蓋非退與道冥而獨於己者。故其發言之首以謂可道之道、可名之名者，五千文之所具也。故其言有曰：『人法地，地法天，天法道，道法自然。』且道而已矣，又何法焉？老子方言域中之大而道居其一，則所謂可道之道者，域中之大也。若夫千聖之所不傳者，不可得而言也。不可得而言而終不言其槩乎，則人將畫矣。故姑亦寄之於常與夫自然而已，所以微見其旨也。

【校記】

〔一〕『有』，吳本作『名』，文淵閣本作『感』。

老子論二

天、地、人，一原耳。天之所以爲天，地之所以爲地，人之所以爲人，由有物之初、終宇宙而常存者固同。而天地之能長且久者，形與之俱，而人獨不然，何哉？天不知其爲天，地不知其爲地，其確然而常運者孰推而行，其隤然而常處者孰止而安？然有形者於此乎麗，有生者於此乎生，彼曷嘗弊弊然以長久爲哉！今一受其形而爲人，則認以爲己，曰：人耳，人耳。謂其養生不可以無物也，則騁無益之求；謂其有身不可以不愛也，而營分表之事。厚其生而生愈傷，養其軀而身愈病，其不爲中道夭者亦幸矣。嗚呼！人固可以與天地長且久，而獨中道夭者，是自生之過也。衆人常欲先人而未嘗先人，衆人常欲存身而適足以喪身。『豫若冬涉川，猶若畏四鄰』，後其身如此，而執道全德，物莫尊焉，不亦後其身而身先乎？『形可使爲槁木，心可使爲死灰』，外其身如此，而深根固蔕，物莫壽焉，不亦外其身而身存乎？夫何故，非以其不私其生故耶？老氏之旨如此，而未之思者，以謂黄帝、老子之徒率畏死而求長生者，豈不惑哉！夫人而無生，道安所載？然世之喪其生者，蓋反以有其生爲累。有其生者，且猶老氏之深戒，而謂其外於道而求長生乎？未之思也。

老子論三

萬物之變，莫大乎死生。人之爲道，超然於死生之際，則無餘事矣。生果來乎？死果往乎？以生爲實來，則吾之所從來者宜可知矣。南北耶？東西耶？上下耶？審不可以言也。而謂之實來，可乎？以死爲實往，則吾之所從往者宜可知矣。心耶？物耶？人耶？天耶？審不可以言也。而謂之實往，可乎？然則吾之生也，前不知其所起，後不見其所斷，貫萬古而湛存者，常然也。然後曉然知我之未嘗生、未嘗死也，將以奚爲死地哉！且宇宙耳，而日月爲之晝夜，陰陽爲之寒暑，代謝爲之古今，要之，宇宙實有是紛紛者乎？人之於死生，不異於此。夫生者，死之對，而老子以謂善攝生者無死地，何也？蓋有生也，有滅也，方生方滅，方滅方生，此猶高下長短之更爲終始，亘萬世而無窮者也。然則有生之生者，固滅之對也。若夫不生之生，不與萬化爲偶，是貫萬古而常然者也，是我之所以爲無死地者也，又何兕虎甲兵之可噬而殺哉！雖然，生非我有也，我亦無有也，無我亦無所也，安得有夫生哉！亦曰『攝之』而已。攝者，假而有之之謂也。攝生以御萬物，萬物攝於吾之一；攝生以應萬化，萬化攝於吾之虚。是則以無厚入有間，豈不恢恢然有餘地矣，何缺折之有哉！

老子論四

衆人之過易遺，聖賢之疵難除。營欲戕性，取舍滑心，衆人之過也。衆人之過大而有迹，故其遺之也易〔一〕。以覺爲礙，以解爲縛，聖賢之疵也。微而難知，故其除之也難。事之過顯，理之過微；以物爲病顯，以法爲病微。屑金雖貴，以之入眸，則四方易位矣；揚塵雖微，以之翳空，則天日晝瞑矣。然則理障、法病，可勝疵乎？滌除玄覽，蓋謂是也。覽者，見之謂也。不曰觀而曰覽，何也？觀猶有作，而覽則若鑑之見物而已。所謂玄覽，聖人之所謂獨見者也，聖人之所以見曉者也。人之有是玄妙之見而不除之，是爲解縛，其過也不似於屑金之眯目乎？滌除玄覽而即非滌除，則無疵矣。滌除玄覽而存滌除之見，是爲覺礙，其爲疵也，不似於一塵之翳天乎？夫載魄抱一〔二〕，則形合於氣矣；專氣致柔，則氣合於神矣。三者渾而爲一，則其爲玄覽，不亦至乎！又在滌而除之耳。如是則在己者至矣，備矣，可以愛民治國而無爲矣。以百姓爲芻狗，所以愛民；輔萬物之自然，所以治國。淫其性，傷其生，亂其經，逆其情，而可謂之愛且治乎？出而應夫愛民治國之運，則天門開闔以示夫出入利用之權。明白四達，以遊夫六通四闢之道。然而未嘗不退然爲雌，泊然無知也。是其所以謂之玄德。

【校記】

〔一〕『遺』，原作『遺』，據吳本、馬本改。

〔二〕「夫」，原作「天」，據吳本改。

老子論五

聖人以道涖天下，則六合之內、五方之民，可以一舉措之聖神之域，特在反手之間耳。雖然，聖人不傷民固也，而能使鬼神亦不傷人，何哉？蓋人之在道，道之在人，猶魚之在水，水之在魚也，亦何生死之辨乎？方其以道涖天下，天下之民其生也泊焉，所以善其生也；其死也寂然，所以善其死也。寂然而已，鬼安得而神乎？然真者其所歸也，寂者其所樂也，而謂之不神，可乎？其所以神者如是，而有能傷人者乎？民之生也如彼，及其死也如此，尚安復有靈響祟厲之爲哉！或曰：「聖人神矣，然亦安能舉天下措之聖神之域如是速乎？」曰：地之不同而同於生，其種之含於地也，人未見其生也。時雨既降，芒然雜出。使地而無種則已，有則必生；人而無性則已，有則必化。聖人非時雨乎？晝盡夜昏，六合同其昧。日月既出，赫然並照，使物而無間則已，有則必明；人而無性則已，有則必開。聖人非日月乎？是以古之覺人，其所滅而度之者以億萬無量計。則聖人之所以使人生而不傷其生，死而其鬼不神，舉天下而化之者，何以異此？斯神也，其有傷人者乎？嗚呼！唯常善也，故能救人無棄人，救物無棄物。有爲之善，其能爾乎？唯無積也，故能爲人己愈有，與人己愈多。住相之施，其能爾乎？推是道以濟天下而度群生，亦何儒、釋、老之分哉！故老子於二經之卒章，言其所以推而濟物者如此。

列子論上

混淪之初，不生不化者存，而生化之萌具乎不生不化之內。天地既闢，萬物並作，未有一息不由乎生化之運，未有一物不因乎生化之機。唯生也，而有不生者爲之宰。苟無不生者生生，則生有時而盡矣。唯化也，而有不化者爲之用。苟無不化者化化，則化有時而息矣。然則六合之內，有形者孰非生，有事者孰非化，捨夫生滅變化，則亦無可言矣，此列子所以首言生與化也。首言生與化者，以謂吾之所言之理，所寓之物，無非生滅變化者。且萬物皆出於機，皆入於機。機者何也？生化之門也。生化之門者，生生化化、萬物之奥也。天下之生與化不勝言也，則舉夫生死之大化而已。物有以形相禪者，則化於顯；物有以生受化者，則化於陰。鼃之爲鶉，蝶之爲虫〔一〕，燕之爲蛤，貐之爲猨，此人之所見也，是物之化於顯者也。程之生馬，馬之生人，天下豈有是哉？此死於此而生於彼者，是物之化於陰者也，是釋氏所謂輪迴者也，儒者所謂『忽然爲人，化爲異物』者是也。若榮啟期、林類，安於生化者也；杞國之人憂非其憂，不安於生化者。然則不通乎生化之道而欲究《列子》八篇之書，有不爲孟浪遥廷者乎？則亦茫然若臨太山而窺滄海矣。

【校記】

〔一〕『蝶』，原作『蝶』，據吴本、馬本、袁本改。

列子論中

天地託於虚空之中，萬物含於天地之中，既有生之者，安得無窮？昔者未始有物，既而天地萬物雜然乎其間〔一〕，此亦何自來哉？安得不謂之幻？有形之物會歸於壞，及其壞也，豈非幻滅而夢覺哉？天地之間，造化之密移也，日月之迴薄也，風雲之振蕩也，誰其使之而一息不留也？今之天地日月，猶昔之天地日月乎？其亦逝也，不可得而知已。非幻而何？上古以來，墳典之所記，三王之所成，歷代之所爭，誰其袪之而廓無餘迹焉？非夢而何？豈唯此耳，朝昏古今也，寤寐生死也，昧者直以覺爲真是而夢爲真妄。審爲是也，可得執而有之乎？其所以異於夢幻者幾何耶？故列子言周穆王之執化人之袪以遊中天之臺，彼以數十年也，而默存無幾耳，及其寤也，嚮來之樂可復得耶？嚮來之處可復追耶？然則人之化於化也，何異此哉？覺有八證，夢有六候，以言晝夜之通爲一世也，夢覺之通爲一妄也。飽則夢與，飢則夢取，陽則夢火，陰則夢涉，因也，以言流轉大夢者，其受化浮沉，未有不由己也。西極之隅，阜落之國，尹氏之僕，鄭國之人，以言其夢覺真妄、苦樂是非之無定在也。然則宋陽之妾不猶愈於覽昨夢以爲是，逢氏之述不猶愈於執諸幻以爲實者乎？觀燕人之悲發於安境，則知世俗之不爲同行之笑者幾希。嗚呼！列子之於性命可謂盡矣。彼直以天地萬物爲一夢幻，豈夸言哉！

【校記】

〔一〕『雜』，原作『雖』，據吴本、馬本、袁本改。

列子論下

夫將以祛有情之累，言雖過而不爲疵者，唯聖人能之。《楊朱》一篇，其大槩所以祛情累也。故其言公孫朝之溺於色，公孫穆之湛於酒，而鄧析謂之真人；端木叔放意所好，無不爲也，而段干生謂之達人。且馳域中之論，則檢身賢於縱欲；究域外之理，則有心於善不如無心之不善也。吾無心矣，安知善不善之所在乎？滑欲於俗，世俗之情也；有心於德，賢者之情也。膠其迹而累於情，等耳。蓋存世俗之情以繕俗，固以汩其真矣；而存聖賢之情於胷次，亦未得全其真也。唯庸聖之情俱盡，則亦循循常常，與塗之人同耳。善乎其言！晏平仲問養生於管夷吾也，而夷吾以謂勿壅勿閼，肆之而已。嗚呼！此真人之所以浮游於日用者也。夫飢而欲食，寒而欲衣，困而欲瞑，此可閼乎？此用情乎？然則耳之所欲聽，目之所欲視，鼻之所欲臭，口之所欲言，體之所欲安，意之所欲行，吾亦如是而已矣，又何累焉？由此觀之，則其以朝、穆爲真，以端木爲達，其言之雖過而不爲疵也審矣！雖然，論而至於此，後之儒者有以斯言爲罪者矣。若夫以余推列子之心而識余之意，則庶幾乎無罪焉。

莊子論一

情存分量者，不可與聞廣莫之言；智辨是非者，不可與遊兩忘之境。天地內外，非可以情度也，而局於分量者昧焉〔一〕； 萬物紛紜，非可以智盡也，而膠於是非者惑焉。 唯我與物同遊乎無極，則又安覺鵬鷃之爲二物哉！ 莊子所以發端於是也。 夫世俗之情，耳目之所安，心境之所熟，則雖神奇怪譎而不以爲異也。 至夫耳目素所未接，心境素所未嘗，則雖常流至理，未有不驚而惑者。 豈唯驚而惑也，有不爲胡盧而笑者哉！ 一鳥之背而幾千里，一息之飛而九萬里，世之所未見。 世所未見，則局於分量者之所驚而笑也。 然天地之外固有大於是者不可知也，而世俗徒以區區心目之所屬而臆計天地之外，則其於莊子之言亦若是驚且笑矣。 鵬之負青天，鷽之搶榆枋，其爲逍遙一也，世俗之情必大鵬而細鷽也。 屑屑乎小大之辨，則是非美惡、高下長短擾擾起矣。 其於莊子之言，焉能涉其流而化其道哉！ 故善觀莊子之言者能於此而悟其將，則三十篇渙然冰釋矣〔二〕。 於此而驚且惑乎，彼方情存分量而智辨是非矣，安用莊子之言爲哉！

【校記】

〔一〕「局」，原作「扃」，據馬本改，下同。

〔二〕「渙」，原作「煥」，據《年譜》改。

莊子論二

《内篇》七，《外篇》十五，《雜篇》十一。《内篇》言夫内，《外篇》言夫外，《雜篇》者合外内而言之也。 雖然，内者外之源，外者内之出也，庸詎知吾所謂内之非外，外之非内耶？ 故《内篇》終之以《應帝王》，外篇終之以《知北遊》，雜篇終之以《天下》。內篇而終之以《應帝王》，則知湛然常寂者，是其所以通天下之志者也。外篇而終之以《知北遊》，則知芸芸之作復歸於根〔一〕，擾擾之緒畢反於一也。《雜篇》而終之以《天下》，則知孔子之書終言堯舜之事，老子之書終言小國寡民，孟子之書終言禹、湯、文、武者，皆是莊子之微旨也。夫力不足以舉天下，則不足以用天下；道不足以小天下，則不足以宥天下。舜唯其視天下猶敝屣也，故能運天下於掌；伊尹唯其囂然自樂於畎畝也，故能一舉而造商。而昧者直以莊子爲漠然絶物，而與拔一毛而不爲者同，是烏足以言道也！道無形也，體之者人。卷而懷之無一毫，舒之足以濟天下，此天下之所以賴於道也。雖然，應物而濟天下者，聖人之所以成焉者也，然其出而用者，亦聖人之末耳〔二〕。善乎其言徐無鬼也！徐無鬼因女商見魏武侯，與之言相狗馬〔三〕，而武侯大悦也。蓋徐者，與夫疏疾彊梁者異也，鬼固幽矣，又曰無鬼，幾於無迹也。然將與物交，必出乎幽而因乎理，故因女商而見也。女者，靜而不以外傷內，物求而從應者也〔四〕；商者，通有無以資物者也。故爲無鬼之先而見魏武侯也。魏武，剛大之謂也。出乎幽深因緣以應夫剛大，故必有合，所以武侯大説而笑。然無鬼所以應夫物者，曾不用其粃糠土苴，故特言狗馬之德，而足以説之如此，余故曰：應物而濟天下者，亦聖人之末耳。

【校記】

〔一〕「芸芸」，原作「其芸」，據吳本、馬本改。

〔二〕「末」，原作「未」，據吳本、馬本改。

〔三〕「馬」，原作「焉」，據吳本、馬本改。

〔四〕『從』，吳本作『後』。

莊子論三

孟子之稱孔子曰集大成，其言曰：『集大成者，金聲而玉振之也。始條理者，聖之事也；終條理者，智之事也。聖譬則力也，智譬則巧也。』然後知莊子所謂聖人之道與夫聖人之才者，判然白矣。莊子所謂聖人之道，非孟子所謂聖歟？莊子所謂聖人之才，非孟子所謂智歟？道可以學而至，才非學而至也。譬之鈞石之弓，可以歲月習也，進退弛張，可以度數得也。然不知所以然而然，此力也，猶之道也，由學而後至焉故也。至於發矢復沓，方矢復寓，括相屬猶銜弦然，此巧也，猶之才也，非學到而言傳者也。夫射一事也，而有力、巧之殊；聖人一道也，而有才與道之間。非孟子之善譬與夫莊子之善說也，烏識其所以爲才與道哉？此南伯子葵所以有問于女偊也〔一〕。且南者，顯而與物交；伯者，長而爲物先。葵知自衛而不知所以自衛，以其所衛者小也。顯而與物交，長而爲物先，去道遠矣。然以其知自衛，故能問道於女偊。然其去道本遠，故女偊謂非其人也。女者，不以外傷內，致柔而守靜者也；偊者，曲而全者也，體道之微者也。卜者未嘗求物而不能絶物之求，吉凶憂樂不自我，而吉凶憂樂之兆不能不因物而應〔二〕。梁倚則任物庇下而爲物之所倚者也，是其所以用天下者也，故爲聖人之才。出而用天下，則其爲物也太多，故將以窅然藏於聖人之道，必以外天下爲先，而後終之以不生不死也。

【校記】

〔一〕「偶」，原作「偶」，據吳本、馬本、袁本改，下同。

〔二〕「因物」，吳本作「自我」。

莊子論四

《莊子》之爲書，既已小天地、遺萬物、薄堯舜、累周孔，其於掃除名教之迹，蕩然無餘矣。以謂吾之所言則近乎棄實有，著虛空，茫然無町畦，泊然絶物者，於此而無述焉，則天下後世幾何而不驚且惑也。故終之以《天下》之篇，而道術之所以辨也。其曰古之道術有在是者，墨翟、禽滑釐之枯槁也；古之道術有在是者，宋鈃、尹文之救世也；古之道術有在是者，彭蒙、田慎之去己也；古之道術有在是者，關尹、老聃之博大也；古之道術有在是者，莊周之寂漠變化也。五者小大不同，其爲一偏，一也。老莊之道既自列於一偏〔二〕，而孔子之道獨不列於其間，嗚呼！此以見莊子之深知孔氏也。非知孔氏也，深於道故也。孔子之道包是五者，施於天下，或藏之以神其用，或裁之以見於事。故迹雖偏於天下，人爲之敝，有時而極，然關百王、貫萬世而終莫能違之者，道備故也。此莊子所以不列於道術之一偏也。嘗竊譬之水之在天下，合而爲海，放而爲江、河、淮、濟，衍而爲百川，豬而爲陂澤，釃而爲溝澮，道術之在天下亦猶是也。海之於溝澮，小大有間矣，其爲水之一偏，一也。孔子之道，水也，蒸爲雲氣，升爲雨露，以濟以溉，以滋以濯，蓋取於河海、百川、陂澮而用之耳矣〔二〕。誰謂莊子非孔氏而絶中道哉？

【校記】

〔一〕『偏』，原作『篇』，據馬本改。

〔二〕『澮』，吴本作『澤』。

莊子論五

莊子毁仁義，毁諸已乎？曰蹩躠踶跂，唯攘棄之，而天下元同，是毁仁義已矣；然而曰至義不物，至仁無親，遠而不可不居者義，親而不可不廣者仁，則周蓋未嘗毁仁義也。莊子滅禮樂，滅諸已乎？曰澶漫摘僻，唯不用而性情不離，是滅禮樂已矣；然而曰禮以導行，樂以導和，禮之意，子貢不能知；死不歌，墨子之所短，則周蓋未嘗滅禮樂也。聖人不死，大盜不止，是周絶聖之言也。然而以謂神全形全，聖人之道也；澮然無極，衆美從之，聖人之德也；通於天地，推於萬物，聖人之心也；手撓指顧，四方俱至，聖人之治也；天地之鑒，萬物之鏡〔二〕，聖人之静也；知窮知通，臨難不懼，聖人之勇也。其言如此，絶聖矣乎？任知則民相盜，去知以歸其天，是周棄知之言也。然而以謂真人以之爲時，聖人以之爲孽，心徹爲知，知徹爲德，以恬養知，以知養恬，其言如此，棄知矣乎？豈特如是而已也，周之書言道而已，故其要曰：有情有信，無爲無形；可傳不可受，可得不可見；長於上古，先於太極；或期之於稊稗，或極之於昏默。是周之所言道也。然而曰道不可以言，言而非也，則周蓋未嘗言道也。豈唯未嘗言道哉，其言未始有是非也。荒唐之言，謬悠之説，無端倪之辭，則莊周之言未嘗是也；以卮言爲曼衍，以重言爲真，以寓言爲廣，則莊周之言未嘗非也。豈唯未嘗有是非哉，亦未嘗言也。彼其三十篇之書，精粗小大〔二〕，靡所不具。惠子之所困，公孫之所驚，其言數萬，可謂多矣。然而曰得魚忘筌，得兔忘蹄，安得忘言之士而與之言，則莊周蓋又未嘗言也。

【校記】

〔一〕「鏡」，原作「境」，據吴本改。

〔二〕「小大」，吴本作「大小」。

北山小集卷第十四

論二

維摩詰所説經通論八篇

一

文殊師利是根本智，維摩詰是不可思議解脱力； 文殊師利是法爾如然，維摩詰是神通妙用。佛以二菩薩問答以顯妙用起於根本智，然根本智與不可思議解脱神通，不離此身六根六用而别有也。此所以先言維摩詰身示疾苦，又説身無堅速朽，深可厭患，而後文殊師利問答，即於維摩詰所謂可厭患之身而起不可思議解脱神通如此也〔二〕。故《法華經》云：『父母所生眼，悉見三千界。』以至耳、鼻、舌、身、意，皆自父母所生之色身，而不可思議解脱如彼也，以顯根本智中神通妙用皆是法爾如然，不可出五藴十二行中建立。然文殊師利與維摩詰合之即是佛，故先説如來現大不可思議力，以長者子寶積與五百長者子所持七寶蓋合成一蓋，覆三千大千世界，而山河大地、天龍等宫悉於寶蓋中現。而寶積等讚歎，以爲如來神力不共法也。諸大乘經中，佛將説妙法，必先示現神變，或瑞光先照，徧滿三千大千世界，上至天宮，下至地獄，莫不蒙光解脱，或見微塵數佛刹悉皆顯現〔一〕。如此經所説，七寶蓋中而皆示現三千大千世界，諸天龍神所居宮、乾闥婆等，及夜叉乃至山河大地等，蓋言法無不該、無不遍也。有一絲毫不至處，是佛法界有所不遍；有所不遍，則是有礙，非無礙也。又大藏教中常以法喻寶，如云寶所、寶洲、衣裏珠、額上珠、摩尼寶、長者寶藏之類，皆以喻法。故説法緣起，先以長者子寶積也。寶積言衆寶，猶云一切法也。以七寶蓋供養佛，而佛合爲一蓋，言一切法即一法，以法寶普覆一切，無所不有、無所不遍也。不以佛菩薩爲説法緣起，而以長者子者，真俗無異、凡聖一如，在家猶出家也〔三〕，如長者維摩詰是也。長者子寶積既讚歎佛神力已，遂問如來佛土清淨，而告之以隨其心淨則佛土淨者，言種智神通與萬法皆由一心，心外無法也。而舍利弗以聲聞知見不達是理，故疑此土丘陵坑坎、荊棘沙礫、土石諸山穢惡充滿也。佛以足指按地，而三千大千世界皆已清淨莊嚴者，言迷悟、淨穢之反，一足指按地頃耳。螺髻梵王見清淨法如佛頂相，故能以法除舍利弗惑也。

【校記】

〔一〕『神通如此也』下文淵閣本有『離六根六用之外，豈別有不可思議解脱神通哉』二句。

〔二〕『皆』，馬本作『見』。

〔三〕『真』，原作『其』，據吴本、馬本、袁本改。

二

是經所說法，真俗、聖凡、淨穢平等[一]，不作異觀。故在會菩薩自等觀菩薩已下五十菩薩及彌勒、文殊，五十二菩薩也。等觀、不等觀、等不等觀所以爲等觀，亦去等觀之著也。是神通自在必自三昧中起，三昧者，正定也，是所謂神通妙用，亦法爾如然，故有定自在菩薩、法自在菩薩、法相菩薩也。解脱神通亦是此身光明發現，故有光相菩薩、光嚴菩薩、大嚴菩薩。是一切佛聚一切義海，故有寶積菩薩、辯積菩薩。手有拯拔引接之義，菩薩常以法寶、法印拯拔衆生，上至十地菩薩、四果諸天，下至地獄畜生餓鬼，高下平等，一以法寶、法印而拯拔之，故有寶手菩薩、寶印手菩薩、常舉手菩薩、常下手菩薩。所言法印，如印印文，無先無後，無作無二，即時具足，無有差異。字有先後而印時無先後，文有文義而印中無文義，然而普遍無礙，事理周圓，無作無二，諸佛經中所言印者皆此義也。常慘菩薩大悲無量故，喜根菩薩、喜王菩薩大喜無量故，辨音菩薩常説是法故，虛空藏菩薩法無盡故，執寶炬菩薩以法光明破冥闇故，寶勇菩薩負荷衆生無所畏故，寶見菩薩無見而見是法見故，帝網菩薩、明網菩薩法法互融無所礙故，無緣觀菩薩不起真際故，惠積菩薩法無量故，寶勝菩薩無能勝故，天王菩薩最尊勝故，壞魔菩薩摧伏四魔與諸怨賊故，電得菩薩法如幻化故，自在王菩薩具不可思議解脱故，功德相嚴菩薩摠持萬行故，師子吼菩薩、雷音菩薩、山相擊音菩薩法音無邊故，香象菩薩、白香象菩薩具大力故，常精進菩薩、不休息菩薩度生死海無疲厭故，妙生菩薩念念出生而常寂故，華嚴菩薩開敷佛華大莊嚴故[二]，觀世音菩薩具悲智故，得大勢至菩薩具願力故，梵網菩薩即煩惱網即清淨網、不相留礙故，寶杖菩薩住佛威儀故，無勝菩薩無等等故，嚴土菩薩三千大千世界悉皆嚴淨、法無不遍故，金髻菩薩、珠髻菩薩至法頂故，於是終之以彌勒菩薩、文殊師利法王子者。如諸菩薩，具如是等法，即成佛果。彌勒菩薩是一生補處、已授佛記者故，然不離文殊師利清淨根本智也。如善財童子遍參善知識已後，見彌勒與文殊是也。

【校記】

〔一〕『凡』，原作『九』，據吳本、馬本改。

〔二〕『佛』，吳本作『物』。

三

長者維摩詰既以已身示現有疾，因爲人説此身無常，無强、無力、無堅、無主、無人、無我、無知、無作等，及説身病根本，從癡有愛，以有病苦。又常爲諸人去諸法病，如諸十大弟子與彌勒、持世二菩薩，嚴光童子、長者子善得，皆以謂不堪任詣彼問疾者，不惟以其入深法門，辯才無礙，爲聖賢等之所畏難；亦以謂其諸法病，如上所云，則不能見維摩詰。無諸法病，即維摩詰耳。若能不於三界現身意，不起滅定而現諸威儀，乃至不斷煩惱而入涅槃，如是宴坐。如法説法，離衆生垢，離我垢，離生死，前後際斷，乃至無説無示，無聞無得，如是説法。所見色，與盲等；所聞聲，與響等；所齅香，與風等，乃至諸觸如智證，知諸法如幻相，其有施者，無大福，無小福，不爲益，不爲損，如是食人之施。於食等，於法等，乃至文字性離，無有文字，於諸法解脱，如是無分別。觀知根器，以大乘法教化衆生，如是爲人説法。不以生滅心行説實相法，不以二相觀佛國土。罪性福性，皆如鏡像；在家出家，無有功德。知如來身即是法身，知一切衆生即菩提相。舉足下足，皆是道場，一切天魔，悉能摧伏。以菩提心起四無量，以法施會爲大福田。若能如是，即是維摩詰，即是文殊師利。如舍利弗等所有法病，是病爲維摩詰所訶，如彼者不能見維摩詰、文殊師利也〔一〕。故皆曰『我不堪任詣彼問疾』。

【校記】

〔一〕『維』，原作『羅』，據吴本、馬本改。

四

不可思議解脱力，一切衆生與諸佛菩薩悉皆本來具足，不出一心六用而能發現，所謂神通，亦曰光明。但一切衆生以生滅心、狹劣心、分别心、限量心、罣礙心等故，有眼爲色所礙，有耳爲聲所礙，有舌爲語言、諸味所礙，有鼻爲臭香所礙，有身爲觸所礙，心識爲法所礙，故名之曰盲、聾、愚、癡等類。然亦常運神通，常放光明，未曾間斷。諸佛菩薩以廣大心、無住心、無分别心、無礙心故，一心六用皆爲不可思議神通，亦常放無量光明，遍照三千大千世界。所謂父母所生眼，悉見三千界，以至鼻、耳、舌、身、意，色、聲、香、味、觸、法，皆爲清淨如來大根本智與不可思議解脱神通之力。唯了諸法空無礙，然後有是不可思議解脱神通之力。故云空其室内，除外所有及諸侍者〔一〕，無有牀座，此所以能容須彌相世界三萬二千師子座及香積世界九百萬師子座也。言須彌世界者，如經所言，有解脱名不可思議者，菩薩住是解脱者，以須彌之高廣内芥子中，無所增減，須彌山王本相如故，表是法也。故文殊師利問疾之餘，首問維摩詰：『此室何以空無侍者？』維摩詰言：『諸佛國亦復皆空。』又問：『以何爲空？』答曰：『以空空。』又問：『空何用空？』答曰：『以無分別空故空。』又问：『空可分别耶？』答曰：『分別亦空。』又問：『空當於何求？』答曰：『當於六十二見中求。』以至六十二見當於諸佛解脱中求，諸佛解脱當於衆生心行中求。以明空非分別，不捨有而求空，了則煩惱即菩提，迷則菩提即煩惱也。明清淨如來大根本智與不可思議解脱即此示病之一心六用，出入無時，莫知其鄉，而無分別者也。以至右掌持諸天大衆、諸如來所，又不起于座，以右手斷取妙喜世界，置於此土，皆以空無礙故，故曰『室空』；不起真際故，故曰『不起于座』，此不可以生滅礙心分別妄見而知者也。

【校記】

〔一〕『外』，吴本作『去』。

五

文殊師利從佛所來，見維摩詰即是清淨法身，本根本智而起不可思議解脱神通，皆不來而來，不見而見。不來而來，豈有來相？不見而見，豈有見相？若來已更不來，是實無來，來無所從故；若去已更不去，是實無去，去無所至故。所可見者更不可見，擬議即差故。自文殊師利初詣維摩詰，問答凡十段義：一，文殊問病所因起；二，文殊問病何以空無侍者；三，文殊問病爲何等相；四，舍利弗念欲牀座，維摩詰答以須彌相國師子之座納於室中；五，文殊問云何觀察衆生；六，文殊問生死爲菩薩當何所依；七，天女與舍利弗問答；八，文殊問通達佛道；九，維摩詰問文殊何等爲如來種；十，普現色身菩薩問維摩詰親戚眷屬等爲何所在。舉要而言，一切解脱神通摠持萬行大慈大悲，及一切衆生塵勞煩惱，皆依清淨法身根本智而立。故維摩詰即於父母所生之身示現有疾，又即於此身而現種種不可思議解脱，以見菩提、煩惱無二性，故示現有疾非有疾也。如佛菩薩爲度衆生出入生死海，游戲五道，雖實無生死、無我、無造亦無受者，而示有輪回苦樂等受也。然從癡有受，則有輪回，故曰『從癡有受，則我病生』，又曰『從有攀緣，則爲病本』，又曰『身孰爲本，欲貪爲本；欲貪孰爲本，虚妄分別爲本；虚妄分別孰爲本，顛倒想爲本；顛倒想孰爲本，以無住爲本。無住則無本』。唯其顛倒、虚妄、貪欲爲本，此衆生所以輪回不息、出入苦海者也。唯其顛倒以無住爲本，無住則無本，此所以即煩惱海即菩提也。知無住本立一切法，則於生死畏中得無所畏矣〔一〕。諸佛菩薩從智起悲，濟度群品，有一衆生不滅度者，是佛菩薩終不取涅槃、不捨生死也〔二〕。故曰：『一切衆生病，是故我病；衆生不病，則我病滅也。』然無量煩惱大菩提海惟一空法，此維摩詰所以示有家居眷屬而一室之内空無牀座，亦無侍者也。答文殊之問，又所以言諸佛國土亦復皆空也。然所謂空者，非捨諸有而別有空也〔三〕，故曰空當于何求，當於六十二見中求；六十二見當於何求，當於諸佛解脱中求；諸佛解脱當於何求〔四〕，於一切衆生心行中求。蓋空匪他求，不離六十二見而空存焉；六十二見是諸過患，然不離諸佛解脱中；諸佛解脱超過一切礙無礙境，然不離衆生心行中也。故《寶積經》説文殊以神力令舍利弗與魔波旬作如來身，問答妙義，舍利弗問：『菩提當何處求？』波旬答曰：『從身見根本求於菩提，無明有愛求於菩提，顛倒起結求於菩提，障礙覆蓋求於菩提。』亦是義也。《大般若經・曼殊室利分》云：『一切法空説爲法界，即此法界説爲菩提，法界、菩提俱離性相，由斯故説一切法空。』又云：『無上菩提即五無間，彼五無間即此菩提。』又《諸法無行經》云：『文殊説言一切衆生皆得菩提，是名不動相；一切衆生皆成就一切智惠，是名不動相；一切衆生皆是道場，是名不動相。乃至一切諸佛成就貪欲，是名不動相；一切諸佛成就瞋恚，是名不動相；乃至一切諸佛成就邪見，是名不動相。』大抵文殊師利表根本智，故其所説法皆徹源底，即有即空，無二空也。煩惱菩提分别空，則病亦無形，不與身合及與心合，非四大亦不離四大也。

【校記】

〔一〕『生』，原作『住』，據吴本、馬本改。

〔二〕『取』，文淵閣本作『敢』。

〔三〕『别有空也』下文淵閣本有『其所有者皆空也，其所謂空者亦空也』二句。

〔四〕『求』字下文淵閣本有『當』字，『當』字屬下。

六

舍利弗未離聲聞，未能隨緣赴感、無不周遍而常處於菩提之座，故作是念，當於何坐也。東方，萬物並作、出晦入明之方也，而世界名須彌相，表不動也。東方萬物並作之方，而世界名須彌者，動而常寂也。佛曰：須彌燈王者，寂而常照也。以彼菩提之座，入於空無所有之室，故無去來相，亦無礙無礙也，宜乎新發意菩薩及大弟子不能升也。爲須彌燈王作禮乃得升者，一念與須彌燈王相應，是即須彌燈王已矣。維摩詰因爲大衆説不可思議解脱法門者，以見於根本智起神通也不可思議皆若此也。諸佛菩薩從智起悲，示病示苦，出入生死，以度衆生，疑若煦煦住相之仁。然於是文殊問：『云何觀於衆生？』而維摩詰以謂觀衆生如水中月，如鏡中像，如熱時燄，如呼聲響，如空中雲，如水聚沫〔一〕，乃至如石女、化人也，不取於相，無作無受，無人無我，是乃所以爲大悲而繼之以四無量也。老子曰：『天地不仁，以萬物爲芻狗。』莊周曰：『大仁不仁。』又曰：『虎狼，仁也。』聖賢之語，豈有二義哉！觀佛菩薩説一乘法，必有女人以爲緣起。故《法華經》説龍女七歲，文殊度之，於衆會前化爲男子，即往南方成佛；而《華嚴經》婆須密多、天主光女、慈行童女，乃至城神、夜神、林神等，皆以女人身，善財見之，得解脱門；又如《無垢施經》所説無垢施女，《月上女經》所説月上女，皆辨才神通，與大弟子往復論辯，訶毀小乘，説微妙法，親授佛記。維摩詰室中所化天女亦猶是也。其義有五：一者，示平等法，無男女相；二者，法無淨穢；三者，示世俗諦即出世諦；四者，一念之間即三阿僧祇劫，無延促相；五者，一切諸法皆如幻化。如維摩詰示居士身，天女乃其眷屬，然而真俗無二，世出世一如也。散諸天華者，以表在欲行禪，了無罣礙。諸大弟子以有礙心，華著不墮〔二〕，以譬畏生死者，色、聲、香、味、觸、法得其便也。『吾止此室十有二年，初不聞説聲聞、辟支佛法，但聞菩提大慈大悲不可思議諸佛之法。』又云『我從十二年來，求女人相了不可得』者，言大般若海不離十二有海也。以維摩詰空無所有之室，自然常現八未曾有難得之法也。於是文殊又問維摩詰言：『菩薩云何通達佛道？』而維摩詰以謂若菩薩行於非道，是爲通達佛道也。又問：『何等爲如來種？』而維摩詰以謂無明有愛、貪恚癡等乃至一切煩惱爲如來種也。此皆明不離煩惱而入涅槃，不捨道法而現凡夫事也。普現色身菩薩者，亦明於一切色相而常普現不思議法也，問維摩詰以妻子、親戚、眷屬等爲何所在？而維摩詰告之言明皆即有而空、即空而有也。曰母、曰父、曰妻、曰男、曰女，以至舍宅、園林、車馬、衣服、財寶、牀坐等種種名字，即空而有也。然所謂父母、妻子以至牀坐者，乃智度、方便、法喜、慈悲，以至無漏、覺意、慚愧、深心而已，是即有而空也。故曰：『火中生蓮華，是可謂希有。在欲而行禪，希有亦如是。』夫人終日起居動作之間，視聽語默之際，無非欲也，而其行也常禪，故以喻火中生蓮也。

【校記】

〔一〕『沫』，原作『沬』，據馬本改。

〔二〕『著』，原作『者』，據吳本改。

七

生滅爲二，我、我所爲二，受、不受爲二，垢淨爲二，是動是念爲二，一相、無相爲二，菩薩心、聲聞心爲二，善、不善爲二，罪福爲二，有漏、無漏爲二，有爲、無爲爲二，世間、出世間爲二，生死、涅槃爲二，盡、不盡爲二，我、無我爲二，明、無明爲二，色、色空爲二，四種異、空種異爲二，眼色、耳聲、鼻香、舌味、身觸、意法爲二，忍辱、持戒、精進、禪定、般若、布施、回向一切智爲二，是空、是無相、是無作爲二，佛、法、衆爲二，身、身滅爲二，身、口、意業爲二，福行、罪行、不動行爲二，從我起爲二，有所得相爲二，闇與明爲二，樂涅槃、不樂世間爲二，正道、邪道爲二，實、不實爲二。凡是二者皆爲諍論，皆爲戲論，皆爲邊見，皆爲偏計，皆爲執著。而不二法中無生無滅，無我無人，無受無不受，無垢無淨，無動無寂，無有相無無相，無聖無凡，無善無惡，無罪無福，無有漏無無漏，無有爲無無爲，無世間無出世間，無生死無涅槃，無盡無不盡〔一〕，無我無無我，無明無無明，無色無空，無同無異，無根無塵，無六波羅密無一切智，無空無不空，無相無無相，無作無不作，無佛無法無衆，無身無身滅，無身口意業，無動無不動，無識無不識，無得無不得，無闇無明，無樂無厭，無正無邪，無實無不實，彼諸菩薩各以如是所入不二法門而樂說之。然此三十菩薩之所言者，言而已矣。故文殊師利以謂於一切法無言無説，無示無識，離諸問答，是爲入不二法門也。文殊師利雖如是言，然畢竟只是言説，於是問維摩詰，而維摩詰默然而已，是義方圓。按大藏中，《維摩經》凡有三譯，鳩摩羅什譯《維摩詰所説經》，今行於世者是也； 吴月支優婆塞支謙譯《維摩詰經》； 唐三藏玄奘譯《説無垢稱經》。而支謙所譯至『文殊師利説無言無説等爲不二法門』，於此遂已，更無後段『維摩詰默然』者，彼意豈以爲重複耶？

【校記】

〔一〕自『無有爲』之『爲』字至『無不盡』之『無』字共二十字原闕，據吴本、馬本、袁本補。

八

《楞伽阿跋多羅寶經》云：『非一切刹土有言説。言説者，是作耳。或有佛刹瞻視顯法，或有作相，或有揚眉，或有動睛，或笑，或欠，或謦欬，或念刹土，或動摇。如瞻視及香積世界、普賢如來國土，但以瞻視令諸菩薩得無生法忍，及諸勝三昧。』又云：『見此世界蚊蚋蟲蟻，是等衆生，無有言説，而各辦事。』文殊師利既以無言無説、無示無識爲入不二法門，而維摩詰默然無言已，於是示諸菩薩及大弟子以衆香國神通解脱殊特之事。彼衆香國香積如來無文字説，但以衆香令諸天人得入律行，菩薩聞斯妙香，即獲一切德藏三昧。以表五藴六根即般若海，一一觸受皆具圓通，皆能入佛智惠也。如香積世界，但以鼻觸而證菩提，則知一切悟門不必皆從言説文字而解脱也〔一〕，以至一切蠢動不必有言説而能辦事也。應坐時坐，應食時食，以表與一切衆生了無差別也。遣化菩薩致敬香積如來者，以表一切解脱神通皆如幻化也。衆香菩薩問：『釋迦牟尼如來於此娑婆世界以何説法？』而維摩詰告以佛以剛强之語、調伏之言度脱衆生，以見如來隨諸刹土時節因緣，以方便力所應化度而化度之。雖有言説，不離文字令得解脱也。故釋迦如來曰：『或有佛土，以佛光明而作佛事，有以諸菩薩而作佛事，有以佛所化人而作佛事，有以菩提樹而作佛事，有以衣服、卧具而作佛事，有以飯食而作佛事，有以園林、臺觀而作佛事，有以三十二相、八十隨形好而作佛事，有以佛身而作佛事，有以虚空而作佛事。衆生應以化緣得入律行。有以夢、幻、影、響、鏡中像、水中月、熱時燄如是等喻而作佛事〔二〕，有以音聲、語言、文字而作佛事；　或有清淨佛土，寂寞無言，無説無示，無識、無作、無爲而作佛事。』又曰：『諸佛威儀進止，諸所施爲，無非佛事。』又曰：『有此四魔，八萬四千諸煩惱門，而諸衆生爲之疲勞，諸佛即以此法而作佛事。』此皆如來與大菩薩慈悲方便真實諦也。又維摩詰爲衆香菩薩言娑婆世界有十事善法，諸餘淨土之所無有。以言五濁惡世、十二有支煩惱苦海乃是無上菩提、大般若海也。彼諸淨土無一闡提及三惡道，譬之高原陸地不生蓮華，必於淤泥乃能生植，故云諸餘淨土之所無有也。起根本智，現大神通，説無上法已，於是攝用歸體，故與文殊同往詣佛也。釋迦牟尼如來爲諸如來衆既説妙法，衆香菩薩九百萬衆皆還彼國，是佛世尊與大菩薩及長者維摩詰以智惠神通作佛事已。於是佛問維摩詰爲以何等觀如來，維摩詰言如自觀身實相，觀佛亦然。以至不可以一切言説分别顯示，以見真俗無二，凡聖平等，根本智、解脱神通同一法身也。雖從根本智示現神通，説諸妙法，然常不起真際，湛然不動也。故於是舍利弗問維摩詰：『汝於何没，而來生此？』而維摩詰告以無生死。雖然，佛蓋知之，以謂有國名妙憙，佛號無動，是維摩詰於彼國没而來生此也。既無没生而云無動國没而來生此者，無動乃所以無没生也。梵語『阿閦』，華言『不動』。無動佛國者，表維摩詰雖現神通而説諸妙法，不起真際，湛然不動也。故雖以右手斷取妙喜國、鐵圍山川，乃至梵天等宫，城邑、聚落，上至迦吒尼天，下至水際，入此世界，而不起于座也。此無動世界所以擲過三千大千世界，出入往來，無所留礙，而無出入往來等相者也。

【校記】

〔一〕『解』，原作『觸』，據文淵閣本改。

〔二〕『以』，原闕，據《維摩詰經》補。

北山小集卷第十五

雜著一

房太尉傳論

天寶末，天子避盜劍南，房琯以憲部侍郎上謁普安，建遣太子、諸王鎮諸道〔一〕。於是太子爲元帥都統，治兵朔方；潁王璬鎮成都，凡劍南、西川、山南西道之師皆屬；永王璘鎮荆州，凡山南東道、江西、嶺南、黔中之師皆屬；豐王珙領河西、隴右、安西、北庭；盛王琦領江東、河南、淮南節度。珙、琦皆不赴鎮，故云『領』。禄山在京師見制書，撫几驚咤曰：『誰爲上畫此謀者？吾不得天下矣！』自燕兵横潰四出，天子疋馬走西南，二京遂爲盜守。方是時，天下不知屬車之在所，趙、魏、秦、鄭、梁、宋之吏不種族無類，則懷印易衣而走耳。甚則開關除道，扶服叩軍門。其郡縣之民所爲震心褫魄、驚動耳目者，非大燕之號令，則其旌旗兵甲與夫高車大纛爲賊媒者也，天下必以謂遂無唐矣。然於此時，諸鎮崛然聲治兵，問其帥，則皆天子之子也。夫以帝子之衆名天下之兵，名如名田之名。據走集，張形勢，雖不與大盜角逐，而天下之心固已有所係矣。則是懷忠狥國者有所恃而赴功，聞雞夜舞、並驅逐鹿之人，亦有所憚而不爲矣。余嘗論之：天下之事，理近而功顯者，雖常人可與去知焉；至於無用而有功、言迂而効切者，非明於大而進於幾，蓋不足以權此。且亞父以楚心致民望，武信君以范陽令下燕、趙，淮陰以赤幟殲趙軍。楚心非賢王，范陽令非國士，赤幟非利兵也，然三人卒賴以濟者，豈非所謂無用而有功、言迂而効切者類乎？夫諸王不足以鬭强虜明矣，而琯實以此係天下之心，此琯之謀大識遠，所以越常情萬萬者也。然則中興帷幄之功，果孰爲大？而賀蘭進明徒以偏忿毀言激怒人主，反其功以爲罪，而肅宗遂信而疏之。使肅宗有君人之明，其思之矣。若曰：『吾既以元帥起北方，北方之重兵賢將吾有也，西綴關中，北俯賊巢，便利之地也，而誰忌乎？』雖然，天下大物也，非有道者不能遺物，非有公天下之度莫能達天下之大計。若肅宗，宜其怨而疏之矣。自天寶、至德後，名相不爲不多，而琯獨巍然有大臣之望，天下稱之曰『房公』，至名世立言之士，莫不斂衽改容，稱其道德，此豈私好而然哉？然琯之本謀言不見於編冊，顧因進明之譖而後世知謀之出於琯也。至逆胡撫几之事，則史無傳焉，獨見於司空圖之詩。圖親仕唐室，司詞命，至大官，其言必有自，可信不疑。余觀德宗之幸奉天也，李晟請駐蹕邠梁以係天下之心〔一〕；僕固懷恩紿回紇以入寇，亦曰天可汗棄天下，中國無主，衆是以從。彼逆胡智宜足以知此，是其所以撫几而歎耶？

【校記】

〔一〕『建』字下文淵閣本有『議』字，文津閣本有『言』字。

侑坐元龜序

治亂之端，率常隱於尋常忽眇之間，初若不足畏嚮者，積而致之，至於不可禦。善惡皆然，治亂因之。觀秦漢以來，享國歷世，唯唐最長，而中絶於孽后，敗亂於艶妃，陵夷於宦官，衰弱於藩鎮，所經之變不一，未有不生於所忽而積於至微，以至於大壞而不可復振者。使禍福之來常如山摧川潰、霆震而至，則雖至愚，孰不知所避就；唯其隱於尋常忽眇之間，初若不足畏嚮者，故蹈覆轍而不知，常相踵也。方天下初定，魏徵勸太宗以行仁義以致太平者，如封倫輩往往笑而排之，唯太宗能用其言，行於寢食起居、造次顛沛之間，卒以致貞觀之治。然求其若爲仁、若爲義者，則未易彰彰論之，豈非其積微，故其成速耶？及明皇在位久，當盈成豐豫之時，春秋既高，方且寵一婦人，進一小人，退一正士，逍遥遊宴，姑以樂其當年〔一〕，意必以謂是豈足以傷生害治，又况亂天下者乎？卒之百廠隨生，搶攘悖繆，至於逆胡稱兵，陷兩京，焚九廟，四海横潰，而卒至於衰微。此何故也？豈非生於所忽而積於至微以底於是哉！唐之治亂善惡之大致，較然明白者，前哲論之備矣，余獨取其治亂善惡之萌，而禍亂之所由生，足以爲世戒者，裒而爲書，名之曰《侑坐元龜》云。元符庚辰秋八月，信安程俱謹序。

【校記】

〔一〕『當』，文淵閣本作『餘』。

復古編序

程子曰：『學之不可以不專也。』涉其流者，未有能極其原；游其藩者，未有能覩其奥。不極其原，不覩其奥，求其是且精焉，無有也。夫支左詘右，夫人而射也，稱養叔；鈎絃柱指，夫人而琴也，稱子野。上下千百載間，學是者亦衆矣，而二子擅焉〔一〕，豈不以其專以精乎？吴興張有，弱冠以小篆名。自古文奇字與夫許氏之書，了然如燭照而數計也，它書餘藝一不入於胷中，蓋其專如此。故四十而學成，六十而其書成，《復古之編》是矣。余嘗論其書曰：小篆之作，自嶧山真刻不傳，至唐，字學雖盛，而以篆法蓋一時、名後世者，惟李陽冰爲稱首。徐鉉後出，筆力勁古，遂出陽冰上。近世名筆固多，其分間布白、規圜繩直不工〔二〕，而筆力勁古，少復鉉比。今有自振於數千載後，獨悟周秦石刻用筆意，落紙便覺岐陽、嶧山去人不遠。二卷三千言，據古《説文》以爲正，其點畫之微、轉側從衡、高下曲直，毫髮有差，則形聲頓異。自陽冰前後名人，格以古文，往往而失。其精且博又如此。然其寄妙技於言意之表，守古學於寂寞之濱，固非淺俗之所能識也。且漢之諸儒比肩立，而揚子雲以識字稱；韓文公言語妙天下，而猶自謂略須識字。字亦豈易識哉！觀《復古之編》，則其於識字幾矣！使人之於學也，皆能致其專而求其是，既得之，又能守其所學，而不與時上下，則學雖有小大，其有不至者哉！不得於今，必得於後世矣。張翁求余文以信其傳，因叙次如此。政和三年九月朔，信安程俱叙。

【校記】

〔一〕『擅』，文淵閣本作『傳』。

〔二〕『圜』，原作『園』，據馬本、明寫本改。

賀方回詩集序

鑑湖遺老詩凡四百七十二篇〔一〕，其五字八句詩，鍛練出入古今，爲集中第一，其餘大抵名家作也。余少讀《唐實錄》與《會稽石刻》，見賀季真棄官本末。方開元、天寶之交，天下號無事，文學士見貴重。季真出入禁省，冠道山，友儲副，極當世華寵，然一旦不顧去爲千秋觀道士，使人望之超然如雲漢。過秦望，行剡川，未嘗不悠然遐想也。季真去後四百二十載，建中辛巳歲〔二〕，始識其孫方回五湖上，蓋『鑑湖遺老』也。方回落落有才具，觀其詩〔三〕，可以知其人。中間罷錢官，及通守兩郡，輒謝病去〔四〕，爲祠岳吏。又一旦掛衣冠，客吳下。窮達雖不同，其勇退樂閑，故有鑑湖餘味。然余謂方回之爲人，蓋有不可解者。方回少時，俠氣蓋一座，馳馬走狗，飲酒如長鯨；然遇空無有時，俛首北窻下，作牛毛小楷，雌黄不去手，反如寒苦一書生。方回儀觀甚偉，如羽人劒客；然戲爲長短句，皆雍容妙麗，極幽閑思怨之情。方回忼慨多感激，其言理財治劇之方，亹亹有緒，似非無意於世者；然遇軒裳角逐之會，常如怯夫處女。余以謂不可解者此也。余竒窮，抗髒可憎，方回多交遊，乃獨以集副授余曰：『子好直，美惡無溢言，爲我評而叙之。』此亦豈其不可解之一端耶？政和三年癸巳歲十月朔，信安程俱叙。

【校記】

〔一〕『四』，明寫本作『七』。

〔二〕文淵閣本『建中』下有『靖國』二字。

〔三〕『詩』，文淵閣本作『書』。

〔四〕『輒』，原作『轍』，據吴本、馬本、明寫本改。

漢儒授經圖序

古者尊師而重道，自天子達於庶人。故孔安國授經昭后，死爲之服；桓榮傅明帝於東宫，及即尊位，幸其第，至里門，下車，擁經而前。蓋其嚴如此。漢興，諸儒以經誼專門教授，故學者必有師承，源流派别皆可推考，歷東漢、二晉，以迄有唐，餘風猶有存者。然其間大儒間出，不專以一經章句授諸生，如王通行道於河汾之間，韓愈抗顔於元和之際。故從之學者，其於行己成務，作爲文章，皆足以名世而垂後，如魏徵、王珪、李翺、皇甫湜之徒是也。陋哉，夏侯勝之言也！曰：『士病經術不明，經術苟明，取青紫如俯拾地芥耳。』夫所貴於學者，豈專爲是哉？而勝以利誘諸生何也？西漢之俗，固已尚通達而急進取矣，又使士專爲利而學，學而仕，仕而顯，則不過容悦患失之人而已。如張禹以經爲帝師，位丞相，而被佞臣之目，後世議者至以謂西漢之亡以張禹。谷永亦號博通諸經，然因災異之對枉公議以阿王氏。二人者，皆成帝所取决，有識所企望，而當漢之所以存亡之機者也，然且不顧，方懷姦而徇利，豈其志本在於青紫故耶？抑天姿然也？後世君子，一志於青紫者衆，求師務學者寡，學者亦無所師承，此余所以常恨生之晚也。方祖宗隆盛之時，如孫明復、胡翼之以經術，楊文公、歐陽文忠以學問文章爲一時宗師，學者有所折衷而問業焉。王荆公出，以經義授東南學者，及得君行政於天下，靡然宗之。元祐間，蘇子瞻以文章主英俊之盟，亦云盛矣。余病卧里中，讀西漢《儒林傳》，觀其師弟子授受之嚴，所謂源流派别皆可推考者，竊有感焉。且浮屠氏自釋迦文佛傳心法與夫講解之宗，至于今將二千年，而源派譜諜如數一二。下至醫巫祝卜、百工之伎，莫不有所師。如吾儒師承之道，乃今蔑焉，所謂學官師弟子，如適相遇於塗耳，蓋可歎也。則其事業之不競，語言之不工，名節之不立，無足怪者。因以漢儒授經爲圖，以想見漢興之風範云。建炎四年六月三十日，信安程俱序。

題酈生長揖圖

李伯時作《酈生長揖圖》，直作高皇踞牀、兩女子洗足而酈生長揖〔一〕。此徒見漢高無禮、食其不屈之意，而無以見高皇聞善而服，改過下士，漢所以興之故。要當作輟洗起衣、躧履迎客之狀乃勝耳。方是時，天下草昧、糜爛土崩之時也，沛公踞見一里監門，其失亦微耳，非漢所以强弱興亡之所繫者也。是不然。食其爲是無當之言，可也；而沛公豁達聰明之君也，而可以虚言屈乎？夫得士者昌，失士者亡，有國家者皆然，而危亂之時爲甚。故蕭何以韓信用不用卜漢高之霸王去，晉人以謝安石起不起知江左而食其遽以謂將以助秦而非所以攻秦，何也？豈辨士專以捭闔動聽爲務，而其言不得不夸耶？是不之興亡，唐室以裴度進退爲天下安危，蓋士之不可失如此。使漢高失一食其可耳，然駿骨不收，絶足不至；巢卵不育，鳳鳥不下。士有深藏高舉，望望然去之而已，況聲音顔色拒之千里之外乎？則其不足以攻秦而足以自亡也明矣！是理也，非酈生之夸言也。辛亥孟夏朔，信安程俱書。

【校記】

〔一〕『足』，原闕，據明寫本補。

題杜范歐公帖

正獻公之全德元老，文正公之宏才偉望，文忠公之端亮文學，端委廟堂，不動聲氣而可使夷夏乂安，風俗清美矣。時非不逢而不既其用，仁人志士未嘗不歎息於斯焉。紹興六年十一月旦，信安程俱獲觀於西安長壽僧舍，謹題。

題温公帖石刻

文正温公之清節直道，内相高平公之懿行碩學，蓋朝廷之蓍龜，搢紳之標表也。事在國史，譽在天下。然其造次之間理言遺事，士夫莫不寶而傳之。衢州學舍嘗得温公貽高平公帖，摹而刻之石，置諸公堂之壁，使學者出入觀省，以想見醇儒碩德遺風餘烈之無窮，與夫著書立言之不苟如此。且《資治通鑑》之書，文正實挈其維綱，而筆削裁成之功，緊高平公之助。是時二公以道義相從於寂寞之濱，凡前古是非成敗之端，治亂安危之致，足以勸懲後世與啟沃吾君者，蓋未嘗一日而忘也。卒以備邇英之讀，布於學官而行於天下。是豈小補也哉？初，書成而上之，帝爲親製美名，冠以序引，其所以尊德樂道之意，不唯彰信於一時而無愧不刊之書，又以爲百世之賴，可謂盛矣！夢得，高平公少時字也。初，太夫人懷公彌月，夢古丈夫盛服入其門者，左右曰漢大司徒鄧禹也，故命名如此，而字夢得。後温公更其字曰淳父，猶取《高密侯傳》贊語云。高平孫仲熊與州學教授陸君俊民懼後生不知夢得之爲公也，要余述於其後。俱常以謂觀元祐之時而可知宰執近臣之選，觀宰執近臣之懿而可知元祐之時。無求之他，觀於此而已。俱生晚，不得登二公之門，以觀道德於後前，聽教誨於左右，茲獲挂名公書刻石之末，以寄宿昔欣慕之心焉，亦云幸矣！紹興七年正月甲子，信安程俱謹識。

題八師經後

余觀《八師經》所説，雖非無上般若圓頓法門，然實毗尼梵綱之權輿，普賢淨行之門户，而生死畏途之梁筏也。明白切近，雖塗之人皆若可解。使四海之内横目之人普皆信受，堅持不退，爲善而不爲惡，如佛所云，則坐證四果，長揖三塗，何遠之有？且人人推不殺之心而充之〔一〕，可使冤親平等，慈心相向，而豈有鬭狠賊害、伏尸流血之事哉？人人推不盜之心而充之，可使廉遜興行，貨棄於地，於非其有，一介不取，而豈有奪攘貪鄙、攫金胠篋之事哉？人人推不淫之心而充之，可使男如柳下惠，女如共伯姬，貞潔自持，不欺闇室，而豈有侵凌誘略、羅欲亂倫之事哉？人人推不飲酒之心而充之，可使飲食語言離諸過患，端虚正念，齊聖温克，而豈有淫酗昏暴、流連荒亡之事哉？人人推無妄言綺語、兩舌惡口之心而充之，可使篤實誠信，不訾不欺，而豈有誑誣交扇之事哉？人人知老病死苦之無常，少壯盛强之不可恃，而操心愛日、遠惡爲善之不可不勉也。夫如是，何畏乎生死？何怖乎惡道？無疑無慊，俯仰無怍，終日盡世，泰然安樂，而相與倘佯於仁壽之域，是則極樂之土、可封之俗已，豈非立言垂教者之本意，愛人治國者之至願，而有生之所甚樂者乎？故余思廣其傳焉。紹興六年九月日，俱謹識。

【校記】

〔一〕『推』，原作『椎』，據吴本、馬本、袁本改。

天辨

觀柳子厚《天説》，退之固有激而云，然騁豪辯而失正理。子厚爲之説，亦至於芒忽兩忘而止。余嘗深究天人消長之由，若有得者，因奮筆作《天辨》，矯二子歸之正，以祛君子之惑焉。

天之蒼蒼，尸者誰耶？鴻蒙穹隆，其正形耶？抑有五官以視聽好惡耶？抑又有條章政枋以司下土〔一〕，若而予、若而奪耶？古人於此乎疑已。或曰：『凡人之生，賦畀適定。天積氣耳，漫無記省。物生其間，自窮自達，自狂自聖，自壽自夭，自愉自病。或生而切雲漢，或老而沒泥濘。自其適爾，豈足深竟。』若是説者，然耶？曰：『天不人不因，人不天不成。信斯言也皆適然乎，則爲善者或幾乎

熄矣。』或曰：『天之與人，絶處殊類，質象既别，好惡隨異。譬之九土各有宜，五性不同嗜。故畸於天
者人之侔，資於宋者越所棄。又安知人之所望，不爲天之所厲？』若是説者，然耶？曰：『天視自我
民視，天聽自我民聽。信斯言乎，則是天與人判爲二矣。』或曰：『天之於物，常靳其全。故齒者不角，
馳者不翾，各俾其一，非天則偏。』若是説者，然耶？曰：『作善降之百祥，積善必有餘慶。信斯言乎，
則夷齊之餓、顔氏之夭可也。彼益、稷、伊、周之倫，謂其不足於天爵，可乎？』或曰：『飛塵可以蔽日，
太山煦於聚蚊。必東之水，激之可使過顙；長平之敗，壽者不能獨存。人衆有時而取必，而天定亦能
勝人。』若是説者，然耶？曰：『天網恢恢，疎而不失。信是説乎，則天之覆物也淺矣。』雖然，自堯舜
以來，天下之治常少而亂常多，君子常窮而小人多得志者，何耶？蓋自堯、舜、禹數百載而後當商之盛
時，君子之道一行；又數百載而後當周之盛時，君子之道一行。由漢迄唐數千百載，其間君子小人亦
更爲消長耳，不如三代之純也。君子而用，不極不久。藉令專且久，然不斥不病，則死及之。小人而在
上，率常志滿意得，子孫族黨繁盛半天下，康彊壽考，無一不如志者。若是何耶？嗚呼！區區之窮通
用捨，聖賢觀之，寒暑蚊雀之間耳，曷嘗以此動其心哉！而天亦豈以此待天下之君子也，蓋亦蚩蚩者
之招然耳。今夫蚩蚩之氓，晝日之所爲，孰非强凌弱、衆暴寡、狡者欺惷、薄者負厚哉！其孝於親、友
於兄弟者有幾？其臨利不忘義者有幾？其設心正平，誠實無僞，不負神明者有幾？使君子而得志，
爲一州則惠一州，使一路則惠一路，在朝廷、位宰輔，言聽計從，則膏澤及天下，彼蚩蚩者是將怡愉安樂
而終身矣。彼晝日之所爲其傾欺賊害者如此，而天乃報之以怡愉安樂〔二〕，則天之所以福善禍淫之道，
豈不乖剌舛繆矣乎？故必使邪佞殘賊者臨其上，爲一州禍一州，使一路禍一路，在朝廷、位宰輔，禍天

下，非唯禍天下，必至於糜爛土崩而後已。此無它，黔首之招然耳。以是推之，則《易》之慶善殃惡，《書》之視聽自民，《老子》之踈而不失，與夫釋氏之因果報應，無合而通者矣。

【校記】

〔一〕『土』，原作『上』，據吴本、馬本、明寫本、袁本改。

〔二〕『怡』，原作『悟』，據吴本、馬本、明寫本、袁本改。

龍亢侯傳

劉銛，上谷人。其先金天氏之裔，散處山谷間，子孫皆强利，足任事，世賴其用。夏禹初受舜禪，大徵金氏之子孫聚于中都，作而庸之其國，有九鼎之重。其强族在梁州，與璆氏、婁氏最著，梁州之諸侯取貢焉。子孫雖匿巖穴，世即而搜之無遺，然其最有聲者往往爲國武備。銛之近族祖號『含光先生』者，兄弟三人爲殷帝寶臣，所向三軍爲之却走。其季他日爲來丹報父仇，不克，終身不敢言勇。銛家與石氏錯處山谷中，爭雄强，而銛之族等爲强獷。秦始皇二十六年，滅燕，聞金氏强獷，使人穴地而攻之，繫其衆，盡取其獷族以歸。付若盧詔獄，使公子離即治，頗侵爍之，又從而鍛鍊之，剒其頑不可使者，亨其矢謀者〔一〕，取其英而收用焉。而銛尚少，在其中頗有聲。會歐冶子見而喜之，曰：『子所謂鐵中錚錚、庸中佼佼者耶！』竊與之歸〔二〕，爲立模範，所以訓練磨礲，雖百反不倦，蓋七年而後成器。爲之納室焉，又教以兵法，揮斥上下，回旋出入，無不如指麾。挺挺勁立，遇事輒斷，雖投以艱大，未嘗反唇切齒。銛亦歎曰：『使吾離塊獨、釋滓穢，剛不至折，柔不至屈，以成吾質者，歐冶子之力也。然吾聞卯金刀將興，吾或似之。』遂更姓劉。秦末嘗從人過豐沛間，道遇漢高祖，一見銛鋭上修下，有威重，顧瞻光采凛人，即異之曰：『吾左股七十二黑子，爾背文七星，皆奇相也。能從吾遊，吾佩服子，不敢忘。』至漢遂從高祖，常與同卧起，雖吕后諸人莫能間也。既而道大澤，白蛇當道，銛殺之，常爲高祖禦侮。至漢有天下，高祖益器任之，爲尚方長，號『龍亢侯』。群臣以上寵銛，皆以其族子弟自隨，然以其世剛悍難近，詔毋納殿門。唯酇侯上所優異，與俱者乃得至殿上。然銛愈親密用事，主裁斷。其友以書戒銛曰：『君侯性剛太鋭〔三〕，數用以擊强剚劇，恐於游刃有所不宜，盍韜光挫芒以避缺折之悔？』銛答書曰：『自吾爲上所提拂，常以三尺法裁剖庶務，小大斬斬，苟不失其柄。吾豈爲繞指者哉？』久之，高祖稍内陸賈言，向儒術，銛浸踈。高祖一日將拔用銛，久不見，進退頗生澁，不能緩頰如前日。高祖撫其背曰：『公雖德，豈不勝一割之用耶？』乃以數百户封之峽中，頃之，爲武庫令。初，銛遇容成公授以坎離構濟鍊形，得不死，至晋猶爲武庫令。元康五年，武庫災，銛自度且得罪，因歎曰：『吾老矣，安能與刻木對，爲衆口所鑠哉？』因兵解仙去。

太史氏曰：『龍亢侯初以巖穴椎重之質，一旦得良工師，更鍊既久，砥厲頓挫，遂爲國利器。或謂其剛悍自任，匹夫之敵耳。然漢高祖御之以取天下，項氏莫能抗，遇輒潰裂，何哉？觀其遇事迎解，在掌握之任，九年無少玷缺，賁、育莫敢當其鋒，身名凛然，與日月爭光可也。銛之族大抵傳貴精鍊形，然罕能變化。晋初有避地酇城者，後夫婦皆爲龍，入延平水中。嘗觀神仙書有服琅玕華化爲飛龍者〔四〕，酇城君豈得此術耶？

【校記】

〔一〕『矢』，原作『失』，據馬本改。

〔二〕『與』，原作『興』，據吳本、馬本、袁本改。

〔三〕『性』，原作『姓』，據吳本、馬本改。

〔四〕『覩』，吳本作『讀』。

西漢詔令序

右西漢詔令四百一章。舊傳《西漢文類》所載尚多闕略，吳郡林德祖處實始采括傳志，參之本紀，凡斷章析簡，掇之無遺。方薈蕞在紙，未遑詮録。間以示余，余因取其具藁，以世次先後，自高祖至平帝，人別爲篇，又差考歲月，纂而成書。且叙次其末，曰：古之盛王與道爲一，故其酬酢之間，理言遺事皆足以爲萬世法。是以事爲《春秋》，言爲《尚書》。而《書》之所傳，自唐、虞、夏、商、周上下千數百載間，而其存則今之五十八篇而已。由秦漢以來，置學官弟子誦説研究，至有白首没身莫能詣其極者。大哉王言！蓋聖人之防表也。自五十八篇而後，起衰周至五代之末又千數百載間，其爲詔令温醇簡盡而猶時有三代之遺法者，唯西漢爲然。其進退美惡不以溢言没其實，其申飭訓戒皆至誠明白，節緩而思深。至叢脞大壞之餘，其施置雖已不合古道、當人心，然猶陳義懇到，雍容而不迫。此其一代之文流風未泯，顧猶不可及，又況文實兼盛哉！昔者文中子以聖人之重自任，迺始斷自七制之主，列爲四範，以續典、謨、訓、誥、誓、命之文。然其書世不傳，莫得而述，故備載如彼。德祖以學行名搢紳，方將以文詞爲時用。方今昭回之章、絲綸之美，固已轢絶中古，陋漢唐而莫稱。是書也，雖未能比唐、虞、夏、商、周之隆，庶其或者亦足爲王言之斧藻、《尚書》之鼓吹云。大觀三年歲次己丑十月壬申朔，信安程俱叙。

北山小集卷第十六

雜著二

宣和御書贊

靈文結空[一]，祕瑛房也。大有在上，俯雲章也。羲圖頡迹，寄明光也。臣俱寶之，澤莫長也。行書。

如龍行天，或游或飛。其馳不迫，其靜不遲。蓋從容八法者，猶嚴恭而自度；其超忽萬變者，猶應物之神機乎！草書。

【校記】

〔一〕『文』，原作『交』，據吳本、馬本、袁本改。

宣和御畫贊

太虛混淪，滋象之先。無動而生，萬彙出焉。巍巍道尊，實主張是。芒乎芴乎，無擇巨細。是翾飛者，與彼有筠。如馬一毛，如地一塵。凡有形相，寄此筆端。造化之妙，毋以畫觀。

鄧安惠公贊

翼翼鄧公，外粹中剛，德人之容。有藴若虚，叩之則出，如響發鍾。有文不彪，用之則宜，温厚顯融。白首事親，洞洞屬屬，如相肅雍。移之事君，牧丘之慎，文終之恭。然執法憲府，謇謇不撓，審克厥中。有赫軍容，禍亂之機，見微納忠。晚登廟堂，泊無怨懷，游心大公。蓋清而畏知，仁而有勇，和而不同。不色不言，不有其賢，名莫之從。知人則哲，帝鑒孔昭，温良在躬。老成日徂，世不乏才〔一〕，機警疏通。愛而不見，再拜遺像，隱如岱嵩。

【校記】

〔一〕『乏』，原作『之』，據吴本、馬本改。

實相齋銘

觀身實相，如夢幻響。亦如虚空，有無邊際〔一〕。無作無受，無去來今。無空不空，有願無願。生住異滅，一切皆無。如如此身，威儀差別。如是如是，皆如實知。萬境現前，如水鏡像。繁興用處，而常湛然。觀一切法，無不皆空。是爲覺知，諸法實相。相即是空，空即是實。無能觀者，亦無了知。觀佛亦然，一相無相。

紹興己未，北山老人寓止長壽五年矣。春三月，於寓舍之西爲屋一間，挾以二廈，於是遊息焉，名之曰『實相齋』，而爲之銘。

【校記】

〔一〕『有無』，吳本作『無有』。

寂照軒銘

寂如妙高山，安住而不動。照如鑑止水，不將亦不迎。應物而不傷，無取亦無受。於中現色像，而實無所有。即此顧眄中，是我無盡藏。

唐三隱賢贊

余讀《唐隱逸傳》，尤慕王績、盧鴻、張志和不爲出處係累，泛然若浮雲之卷舒，使萬乘之尊可見可聞不可得而臣，世之戮人可望而不可攀也。視夫假脩渾沌以夸世、洗箕山之耳以賣高者，不亦拘拘然乎？

王績無功，絳州龍門。不喜拜揖，簡放絶塵。發名賢科，廉潔孝悌。不樂居朝，去爲縣吏。四海雲擾，網羅在天。有田十六頃，在河渚間。結廬北渚，著書東臯。種黍釀酒，子光是交。武德之初，待詔門下。良醞可戀，竟以疾罷。樂史善釀，求爲樂丞。史死遂去，述酒作經。刺史願見，答曰奈何，坐召君平？託無心子，機士見問，笑而不膺。豫知終日，自誌其墓，卓哉先生！

盧鴻顒然，其先幽燕。爰徙洛陽，迺廬嵩山。葯房荃壁，金書玉歷。朋雲吸霞〔一〕，皎皎獨立。見鴻《草堂十志》。開元之初，備禮再聘。確然自高，鈎深守靜。五年丁巳，帝詔曰鴻，『道極泰一，德循中庸。禮有大倫，義不可廢。想翻然易節，以副朕意。』先生至都，謁見不拜。宰相問狀，曰：『忠信是賴。禮之所薄，何足見帝。』召升內殿，命諫議大夫。固拒得已，浩然歸廬。朝廷得失，許以狀聞。官營草堂，寧極是名。聚徒廣學，至五百人。帝欽素履，沒有餘恩。

志和子同，婺州金華。母夢楓生，妙齡起家。策干肅宗，翰林待詔。錄事金吾，坐貶南徼。旋會赦還，遂歸江湖。釣徒自號，玄真著書。《太易》十五篇，探幽賾無。其兄鶴齡，爲築東都。茨以生草，椽棟不斲。釣不設餌，豹席椶屩。縣令聾瞽，不窺其德。使浚渠執畚，曾無忤色。婢織布裘，雖暑不釋。往來苕霅，浮家泛宅。太虛爲室，明月爲燭。四海諸公，周遊共躅。憲宗採歌，圖索其容。竟不能致，不知所終。

【校記】

〔一〕『朋』，原作『明』，據盧鴻一《嵩山十志》改。明寫本作『嘘』。

列仙圖贊凡二十八人

有形皆幻初無倪，臣細未足相雄雌。蚩蚩坐受幻物欺，不能與天同密移。玄黄二物知何爲，獨能長久無終期。至人亦窺衆幻機，奪取元化操鑪鎚。留形遁數乃一戲叶，呼噏六子交娥羲。偉兹二十八幻師，燁如經星周四維。騎箕降昴非有蘄，出入六合唯所之。黄妖位閏炎綱隳，嗷嗷億萬沉塗泥。翩然下墮哀黔黎，赤伏紹緒皇功巍。雲臺累塊空刑儀，索身滅迹歸無涯。竺乾心印金襴衣，語幻語法空無依。承承卒付碧眼兒，一華來東今萬支。洪荒怪譎同一歸，勿嗤我言無町畦。

文殊維摩畫贊

是妙吉祥，七佛之師。爲大醫王，法病是治。五藴十二行，即大摠持。五濁海中，得淨摩尼。非取非捨，不即不離。化度無量，十方四維。而默無言，而寂無爲。是歡喜藏，亦大闡提。是無垢施，惟金粟尊。真俗無異，人法何存。於不二境，示不二門〔一〕。三十二義，諍論紛紜。最後文殊，無説無聞。而我一默，是義方圓。擬議之際，電掣星奔。

【校記】

〔一〕『不』，馬本作『十』。

題三界四禪天圖偈句

如火宅喻，三界無安。是故衆生，應求出要。而此三界，亦如空華。分別説三，實無所有。我觀如來，不可思議。出入三界，如游觀園。而常湛然，處菩提座。應知亦有，上上根人。不歷堦梯，徑超佛地。四雙八輩，如焦穀牙；十地四禪，如隔羅縠。凡此世界，能忍衆生。若見若聞，應知希有。思地獄苦，發菩提心。如救頭然，慎勿放逸。諸惡莫作，衆善奉行。是雖常談，是佛教誨。

紹興八年，北山程俱長壽寓舍讀《藏經》畢，於解夏日編次圖，仍題偈句。

圓照大通二本禪師真贊

圓照道廣，海涵波漾。於無中作，示四無量。大通道峻，壁立千仞。轉大法輪，而常清淨。

妙湛睿老真贊

黄蘗妙湛禪師睿公，童子出家，已有衝天之志；早年悟道，遂開選佛之場。法誦傳衣，孤峯頂目視雲漢；慧林敷座，微塵裏轉大法輪。喧靜一如，絲毫不立。入廛垂手，端能於異類中行；破闇傳燈，肯使向瞎驢邊滅。名久喧於四海，化方被於九夷。嗣法了心，圖形瞻敬。信安老漢以偈贊云：

是妙湛師，丹青頂相。頭圓下豐，眉在眼上。

題米元章墓

嗚呼！是惟元章米公之墓。公少名黻，後更名爲芾，常自號『襄陽漫仕』，蓋襄陽人云。中年樂南徐山川風土之美，因家焉。歷官州縣，入朝爲書學博士、太常博士，至尚書禮部員外郎。出守淮陽軍，卒。生於皇祐之辛卯，卒於大觀之庚寅。將沒，預告郡吏以期日，即具棺櫬，置便坐，時坐卧其間，閱案牘，書文檄，洋洋自若也。至期，留偈句，自謂來從衆香國，其歸亦然。舁歸，葬丹徒五州山之原，遵治命也。公風神散朗，姿度瓌瑋，音吐鴻暢，談辯風生，東西晉人也。其爲文詞與立言命物皆自我作故，不蹈襲前人一言，元次山、樊紹述之流也。其書奇逸飛動，法本二王，虞、褚而下不論也。爲吏所至有名跡，簡靜愛人，人皆歡樂之。其政事了無俗吏常檢，陽亢宗、元紫芝之流也。東坡蘇公謂其文『清雄絶俗』，謂其字『超妙入神』，世不以爲過。公樂善，喜推下後進。紹聖丙子，余初識公南徐，貽詩謂余李太白後身，非所擬也。如葉少藴、關止叔方以英俊居下僚，公一面知其爲國器，見當路有氣力者輒言之不置，忘其身之窮也。公既沒，余他日過南徐，便覺招隱、鶴林爽氣都盡。顧嘗裒其所遺詩帖，帙而藏之，爲之贊云：

珠璣玉石，璀璨兀硉。巵言之出，風雲蕩潏。變化融液，惟心之畫。是千載人，不可無一。

馮宣徽畫贊

於穆仁祖，其仁如天。萬物茂遂，莫知其然。凡厥有位，至于士卿。獎養漸摩，登其俊良。有如馮公，荆楚之秀。瑑詞豐碑，志見潛阜。揚于帝庭，裦然舉首。出入中外，有猷有爲。匡時納忠，善類是毗。帝賚神孫，俾究厥施。惟時聖神，飭蠱圖治。群情未孚，故老憂喟。六事是陳，以捄時敝。允哲神考，灼知厥心，趣佐予治。如彼和羹，式爲鹽梅。全美令終，爲世表儀。世道交喪，士賤不振。以同爲和，以順爲正。見此遺像，煒如景星。匪公之懷，二帝之明。

畫馬贊

神超遙，骨權奇，尾蕭梢，步逶迤。追風流電驚四蹄，驊騮皮質龍驎姿。飢飡玉山禾，渴飲西瑤池，御非造良不受鞿。鳴和鑾，躡九逵，走千里，先安之。誠不如，果下䮾〔一〕，飽芻菽，略馽羈。三尺童子縻且揮，駕鹽挽磑靡不爲。我觀此羌，貌甚閑整。聊持短韁，不見鞭影。似縻非羈，若縶而騁。苟惟驅之，八極俄頃。

【校記】

〔一〕『走千里』四句，文淵閣本作『一日走千里，雪舞雹散乘風飛』。『下』，原作『不』，據吳本改。

郭恕先畫贊

『爲善無近名，爲惡無近刑』，若斯言也，猶未離乎有生。如恕先者，貌則人耳，固已超崑崙而友大庭。故依隱玩世，猖狂而妄行。蔚然之鬚，偉然之軀，視之猶芰宿草而委枯株也，又奚以生累而形拘乎？然天莫得而命，地莫得而理，金朱不能困，而陰陽不能災。其於道也，豈所謂外其身而身存者哉？

閏唐待詔顧德謙畫入貢圖贊

大道之行，人無斁懷。泊焉相忘，莫往莫來。逮德下衰，親譽畏侮。邇之不能，緊遠是務。招徠不足，求以兵旅。有服斯叛，無得何亡。我觀此圖，掩卷慨慷。宣和乙巳八月，舟行道睢陽，趙叔問携此圖過河亭共閲，爲題此贊。

賀方回畫笥有龔高畫二其一戴勝殆非筆墨所成其一鼫鼠尤妙形態曲盡有貪而畏人之意方回言高蜀人與趙昌同時妙於毛羽其先世所藏數十幅今唯此二畫見邀各題數語其上

戴勝

惟戴鵟氏，知與時通。降于柔桑，以趣女工。意俾世泯，不虐于冬。誰爲鳥紀，以配九農。

鼫鼠按《爾雅》「處田中，食粟豆」，蓋鼫鼠云

有鼫踆踆，齧此場粟。不勤而贏，以果其腹。有惕其中，而志逐逐。何以占之，機見於目。不如太倉，擇廩而穀。夜舞于門，晝市于屋。豈無灌熏，莫我敢毒。心肆體胖，以傲麟鵠。

山陰圖贊

清風朗月，輒思玄度。空山無人，誰與晤語？謝玄度。

養生盡年，希風數子。坐遂宿心，豈非天賜。王右軍。
東山之游，人境起勝。淝水之勳，莫之與競。謝安石。
談鋒孰當，寄逸鷹隼。訾黄不徠，莫賞神駿。支道林。

陸宣公祠堂贊

唐相陸宣公贄，嘉興人。建炎三年夏四月，信安程俱假守秀州，始訪公之像，圖之資聖佛寺，率僚吏祠而拜之。謹爲之贊，曰：

天下無事，湛于宴安。視此神器，隱如太山。是以其臣，唯得是嗜。以諛爲恭，以憸爲智。世方紛亂，上下岌岌。忍於其間，覬得患失。偉哉宣公，興元之初。夷嶮一致，爲君矢謨。如彼大厦，載支載扶。如彼赤子，以調以虞。格君之非，砭國之肓。卒以一旅，還之異方。西平之功，宣公之畫。外戡内籌，心膂惟一。檇李之郊，吴越所虔。公生其間，種蠡汗顔。顧視故國，喬木蒼然。豈無若人，奠九壥兮！

晋右軍將軍會稽内史王逸少贊有序

逸少爲會稽内史，時王懷祖在郡，每聞鼓吹，意逸少候己，汛掃庭宇以待之，而終不至也。後懷祖起爲楊州刺史，實部會稽，因修故怨。逸少疲於簡對，深以爲恥，棄官自誓父母墓前，不復仕。

若逸少，可謂剛矣！　知足不辱，知止不殆。　士生不逢，身更殆辱屢矣，而猶不知止足者，視古人何如也？　贊曰：

觀逸少三書所陳，皆晉國之至計，其憂深見遠，所以援古今而論成敗者。　其才蓋足以經世，然進於朝不得用其長，其出守也不得伸其志。　雖秩千鍾、更顯位矣〔一〕，是直以犬馬梟鴈畜之耳，此逸少之所恥也〔二〕，是其所以浩然獨往如機發而飈逝者已。　彼懷祖之螯，特其蟣蚤而已，蓋所謂『優哉游哉，聊以卒歲』者矣。

【校記】

〔一〕『鍾』，原作『種』，據吳本、明寫本改。

〔二〕『恥』，原作『取』，據吳本、馬本、明寫本、袁本改。

唐秘書監太子賓客賀季真贊有序

天寶三年，季真自祕書監、太子賓客去爲千秋觀道士。　時天下號無事，然林甫、仙客固已相軋，祿山固已驕，三綱固已絶，殺三庶人。　治亂之分，識者知其漸矣，後十有二年而天下亂。　其風流清鑑固一世所推，而先見勇往又絶人如此。　誰謂季真清狂者耶！　贊曰：

越椒生而知若敖氏之將餒，醴酒不設而知楚人將鉗我於市，古之見幾而作、不俟終日者，是以動而無悔，此季真所以去軒裳如脱屣也。　世道交喪，豈無其人？　智及之而勇不足以行之者，皆季真之細也。狗苟而蠅營，臨深而擿埴，以僥萬一於嘗試者，亦足愧矣！

蓮社圖十八賢贊陶潛、謝靈運、陸修靜附

社主遠法師

遠公弘道，實相是談。像浮江滸，神運伽藍。戒珠義海，爲世所瞻。

彭城劉遺民仲思

仲思綜博，二林領袖。大化見前，不忘正受。

豫章雷次宗仲倫

仲倫秉操，招隱是開。紬詩繹禮〔一〕，學者四來。

【校記】

〔一〕『紬』，原作『納』，据吳本、馬本改。

鴈門周續之道祖

道祖高風，出處無礙。在野非固，入朝彌介。

南陽宗炳少文

少文嘉遁，棲丘飲谷[一]。三聘囂然，衡巫在目。

【校記】

[一]『棲』，原作『樓』，據吳本、馬本改。

南陽張野萊民

萊民孝友，學兼華竺。菲衣糲食，不改其樂。

南陽張詮秀碩

秀碩高逸，帶經以耡。騎省莫致，容膝是娱。

西林覺寂大師慧永

覺寂慈睟，衆香所薰。清而容物，猛獸是群。

東林普濟大師竺道生

生公演義，頑石肯首。龍去虎丘，錫飛匡岫。

法師慧持

慧持兄遠，是謂二難。超情釋累，蜀有龍門。

罽賓佛馱耶舍尊者

耶舍摠持，神通無量。經律華夷，是虚空藏。

罽賓佛馱跋陁羅尊者

跋陁寂妙，親禮慈氏。果證不還，譯宣了義。

法師慧叡

叡公講論，思徹言表。梵漢昭然，唯躬是蹈。

法師曇順

順公奇器，羅什所歎。色空無著，爲般若岸。

法師曇恒

恒公玄晤，譽發英妙。棲神幽境，鳥獸馴擾。

法師道昺

昺公孤峻，文不再讀。社主西歸，法燈是續。

法師道敬

敬公蘭秀，兼通儒釋。六根一戒，凛如冰玉。

法師曇詵

詵公多識，動植之性。詣理通玄，超然高勝。

柴桑陶潛淵明

淵明高蹈，性與道俱。世出世士〔一〕，莫得親疏。

【校記】

〔一〕『士』，文淵閣本作『入』。

康樂公謝靈運

康樂遒上，豪氣不除。慧業則有，非寂滅徒。

道士陸修靜

陸公玄虛，寄傲簡寂。江湖相忘，一笑莫逆。

真靜齋銘

以動逐動，如猱在山。以定止動，如馬在閑。即動而定，如淵在瀾。孰能乘轉徙之車，遊利害之塗，出入有無，不愕不慕？更萬化而常然者，吾願與之忘年。

常清靜庵銘

三衢道士陳應常結庵山居，北山老人名之曰『常清靜庵』，而爲之銘：

天其運乎，而四時行，其得一以清；地其處乎，而百物生，其得一以寧。古之人乎，其心如天地之心，湛然常寂；其氣如天地之氣，周流運行。則其爲常清靜也，固已超動靜而泯濁清，豈不亘古今而通神明矣？又況乎久視而長生！

題阿蘭若偈

一切法空寂，諸佛所行處，是名『阿蘭若』，亦名『阿蘭那』，乃至『阿練拏』，及以『阿練若』。是故解空者，樂阿蘭那行。無爭無戲論，逮得薩芸然。

題醉學究圖

是諸衆生，或醉或醒，或老或稚。或喧或静，或嗔或喜。或猴而冠，或鬼而睡。或奮拳而鬬，或戟手而詈。或笑而道之，或挽之使止。情炎内焚，風力更熾。不知其然，孰主張是？或傴而杖，或拜而跪。昏呶于前，胡卒以禮？如一機抽，如群優戲。菩提海中，等一幻翳。

鐵關石硯銘

鐵中錚錚，化石爲硯。其利也若游刃之發硎，其質也若範鎔之百鍊。求之於人，蓋見於用也敏以强；發於文，則焕以粲也。

麟臺故事後序

右《麟臺故事》五卷。紹興元年二月丙戌，丞相臣宗尹、參知政事臣守、參知政事臣某言：『祖宗以來，館閣之職所以養人才、備任使，一時名公卿皆由此塗出。崇寧以後，選授寖輕。自軍興時巡，務省冗官，祕省隨罷。今多難未弭，人才爲急，四方俊傑，號召日至，而職事官員闕太少，殆無以處。事固有若緩而急者，此類是也。謂宜量復館職，以待天下之士。』制曰：『其復祕書省，置監若少監一人，丞、著作郎、佐郎各一人，校書郎、正字各二人。其省事所應行，除官到，條具上尚書省。』三月甲辰，詔以朝請郎、直祕閣臣程俱試祕書少監。臣愚無似，初以編修《國朝會要》檢閱官寓館下，又再佐著作，今兹修廢官以舉令典，又以人乏首被久虚之選，踧踖懼不稱。受職之始，則按求簡牘，皆無有。竊念惟昔三入祕書省，皆以薄技隸太史氏，頗記祖宗三館故事與耳目所見聞，老吏奔散死亡之餘，亦尚有存者。或收故牘煨燼泥塗中，參考裁定，條上尚書，請置孔目官一人，楷書吏十有二人，專知吏一人，其誰何、繕治、守藏、防閤、庖滌之徒卒不過八人。其案典文書法式、期會廩稍人從，皆如舊格，參以近制從事。尚書以聞，制曰『可』。於是士庶始有以家藏國史、實錄、寶訓、會要等書來獻者，國有大禮大事，於兹有考焉。而校書郎、正字又雜以祖宗之制，召試學士院而從命之〔二〕。臣俱謹按《周官》，外史掌四方之志，掌三皇五帝之書，太史正歲年以序事，頒之于官府及都鄙，頒告朔于邦國，與夫所謂『左史書言，右史書動』者，今祕書省實兼有之。漢、魏以降，名稱不一，要爲史官。故唐龍朔中，以祕書監爲太史，少監爲蘭臺侍郎。今有司文書散缺尚衆，例從省記，按以從事，蠹敝或生。而典籍之府，憲章所由，顧可漫無記述以備一司之守乎？昔孫伯黶司晉之典籍，及辛有之二子董之，故伯黶之後在晉爲籍氏，辛有之後在晉爲董史，則談、狐是也。臣衰緒寒遠，雖非世官，然身出入麟臺者十四年於此矣。則其纂故事、裨闕文者，亦臣之職也。因采摭三館舊聞，簡册所識，比次纘緝，事以類從，法令略存，因革咸載，爲書十有二篇，列爲五卷，録上尚書，副在省閣，以備有司之討論。臣俱昧死謹上。

【校記】

〔一〕「從」，吳本作「後」。

三高堂詩序

蠭位越相、祿萬鍾，去之如涕唾，則後世角毛銖之得，冒坎攫而不省者可以少沮。翰進退無必，隨時而保身，則出處之意得託菰鱸以示好，又何深哉！龜蒙江湖一匹夫，然於其不合，視執位無如也。其交如皮日休，終見汙於賊巢，彼獨挺然玉峙，無一釁可指擿，與夫攫金挾炭之夫，蓋萬萬矣。夫左手據圖籍，右刃掠其吭，雖冥惷不爲也。揣是而求之，輕重得矣。然世固有抱利權、逐勢燄，死不反顧，爲天下僇笑者幾何人哉？其於輕重之思，是又出冥惷者之下也。然則是三子者祠而旌之，固可以訓。元符二年，吳江既立三子者像，明年三月甲子，安于祠堂，令與僚佐拜而奠之。某謂俗奔競久矣，冀得守道自重，確乎不可拔，足以風百世而驅天下者，將矯浮俗而歸之，庶幾清節之爲貴。然望之而未見，抑有之而未聞耶？今居是邑，特仰三子之志，意其知時而退，不迷於出處之道，蓋君子之所悅聞也。凡我同志，其系之以詩。

題陳襄薦士狀草并手詔及本傳後

右《樞密直學士尚書右司郎中兼侍讀陳襄傳》，見《神宗皇帝實錄》。《實錄》成於紹聖，其言襄之政事故少貶焉。襄之賢聞天下，而薦賢樂善之美，以壬午之詔而益明。然襄之所薦三十餘人，其所學所陳，皆不以當時之所建立爲然者。襄之行己措意，不以禍福進退動其心，以盡忠於所事，蓋可爲也。而神宗皇帝以高明精粹之學，英睿剛健之姿，撫熙洽之昌辰，操天下之利勢，而能不以異己者爲忤，方且禮遇而挽留之，此過於帝堯之舍己從人一等矣。夫喜柔順、惡忠直，遠君子、昵小人，此三季之所以亂亡也；從諫弗咈，顯忠遂良，此有商之所以興隆也。伊尹曰：『有言逆于汝心，必求諸道〔一〕；有言遜于汝志，必求諸非道。』神宗皇帝其力行於是乎？今皇帝得襄之遺藁於委棄之餘，爲下明詔而褒顯之，有神宗皇帝厲精進善之心矣，實天下幸甚！又因俾從臣皆得與薦賢之美，然則何以報上德而追前哲乎？紹興二年庚子，具位臣程俱謹記。

【校記】

〔一〕『求』，原作『來』，據吳本、馬本、明寫本改。

北山小集卷第十七

雜著三

勝樂堂銘

《華嚴經》云：『世間所有種種樂勝，寂滅樂爲最勝，住於廣大法性中。』因以銘云：

我觀世人，以苦爲樂。椒蘭腐羶，瓔帶纏索。亦有樂者，妄幻相由。如隔日瘧，如停訊囚。如執熱濯，如負重休。是生滅相，方樂方憂。有負則釋，無病何瘳？孰如至人〔一〕，性海無邊。彈指三界，而常湛然。今則非住，昔則非遷。是寂滅樂，是出世間。

【校記】

〔一〕『孰』，原作『熟』，據文淵閣本改。

靜虛堂銘

義興丞舍有堂曰『靜虛』，信安江褒仲嘉始名之，其里人程俱致道從而銘之：

一切不受，致虛極也。寂然不動，守靜篤也。惟致與守，道之梏也。萬境紛陳，硋即通而動即復也。泊乎休哉，莫覺屬也。我言之珍，妄見者之毒也。

圜研銘

混天浮空玄以清，中包厚黄東南傾。芸芸擾擾皆强名，因有名字字乃聲。由是中出初無形，子能了了無没生。

又研銘余以遺江仲嘉

管城出遊得玄圃，晞松風，沐煙渚。蒼華如雲秀筠楮，濕生蛇蚓化龍虎。九經之淵百氏府，伯畸銘歸仲嘉甫。

爲趙叔問研銘

維渥不枯，道之腴也。維質不渝，維涅不汙，德之符也。蓋穎者日敝，磨者日磷，而迹者日徂，我獨隤然居其所，而閲動化於無窮乎！

鏡銘

物有隱見，照無去來。無作之應，泊乎莫哉。一作真哉。

幻住庵銘爲富樞季申作

一切有情，依真而住。與諸如來，同一國土。不起真際，爲大幻師。如是住者，無覺無離。

普光明閣銘

禪鑒長老潛公爲小閣於於潛治平之故棲，閣東向，迎日之出，故名之曰『普光明』。以《寶積經》所説妙義次而銘之：

譬如日輪，出山峯時。光明普遍，照閻浮提。種種形類，青黄赤白。皆悉顯現，了無差别。而彼日輪，一光一色。菩薩亦爾，以智慧日。照於法界，無有欣歎。出彼衆生，執著山峯。所緣一相，一相亦空。隨其意樂，説正法藏。然於法界，無有二相。

榮節婦傳贊

自天下兵動，變故或起於倉猝，士之潔其身而保其操者千一，而况臨死生而志不奪。而一女子，乃能殺身以全節，蓋其貞則玉，而剛石鐵也，故可碎可折，而不可卷、不可涅也。是女子者，其可謂烈也已矣！

祭鄒侍郎文

嗚呼！天之所靳，唯德與名，取之既多，則嗇其身。有如鄒公，外粹中淳。孟子之氣，顔氏之仁。其剛也無孑孑自賢之色，而其和也則有合乎挫鋭而同塵。故純誠見於面目，孝友行於閨門，行義信於鄉黨，操識推於搢紳。惟德之富，莫之與倫。巖穴之下，荒徼之濱，與夫悍卒武夫，孺子庸人，莫不知公之名。惟德與名，公取實多，窶困顛隮，非天則那。萬里生還，鄉閭舞歌，公曰上恩，其言靡它。公歸一年，某仕蘭陵，始以姻故，膺門是登。徒見公姿度睟整，渙如春温。聽其言也，則莫非尊君愛物、孝友忠厚之經。至於脱粟之飯，每甘於列鼎；雞栖之駕，無異於華軒。此固公之優爲者已，而能使闔門千指，莫不意滿，欣若養三牲而食萬錢，則知公之道非不行于世，而世之所願莫得兼其全。斥久窮極，可以忘言。所可必者，既獨善而居約，則庶幾於永年。名則不朽，德則不愆，身則不偶，而命復不延，又莫知其所以然者，豈其難諶不測所以爲天乎？遠日云卜，靈輀既陳，絮酒隻雞，百里來奔。升公之堂，如有話言。寂聽無聞，淚如河翻。我豈不知，公固超然，其已出六合而無礙，與星漢而長存矣，何去來之足論。然安有折長松於盛夏，埋玉人於九原，而見之者無失聲而涕漣者乎？臨其穴，惴惴其慄，言有既而情不能宣也。英爽實在，尚其鑒旃！

祭江仲嘉褒文

嗚呼！事莫之致，則歸之天。夭善窮仁，天豈其然？如仲嘉甫，有美其質。完其所受，養之以直。平生色詞，莫爲利屈。翛然往來，皎皎獨立。其達似豪，其真似嬾。其淳似疏，其靜似簡。不蘄乎高，蓋與俗反。矯如長松，節目磊落。迹其細行，畢中繩矱。孝于其親，友于兄弟。信於友朋，恕及僮隸。刑于室家，莫不蹈義。兼而有之，蓋亦鮮儷。我行四方，陰察士友。或持于初，而喪于久。或違其心，而誦於口。如端木賜，一出一入。如原巨先，遂行淫泆。維仲嘉甫，以表知實。躬行不言，終始若一。求之古人，百不六七。吾嘗誦言，是子可必。云胡不淑，萬事永畢？嗚呼哀哉！言念丙子，識君京師。語未一再，君以憂歸。歲在辛巳，我室君娟。論心定交，今十六歲。蓋無一年，不與子會。君解餘杭，面我于蘇。我將西游，君寓南徐。我省松楸，君在鄉閭。訪君宜興，過我市區。周旋吳興，俯仰歲徂。大滌之天，焦先之廬。荆谿之流，離墨之岨。巖洞相望，仙靈所都。衢山之奇，嚴谷之墟。卞峯朝雲，苕水秋蕖。無舟不同，有駕齊驅。我唱子和，我文子書。別無幾時，猝然相遇。歡言酌酒，引滿道故。高談雄辯，出入精惋。神遊八紘，眇視千古。遺形忘世，奚復外慕。方其問時〔一〕，書尺相繼。或真或篆，或草或隸。有言必酬，無遠不寄。舒其藴懷，雜以詼戲。發吾狂言，動子長喟。開緘獨笑，千里面對。遠無虚月，近則旬至。牛腰積多，雞肋莫棄。今而觀之，忽若夢寐。嗚呼鼻斤，是事已矣。去年之秋，過我而西。子神雖昌，而色甚黧〔二〕。送子西郊，匆匆語離。劇飲大笑，無復向時。曰老則然，余竊異之。誰謂此别，無相見期。嗚呼哀哉！君於養生，實惟其人。要若灰木，用之不勤。居屏世味，食無葷羶。出從百爲，志在三田。宴寂未久，其息兀然。不起于坐，可證初禪。我常謂君，骨强志堅。是巖壑人，必永其年。而病且死，如何可言？嗚呼哀哉！儒老釋道，所修者真。視此形骸，何異塊塵。脱然去之，如逆旅賓。如遺敝屣，如釋負薪。脩短共盡，亦何足云。孰如仲嘉，持身養神。無罪無悔，不著不淪。當與汗漫，游於無垠。出入騰化，如臂屈伸。是必然者，非此其身。我視此世，相知幾人。如我與子，氣合情親。十六年間，義如弟昆。稽之竺乾，豈其宿因。君之嘉配，維古賢婦。葬之烏程，我誌其墓。誰謂今者，歲適一周。復緝吾文，銘君之幽。淚洒行間，泫然莫收。君喪還吴，我客轂下。送君襄陵，莫致奠斝。及兹東歸，取道吴興。雞黍之設，恍如平生。庶幾神交，來享余誠！

【校記】

〔一〕『問』，馬本作『間』。

〔二〕『黧』，原作『鼇』，據吴本改。

王八侍郎祭文

維宣和六年歲次甲辰，七月丙子朔十一日丙戌，從表姪程某謹以茶菓素饌清酌之奠，致祭于表叔寳文學士、太原郡侯之靈。嗚呼！天有間氣，是生公侯。剛柔愿栗，賦委異侔。公之所鍾，和厚純靜。大雅恢閎，德人之盛。雖則和厚，不可疏親。靜而不固，既純且明。風度凝遠，絕世垢塵。論議英發，出言成文。視此標鑒，神仙中人。惟初未冠，發策帝庭。拔出人上，譽走四方。爲郡文學，博士先生。蜚鹽八年，泊若無營。棲遲三館，出佐一州。入未幾時，遂侍前旒。譬彼瓌異，爲世所求。不疾而馳，顧豈我謀。藹藹其華，秩秩其音。聖主所器，宰府所欽。名位之來，走避不能。公在天朝，寶璐明珠。照十二乘，和鸞九衢。亦猶靈囿，孔翠鸑鷟。羽儀絢粲，光動草木。公治省曹，通達政體。公司誥命，温厚純美。輿言所期，必相天子。何以占之，惟德與器。庶幾前人，休養康濟。入則諷議，將美贊猷。出把將符，坐嘯輕裘。聊以華國，亦以鎮浮。竊嘗有言，物有定價，人有品儔。金玉之利，不如戈矛；騊麟之用，不如馬牛。較第等差，孰處其尤？世有如公，實第一流。某也不肖，頑頓朱愚。始以童子，拜公南徐。及官太湖，公鎮龍舒。顧睞歎惜〔二〕，刻畫吹噓。借重培塿，比之衡廬。肝肺開示，底蘊無餘。華首游倦，願言卜居。庶幾親仁，環堵是圖。公聞此言，載色載愉。辱置懷抱，期通有無。孤窮不孝，尋遭禍罰。葬親五州，居計益決。承顏接詞，一日三月。如何不憖，不至耄耋？嗚呼哀哉！吾鄉多士，繼出更奮。公一輩人，凋喪遂盡。公沙五龍，松折山殞。風流醖藉，無復耆雋。昔者曾子，身被齊衰。子張氏没，往哭之哀。賢哲是痛，吊也歟哉！惟俱不天，怙恃永已。得見父執，如痿暫起。於父執中，厚莫公比。從容話言，歷歷在耳。如何一朝，於此已矣？荒摧之言，顛沛叢委。登堂一慟，有淚如洗。嗚呼哀哉！尚饗！

【校記】

〔一〕『惜』，文淵閣本作『息』。

祭林德祖文

嗚呼德祖！經可以振金華之絶業，文可以廣石室之遺編。望實可以長賢士之關，博洽可以冠群玉之府。儻使典司綸綍，誰之不如？苟惟翊傅王侯，綽有餘裕。身雖肥遁，早遂止足之心；世莫强留，以興貪薄之俗。此交游所常竊恨，亦搢紳之所素期。永謝白駒之維，迄成黄鵠之舉。在於恬曠，實適願懷。第於捐爵禄以收英俊之時，不無營都邑而遺杞梓之歎。是皆儻寄，奚足置言。唯其孝友著聞，行爲世楷。清白無纇，動守官規。仕必盡乘田委吏之宜〔一〕，居則存飯水食蘗之操。脱迹尸穢，懷寶艾耆。真挂朝衣，不入公府。乃若淨修梵行，諦服上乘。寶藏縱觀，固非蕲於日益；明珠不昧，信有得於朝聞。故於去住之間，了無愛取之累。某早辱忘年之契，實自志學之餘〔二〕。念日居月諸，老將至矣，而公出我入，如相避然。銜哀東歸，中止北固。雖數通於音驛，竟莫覿於聲容。如何斯人，遂至永訣！道義之交無幾，何有百身；孤危之涕易零，爲之一慟！惟是幽扃之刻，託之垂世之文。少紓吾黨之悲，足示無窮之信。衰衣不弔，莫伸坐奠之初；絮酒斯陳，更深華屋之感。庶幾昭爽，來鑒忱衷！

【校記】

〔一〕『田』，原作『曰』，據吳本、馬本、袁本改。

〔二〕『志』，原作『忘』，據吳本改。

祭徐申典樂文

嗚呼！治世輕士，惟理之常。蓋失一士不足爲弱，得一士未爲有光。故公侯先達，鮮以士爲先後，而守節之士，揣執度力，亦忍窮於四方。然則樂善不倦，屈己下士，豈不曰河千年而鳳朝陽乎？公在毗陵，百廢具張。惟厥郡吏，冠弁相望。公冰鑑在抱，如別驪黄。俱也羈窮，竊禄于市，視價低卬。於公之門，實昧平生，引分自藏。公於衆中，惠然察之，以短爲長。某也狷陋，公曰是人，惟志之彊。某也寡徒，公曰高才，衆嫉奚傷。某効一官，拙以勤償，公曰是人，不愧太倉。某不自揆，學爲文章，公曰斯文，莫掩其彰。某匪公事，莫升公堂。言不出位，禮不巽牀。人以爲簡，公以爲莊。譽不容口，毀言莫創。必起埸翼，使之騫翔。必駕蹇蹶，使追驌驦。惟公之意，其可斁忘？公之溢言，非愚敢當。匪我是私，公德允臧。不茹其柔，不吐其剛。故此羇窮，不抑而揚。惟公少年，譽騁文場。及出試吏，更所未嘗。爲尉則能，盗走出疆。爲令則名，有乂有康。晚佐戎幕，陳義慨慷。白首見帝，爰始爲郎。帝作詔濩，前無舜唐。公爲樂卿，鈞土弦桑。自守毗陵，至于歷陽。遺愛具存，有如《甘棠》。脱屣殊庭，四壁皇皇。嘗聞公言，死生之際，弗震弗惶。屬纊安坐，果如平生，如適故鄉。豈其直心，泳而不溺，卞而不戕？竃奥無交，簠簋孔修，不叨不攘。造物報之，出入崑崙，其果不亡乎！有形必休，穿土新岡。顧此匏繫〔一〕，紖紼莫將。有慙古人，千里會喪。寫哀蕪辭，有涕浪浪！徐公自言遇異人，得養生術，囟門已開，故云『出入崑崙』。

【校記】

〔一〕『此』，原作『北』，據馬本、文津閣本改。

陸宣公祠堂祭文

維建炎三年，歲次己酉，十一月乙巳朔，二十一日乙丑，具位程某謹以清酌菓肴之奠，恭薦于唐丞相陸宣公之祠。嗚呼！在唐中微，再僨再起。至于德宗，四海瘡痏。休之養之，手撫摩之，猶恐不濟；胡寧賊之，而割而贅，而浚而膏？腹心内離，手足外搖。蹠盭不治，上下無交。一夫奮呼，魚服以跳。公丁此時，爲國親臣。亂之未生也，固已察齊公之將病；亂之既生也，則又起號君於既昏。方其安危之機，間不容穟，倉皇莫振，憂辱孔熾，而其所陳，未嘗從權譎而廢仁義。然直而不訐，剛而能濟，據正而不遷，陳古而不泥。至於料敵之情，揣事之隱，鉤深中會，物莫能遁，允所謂足以謀王體而斷國論者矣。而其王佐之才之學，蓋施之未之盡也。某也不佞，忝兹守符。實公故鄉，墟里既蕪。始揭公像，爲此世模。英風凛然，過者必趨。仰高山其安放，豈斯世之可誣？蓋事有曠百世而相感者，豈爲公而欷歔？尚饗！

常州華嚴教院上梁文

蘭陵勝境，興國名藍。擬開華藏之道場，既畫祇洹之界相。仰二天之外護，魔事冰銷；洎四衆之知歸，檀那雲集。金沙寶網，頓除荒梗之區；悦柏寒松，共演苦空之義。爰伸善頌，用舉脩梁。

兒郎偉，拋梁東，法水無邊不滯空。慧日永將堯日曉，河沙嘗在普光中。

兒郎偉，拋梁西，寶網金沙路不迷。五濁海中成般若，妙華香潔出深泥。

兒郎偉，拋梁南，無勝光明正劇談。若見只今華藏海，不須辛苦百城參。

兒郎偉，拋梁北，不動虚空非智力。大伽藍後少年場，一一回光銷六賊。

兒郎偉，拋梁上，法界微塵如指掌。普賢樓閣鎮長開，目前舉足超非想。

兒郎偉，拋梁下，無間光明長不夜。九幽沉苦證無生，八極含靈安聖化。

右，伏願上梁之後，勝幢永建，苦海蒙庥。咸裂貪嗔之網，共夷人我之丘。廣大得毗盧之境，精勤如童子之遊。仰堯仁之廣被，泳周澤之常流。

山居上梁文

百盤九折，深入雲臺；兩廈三間，初營光塢。倦游三紀，幾同遼鶴之歸；高謝一時，何有山雌之歎。况乃松楸在望，桑梓焉依。北陌東阡，無非群從；西疇南畝，同是老農。平生無羨於萬鍾，投老遂專於一壑。千章檜柏，奏三籟於太虚；四達軒窻，納群山於丈室。琴無絃而自撫，門雖設以常關。高下茅茨，覽壺中之日月；卷舒雲物，現域外之山川。樸斲既圖，棟梁斯舉。宜作工徒之唱，以傳閭里之謠。

兒郎偉，抛梁東，十二峯巒一徑通。白屋寒多常晏起，覺來朝日照梁紅〔一〕。

兒郎偉，抛梁西，桃李新栽欲滿蹊。煙塢盡頭穿細嶺，白雲深處有招提。

兒郎偉，抛梁南，疊嶂如屏翠拂嵐。但見雲林横谷口，豈知中有我伽藍。

兒郎偉，抛梁北，雲頂峯前三畝窄。茅茨高下一壺中，百尺飛泉瀉空碧。

兒郎偉，抛梁上，雲裹嵁巖倚青嶂。秋光春色四時新，日月煙霞無盡藏。

兒郎偉，抛梁下，俯視溪山展圖畫。欣欣雞犬静相聞，一月田疇收穲稏〔二〕。

伏願上梁之後，鄉無疵癘，歲有豐登。長幼團欒，共説無生之話；閭閻揖讓，永爲安業之人。重見太平，同躋仁壽。

【校記】

〔一〕『十二』三句，文淵閣本作『桑徑柴門翠巘中。雲樹重重山叠叠，數聲啼鳥百花風』。

〔二〕『月』，吴本作『目』。

常州會三從官致語胡、鄒、陳

青山綠野，嘗傳洛下之英詞；金馬玉堂，近播汝陰之故事。况復瑤臺之彥，相從琳館之閑〔一〕。西省南宮，行奉賜環之召；東阡北陌，時追連璧之游。逌此勝辰，並臨高會。恭惟宮使密學、待制侍郎、宮使侍郎，才推人傑，文粲時英。燁若星輝，適應台躔之象；屹然山立，共堪鼎足之承。從容獻納之餘，蕭散軒裳之表。知府典樂，屬棠陰之多暇，及葭管之迎長。式諧既見之心，爰謹加籩之享。金章照座，回淮海之青春；玉麈生風，動豫章之白日。宜盡百川之飲，無庸駟馬之歸。長使此邦，共傳嘉話。但某叨居樂部，獲奉賓筵。上悅台顔，敢陳口號：

詩書禮樂舊將軍，獻納論思兩侍臣。暫比揮金同宴衎，即看鳴玉侍嚴宸。風流珠璧輝班著，名節冰霜聳搢紳。好與蘭陵傳盛事，德星應復聚江濱。

【校記】

〔一〕『閑』，文淵閣本作『賢』。

記夢

我夢異人，云善相者。其所稱道，飛仙真人，而其結盤，乃祖師意。手循我頸，揣相骨法，後至我頂，云囟門開，此是禪定，及修真效。復引我手，自揑其頂。如指面大，如小兒囟，虚而微動，我大歡喜。歸語室家，令揑我頭，虚動如故。此何因緣，而夢斯事？

崇寧乙酉，寓衢之天王僧舍。時方專氣辟穀，夜夢如此，記之藥方册後。它日忽見末後增四句云：『説此夢已，知是妄想。以手揑頭，堅實如故。』蓋江仲嘉竊見書之以相戲也。今三十六年矣，念之慨然。

祭趙侍郎文

嗚呼叔問，而止斯耶！自公云亡，三易弦望。缺闊之嘆〔一〕，我勞如何！晝懭悅而猶疑，夜耿耿而增慨。豈向之遊從、憂歡、聚散者，皆夢中之夢耶？抑幻人之所幻？何六尺之軀，遽儼然而在柩；一丘之土，俄罣然而若堂？空餘珠玉之在懷，猶想笑言之溢口。嗚呼！城南之郊〔二〕，正覺之路。余有懷而孰資〔三〕，余有疑而孰語？舉一觴而誰屬，亡三篋而誰補？歎竹林之陳迹，邈若山河；失濠上之遺言，俄成今古。嗚呼已矣，夫復何言！家四壁而屢空，書五車而奚益。雖五交三釁，素無勢利之驕；一死一生，可見炎凉之態。公之初逝，藐然諸孤。猥以幽堂之銘，見託衰鄙。文詞凋落，加以悲酸。筆欲下而涕隨，辭欲出而不忍。縻緝蕪陋，斐然成章。不溢不誣，可以無愧〔四〕。尚有遺美，兹爲歉然。聖堂之幽，卜云其吉。窀穸既戒，靈輀首塗。偏痺拘攣，山溪脩阻。行不及祖道，葬不克臨穴。終天之别，一慟何言！庶其格思，歆此誠薦！

【校記】

〔一〕『缺』，文淵閣本作『契』。

〔二〕『郊』，原作『交』，據《年譜》改。

〔三〕『資』，文淵閣本作『質』。

〔四〕『可以無愧』，文淵閣本作『可無抱愧』。

北山小集卷第十八

碑記一

雙林大士碑

梁中大通六年正月，婺州烏傷縣民自號『雙林樹下當來解脱善慧大士天中天』，使其徒奉書詣闕，書詞甚高，謂帝國主救世菩薩。其言上、中、下三善，以虚懷不著爲上，護養衆生爲終。且言大士誓弘正教，普度群物，聞皇帝志善，欲來論議。武帝異之，詔曰：『善慧欲度脱衆生，解一切纏縛。大士行無方所，若欲來，隨大士意耳。』迺以十二月至鍾山，明年三月八日至闕下。武帝素聞其神異，預勅諸門皆鏁。大士及門不得入，以大椎一叩，諸門盡開，徑入善言殿。初，大士將入都，持大木椎二，人莫測其意。至是，人謂『叩門椎』云。見謁者，三贊不拜，直上三榻對語，益玄諧。帝爲設食，食竟，直出鍾山，坐定林松樹下。詔縣官資給，自是名僧勝士，雲集坐下。大同元年，帝講《三慧般若經》重雲殿，公卿侍從前集。乘輿至，悉起迎，大士坐如故。御史中丞問狀，答曰：『法地若動，一切法不安。』又與座人辯詰如響。講罷，帝賜水火珠二，大徑寸，以取水火於日月云。翼日，帝獨延大士壽光殿語，夜漏上，乃出。五年，再入都，與帝論『息而不滅』義，又説帝曰：『一切色像，莫不歸空。無量妙法，不出真如。

天下非道不安，非理不樂。』帝默不懌。太清二年三月，白衆將持不食上齋，燒身爲大明燈，供養三寶，普度一切。弟子哀懼勸請，願以身代者十九人，燒指、截耳、刺心者二十八人，持上齋三日者十五人，賣身奉供者又二十餘人。梁末饑亂，大士日與其徒拾橡栗，揉菜作糜，以活閭里，盗不忍犯。光大二年冬，嵩頭陁死於龍丘巖。是日，大士心知之，集衆謂曰：『嵩公已還兜率天，與我同度衆生去已盡矣，我不得久住於此。』作《還源詩》十二章。乃於太建元年四月乙卯示寂，年七十三。越三日，體復柔煖香潔。又七日，縣令陳鍾耆來禮敬，傳香次及大士，猶反手取香，衆益驚歎。遂葬潛印渚松山之隅，累甓爲床，置尸其上，大士命也。大士姓傅，名翕，字玄風。世農，少以漁爲業。娶妻劉氏，後號『妙光』。生二子，普建、普成。大士年二十四，方泝漁稽停塘下，有胡僧至，語大士曰：『昔與汝於毗婆尸佛前發大誓度衆生，今兜率宫居宇故在，何當還耶？』大士不領其言，僧令大士鑑水中，則圓光寶蓋環覆其身，大士即悟宿因，語胡僧曰〔二〕：『吾方以度衆生爲急，何暇思兜率之樂乎？』棄漁具，從僧至松山下雙檮樹間，曰：『此修行地也。』後即其所建雙林寺云。胡僧，嵩頭陁也。贊曰：

衆生與佛非有别，善惡癡慧幻中出。了知是幻非别幻，三千大千一塵許。無上兜率正遍知，於五濁現衆生相。漁河取食資畜養，示殺害及諸愚癡。一朝照水悟宿因，於衆生中現佛相。説法如雲遍十方，具無礙辯大智海。以何因緣現如是，欲示衆生與佛等。不令著凡聖二見，欲令衆生反實際，如飜覆手無所得。嗚呼廣大天中天！其一

衆生於無始劫來，以愛不捨受生死。是愛由執有我故，從是展轉愛諸有，大士爲是哀衆生。以衆生所甚愛者，誓捨身命作供養，燔然百體如薪炭，攝諸衆生執我愛。誓捨飲食忍飢渴，攝諸饕害私口

腹。誓捨妻子爲傭作，攝諸衆生癡眷屬。誓捨田宅受用物，攝諸衆生貪盜者。乃至佛法亦應捨，無取無著無所受。嗚呼慈忍天中天！其二

衆生各具大神力，出入變化無有礙。父母所生眼耳鼻，乃至意根無分量，悉能徧覺三千界。法爾如然不自了，爲諸業識之所障。大士河濱釋罔罟，即現種種諸神變。或於夢中示奇相，化攝上慢闡提者。光明手中妙香出，及遍山野微妙香。目淨修廣放光明，手行鉢飯饜百衆。或踴身高一由旬，寶塔珠絡蓮華地。足長三尺紫金色，長大相好翔虛空。如是奇妙不可測，皆自本際妙莊嚴，非作故現希有事。嗚呼自在天中天！其三

過去諸佛如虛空，遍一切處無留礙。衆生隨根器廣狹，以一念心各得見。如人窺井及穿牖，堂室巖谷并墟落。乃至陞高望四野，隨所見空相不同。有人獨坐須彌峯，盡見虛空無邊表。大士佛身亦如是，無一絲毫作眼障。與無量佛不相離，一念歷通前後際。明善世尊我昔師，松山七年安不動。釋迦定光下道場，乃至七佛常現前，天龍四衆共圍繞。唯釋迦文數顧語，云當繼立大法幢，今如維摩金粟尊。示居士身作權化，又以掌合大士手，光明小大無有別。復遣弟子助道化，曼殊普門二化身。嗚呼具足天中天！其四

圓覺一切魔即佛，具一切覺佛即魔。大士不捨一切法，於實際中大建立。而於夢中現金像，謂是魔鬼所變化。以杖剖擊盡無餘，乃知大士妙智力，摧殄邪見亦如是。有世中王著小法，不了聖諦第一義。大士爲説色像空，令趣如如真實際。金剛般若甚深法，彼請大士爲宣説。攝衣登坐衆傾耳，應時撫几即下座。座中鳥爪師子王，知大士説是經竟。嗚呼妙揔天中天！其五

【校記】

〔一〕『胡』，原作『明』，據馬本改。

衢州常山縣重建保安院記

淛江道東盡信安郡，郡接荆、閩地，風氣相薄，其山邃以廉，其水清以駃〔一〕，故其氓俗悍以果，而其君子耿耿尚氣敏於事。郡之望姓仕族，率占山水之勝以居，而浮屠氏之宫，亦復相望原谷間。其所依以爲檀施主者，常在所謂望姓仕族，而仕族之廣者曰江氏。常山縣之謝原有僧舍曰『保安院』，蓋江氏之祖侍御公之所建者。自侍御之世滋遠，厦屋日隳。院之徒皆託處養私，不事其教，施施相睨，無所愧念。諸孫慼之，則相與謀，以謂侍御種德不售，慶償後人，咸克有家，用大芘于兹六世。苟事之弗嗣，其克訓于其德者幾何？矧是院之建，實本於義，鄉人能道之，蓋非徼福以私己者，諸孫其可罷休以没其德實？然昔者棟宇故存，而仆者莫起，墊者莫支，至于壞且廢。信人開士過之如無覩者，徒非其徒故耳。今誠得淨修士主而興之，宜無難。開化報恩院僧文雅，蓋淨修者，盍請以來？雅之以身律衆，小大斬斬，苗薅垢瀹，日劘月釁，凡六年而後成。其基則因故地闢之稍前，又益東築。革面勢以便川谷之宜，其構則盡去摧腐，一備而新大之。其象偶、其器具咸稱〔二〕。蓋爲錢若干萬，於是距始建百九十餘年矣。今夫天下之人，自王公至匹夫，居必廬，寒必衣，飢必食，凡所以養生集類者，不取之以其力，則以其道也。惟浮屠氏不耕不蠶，不貿不作，安坐放言，而養生之物有須必具，而加侈焉，世無與之爭者，豈所謂取之以其道者耶？使其道可尊，其法可恃，其言可以明理而化物，則其爲道也不素餐兮，莫大於是，亦何儒、釋之分哉！苟無是也，名其名，服其服，安享侈厚，而曰我分蓋如是，謂之『盜釋』可也。若文雅，一为浮屠，終身守其教戒，又能作其廢事，仰而覩其導師，俯而面其衆，自稱曰浮屠氏，中心無所忸焉，與世之盜道負愧者亦有間矣。故余樂爲記之。侍御諱景房，字某。仕吳越，至侍御史。入皇朝，爲沁水尉，有高行，爲鄉里敬信，今開化諸江皆其後也。初，里人有訟，累不得直，公貽書吳越執政，道其冤，事得直。里人進金十鎰以謝，公笑斥之，里人置金去，終不得辭，則以金買謝原地立保安院云。崇寧四年某月日，北山程俱記。

【校記】

〔一〕『駃』，文淵閣本作『駛』。

〔二〕『稱』，吳本作『備』。

衢州開化縣雲門院法華閣記

無量衆生，共一大覺海中，或游或沉，等無有二。諸無明者如沉水人，顛倒墜溺，東西踴僨，所向苦惱。有善游者無心於水，與汩俱出，與齊俱入，則此水者是遊戲處，安肆快樂，無所疑畏。惟東方十萬億國土中世界名曰震旦，一切五濁煩惱之聚〔二〕，一切衆生選佛之場。何以故？是中衆生業力雖厚，而其信心堪任大事。又如蓮華必於淤泥乃能生植，高原陸地不復能生。諸煩惱中，即大般若，一念返照，超諸如來。是故過去諸佛説《妙法蓮華經》時，光明示現，希有如是。好城國中乃有千萬億種疑惑衆生，耆闍崛山乃有增上慢人，退席四衆。唯此震旦，一切衆生，若智若愚，聞《法華》名莫不稽首，乃至莊嚴供養，捨諸所愛，無上慢者。豈非耆闍之四衆不如震旦之衆生也哉！衢州開化縣之北原壽聖雲門院有比丘曰寶聲，早受具戒，從義學師指授演説修多羅教。晚歸山中，於海商所得倭國金書《妙法蓮華經》，爲七寶函，莊嚴承事。又建寶閣，上有諸佛及大菩薩阿羅漢像，旃檀髹采，金銀丹堊，繒幡珠網，種種莊校，以作佛事。前榮敞明，可布法席；後楹曠深，可以宴坐；四楯周帀，可以經行。作於元豐之辛酉，成於紹聖之甲戌。後十一年，寶聲比丘從里人程俱説如是事，請記以文。因隨喜佛事，以偈贊云：

往昔然燈佛〔二〕，從日月燈明。及釋迦牟尼，臨入般涅槃，安坐説是法。大通智勝佛，亦於三昧中，放無量光明。最後説如是，四爲法施會。滅度僧祇衆，如我觀如來。不獨是時説，常説是經法，未曾有間斷。彼十六王子，及萬億菩薩，今見在世間，處處爲法施。衆生自盲聾，不見如是事。耆闍崛山中，授記諸佛子，舍利弗迦葉，乃至阿羅漢，學無學人等，普於人天前，付囑當作佛，如我觀釋迦。不獨記是等，無量無央數。五道諸衆生，草木及山河，一一授佛記。云當決定得，阿耨三菩提。衆生自狹劣，不信如是事。佛子應如是，福德無有量。正使十地衆，摠持山海辯。充滿於大千，擬心共思量。無復有是處，稽首於一切，《妙法蓮華經》。

【校記】

〔一〕「切」，原作「劫」，據吳本、馬本改。

〔二〕「往昔」，原作「住音」，據吳本、馬本改。

衢州開化縣靈山寺大藏記

壽聖靈山寺，在開化爲大僧坊。崇寧元年，其徒從演始建轉輪經藏，奔走勤事，五年而後成。下固上壯，爽博宏緻，校飾衆具，煒奕嚴好。聖像法籍，儼如化成，屹如寶聚。邑人程俱來至其所，竦仰正竚，説偈稱讚。演故具石宇下，來請記矣，遂以文其碑云。其詞曰：

世界無盡如虚空，是故諸佛亦無盡。佛既無盡法亦爾，於諸緣起而出生。我觀清淨法門海，十方導尊常演説。一一念中一一説，如是展轉難思劫。正使衆生無數量，皆獲三昧聞持藏。於此導尊所説法，不能共記一品義。設復筆高須彌聚，濡以萬億恒河水，等三千界大經卷，不能書佛所説法。那由他中一少分，况此五千四十卷，何異大地一塵末。人中師子無畏者，於第一義安不動。如斯清淨法門海，一言演説盡無餘。正使一切諸衆生，皆獲智慧三昧海。不能了此一言者，思惟究竟云何説。設復毛端滴海盡，此諸水滴可知數，乃至微塵悉可知，叵思議此甚深法。則是五千四十卷，一字一句法無餘。我今普願群生類，皆獲摩訶法寶藏。真如實際以爲地，覆以喜捨慈哀宇。清淨平等之大輪，貫以忍力金剛軸。無礙機關極明利，運以解脱神通力。菩薩心珠飾其上，一一常放大智光。種種方便爲華鬘，妙行繒綵爲幡蓋。七淨之華以爲網，梵音深妙爲寶鈴。塗以大願功德香，布以覺分菡萏華。護以方等調柔帙，百千三昧爲寶函〔一〕。中有無盡陀羅尼，非生盲人所能覩。如我今者如是説，所説如幻説如響。

若人於此一大教，初心回向如來藏，是人已獲無礙智，是知諸佛祕密説。

【校記】

〔一〕『寶』，原作『實』，據文淵閣本改。

杭州於潛縣治平寺重建佛殿記爲蔣尚書作

餘杭之鎮曰天目山，唐人作僧舍於其下，號天目寺。自會昌中廢，大中復興，更唐末五代至皇朝且數百年，巋然常爲邑里信人之所依向。治平中，勑賜名曰治平。世以夏臘主寺事，其徒往往游四方，叩義學師指授演説修多羅教，或從善知識傳佛心宗。自顯南禪師以來，代不絶人。宣和庚子，盗發新定，陷於潛，寺焚。有邑豪襁負其母，避地走山谷，過其門，望遺址默自誓曰：『使賊平，家脱禍，當復新此殿』云。及賊平，其家小大數十人訖無恙。明年，建大佛殿，爲佛菩薩、大弟子、護法神像。壯麗輝絢，莊嚴殊特，悉加於舊焉。吾鄉鎮江天寧禪鑒長老道潛，實受業治平寺，蓋所謂從善知識傳佛心宗者之一也，數爲余道治平事，且求文以記本末。于今三年矣，而請愈堅。吾聞至人開士，依真而住，非可以國土觀；一相無相，非可以聲色求；不即不離，非可以方處攝也。又況棟宇之奉，象寓之設哉！然於無爲中示現有爲，於不住中宣説常住，其悲智願力所以開度有情者不廢也。故昔釋迦文佛於欲色界中大集群品，説法之餘，以四天下二十支提，若須彌山頂開華藏殿，若震旦漢國那羅耶那，以如是等牟尼聖人往昔住處付屬諸龍；又以閻浮提中四方國土，若若遮波羅處，若阿跋多山，若善安住塔，以如是等諸佛羅漢、賢聖天人修行住處付屬星宿、天龍、藥叉、大鬼神等分布守護。然則名山佛剎所以建立扶持者，幽明之際，必有尸之者矣，兹豈偶然也哉！方是寺之存也，棟宇象寓，屹然如山，而惡念人能以一念使與灰燼散滅，及其復也，有信心者亦以一念能使荒穢瓦礫之區化爲梵釋之宫、師子之座。甚矣一念之不可思議也！方一念之作，雖有神智，莫得而聞見搏執也。然無形而成，不疾而速，雖無邊如虚空，密用如造化，堅固如金剛，迅速如毗嵐，不若是烈也。一念爲善，念念續之，不唯成一身、仁九族而已，擴而濟天下、澤百世，無難也。至於得果成道，高可以超三界，下可以生梵天、爲四果、爲二乘、爲菩提薩埵、爲佛世尊，極其原初，出於一念之微，而其所利益成就至於不可勝言者。一念爲不善，念念續之，有至於提戈相尋，伏尸流血，數百千里人畜草木爲空。一旦敗禍，父母妻子相隨就砧几，剥割膾醢，肉餧鴟鴉狗鼠，死入地獄，受無量苦，經千萬億劫，迺爲畜生，出入炮烙剖割之間；或爲餓鬼，飢火所燒，支節竅户，猛焰熾然，又千萬億劫。極其原，亦出於一念之微，而流毒之大，受報之酷，亦至於不可勝言者，前日之群盗是也。使横目之民，惟善是念，如火傳薪，如水趣下，而善不可勝用矣。一家爲善則一家安，一鄉爲善則一鄉化。推而準之天下，則鬭很凌暴之風，凶荒疵癘之應，何從而有哉？是則安樂之土已矣！余因潜之請也，以是告於方來，使知一念之微不可不慎，其不可思議力可使利益及於無邊，成就至於佛地，而塗之人皆可以勉也。營事僧曰可先、義交、道顒，住持僧曰希表，邑豪曰徐彦通。佛殿費蓋無慮二萬緡云。

鎮江府鶴林天寧寺大藏記

稽首正覺尊，最勝放光者。具足功德聚，智海如虛空。善達於一切，衆生心心相。似無塵垢輪，及無所行輪。無示無説中，而爲説正法。不爲有蘊故，有處及有界。無明至老死，故説如是法。諸法寂滅説，是名無垢輪〔一〕。譬如大日輪，依空而不住。無礙無取舍，普照無有邊。隨三乘根器，宣説無所著。非有亦非空，非即色離色，非即離涅槃，而空無所有。是輪無取行，利樂於衆生。我觀諸如來，所説修多羅，乃至未曾有，優波提舍等，皆以一言音，而説無量義；皆以一文字，而顯諸言音。音中本無字，字中亦無聲。聲不爲字故，而作種種聲；字不爲聲故，而現種種字。有無互莊嚴，生滅迭成壞。然非有無攝，亦復無没生。不即是字言，而有諸句味。不離字言故，而見妙法門。如是而出生，當處而解脱。一句攝一切，無盡入無餘。是陀羅尼輪，究竟叵思議。諸來四衆等，及補特伽羅〔二〕，當觀是藏輪，與佛非一異。諸佛無住著，轉無上法輪。爲壞衆生道，煩惱苦業三〔三〕。歷劫如河沙，而轉無所轉。是輪云何轉，雖以風和合。彼佛大神足〔四〕，無體無自性。轉處不可得，寂轉轉常寂。無以生滅心，墮彼顛倒想。我以法施已，次當述因緣。惟此朱方城，天寧大禪刹〔五〕，長老禪鑑師，其名曰道潛。來傳正法眼，於刹那婆那，牟呼栗多間，常轉如是事。游兆敦牂歲，紀元曰靖康。爲利諸有情，始作大經藏。無爲實相中，示現有爲法。惟旃陁羅衆，再入朱方城。如彼波卑椽，更來作嬈害。而此禪鑑老，正念得自在。安詳若無見，和顔以輭語。徐説後世畏，摧彼憍慢幢。譬於火聚中，而出芬陁利。是阿蘭拏處，既不隨變滅。巍然法寶藏，迄成就莊嚴。屹如須彌盧，見者歎希有。城中有居士，氏名曰程俱。清淨三業中，流出無盡藏。爲記如是事，説是諸伽陁。爲無量衆生，回向薩云若。

【校記】

〔一〕『垢』，原作『姤』，據吳本、馬本改。
〔二〕『特』，原作『持』，據吳本、馬本改。
〔三〕『三』，文淵閣本作『重』。
〔四〕『佛』，原作『彼』，據文淵閣本改。
〔五〕『刹』，原作『利』，據吳本、馬本改。

照堂記

有大圓鏡，縱廣正等。彌十方界，乃至微塵數蓮華藏世界海中，一切所有，青黄赤白，小大長短，種種色像，於中示現。如水如眼，如摩尼珠。彼種種者，有是色像，而大圓鏡，實無種種。彼色像者，有去來相，而大圓鏡，實無去來。萬像俱隱，寂即是照；萬像俱現，照即是寂。非作故然，無所受故，無取捨故，無分別故。一切衆生，各具如是大圓鏡。以業習故，事理取捨，爲自障礙；識塵分別，爲自蓋纏。譬如有人，以諸泥塗，種種糞垢，埋裹古鏡。又復有人，以旃檀末，和雪山泥，裝校鏡面。是二人者，垢淨不同，其於圓鏡，等一蔽塞。諸無明者，是糞垢喻；諸小法者，是香泥喻。皆失本來，真精妙明。有一情念，墮凡聖邊，無復是處。諸來佛子，採集緣影，是死生本。勿認此塵，作圓照解，刹那刹那，森羅現前；勿妄思惟，亦無斷滅，當如我說，大圓鏡照。崇寧四年六月庚辰，北山程某爲謝原山照堂比丘作如是說。

安養庵記

河沙刹中有一世界號安養國，其國有無量壽如來、應供、正徧知、明行足、善逝、世間解、無上士、調御丈夫、天人師、佛、世尊。其國境界皆以七寶裝飾，成就廣博嚴事。其國衆生皆是宿具福智，化生蓮中，住不退地。其國壽命無有邊量，一日一夜，此土一劫。其國六時皆有天樂微妙音聲，及雨寶華，而共娛樂。其國花木皆是蓮華，如車輪大，及寶行樹，交映周徹。其國鳴禽皆是如來變化所作，於一切時，演無量義。以是種種希有之事，故名安養。從是安養國東方過十萬億國土，有世界號曰娑婆，諸國土中無數伽藍，有一伽藍曰靈山聚，復有精舍號安養庵，是中有人衣壞色衣〔一〕，淨除須髮，處乞士衆，名曰修意。是庵無有七寶嚴事，但有墻壁棟宇、山溪丘坎爲其境界。是庵無有化生蓮中，但有胎、卵、濕、化諸有情類爲其衆生。是庵無有無邊壽命，但有五十、七十乃至百歲爲其壽限。是庵六時無有雨華及諸天樂，但於晝夜飡飯食粥撞鍾擊鼓。是庵周匝無有寶樹及大蓮華，但見山中草木華茂。是庵無有變化衆鳥演無量義，但聞蟲鳥自鳴自已。以是現前種種之事，亦名安養。是乞士者，遊諸國土，親事知識，得法藏已，受用自在，還歸北山，結庵安居。時北山中有一居士適游伽藍至安養庵，謂大衆言：

『現前種種，如上所説，與安養國，爲一爲異？若作異見，斷佛種子；若作同見，是魔眷屬。安養世界，在一切處；而一切處，非安養國。若作斷見，彼釋迦文寧爲虚語？若取法相，汝則孤負無量壽尊。咄諸男子，各依位住，坐大道場。如不信承，請詣毗耶離城，當俟螺髮梵王爲汝解説。』崇寧五年八月甲子，北山程俱記。

【校記】

〔一〕『壞』，原作『壤』，據吴本、馬本改。

衢州溪橋記爲王八侍郎作

衢之爲郡，郊邑疆理錯處衆山間，大溪貫其中，東會淛江入于海。其源實出巖谷畎澮，至郡城始大。郡西三邑之人，輸賦租，走期會，適市井，與行旅之出入荆閩者，皆絶溪往來，深則杭、淺則揭以涉。春夏積雨，四山之水從地出，所謂巖谷畎澮之流，與大溪相吞激，勢益張怒。操舟絶流，失毫髮輒覆溺漂轉，漫不見蹤迹，人皆病之。大觀元年，邦人相與謀，跨溪爲梁，裒其材用於衆。越明年春三月，梁成，凡三十五架，其脩二百六十步。會其費庸，爲錢四百萬。於是負乘扶攜，往來不擇晝夜。雖大水時至，安如平地然。有爲邦人請於余者曰：『衢，公之故鄉。溪橋之功，衢之大利也，公不書無以示來者，俾知始事之勤與溪橋之有無利害也。』則叙其所以，畀刻諸石焉。二年夏四月辛巳，顯謨閣待制、荆湖南路安撫使王涣之記。

常山瑞相記

常山縣西馳官道十二里許，居人張超飾齋舍道旁以憇往來客，其嚴潔如阿蘭若。元祐三年十一月十五日，直齋南壁現觀音菩薩像及種種物相，初儵忽莽蒼上，久之如水墨然。八年四月八日，復現齋內壁，四十日乃没。凡壁間觀音像一，居中，最大，坐石上，見半面，合掌，疊一足，一足下蹋蓮華。大石立座後，有物挂其上，如珠瓔，如衣帶。身光周之，上有圓相，圓相中樹三，比丘二，其一合掌立，其一拂袖行。觀音前獮猴一，舉手向蓮華下，若欲有所掇者。稍前，師子一。龍鉅細四，皆奮拏上騰，其二吐雲氣，又二龍衡身矯首下顧〔二〕。龍首虵身者一，亦蜿蜒趣上。人首而異物一，大龍爪足一。又稍前，壁端袍笏而立者一人。錯人物間狀雲氣者九。觀音後菩薩一，合掌而立。居士二，對坐盤石〔三〕，其一舉手若談話，其一若合掌聽。稍後，師子一，花草株一，獮猴在旁舉手若欲摘花者一。龍二，皆妥身衡行，其一卬首若欲奮者。野人一，若持藥草者。稍後壁端菩薩二，異處，其一若奉物供養他方者，其一合掌立壁之下陬。魚五。其他脉理屈曲交互、如雲如水者不勝數，而下居多。紹興四年八月八日，又獨現菩薩像。某衢人，少走四方，間歸省先隴，又率舟行，未始瞻敬其下。崇寧四年冬，客開化縣之靈山寺。十二月，縣佐崇仁彭君揮上謁郡治所，道張氏齋舍。時超已死，得其事梗槩，持墨騰本歸。他日以示某，某稽首已，説偈贊曰：

葦竹以爲幹，塗堊飾其外。是中無自性，復非鏡止水。云何照他方，現此勝境界？普門天人師，法身無有邊。海岸孤絶處，久示常住相。魚龍共游戲，草木助法音。而此墻壁間，照現恐如是〔三〕。得非妙明發，直見補陁聚？又豈善逝者，斷取彼境界，擲過三千刹，影落此土中？將非佛神通，於一彈指頃，化易殊勝境，納此墻壁間？是中雖塊陋，同一法海空。其於照他方，正自無障翳。其於納大地，亦復無留礙。不可思議故，法爾亦如然。我作如是觀，如幻人説幻。

【校記】

〔一〕『二』，原作『一』，據文淵閣本改。

〔二〕『石』，原作『右』，據文淵閣本改。

〔三〕『恐』，吳本作『悉』。

北山小集卷第十九

碑記二

常州州學獎諭勑碑

皇帝臨御之七年，實大觀元年，詔班學令于天下。教養之數，勸沮之方，有目有凡，畢協理義。簡大如江漢，明信如四時，灝灝恢恢，咸出天翰。於是郡縣百吏奔走厥職，宣達聖志，小大丕應。荒陬絶徼，一變鄒魯。二年，辟廱會試，郡國貢士無慮數千人，其升諸司馬、命于天子者百四十人，而常州得士之多爲天下最。皇帝嘉之，詔三省亟論功加賞焉。十月制下，知州事若蒙進官朝請大夫，州學教授虞以宣德郎充職如故。於是諸生侈上之賜，相與言曰：『進賢之詔，載在令甲，播之天下。豈惟一邦寵休，凡士與榮焉。若具石表刻明詔，列詞其下，祇頌上德之萬一，與夫勸學報功之意，惟明有孚，郡國諸侯徯承不怠，師儒之官訓率有叙，惟允惟公，迄有成績，以飭稚昧於無窮，豈不益顯？』咸曰：『唯唯。』則系以詞曰：

惟古有學，惟治之原。何以先之，德教是宣。《泮水》之詩，有據有游。六藝具焉，以文厥修。秦漢以來，倚吏爲治。本之不圖，繩其已至。天肇神考，見道之賾。斡神之機，鼓舞群物。作我多士，一開其天。以澡以摩，今三十年。於穆皇帝，遹廣聖猷。淵躍鮪魴，山有杞樞。聲教溥漸，窮日所照。目睆指摽，萬邦是恀。惟邦有常，士子之區。雷風所覃，不約而趨。都試辟雍，俊造是羅。論定而官，莫與常多。皇帝曰都，承宣有勞。實惟師儒，乂我俊髦。是達是化，以禮以文。奉我新書，以迄有成。惟守暨師，既受上賞。天語有嘉，四方是仰。倬彼宸翰，雖在四方。揭之龜趺，俾人不忘。士之不忘，惟上之賜。潭潭學區，大烹以飫。豈惟養之，擇師以教。車服稍徒，以酬有造。豈惟官之，于以旌之。顯示萬邦，以勸厥來。上德之懷，惟稱厥求。惟克有爲，有守有猷。多士之修，有邦之休。洋洋德音，萬世之由〔一〕。

【校記】

〔一〕『之由』，原作『由之』，據文淵閣本乙。

晉故使持節侍中中書監大都督楊江荆司豫徐兗青冀并幽梁益雍涼十五州諸軍事衛將軍太保録尚書楊州刺史建昌縣公贈太傅追封廬陵郡公謚文靖謝公碑〔一〕

太元八年秋，秦苻堅舉國來寇，衆號百萬。八月度淮，十月陷壽春，又陷項城，聲搖京師。甲子，詔以征討都督右冠軍將軍玄、輔國將軍琰等帥師距之，而衛將軍、征討大都督謝公實摠其事。乙亥，師及秦人戰于肥水，大破之，堅脱身走。十一月庚子，詔公勞旋師于金城，車駕遂幸金城，錫燕，詔尚書亟論功封賞焉。十二月庚午，大赦天下。初，堅之來寇也，軍勢張甚。上下懍懍不自保，大臣老於軍旅如宣穆桓太尉，亦岌然有左衽之憂。方是時，無疆艱恤實大投于公身，而公泊然泰定若無事時。徐而內輯外禦，蒐軍謀帥，若畫一二，於是人始有固志，蓋倚之如太山，用能以八萬之師殄百萬之寇，如石投卵，寧近威遠，繄公之休。昔祁奚內舉其子而不聞高世之勳，蕭何舉宗從軍蓋以杜疑間之萌，未有一舉三親而不自以爲嫌，一門三師而人不忌其泰。談笑之下變危即安者，公之功德莫大焉。公諱安，字安石，某郡縣人。曾祖諱某，某官。祖諱某，某官。父諱裒，故太常卿。公生而穎異，年四歲時，桓宣穆見而歎曰：『此兒風神秀徹，後當不減王東海。』揔角沈曠弘敏，遂有當世重名。全才毓德，器益以大。時世道屯塞，國家多故，公樂道丘壑，悠然有終焉之志。司徒府、楊州刺史再辟朝廷以佐著作、尚書郎、瑯琊王友、吏部郎，四徵皆不就。士大夫歎曰：『安石不起，當如蒼生何！』久之，幡然有經世意，蓋於是年餘四十矣。會大司馬桓温請爲司馬，尋爲吴興太守，靜一無所事，去而人思之。徵拜侍中，選吏部尚書。咸安末，入受顧命，遷尚書僕射，領吏部，加後將軍，揔關中書事，又領楊州刺史，詔以甲仗百人入殿。上始親萬機，進中書監、驃騎將軍、錄尚書事，辭驃騎將軍、錄尚書事。頃之，加司徒、侍中，都督楊、豫、徐、兖、青五州幽州之燕國諸軍事，假節。拜衛將軍、開府儀同三司，封建昌縣公。苻堅敗，進拜太保。公遂欲平一華夏，乃上疏曰：『自運遭陽九，二帝北狩，文華之區，委於豺犬〔二〕。故宗廟宮室，丘墟百年。前日苻堅送死邊陲，狼狽奔越，今茲哀叫請命，天其或者將以一天下降休于國家。臣請竭駑末，帥師北征。須經置略定，臣則乞骸還東，誓畢素志。』於是詔以公爲大都督楊〔三〕、江、荆、司、豫、徐、兖、青、冀、幽、并、梁、益、雍、凉十五州諸軍事，加黄鉞，餘如故，置從事中郎二人。公辭太保、縣公，詔不聽。十年夏四月，公北征。戊午，上餞公于西池。八月，公遇疾，手疏請旋師，且以龍驤將軍朱序進據洛陽，前鋒都督謝玄屯彭、沛，伺間一舉。詔遣侍中尉勞，還公京師，疾遂篤。丁酉，公薨于位，享年六十六。訃聞，上震悼，臨于朝堂三日。賜東園秘器、朝服、襲衣、錢百萬、布千匹，贈太傅，謚曰文靖。粵某甲子，葬公于某郡縣某原，制加殊禮。又錄肥水之勳，更封廬陵郡公。既窆，門生故吏若干人相與泣而言曰：『公之名德垂天下後世，如日星決不没，則是隧道之碑無刻可也。』然否則無以慰人思惟。公性體道奥，不迎不隨，故出處之際，動與理會。方其棲遲東土，未始出其緒餘，而天下固已延首託命於公。及在朝廷，獨以盛德遠度坐鎮危疑，上以弼亮一人，下以咸和萬民。惟深惟幾，濟物成務，王者之佐，蔑以加焉。自海西公廢，桓温逆節萌起。及高平因山，同軌畢至，温來赴葬，大陳兵新亭，以公與王文度朝之大臣，將殺二公。遂遷龜鼎，使召公等。文度惶駭流汗，不知所出。公既見温，神色不變，從容就席，徐語温曰：『某聞諸侯有道，守在四鄰，明公何須壁後置人耶？』温茫然不能測，則大笑曰：『正自不得不爾耳！』不敢加害，王室以寧。竊嘗議之：夫氣足以眇天下，然後可以任天下；氣足以眇一國，然後足以任一國。公起隱約，一旦處端揆，身負大器而不爲重，執天下安危之幾、臨死生禍福之變而不慄，功全邦社而無喜色，彼其氣誠足以眇之，道大故也。其視舉天下措諸安，何異有力者之視一羽哉！某既掇公之大節，叙次如此，又系之以銘云。公夫人劉氏，明識賢行，爲世婦則。有子曰瑶，官至瑯琊王友，早卒；曰琰，爲征虜將軍、望蔡公。孫若干人。銘曰：

皇有重器，惟神惟幾。有隉孰定，有傾孰持？必有元佐，力能負之。其力維何？非賁育獲。包以洪度，鎮以鴻德。手挈二枋，在所措畫。釋而置之，泊若無適。顯允謝公，實維其人。天祚晉德，錫之大臣。公在東山，世挽莫來。皤然赴之，不迓不違。因理王度，不吾不尸。有暴如温，有寇如堅。處以談笑，大沮以顛。覃覃鎬京，延首思復。六合垂一，斯人無禄。公初北征，鎮于新城。釋權去位，盡室以行。須此略定，逝言東山。有巖東山，斯人所瞻。西州之門，有仡其墉。斯人永懷，有敉公功。公功匪居，惟德之餘〔四〕。東山或夷，德風不渝。

【校記】

〔一〕『荆』，原闕，據文淵閣本補。

〔二〕『犬』，文淵閣本作『虎』。

〔三〕『楊』，下原衍『州』字，據文淵閣本删。

〔四〕『西州之門』六句，文淵閣本作『東山之址，惟德之餘』二句。

江氏小山祖墓記

開化縣治開元鄉，故常山縣地也。縣宇之北，有丘墟隱然，域以垣塹，族葬其中，望之松檟蔚然者，江氏之祖歲郮之墓也。按《江氏家譜》，系出濟陽，統之八世孫曰世源，官信安，留家不去，實始爲信安人。又五世孫歲郮等五喪，葬常山縣開化鄉之萬歲里小山村，其地四十畝，則此墓是也。繇始葬及今十六世，子孫益蕃，屬益遠，又散處郊邑，或仕或遊，藉令歸且處，歲時祭掃，上不過四世而已。小山墓地既廣，近族之貧者往往寓著其間，歲且久，因以爲己産，稍斥賣之。又四域之外，耕藝者相接，歲攘日蹙，莫之誰何。大觀三年，鄉豪汪氏遂欲葬墓域中，縣又取西北隅地構丞舍。會諸孫之官學者皆在里中，大駭且懼，則相與愬于縣，未得直。乃出康定皇祐二牒以爲證，其一太常少卿鈞任兩浙轉運使日具墓地界，俾宗子迺等主之，歲一補治垣牆，則宗司白、宗長凡、宗人共其事；其一尚書郎鉞以鄉人之侵其地也，言於縣，縣按所侵地歸之，俾宗人祐主之。既出二牒，爭者語塞，縣即日徙丞舍，凡違法之契盡毁之。於是子孫乃始周域其地，爲垣墻，稍樹松檟，揭其阡曰『江氏皇祖之墓』，然不能四十畝矣。余友仲嘉褒既與其族父兄子弟事其事，它日一二語余，且曰：『余懼來日之無窮也，事寖遠而寖忘，則其不爲前日之戕敗者幾希。余將列其事於石，揭之墓道，然非文不傳也，莫如子能。』余曰：『古人以謂君子之澤不過五世。先王制禮，必以遠近戚疏爲之節，凡祖子孫上下不能十世，而服則五等而已。蓋先王所以教天下之中，其制不得不然也。先王之制則有節，而人之恩性顧豈有量哉！今而以世觀之，則雖近而已疏；即吾身以推之，則雖遠而益恩。是何言也？且吾之生者爲子，子之孫爲曾孫，曾孫之曾孫則已不能名矣。夫吾之委蜕適數世耳，而遂至於不知何人，豈非雖近而已疏乎？夫安得不悲？然今吾視聽食息於是者，父母之遺體也。求生之所自生，則由祖而上百世可也。使人而無祖，則乃今安得視聽食息於是者哉！以是推之，豈非雖遠而益恩乎？夫安得不思？思且悲，則其惙惙不忘於心者豈有窮耶？然則制雖有遠近戚疏，而恩性則有至於不能忘者，何可奪也？且江氏小山之祖至太常府君十三世，至仲嘉又四世矣，而其族父兄子弟不忍其墓地之不除而途人皆得以攘蹙耡刈也，相與出力而營之，以爲庶幾神靈之復安而後世知所本也，豈非所謂中有不能忘者故耶？今子碣於是，俾後之人過是者知敬戒，豈唯江氏之子孙。人孰不生且死也，思所以奉祖先、訓子孫、保墳墓者，人情均也。

繇是而思之，則雖已暴之骨，無名之丘，有不忍易而戕之者矣。其爲利顧不博哉！然則余其敢愛荒陋之文而無以成子之善也？』四年四月壬午，北原程俱記。

常州新修市易務壁記

熙寧中，始置市易務於通邑要郡。常州以編氓居十數間，粗更門户墻壁，榜爲市易務，及今垂四十年，不知先爲編氓居又幾何年。中間再廢，益不治，棟宇故庳隘，歲加摧腐，每大風雨，岌岌將遂顛壓。規製又甚淺劣，平旦側肩庭中，無所旋足。吏坐兩壁間，與之爭席。按察時至，門不容車蓋，率步以入。余初至，謀撤其甚者而新之。則會凡匠事之材用上郡，爲錢十二萬有畸，凡再裁損，乃上使者，使檄下其郡，又再裁損，亶爲錢八萬六千。時久闕常平使者，又八月，會提點刑獄盛公兼行常平事，則具狀走其府，又以記道不可已之故。即日檄下，予錢。先是，以書與所會之材抵張渚鎮官田，渚與江南接，多山木大竹，幸爲我期於市取足焉，錢至則取之。又以告埏埴者，畢具。又移晉陵、武進，鳩衆工。蓋檄下十日而庀工即事，二十五日而完。木之工二百八十，竹之工百有九，瓴甓之工百三十，塗飾之工百五十，凡爲工六百六十有九。募於市者十之一，晉陵之所集者十之九。其畚除運負之工又四百五十有畸。以負重出納食其力於務者七夫，與警守之卒供其事。警守故十卒，前十日兵馬司取其三，其所留大抵軍營小兒，占尺籍而名稟帛耳，其爲力不足以半一夫。是三十日間，率寅入酉出，公察其勤惰，時其難易而均督之。暮休，面賦其直，不容吏下隱刻，故其赴功也力。材審其良窳，因其舊新而材用之，下至竹頭木附無棄物。凡爲屋十五間，堂三楹，極高故屋五尺，挾以二舍，引以二廡惟稱。廡舍爲庫六，其題曰懋、遷、有、無、化、居。門高三仞，庭倍前日，其爲址盡是無餘隙矣。深不能八丈，前官道，後人居。廣不能十丈，左右皆人居。故技止於此。它日，使嘗見故區者視之，則固以爲廣厦爲難能矣。如其不然，以爲陋可也。昔叔孫婼羈於晉，其所館雖一日必葺，去之如始至，君子紀之。况任其事、食其祿而爲三年淹者，其可鄙其居而苟於事哉！且乘田委吏，聖人之所不忽〔一〕，余何敢苟？然余賤有司也，出納貿遷之爲職，若其市材供事，鳩工董役，則故有任其事者，非吾任也。余不忍坐視，越尊俎而代庖，是亦泰多事矣。厥既訖工，則誌本末，刻諸石，而材用工役之事加詳焉，蓋使來者知余之勤且艱如此，而其所建立止如此。余不負市吏，而市吏負余，亦足歎也。大觀二年八月十五日，信安程俱書〔二〕。

【校記】

〔一〕「忽」，原作「忍」，據吴本、馬本改。

〔二〕「書」，文淵閣本作「記」。

漫堂記

大觀中，朝廷斥地益廣，顧輿地圖有所未載，而舊志又或遺牾，迺選士寓直三館，作書如《九丘》，傅子冲益在其間。不數月，以人言罷去。又二年，財得蘄縣令。明年春，余西赴調，道汴上，迂行百里，過冲益於蘄，道舊故樂也。冲益故時嗜書，好爲詞章，喜談笑，論議忼慨，羞薄俗吏事，雅意甚高。余至蘄，觀冲益所設施，大抵合繩墨。晨坐聽事，與邑甿論決是非曲直，無倦色。日未昃，庭無留人。冲益始至，會臨渙令有辠，郡檄兩易之。至是始還蘄，臨渙人追之不釋，蘄之人道擁其車以歸。余至都城數月，冲益書來，曰：『蕞爾邑令，與人既相安矣，日多暇焉。前日所治舍，將以爲燕息之地者苟完矣，因漫名之曰「漫堂」，子爲我漫記之。』余惟天下之事，小足以觀大。蘄、臨渙雖不能萬户，而冲益爲之，其効已如彼，冲益之爲吏不漫也。夫祿足以仁其九族，問其位，則世所謂君子者也，然事至則漫不省，曰：『聊爾聊爾，安用察察爲哉！』如是而爲漫，可乎？若曰：『外物不可必，力不勝命久矣。古有窮機械、蹈汙嶮、汲汲而圖之者，吾於此漫焉。』於此漫焉，則雖邑陋於蘄，執卑於爲縣，猶不慼也。則其去道山、入阡陌，捨紬繹討論之樂，而勞神明於簡書榜楚之間，無往而非漫者，又奚欣慼於其間哉！冲益名諒友，莆陽人，襟度明曠，識趣不凡，近亦以是數奇云。

衢州開化縣新學記

開化縣學，故在縣治之西，其址不能五畝，旁無壖地，右倚山足，因高接廡以布講席。大成之殿，顧在平地，齋宇趣完，未中程度。自初構迄今，更十數令，顧地勢不可復廣，莫能易而大之。今縣令李侯旬視學區，退則大懼。以謂自大觀學法行天下，西被氐羌，南踰牂牁，嶺海萬里之外，荒漠不毛之地，皆爲郡縣置學官，師、弟子絃誦之聲相聞，三尺之童不談天人之道，詠頌功德以志榮名、取顯仕者，輿臺樵牧知笑之。今開化雖小邑，僻在山谷間，當句越之窮處，然在輿圖尚爲次近地，奉詔令、蒙教養猶轂下也。縣之造士秀人，歲不絶於賢能之書。又今天下賓興士群至于王廷，與備官使於中外者，必自縣學始。則學法之行，繫鄉縣爲根本，顧不重哉！而縣學舍乃不稱，縣令安所逃責？則相方繩址，得縣南臨溪爽塏之地而營之。迺狀其事，請於郡，郡言上使者，得錢四十萬。取人屋之籍於官者十四間，益以故學之材與亭觀之廢無用者。厥既蕆事，工徒赴功如治私舍，邑豪里氓亦厎其力，蓋不三旬而衆工釋用。高門有嚴，面埶端邃，廟象宏顯，巍然有臨。命教之堂，師長之舍，周廬廣廡，若承若翼。基堅材良，皆倍於故。士氣舒豫，雝雝洋洋。行道之人，過者衽軾。於是李侯走書與圖至吴下以抵俱，曰：『開化，子之鄉邑也。新學成，宜有文以記歲月。固願以請，而衆亦以爲子宜。』俱生晚，不及熙寧、元豐之初，以與諸生齒。今兹壯且老，顧以飢寒走四方。而學校益隆，又不得預養士數，以相與燕間揖遜於其間。今得託詞新學以紀侯之績，其又何辭？若夫道學之序，飭勵之端，所以開示於方來者，則學法粲然，皆聖上所建立也。又辟雍獎諭之書，八行之碑，與凡詔札具在，俱不敏，勉記新學之成云。李侯名光，會稽人，好古强志。起諸生爲吏，而所立皆不苟。奉法愛人，文檄不妄下，廬里懷之。新學之成，實政和五年八月甲子。十月丁酉，通直郎、管勾岱岳觀程某記。

京西北路提舉常平司新移公宇記

政和四年冬，詔復置四輔郡，潁昌府領南輔都總管。於是京西北路常平使者言：『常平司故治潁昌，今潁昌隸畿內，當徙治。所部州惟蔡大州，處一路中，道理徑易，於督察、報應便，且近徙省勞費，敢以請。』奏可。時朝奉郎信安余侯實提舉常平事。明年，奏下，則於蔡城東南隅得官地若干畝。夏六月，興土功。冬十月，畢塗艭。爲屋二百八十六間，吏舍居十三。又明年，余侯以書屬某記。某惟余侯信厚敏明，自試吏至爲御史部使者，其爲政循理而行，奉法度惟謹，不爲赫赫名，然所歷有實績可紀，無事於斯記也。辭不聽。某惟古建官列爲公、卿、大夫、士，其棟宇、車服、器用之文皆有等衰存焉，貴與賤亦各安其所當得，而無怍怨於其間。故雖大啟爾宇，山川土田，而不爲泰；一堂五畝，還廬以桑，而不爲偪。彼誠知建官所以待天下之賢能，非以私天下之賢能也，凡以爲國與人而已。所謂公、卿、大夫、士，其職非惠人，則乂人；其克有禄位，非有功於国，則有劳於国者也。其任大，其享大亦宜。惟外使者常平，專以惠人爲本，人爲重，使者因以重。蓋常平之職，掌常平免役之政令。謹視歲之早晚豐儉，以頒斂出納，而賙萬人之囏阨；周咨川原山澤之利害，以阜人財、任土事；通泉府之貨賄，以平節賈；禄庶人之在官者，以紓人力；凡鰥寡孤獨廢疾之人受食焉，共其養生送終之具。其凡有二，曰常平之法，取於人者以予人；免役之法，取於人者以治人。是法也，更元豐、紹聖至於今兹，蓋三聖人而後備，一以惠人而已。其維持衍繹，緊使者是賴。其守金穀如制閫外，其稱豐荒如持權衡，其急民隱如捄焚溺，是能守我三聖人之良法，以宣上澤於一路。則所謂惠乂人與勞於國者，使者有焉。夫如是，居則廣厦誇閭里〔一〕，出則車馬光原隰，以奔走八州五十縣之人，蓋亦未爲泰已。然則經度之勤，棟宇之壯，無足爲余侯記，而獨喜余侯之有以稱也，又安得不書？政和六年夏四月甲子，具位程俱記。

【校記】

〔一〕『誇』，原作『跨』，據吳本改。

寓齋記

客有至寓齋而歎曰：『夫以介然之形，措之天地之間，不百年寓耳。於一寓中而暫寓於東南西北之遊者，又幾何耶？是齋之士，其又寓暫寓於其間者乎？』程子曰：『何特此耳！天，氣之積者；地，塊之積者，寓於空而已。日月星辰、山河草木，又寓於二物而已。請觀子之一形，寓視於目，寓聽於耳，寓聲於口，寓神於此百骸五藏之間，是則子之所謂介然之形者，蓋有寓之者焉。不有寓之者，是則糞壤濡沫而已矣。子於此而求之，又有不寓者存而天地萬物之所以寓者也。』晉陵錢定國顯道尉吳江，予名其燕處曰『寓齋』，定國蓋嘗聞道云。建中靖國元年三月甲子，信安程某記。

衢州大中祥符寺大悲觀世音菩薩閣記

衢州大中祥符寺大悲觀世音菩薩閣，故在寺之東序，自天聖以來，再成再毀，未有繼而興之者。紹興二年，管內僧正妙空大師用良始募檀施，益以私財，作菩薩像，又作大閣覆之，捨故址而建於大佛殿之後。用良淳質無玷，誠諦不欺。焚誦之餘，刻意炎黃之書，盧倉張華之說。施利之入，僅支四事，則舉以爲棟宇像設、莊嚴佛事之資。言行既孚，有募必應。像閣既建，又作齋堂四楹，左右旿分，若承若翼，蓋八年而後衆工釋用。厥既塗雘，大集四衆，共作佛事，以慶其成。州人士女，奔走歸嚮，禮拜旋遶，歡喜讚歎，無有窮盡。時北山居士養疾郡郊，聞此勝會，輿掖至前。仰瞻聖像，如紫金聚；周顧樓閣，如化人宮。竦踊欽歎，説偈稱贊。於是用良請叙載歲月并刻之石，則爲之記，俾來者有考焉。庶幾有清淨四衆，若族姓理家，若栗呫婆，若摩納婆等，覩相生善，即色悟空，了知大士無礙神通不可思議，與此比丘所成就事，及一切衆生不思議力，無二無別，性相等空，則其爲利益又豈有量數哉！贊曰：

稽首普門大名稱，救護衆生苦厄者。大悲願力深如海，無刹不現無邊身。過去正法明如來，菩提薩埵示權化。於一身心現千手，隨緣赴感靡不周。於一身心現千眼，光明普照河沙界。如百千燈同一光，互融涉入不留礙。亦如洪鐘與空谷，呼之則應叩彌出。洪纖徐疾非思量，而常在在實無在。當知通身是手眼，無我無作無受者。如是觀音妙智力，衆生平等無差别。百千即一照常如，一即百千用常寂。爍迦羅心無動轉，母陁羅臂如虚空。湛然寂處起慈悲，繁興用處那伽定。觀身實相即菩提，一一刹塵觀自在。

北山小集卷第二十

表

禮部賀陰雲不見日蝕表

伐鼓用牲，方致群陰之責；敕躬正事，實表衆陽之宗。屏翳呈祥，曜靈安舍，休嘉所賴，霄堮均蒙。中賀。竊以堪輿蓋體於陰陽，而大道統陰陽之用；躔次不離於形數，而聖人超形數之先。雖酬酢於環中，實彌綸於繫表。惟章蔀紀元之應，必於日月所會之辰；而疾徐顯晦之微，可見天人相與之際。苟九芒之或眚，緊六職之加修。古昔則然，欽崇斯在。曷若精神之運，默通賾隱之間。凄祁之景載瞻，淳丙之光自若。日之夕矣，言莫喻於初餘；人皆仰之，壤無分於内外。顧密庸之至此，豈瞽史之能知。恭惟皇帝陛下輔相物宜，嚴恭自度。固已斡旋於儀象，豈唯昭格於神明。二十四氣之循環，獨得帝鴻之紀；三万六千之並照，遠追龍漢之圖。眇焉珠璧之交，故在挈維之内。矧分同道而至相過，雖食非災；惟雲膚寸而雨崇朝，適符所望。臣等莫窺工宰，咸席照臨。周德如升，請歌松柏之茂；堯仁斯就，永同葵藿之傾。

謝冬衣表

肅霜在候，於是孟冬而始裘；新律將更，豈容卒歲而無褐。肆頒府幣，徧暨朝紳。惟物其時，既安且燠。中謝。竊以德彰五服，厥爲等殺之儀；綦組九文，蓋匪曳婁之急。惟是纖良之賜，實均飽燠之恩。如古好賢，有敝又改爲之意；及人以恕，無服而不稱之嫌。抑所謂寒者衣之，非直爲身之章也。此蓋伏遇皇帝陛下焕文光被，德度并包。如絲如綸，廣仁言於挾纊；無小無大，昭厚意於承箱〔一〕。是雖典故之常，蓋有惠存之實。臣等久塵表著，備服寵私。麗密在躬，肯比毳旃之陋；委蛇退食，敢忘總緎之思。

【校記】

〔一〕『意』，馬本作『德』。

賀甘露表

至神獨運，道與時升；叶氣横流，瑞由天降。浹靈滋於生植，藹歡頌於寰區。無疆之休，兆民所賴。中賀。竊以崑崙旁礴，體包一氣之元；輔相裁成，位貫三才之用。惟厥絪緼之化，式由坱圠之機〔二〕。結而爲麟鳳芝禾之祥，粲而爲日星雲物之象。至載零於膏露，蓋咸本於冲和。顧兹儲祉之辰，適及崇儒之舉。天地相合，莫之令而自均；上下同流，亦豈云於小補。浥軒丘之有湑，晞湯谷之載陽。珠霏紫泰之嚴，玉潤松筠之茂。日當元命，知時万於斯年；地表賡歌，見咸熙於庶績。理無虛應，事若可稽。恭惟皇帝陛下秉籙御天，垂衣執契。配皇等極，豈唯能致之資；合諜應圖，具膺諸福之物〔二〕。偉斯休證，實載舊聞。自非德及於清寧，何以澤周於霄壤？臣等無禆神化，咸泳聖時。被之聲詩，方廣嘉虞之薦〔三〕；仁及草木，益觀福祿之成。

【校記】

〔一〕『乢』，原作『北』，據吳本、馬本改。

〔二〕『具』，文淵閣本作『其』。

〔三〕『嘉』，明寫本作『騶』。

賀收復涿易二州表

皇猷默運，與神爲謀；王旅濯征，從天而下。遂舉平盧之壤，復還冠帶之區。遠邇交欣，威靈無外。中賀。竊以四夷之爲漢患，蓋莫熾於匈奴；九州之隔燕民，本失圖於衰晉〔一〕。傒我至化，于兹有年。仰惟列聖之燕詒，蓋常北顧而深歎。故時巡耀武，壺簞迎興國之師；而夕惕賦詩，府庫揭元豐之志。逮兹神筭，潛授將臣。飭戎車於六月之初，見敵情於万里之外。是絶是忽，肆興兼弱之兵；如雷如霆，繼上膚公之奏。此蓋皇帝陛下挈維二柄，嘉靖多方。式帝命於湯齊，詰戎兵於禹迹。孝思維則，允懷菑穫之功；遹駿有聲，不逾樽俎之內。是用一月而三捷，豈非暫費而永寧。周索載疆，宗祊見喜。臣等猥當國秉，徒仰聖謨。截海外而躡龍庭，將日聞於吉語；成王孚而受天祜，當復播於雅言。

【校記】

〔一〕『哀』，原作『襄』，據吴本、馬本、明寫本、袁本改。

賀直河引回河勢表

神畫授圖，灼見乂安之理；河宗率職，嘿消平溢之虞。是謂先天而不違，故兹無遠而弗屆。事超邃古，德被函靈。中賀。臣竊以底柱既通，世仰龍門之績；宣防是築，古傳瓠子之歌。然皆曠日以計功，固已厲民而告病。故櫛風沐雨，曾席突之未安；而菑揵隤林，悼茭薪之不屬。未有獨見五明之上，潛回四瀆之宗；不踰指顧之間，脗合運量之素。夫爲之於未有者，上德之明訓；而行其所無事者，神禹之大猷。顧兹不恃以爲功，則亦孰窺於行迹。以方前載，益顯妙庸。此蓋皇帝陛下德合二儀，澤流諸夏。王道大順，合百川而東之；神化無方，格九穹而上應。儲精於內，誠意已孚。雖老於河上之人，皆聚觀而太息；顧由此地中之勢，蓋莫測於神休。用成九折安流之功，同符萬世莫大之利。臣等無施涓露，獲覩祥鼇。負龍馬之圖，將見帝鴻之錄；上詞人之頌，更追《天保》之誠。

賀管押常勝軍郭藥師進嘉禾表

豪酋内附，下周索於戎疆；嘉種効祥，表同文於異畝。露章來獻，案諜甚明。是知坱圠之鈞，無復華夷之間。中賀。竊以越裳修白雉之貢，九譯乃通；唐叔歸同穎之禾，千里而近。彼荒忽去來之服，政不及焉；若蕃維禮義之邦，理之常者。未有舉幽燕之絶壤，歸圖籍於攸司。風雷之號始行，天地之和已應。曾是方苞之美，蔚然寒露之區。采芑新田，當鞠旅涖師之際；陳常時夏，無此疆爾界之殊。瑞不徒然，理將在是。恭惟皇帝陛下祉由神介，道與天通。故有開而必先，蓋徯志而丕應。信順兩得，亦何爲而弗成；威德四施，實無思於不服。惟厥幽荒之野，豈聞稼穡之饒。慈仁一薰，秀裦交暢。實邊積粟，豐穰何待於湟中；置吏除關，聲教方踰於漠北。臣等無裨聖治，屢覩蕃釐。史不絶書，將汗南山之竹；天之所覆，皆爲壽域之萌。

賀駕幸祕書省太學表

策府肇新，帝下紫清之馭；賢關再款，道光鄒魯之儒。君舉必書，事超古諜；化行自近，風動海隅。中賀。竊以外史掌帝皇之書，抑以辨四方之志；太學傳聖王之業，所由興三代之隆。用建邦家之基，厥惟政教之首。懷鉛抱槧，俾之周見而洽聞；句屨圜冠，於焉考德而問業。擢楩楠於拱把，致珠玉於遐荒。方當行堯行而誦堯言，識其大者；所與治天事而食天祿，不在茲乎！仰緊清宴之間，灼知當務之急。命乘輿而已駕，及春日之載陽。考古驗今，駐蹕右文之殿；尊德樂義，却輦大成之門。既流觀於匱室之藏，復垂聽於《詩》《書》之典。遠矣鎬京之嗣服，陋哉天寶之元龜。細札有孚，群儒知勸。一游一豫，式王度於有邦；載笑載言，邇天顏而拜賜。共識丕平之盛事〔一〕，益知幸會之非常。恭惟皇帝陛下允執道樞，深明治本。覆臨之大，象日月而配二儀；風化之興，先京師而後諸夏。以聰明睿智之姿，而尊素王於千載之上；以微妙元通之學，而遊宸心於六藝之間。至於小大之臣，咸蒙恩施之美。乃若雨師先灑，迎颷欻之清塵；雩舞屆時，詠羲和之舒日。事皆神介，動與道侔。於既醉之盛時，見彌文之畢舉。洋洋盈耳，聿追周監之文；蕩蕩難名，莫盡漢臣之頌。

【校記】

〔一〕『事』，吳本作『治』。

謝賜御書御畫并宣召觀書畫表

臣某言：今月二日，車駕幸祕書省。先奉聖旨，以臣兼修道史，係提舉祕書省官屬，合赴省起居。是日，既與館閣官觀書、賜茶，謝恩畢，退。詔宣三公、宰臣、親王、使相、執政、侍從官別觀書畫，臣特蒙聖恩，俾預宣召之數。仍賜御筆行書、草書二紙，御畫《雀竹》一紙者。齒金蘭之衆俊，已冒殊私；踵筆橐之後塵，更膺特召。咫尺圭璋之睟表，從容翰墨之榮觀。載窺天縱之能，旋拜奎文之賜。褫心驚寵，浹髓懷恩。中謝。伏念臣疏遠下僚〔一〕，頓頑末學，敢意草茅之名姓，誤叨旒扆之聞知。惟是群玉蓬萊之山，實應列宿圖書之府。六飛來止，七稔于兹。雲構百梁，屹天衢之左界；龍文八法，揭帝座之中居。及斯輪奐之新，下慰英髦之望。爰申闊典，可謂難逢。而臣濫吹朝紳，雖玷南宫牋奏之末；操觚道史，適由東觀著作之廷。在於提振之司，實與編摩之屬。荐遷嚴旨，俾簉清班。雲翼生身，遽翱翔於帝所；驪珠眩目，獲藏去於宸章。事匪常均，榮踰望外。此蓋伏遇皇帝陛下，爲仁由己，以德分人。游心萬物之先，高視百王之表。譬若堪輿之大，何所弗容；故雖昭倬之餘，沛然成象。發揮妙藴，丕廣鴻休。靈篆結空，蓋禀自然之兆；神書出洛，敻超副墨之初。至肆筆於丹青，蓋合符於造化。豈伊么麽〔二〕，得被況臨。敢不仰服睿慈，時瞻天藻。冰霜是蹈，庶無易葉之凋；筋力雖微，儻類銜環之報。

【校記】

〔一〕「下」，文淵閣本作「微」。

〔二〕文淵閣本「麽」字下有「螻蟻」二字。

秀州謝上表

臣某言：臣昨任禮部郎官，自三月初即以病告卧家，乞外任或宫廟差遣。間蒙除太常少卿，臣三具狀申都省，辭不就職。尋准勑，除臣直祕閣，權發遣秀州軍州事。臣已於今月十五日到任上訖。初布條綱，具宣德意；所憂綿薄，莫副使令。臣中謝。伏念臣幼而奇孤，長益頑鈍。上書論事，空懷憂國之心；竊祿代耕，每盡守官之義。挂名邪籍，爲世僇人。晚陪英俊之躔，浸冒典章之選。再遊東觀，愧劉郎之復來；三至南宫，知馮公之已老。遭時之變，振古未聞。窮獨餘生，憂憤不死。卧家請急，投劾丐歸。敢於䑐䑕不安之時，而當綿蕞草創之事。既遂顓愚之守，復瞻天日之中。喜不自勝，死無所恨。顧惟敝邑，實介大邦。征賦之入有經，而不時之須沓至；盜賊之憂方熾，而即戎之備未修。念債驕凋敝之餘，則莫若利其銜勒；而匱竭瘡痍之後，又當事於撫摩。靖言以思，寧免於咎。收此桑榆之景，終繫覆載之仁。此蓋伏遇皇帝陛下嘗膽濟時，厲精圖治。闢至公之路，方因任於群材；念無競維人，故兼收於片善。致兹疵賤，亦不棄遺。臣敢不行其所知，施於有政。使公綽爲趙魏之老，於用或優；而陽城躬撫字之勞，自知甚拙。唯當竭力，少謝素飡。臣無任瞻天望聖激切屏營之至〔一〕，謹奉表稱謝以聞。臣某誠惶誠恐，頓首頓首，謹言。

【校記】

〔一〕『望』，吳本作『仰』。

秀州賀天申節表

臣某言：誕彌厥月，允昭申命之休；長發其祥，共獻後天之禱。由中及外，式舞且歌。中賀。恭惟皇帝陛下撥亂挺生，膺期紹緒。體周行之乾健，廓繼照之離明〔一〕。帝命弗違，纘二百年之基業；

民心攸戴，過八千歲之春秋。丕承赤伏之符，適應朱明之候。中興有望，率土惟均。臣屬守偏州，遠違行闕。《天保》之詩小雅〔二〕，方期如日之升；華封之祝聖人，徒有望雲之阻。臣無任。

【校記】

〔一〕『廓』，原作『廊』，據吳本、馬本改。

〔二〕『詩』，文淵閣本作『詠』。

進新修紹興勅令格式表

臣聞政有忠質文之異尚，所以捄時；典有中輕重之不同，期於止辟。顧因循之或敝，緊損益之可知。苟惟膠柱而弗更〔一〕，則亦推車而或泥。恭承睿旨，欽慎祥刑。鉛槧非才，簡書趣備。臣某誠惶誠恐，頓首頓首。竊以制而用之謂之法，推而行之謂之通。故上有道揆以盡通變之宜，下有司存以嚴法度之守。至若畫衣冠而不犯，是謂帝王之極功；垂象魏於始和，式敷邦國之常憲。載在三尺，行之萬方。儻非可大之規，莫應無窮之緒。永惟嘉祐之盛，實纘太平之基。人咸阜安，政本忠厚。罰疑從去，恢然綱舉而網疎；令出惟行，捷若置郵而傳命。丕承有在，洪烈備陳；政和以來，彌文具緝。寬恤之詔屢下，奇它之目寖煩。遹觀厥成，亦克用乂。著爲律而疏爲令，既積日以增多；歲有會而日有成，又續書而不一。逮此艱難之際，收之煨燼之餘。國之將興，理若有待。恭惟皇帝陛下厲精求治，嘗膽濟時。深惟溢水之防，不忘朽索之馭。省堯方於五載，豈惟禮物之修；約漢法之三章，益邁寬仁之德。俾致欽於明罰，蓋無事於滋彰。庶幾合古以便今，亦將易避而難犯。所慙鈞撫，莫副哀矜。臣等今將云云。

【校記】

〔一〕『柱』，原作『枉』，據吴本、馬本、袁本改。

中書舍人謝表

臣某言：臣伏奉告命，授臣試中書舍人，仍賜紫章服者。冊府紬書，誤玷英髦之首；詞垣簪筆，猥當潤色之求。敢意非才，驟膺明命。銜恩則厚，揣己若驚。臣某誠惶誠恐，頓首頓首。臣竊以喉舌之司，緊万幾之自出；絲綸之任，實庶政之與聞。不惟有取於爾雅深厚之詞，蓋亦兼收於獻納論思之益。豈非人才進退，繫國體之重輕；政事弛張，關天下之利害。號令一出，播敷万邦。挈維固在於股肱，補拾可無於諷議？至於華國之具，亦責代言之工〔二〕。是以祖宗之來〔三〕，制勑必由於三省；侍從之選，給舍每高於一時。自非識足以見微，才足以經遠，文知體要，無慙蘇李之能；學貫古今，可備崔高之問，則何以仰當睿簡，俯厭師言？孚德意於四方，亦中興之一助。如臣者少而孤陋，壯益鈍頑〔三〕。述業自知其不豐，纘言未足以明道。早歲棲遲於湖海，蓋將終身；中年出入於朝廷，誠非素意。何圖晚暮，上被獎知，察之以日月之明，施之以天地之造。比者召自廬里〔四〕，賜對宴間。曾微塵露之裨，收此桑榆之景。麟臺復建，既先諸子之鳴；鳳閣方虚，更濫群英之吹。且於廷謝，錫以身章。

敢辭濡翼之譏，秖重臨淵之懼。此蓋伏遇皇帝陛下堯仁廣被，湯德又新。飭蠱壞於傾否之時，奮乾剛於撥亂之志。宵衣旰食，纘周室之丕基；藏疾納汙〔五〕，廓漢皇之大度。故待人也輕以約，亦嘉善而矜不能。致是迯疏，有斯遭遇。臣敢不稍尋舊學，益慕前修。披肝膽以獻誠，或能千慮而有得；竭鉛駑以自効，庶幾十駕而可希。敢懷患失之心，永矢捐軀之報。臣無任感天荷聖激切屏營之至，謹奉表稱謝以聞。臣某誠惶誠恐，頓首頓首，謹言。

【校記】

〔一〕『責』，吴本作『貴』。

〔二〕『之』，吴本作『以』。

〔三〕『壯』，吴本作『長』。『鈍頑』，文淵閣本作『頑鈍』。

〔四〕『比』，原作『化』，據吴本、馬本、明寫本改。

〔五〕『汙』，原作『汗』，據吴本、馬本、袁本改。

提舉江州太平觀謝表

臣某言：臣昨任中書舍人，二月二十二日，准尚書省劄子，奉聖旨，罷中書舍人，提舉江州太平觀，任便居住，仍免謝辭。臣於當日出門，至本貫衢州開化縣。尋准告命，已祗受訖者。承乏冒榮，久知非據；辠深責薄，仰戴厚恩。感極涕零，捫心增懼。臣某誠惶誠恐，頓首頓首。伏念臣戇迂成性，憂患俱生。無乘機應變之才，有至愚極陋之累。束髮從仕，浪懷畎畝之忠；詣闕上書，妄陳蠡管之見。少不歷事，愚無所知。方權臣立黨以錮人，而以謂當兩忘元祐、熙豐之別；省檄講求於遺利，而以謂不若罷明金、花石之綱。雖云應詔以獻言，要爲越職而多事。棲遲選調，蓋十六年；出入効官，於今三紀。晚逢聖主，誤被睿知，召從田廬，亟寘詞掖。夫以權德輿之器業，李衛公之才猷，宋綬之該通，韓維之方格，乃始不由科第，自致清華。又若楊大年之一世英豪，歐陽脩之諸儒領袖，安石之經術，蘇軾之文章，故皆不待試言，徑司辭命。如臣何者，濫繼前修。續貂之誚是慙，窺豹之知曷有。以兹感激，誓竭鉛駑。念平生愛君憂國之誠，儻庶幾千慮一得之効。居懷尸素之懼，竊恃奬知之私。每有陳論，頗蒙采擇。迄緣蜚語，暴著宿愆。職在守符，不能効死而弗去；時方奮武，是宜明罰以示懲。罪櫱久萌，駭機當發。尚霑微禄，畀侍殊庭。復鴈門之踦，雖非素望；失常山之守，仰繫曲全。此蓋伏遇皇帝陛下稽古聰明，遵王好惡。每於刑政之舉，不忘忠厚之思。致此愞庸，終繫寬惠。臣敢不撫躬知感，齰舌省愆。年迫桑榆，無復報恩之所；身依松檟，長爲僥幸之人。臣無任感天荷聖激切屏營之至，謹奉表稱謝以聞。臣某誠惶誠恐，頓首頓首，謹言。

集英殿修撰謝表

臣某言：今月十九日，伏奉告命，授臣依前左朝奉大夫、充集英殿修撰，差遣賜如故者。負釁投閑，居懷惴惕；均鼇肆眚，與被甄收。承命若驚，銜恩知感。臣誠惶誠恐，頓首頓首。伏念臣戇而自信，愚不知機。少也好修，弗踰繩墨之外；壯而多事，妄懷畎畝之忠。叩閽蚤麗於丹書，隨牒俄嗟於皓首。及稍寬於黨禁，遂浸列於周行。再遊東觀著作之廷，三與南宮牋奏之末。邅迴久次，黽勉一心，辭職奉常，獲守匹夫之志；分憂樵李，敢言循吏之能。屬當陧杌凋敝之餘，而行還定安輯之政。軍旅誠非於素學，撫綏方盡於夙心。決知綿薄之才，難抗猖狂之虜。利兵堅甲，既無吳會之師屯；高城深池，又異江湖之天險。度不能嬰城而死節，固不敢開門而請降。蚤夜以思，進退惟谷。先奉宰臣之委教，且言朝命之已頒，苟守禦之力既窮，則遷避而行亦可。方出城之次日，適被召於行朝〔一〕。而宣撫使藏怒久深，幸災而發，怵吏兵而誘亂，揭捕賞以見要。劾以深文，期於必死。仰賴皇明之旁燭，不俾怙威而肆行。趣至永嘉，許歸故里。恭惟拯溺捄焚之意，可謂生死肉骨之恩。顧影捫心，淪肌刻骨。晚蒙睿獎，擢寘從班。念小己之難勝，繄厚恩之宜報。事君盡禮，敢萌貪榮患失之思；操心也危，每有私憂過計之累。宿愆難赦，孤迹易搖。讟訶實出於自貽，全貸終歸於天造。旋膺出綍，誤俾分符。復再致於煩言，徒仰喧於聰聽。茲緣大享，爰發渙恩。敢圖雨露之霑，俯暨朽枯之質。稍垂甄叙，曲被記憐。念疇昔以知非，皆冥頑之所致。此蓋伏遇皇帝陛下堯仁丕冒，湯德又新。日就月將，方緝熙於大學；雲行雨施，期潤澤於群生。思以任賢使能而致中興，故雖片善寸長而不終棄。顧惟奇賤，適有遭逢。愚闇無知，悔莫追於往咎；衰遲待盡，情猶切於慕君。寒灰無冀於復然，病馬尚蘄於終惠。誓當糜隕，少謝生成。臣無任感天荷聖激切屏營之至，謹奉表稱謝以聞。臣誠惶誠恐，頓首頓首，謹言。

【校記】

〔一〕『朝』，文淵閣本作『間』。

徽猷閣待制謝表

臣某言：伏奉告命，授臣依前左朝奉大夫、充徽猷閣待制，差遣賜如故。臣尋具奏辭免，准尚書省劄子，奉聖旨不允。臣已望闕祇受訖者。竊祿真祠，久慙素食；升華延閣，復玷清班。仰戴聖恩，俯慙非據。臣誠惶誠恐，頓首頓首。伏念臣才非强濟，性實戇迂。仕則慕君，不自量其愚賤；學思爲己，期無玷於操修。不敢枉尺以直尋，率常進寸而退尺。名書邪籍，知芹獻之已踈；力盡陳編，愧管窺之時見。晚逢睿哲，驟辱獎知。拯之水火之中，召自漁樵之野。冠蓬山之衆俊，已媿無堪；陟鳳閣之華資，深知不稱。仍持末學，入侍清光。塵飛何益於太山，螢照難施於赫日。曾微補報，自取譴訶。庇身俾託於殊庭，就食即安於故里。感恩念咎，却掃杜門〔一〕。想魏闕以馳神，卧漳濱而永歎。何圖洪造，曲記孤蹤。不遺簪履之餘，復置論思之列。懇辭不遂，成命莫回。昔張敞以罪廢屏居，卒見收於後効；劉毅雖年耆偏疾，亦不棄於公朝。顧臣何人，有此厚幸！此蓋伏遇皇帝陛下乾坤侔大，日月並明。沛然雨露之施，渙若風雷之發。春生秋肅，莫非成物之仁〔二〕；賞慶刑威，咸出至公之造。求賢用吉士，方遠迹於周王；嘉善矜不能，每同符於古訓。市骨冀來於駔駿，采葑無間於卑微。有如悃愚，弗忍遐弃。臣敢不永思報稱，仰服恩榮？顧雖顛沛之間，無忘素守；苟有捐糜之會，敢愛餘生？臣無任感天荷聖激切屏營之至，謹奉表稱謝以聞。臣某誠惶誠恐，頓首頓首，謹言。

【校記】

〔一〕『却』原作『劫』，據吳本、馬本、明寫本、袁本改。

〔二〕『成』吳本作『生』。

太上皇帝升遐慰表

臣某言：承衢州告報，准尚書省劄子，太上皇帝升遐者。哀纏率土，臣庶攸同。臣某誠哀誠切，頓首頓首。恭以太上皇帝天臨海寓，二紀有餘。安享太平，恩涵動植。變生意外，北狩未還。天下嗚嗢，痛心引領。何圖厭世，遄返帝鄉。万里訃聞，攀號何及！伏惟皇帝陛下孝思罔極，聖情難居。臣屬領宮祠，遠居閭里，不獲奔詣行闕奉慰。臣無任仰天望聖哀摧辟踊之至，謹奉表陳慰以聞。臣某誠哀誠切，頓首頓首，謹言。

寧德皇后上仙慰表

臣某言：承衢州告報，准尚書省劄子，寧德皇后上僊者。哀動妃嬪，悲深臣子。臣誠哀誠切，頓首頓首。恭以寧德皇后蚤以徽音，進儀坤德。爰從北狩，未遂南歸。豈意災凶，遽鍾荼蓼。伏惟皇帝陛下孝思方切，哀慕兼深。臣屬領宮祠，遠居閭里，不獲奔詣行闕奉慰。臣無任仰天望聖摧痛屏營之至，謹奉表陳慰以聞。臣誠哀誠切，頓首頓首，謹言。

衢州發賀天申節表

臣某言：樞電告祥，緊一人之有慶；嵩呼効祉，期万壽之無疆。率土歸心，後天爲禱。臣某誠懽誠抃〔一〕，頓首頓首。恭惟皇帝陛下體乾御極，修己安民。天誘其衷，將啟中興之運；日新其德，迄成無競之功。八千歲之春秋，荐膺景貺；萬億年之基業，永庇群生。臣屏迹漳濱，馳心魏闕。莫簉鴛鴻之列，徒傾葵藿之誠。臣無任云云。

【校記】

〔一〕『抃』，馬本作『忭』。

疏

右，伏以申命用休，爰啟中興之運；誕彌厥月，屬當長養之時。四海傾心，三靈垂祉。及此虹流之旦，咸伸嵩呼之誠。恭集勝因，仰資睿筭。皇帝陛下，伏願配天其澤，如日之升。保大定功，振無前之偉績；興衰撥亂，固不拔之丕基。多壽多男，願効華封之祝；如山如阜，請陳《天保》之詩。臣無任瞻天祝聖激切屏營之至，謹錄投進以聞。謹進。

辭免開府儀同三司表宣和年代作

大號載揚，隆恩下及。理難虛授，豈無千一之思；天或可回，敢避再三之瀆？仰伸虔懇，終冀矜從。伏以禮樂具興，固匪有司之事；台衡是視，兹豈賞勞之官。敢持窺管之勤，冒據析圭之典。矧力小任重之戒，所懼疾顛；方循名責實之時，寧當濫予。伏望皇帝陛下俯照誠悃，曲賜全安。將相兼資，灼知其難强；絲綸成命，特寢於異恩。誓守教忠，少酬愛德。臣無任。

代宣和殿學士表

臣儵言：伏蒙聖慈特除臣宣和殿學士者〔一〕。控辭莫達，難回渙汗之私；申命有嚴，遂拜出綸之賜。恩榮過厚，慙悸靡寧。中謝。切以殿閣昈分，宣和爲清燕之首；簪紳森拱，學士列内朝之班。規模蓋出於宸心，選置必由於睿鑒。雖二府鈞衡之任，造次莫前；唯萬幾聽斷之餘，於焉居息。靜則娱神而觀妙，動則泛應以曲成。儲精溟涬之先，游意古今之表。司存於此，世論甚榮。既瞻道德於後前，復備聖神之顧問。苟博洽瓌奇之士，使得親法座之顒卬；其論思獻納之官，猶難望清光之彷佛。況如臣者，自愧蔑然。幼懷學禮之心，偶叨上第；居守趨庭之訓，僅比中人。以無庸忠謹之資，當不世便蕃之寵。第深虞於幽黜，曾何補於聖時。積有冒踰，更塵超陟。此蓋皇帝陛下順帝之則〔二〕，如日之升。曲推善貸之仁，下委容光之照。不鄙行能之無取，灼知心腹之靡他。肇祕殿之新名，躐群髦而首用。置之左右，益示眷知。列戟相望，父子逢辰於千載；峩冠入侍，弟兄並直者四人。實當世之莫儔，豈素懷之敢及。誓殫夙夜，少答生成。臣無任。

【校記】

〔一〕『慈』，吳本作『恩』。

〔二〕『帝』，文淵閣本作『天』。

北山小集卷第二十一

啟書

謝著作佐郎啟

半世江湖，無復彈冠之意；薄游都邑，居懷索米之慙。敢期瓦礫之餘，謬玷絲綸之渥。所蒙非據，以寵爲虞。竊以中古以還，倚儒而治。以謂用非所養，則遇事或難於任重；學優而仕，則立朝無愧於面墻。苟陵阿之育未加，則薪槱之圖曷繼。故有絶編已老，莫知經濟之方；素宧稱賢〔一〕，或出草茅之士。顧誰差之不預〔二〕，豈才智之可誣？是故祖宗以典籍之司，以爲公卿與侍從之選。期獎成於望實，斯致慎於柬求〔三〕。以褎然晁、董之流，猶試言而後授；雖卓爾軻、雄之學，有陳義而力辭。人唯允諧，世則知貴。典墳具在，縱觀海宇之奇書，策牘兼資，多識朝廷之故事。抑磨礱其器質〔四〕，且殫洽其見聞。或許從宴閒之游，或訪以圖回之務〔五〕。唯其養之有素，則亦用之弗疑。鴻惟上聖之臨，益著右文之效。股肱心膂，既相與立太平之基；杞梓珪璋，又兼收爲無窮之用。來英髦於數路，達遺滯於四聰。雲構百梁，屹天衢之左界；龍章八法，煥紫殿之中居。儼群玉之大開，仰奎文之下屬。合三館一時之彦，登瀛洲者十有八人；續六官九聚之書，紬金匱於數千百載。惟蘭臺之接武，實麟閣之椎輪〔六〕。文若孟堅，徒爲令史；博如束晳，僅得佐郎。然裁成漢代之陽秋，無出其右；比次汲書之科斗，可考而知。自非宏達之才，曷稱招延之美？如某鈍頑無似，孤賤數奇。早迷速化之方〔七〕，幾成獨學之陋。束髮爲養，華首益窮。嘗聞君子長者之風，每盡乘田委吏之義。竊信簡編之載，妄興甽畝之懷。時非弗逢，事或大謬。一官不偶，遂將歸老圃之疇；二頃無田，又時爲祿仕之隱。實委心於窮達，聊寄適於藝文。若將終身，奚暇外慕。何圖名姓，誤辱蕒揚。釋其州縣之勞，命以編摩之職。逮從匠屬，復厠英游。況舉袂成帷，時固多於俊異；而上車不落，獨何取於惷庸。此蓋某官斧藻聖猷，帡幪士類。索淵微於繫表，應事物於道樞。學該今古，而不忽於寸長；用周小大，而兼容於衆善。致茲連蹇，稍與選掄。念固窮難進之餘，粗知分義；當省官遴選之際，尤覺叨踰。敢不稍緝舊聞，益堅素守？仰副甄收之本意，永銜温厚之華褒。誠知背上之毛，何加於六翮；儻比管中之豹，時見於一班。過此以還〔八〕，未知所措。

【校記】

〔一〕『宧』，原作『宦』，據文淵閣本、袁本改。

〔二〕『誰差之不』，文淵閣本作『經猷之末』。

〔三〕『柬』，文淵閣本作『旁』。

〔四〕『器』，吳本作『氣』。

〔五〕『回』，文淵閣本作『治』。

〔六〕『閣』，原作『止』，據文淵閣本改。

〔七〕『速化』，文淵閣本作『趨嚮』。

〔八〕『還』，吳本作『往』。

蔡少師問候啟

日者某官抗節撫邊，祖車戒道，獲走違於郊舍，徒群簉於賓階。瞻行色以增懷，曾立談之弗及。顧難將母，莫敢請從。矧才略不足以贊咨諏，筋力不足以先士伍，空承素睠，何異衆人？違德以來，馳誠滋劇。近請見令似，審比收家問，已次趙州。仰惟綏御之餘，懋膺神物之相。少保相公，九官稱首，一德承君。美常武於徐方，召公是似；授恩言於帝所，相度來宣。諒堅體國之忠，益廣周詢之實。不測不克，以修我戎；嘉謀嘉猷，入告乃后。上以安社稷，下以庇生靈。永爲黔首之依，以盡赤心之報。是則子孫奕世，將慶澤以無窮；豈止功德兼隆，與皇基而同固矣。伏見五月晦日御筆，頗勤旰食，切責憲臣。蓋聞德博之郊，似有潢池之聚。雖鼠竊狗盜，隨即誅夷；然鳥與獸窮，或能啄博。願循其本，益戒弗虞。當令無外之春臺，歡謠擊壤；肯使好生之赤子，流血成川？某昨在江湖，每窺詔札，觀丁寧於睿旨，深惻怛於斯民。固知堯舜之仁，蓋出生成之性。父老或至於感泣，神祇因是以介休。仰寬北顧之憂，實賴中權之重。惟時溽暑，願體睠懷。計多吐握之勞，無爽應酬之節。少保相公弼諧侍極，德望冠朝。英才皆入於彀中，風采想聞於天下。竊料遠方之吏屬，皆思自達於門闌。鳳凰高翔，爭先睹之爲快；江海善下，固不辭於細流。豈惟陰察雋異之材，抑以博詢攻守之計。固無損於威重，但益隆於具瞻。當復隱如長城，還師衽席之上；固已沛若時雨，折衝尊俎之間。闡聲教於遐陬，同華夷於壽域。即趨嚴節，遂秉鴻鈞。益殫素業之施，大慰蒼生之望。顧玆孤蹇，永託帡幪〔一〕。

【校記】

〔一〕『幪』，原作『懞』，據吴本、馬本改。

秀州回朱司業啟

右，某辭職奉常，丐歸故里。偶承人乏，付以郡章。莫分宵旰之憂，竊有淵冰之懼。敢圖盛禮〔一〕，辱況華緘。惟推與之過情，顧拙踈之難稱。恭以致政司業，才猷宏遠，望實顯融。荐更德教之官，夙著循良之譽。挂冠高蹈，既欽知足之風；拔薤良規，方佇不言之教。屬拘符組，阻造門闌。傾佩之私，敷宣罔既。謹奉啟謝，伏惟照察。不宣。謹啟。

【校記】

〔一〕『禮』，吴本作『德』。

祕省回館職啟

某啟：伏承給札禁林，升華冊府。投戈息馬，方企想於中興；闢館崇儒，稍追還於故事。育才之樂，從古則然。恭以校書學士譽振賢關，學探理窟，敢意百罹之後，復觀萬選之求。方掞藻以奏篇，已出綸而錫命。搜蒐有得，固皆席上之珍；領袖非宜，徒切在前之愧。華緘誤及，盛意有加。佩戢之私，敷宣罔既。

復集英殿修撰謝宰執啟

一官祠館，方同長孺之禿翁；四載家山，少謝周顒之逋客。何圖湔拂，浸沐甄收。仰戴聖恩，次銜鈞造。伏念某生而奇蹇，少則迂疏。干祿代耕，粗守羔羊之節；讀書爲學，固非青紫之求。竊抱畎畝惓惓之忠，妄希鄙野區區之獻。挂名邪籍，連蹇半生；隨牒官塗，侵尋三紀。及稍寬於黨禁，遂浸列於周行。再遊東觀著作之廷，三與南宮牋奏之末。邅迴久次，黽勉一心。辭職奉常，獲守匹夫之志；分憂樵李，敢言循吏之能？屬當隉杌凋敝之餘，而行還定安輯之政。軍旅誠非於素學，撫綏方盡於夙心。決知綿薄之才，難抗猖狂之虜。利兵堅甲，既無吳會之師屯；高城深池，又異江湖之天險。度不能嬰城而死節，固不敢開門而請降。蚤夜以思，進退惟谷。先奉宰臣之委教，且言朝命之已頒。苟守禦之力既窮，則遷避而行亦可。方出城之次日，適被召於行朝。而宣撫使藏怒久深，幸災而發。怵吏兵而爲亂，揭捕賞以見要。劾以深文，期於必死。仰賴皇明之旁燭，不俾怙威而肆行〔二〕。趣至永嘉，許歸故里。恭惟仁聖拯溺捄焚之意，豈非天地生死肉骨之恩！顧影捫心，淪肌刻骨。晚蒙睿獎，擢寘從班。念小己之難勝，繄厚恩之宜報。事君盡禮，敢萌貪榮患失之思；操心也危，每有私憂過計之累。宿愆難赦，孤迹易搖。譴訶蓋出於自貽，全貸實由於天假。姑行白劄，庸示薄懲。至若謟附蔡攸，初無實狀。編摩累載，迄罷局而不遷；著作冒居，乃輔臣之擬進。居未嘗備提舉道錄祕書之屬，出未嘗從宣撫河北陝西之行。顧危言異論以取惡則有之，若諂笑脅肩以苟容則蔑矣。向少加於巽入，已久被於超遷。及在嘉禾，實當空道。屬大將親擒於逆賊，而旋師取道於列城。是惟臣子之讎，實快神人之憤。咸致幣將之意，以勞王師之歸。若其禮數之差殊，則繫守臣之奢儉。自衢至越，益厚有加。蕞爾之邦，呺然何有〔二〕？不供是懼，求福則那。饗將士之衆多，纔衢杭之十二。姑以畢事，幸無違言。安知貝錦之成，指謂金柸之獻。播之四遠〔三〕，醜矣厚誣。每中夜以籌思，何横罹於汙衊。言之奚益，天實有臨。諒深曉於精微，亦具知其曲折。昨蒙鈞冶，假以郡符。反再致於煩言，徒仰喧於公聽。兹緣大享，爰發渙恩。敢圖雨露之霑，俯暨朽枯之質。稍垂收采，實自陶鎔，怵惕少安，帡幪有地。此蓋僕射相公幾深成務，文武憲邦。膏澤四方，欲躋民於仁壽；佐佑一德，期致主於唐虞。佇觀淝水之勳，豈但澶淵之役。至於求士爲國，事君以人，重輕不爽於權衡，若否無逃於水鑑，較之前哲，則又優爲。既適緇衣之宜，益茂菁莪之育。有如疏遜，夙被奬知。終然頑鈍之資，遂託鑪鎚之末。桑榆晼晚，雖懷報國之心；丘壑棲遲，無復赴功之念。所蘄終惠，俾遂餘生。銘佩之誠，肺肝難喻！

【校記】

〔一〕『威』，原作『戚』，據吳本、馬本改。

〔二〕『有』，吳本作『守』。

〔三〕『遠』，吳本作『方』。

復待制謝宰執啟

毁瓦畫墁，久竊真祠之祿；簪筆持槖，再塵法從之班。誤膺綸綍之恩，仰愧陶鎔之賜。伏念某生而孤蹇，老益鈍頑。操心也危，每慎樞機之發；臨事而懼，不踰繩墨之間。洎忝備於論思，益勉圖於報塞。斷斷之愚曷有，區區之意已疎。省咎空山〔一〕，驚五年於過隙；嘘枯寒谷，與萬木以皆春。怵惕靡寧，帡幪有在。此蓋伏遇僕射相公忠嘉致主，勳略濟時。八柄詔王，畢協至公之道；百工熙績，率由亮采之功。既樂善以達人，每棄瑕而觀過。致兹拙戇，亦預甄收。病馬已疲，豈有騰驤之意；老樗無用，庶全擁腫之生。過此已還，未知所措。

【校記】

〔一〕『咎』，原作『各』，據馬本改。

回劉吏部賀冬啟

右，某啟：天統首三，群陰下伏；陽爻生一，萬物始滋。聿觀消長之宜，實惟君子之慶。提宫吏部才推俊造，行藴粹良。比膺上聖之知，荐歷中臺之選。承流便郡，方觀豈弟之宜；均逸真祠，聊遂燕間之適。履兹令節，倍擁殊休。佇迎愛日之長，即奉賜環之召。未遑馳問，先辱貽書。愧戢之深，敷宣罔既。

回劉吏部賀正啟

右，某伏以一氣回春，物奏棣通之始；三陽用事，時更平秩之端。實君子之攸宜，惟福祥之來萃。提宫吏部周才濟務，吉德禔身。自膺郎選之華，荐更邦治之寄。踐揚兹久，裨益諒多。比辭共理之榮，聊從均逸之請。履兹新序，倍擁殊休。面慶無階，方深馳頌；貽書誤及，良佩眷勤。悚戢之情，敷宣罔既。

答鄭教授書

八月十二日，某叩首，教授恭老承事：某禍罰待盡，斬然哀疚之中，執事亟見臨。雖荒憒未能究所蘊，然嗜學不苟，有志於道，固已得其槩矣。今者辱况以書與所爲文六篇，且告以讀書業文恨不及古人，爲文以示人，或過情面譽，又恨世之人莫可與言，而思先進於是者，出其有以警其所未至，而猥以見推。雖公之嗜學則然，而猥以見推與夫稱借之辭，皆非所敢當也。然講學廢久矣。古者士相與處於燕間，其所謂切磨之益者，爲是故也，豈獨師長之任哉！然古之所爲講學者，行與文而已。蓋文之用於世尚矣！六經百氏皆文也，世之人有以經誼、文辭判爲二，是既其文，未既其實也。且六經者，義理之所在也，文而不根於理，何足謂之文哉！ 文固不可以易言之也。 昔之作者自六經百氏、世傳之史、方外之書無不讀之，而後取舍、是非了然於心也。 探其原，撮其英華而摭其實，汪洋閎肆，充然於內也，而後時發於文辭，故不詭於聖人之道，經世而行遠者，皆是物也。 其粲然者，我之文也。 而資焉者，實六經百氏、載籍之傳而吾自得者也，然而莫見其迹也。 譬之飲食，稻粱、膾炙、醬醢、果蔬無不食也，所以養其血氣、充其體膚者，不可以枚數也。 而涣然漸漬於內，盎然浹於吾之身者，實飲食之滋也。 若夫食飯一升則果然如飯者長於背，食炙一臠則塊然如炙者隱於面，則亦不可以爲人矣，非是之謂也。 故知誦六經百氏、歷代載籍之傳以發於文辭者，非一日之積、猝然之功也，是所以貴於學也。 發而見於行已，一也。 然則文固不可以易言之也。 觀執事之文，如所示書及策問，比《下蔡縣門記》、《毛內相書》，似有間矣。 以歲月求之，適數年耳，而進之不已如此，其未可量也。 誠愛吾子才質之美，於微言細事皆若不苟，又嗜學如此。 既有意於是，從事之久，且知其不可以易言之也，蘄至於古人之所至而已。 某空無有，辱吾子之勤，敢以鄙見陳於前，惟擇之而已。 荒憒不文，得一忘十，不能卒所談寡淺，尚冀面款。前日所言文章以氣爲主者，非豪舉怒張、高言急節之謂也，如柳子厚之所云殆是，不次。 某叩首。

答羅竦貢元書

某頓首。 貢元叔恭足下： 昨者一見嘉作，僂然異之，又聞足下謹厚修飭人也，以是益願見。 前日辱過臨，佩戢盛意，雖猝然未得子之所安，然求之貌言，略足信所聞矣。 竊叩華胄，則又吾先君故人之孫也，不知跫然喜、愀然感以歎也。今又不鄙遺書，若見所畏者，是豈寂漠之濱僻野之士所宜得於俊造者哉！上言得於溢美之傳，致所以相慕用之私；下言幼壯遊四方，必求名山勝境而觀焉，舉夫會稽禹穴之竒用以見況，皆非鄙陋之所敢當者也。抑豈足下將以騁辭流離，快其筆端，姑借僕以爲柄耶？不然，豈有是也？皇恐皇恐。某數竒，性復狷介，苟微禄以就養，分宜自放於江湖，乃適著身勢利之區。夫三吳，勢利之區也，而以寒士寓其間，是以閉關衡陋，寖與人絶。雖有新故之交，相忘不敢以爲尤，相呴不敢以爲悦。且人各有趣，又敢汲汲於臭味哉！王君所謂唯恐人之不己親，非也；而足下因以爲無棄人，則又過矣！夫位高而勢便，望重而言信，士依以爲升沉輕重者，而有好善之心，則唯恐失一士者有矣。至於戰國之王侯公子以士爲市〔一〕，以成其借交推刃之事者，其急士亦然。蓋不足以得士矣。不則窮悴不堪其憂，顧以車馬在門、賓客之衆爲己重，又其下也。由前之説，則非僕之任；由後之説，則僕之所耻也。是三者無一焉，矧若僕之無似，又寒士也，其於人亦安置棄不棄於其間哉？雖然，窮居荒凉，無與晤語，若夫相與探六籍之微言，閲千古之得失，足以卒歲而忘其窮者，此固某之所樂也。況如子之才懿，許以屢顧，所欣望焉。區區更需面謝，不宣。

【校記】

〔一〕『王侯』，吳本作『侯王』。

呈寄居官員咨目

某咨目，頓首，上里居大夫諸公執事：　即日伏惟尊候萬福，恐煩教答，不敢一一奉狀。某潦倒不才，承乏於此，方冬多事，苟思慮所及，備禦所應，不敢不勉也。然地勢險易，山川走集之衝，何所可以控扼〔一〕，何所可以設伏，何所可以置烽燧；　何人可以率土豪，如何可以無内虞，如何可以待外寇，與夫措置有所未至，郡政或有失宜，蓋非里居諸公不能知也。有以教之，幸甚！　儻使因衆智、合長筭，庶幾用以保千里之人，塞共理之責，則不唯某也幸，諸公之松楸廬里亦恃以安焉。不勝竦竚之切，敢布腹心，伏惟裁察。　謹奉咨目，不宣。　某頓首。

【校記】

〔一〕『何』，原作『河』，據吳本、馬本改。

回柯暘刑部簡

某皇恐再拜。　某拙疏不才，承乏於此艱危之時，所冀里居賢士大夫有以教督助成之，俾安輯一邦〔一〕，上不貽朝廷憂，下有以尉人心，不負愧罪，乃所望者。　近城中排比保伍，蓋欲使姦盜無所容，私酤禁榷可以相察，官吏之利，亦百姓之利，尤爲士大夫與富家大室之利也。　二十五家，每夜五家，各出一人，一月不過六次。若使家自防守，不如合衆人之力。故一家所出不過一人，而其餘二十四人皆吾防警之人也。使行之有緒，則姦盗無所容，而使吾高枕而卧者，豈非衆人之力而士大夫、富家大室之利乎？今蒙公狀及示簡垂喻，以所居乃賃屋，不出人力夜巡。若如公言，則比户細人皆是賃屋，皆不當與保伍巡警矣。若唯有屋者乃出巡警之人，則城中有房廊百間者，當不問官户與百姓，當出百人矣。明公以謂如此可行否？又蒙示喻，忝曾任監察御史以上，委的無人，可以代巡。漢三公子戍邊，今官户亦出役錢，城中若官户輒免，則所餘無幾，保伍之法不可行矣。公家失賊，保内之人必有捕限；公家有火，保内之人必救援。彼二十四家雖賤，皆身爲公役；公雖貴，乃不肯五夜出一人力與衆夜巡。明公以謂如此於心安否？建康、平江、杭州皆以保伍夜巡，已有成效，而秀州獨蒙明公一人不聽者，但以小郡郡守官卑不才故耳。况防秋在近，所當措置者莫非干衆之事，若皆蒙明公首破衆例，而必令州郡俯首聽命，則某不復可爲矣。即當備述此事，自劾不才，謹避左右矣。惟閤下深思而痛察之，幸甚甚！

【校記】

〔一〕『邦』，吳本作『方』。

北山小集卷第二十二

外制一

拱衛大夫宣州觀察使劉公彥差同管客省四方館閤門公事

敕：治朝之法，諸臣之位，詔相獻予之宜，所以辨上下、正班爵、昭德而别微者也。自省方東南，典文或闕，綿蕞草創，失其故者尚多，稽參古今，折中潤色，未遑暇也。然率其屬以共其事者，亦可不慎所擇哉！具官蚤以世勞，荐更器使，積官纍伐，不專爲恩，亦既顯融，致位廉察。予惟董正朝會、賓客禮容之事，舉以命爾。夫出入省闥，給事左右，其任固亦親且重矣。惟暨乃僚，恪居厥職。惟祗惟慎，服我寵休。可。

朝奉大夫起居舍人侯延慶除右文殿修撰與郡

敕具官：右文邃在中秘，著撰之職，號爲高華。異時言動之史，出守四方，得是者鮮矣。爾敏晤文采，稱於輩流；慨慷赴功，見於已試。出入郎省，才能益明。曾未幾時，簪筆殿陛。而以親來諗，自詭治民。顧宣力之何如，在中外而奚間？升華書殿，且畀郡符。豈惟便爾之私，抑以成吾忠厚之政。服此休命，往其懋哉！可。

席益徽猷閣待制與郡

九月二十一日〔一〕，三省同奉聖旨：『朕以眇躬，獲主大器。居位五祀，而王室益微。念兹永懷，慘若焚灼。比因宗祀明堂，投誠上帝，冀獲悔禍，以雪神人之耻。而赦文夸大，悖咈朕心，方夕惕若。又除吕頤浩麻制，首爲「中天而興聖緒，兼創業守文」之言，徒使四方，誚于有識。席益可與外任。』九月二十二日三省同奉聖旨。

勑：朕以眇躬，獲主大器。遭時杌隉，國勢未振。夕惕以思，心焉如灼。播告厥旨，實在執筆之臣。而乃矜功於肆眚之文，廣己於求助之際。其言夸矣，朕甚恧焉。具官夙以言揚，見推警敏。贊書持橐，亦既有年。號令之間，宜知國體。失辭若此，謂天下何？解掖垣之近班，仍西清之舊物。往有民社〔二〕，尚其欽哉！可。

【校記】

〔一〕『一』，吳本作『二』。

〔二〕『有』，文淵閣本作『治』，文津閣本作『司』。

孟庾除户部尚書

敕：《周官》以司徒制天下之地征，而均節財用者冢宰。宋興以執政領天下之漕計，而調度出納者三司。繇兹有來，代有因革。今則成周之法，祖宗之制，凡宰輔攸司之守，舉而歸諸户部矣。然則爲之長者，顧不重哉！具官學不泥古，才足濟時。憂國首公，見於華皓。高密之政，有循理之稱；睢陽之守，有扞成之節。朕付以邦計，擢之貳卿，足兵食於垂罄之餘，備典禮於時邁之際。事不愆素，官無乏共。是用冠以納言，陟之常伯。豈徒益觀於來効，抑以昭勸於赴功。然方今民力已窮〔一〕，軍旅之事未息，節以制度，當務所先。非予率之以樸儉，無以化谿壑之侈心；非爾去敝於因循，無以紓黔黎之深瘵。唯民不加斂而國用足，則予汝嘉。可。

【校記】

〔一〕『窮』，吴本作『勞』。

知岳州袁植贈直龍圖閣

敕具官：迺者盜發江表，虔劉郡邑，姦凶乘間爲長虵封豕，以肆毒於一方。而爾適守岳陽，仗正不撓，卒與禍會，銜恨九泉。今御史列其冤狀與其所以怒寇之由，推原厥初，出於徇國。朕衋然傷之。

惟爾詞學之優，才猷之美，歷官臺省，綽有能聲。没身賊區，志士增慨。升華延閣，賚及後昆。庶其有知，歆此褒渥。可。

資政殿學士太中大夫提舉臨安府洞霄宫吕好問守本官致仕

勑：太上有立德，斯爲不朽之圖〔一〕；故國有世臣，亦慎進賢之舉。惟予先正，貽慶後昆。頃致位於燮諧，蓋兼隆於問譽。逮更變故，旋即便安。遽形告老之言，勉徇退身之志。具官某，孝悌之美，得於天姿；重厚之稱，信於士類。比中罹於黨錮，彌克守於家規。靖康之初，首被簡拔，亟躋諫省，遂總臺綱。掌邦政於文昌，贊皇猷於鈞軸。肆予纘紹，俾復疑丞，嘖有煩言，寖辭劇職。奉祠均逸，既歷於歲時；謝事言歸，不愆於雅素。覽公車之需奏，即秘殿之崇資。用以寵綏，益全終始。庶無勞於夙夜，幾永介於壽康。可。

【校記】

〔一〕『朽』，原作『杇』，據吴本、馬本改。

秦某與緋章服除直祕閣與郡

勑具官某：爾以俊造，策名儒科。寄任荐更，遂躋郎省。屬爾同氣，爲予相臣。惟合治之相臨，擢以秘職，錫之身章，併示寵綏，且有申援故常而自列。召對便殿，悃愊無華，敦樸之風，見於言貌。擢以秘職，錫之身章，併示寵綏，且有申命。夫入爲尚書郎，出爲二千石，乃身在外而名直禁中，蓋儒者之榮而當今之高選也。惟克報稱，益恢遠圖。可。

席益差知温州

勑：永嘉閩粵之交，其俗剽悍以嗇，其貨纖靡，其人多賈，其士風任氣而矜節，爲之守者非達於政理，未有能成治最而厭輿言者也〔一〕。具官學藝之敏，稱於朝廷；疏通之才，適於權變。荐委重寄，未之或辭。毋輕小邦，猶足觀政。昔吾丘任連城之守，而名不稱於在前；嚴助去承明之廬，則職已違於侍從。惟爾之遇，於古有光。尚懋乃功，以答休寵。可。

【校記】

〔一〕『輿』，原作『與』，據吴本、馬本改。

劉寧止復舊職

勑具官：比以輸漕不繼，麗于刑書，於兹踰年，執事滋恪。而相臣交章來上，以謂曩者勤王之舉，饋饟是共，乃克濟兹，以成丕績。以功補過，誰曰不然？朕方搜羅英才，捐棄細故，雖疏遠未試，猶將熏沐而收之，况吾宣力内外而果藝不回之士乎？ 復職河圖，雖云舊物，尚體恩遇，益勵厥修。可。

九月二十三日三省同奉聖旨郭偉依已降指揮再任

勑具官：姑熟，江左之重鎮也。承平之時，號爲樂土。然處荆湘之下流，據采石之形勢，所以通淮南而輔建業，其置戍擇守，顧可付非其人哉！ 以爾才力方剛，慷慨自任，志在徇國，勇於赴功。迺者潰叛之徒，游魂四出，而爾登陴保聚，屢抗賊鋒，安輯兵農，斯亦勤矣。與其更選於長才，孰若因任於已試。進職一等，還之故官。唯息疲瘵，則可以固民心； 唯謹綏馭，則可以奮武衛。克邁予訓，尚有寵嘉。可。

迪功郎張滉改官

勑具官某： 惟樞臣浚，開濟忠略，勤勞王家，經營三川，以至關輔，朕甚賴之。以爾同産之親，久從幕府，請以故賞，貤爾京僚。朕方思勸宣力之臣，成乃弟之美，豈有愛於一官乎？ 尚克欽承，以圖報稱。可。

尚書右僕射秦檜封贈〔一〕

曾祖贈太子少保某贈太子太保

勑：朕思濟艱難，以圖恢復。眷惟輔相之舉措，實繫邦家之安危。斷自朕心，既得良弼，推慶貽之所自〔二〕，宜錫命之有加。具官曾祖某，獨善在躬，懷才不試。高尚其事，蘭茀服而彌芳〔三〕；文字之祥，源既深而益遠。種德百年之內，收功三世之餘。位冠百僚，忠邁前古。諒儀刑於遺範，斯衍繹於流光。是用下王綍以寵褒，陟儲宮之輔翼。庶見蓍龜之喜，以尉烝嘗之思。可。

【校記】

〔一〕『右』，吳本作『左』。

〔二〕『推』，吳本作『惟』。

〔三〕『服』，文淵閣本作『言』。

曾祖母永嘉郡夫人王氏贈崇國夫人

勑：朕觀載籍之傳，考興衰之緒，其流澤後世，俾衣冠之盛、孝悌之風益隆而不墜者，非獨世德之修而已，蓋有閫壼之助焉。具官曾祖母，克以內則，相其君子，其必有柔嘉之行，淑慎之儀，膳服適於親疏，慈祥足以矜式者矣。不然，何垂裕之深也？惟我次輔，爲世純臣。大國加封，雖云故事，有茲寵渥，其命則新。可。

祖贈太子少傅某贈太子太傅

敕：天人之際，世或以爲難知；報施之宜，理則疑於可待。故有積德不售，遺澤則深，在其子孫，合若符節。優隆之典，旌勸兼焉。具官祖某，成性守於宫庭，履信行於州里。表貴名於異代，遠慕王通之著書；竦公望於布衣，近希文正之憂國。朕圖柄任，爰得碩臣。推循祖德之修，實遺邦基之慶。惟青宫之高選，若師傅之古官。用賁家庭，以申異數。可。

祖母普安郡夫人俞氏贈嘉國夫人

敕：自漢魏以來至于今者，秦氏之世未有顯人。而丞相獨以儒學起家，忠節自奮，致位執政，遂登宰司。而俞氏之世，寂寥千載，亦無聞焉。夫畜之久，則其施必昌；發之遲，則其行必遠。內外蓄德，貽澤厥孫。具官祖母，惟禮惟法，無非無儀。化行於中饋，仁及於宗姻。遂成厥家，以有茲慶。既疏封於大郡，朕以爲未足也。嘉賓大國，錫命有加。肆寵爾私，抑以勸於爲善。可。

父任信州玉山縣令贈太子少師某贈太子太師

敕：　官無小大，惠足以及物者，其澤必長；　天無私親，位弗稱其德者，其償必厚。　惟善祥之不爽，知義教之有方。　顧兹褒贈之彝章，是亦報施之明驗。　具官述業該貫，禔身肅恭。　自奮賓興之書，無愧循良之吏。　弦歌之用，莫究厥施；　襦袴之仁，諒多遺愛。　密令之爲太傅，褒賢雖隔於當年；　于公之啟高門，陰德果昌於厥後。　是用舉封曹之懋典，極望苑之崇資，以成追遠之思，用顯流光之慶。　可。

母和義郡夫人王氏贈榮國夫人

敕：　士方隱約陋巷，棲遲小官，刑于室家，相與躬顧復之勤，保廉儉之操者，亦以成其子也。　子既賢矣，展忠純之節，都輔相之位，而親不逮養，此風木之況，古人所以深悲，而追榮之典，朝廷所以加厚也。　具官母，禮法是蹈，淑靖有聞。　廑身守約，既以飭其閨壼矣〔一〕。　以子知母，則慈嚴之教，所以薰陶成就者又可知焉。　疏封大國，庸示寵綏，抑以慰孝子之心云爾。　可。

【校記】

〔一〕「壼」，吳本作「閫」。

妻信安郡夫人王氏封鎮國夫人

敕：《二南》之詩，本於王化之基，而及於夫人之德。雖形四方、風一國，小大不同，然其所以循法度、奉烝嘗、致輔佐之宜，一也。具官妻，生于慶門，積習名教，克配君子，禮以自防。顧兹翊贊之勳，方且延登於揆路；豈無儆戒之助，固當覃慶於閨門。太行之東，鎮爲大國，疏封錫命，謂之小君。時惟懋恩，永其祗服。可。

端明殿學士正議大夫致仕黄裳

父贈金紫光禄大夫文慶贈特進〔一〕

敕：朕嚮者除地廣陵之陽，於是始郊，薦見上帝，均釐四海。追遠之贈，下及庶僚，而况侍從之老、出入四朝？加寵厥先，具有彝數，絲綸之出，豈有久近之間哉！具官父〔二〕，潛德不耀，晦迹里閭，是生時英，致位休顯。特進二品，地極文階，以賁九原，抑以爲積善之勸。可。

【校記】

〔一〕文淵閣本『特進』下有『二品』二字。

〔二〕『具官父』下原衍『具官』二字，據文淵閣本删。

母永寧郡夫人吴氏贈高密郡夫人

上詞同。具官母，云云。懿範有煒，嬪于德人，是生時英，致位休顯。高密大郡，疏封益隆，以賁九原，抑以爲積善之勸。可。

葛勝仲復顯謨閣待制

朕比以月正元日，涣發大號，紹休之志，用以紀年，以敷澤於天下。凡麗于刑書，無以遠邇，一皆去累滌垢，與之更新〔一〕。而况持橐屏翰、出入侍從之臣哉！具官某，蚤以文學，奮於朝廷。嘖有煩言，久去近著。吴興之政，民亦宜之。還職西清，不失舊物。尚體恩遇，益慎厥修。可。

【校記】

〔一〕『與』，原作『興』，據吴本、馬本改。

梁楊祖復徽猷閣學士

上詞同。而况屢將使指、嘗備法從之列者哉！具官某，昨總漕輸，虜寇大入。不共厥職，以抵譴訶。亦既累年，其還舊物。恩則厚矣，尚克有之。可。

陸宰復直秘閣

勑具官：上詞同。而况名臣之世、嘗備任選者哉！爾頃使畿西，虜寇大入。不共厥職，以抵譴訶。亦既累年，還之冊府。尚其靖恪，以答恩休。可。

責授單州團練副使宋唤叙朝請大夫〔一〕

朕比以月正元日，渙發大號，紹休之志，用以紀年，以敷澤於天下。凡麗于刑書，無以遠邇，一皆去累滌垢，與之更新。爾頃以辠戾〔二〕，公義弗容，屏之遠方，庶其循省。兹緣肆眚，復爾故官。尚務恪恭，以答恩宥。可。

【校記】

〔一〕『州』，原作『制』，據吳本、馬本改。

〔二〕『戾』，文淵閣本作『累』。

楊康國特贈徽猷閣待制

敕：鉤黨之禍，豈不痛哉！惟時怙權罔上之臣，實始斲喪忠良以騁志于天下。凡元祐、靖國儀刑之餘，守正之士，傅以大戾，舉而納諸丹書。朕用盡傷，思有優恤，而況殘酷之害被其閨門，而天下冤之者乎？具官才業之美，奮于昌辰。攝貳天官，升華書館，出入中外，時論具宜。遭罹以來，殆將三紀。待制延閣，雖非故官，時惟渥恩，以慰沉抑。可。

翰林學士汪藻龍圖閣直學士與郡

敕：法從之臣，居則獻納論思，分職率屬，以贊朝廷之治；出則賦政共理，以致吾澤於民。其所以隆體貌之恩、嚴陛廉之勢者，顧豈有異哉！具官某，簡亮通博，蚤以言揚，學問文詞，推於時雋。肆朕纘服，推自奉常。綸綍是司，出入五載。閔勞侍從之務，輟嚴助於承明；欲詳政事之宜，試蕭生於馮翊。寵以河圖之直，仍聯學士之班。往奮爾庸，副茲睠佇。可。

吏部侍郎黎確龍圖閣待制與郡

勅：上詞同。具官操修之美，信於友朋；學問之優，見於踐歷。比對揚之動聽，屬諫諍之須才。敷納之言，啟沃是賴。旋加明陟，俾貳天官。雖藉銓衡之公，閔勞侍從之事。是用舉河圖之内閣，即次對之近班。庸示寵章，尚有申命。往其祗服，益懋乃功。可。

吏部侍郎高衛龍圖閣待制與郡

勅：上詞同。具官敏彊之實〔一〕，稱於中臺；才術之優，見於出使。周旋浩穰，寖躐高華。召自外藩，陟之小宰。既更時序，益究云爲。雖藉云云。下詞同。尚懋乃功。可。

【校記】

〔一〕『實』，吴本作『質』。

同知樞密院事富直柔明堂大禮赦恩封贈

曾祖任尚書都官員外郎贈太師中書令兼尚書令追封韓國公言改封魯國公

敕：朕觀載籍之傳，考盛衰之緒〔一〕，君子之澤，或五世而方興；積善之家，信百祥之來降。植德之報，莫爾之隆。是生經世之臣，爲國元老；及我運籌之佐，乃其曾孫。慶賜方行，褒嘉可後？具官曾祖，周才不試，厚德在躬。修仁義於奥窔之間，委窮通於寒暑之序。馮唐老於郎省，曾無不遇之嗟；于公大其閭門，固有將興之兆。屬均釐於霈澤，舉開國之舊章。是用冠於五等之封，胙之東魯；仍以三公之貴，兼長中臺。足慰烝嘗之思，亦廣燕詒之慶。可。

【校記】

〔一〕『盛』，文淵閣本作『興』。

曾祖母韓國夫人韓氏贈魯國夫人

敕：天將賚良佐於有邦，以爲生民之庇，則必有休祥之兆，若警告於斯人者。此爾子之生，旂旄導從，天赦是承，所以發於夢寐而聞於國人者也。然則益昌厥後者，孰始基之？具官曾祖母，懿質淑範，來嬪德人；　仁愛之實，見懷姻族。身享孝養，極於顯榮。逮見其子出入將相，功德兼隆，爲母如是，亦可謂鮮儷矣！　而慶及四世，復亢厥宗。國有沛恩，肆加錫命。改封大國，亦禮之宜。可。

祖任武寧軍節度使太師守司徒致仕韓國公謚文忠弼追封魏國公餘如故

勑：　朕仰念仁祖聰明慈儉，燕及於萬方；　永懷宗臣端亮忠嘉，功昭于四輔。是爲不朽，施于後昆。肆予釐事之成，與享湛恩之被。具官某祖，賢業經世，王功在民。閑邪責難，莫如孟子之事上；盛德至善，有若武公之佐周。措國家於九鼎之安，息兵革於百年之久。逮茲塗炭之極，益見蓍龜之明。宜世濟之有人，知慶餘之不爽。舉斯寵典，表以大名。用易國封，且仍公位。亦何加於舊物，姑申命於恩綸。可。

祖母韓國夫人晏氏贈魏國夫人

勑：　景祐、慶曆之際，有舊學之臣曰臨淄公殊，以雋德遠業，克相睿明，樂善不倦，以得天下之英才，舉而進之，布在顯列，數世賴焉。是生賢女，作配人傑。福善之慶，逮其子孫。具官祖母，莊靜明淑，禮法具宜。閨門之中，有叙有愛。魚軒翟茀，命服贊書，而居有之，以至偕老。朕宗祀上帝，敷澤綿區。恩數首行於四鄰，寵綏上及於三世。無以加厚，易封大邦。匪唯告第之增華，抑俾有家之知勸。可。

父任右朝議大夫贈宣奉大夫紹庭贈太子少師

敕：朕爰以季秋，肇稱禋祀，冀獲神靈之佑，不替祖宗之休。遂敷錫於四方，且推恩於百辟。矧輔臣之濟美，知義教之有方？顧兹追遠之思，用舉彞章之舊。具官父，温恭是蹈，揚歷具宜。沛然《詩》《禮》之無違，遠矣德言之不朽。確守先志，懇辭官榮。是知豈弟之求，卒饗蕃昌之報。惟儲宮之二品，有訓導之六官，莫嚴於師，用以加寵。益闡家庭之慶，式慰春秋之懷。可。

母普安郡夫人劉氏贈彭城郡夫人

敕：士有砥節厲行，克承勳德之世，以保其靖共之美、廉潔之操者，苟無内助之賢，則亦不能成其志也。既相其夫以成其家矣，又有賢子爲吾輔臣。寵渥之加，則有舊典。具官母，其承上也順而正，其臨下也簡以慈。積善在躬，以有兹慶。屬合宫之大旅，均霈澤於多方。易彼故封，錫之大郡。既增榮於存没，亦用慰於劬勞。可。

故妻齊安郡夫人王氏贈太寧郡夫人

勑：先王制禮，與夫推恩接下之文，未嘗不本於人情也。夫相其夫於勤約之中，既已躬廉儉而同甘苦矣，而不共享其安榮，則追贈之隆，抑以慰其私爾。具官妻，賢淑有聞，宜其閨門，嬪于大家，安若素習。夭閼不壽，褒賁可忘？既疏錫於齊安，復進封於大郡。用均釐澤，以示寵綏。可。

北山小集卷第二十三

外制二

參知政事李回明堂大禮封贈

曾祖贈正奉大夫祥贈太子少保

勑：朕展采合宫，肇修宗祀。薦見上帝，方熙事之既成；敷錫庶民，肆湛恩之廣被。舉此在廷之籍，與蒙追遠之私。矧吾輔臣，慶發先世，舊章故在，寵命惟行。具官曾祖某，潛德無瑕，懷才不試。責報百年之外，非此其身；固窮一世之間，克昌厥後。惟儲宫之二品，有訓導之六官，錫以賛書，寵之亞保。豈唯發幽光之有煒，抑以勸爲善於無窮。可。

曾祖母咸寧郡夫人印氏贈武陵郡夫人

勑：朕惟祖宗以來，慶錫之典每下，未嘗不追賁廷臣之世者。豈徒廣孝道於天下，抑爲積善之勸焉〔一〕。具官曾祖母，相其夫於隱約之中，成其家以勤儉之行。是必有淑恭之美、柔嘉之儀以裕其後昆者，不然，何子孫之多賢而濟美也？屬我宗祀，敷澤加惠，以大賚於士民，則輔弼之先、寵綏之舊，其可後哉！疏封武陵，是惟大郡。用告于第，尚克承之。可。

【校記】

〔一〕「勸」，文淵閣本作「助」。「焉」，原作「爲」，據吴本改。

祖任太子中允贈正奉大夫禹贈太子少傅

勑：朕肇修宗祀，敷錫寰區，恩數首加於四鄰，寵綏上及於三世。舉儲宫之近著，下王綍以載揚。其有修德在躬，不踰中盾之秩；貽孫有慶，亟躋亞傅之崇。益顯流光，又爲特美。具官祖，靖共厥位，豈弟宜民。諒多三異之稱，見於遺愛；卒饗百祥之報，以裕後昆。有子有孫，以孝以享。服此惟新之命，用乎不朽之言。可。

祖母晉康郡夫人姚氏贈太寧郡夫人

勑：姚姓出於有虞，而李者咎繇之裔也。始以祥刑，弼于五教，使四方風動不犯于有司，以成重華之治，陰德懋焉。乃有女子，嬪于慶門，是生儁臣，揚歷從橐，以没元身。而又繼以賢孫，流光未艾。

膺此寵典，賁于家庭。具官祖母，克以淑德，相其君子，周旋膴仕，通籍金閨。生享錫封，没有加贈。逮兹均沛，疏榮太寧。豈唯旌爾之休，抑以昭慶澤之遠。可。

父任寶文閣待制太中大夫贈太師琮追封襄國公

勑：昔在神祖，厲精有爲，凡膺簡睠之餘，故多侍從之老。是生賢子，亮采累朝。屬予大饗以致虔〔一〕，爰始敷施而班慶。具官父，才猷之邵，推重朝廷；敏濟之資，騰聲中外。出則賦政承流於方面，入則贊治率屬於省臺。顧績望之在人，宜慶祥之貽後。久矣便蕃之典，煒然詩禮之庭。既位極於帝師，載錫封於公社。尚有英爽，歆此寵綏。可。

【校記】

〔一〕『予』，原作『子』，據吴本、馬本改。

嫡母魯國夫人吴氏贈秦國夫人

勑：關内大國，莫如咸秦，古稱小君，是亦封爵。以彰閨壼之懿，用易龜蒙之詹。屬敷澤於多方，肆疏恩於新命。具官嫡母，毓秀慶胄，作嬪高門。禮法宜其宗姻，輔佐成其夫子。方耆雋論思於法從，雖不逮於偕榮；而弼臣寅亮於天工，終致隆於追遠。賁徽章於綸綍，庶有輝於丘原。可。

繼母越國夫人邵氏贈秦國夫人

用易句吳之邦。上下詞同。

繼母燕國夫人孫氏贈秦國夫人

敕：上詞同。是亦封爵。以彰閨壼之懿，用示便蕃之恩。肆於敷錫之初，式布惟新之命。具官繼母，云云。下詞同。

所生母信安郡夫人常氏贈文安郡夫人

敕：漢之王符，蚤著潛夫之譽；晉之周顗，世仰忠臣之門。亦惟母教之勤，何取外家之盛？必有懿德，發于幽光。具官所生母，淑慎有聞，温恭不懈。實生賢子，爲我輔臣。屬兹熙事之成，咸畀奉先之澤。易之大郡，表以嘉名。用慰桮棬之思，以增松檟之焕。可。

妻齊安郡夫人郭氏封同安郡夫人

敕：公卿大夫積行累功以致休顯，夫人以内助之美而居有之，此《鵲巢》之作所以永言於斯也。國有慶錫，有家者與蒙其休，則疏封錫命以榮其私者，顧可後哉！具官妻，以令淑靜嘉，作配君子，宜于上下。其甘苦豐約之同，儆戒相成之際，由初迄今，勤亦至矣！此疏封之典所以有加而無已也。同安大郡，以易舊封。膺此寵綏，永其祗服。可。

同知樞密院富直柔加食邑實封

敕：朕肇修禋祀，祗見合宫。剌六經之文，嚴祖功宗德之配；導三靈之況，布籲天請命之誠。粤釐事之無違，敷湛恩於有截。睠予廊廟之輔，與相肅雍之成。爰有舊章，以申寵數。具官幾深濟務，端亮在躬。爰登密宥之司，益著贊襄之美。運籌決勝，方遲子房之功；錫祉揚休，抑見召公之似。逮此精純之展，故多陟降之勞。用加衍於户封，且陪敦於真賦。既啓爾宇，勉思闢國之謀；益奮乃庸，無曠代天之用。欽我徽命，永孚于休。可。

知樞密院張浚加食邑實封

敕：朕遭時艱虞，駐蹕吳越。思投誠於上帝，肆展寀於合宫。創業守文，嚴藝祖太宗之配；貴誠上質，備匏尊槀席之儀。熙事告成，湛恩遐布，矧復鈞樞之重，可忘慶錫之朌？具官英特應辰，幾深濟務。忠節著於勤王之際，才術見於持憲之初。掃除姦凶，方懋有征之舉；肅清宫闕，佇成再造之功。用加衍於户封，亦陪敦於真賦。云云。下詞同富。

參知政事李回加食邑實封

敕：朕涓吉季秋，薦誠上帝。導三靈之况，方裒昭格之休；敷百順之祥，式布汪洋之澤。惟在廷之顯相，有進律之彝章。具官迪德粹和，受才宏敏。自延登於廊廟，益有賴於贊襄。望之雅意本朝，故多鄉納；畢公乃心王室，尚告謀猷。用加真賦之封，且衍爰田之入。既啟爾宇，勉思闢國之謀。云云。下詞同富。

翰林學士汪藻

父任奉議郎致仕贈正議大夫㝅贈正奉大夫

敕：朕肇修宗祀，祇見合宫，釐事既成，肆敷錫於四海。凡通籍于朝者，皆得寵贈其先，俾申追遠之志，而况吾簪筆持槖、出入禁省之臣哉！具官父某，蚤以文藝，策名儒科。廉平之政，靜退之守，有聞於時。不克大施，委慶厥嗣，司我内制，甚文而賢。惟時正奉之階，視昔貳卿之秩，用均釐澤，以示寵綏。可。

前母淑人陳氏贈淑人故母陳氏同

敕：士有砥節厲行，修身於隱約之中，而遺慶於數十年之後，其必有内助之賢，相與保勤儉、均甘苦，以成其室家，故既久而彌大也。具官母，淑靖之美，宗姻所懷；儆戒之宜，君子是賴。屬我均釐之澤，肆盼綸綍之褒。雖稱謂之不殊，亦寵嘉之有煒。可。

故妻淑人趙氏贈淑人

敕：士方抱藝守約，沉於下僚，以保廉儉之操，不以窮達累其心者，亦室家之助也。及其安榮通顯而不與焉，則湛澤之施，其可以後？具官故妻，薰陶賢範，毓質慶門，淑慎之儀，宜于姻族。屬我云云。下詞同。

妻淑人莊氏封淑人

敕：《二南》之詩，婦德是懋。夫以《鳲鳩》均一之美，《螽斯》衆多之報，俯仰無斁，淑慎有聞，豈非婦人之盛節，而有家之可願者哉！具官妻，毓質慶胄，婉懿靜專，克相厥夫，有兹休顯。屬我云云。下詞同。

吏部侍郎黎確

父任許田縣主簿國子監直講贈朝議大夫宗孟贈中大夫

敕：上詞同。具官父，蚤以經術，掌教儒宫，寬裕以文，靖共是蹈。委慶厥嗣，實貳天官。惟兹五品之階，往視儲宫之友，用均鼇澤，以示寵綏。可。

故母詞同汪母

故妻

勑：士方抱藝守約，困於未試，而有以保其廉儉之操者，亦室家之助也。其安榮云云。下詞同汪故妻。

妻詞同汪妻

吏部侍郎高衛

父任左朝請郎尚書户部郎中鏄贈銀青光禄大夫

勑：上詞同汪。具官父，蚤以才猷，進陟華省，靖共是蹈，風績故存。不克大施，委慶厥嗣。惟時二品之位，視昔六官之聯〔一〕，用示寵綏，以均釐澤。可。

【校記】

〔一〕「官」，原作「宮」，據吳本、馬本改。

故前母普安郡夫人趙氏贈淮安郡夫人

故母齊安郡夫人趙氏贈同安郡夫人詞同

勑：上詞同汪。綸綍之褒。疏大郡以易封，增寵章之有煒。可。

故妻令人李氏贈碩人

勑：侍從宣力之臣，有以才術自奮，出入膴仕，以底顯榮，至於耆艾，而内助之賢不與享焉，則湛澤之施，其可後哉！具官妻，婉嫕之質，鍾自慶門。云云。同汪故妻。之褒。惟恩綍之荐加，賁寵章之有煒。可。

兵部尚書胡直孺

父任職方郎中贈開府儀同三司況贈少保

敕：上詞同汪父。具官父，蚤以儒科，周旋膴仕，靖共樂愷，藏器郎曹。不克大施，委慶厥嗣。位我常伯，爲時老成。惟兹保傅之聯，是謂孤卿之列，用均鳌澤，以示寵綏。可。

故母詞同汪

故繼母嘉國夫人龔氏贈徐國夫人詞同

故妻淑人吕氏贈淑人

龍圖閣待制知廣州林遹

父任建州司理參軍贈中大夫格贈太中大夫

敕：上詞同。具官父，蚤以廉平，服勤州掾，義方之教，行於家庭。不克大施，委慶厥嗣，職在延閣，出帥巨藩。惟兹五品之階，往視七人之列，用均鳌澤，以示寵綏。可。

故母令人陳氏贈碩人

妻令人范氏贈碩人

工部侍郎韓肖胄

父中大夫贈正奉大夫治贈光禄大夫

敕：上詞同。具官父，盛德之後，克承厥家，端雅靖共，亦濟其美。中更閒退，公議益孚。不克大施，委慶厥嗣。惟崇資之二品，視疇昔之六卿，用示寵綏，以均鳌澤。可。

故母碩人文氏贈和義郡夫人

敕：在仁祖時，輔相之賢有若彦博，弼亮三世，實爲帝師，既已勤勞王家以安社稷矣。其餘澤遺範刑于厥家者，蓋可知焉。具官故母，婉嫕之質，鍾自慶門；淑靖之儀，宜于姻族。乃有令子，爲我從臣。屬敷錫於寰區，用宣恩於綸綍。進封一等，表以嘉稱，以示寵章，抑光彤史。可。

繼母太碩人文氏贈齊安郡夫人詞同前

故妻令人王氏贈碩人詞同汪

故妻令人文氏贈碩人詞同

吕好問

父任奉直大夫直祕閣贈太子少師希哲贈太子太傅

勑：上詞同汪。而况職在祕殿，嘗更鈞轄之任者哉！具官父某，盛德遺範，鍾於其身，純粹靖共，見於行己。中更黨論，公望益明。不克大施，委慶厥嗣。惟儲宫之峻秩，有訓導之古官，均彼師嚴，升之二品。用敷鳌澤，益示寵綏。可。

故母齊安郡夫人張氏贈文安郡夫人

敕：　士有砥節厲行，修身於奥窔之間，遺慶於數十年之後，其必有内助之賢，相與守廉勤之操，保平康之福，以成其室家，故既久而彌大也。　具官故母，云云。同前詞。

故妻永嘉郡夫人王氏贈東萊郡夫人

敕：　輔弼之臣，有以才德自奮，以底顯榮，至於耆老，五福成備，而内助之賢不與享焉，則湛澤之施，其可後哉！　具官故妻，云云。同前詞。

給事中洪擬明堂大禮封贈

父贈通議大夫固贈通奉大夫

敕：　朕肇修宗祀，祗見合宫〔一〕，釐事既成，肆敷錫於四海。　凡通籍于朝者，皆得寵贈其先，俾申追遠之志，而况吾簪筆持橐、出入禁省之臣哉！　具官父某，種德在躬，委慶厥嗣，歷踐高顯，甚賢而文。

惟時三品之階，視昔貳卿之秩，用均鼇澤，以示寵綏。可。

【校記】

〔一〕『宫』，原作『官』，據吳本、馬本改。

妻宜人鄧氏封令人

勑：《二南》之詩，婦德是懋。夫以《鳲鳩》均一之美，《螽斯》衆多之報，俯仰無斁，淑慎有聞，豈非婦人之盛節，而有家之可願者哉！具官妻〔一〕，婉懿之美，宜其宗姻。克相厥夫，有兹休顯。屬我均鼇之澤，肆盼綸綍之褒。易以嘉稱，時爲寵命。可。

【校記】

〔一〕『妻』，原闕，據吳本、馬本補。

户部尚書孟庾

故父贈朝散大夫贈中奉大夫

勑：上詞同洪。具官種德在躬，委慶厥嗣，司我邦計，實吾信臣。惟時三品之階，視昔貳卿之列，用均釐澤，以示寵綏。可。

故母宜人申氏贈淑人

勑：上詞同汪。如紵之褒，易以嘉稱，時惟寵命。

妻宜人徐氏封淑人詞同汪

資政殿大學士中大夫提舉萬壽宮兼侍讀王綯

故祖任尚書都官郎中贈太子少傅克存贈太子少師

勑：朕爰以季秋，肇稱禋祀。貴誠上質，備匏尊稾席之儀；創業守文，嚴藝祖、太宗之配。既成釐事，用渙渥恩。舉兹在服之臣，與蒙追遠之賁。矧予舊學，頃贊洪鈞，加寵厥先，理其可後？具官故祖某，蓄德深厚，藏器恢宏。炳文藝以决科，藹循良之令聞。馮唐老於郎省，曾無不遇之嗟；于公大其閭門，固有將興之兆。惟春宮之峻秩，設六傅以備官，莫如師嚴，以視公貳。用加榮於褒錫，以增寵於幽潛。可。

故祖母平原郡夫人韓氏贈文安郡夫人

敕：朕惟祖宗以来，慶賜之典每下，未嘗不追賁廷臣之世者。豈徒廣孝道於天下，抑以爲積善之勸焉。具官故祖母，克以淑德，相其君子，周旋膴仕，通籍金闈。生享錫封，沒有加贈。而高門之澤，大於厥孫，爲時醇儒，實我舊學。肆朕展合宮之饗，推四海之恩，用申出綍之褒，以廣均釐之霈。易封大郡，增賁九原〔一〕。豈唯慰烝嘗之思，抑以表慶祥之遠。可。

【校記】

〔一〕『增』，文淵閣本作『光』。

故祖母安化郡夫人皇甫氏贈饒陽郡夫人

敕：朕祇祀上穹，均釐四海，追遠之數，下及於庶僚。而况輔政之舊，稽古之儒，加寵其先，蓋有彝典。具官故祖母，令儀懿範，禮法具宜。嬪于德人，慶流厥後。致位休顯，爲時老成。頃進服於大僚，既加恩於三世。逮兹慶賜，益示寵綏。申之大郡以疏封，易以饒陽之美稱。時惟新命，用賁有家。可。

故祖母臨淮郡夫人來氏贈淮安郡夫人

敕：朕觀載籍之傳，考興衰之緒，其流澤後世，俾衣冠之盛、忠厚之風益隆而不墜者，非獨世德之修而已，蓋有閨壼之助焉。具官故祖母，禮法是蹈，淑靖在躬。化行於閨門，仁及於宗戚。以有茲慶，迄成厥家。肆予展寀於合宮，爰始均釐於綿宇。矧繄舊學，嘗贊國鈞，加寵其先〔一〕，蓋有彝典。是用疏淮安之大郡，易泗上之故封。時惟新恩，歆我休命。可。

【校記】

〔一〕『加寵其先』，文淵閣本作『寵其先人』。

故父任宣教郎贈太子少師發贈太子太保

敕：官無小大，惠足以及物者，其澤必長；天無私親，位弗稱其德者，其償必厚。惟善祥之不爽，知義教之有方。顧茲褒贈之彝章，是亦報施之明驗。具官故父某，育德寬裕，禔身肅恭。遹承《詩》《禮》之規，無愧循良之吏。云云。

故母高平郡夫人張氏贈太寧郡夫人

敕：揚名顯親，蓋人子之至願，而聖人以爲孝道之終者也。其有作配君子，允宜其家，有子而賢，爲國近弼，既荐蒙於寵數，可無與於均釐乎？具官故母，徽懿之儀，見於内則；慈祥之行，成此慶門。雖五鼎千鐘，不逮南陔之養；而清臺石窌，式慰寒泉之思。比疏錫於高平，固益彰於休顯。太寧大郡，用易故封。肆加綸綍之榮，以爲慶善之勸。可。

故妻淄川郡夫人高氏贈濟陽郡夫人

敕：先王制禮，與夫推恩接下之文，未嘗不本於人情也。夫相其夫於勤約之中，既已躬廉儉而同甘苦矣，而不共享其安榮，則追贈之隆，抑以慰其私爾。具官故妻，賢淑有聞，宜其閨門，嬪于大家，安若素習。夭閼不壽，褒賁可忘？既疏錫於淄川，復進封於大郡。時惟新命，歆此寵休。可。

妻永嘉郡夫人强氏封同安郡夫人

敕：《二南》之詩，本於王化之基，而及於夫人之德。雖形四方、風一國，小大不同，然其所以循法度、奉烝嘗，致輔佐之宜，一也。具官妻，婉嫕之儀，明淑之美，克配君子，宜其宗姻。至于艾耆，有此休顯。既更大郡之錫，載易同安之封，以示寵榮，用均鰲澤。可。

北山小集卷第二十四

外制三

吏部員外郎胡世將校書郎劉一止除監察御史九月二十八日

敕具官：御史臺屬，皆朕耳目之官也。自元豐肇新官制，於是尚書諸曹分隸六察，雖非言責之地，然尚書萬機本，天下之事無不總焉，而御史得以糾六曹之愆違，則其任亦不輕矣。以爾問學之美，推於輩流，才術之敏，見於已試，召對便殿，敷奏可觀，維持朝綱，肆以命爾。其祗厥職，尚有寵嘉。可。云云。

推於輩流，已上詞同。才術之施，宜無不可。選自讎校，維持朝綱。尚體懋恩，益祗厥職。可。

文林郎河南府孟汝唐州鎮撫使司幹辦公事任直清與改合入官除直祕閣仍賜緋章服九月二十八日

敕具官：爾以諸生，奮身戎幕，百舍重趼，入奏行朝。賜對從容，有嘉忠恪。官以寄祿，實視京僚，蓬萊道山，以儲英俊，併用示寵，錫以身章。求之異時，非聲譽在人、服勤之久、保任應格、功効卓然者，未有一朝而兼得者也。朕之寵爾者厚矣，爾亦思所以報之。可。

參知政事李回除資政殿學士江南西路安撫大使令謝辭上殿十月二日

勑：宣力四方，必有股肱之賴；折衝千里，是資帷幄之良。朕念江西之上游，有若豫章之巨鎮。民亦勞止，豈無還定安集之思；我儀圖之，爰得禮樂詩書之帥。具官才足以經遠，學足以贊猷。蚤獻納於朝端，亦緝熙於王度。靜而能應，剛以有容。迺者扈長樂之遐征，總行臺之庶務。曁還吳會，陟副樞庭，遂佐國均，益資辰告。屬懇辭於機政，方圖任於蕃宣。用升秘殿之華，仍付中權之重。惟廟堂之宿望，固應深體於焦勞；惟荊楚之舊臨，諒已周知於利病。往蘇疲瘵，式副倚毗。行爾所聞，豈煩多訓。可。

武節大夫河南府孟汝唐州鎮撫使翟興武功大夫遙郡防禦使

勑具官：朕遭時艱虞，東狩吳會，顧瞻舊都，永懷創守，未嘗不中夜以興、當饋而歎也。爾奮自校長，不忘國恩，獨以貔虎之師，屢挫奚虜之氣，輯綏民旅〔一〕，祇奉寢園。遂定洛京，益張武衛，朕甚嘉之。進階三等，以旌爾功；仍陟兵防，俾持使節。是皆超躐，宜體睠知。爾其益厲於忠勤，朕亦無愛於爵祿。騰聲懋績，豈不韙哉！可。

【校記】

〔一〕『旅』，吴本作『社』。

給事中洪擬除吏部尚書

勑：天官掌六典以佐王，是爲周制；吏部建九品以取士，始大魏邦。惟今古之異宜，在倚毗而均重。求諸近列，吾得其人。具官學問之優，見於從政；靖共之美〔一〕，儀於本朝。夙將使指於四方，亦既敷宣於德教。周歷憲臺之三院，固多啟沃於聰謀。比自司言，進膺平奏，屬銓量之虚位，思振舉於頹綱，念非老成，莫克付授。矧自文籍散逸，吏緣爲姦，真僞混淆，官益以冗，至於法出而詐起，安得風流而令行？惟通簡如裴、王，則足以應無窮之緒；惟清明如崔、范，則足以袪積敝之源。諒亦優爲，佇觀成績。可。

【校記】

〔一〕『共』，原作『兵』，據吴本、馬本、宋刻殘本改。

汪藻龍圖閣直學士知湖州

勑：淛河之西，列郡惟八。吴興當苕霅之會，適繁簡之中，在於平時，最爲樂土。昨者虜寇大入，跳梁郡疆，縣當厥衝，鮮不震蕩。然則備禦安集，蓋難其人。具官輟自禁苑，則吾信臣。況淹練古今，於從政乎何有；而敷陳利病，每誠心乎愛民。諒堅及物之心，益觀儒者之效。雖鞅掌諷議，若中外之或殊；然鍼石拊摩，實乂安之是賴。休戚所繫，往其欽哉！可。

黎確龍圖閣待制知漳州

勑：七閩南粤之交，有漳浦焉。其地儉陋〔一〕，故其民窶以嗇；其爲郡僻左，故吏至則鄙夷其人。是以澤不下宣，而民益困。非里社不遠，因俗制宜，鮮克稱治。具官輟自侍從，則吾信臣。云云，下詞同汪。

【校記】

〔一〕『陋』，原作『陃』，據吴本、馬本、宋刻殘本改。

高衛龍圖閣待制知撫州

勑：迺者虜騎大入，蹂吾江西。臨川之民，蕩析厥居，罔或生聚。朕思得敏惠之士，往而勞來、還定安集之，庶幾補創痍之酷，息愁歎之聲，有以召和而弭亂也。具官輟自侍從，則吾信臣。況嘗將命於外臺，固已淹通於政事；且復階榮於近著，所宜深體於焦勞。諒於綏馭之間，益展忠勤之效。雖爾身在外，若遠邇之或殊； 然國步方艱，亦承宣之是賴。 休戚所繫，往其欽哉！ 可。

左司員外郎趙子晝太常少卿

敕具官： 太常禮樂之司，自天下多故，文籍散亡，猝有討論，莫之折中。 儀曹博士口呿而不能對，掌故客史意行而無所稽，朕甚閔焉。 以爾學問該通，操履修潔，試之宰士，裨益則多。 擢貳曲臺，時惟高選。 夫哀文籍於散亡之後，明禮樂於缺壞之餘，唯其勉哉，時爾之任。 可。

刑部員外郎錢稔大理少卿

敕具官： 廷尉，天下之平。 得其人則天下無冤民，不得其平則民將無所措手足。 然則爲之貳者，其可不重其任哉！ 以爾比以才選，爲郎尚書，持節餉軍，轉輸不匱，風力之敏，於此可觀。 士制祥刑，往爲之佐。 尚其忱恪，以答寵休。 可。

降授朝奉大夫姚舜明左司郎官吏部員外郎仇悆右司員外郎

敕具官： 尚書萬幾本，而聯治分職，允釐於六官。 處中經體，則任之大臣； 舉綱引墨，則責之宰士。不有彌綸之助，孰承斟酌之宜？以爾舜明，中外荐更，頗著風績；以爾悆，比参銓敘，克守厥官。矧皆俊造之升，是資儒雅之飾。尚其祗恪，以副簡求。可。

潘良貴考功郎官樓炤兵部李易屯田張礿刑部張匯比部郎官

勑具官：六卿之屬不同，其於贊喉舌之司、成考會之務者，顧豈有異哉！以爾良貴，自信不回，頃更言路；以爾炤，綽有才辯，慷慨事功；以爾易，發策行朝，先鳴多士；以爾礿，該通律令，號爲詳明；以爾匯，爲吏有稱，濟以强敏。或翱翔於已試，或激昂於有爲。俾列位於文昌，庶効能於司會。時惟遴簡，無曠厥官。可。

孟庾除參知政事

勑：朕丕承基緒，思濟艱難。無競惟人，方急賢能之舉；不懈于位，寧忘豈弟之宜？俾入贊於國均，庶有孚於輿望。具官忱誠許國，才業應辰。宣力四方，更外臺之賦政；元戎十乘，司留鑰於陪京。益既乃心，咸有成績。遂升華於延閣，旋分職於司徒。肆予肇祀之成，緊爾豐財之助。陟明斯在，方鳴玉以造庭；經體是宜，用出綸而敷命。方今國勢未振，民力既疲，共惟置器之安，以佐涉川之濟。唯德稱而乂厥辟，毋面從而有後言。卜式膺一府之求，蓋朴忠之是賴；劉晏輔中興之業，亦食貨之周知。尚奮爾庸，以起予治。可。

中奉大夫龍圖閣待制知撫州高衛磨勘轉中大夫

敕：三載考績，三考黜陟幽明。故任土作貢之功，必成於四考之後，而績用弗成之罰，亦九載而後加焉，此唐虞黜陟之明驗也。後世遷徙既數，考課之法不行，侍從之官，率三載而進秩，徒以夙夜之勞而已。具官宣力中外，才猷既孚，方自銓曹，出守大郡。舉有司之彝典，加四品之崇資。是亦新恩，往其祇服。可。

直龍圖閣前知婺州傅崧卿除秘書少監

敕具官：承平之初，肇建三館，凡文學論思之選，鮮不出於其間。官制既行，歸之祕省，爲之貳者，未嘗輕以畀人。以爾賓貢春闈，蔚爲俊造之首；周旋朝著〔一〕，雅有端諒之稱。進思多憂國之言，出使有愛民之志。召自近郡，對於宴間。俾侍蘭臺，益懋遠業。時惟遴簡，其往欽哉！可。

【校記】

〔一〕『著』，文淵閣本作『宁』。

吏部員外郎廖剛起居舍人

敕具官：自史官之職不修，而言動之記隨以闊略，仗下之俊〔一〕，吁俞謀議不得聞焉。設官之意，蓋自唐室而失之。然非行藝有聞，不以充選。以爾操履端諒，學問優深，有猷有爲，名實既加於士類矣。簪筆殿陛，亦吾從臣。罔非正人，則有古訓；承弼乃辟，惟爾之休。往其欽哉，祗我新命。可。

【校記】

〔一〕『俊』，原作『後』，據文淵閣本改。

陸長民孫近吏部郎官王珩户部郎官胡蒙度支郎官

敕具官等：中臺六官，實總天下之務，而吏户二曹，最爲浩繁。得其人，則銓叙平而財用理；不得其人，則事不治而受其敝者衆。故異時常以通簡敏達之士爲之屬。以爾長民，儒雅潤飾，見於踐揚；以爾近，詞學策名，嘗更治郡；以爾珩，政事不苟；以爾蒙，彊濟有聞。或繇俊造之升，或著廉平之効。文昌之選，尤重於今，惟是名曹，事任加劇。時惟新命，尚其懋哉！可。

龍圖閣學士朝議大夫致仕翟汝文翰林學士

敕：　朕惟唐室中微，出狩于外，時則有帷幄之傑、不二心之臣如陸贄者，通達國經〔一〕，彌縫衮闕，克乂厥辟，迄成恢復之功，朕未嘗不想見其人也。具官瑰瑋之文，藻飾王度；　邁往之氣，高視士林。出則藩宣之良，入爲侍從之長。茲用舊物，還之禁塗。豈唯資潤色之工，感人心而孚朕意；　庶幾有論思之賴，竭忠節以贊中興。其景行於昔賢，以欽承於休命。可。

【校記】

〔一〕『經』，吳本作『體』。

朝奉郎徽猷閣待制知婺州李光尚書吏部侍郎主管右選

敕：　古者源清而官省，故以尚書總銓衡；　近世法具而員多，則分四選爲左右。自兵車之爲衛，巡方岳以在行，文牘寖亡，防範隨缺。思舉浩繁之治，必資通簡之才。具官勁挺得於天姿，學術明於治理。抗憤世疾邪之論，有捐軀徇國之心。久均逸以就閒，盍共思於丕濟。俾贊天官之職，益觀邦治之成。惟去敝戢姦，若爾之爲守令；　則政修事舉，予不謬於簡知。往其欽哉，懋乃攸績。可。

李彌大尚書吏部侍郎主管左選

勑：上詞同。具官問學該通〔一〕，器質渾厚。自艱難而多故，每慷慨以奮忠。均逸殊庭，荐更歲律。盍共思於丕濟，庶益展於嘉猷。俾貳天官，以贊邦治。苟吏屬知戢姦而遠罪，則爾爲無負於簡求；若官曹皆宣力而建功〔二〕，則朕亦何憂於不理？欽予時命，尚其懋哉！可。

【校記】

〔一〕『問學』，吳本作『學問』。

〔二〕『建』，吳本、宋刻殘本作『赴』。

王氏封和義夫人

勑王氏：朕方每食嘗膽，未明求衣，固無逸豫之思與夫聲色之奉。儻服勤於夙夜，亦宜示於寵嘉。以爾婉嫕自持，温恭是蹈，屬備貫魚之列，爰參祀燕之儀。顧小心而弗違，疏大郡以加錫。尚其祇恪，以稱渥恩。可。

掌衣蘇氏典寶宋氏典綵

敕掌衣蘇氏等：　朕即位以來，時巡方岳，掖庭之屬，屨簡僅存。其有躬夙夜之勞，居掌事之列，理宜加秩，用示寵陞。以爾恪慎無違，服勤寖久，進之八品，寶綵是供。時爲懋恩〔一〕，益祗乃事。可。

【校記】

〔一〕『恩』，原作『思』，據吴本、宋刻殘本改。

河東轉運判官直祕閣王毖贈正議大夫

敕：　舉襃贈之典，卹死事之孤，所以勸忠勞之臣而致仁厚之意也。具官頃以才選，轉漕河東。而奚虜之衆，長圍太原，身與帥臣，嬰城固守，王略不濟，卒爲賊圖。將軍生降，方安右校之位；少從前死，不隨屬國之歸。而妻子自言流離之狀，朕盡然傷之。進官七等，視昔貳卿。且推恩其子孫，抑加勸於遐邇。服此嘉寵，尚其有知。可。

瑞昌縣玉仙鄉税户迪功郎周仁厚與改承務郎

勑具官：　迺者淮右之寇，跳梁江西，命將臣俊以所部致討焉。汝能以私儲詣軍自獻，食以不匱，亦與有勞。寄祿初階，是爲京秩。益務報稱，服我恩休。可。

王庶轉兩官除徽猷閣直學士

勑：　自奚虜大入，暴師中原，六年于兹矣，而戡定之功未云獲也。其有分綏御之權，制閫外之事，而能所歷有紀，威聲隱然，至於夷險不回，績効尤著，則陟明之典，其可後乎！　具官忠藎出於天姿，才猷見於累試。蚤被器使，投刃之下無全牛；　比屬時危，疾風而後知勁草。爰更帥路，屢奏膚公；　載撫興元，有嘉豫備。樞臣來諗，功狀卓然。豈唯寬朕北顧之憂，抑以張吾犄角之勢。延閣之邃，學士之班，是爲清華，以旌功伐〔一〕。仍進官之二等，亦示勸於一時。益懋乃庸，以稱休寵。可。

【校記】

〔一〕『伐』，原作『代』，據吴本、馬本、宋刻殘本、袁本改。

朝奉大夫直秘閣趙開除直顯謨閣

敇具官：師行川陝，于今三年矣。所以禦敵者在兵，而所以聚兵者在食，至於權貨殖以資軍實，則又不可以乏共者焉。以爾奮自諸生，果於立事，付之財計，才効沛然。樞臣奏功，進官一等，升華延閣，併示寵嘉。尚其勉之，以暢榮問。可。

吳玠明州觀察使

敇：朕以經理二陝付之樞臣，奉將天威，式遏亂略，非有熊羆之士、不二心之臣相與勠力盡忠，内撫外禦，則戡定之期未可以歲月冀也。膚公來上，懋賞是宜。具官才氣不羣，忠勇自奮。策足功名之會，騰聲關隴之間。比者擢帥涇原，盡護諸將，岐下之戰，尤爲雋功，獲其酋豪，醜類折北。是用疇其多捷，陟以廉車。夫雄職美官，朕所以待功能之士也。益奮爾烈，朕無愛焉。可。

明州觀察使吳玠起復前件官職差遣

敇：孝移於忠者，聖人之格言；國爾忘家者，人臣之彝憲。而况分閫外之寄，統諸路之師，淬厲以須，枕戈待旦，而可以親喪廢乎？　具官比以功伐，寖階顯榮。却敵有沉果之機，馭軍適威愛之濟。戰多中率，懋賞既行。遽深風木之悲，方從金革之事。矧臨敵忌於易將，而軍制容於奪情。其安厥常，毋曠爾職。苟能揚名於世以顯其父母，則忠孝之道兩得矣。爾其懋哉！可。

胡唐老賜謚

勑：　毋將陳定陶之議，號稱安國之言；　丙吉饗博陽之封，兼收不伐之美。其有一時造膝，世莫得聞；　五載不言，死而後顯。易名之典，非朕爾私。具官俊造策名，儒雅飾吏。峩冠憲府，居有匪躬之思；　剖符侯邦，綽著干城之節。顧惟京口，實控吴疆。疇其已試之功，付之連帥之任。俄屬鄰邦失守，大將移軍，空城莫嬰，散卒横潰。方身叩城壘〔一〕，示以招徠之不疑；　而盗憯主人，何虞禍變之忽起。素志不遂，朕甚傷之。比因同産之抗章，具列靖康之關説，節惠之請，下之有司。舉安民大慮之言，與在國逢難之故，合是二法，賁於九原。庶英爽之有知，亦僉輿之無間。可。

【校記】

〔一〕『城』，馬本、宋刻殘本作『賊』。

德安府復州漢陽軍鎮撫使陳規除徽猷閣待制

敕：　朕以安復漢陽三郡之衆，設爲巨屏，命守臣持節鎮撫之，所以保人民、奮武衛也。乃能内輯外禦，軍聲隱然，懋賞之行，理其可後？　具官才猷見於已試，忠智資於自然。屢嬰賊鋒，卒固城守，勞來安集，荆襄之民實賴焉。夫待制西清，是爲法從，肆以命爾，以旌爾功。且身在侯藩，職在延閣，則朕腹心之臣也。勉建功業，朕不汝忘。可。

德安府通判李忬直祕閣

敕具官：　圖書之府，上應奎躔，祖宗以來，用儲英俊。有職於此，率時聞人，用以勸功，則爲異數。以爾能以才力，佐治一邦，屢嬰賊鋒，卒固城守，清華之選，以示寵綏。尚其欽哉，益思報稱。可。

故中書侍郎贈開府儀同三司張慤謚忠穆

敕：　士方逢時，力或可致；　國有公是，死而益明。褒善貶惡，則存諸太史之書；　考行易名，則付之禮官之議。是謂彝典，誰其敢私？　具官以强濟之才，持公忠之志。蚤更器使，懋著廉平之稱；

晚事潛藩，益展勤勞之節。旋登政地，俾贊國均。發言無華，每懷盡瘁以紓患；特立不懼，弗爲姑息以市恩。人望頓隆，朝僉惟允。不淑之歎遽没於元身，無斁之思尚乎於輿議。屬邇臣之有請，緊節惠以加褒；惟慮國以忘家，與布德而執義。合是二法，賁於九原。庶幾英爽之歆，抑爲忠藎之勸。可。

謝文瓘贈徽猷閣待制與兩資恩澤

勑：上詞同楊康國。思有優恤。具官熙寧之間，以經術登上第；靖國之歲，以學行備從官。獻可稽疑，議論持正。遭罹讒毁，流落喪亡。公論既明，寵嘉可後？待制延閣，時惟渥恩。且推澤於子孫，庶少伸於抑厭。可。

吏部尚書洪擬除龍圖閣待制知温州

勑：法從之臣，云云，上詞同汪藻與郡。具官肅括而濟之以和，明察而行之以恕。輟自常伯，則吾信臣。況淹練古今，於從政乎何有；而講明治道，每誠心乎愛民。顧永嘉之保疆，實浙東之名郡；惟西清之延閣，有河圖之舊班。雖鞅掌諷議，若中外之或殊；然鍼石拊摩，實乂安之是賴。尚體睠任，益懋爾庸。可。

謝克家差知泉州

敕：　朕惟甌閩之區，實居嶺海之會，督府之外，泉爲大邦。四方游寓之所棲，百貨懋遷之自出。頃者盜發旁鄉〔一〕，士民震驚。師出淹時，調度繁廣。顧艱危之未息，豈安集之可稽？苟非重臣，孰任憂寄。具官文學政事，儀于朝端；寬裕疏通，達於治體。比擢參於大政，方允賴於嘉猷，遽陳辭劇之章，且申均逸之請。重違雅志，俾侍殊庭。屬深軫於遐方，因即勤於卧治。昔白傅退居於西洛，亦就拜於尹釐〔二〕；若畢公身在於東郊，尚無忘於入告。朕命不易，往其欽哉！可。

【校記】

〔一〕『鄉』，吳本、宋刻殘本作『郡』。

〔二〕『就』，吳本作『即』。

北山小集卷第二十五

外制四

通議大夫馮躬厚磨勘轉通奉大夫

敕：上詞同高衛。具官蚤繇俊造，寖歷顯榮，持以靖共，安於恬養。舉有司之彝典，視貳卿之舊班。是亦懋恩，尚其祇服。可。

左仆射吕頤浩〔一〕

曾祖贈太子少保元吉贈太子太保

敕：朕嗣有基業，思濟艱難。爰以季秋之吉辰，虔展合宫之禋祀。祇見天地，用申祈報之誠；配以祖宗，敢忘功德之自？肆均釐於四海，且涣澤於庶工。矧予佐理之臣，與存追遠之典。具官曾祖，種德不售，懷仁在躬。灼知五世之隆，責報百年之後。惟厥元宰，乃其曾孫，勤勞王家，緝熙帝載。推我奉先之志，用敷餘慶之覃。肆出綍以寵綏，正儲宮之保護。豈特錫高門之福，又將勸爲善之宗。可。

【校記】

〔一〕『左』，吳本、馬本作『右』。

曾祖母滎國夫人李氏贈兗國夫人〔一〕

敕：源之深者其流長，膏之沃者其光燁，此不易之理也。其有積善在躬，衍慶于後，至於休顯盛大，冠於一時，而其澤足以仁其九族者，非獨祖德之修而已，蓋亦有内則之助焉。具官曾祖母，克以懿德，相其君子，是必有淑靖之儀、慈愛之行、宜于上下、懷其宗姻者，不然，何垂裕之遠也？既已荐被恩典，疏封于滎，兹予宗祀合宫，用敷錫于天下，進封大國，時惟寵綏。尚克祗歆，加賁泉壤。可。

【校記】

〔一〕『滎』，文淵閣本作『榮』，下同。

祖贈太子少傅京贈太子太傅

敕：朕展寀合宫，薦見上帝。均釐之澤，恩數首加於四鄰；追賁之私，寵綏上及於三世。時亦懋德，厥惟舊章。具官祖，行己以恭，抱能不試。忠信孚於州里，知少游之爲善人；福祥逮其子孫，若于公之有陰德。眷予碩畫之輔，實在駿奔之庭。用申敷錫之宜，益彰餘慶之美。惟儲宮之六傅，有漢儀之古官。若留侯籌策之良，僅爲副貳；以疏廣止足之操，式配幽潛。豈唯慰烝嘗之思，抑以大褒嘉之典。可。

故祖母崇國夫人耿氏贈徐國夫人

敕：古之祭者，必有脤膰之賜以及在位之臣，所以均神明之福，思與臣下共之也。國家郊廟之祀，間行於三年，釐事告成，則必敷澤于上下，而宰輔之臣褒嘉之隆，上及三世。益封進律，無所愛焉。具官故祖母，淑慎之儀，事上則肅；慈祥之行，逮下以仁。迄成厥家，委慶于後。湯沐之邑，命書之褒，告于第者屢矣。今用徙封大國，益示寵綏。爰舉綸綍之華，永爲窀穸之賁。可。

故父任宣德郎贈太子少師當贈太子太師

敕：朕惟熙寧之初，始以經術造士，其在科級，率多俊良。然有策名雖振於一時，而歷位不過於八品。遺慶賢子，爲吾輔臣。肆均釐事之恩，爰舉寵章之舊。具官故父，懷才宏博，蓄德渾全。奮迹士鄉，褒爲選造之舉，効能官次，綽有廉平之稱。不究厥施，克昌其世。屬我艱危之際，荐著忠勞之勳。

狐突之教益明，臧孫之後可待。式敷王綍之渙，俾冠儲宫之班。惟寵數之有加，庶歆承於休命。可。

故母温國夫人魏氏贈鄆國夫人

勑：昔者畢萬之封，休祥是告，表以盈數，傳之大名〔一〕。是以後之子孫，緒業滋顯，有國有氏，至于漢唐；宰輔相望，號爲甲族，以迄于今。乃有女子，嬪于德門，是生時英，實我良弼。熙成之澤，追遠是先，厥有彝章，亦惟其稱。具官故母，圖史是訓，法度是循。慈教見於擇鄰，婦德行乎中饋。積善之報，發於家庭。既生享於安榮，亦没加於寵贈。進封大國，錫以東平。不忘桑梓之依，式慰松楸之望。可。

【校記】

〔一〕『傳』，吴本、馬本、宋刻殘本作『傳』。

故妻嘉國夫人魏氏贈蔡國夫人〔一〕

【校記】

〔一〕『魏』，文淵閣本作『衛』。

故妻和國夫人姜氏贈衛國夫人

敕：才德之臣，有以忠智自奮，勤勞王家，致位上宰，有此顯榮，而内助之賢，相與保廉儉之操於勤約之時而不與享焉，亦足歎矣。然則均釐之錫，寵綏之典，上以推吾漏泉之恩，而下以慰其伉儷之感者，其可後哉？具官故妻，婦德是懋，儀于慶門，靜女之規，克遵古訓。夭閼不壽，未如命何。既荐錫於寵章，爰徙封於大國〔一〕。以光彤史之載，無忝綸言之褒。可。

【校記】

〔一〕『徙』，原作『從』，據吴本、馬本、宋刻殘本改。

資政殿學士張守

故父贈太子少師彦直贈太子太保

敕：朕爰以季秋，肇稱禋祀。貴誠上質，備匏尊稾席之儀；創業守文，嚴藝祖、太宗之配。既成釐事，用涣渥恩。舉兹在服之臣，與蒙追遠之賁。矧惟邦彦，頃贊國均，加寵厥先，理其可後？具官故父，懷才不試，蓄德在躬。義教有方，美哉橋梓之度；盛事不朽，蔚然椿桂之榮。惟時中子之賢，實予共政之舊。顧儲宮之極品，有保德之古官。用申出綍之華，以廣均釐之澤。時爲休命，尚克歆承。可。

故母永嘉郡夫人王氏贈文安郡夫人

勑：朕觀載籍之傳，考興衰之緒，其流澤後世，俾衣冠之盛、孝悌之風益隆而不墜者，非獨世德之修而已〔一〕，蓋有閨壼之助焉。具官故母，以正順事其夫，以慈教成其子。蚤綏三鼎之養，不洎萬鍾之榮。屬予有事於合宮，因以均釐於寰宇。矧爾賢子，嘗更輔臣。寵綏式舉於舊章，綸綍載揚於申命。易封大郡，表以嘉稱。以慰烝嘗之思，抑彰淑善之報。可。

【校記】

〔一〕『德』，吴本作『澤』。

妻普安郡夫人姚氏封太寧郡夫人

勑：《二南》之詩，本於王化之基，而及於夫人之德。雖形四方、風一國，小大不同，然其所以循法度、奉烝嘗，致朝佐之宜〔二〕，一也。具官妻，恭慎之美，宜其姑嫜；淑靜之儀，表於閨壼。輔佐君子，有斯顯榮。屬釐事之告成，肆湛恩於無外。敷錫之典，厥有故常。疏名郡以易封，揭太寧之嘉稱。欽予時命，永服寵休。可。

【校記】

〔一〕「朝」，吳本、馬本、宋刻殘本作「輔」。

起復鎮潼軍節度使開府儀同三司充醴泉觀使孟忠厚

曾祖任内殿承制閤門祇候贈太師追封秦王隨追封魏王

勑：朕展宷合宫，肇修宗祀。薦見上帝，方熙事之既成；敷錫庶民，肆湛恩之廣被。矧緊戚苑，可後彝章？具官曾祖，紹服忠勤，躬持廉恪。積是餘澤，委於後人。既膺長信追賁之榮，復被奕葉褒崇之渥。維垣一品，極周漢之官儀；列國三公，更秦魏之土宇。易兹舊服，式表大名。惟綸綍之有加，庶丘原之增煥。可。

曾祖母徐豫國夫人張氏贈秦魏國夫人

勑：朕惟孝子奉先追遠之志，推而上之，豈有窮哉！而祭享之儀，追榮之典，唯達者遂焉。非獨曲成其私，亦所以爲積善之勸也。具官曾祖母，承訓令族，作配高門，克有孫曾〔一〕，以承慶祉。肆因大賚之及，載新兩國之封，以慰烝嘗之思，以爲存没之寵。歆予時命，尚其有知。可。

【校記】

〔一〕『孫曾』，吳本、馬本作『曾孫』。

祖任武安軍節度觀察留後致仕贈太師追封岐王在追封韓王〔一〕

勑：朕爰以季秋，肇稱禋祀，冀獲神靈之祐，不替祖宗之休。遂敷錫於四方，且推恩於百辟。矧是戚藩之貴，宜膺寵典之先，用降命書，以新寵數。具官故祖某，受才宏博，蓄德渾深。蚤棲遲於小官，已激昂於壯志。鄧氏之多陰德，何止千人；長孫之得坤爻，卒符二馬。褒崇之典，綸綍具膺。雖久享於廟封，蓋莫如於韓樂。以兹告第，益示寵綏。庶幾有知，尚其祇服。可。

【校記】

〔一〕『在』，原作『遂』，據吳本、馬本、宋刻殘本、袁本改。

祖母夏商國夫人王氏贈韓豫國夫人

勑：朕惟昭慈獻烈皇后睿德懿範，夙遭多難，起於閒燕之中，實負宗祧之重。舉此神器，屬予沖人。扶危定傾，迄安趙氏。然則外家之澤，可不致於優隆乎？具官祖母，夙以名族，嬪于慶門。淑慎有聞，禮法是蹈。誕育聖母，實儀泰陵。屬予宗祀之告成，方錫神休於無外，是用易封大國，曰豫與韓。雖未足以答長信非常之勳，亦庶幾以達朕心不忘之意。尚其歆服，以尉孝思。可。

父任中散大夫開封府左司錄贈通議大夫徽猷閣待制彦弼贈太子少師

敕：昔在承平之世，益知文教之隆。凡宗戚將帥之門，多詩書禮樂之好。惟東朝之盛烈，挺鄒母之餘風。有子之賢，服儒蓋久〔一〕，翺翔通籍，出入禁塗。逮兹敷錫之恩，故有寵嘉之典。具官故父，賦才明晤，持己靖恭。綽有温良之稱，曾無侈麗之習。荐膺華紼，追陟從班。顧冢嗣之在廷，視鼎司之極品。屬予宗祀，均此繁禧，是用舉司封之舊章，有望苑之崇秩。孤卿之首，加贈爲宜。尚其英爽之臨，抑伸疇昔之志。可。

【校記】

〔一〕『服儒』，吳本作『儒服』。

母徐鄆國夫人李氏贈吳越國夫人

敕：小君之爵，於古有之；而不繫其夫，自以國名者，蓋出後世。至於兼取兩國以大厥封，是爲彌文，有加無已。婦人之貴，至是無復加矣，非懿親具美，何以得之？具官故母，淑德早彰，令儀終譽。輔佐之美，既成厥家；慶善之施〔二〕，益昌厥後。追崇之典，膺受則多。有子而賢，視儀三事，用加沛澤，易以大封。庶幾丘原，歆服光寵。可。

【校記】

〔一〕『施』，吳本作『餘』。

妻衛國夫人王氏封楚國夫人

勑：元豐之際，聖主厲精於上，以圖回萬幾。爰有相臣，靖共厥位，將順緝熙。逮其子孫，周旋顯仕。仍有女子，嬪于戚藩。貴視其夫，魚軒翟茀。出入禁闥，時節東朝。以至于今，嗣有休渥。具官妻，婉嫕之美，淑慎之儀，法度是循，宗姻無間。疏榮大國，易以楚封。時惟新恩，均我釐祉。可。

參知政事孟庾

曾祖珏贈太子少保

勑：朕宵衣旰食，思洪濟于艱難；任賢使能，冀内修於政事。爰得忠良之佐，以圖康乂之功。追賁厥先，具存故事。具官某故曾祖，遯世無悶，躬行不言。忠信孚於鄉閭，仁義修於奥窔。責報百年之後，非此其身；固窮一世之間，克昌厥後。惟我近弼，乃其曾孫。用加綸綍之褒，以示寵綏之厚。舉司封之彝典，有望苑之孤卿。錫命是宜，疏恩兹始。尚其歆服，有此顯休。可。

曾祖母王氏贈高平郡夫人

敕：男正位乎外，女正位乎內，有家之道，所以保安樂而遺子孫，其修身積善，必有內則之助焉。具官曾祖母，靜專有儀，淑慎是履。以婦則順，以母則慈。是以澤流曾孫，致位輔弼，而寵綏之數，上及於三世也。疏封大郡，實爲高平。豈唯慰烝嘗之思，抑以廣家庭之慶。可。

祖任趙州司錄某贈太子少傅

敕：上詞同呂父。具官祖，懷才不試，積善在躬。重厚推於士鄉，廉平見於吏檢。少游之乘下澤，見稱善人；于公之有高門，故多陰德。修身之報，詒慶厥孫，屬我艱難之時，入參機務之重。拜命之始，追贈厥先。睠惟儲副之備官，莫如師傅之爲寵。升之二品，以賁幽潛。庶幾九原，歆此休顯。可。

祖母郭氏贈齊安郡夫人

敕：朕惟輔臣實當天下之重任。其任之也重，故車服寵數，莫不致其隆焉，所以勵其節而要其報爾。至追賁其先，上及三世，一命而得東宮之二品，初封而名列郡之小君，皆致隆之意也。具官故祖母，毓秀高門，惟古名族。賢淑之質，乃其固然。委慶厥孫，參予大政。追遠之典，則有故常。齊安之邦，實望淮服，命以華紵，賁于家庭。尚其有知，歆此蕃錫。可。

父贈中奉大夫淳贈太子少師

勑：源之深者其流長，膏之沃者其光燁。不有餘慶，何以明種德之符；不有義方，何以成立身之美？雖生而不饗其樂，而没有追遠之榮，舉是寵章，以勸爲善。具官故父某，受才敏博，蓄德渾深。悃愊無華，蓋任重致遠之器；忠信爲寶〔一〕，懷愛人利物之心。不克有施，寔鍾厥嗣。贊襄經體，方倚召公之功；徇國忘軀，灼知狐突之教。是用繇九卿之視秩，超六傅之崇資，旌寵兼之，顯揚兩遂。庶其歆服，有此褒榮。可。

【校記】

〔一〕『寶』，原作『實』，據吴本、馬本、宋刻殘本改。

母淑人申氏贈永嘉郡夫人

勑：士方隱約閭里，刑于室家，相與躬顧復之勤，保廉儉之操者，亦以成其子也。子既賢矣，展忠純之節，都輔相之位，而母不逮養，此風木之況，古人所以深悲；而追榮之典，朝廷所以加厚也。具官母，淑德懿範，鄉黨所程〔一〕；婦訓母儀，内外無間〔二〕。以子知母，則慈嚴之教所以薰陶成就者，又可知焉。疏封大郡，庸示寵綏，抑以慰孝子之心云爾。可。

【校記】

〔一〕『程』，文淵閣本作『稱』。

〔二〕『内』，原作『四』，據吴本、馬本、宋刻殘本改。

妻淑人徐氏封普安郡夫人

勑：先王制禮，與夫推恩接下之文，未嘗不本於人情。故公卿大夫之妻，其車服、命書視其夫以爲之節，所以崇有家、觀内助也。具官妻，淑靖之儀，推於姻族，圖史之訓，奉以周旋〔一〕。是以克相君子，法度是循。荐被寵章，有兹休顯。疏封大郡，是謂小君。時亦懋恩，永其祗服。可。

【校記】

〔一〕『周』，原作『問』，據吴本、馬本、宋刻殘本改。

宣和皇后封贈三代

故曾祖贈太子太保韋舜臣贈太子太傅

勑：朕於纘位之初，以當郊之歲，相方定址，荒度廣陵之陽；奠玉薦誠，寅恭上帝之祀。熙成云始，慶賜遂行。凡厥在廷之臣，悉膺追遠之澤。矧宣和之儷極，實誕育於冲人，加賁厥先，蓋存故事〔一〕。宣和皇后故曾祖某，潛德不耀，世莫得聞；積善在躬，神之所聽。委慶賢媛，來嬪後宮。既正位於長秋，荐推恩於上世。惟官聯之一品，若儲副之三師，舉是寵章，載褒華紼。庶其歆服，有此顯休。可。

【校記】

〔一〕『存』，文淵閣本作『成』。

故曾祖母惠國夫人段氏贈徐國夫人

勑：古之祭者，必有脤膰之賜以及在位之臣，所以均神明之福，思與天下共之也。而長信之尊，追遠之典，上及三世，益封進律，厥有故常。宣和皇后故曾祖母，淑善之德，慈愛之宜，行於閨門，信於閭里。委慶邦媛，是生冲人。湯沐之邑，命書之褒，告第者屢矣。易封徐國，其命則新。尚克祗歆，以光窀穸。可。

故祖贈太傅韋子華贈太師

勑：朕櫛風沐雨，方勤五載之時巡；侍膳問安，莫遂三宫之色養。鄉因景至，始拜神休，除地廣陵，奠玉上帝。既均釐於緜宇，且加惠於廷臣。矧我外家，式遵彝典。宣和皇后故祖某，修身奥窔，騰譽康莊。謹厚自其天姿，才術明於世務。顧百祥之彌遠，逮奕葉而方興。惟予顧復之慈，既正穆宣之位，奉先之典，豈朕敢忘？爕理之官，公師之首，極於一品，賁彼九原。尚其有知，克承休命。可。

故祖母慶國夫人杜氏贈秦國夫人

勑：關内大國，莫如咸秦，古稱小君，是亦封爵。以彰彤管之懿，用廣椒塗之恩。屬沛澤於多方，肆顯揚於新命。宣和皇后故祖母，柔嘉有煒，禮法是遵。合韋杜之流風〔一〕，鍾塗蓺之令德。言念廣陵之狩，肇稱禋祀之儀。誕敷錫於緜區，漏泉無間；極優崇於戚苑，陟岵是懷。載肦出紼之華，益懋疏封之典。庶其休渥，加賁幽潛。可。

【校記】

〔一〕『杜』，原作『社』，據吴本改。

故父贈太師追封普安郡王韋安禮追封簡王

勑：朕式覩方冊之傳，以究天人之際，種德之報，非此其身。譬之封植之勤，固非朝夕之故。雖拱把之養，初若甚微；然蔭翳之功，久則可待。惟我外氏，實緊慶門。顧追寵於厥先，蓋具存於故典。

宣和皇后故父某，晦迹閭里，積善家庭。遵老氏之同塵，無復五漿之先饋；有于公之陰德，固知駟馬之可期。屬予時邁於維揚，爰展精禋於有昊。既迄郊丘之禮，方深屺岵之瞻。睠惟戚藩，舊有錫壤，進疏王爵，以重師垣。遠追異姓之封，益彰君子之澤。可。

故母越國夫人宋氏贈魏國夫人

敕：朕鄉以仲冬，肇稱禋禮〔一〕，爲斯民而請命，冀有昊之降休。創業守文，嚴祖功宗德之配；貴誠上質，備匏尊稾席之儀。熙事既成，湛恩斯布。矧惟長信，遠念慈闈，追賁厥先，敢愆故典？宣和皇后故母，蚤以賢懿，嬪于雋良。閨壼具宜，鄉閭推善。是生邦媛，誕育眇躬。顧兹寵贈之常，荐有華褒之詔。易封魏國，以表大名。用慰歲時之思，益彰聖善之德。可。

【校記】

〔一〕『禮』，吳本作『祀』。

知樞密院宣撫制置使張浚封贈

曾祖贈太子少保文矩贈太子太保 詞同李回曾祖。有訓導之三師，錫以贊書，升之保德〔一〕。

【校記】

〔一〕『升』，原作『外』，據吳本、馬本、宋刻殘本、袁本改。

曾祖母南平郡夫人楊氏贈高密郡夫人 詞同李回曾祖母。

何子孫之能賢也。易封大邦〔一〕，實惟高密。

【校記】

〔一〕『邦』，吳本作『郡』。

祖贈太子少傅贈太子太傅

勑：朕肇修。云云。三世。上詞同李回祖。蓋膏之沃者其光煒，源之深者其流長。厥有故常，亦惟懋典。具官故祖，學以爲己，善不近名。忠信行乎鄉閭，福慶施于孫子。若留侯調護之寄，亦世厥官；兼二疏前後之榮，用申異數。以廣均鼇之澤，肆盼出紵之華。時惟顯休，尚其歆服。可。

祖母德陽郡夫人趙氏贈武陵郡夫人

祖母平昌郡夫人王氏贈太寧郡夫人

勑：詞同王絇祖母〔一〕。具官故祖母，云云。下詞同秦檜曾祖母。

【校記】

〔一〕『絇』，原作『陶』，據吳本改。

父贈太子少師咸贈太子太師

勑：上詞同富直柔父。具官故父，蚤以賢業，策名昌辰。通達古今，遠希晁錯之三道；貫穿典籍，何止井丹之五經。不克大施，委慶厥嗣，是生邦彥，冠我樞庭。惟儲副之三師，實官聯之一品，用茲告第，以广繁禧。歆予寵休，尚有英爽。可。

前母齊安郡夫人任氏贈蘄春郡夫人

前母普安郡夫人趙氏贈通義郡夫人

勑：朕思起中興之緒，修報本之誠，祖宗居歆，天地昭格。非股肱之佐内輔台德，外將天威，維持艱危，則亦安能成是禮哉！慶澤之敷，理其可後？具官故前母，蚤以令德，來嬪慶門，淑慎有聞，温恭不懈。天閼弗壽，遽先九原。屬予熙事之成，益申追遠之澤，易之大國，表以嘉名。庶其有知，歆此休命。可。

母永嘉郡夫人計氏封淮安郡夫人

勑：士方隱約陋巷，棲遲小官，刑于室家，相與躬顧復之勤、保廉儉之操者，亦以成其子也。迄有賢子，爲時輔臣，居則經體贊猷，行則宣威制勝。慈教之効，斯焉可知。具官母，淑靖在躬，禮法是蹈。既已瘽身守約以相厥夫矣，而成就其子者又如此其白也〔一〕。均鼇之澤，猶及庶僚，矧緊舊封，荐膺寵命。易以大郡，益彰顯榮。惟克欽承，永膺多福。可。

【校記】

〔十七〕『白』，文淵閣本作『厚』。

妻信安郡夫人樂氏封同安郡夫人

勑：上詞同秦檜妻。具官妻，恭恪之美，宜于姑嫜；淑慎之儀，聞于宗黨。克配君子，使外得以經營四方，盡匪躬之節，而内無乏於温清定省之宜者，緊爾之助焉。雖荐被命書，繼封大郡矣，兹予宗祀之澤，易以新渥，實惟同安。其克祗欽，永綏休顯。可。

北山小集卷第二十六

外制五

給事中胡交修

故父贈中大夫宗旦贈太中大夫

勑：上詞同汪藻。具官故父某，屢以經術，預于賓興，一命未霑，九原莫作。孝友廉遜，信於鄉閭。不克大施，委慶厥嗣。云云。

故母令人姚氏贈碩人

勑：朕惟嘉祐之際，修典禮之書，文獻未亡，因革咸載。懷鉛之士，世緒寖微。女子之賢，嬪于名族，是生令子，實我從臣。慶賜之行，寵章斯在。具官故母，淑靖之美，宜于宗姻；圖史之規，奉以終始。夭閼不壽，勤儉莫酬。雖命紵之屢頒，顧孝思而何極？易兹嘉稱，是亦懋恩。庶幾有知，歆此休命。可。

繼母太令人楊氏封太碩人

勑：諸楊系出建安，而文學之臣曰億，博敏之外，名節凛然。而其裔孫，作配名族，守志不易，豈其流風？無爽三從之規，迄饗千鍾之養。屬兹宗祀，宜有寵綏。具官繼母，明淑有餘，禮法是蹈，均一之德，宗姻所推。既荐錫於命書，用再加於美稱。永其祗服，有此顯休。可。

權户部侍郎柳約

故父任述古殿直學士通議大夫贈正奉大夫庭俊贈光禄大夫

勑：上詞同胡交修。具官故父某，蚤以英秀，騰聲士林；晚著才猷，致位從槖。揚歷中外，風績藹然〔一〕。有子而才，司我邦計。屬兹慶賚，加被寵章。惟兹二品之崇，視昔六官之長。庶幾英爽，歆此顯休。可。

【校記】

〔一〕『績』，吳本作『節』。

母碩人胡氏封齊安郡夫人

敕：胡姓，東南之望族也。其積慶深厚，至雖女子，時有聞焉。既相其夫，有茲光顯，又克教厥子，推于搢紳，而皆仗節藩方，持橐禁近，有家之慶，鮮克兼之。具官母，爲婦則順，爲母則慈。閨門之所化從，鄉黨之所矜式。茲予大祀，展事合宫，斂五福以敷庶邦，既推澤于上下矣，則侍臣之親，寵數之及，其可後哉！封以大郡，是惟小君。永綏厥榮，祇服休命。可。

故妻孺人魏氏贈碩人

敕：法從之臣，方以才業自奮，以底顯榮，而內助之賢不與饗於耆艾之時，則湛澤之施，所以加賁其私者，其可後也？具官故妻，淑慎之姿，宜于上下，而夭閼不壽，未如命何。屬茲熙事之成，用敷錫于四海，絲綸之寵，易以嘉稱。用告于家，庶其祗服。可。

端明殿學士左中大夫馮澥靖康元年任左丞封贈

故曾祖某贈太子少保

勑：輔弼之臣，實當天下之重任。其任之也重，故車服寵數，莫不致其隆焉，所以勵其節而要其報爾。至追賁其先，上及三世，一命而得東宫之二品，初封而名列郡之小君，皆致隆之意也。具官故曾祖某，潛德不耀，積善在躬。報施循環，迄昌厥後。丞轄之舊，乃其曾孫。東宫之官，莫重師保，三孤是視，時惟渥恩。用加綸綍之褒，以慰烝嘗之感。可。

故曾祖母雍氏贈咸寧郡夫人

勑：上詞同曾祖。具官故曾祖母，婉嫕之德，宜其宗姻。澤流曾孫，致位政府。疏封大郡，實惟咸寧。尚其有知，歆此休顯。可。

故祖贈朝奉大夫仲堪贈太子少傅

敕：靖康之初，仄席賢儁，惄如調飢。凡人望所屬，黨論不容者，舉而萃於朝廷，以至近弼。而爾之孫，位在丞轄，追遠之贈，厥有故常。逮兹六年，乃克成命。具官故祖，孝悌之美，學行之優，不克大施，乃終有慶。惟儲宫之二品，視外朝之三孤，用賁丘原，以爲積善之勸。可。

故祖母宜人杜氏贈咸安郡夫人〔一〕

【校記】

〔一〕『杜』，原作『社』，據吴本、馬本改。

故祖母宜人汝氏贈德陽郡夫人

敕：上詞同故祖。毓質慶胄，來嬪高門。淑靖之儀，家庭是賴。咸安大郡，用以錫封。豈唯祥善之宜，抑慰幽潛之德。可。

故父任朝請郎尚書祠部郎中贈宣奉大夫山贈太子少師

敕：上詞同孟庾父。具官故父某，學古是務，躬行有常。循良之政在民，靖共之操無爽。乃有令子，爲時輔臣。超異之恩，厥有故事。惟東宫訓導之官，少師品在第二，尚德之舉，莫此爲宜。庶其有知，歆此休命。可。

故母淑人王氏贈普安郡夫人

敕：上詞同父。具官故母，淑德早彰，令儀終譽。輔佐之美，既宜厥家；慈教之施，克成厥子。荐膺寵贈，亦既顯榮。疏封大邦，增賁窀穸〔一〕。用闡絲綸之渥，以紓風木之悲。可。

【校記】

〔一〕『增』，文淵閣本作『贈』。

故妻安人趙氏贈南昌郡夫人

故妻安人黎氏贈安岳郡夫人

敕：輔弼之舊，有以才學自奮，以底顯榮，至於艾耆，福祿咸備，而内助之賢不與享焉，則湛澤之施，其可以已？具官故妻，淑靖之儀，推於姻族；圖史之訓，奉以周旋。法度是循，克相君子。疏封大郡，是謂渥恩。庶其有知，歆此休命。可。

知宣州李彦卿除刑部郎官

敕：出爲二千石，入爲尚書郎，朕所以待宣力之臣，稱勞能而均劇易也。爾以才選，屬守宣城，而弄兵之民，散地之卒，嘯聚恣睢，虔劉爾疆。屢嬰賊鋒〔一〕，迄固吾圉，安集綏馭，厥効著焉。召還郎曹，實贊司寇。惟刑之恤，尚往欽哉！可。

【校記】

〔一〕『嬰』，文淵閣本作『膺』。

黄叔敖除給事中中大夫

勑：國之用人，循資考之常，則不足以得超軼之材；不次而升，則或無以厭天下之望。雖然，二者豈有必哉！唯其當而已矣。具官某，文學吏事，皆有可觀。恬退之節，見推士類。屢將使指，旋守襄陽，未究厥施，公論彌屬。夫黄門出納之地，政事之弛張，人材之進退，莫不由焉以達之天下。雖論而行之者在上，而給事中得以置獻替可否於其間，是則政令之出而有不當於人心者，蓋亦任其責也。往其欽哉，毋曠厥職。可。

朝奉大夫胡安國除中書舍人兼侍講

勑：中書，政本之地。掌絲綸者，非特取詞藝之工而已，其論思出納，彌縫衮闕，抑有待於斯焉〔一〕。具官志節端亮，議論正平。揚歷禁塗，公望彌屬。自朕纘服，召節屢班。夫持難進之守者，必無患失之心；古人與稽者，固非阿世之學。詞垣經幄，非苟以爲榮也，克稱厥官，是則事道。欽予時命，尚其懋哉！可。

【校記】

〔一〕『抑』，文淵閣本作『特』。

綦崇禮磨勘授奉議郎依前徽猷閣直學士

勑：自考績之法不行於漢唐，至于我宋，參酌古今之宜，凡省閣侍從之臣，不繇歲課以遷，時推特恩〔一〕，是亦道揆。及肇新官制，則有司存付之定法，然猶有三載考績之意焉。具官某，學識深敏，溢於文詞。入掌絲綸，出宣政化，年則淹矣，勞亦有焉。雖云序進之常，是謂寵綏之數。服我休命，益奮乃庸。可。

【校記】

〔一〕『推』，吳本作『唯』。『推特』，文淵閣本作『特推』。

通議大夫試兵部尚書兼侍讀胡直孺贈端明殿學士

勑：生有體貌之恩，没有追贈之典，所以崇陛廉之勢而成忠厚之政焉〔一〕。故具官某，識慮優深，才猷通敏，文知體要，學有本原。既荐歷於浩繁，亦備嘗於險阻。召自南服，率屬中臺。鳴玉在廷，掌五兵九伐之政；簪筆入侍，讀三墳八索之書。法從之英，莫如爾舊；云亡之歎，有畫予懷。惟秘殿之華資，實邇臣之極選，爰申異數，加賁老成。尚其有知，歆我休命。可。

【校記】

〔一〕『廉』，原作『簾』，據吳本改。

向宗厚除祠部郎官兼權太常少卿

敕具官某：　朕方經營四方，居無常處，乃以太室原廟之主奉安永嘉，以需恢復。常以祠曹郎一人行太常事，掌獻饋禴祠烝嘗之儀，與凡廟中之禁令，其爲選任亦重矣。以爾持身靖恭，被服古雅，事神典禮，僉以爲宜。夙夜惟寅，往祗厥服。可。

武功大夫忠州防禦使新差主管迎奉景靈宫萬壽觀會聖宫章武殿神御所岑筌除内侍省押班〔一〕

敕具官：　朕方經營四方，居無常處，乃以原廟之主奉安永嘉，以需恢復。既以在廷之臣總司宗祏之事〔二〕，又以内侍共給殊庭。苟非其人，或不勝任。以爾出入禁闥，于兹有年，資歷既高，忠勤彌著。升華官省，俾冠近班。奉先之思，當識朕意。靖恭爾位，則予汝嘉。可。

【校記】

〔一〕『迎奉』，吳本作『奉迎』。

〔二〕『祐』，原作『祐』，據吳本、馬本、宋刻殘本、袁本改。

婁寅亮除監察御史

敕具官某：　朕永思艱難，未知攸濟，雖一介之士告以善道，未嘗不虚心焉，庶以來天下之嘉謀至論也。則其於不次之舉，豈有愛哉！　以爾俊造策名，慷慨自信，上書論事，慮國則深；　錫對于朝，敷納詳允。既遷之一官，而朕意以爲未足也。御史耳目之任，古今之高選，肆以命爾，益觀厥猷。　往克祗欽，則予亦與有知人之美。可。

陳戩差知明州

敕：　朕惟郡邑之民，罹荼炭之苦矣，而吏不之恤，至以殘賊立威，以誅求稱辦，使民不堪命，散而爲寇攘餓殍者，朕未嘗有忘於心。其能勞來安集，俾百姓欣然若更生者，未有聞焉。以爾具官儒術自奮，才志敏强，徇國赴功，乃其素志；　况事朕潛府〔一〕，又吾侍臣，宜識朕懷，施於政理。夫鄞，傅海之郡，實爲名藩，凋敝流離，呻吟之聲未息也。然則銜勒之馭，襦袴之思，威愛允濟，俾民阜安者，朕所望於爾焉。往其欽哉！　可。

【校記】

〔一〕『事』，文淵閣本作『侍』。

武功大夫文州團練使兼閤門宣贊舍人知泰州張榮特授防禦使

敕具官某：傅海之邦，牢盆之入，所以通商賈而共貨財者，其利亦云博矣。兵革之後，亭無居人，末業之民，無所得食。而爾外固吾圉，内守郡條，流亡稍歸，鹽筴復振，阜安之漸，庶有望焉。就陟使名，益彰忠力，尚懋爾績，以報寵休。可。

翰林學士翟汝文兼侍讀

敕：學古則獲，好問則裕，先哲之格言也。朕延修潔博通之士，講藝於枕戈之際，論道於戎馬之間，凡夙寤晨興，罔敢暇逸者，庶幾資以爲王者事而已。具官某，器識英邁，文詞卓犖。朕既置之禁林，固以潤色論思爲職矣；又俾侍勸讀，益以自近，以廣朕之所聞。《詩》不云乎『日就月將，學有緝熙于光明』，朕之志也；『佛時仔肩，示我顯德行』，爾尚勉之！可。

富直柔罷同知樞密院事依前中大夫差提舉臨安府洞霄宫

勑：二府極賢能之選，蓋有賴於儀刑；大臣加體貌之恩，顧豈輕於退黜？苟虧靖慎，莫副倚毗，公論靡容，朕其敢置？具官頃以識拔，用之朝廷，庶幾魏鄭之孫，復振臧僖之後。亟寘言路，頗當朕心，曾無幾時，致位如此。而乃授意諫省，結交匪人，無憂國奉公之思，有徇私植黨之累。彈章來上，深用憮然。需奏屢陳，辭榮甚確。諒難安於政地，姑就列於殊庭。加膝墜淵，朕之所戒；盡忠補過，爾尚省循。可。

方孟卿除右司諫右司郎中

勑具官：諫官之設，所以佐佑上德，規正朝廷，補闕拾遺而引君於道者也。祖宗以來，非天下第一流不以充選，故魁壘光大賢傑之臣，未嘗不繇此塗出，朕甚慕之。以爾端靖有常，濟以敏博，荐揚華要，號爲老成。鄉者駐蹕淮南，實將使指，轉輸之外，因事納忠，其愛君謀國之思，亦足嘉矣。是用輟自宰士，寘之諫垣。朕固虛懷以須士，亦傾耳而聽矣，可不欽哉！可。

林叔豹除秘書省正字

勑具官：　蘭臺冊府，前世所以紀善惡、聚圖書，英俊之地也。朕率舊典、修廢官，以詳延多士，非直取文藝之能而已，亦以觀器識焉。以爾蚤以賓貢，掞辭南宮，則憂時論治之言〔一〕，其陳義已高矣。讎書之職，才識具宜。益勵厥修，以稱朕所以詳延之意。可。

【校記】

〔一〕『治』，吳本作『事』。

陳剛中特與改合入官

勑具官某：　朕時巡以來，疏遠之士上書論事者爲不少矣，凡所以躬訪問、捐爵祿者，庶以來天下之忠言至計而已。而爾之所陳，類有可采，召對便殿，敷納益明。方詳考而後行之，無言不讎。朕豈愛於一官也，祇我休命，益思遠圖。可。

校書郎林待聘司封員外郎

敕具官某： 省官以來，朝之位著蓋寡，於是尚書郎之選益高，其分曹設屬，皆以待天下賢能才謂之士也。以爾好學自修，荐更文字之職，編摩讎校，既閱歲時。封爵是司，實惟天官之清選，爰示寵陟，且以觀爾之能。可。

朝奉大夫秘閣修撰方闓都官員外郎

敕具官某： 上詞同前。以爾經誼該貫，性行淳和，固已師表賢關、領袖冊府矣。郎選之盛，昔未有焉。欽哉惟時，益振乃職。可。

禮部侍郎李正民除徽猷閣待制知吉州

敕： 大官大邑，身之所庇，而使學者製焉，此古人之所戒也。故漢之郎官，出宰百里； 唐以臺省之士，迭守方州。俾更內外而習憲章，庶幾免於牆面矣。具官某，蚤以科第，寖被選掄。自陟從班，既閱歲序，次對之職，是惟渥恩。試以一州，益觀爾政。毋以私情廢公議，毋以諞言亂厥官，毋恥過作非，毋倚法以削。祇若予訓，往其欽哉！可。

龍圖閣學士朝請大夫提舉江州太平觀路允迪守本官職致仕

敕：士不患不逢而患無所立於世，既以才用於時矣，而或不能全其節以歸。豈唯委質爲臣者常歎息於斯，而人君亦未嘗不思所以愛惜成就之也。具官某，先鳴俊造，進躐高華，恪恭有餘，愼密無還。銜命四國，義不辭難。入贊鈞樞，退均勞逸，止足之請，朕不忍違。服我寵休，益綏祉福。可。

前江西安撫使司主管機宜文字葉夏卿除直秘閣知饒州

敕具官某：冊府，英髦之選；侯藩，民社之寄，華寵委遇亦不輕矣。而爾以疏遠，召對外朝，得於立談，宜識朕意。爾惟克稱厥職，輯綏疲氓，以有休譽，則爾無虛受之愧，而得才之美，我與有焉。可。

越州奏從事郎黃大知狀母洪氏年九十一歲乞依明堂赦書推恩封太孺人

敕具官某母：箕子陳大法九疇，而壽爲五福之首。汝生於承平，既閱三世，仁者之効，豈其然乎？褒封之榮，著在令甲。其以慈訓於里閭〔一〕。可。

【校記】

〔一〕此句，文淵閣本作『彰其慈訓，光於里閭』。

朝奉郎向伯奮弟奉議郎仲堪乞依赦回授封叙與祖父母

祖父承議郎致仕蔚特授朝散郎致仕

敕具官某祖父、具官某：熙事既成，用敷澤於天下，凡通籍于朝者，皆得褒顯其親，此故事之常也。而又得以施及大門，則仁厚之意至矣！爾以壽善，養承厥孫，服此恩書，時惟寵渥。其以孝悌忠信訓于後生，雖云里居，是亦爲政。可。

祖母魏氏

敕具官某祖母：上詞同前。時惟寵渥。餘慶之美，以勸里閭。可。

翟汝文除翰林學士承旨

敕：朕旁招俊彦，欲如渴飢。故有一節以趨，方興見晚之歎；三命而俯，已加晝接之恩。俾冠禁林，獨承密旨，久虚之位，今得其人。具官某，才氣文詞，簡於朕聽；蓄宣獻納，譽在朝紳。再入承明之廬，蔚爲法從之長。其成朕志，益既乃心。式敷皇極之言，與贊中興之舉〔一〕。可。

【校記】

〔一〕『舉』，吴本作『業』。

中大夫吴敏新除觀文殿學士知潭州除資政殿學士提舉洞霄宫以祖母老辭潭州

敕：朕疇咨舊弼，布列要藩，俾分共理之憂，蓋有折衝之賴。念召公維翰，庶成定國之功；而令伯陳情，方愛事親之日。其更新命，以慰爾私。具官某，端亮之姿，蚤推國器；忠嘉之益，具叶師言。式繇平奏之司，亟進秉均之地。迺者起自南土，稍還故官，屬謀帥於荆湘，用剖符於民社。惟宣恩賦政，益佇於壯猷；而辭劇就閒，祈申於孝養。重違雅志，庸示隆恩。寵之秘殿之華，繼以殊庭之禄。永思盡節〔一〕，尚告嘉謀。可。

【校記】

〔一〕「節」，文淵閣本作「忠」，文津閣本作「瘁」。

尚食直筆楊一娘賜名從信特除知内尚書省事

敕：天下之計，上於中臺，設官分治，而令僕爲之長。萬幾之務，關於予聽，下於三府者，内尚書省總其凡。内外小大雖殊，其維持體統、付受出納，固亦重矣！具官某，明於典章，恪慎不懈，給事宫掖，積有歲年。董正六司，肆以命爾，是惟才選，非以次遷。服此寵休，其祗厥職。可。

樞密直學士通議大夫知遂寧府席貢贈五官

敕：生則爵秩之隆有加倫等，没則賵襚之典極於哀榮，吾於侍從之臣，亦云厚矣！况乃蕃宣之久，其可忘諸？具官某，蚤以時髦，寖升華要；中更才選，荐歷浩繁。付之古連帥之權，迄爲直學士之長，恢然餘地，所至有稱。告終之奏遽聞，不淑之嗟何已！惟官儀之三品，視疇昔之六卿，用以寵綏，尚其歆服。可。

贈通議大夫鄭驤謚威愍

勑：朕以艱難以來，死事之臣，其加贈恤孤既極於褒隆矣，而又命有司考行易名以旌顯之，所以深勸天下之衛社稷而死封疆者也。具官某，初以才選，畀之郡符，而虜衆大入，孤城不支，玉石俱焚，罔知攸濟。有子自列，朕用蠹然，固已追賁九原，贈官四品。惟兹節惠之典，考諸太常之議，曰『威』與『愍』。合是二法，用示寵綏，抑以昭爾之烈。可。

北山小集卷第二十七

外制六

江西路招討使張俊申具到掩殺李成等功狀奇功統制官親衛大夫文州防禦使楊沂中等統領官協忠大夫温州觀察使張翼等將官起復左武大夫忠州刺史郭吉等使臣武顯大夫武勍等各轉五官并遥郡

勑：迺者反虜盜據群舒，游魂江西，暴略郡縣，吏民患苦之。爰命將臣，龔行天討〔一〕。不淹時序，醜類既殲，惟彼渠魁，奉頭鼠竄。懋功之賞，其可後乎！具官某，才略兼長，忠勇自奮。出征入衛，貔虎是將。幕府上功，絶出倫輩。進官五等，寵以廉車，用示異恩，益思報稱。可。『寵陟軍防』，『寵陟軍國』，『寵以郡符』。

【校記】

〔一〕『天』，原作『大』，據吴本、馬本改。

朱贇等轉武功大夫遙郡刺史

敕具官某：迺者云云，同前。以爾蚤自顔行，見推忠勇，才足自奮，貔虎是將。云云，下詞同前。

第一等統領官左武大夫貴州刺史曹滌將官親衛大夫史德等使臣右武大夫劉全等四官第二等統制官拱衛大夫忠州防禦使魯珏將官武功大夫齊閏使臣武功大夫閤門宣贊舍人張子厚三官遙郡等三等使臣武功大夫康州防禦使田友及兩官

敕：迺者反虜云云，詞同楊沂中等。陷敵攻堅，策功第一。進官四等。上下詞同。

使臣橫行已上

敕：艱難以來，寇盜群起，招徠殄戮，將帥是毗。朕於捐爵禄、糜金帛以爲將士之賜亦不薄矣，然潢池之聚未盡削平，意者養寇辟敵、掠功冒級之敝未除也。乃若斬俘中率，功効顯明，懋賞之行，理不可後。具官某，蚤以材武，奮身戎行，鏖戰江西，策功異等。進官五等，寵以郡符。服我渥恩，益思報效。可。

陣亡官趙謹等贈五官恩澤兩資，更與一名進義副尉

敕：執干戈以衛社稷，聖人之所褒；旌死事而卹遺孤，軍政之所急也。具官某，負其材力，奮不顧身，討賊江西，勇氣自倍〔一〕。卒以戰没，深用盡傷。加賁九泉，進官五等。推恩厥後，併示不忘。尚其有知，服此旌寵。可。

【校記】

〔一〕『自』，文淵閣本作『百』。

武翼郎閤門宣贊舍人范温轉武功大夫康州刺史依前閤門宣贊舍人

敕具官某：自虜寇之入，憑陵京師，蹂躪郡縣，毒流吾民者，五年于兹矣，朕未嘗有忘焉。而爾以齊魯之封，禮義之俗，獨能鳩集族類，爲國扞城，艱難備嘗，保險不下，迄以忠款，奏功行朝，可謂不二心之臣矣，朕甚嘉之。進官八等，寵以郡符。豈唯褒大爾功，亦以爲山東忠義之勸。可。

樞密院檢詳諸房文字張公濟右司郎中朝請郎劉嶠樞密院檢詳

勑具官某等：文武二柄，所以經緯百度、敉寧多方者也。祖宗以來，分建二府，舉而屬之大臣。然六部五房之政事得以稽參糾正，無所不與者，唯左右司檢詳官爲然，可以知其選矣。爾等皆以才業用於朝廷，宣力既多，荐更要劇。以是命爾，益觀爾能。爾惟舉厥職，則積雖微而効速成；爾惟尸厥官，則事日隳而受其弊者廣〔一〕。治否所繫，可不欽哉！可。

【校記】

〔一〕『受其弊者』，文淵閣本作『受弊』。

秘書丞劉大中尚書吏部員外郎新授國子監丞汪廷直屯田員外郎

勑具官等：冢宰冠於六卿，而後世屬之銓部；食貨先於八政，而裕國莫如屯田。朕方振而舉之，思得勝其任者。以爾大中，涖官循理，行己有常；以爾廷直，經誼該通，性姿樸茂。或自圖書之府，或繇學校之官。庶幾待其所知〔一〕，足以達於從政，克有聲績，以稱選掄。可。

【校記】

〔一〕『待』，吳本、馬本、宋刻殘本作『行』。

安化州殿侍銀青光祿大夫檢校國子祭酒兼監察御史蒙光仲等加安化州三班借差餘如故

勑具官某：爾等遠慕聲明〔一〕，久懷忠順，保障千里，夷險一心。奉琛不絶於中朝，錫命宜加於顯秩。益思誠恪，服此寵休。可。

【校記】

〔一〕『明』，吳本作『名』。

朝請郎直秘閣知明州吳懋轉朝奉大夫

勑具官某：除戎器、戒不虞，時方承平，未之或廢，而況興衰戡亂之際，可一日而不備乎！爾以才選，守符近藩，甲冑之工，不愆於素。俾正郎秩，用以勸勞。是惟渥恩，益思報稱。可。

顯謨閣直學士中大夫提舉臨安府洞霄宮魏憲特授太中大夫

勑：自考績之實廢，後世放而行之者，三載之文而已。然所謂磨勘之法，則亦有考績之意焉。具官某，經術醇深，履行端雅。簪筆持槖、出入從班者，歲且一終，亦可謂時之耆儁者已。進官一等，雖資格之常，是亦寵休，往其祇服。可。

左司員外郎江躋除殿中侍御史

勑具官某：憲臺肅振朝綱，而殿中以糾官邪爲職，非通達國體、守正不撓，莫克稱焉。以爾器質端厚，才智敏明，昨者簡自朕心，命之臺察。旋繇銓部，進陟宰士，而能戢吏督姦，繩愆析滯，不苟不懈，上下賴之。是用置之耳目之官，以裨風憲之舉。惟是非可否，畢協于公，則惟爾之賢，亦永終譽。可。

李邈贈節度使

勑：朕思復艱難之業，永懷將帥之良。禁暴安民，雖未成衛社稷之効；忘軀徇國，庶幾得死封疆之臣。苟於顛沛之餘，深明逆順之理，卒與禍會，不爲利回，可無褒顯之恩，用著君臣之義？具官材能屢試，智術有餘。既通籍於朝閨，亦將輸於使傳。率職匪懈，復命不欺。旋更鷃弁之班，荐剖虎符之寄。方虜師之入塞，當空道之雄藩，邈無唇齒之依，坐失金湯之固，拘原方力，裹革莫還。不貽隴右之羞，迄守睢陽之操。宜申寵錫，以勸多方。睠惟右武之辰，莫重登壇之任，肆肦綸綍，以寄哀榮。尚緊忠魂，歆此休命。可。

婕妤張氏封贈

祖贈中奉大夫張仲迪贈太中大夫

敕：朕爰以季秋，肇稱禋祀，冀獲神靈之祐，不替祖宗之休。遂敷錫於寰區，且推恩於中外。矧緊邦媛，實贊椒風〔一〕。用加先世之褒封，益舉有司之彝典。婕妤張氏故祖某，懷才不試，積善在躬，流慶女孫，參華嬪則。既荐膺於綸綍，宜增賁於家庭。惟兹四品之官，視昔七人之列，以均釐澤，益示寵休。可。

【校記】

〔一〕『椒』，文淵閣本作『淑』。

祖母令人孫氏贈淑人

敕：朕觀載籍之傳，考興衰之緒，其流澤後世，俾高門之慶益隆而不替者，非獨世德之修而已，蓋有閨壼之助焉。婕妤張氏故祖母，靜專有儀，淑慎是履。爲善之報，不于其身，逮其後人，發祥椒掖。熙成之澤，中外具膺。易以嘉稱，是爲異等。尚其祇服，有此寵靈。可。

父任忠翊郎贈修武郎張彦度贈武節大夫

勑：朕涓吉季秋，薦誠上帝。導三靈之況，方裒昭格之休；敷百順之祥，式布汪洋之澤。惟厥後宫之懿，宜加先世之恩。婕妤張氏故父某，晦迹戎冠，飭躬仕版。是生邦媛，實侍宸帷。粤惟慶善之從，荐被寵綏之及，宜超常等，以沛漏泉。尚其有知，歆此休命。可。

故母孺人李氏贈淑人

勑：先王制禮與夫推恩接下之文，未嘗不本於人情也。故外之廷臣，内之妃御之親，凡恩沛之行，寵嘉之典，必視其品而爲之節，所以慰孝思而勸爲善也。婕妤張氏故母，夙以婉懿，嬪于慶門，是生女子，入侍帷闥。既膺顯贈，宜進厥封。申兹出綍之褒，以廣漏泉之澤。用彰令淑，尚克祇歆。可。

故繼母孺人趙氏贈淑人

勑：上詞同。婕妤張氏故繼母，以婦則順，以母則慈。比以宫庭之恩，既膺休顯之贈，易兹美稱，以表令儀。肆加出綍之褒，用廣漏泉之澤。可。

吏部員外郎潘良貴左司員外郎

敕具官某：極政事之選，必於賢哲之科；求正固之才，故非文俗之吏。尚書喉舌之地，而宰士糾録之司，苟非其人，莫稱是任。以爾性質剛方，輔以學識，踐歷之久，聲稱藹然。勉處中和，益揚爾職。可。

張浚故妻信安郡夫人樂氏贈武陵郡夫人

敕：朕肇修宗祀，祗見合宫，釐事既成，肆敷錫於四海。凡通籍于朝者，皆得寵贈，賁其家庭。而況冠密宥之司，專閫外之制，伉儷之重，夭閼不延，厥有故常，理其可後？具官某故妻，以令淑静嘉，作配君子，宜于上下。其甘苦豐約之同〔一〕，儆戒相成之際，由初迄今，勤亦至矣。疏封大郡，以寄哀榮。庶其有知，歆此休命。可。

【校記】

〔一〕『同』，文淵閣本作『間』。

張浚書寫奏狀張椽授承務郎

勑某人：惟汝季父分陝專征，式遏亂略，指縱之効，屢上膚公；書奏之勞，宜加慶賞。始霑命秩，即視京僚。是惟懋恩，其思報稱。可。

張守知紹興府

勑：辭劇就閒，方解贊元之任〔一〕；分憂共理，是資同德之良。惟東南之奥區，有會稽之重鎮，庶幾河潤，施及海隅。具官某，文學之優，見於行事；端亮之美，宜於本朝。鄉由密宥之司，進陪機政之重。既謀猷之畢告，蓋艱險之共嘗。不以名器而假人，固亦靖共而在位。自閔勞於夙夜，既聿除於歲時。緊望實之具高，於藩輔乎何有。起於均逸，命以守符。其蘇凋瘵之餘，少寬宵旰之急。坐嘯畫諾，雖殊平治之時；緩帶輕裘，聊爲方面之重。益恢志業，用副倚毗。可。

【校記】

〔一〕『解』，吳本作『省』。

宣撫處置使司參議官寶文閣直學士程唐復閣學士

敕：樂事赴功，非小廉曲謹之能辦；赦過宥罪，亦施仁發政之所宜。故敗鼓不棄醫師之門，而絶足得於泛駕之馬。苟惟悔其少作，則亦與之更新。具官某，夙以才能，屢膺任使。强濟見於從政，敏晤足以致身。粤自外臺，亟躋從橐。惟茶馬之舊制，蓋兵食之所資，儻移貨殖於權門，無復懋遷之預備。良法既壞，邊防爲空。旋致煩言，繼更大沛。比復西清之直，與參幕府之謀。迨此上功之初，重違承制之請。盡還故物，可謂渥恩。庶幾桑榆之收，無忘綸綍之訓。可。

江東提刑程瑀太常少卿

敕具官某：漢高初定天下，得叔孫通而知人主之尊；有唐始復兩京，而亟以顔真卿爲禮儀使。然則典章所在，禮樂是司，雖草創艱難之時，未可以後也。以爾名冠儒科，學耽古訓，器質端厚，議論正平，陟之奉常，僉以爲允。《書》不云乎，『夙夜惟寅，直哉惟清』，爾其勉之，以稱朕意。可。

正月六日三省同奉聖旨陳汝錫身爲守臣不行寬恤手詔特責授汝州團練副使漳州安置

勑具官某：朕念痌瘝之氓困於征調，有年于兹矣，而貪殘之吏，又並緣爲姦。故制下郡國，思有以革而禁之。而爾之所治，近在轂下，寒暑易節矣，而漫不布宣。不虔之辜，安所逃責！姑以散秩，置之遠方，用以爲慢令之戒。可。

侍御史沈與求御史中丞

勑：御史中執法，上以廣人主之聰明，次以肅朝廷之綱紀，非通達國體、特立不回，未有能大厭官而厭輿論者也。具官某，學識精敏，性質端方，簡自朕心，周歷三院。比從郡寄，再陟臺端，不吐剛而茹柔，每閉邪而陳善〔一〕。謀猷所及，啟沃滋多。進長霜臺，益觀遠業。當使群工庶尹知風憲之尊，君子小人適消長之分。時爾之賴，往其懋哉！可。

【校記】

〔一〕『閉』，吳本作『閑』。

左司員外郎姚舜明直龍圖閣江淮荆浙等路發運副使

敕具官某：國家仰六路之漕輸，給中都之貨食，既以責之部刺史，又以制置使者總之，以時其灌輸緩急、氐印懋遷之宜。時巡以來，雖事異平日，而稱是職者，亦難其人。以爾才術疏通，踐揚中外，比於帥幕，召寘都司。還直河圖，雖云舊物，時惟新命，以重使華。無或病民，勉思裕國。可。

端明殿學士中大夫馮澥遇建炎元年赦恩轉太中大夫

敕：朕鄉以遭時多難，二帝北狩，王公士民不釋之故，即位睢水之陽，推恩萬邦，小大之臣，進官一等。而遠方士大夫至今有未被絲綸之命者，况國之舊弼，其可已乎！具官某，夙以志節，推重搢紳；晚以訏謨，進陪機政。均逸閭里，于兹有年。爰舉霈恩，視官大諫。往其欽服，是亦寵休。可。

中大夫徽猷閣待制王昇太中大夫致仕

敕：仕而至於耄耆，其陳力於國多矣。故引年謝事，未嘗有違焉，所以佚其老而成其志也。具官某，《禮》經之傳，《易》象之秘，刻意是學，見於云爲。向繇布政之官，升諸法從之列，均休祠館，有年于兹。不忘戒得之言，迄申知足之請。進官一等，以寵其歸。守爾所聞，庶可以無大過矣。可。

太常少卿程瑀給事中

勑：王公坐論於上，士大夫作而行之於下，而諫諍糾駮、左右獻納之臣，得以可否捄正於其間，凡以建大中、持公道，相與保邦制治而已。具官某，抗志厲節，自其少時，行己立朝，信於士類。固嘗以忠實充諫列，以學業贊成均矣。朕方招延端士，使萃于朝，故召諸外臺，幾以自近。亟從禮樂之選，寘之平奏之司。益單厥心，以裨予治。可。

吏部侍郎李光吏部尚書

勑：魏以選士屬銓衡，蓋任人而不任法；唐以長行定資格，則任法而不任人。苟能其官，咸克用乂。具官某，自信甚篤，用心則剛。學不蕲於空言，才實周於衆務。比自侯服，俾之貳卿，既忠益之屢聞，亦勤勞之匪懈。惟六屬之長，成周兼以三公；而四選之官，尚書冠於二品。不次之舉，無曠是圖。益懋厥猷，庶其底績。可。

吏部侍郎李彌大户部尚書

勑：朕惟財用在於天下，出納總於地官，譬以百川之流瀦之萬頃之澤，苟決漏之不禁，則乾涸之可期。眷惟兵食之資，實繄制度之節。掌兹邦計，宜得國華。具官某，靜以有爲，寬而克濟。屢更要近，綽著風猷。凡此在廷之臣，莫先持橐之舊。進班常伯，如古司徒。儻無爽於阜通，且周知於盈縮，國用既足，邦本以寧。惟爾之休，亦朕之志。可。

徽猷閣直學士知漳州綦崇禮吏部侍郎兼權直學士院

勑：銓曹之敝極矣！猾賊之吏，舞文毁則，以遂其姦欺。其根深株連，長貳郎雖有擿伏振滯之心，能窒其敝而正厥愆者鮮矣。具官某，通敏之才，恢博之器，比以文學，典司綸言。進貳天官，綽有休譽。用還舊物，兼直禁林。已試之能，益觀成績。可。

給事中胡交修顯謨閣待制提舉江州太平觀

勑：朕博選雋良，置諸左右，苟勞侍從之事，陳進退之宜，朕亦不得强之使留也。具官某，寬裕靖共，犯而不校；學問詞采，用之不窮。退食自公，擇地而蹈。而乃以疾來諗，重違爾私。易之延閣之班，賦以殊庭之祿。用均勞佚，爰示寵綏。可。

李綱除觀文殿學士荆湖廣南路宣撫使兼知潭州

勑：朕睠彼荆湘之上流，旁連交廣之五管，震擾未靖，輯綏是圖，必得重臣，用康遠俗。具官某，器質英邁，才猷敏明。忠誠足以動衆心，剛果足以任大事。向繇人望，首置宰司。去國累年，公議攸屬。晉軍謀帥，莫居郤縠之先；周室任賢，有若召公之翰。俾專閫制，往布恩言。仍躋秘殿之華，式爲南服之伯。顧位均分陝，矧繫國步之方艱；庶功比平淮，無使古人而專美。惟予舊弼，無待費辭。可。

福建轉運判官張觷考功員外郎

勑具官某：四選之士，凡磨勘于吏部者，必繇考功。其予奪當否，士之升沉，利害繫焉，蓋不可不察也。以爾慷慨自任，才術有餘，起於諸生，通達世務。試以吏治，厥聞有休，召寘郎曹，益觀爾學。其往懋哉！可。

起居舍人廖剛權吏部侍郎

敕：自官制之行，六卿之貳，選任甚重。迺者推元祐之意，復攝行之官，雖品秩少殺而位遇略同，然爲從臣一也。具官某，學有師承，言無枝葉。夷考其素，行稱其名。既已擢在記言，侍朕左右，而天官右選，吏猥事繁，爾爲郎攝貳於此屢矣，既習其治，莫如爾宜。俾集選之士各得其平〔一〕，則稱朕所以懋官之意。可。

【校記】

〔一〕『集』，吳本作『習』。

故武功大夫康州防禦使提舉江州太平觀陳淬贈四官拱衛大夫遙郡觀察使與兩資恩澤

敕：捨生取義，士君子之所難。其有奮身戎行，能以死戰，褒卹之典，其可後乎！具官某，勇以赴功，忠於衛上。虜寇之入，適當其鋒。捐軀兵間，曾不顧計。贈官四等，旌勸兼焉。尚其精誠，知此湛澤。可。

李友聞復集英殿修撰差提舉江州太平觀

勑具官某：國家刑賞之施，未嘗不出於忠厚。爾比以緣累，褫職投閑。朕惟漢武之族李陵，不如魏文之待于禁也。矧爾荐更才使，至於耄期。秘殿修書，還爾舊物，殊庭之祿，以裕爾私。朕之恩則厚矣，其亦思所以報乎！可。

給事中黄叔敖兼侍讀權吏部侍郎廖剛兼侍講

勑：聖人之言，譬水火之爲用，前史之載，實龜鑑之具存。朕思廣聰明，旁資講讀，庶兼收於直諒，抑有助於艱難。以爾具官黄叔敖，儒雅飭躬，温良成性；以爾具官廖剛，淵源有自，勁挺不回。皆以時髦，深明古訓。繼金華之業，蓋無事章句誦説之繁；讀倚相之書，亦當有切磨諷議之益。其敷爾志，以沃朕心。可。

北山小集卷第二十八

内制　進故事

綦崇禮辭免吏部侍郎兼權直學士院不允詔緣學士院獨員，勑差撰

朕以卿政事文華，見推士論，而銓衡之地實藉於通才，詞禁之林方虚於寓直。睠予侍從之雋，邈在閩粤之邦，趣召造朝，肆班成命。是皆已試，僉以爲宜。奚事多辭，亟趨定著。

擬試武臣節度使除開府儀同三司制已下六道擬試

朕嗣有令緒，惟懷永圖。思洪濟於艱難，用克綏於寵祿。爰得鷹揚之佐，以摧鴟義之鋒。肆有褒陞，式敷渙號〔一〕。具官神資勇略，世篤忠勤。静以有謀，挺山西之勁氣；仁而有勇，振漢北之奇勳。自授鉞於齋壇，屢建牙於將閫。隻輪不返，殽函之旅盡殲；四方既平，江漢之功益懋。逮兹成績，益顯壯猷。敵愾戡戎，既大孚於衆望；疇庸進律，宜併示於明恩。是用徙鎮巨藩，視儀三事，益以爰田之入，與夫真户之封。於戲！漢祚中興，亦仗雲臺之將；唐基再造，實繫西平之功。惟肩乃心，何愧

前烈。可。

【校記】

〔一〕『涣』，吴本作『官』。

觀文殿學士除保大軍節度使制

經體贊元，入備百寮之長；陳師鞠旅，出臨十國之連。宣恩既歷於歲時，考績獨推於岳牧。肆頒休命，誕告群工。具官識造幾深，學通今古。允矣忠良之佐，慨然康濟之心。陳獨見之深謀，予得禁中之李牧；負兼資之大任，世知江左之夷吾。屬辭劇以偃藩，俾分憂於重鎮。克勤小物，用才履屐之間；不計近功，抗議拘攣之表。掃腥羶之孔熾，弭姦宄於未萌。宜旌屏輔之功，加賁節旄之錫。聲先鄜時，少寬西顧之憂；心在王家，未覺東征之遠。於戲！事君以道，固中外之無殊；爲政不難，唯兵民之咸服。尚資辰告，迄濟時危。可。

宗室開府郡王檢校太保加食邑制

周錫山川，魯國獨加於五等；漢盟帶礪，東平實冠於三公。矧緊近屬之尊，夙著强宗之譽，宜推慶賚，以報懋功。播告大廷，式孚群聽。具官親賢莫二，信厚有聞。誕惟閲理之多，灼知爲善之樂。處隆高之地，謙亨有君子之光；分節制之權，師正得丈人之吉。蓋默消於姦宄〔一〕，亦借重於藩維。位擬台符，虚右賢而作輔；勢均盤石，非同姓而不王。疏封以來，歷歲滋久。方均釐於屏翰，宜錫命之便蕃。秩視經邦，以繫四方之望；任兼制閫，仍陪萬户之封〔二〕。於戲！危溢是思，諒無忘於古訓；耄期不倦，當追美於前修〔三〕。欽哉惟時，以永終譽。可。

【校記】

〔一〕『宄』，原作『究』，據吴本、馬本改。

〔二〕『陪』，文淵閣本作『剖』。

〔三〕『追』，吴本作『進』。

資政殿大學士安撫大使奉國軍節度使制

宣力四方，必有股肱之賴；决勝千里，是資帷幄之臣。顧往布於恩言〔一〕，既俯安於疲俗。予方謀帥，求諸德義之宗；今乃得人，用付鉞旄之重。播敷渙號，以告昕朝。具官厚德足以服人，周才足以成務。寬而有制，善不近名。蚤膺俊彦之求，亟踐顯融之位。嘉謀大慮，卓爾非世俗所知；賦政觀風，慨然有澄清之志。自升華於秘殿，且借重於侯藩，知無弗爲，綽有餘裕。垂紳不動，折衝尊俎之間；投刃皆虚，還師衽席之上。肆疇咨於屏翰，益懋著於聲猷。大纛高牙，示兼資於文武；輕裘緩帶，庶率俾於華夷。於戲！輟頗、牧於禁嚴，方圖偉績；非管、蕭之亞匹，孰贊中興？無曠厥官，永膺多福。可。

【校記】

〔一〕『顧』，文淵閣本作『願』。

交阯國王加恩制

朕嗣有令緒，惟懷永圖。天子之守在四夷，雖有壍於菑穫；異姓之封者八國，蓋亦謹於藩籬。式于九圍，咸建五長。不寶遠物，敢忘修德之思；率由舊章，固有衍封之寵。用敷大號，以告庶工。具官世濟忠勤，神資材略。乃祖乃父，夙傾面內之誠；于蕃于宣，備殫奮武之節。睠茲南服，實撫全邦，正封克備於漢藩，軌道無踰於周索。華風是慕，梯航不絶於來廷；遐俗以寧，弓矢載櫜於弗試。屬受釐於宗祀，爰敷錫於厖恩。肆加疇爵之肦，益懋陪敦之賦。於戲！時享歲貢，尚永肩於一心；保國乂民，亦允膺於多福。服我休命，往其欽哉！可。

戒百官勤修職事詔

朕惟治古之時，在位者皆有秉德率義、干城衛上之心，在職者皆有首公徇國、砥節礪行之操。故下焉如手足之衛頭目，上焉如元首之有股肱。是以有所不爲，爲無不成；有所不征，征無不服。於虖，何修而可以臻此歟！　朕遭時艱危，枕戈嘗膽者，五年于兹矣。貪婪之虜，憑陵之勢未已；凋殘之境，愁歎之聲相聞。仰惟祖宗之謨烈，遠懷二聖之北狩，中夜待旦，如臨淵冰，眇然深思，未知攸濟。夫内修政事，外攘夷狄，固朕之志也，然明將勵翼、作而行之於下者，非公卿、將帥、士大夫之任乎？　乃若行污而寄治，靜言而用違；　進無去病辭第之忠，退無羔羊素絲之節；　收恩媚俗者莫肯去敝，伺時奪便者常懷利心；　以長慮爲私憂，以婾惰爲得計；　有一于此，朕何賴焉？　且宋興將二百載，方四方無虞，士大夫所以保族類而享安榮者，固我家之澤也。今天下騷動，而不與吾共安利之，可乎？《書》曰『無曠庶官，天工人其代之』，《詩》曰『靖共爾位，好是正直。神之聽之，介爾景福』，夫天工是代，而神實臨之，其可食其食而慢其事哉！　士大夫其恪勤無忽，則亦有無窮之聞，可不欽哉！

移蹕至臨安府手詔右僕射令作，余以是翰林學士職事，不果納

朕自承大統，于今五遷，豈唯紹復是圖，抑黔黎是念。然不常寧處，軍旅荐興，百姓之窮，失職者滋衆。朕不明于理，雖瘽身苦志，而安輯之効未云獲也，若疾痛在己，未嘗有忘焉。蓋人心無聊而欲陰陽調和、菑害不作，難矣。今者駐蹕吳會，以須天時，豈無輸轉之勞，與夫土木之役。至於供億之須亟下，征調之目寔繁，師徒所過，芻牧不禁，殘略之後，荆棘未除，儻又俾無良之人、貪賊之吏攘臂搖毒其間，斯亦甚矣！　夫邦本之不固而戡定是求，非所聞也。且徒善不足以爲政，徒法不能以自行。苟恤之以言而害之以政，導之以政而敗之以人，則朕獨能無愧乎？　有司其條具所以便民省事、戢姦去敝之實

以聞。

進故事罷講日，講筵官、翰林學士、兩省官輪進

《兩朝寶訓》：　天聖七年五月，上御承明殿，群臣請對者十九班。至第九班，賜輔臣食于殿門。有頃，再坐，引班奏事，至午乃罷。上以群臣奏事於前殿者或不能悉引，乃詔自今前殿奏事無過五班，餘許於便殿引對，仍於殿廬太官賜食。

臣聞仁宗皇帝既日御前殿，圖回萬幾；　退朝宫中，躬覽天下之奏；　間御便殿，宣召侍臣以閱書史。又詔辰時以前常留一班，以待御史、諫官之求對者；　又詔二府常日奏事後，如别奏事及非時特有留對者，毋拘時刻。慶曆八年，幸龍圖、天章閣，以手詔賜輔臣，問以威四夷、裕經費、革浮沉、擇牧宰、求將帥、立制度、備不虞者。又召翰林學士、三司使、知開封府、御史中丞，問以上躬闕失、左右朋邪、中外險詐、州郡暴虐、法令非便，至於己見，皆俾悉陳。又御迎陽門，召知制誥、待制至臺諫官，出手詔以問政理。既給筆札，使之即坐以對，又慮所懷未盡，聽别疏以聞。然而猶以爲未也，又詔三館臣僚各上封事，如須面陳，並許請對。當是時，宋興百年，車書混同，四夷退聽，休祥屢臻，天下可謂豐亨豫大治安之時矣。而仁宗皇帝焦心苦思，皇皇然常若有不測之虞近在旦暮者，何也？　非以是爲文具之美談、史牒之盛節而然也，其至誠惻怛、丁寧至到，蓋已孚於上下而効於一時，不可掩也。向使仁宗皇帝當衰亂之時，處艱危之地，則其所以焦憂求治者宜如何也！　臣意其勞心苦思、汲汲皇皇者，蓋雖宵衣旰食，

有不暇矣。夫以周成王時，周公爲輔，以聖人之才，佐承平之運，然而思兼三王，以施四事，其有不合，夜以繼日，仰而思之，幸而得之，坐以待旦。使周公而當今日，臣意其食息櫛沐、仰思坐待又有不暇者矣。夫天下之事，未有不思而得、不爲而成者也，此仁宗皇帝所以屈帝尊、覽群策，周公所以蚤夜深思，以濟天下之務者也。夫仁宗之時，不可得也，而仁宗之至誠惻怛、憂勞天下者蓋可爲也。周公之才，不可常也，而周公之吐握勤瘁者尚可學也。《易》曰：『天行健，君子以自强不息。』此人君之象也。日出暘谷，周行不殆，故歲功成而百物生。使天不健，日不行，則有生之物，天下之事，不幾乎熄矣？故曰：『彊勉學問，則聞見博而知益明；彊勉行道，則德日起而大有功。』使人主厲精於上，大小之臣丕應於下，然而事功不立、天下不治者，臣愚未之聞也。若夫不耕不植、不灌不薅，而待有秋之成、終年之逸，臣知其難冀也。九月二十日。

《三朝寶訓》：太平興國八年，太宗謂近臣曰：『國家之事，不以大小，皆有利害。朕近閲工作，見削藤者凡藤一斤，堪用者止三兩許，餘皆棄物。因念南方産藤，去京師六七千里，水陸輦送，虚爲勞費，當諭廣南諸州凡藤皆削褫訖輸京師。又大通冶出鐵〔二〕，以鍛兵器，比來輦送作坊，復更烹煉，然後可爲兵刃。當諭本冶製成刀劒之樸，乃以上供。如此二事，計省力役不少。天下無限利病，官吏不能爲朕經度。此固小事，當有大於此者。』宰相曰：『一州舒慘，全繫長吏。若精心勤事，上副聖旨，則境内之民受賜矣。』又有司以油衣帟幕故壞者請毁之，上曰：『此盡毁棄，亦可惜也。』乃令試加煮浣，再染練，付諸軍，創旗數千，皆采制鮮妙。因召三司使謂曰：『朕富有天下，豈慮少闕。但念耕織之苦，每事不欲枉費，卿等宜盡心。』又時東窑務請以退材供薪，詔使臣閲視，擇可爲什物者作長牀數百，分賜宰相、樞密、三司使。因謂李昉曰：『山林之木，取之甚費民力，反以供爨，亦可惜也。』昉曰：『陛下聖智高遠，勤儉求理。事無大小，動出意表。雖在微細，無有遺棄。古人以竹頭木屑皆可充用，正在于此。唯慙臣下不克盡副天心。』真宗嘗出尚書內省文簿示近臣，皆諸司奏知牓子，覆而書之。曰：『官中文簿，不費好紙，此先朝舊制，乃知惜費之旨也。』

臣觀太宗、真宗之時，四海初一，僭竊之國皆舉圖籍，封府庫，歸之有司。當是時，上下富實，錢穀幣帛，充牣陳朽，然且不忘恭儉，留神小物如此其至者，凡以畏天道而惜民財故也。則其天下欣戴、享國垂統、安榮長久者，非仁民愛物之効歟！夫古之賢臣進戒其君，未嘗不以恭儉爲本也。故曰：『慎乃儉德，惟懷永圖。』又曰：『儉，德之共也；侈，惡之大也。』此堯舜以來至于今，天下不易之論也。而近世講解之人，乃舉『克勤于邦，克儉于家』創爲一偏之説，以謂儉乃家人之行用，以啟人君廣大之心。其後怙權希寵之臣因得以藉口誤國，致天下於糜爛土摧而卒不能振者，以是故也。夫以天下之衆，而皇天立一人以君之者，凡使之司牧庇覆、生養安樂天下之人而已。故天下之人極所以尊榮資奉以報之，則今之稱號等威、禮儀奉事、貢賦共獻之制是已。此則天之道也。過是而欲使天下之人以逸豫侈靡、無藝不經之事奉之，非天道也。是則古人所謂『人臣踰制度，人主過天道』者已。傳曰：『節用而愛人。』今陛下愛人之心亦可謂至矣，而國用或不節，則雖欲愛人，固無繇矣。蓋用不節則國計不足，國計不足則必横斂於民，此必然之理也。今天下州郡無向者十之五六，而所存之郡又皆殘破之餘矣〔二〕。今户部財用之入無向者十之四五，而軍食浮冗之費則過於向者多矣，此非痛自儉約、上下一體、愛惜財用如祖宗時〔三〕，未有能濟者也。然每有事，則有司輒以近年制度爲率，或請減半，或三之一，而其費固已不勝其冗也。夫今之富實，豈可望宣和之半哉！而今類以減半爲多，且曰如是則削弱，如是則非國體，此亦不仁之甚，非所以承德意而愛生民也。然陛下每下詔札，未嘗不以播越微弱爲言，此少康、周宣之用心也，則所謂削弱者，非所諱也。且財用不給，則必益取諸民，椎膚剥髓，至使無衣食之資，則棄其田業，相煽爲盜，以人爲粮而已。當是時，削弱恐甚於裁損也。此臣愚所以私憂過計而太息流涕者也。十二月二日。

【校記】

〔一〕『又』，原作『丈』，據吴本、馬本改。

〔二〕『郡』，原作『那』，據吴本、馬本改。

〔三〕『儉』，吴本、馬本作『檢』。

《春秋左氏傳》：　莊公十年春，齊師伐我，公將戰。曹劌請見〔一〕。其鄉人曰：『肉食者謀之，又何間焉？』劌曰：『肉食者鄙，未能遠謀。』乃入見。問何以戰，公曰：『衣食所安，弗敢專也，必以分人。』對曰：『小惠未徧，民弗從也。』公曰：『犧牲玉帛，弗敢加也，必以信。』對曰：『小信未孚，神弗福也。』公曰：『小大之獄，雖不能察，必以情。』對曰：『忠之屬也，可以一戰。戰則請從。』公與之乘，戰于長勺。公將鼓之，劌曰：『未可。』齊人三鼓，劌曰：『可矣。』齊師敗績。

《史記·齊世家》：威王初即位以來，不治，委政卿大夫。九年之間，諸侯並伐，國人不治。於是威王召即墨大夫而語之曰：『自子之居即墨也，毀言日至。然吾使人視即墨，田野闢，民人給，官無留事，東方以寧。是子不事吾左右以求譽也。』封之萬家。召阿大夫語之曰：『自子之守阿，譽言日聞。然使使視阿，田野不闢，民人貧苦。昔日趙攻甄，子弗能救；衛取薛陵，子弗知。是子以幣厚吾左右以求譽也。』是日，烹阿大夫，及左右嘗譽者皆并烹之。遂起兵，西擊趙、衛，敗魏於濁澤而圍惠王。惠王請獻觀以和解，趙人歸我長城。於是齊國震懼，人人不敢飾非，務盡其誠，齊國大治。諸侯聞之，莫敢致兵於齊二十餘年。

臣觀齊魯方戰，曹劌問何以戰，而莊公答所以戰者，不曰人卒之衆多，甲兵之堅利，將師之才勇，而以惠民、事神、察獄之事卜之，何其迂也！史稱齊威王起兵西擊趙、衛，因以强霸，亦不曰勵兵秣馬、陳師奮武，而言誅一阿大夫、封一即墨大夫而出師克敵如此，此又何也？豈非惠信孚于上下〔二〕，刑賞當於人心，則人悦服，人悦服則士氣振，士氣振則赴功徇國、忘軀衛上之心生矣？如是則唯吾君之所欲爲而已。苟爲惠不足以及下，誠不足以格神，獄訟則失有罪而及無辜，而又姦諛苟媮者以蔽蒙而獲譽，首公盡力者以介特而見毀，如是則群下莫不解體矣。群下莫不解體，而有能敗敵人而成霸業者乎？然則曹劌之問、齊威之舉非迂闊也，不然，何以《詩》序周宣之中興，必曰『内修政事，而後繼之以外攘夷狄』乎？夫政事不修於内，而欲求攘夷狄之功，蓋未之有也。十二月八日。

【校記】

〔一〕『曹』，原作『晉』，據吳本、馬本改。

〔二〕『惠』，吳本作『忠』；『上下』，吳本作『平日』。

《唐書・韓休傳》：休直方不務進趨，既爲相，天下翕然宜之。帝嘗獵苑中，或大張樂，稍過差，必視左右曰：『韓休知否？』已而疏輒至。嘗引鑑，默不樂，左右曰：『自韓休入朝，陛下無一日歡，何自戚戚不逐去之？』帝曰：『吾雖瘠，天下肥矣。且蕭嵩每啟事，必順旨，我退而思天下，不安寢；韓休敷陳治道，多訐直，我退而思天下，寢必安。吾用休，社稷計耳。』

臣聞猛虎在山，則藜藿爲之不采。古之爲國者，其恃以爲社稷之重，不在於才智疏通之士，而常在於忠惷剛鯁之臣。所謂『招之不來，麾之不去』，憂國如飢渴，喟然動衆心，而爲人主之所嚴憚，臣下之所欽畏，允所謂『邦之司直』者。故淮南王謀亂而其所憚者不在於公孫洪、衛青，以謂洪可說而下、青可刺也，而所憚者汲黯而已。黯之居官，無以踰人，其才智、功業未有見也，徒以其能面折庭諍，有伏節死義之心，然則厭難折衝之功果常在此而不在彼也。後世自宰相已下，往往以伺候顏色、承順上指爲能，而上亦以是爲事君之體而責望其臣。此是非可否、犯顏逆耳之論所以不日陳於前，而以輭熟從諛者爲可喜，剛勁朴直者爲可憎也〔一〕。天下所以治常少而亂常多者，豈不在是歟？若韓休，可謂知事君之義矣。而明皇寧使己瘠而肥天下，蓋不唯容之，又每屈身從其諫，此開元之治所以幾於太平也。使明皇常如是，則豈有天寶之亂乎！二月十四日。

【校記】

〔一〕『朴』，原作『材』，據吳本、馬本改。

《唐書·張九齡傳》：范陽節度使張守珪以斬可突于功〔一〕，帝欲以爲侍中。九齡曰：『宰相代天治物，有其人然後授，不可以賞功。國家之敗，由官邪也。』帝曰：『假其名若何？』對曰：『名器不可假也。有如平東北二虜，陛下何以加之？』遂止。

臣竊以謂爵賞者，人主所以勵世勸功之具也。然賞不償勞，則人不覩爲善之利；賞之過量，則無以供來日之求。此古之圖治之君、體國之士所以未嘗不致意於斯者也。夫以張守珪之斬可突干，亦可謂雋偉之功矣，故唐明皇欲以宰輔之秩命之。而九齡以爲不可者，蓋近則欲適當其功，遠則求可繼於後也。苟有能平東北二虜者，則宰輔之上，無官以賞其功矣，故不可不慎也。豈唯爵賞爲然，而刑罰亦如是也。漢文帝時，有盜高廟玉環者，文帝欲族誅之，而廷尉張釋之奏當棄市而已，以謂有如盜發長陵，則將何以罪之？此可謂知治體者矣。使人主每於賞罰之際以是思之，則賞莫不當其功，而罰莫不當其罪矣。又豈有觖望而致亂、淫刑而罔民之事哉！十二月廿一日。

【校記】

〔一〕『于』，原作『有』，據吳本、馬本、袁本改。

北山小集卷第二十九

進講

論語卷第三　講義第十五授十月十三日

雍也第六

子華使於齊，冉子爲其母請粟。子曰：『與之釜。』請益。曰：『與之庾。』冉子與之粟五秉。子曰：『赤之適齊也，乘肥馬，衣輕裘。吾聞之也：君子周急不繼富。』原思爲之宰，與之粟九百，辭。子曰：『毋！以與爾鄰里鄉黨乎？』

臣以謂夫以車馬衣服之盛如公西赤之家，則遺母之粟冉有無請可也。故孔子姑與之以六㪷四升之粟以示意焉，而冉有不達，又請益之。孔子疑於有愛於粟也，故頓益之而至於四十六斛也〔一〕。冉有不受命，遽以八十斛之粟與之，孔子所以惡其繼富也。以原憲之貧，所謂蓬户桑樞、甕牖二室者，則其貧可知矣。故孔子爲司寇，而使憲爲之宰以祿之，而與之以九十斛之粟也。然原憲辭之，而孔子不聽，姑俾以其餘以與鄰里鄉黨者。孔子非有固必於多寡之間也，亦施之當而已矣。然古量比今㪷爲四升，則九十斛之粟當今三十六斛而已。以見古之賦予有制，而不爲無藝之費也。至西漢，奉給固已用錢，如光祿大夫之奉，十有二千而已，然當時貢禹固已自謂『祿賜愈多，家日以富』。以此推之，則古之國用所以易足而不至於厚斂於民者，皆若此也。夫孔子與公西赤之粟寡而不爲嗇，與原憲之粟多而不爲汰，適於當而已。夫聖人之所云爲注措，至合於天道、當於物理則已矣。《傳》曰：『天之道，其猶張弓乎？高者抑之，下者舉之，有餘者損之，不足者補之。』此天之道、物之理也。推孔子與粟之意而達之於天下，是則天之道也。後世天下之民至有飢無以食，寒無以衣，仰事俯蓄無以遂其私恩，至於父子兄弟不相見，夫婦離散，以轉徙於道路溝壑，可謂急矣。而爲之上者，不唯不周之，又縱貪殘之吏爲掊刻之術，以奪其衣食生生之資。而公卿大夫、將相貴近之家，泉穀之積，金帛之多，至不可勝數矣〔二〕，方且加之以厚祿，益之以横賜，傾國帑而用不足，則又斂憔悴之民、破編户之産而取之。其爲繼富，不亦大乎！烏在其周急也？臣俱進講。

【校記】

〔一〕『四十六斛』，文淵閣本作『十六斛』。

〔二〕『泉穀之積』三句，文淵閣本作『金刀之積，累若丘山；粟帛之多，至於紅朽。驕奢横溢，不可勝數』。

孟子卷第一　講義第三授

梁惠王曰：『寡人之於國也，盡心焉耳矣。河内凶，則移其民於河東，移其粟於河内；河東凶亦然。察鄰國之政，無如寡人之用心者。鄰國之民不加少，寡人之民不加多，何也？』孟子對曰：『王好戰，請以戰喻。填然鼓之，兵刃既接，棄甲曳兵而走，或百步而後止，或五十步而後止。以五十步笑百步，則何如？』曰：『不可。直不百步耳，是亦走也。』曰：『王如知此，則無望民之多於鄰國也。不違農時，穀不可勝食也。數罟不入洿池，魚鼈不可勝食也。斧斤以時入山林，材木不可勝用也。穀與魚鼈不可勝食，材木不可勝用，是使民養生喪死無憾也。養生喪死無憾，王道之始也。』

臣以謂梁惠王知移民於河東以就粟，移粟於河内以捄荒，是亦仁民之意也。然不知爲政以行之，而望民之多於鄰國，此孟子所以譬之以五十步笑百步也。然爲政則如之何？如春省耕、秋省斂，凡起徒役，家毋過一人；用民之力，歲不過三日。若此，則不違農時，民皆得以盡力於稼穡，而有所謂『三年耕，餘一年之食』者，則其穀至於不可勝食也宜矣。數罟，密網也。不使密網入於洿池，則魚鼈之小者皆得以遂其生育蕃大之宜矣，而又如所謂『𣾰人以時𣾰，鼈人以時籍，魚鼈則與民同其利』者，未嘗有竭澤之憂焉，如是而魚鼈不可勝食矣。斧斤以時入山林者，不唯無宫室臺榭華侈之役，旦旦以伐之而已，如山虞林衡之所掌，所謂『仲冬斬陽木，仲夏斬陰木。凡服耜，斬季材』者，未嘗不有時焉，則材木至於不可勝用也亦宜矣。夫艱食鮮食與夫材木之用皆有餘而不匱，則所謂養生喪死之具，豈不有餘裕哉！如是則雖有凶荒之歲而民不病矣，豈噓濡小惠之比哉！昔者子産之爲政於鄭也，以其乘輿濟人於溱洧，而孟子譏之，以謂『安得人人而濟之』，以其不知爲政也。故曰『十一月徒杠成，十二月輿梁成，人未病涉也』。使子産以愛民之意而施之於政，則舉鄭國之人無復病涉之憂矣。此徒善不足以爲政，所以無取於聖人也。且養生喪死無憾而以爲王道之始何也？今夫天下之民，其窮困至於生無以養、死無以葬，則其奪攘矯虔之事，生於憔悴無聊之心，蓋將無所不至矣。雖欲安且治，得乎？由此觀之，則養生喪死無憾，其爲王道之始也明矣！

論語卷第三　講義第十七授十月十九日

雍也第六

季康子問：『仲由可使從政也與？』子曰：『由也果，於從政乎何有？』曰：『賜也可使從政也與？』曰：『賜也達，於從政乎何有？』曰：『求也可使從政也與？』曰：『求也藝，於從政乎何有？』

臣觀孔子之門弟子衆矣，而冉有、季路皆以政事稱焉。子貢雖以言語稱，然其爲有用之才，亦可見矣。而季康子方以可使從政與否問於孔子，此孔子所以各言其所長，而以謂『於從政乎何有』也。『於從政乎何有』者，蓋言其優爲云爾，猶孟子所謂『於答是也何有』也。以季路之果敢，子貢之通達，冉有之才藝，則其於從政亦恢恢然有餘地矣。夫柔懦不斷非所謂果，闇滯不通非所謂達，乖剌不才非所謂藝，若是而使之從政，則事不舉而人受其敝矣。且以季康子，猶知求可使從政之士而問之孔子，是將知其可使從政而後與之從政也，豈大官大邑而肯使之學製乎？昔者子皮相鄭，欲使尹何爲邑。曰：『愿，吾愛之，不吾叛也。使夫往而學焉。』子産曰：『不可。人之愛人，求利之也。今吾子愛人則以政，猶未能操刀而使割也，其傷實多。子有美錦，不使人學製焉。大官大邑，身之所庇也，使學者製焉，其爲美錦，不亦多乎？』夫三子者，孔子目之以果、以達、以藝，是可以從政之才也，夫然後可使從政。然當是時，仲由固已嘗爲季氏之宰矣，而謀墮三都以彊公室，宜非季康子之所知也。其後季康子卒以冉求爲宰。哀公十一年，冉求爲季氏將師，以與齊戰於郎而克之，而季康子於是思孔子而欲召之也。至於子貢一出，存魯、彊晉而霸越，凡此豈非果、達、藝之明効歟？然果則勇於敢，而有不得其死之理；達與藝則必疏通警敏之人也。故子路卒死蒯聵之難於衛；而子貢以談説遊四方，而有貨殖之累；冉求以順其君之欲爲務，而爲季氏聚斂之臣。故伏節死義、犯顔逆耳之事，常在於愚戇朴魯之人；而諛悦嗜利之徒，常出於疏通警敏之士。於斯略可見焉。

孟子卷第一　講義第五授

梁惠王曰：『寡人願安承教。』孟子對曰：『殺人以梃與刃，有以異乎？』曰：『無以異也。』『以刃與政，有以異乎？』曰：『無以異也。』曰：『庖有肥肉，廄有肥馬，民有飢色，野有餓莩，此率獸而食人也。獸相食且人惡之，爲民父母，行政不免於率獸而食人，惡在其爲民父母也？仲尼曰：「始作俑者，其無後乎！」爲其象人而用之也。如之何其使斯民飢而死也？』

臣觀孟子告梁惠王以王道之始與夫制民之産之意，所謂『五畝之宅』、『百畝之田』之類是也。而又及於爲政以殺人者，如『狗彘食人食』之類是也，於是其言有槩於王心者，此梁惠王所以有『願安承教』之言也。夫刃之與政，其殺人無以異，猶梃之與刃也。然臣以謂政之殺人有甚於刃者，蓋政之所及者廣，而其爲禍深且久故也。此苛政之害，孔子所以知其甚於猛虎者也。庖有肥肉，廄有肥馬，是奪人之食以食馬畜也，因是而民有飢色，野有餓莩，豈非率獸而食人乎？古者馬不皆食粟，而有『食粟之馬』焉。故《傳》稱季文子相魯，而家無衣帛之妾與食粟之馬也。所謂粟者，菽麥之類皆是也〔一〕。吳越之地，菽麥之生者寡，比者行軍所過州縣，皆斂稻穀以食馬。二石之穀，一石之米也。斂萬石之穀以食馬，則民間無五千石之米矣，此其所以飢色餓莩常相屬於野也。夫初以人食食馬畜，非有意於使民飢而死也，而馴致於使民轉而爲餓莩者，是始作俑而終必至於用人之類也。古者用偶人以從葬，所謂俑也。其後浸以用人，此《黄鳥》之詩所爲作也。《禮》曰：『孔子謂爲塗車者善，謂爲俑者爲不仁，蓋爲俑者殆於爲殉故也。』然則製器創物者且不可不慎如此，而况於爲政乎？其可不慎其始而思其終也！

【校記】

〔一〕『麥』，原作『麦』，據文淵閣本改，下同。

論語卷第三　講義第十九授十月二十三日

雍也第六

子曰：『賢哉回也！　一簞食，一瓢飲，在陋巷，人不堪其憂，回也不改其樂。賢哉回也！』

臣竊以謂以顔子之賢，而孔子所以賢之者，乃在於簞食瓢飲之間，何其細也？　是不然。夫將以觀人之得道淺深與夫志之小大，必於此乎觀之則得矣。且孔子之門人，其賢可以爲邦者唯顔子。然以一簞之食、一瓢之飲，屢空於陋巷，以人所不堪之憂而方不改其樂，則其所養可知矣，是其所以爲顔子者也。能不隕穫於貧賤，則能不充詘於富貴；　能不爲貧賤之所移，則能不爲富貴之所淫。此孔子之所謂『儒』而孟子謂之『大丈夫』者也，夫然後可以任天下之重。伊尹之耕於有莘也，唯其禄之以天下弗顧也，繫馬千駟弗視也，故能起而佐湯，而成有商之業。傅説唯其樂道於版築之中也，故能起貧賤而佐高宗，以成中興之功。何則？　其在己者重，故不以富貴易其操也。則其於爲國乎何有？　若其戚戚於貧賤者，是必汲汲於富貴者也。出而仕，鮮不爲懷利患失之夫矣，其能以道事君乎？　故三代而上，其臣之以道自任者，不可以爵禄寵利拘，而可以禮致也。三代而下，其臣往往有自衒自鬻、圖利於其君之心，故人君因以謂非我之爵禄寵利，則無所用其才而顯其身，於是有驕士之心，而待士之禮亦薄，故樂道固窮豪傑之士亦因是而不至，是上下胥失也。若顔子之樂道忘憂，則雖簞瓢陋巷而可以終身，雖三公之位、萬鍾之祿而若其固有，如是，而有以貧富、貴賤、死生動其心者乎？　此孔子所以深嘉而屢歎也。

冉求曰：『非不説子之道，力不足也。』子曰：『力不足者，中道而廢。今女畫。』

臣竊以謂孔子之道雖極高明，而其所以行己教人者，未嘗不道中庸也。則雖冉求之才，固可勉而致焉，而乃自以爲力不足，而有『非不悦子之道』之言，此孔子所以謂其畫也。夫所謂力不足者，譬之負百鈞之重，行百里之塗，而非其力之所能勝者，則半塗而不能進者有矣，是所謂中道而廢者也。何哉？力不足故也。至於力之所能勝，行之所能至，然而自以爲不能，則是畫也，非力不足也。畫者，非有自進之心，直自以爲不能而已耳。豈唯學者爲然，而爲國者亦猶是也，昔者孟子嘗言之矣。且齊宣王有千里之國、諸侯之位，可以保民而王者也，而宣王不之爲之，是畫也，非力不足者也。故孟子譬之以謂『挾泰山以超北海，語人曰「我不能」，是誠不能也』，孔子所謂力不足者也；『爲長者折支，語人曰「我不能」，是不爲也，非不能也』，是孔子之所謂畫也。今欲於朞月之間一天下、返舊都、致太平、興禮樂，是則力不足矣，是挾泰山以超北海之類也。今欲勤聽斷、明政刑、節財用、慎舉措、修軍政、紓民力、進賢能，以馴致中興之功，此則可爲之事也。苟不爲焉，是則畫也，是爲長者折枝而自以爲不能之類也。

孟子卷第一　講義第七授

孟子見梁襄王，出，語人曰：『望之不似人君，就之而不見所畏焉。卒然問曰：「天下惡乎定？」吾對曰：「定于一。」「孰能一之？」對曰：「不嗜殺人者能一之。」「孰能與之？」對曰：「天下莫不與也。王知夫苗乎？七八月之間旱，則苗槁矣。天油然作雲，沛然下雨，則苗浡然興之矣。其如是，孰能禦之？今夫天下之人牧，未有不嗜殺人者也。如有不嗜殺人者，則天下之民皆引領而望之矣。誠如是也，民歸之，由水之就下，沛然誰能禦之？」」

臣聞《禮》曰：『天子穆穆，諸侯皇皇，大夫濟濟，士蹌蹌，庶人僬僬。』此言其容止之不同也。《傳》曰：『德敬應和曰穆。』然則施之容止，則所謂穆穆者，有欽而和之貌焉。夫所謂『望之不似人君』者，言梁襄王無人君之威儀，非所謂穆穆皇皇之容者也。『就之而不見所畏焉』者，蓋遠而望之，既不得其所以爲人君之威儀矣，則又就之，而亦不見其所可畏之威儀，非所謂『儼然人望而畏之者』也。子夏之言君子也曰：『望之儼然，即之也溫』，史稱堯曰『望之如雲，就之如日』，蓋古者觀人之威儀容止，類以遠近言之如此。觀孟子言人心之去就、爲國之存亡，以一言判之曰『仁與不仁而已矣』。當是時，諸侯日以干戈相侵伐，無非所謂『爭地以戰，殺人盈野；爭城以戰，殺人盈城』者，此亦不仁之甚矣！雖謂之嗜殺人，可也。夫諸侯皆好殺人，而一國獨不好殺人，則民之喜而戴之，何啻旱乾苗槁之時而得霖雨也？豈唯吾國之人喜而戴之，而天下之人亦莫不與之矣，此所以能一天下也。何哉？仁而已矣。今夫仁心仁聞未達於天下，而又仁政未之行焉，而欲天下莫不與之，難矣！天下不與之且不可，而況有胥怨之心乎？如此而求其愛之如父母，好之如椒蘭，致死力以衛其上，益難矣！然則一天下者，將何以哉？亦有仁而已矣。

論語卷第三　講義第二十一授二月二十一日

子曰：『孟之反不伐。奔而殿，將入門，策其馬，曰：「非敢後也，馬不進也。」』

臣謹按《春秋》，哀公十一年五月，公會吳伐齊。甲戌，齊國書帥師及吳戰于艾陵，齊師敗績，獲齊國書。《左氏傳》曰：『師及齊師戰于郊，齊師自稷曲。師入齊軍，右師奔，齊人從之。孟之側後入以爲殿。抽矢策馬曰：「馬不進也。」』所謂師入齊軍者，冉有之師也。反者，孟之側之字也。當是時，冉有用矛於齊師，故能入其軍，孔子義之。右師雖奔，齊人逐之，然不以敗聞者，孟之反爲之殿故也。然齊人終以敗獲，則孟之反之功亦大矣，乃欲晦其迹而不伐其功如此。然則後世之臣無其功而掠其美以欺天下之人者，聞孟之反之風，亦可少愧矣！

子曰：『不有祝鮀之佞，而有宋朝之美，難乎免於今之世矣。』

臣聞所謂佞者，説者以謂有口才，或曰才也。如子路有文過之言，而孔子以謂『是故惡夫佞者』。或謂『雍也仁而不佞』，而孔子謂『禦人以口給，屢憎於人，不知其仁，焉用佞』，然則佞者亦敏給之才之稱耳。後世以爲諂諛之類，非也。衛之大祝曰鮀，其字子魚。定公四年三月，諸侯會于召陵。衛子行言於靈公曰：『會同難，嘖有煩言，莫之治也。其使祝佗從。』衛侯以子魚行。至會，將長蔡侯，子魚爲萇弘言尚德不尚年與夫管蔡之事，乃長衛侯於盟。觀此則鮀之敏給之才可見矣。宋朝，宋之公子，美而淫，衛靈公夫人南子通焉。定公十四年，衛侯爲夫人南子召宋朝，大子蒯聵羞之，欲殺南子，不克，而奔於宋。然孔子何以言『不有祝鮀之佞，而有宋朝之美，難乎免於今之世』耶？臣竊以謂蓋孔子爲衛靈公而發也。孔子在衛久，是必於斯時也有激而云爾。且衛蒯聵之出奔，定公十四年也。已而孔子去魯司寇而適衛，居十月，而去衛過蒲，月餘而復反。又居月餘，衛靈公與夫人南子同車，宦者雍渠參乘[一]，出，使孔子爲次乘，孔子醜之，而去衛過曹。是歲，定公十五年也。夫以衛靈公之無道如此，然而不喪者，以其所任之臣各當其才，如祝鮀輩，故能免於斯世也。故子言衛靈公之無道也，康子曰：『夫如是，奚而不喪？』孔子曰：『仲叔圉治賓客，祝鮀治宗廟，王孫賈治軍旅。夫如是，奚其喪？』且祝鮀之才見於召陵，使諸侯不能弱其君，而有以亢其國，豈直治宗廟之功哉！此夫子所以言衛靈公能免於斯世者，以有祝鮀之才而用之。不然，徒有宋朝之醜，而無衆才之任，則其喪也久矣。《詩》曰：『無競維人，四方其訓之。』言人君莫强於用人也。一祝鮀，猶能使衛靈公免其身而不喪，況得賢人君子而用之乎？

【校記】

〔一〕『宦』，原作『官』，據吴本、袁本改。

孟子卷第一　講義第九授

王説曰：『《詩》云：「他人有心，予忖度之」，夫子之謂也。夫我乃行之，反而求之，不得吾心。夫子言之，於我心有戚戚焉。此心之所以合於王者，何也？』曰：『有復於王者曰：「吾力足以舉百鈞，而不足以舉一羽；明足以察秋豪之末，而不見輿薪」，則王許之乎？』曰：『否。』『今恩足以及禽獸，而功不至於百姓者，獨何與？然則一羽之不舉，爲不用力焉；輿薪之不見，爲不用明焉；百姓之不見保，爲不用恩焉。故王之不王，不爲也，非不能也。』曰：『不爲者與不能者之形，何以異？』曰：『挾太山以超北海，語人曰：「我不能。」是誠不能也。爲長者折枝，語人曰：「我不能。」是不爲也，非不能也。故王之不王，非挾太山以超北海之類也；王之不王，是折枝之類也。』

臣竊以謂齊宣王雖非戰國之賢君，然其良心固在也，故見一牛之將就死地，則惻然有不忍之心而捨之。夫不忍之心，仁之端也。推是心而廣之，則仁不可勝用矣。此孟子所以知齊宣王之可與行王道也。國人徒見其以羊易牛，是以小易大，因以爲有愛於其財，而不知推之於不忍之心也。此孟子言之而齊宣王之所以説也。齊宣王之恩能及於禽獸如此，而不能推是心以恩加於百姓，是力足以舉百鈞而不舉一羽，明足以察秋毫之末而不見輿薪之比也，必無是理矣。夫以千里之國、諸侯之位，有可爲之勢，推不忍之心而行王政以成王業，此非不可能之事也。然不爲焉，是猶折枝之易而以爲不能，非不能也。夫人主患無求治之志，而不患治之不成；患無可爲之資，而不患行之不至。故自以爲不能者，謂之自棄；而謂其君不能者，謂之賊其君者也。

北山小集卷第三十

墓銘一

寶文閣直學士中大夫致仕太原郡開國侯食邑一千四百户食實封一百户贈正議大夫王公墓誌銘

宣和六年夏，寶文閣直學士、中奉大夫、提舉亳州明道宫、太原侯以病告老，詔遷中大夫，以舊職致仕。七月四日，公疾不起。鎮江府以聞，詔贈正議大夫，下二淛轉運司助襄事。越十一月十日，葬公于丹徒縣長樂鄉馬鞍山之原。合諸碩人滕氏之窆，禮也。明年，其孤樅以狀請銘于俱，俱以公名德之重、侍從之老，當得道藝、爵齒相先後者銘，辭不稱。樅泣且言〔一〕：『惟公先公所器重，知先公之志業又詳，否則無以慰九原。』俱于是不敢辭。公諱渙之，字彦舟，姓王氏，衢州常山人。曾大父敏，曾祖母璩氏。大父言，高郵軍判官，贈光禄大夫。祖母徐氏，贈長安郡太君。父介，以直氣讜言聞天下，官至尚書祠部郎中、祕閣校理，贈少師。母蔣氏，贈越國太夫人。公以元豐二年一舉登進士甲科，有司疑年未及銓格，公即日出都。已而有旨，特除武勝軍節度推官。是時太學生上書論太學教養無術，三舍取士不實，興大獄。于是新法度，更置師儒，親自上選，首除敦厚通經術者數人充内外學官，以公爲杭州州學教授。元豐八年，遷宣義郎，知潁州潁上縣事。改越州教授，再移杭州教授。元祐三年，以太學博士召，遷宣德郎。七年，校對祕書省黄本書籍，遷奉議郎、武騎尉。九年，丁越國夫人憂。服除，朝廷且用之，公力請外，通判衛州。紹聖五年，續編《兩朝魯衛信録》，置局樞密院，延英豪以待用，公首被其選。元符三年〔二〕，遷承議郎、雲騎尉。聖上登極，大臣交薦，召對。時方以日食正陽之月，下詔求直言，公因言：『求言非難，聽之難；聽言非難，察而用之難。求而不能聽，聽而不能用，非所謂應天以實者也。堯舜設敢諫之鼓，三王立誹謗之木，自公卿大夫至百工商賈，咸得因事獻言。是無時不求，無言不聽，無聽而不用也。由漢而下，正風寖微，言路堙塞。然每有天變，輒下直言之詔，其畏天愛人如此。而下之報上，乃或不然。以指陳闕失爲訕上，以阿諛諂佞爲尊君；以論議趣時爲國是，以可否相濟爲邪説。其於大臣權要，則觀望附會，相戒以默。志士仁人知言之無益也，不復有言；而小人懷姦儌倖，肆爲詭譎可駭之論，以爲偷合苟容之計。此尤不可不察者也。願陛下虚心公聽。言無逆遜，唯是之從；事無今昔，唯當爲貴；人無同異，唯正是用。如此，則人心説，治道正，天心得矣。』上延納久之，且命以諫官、御史。公固辭，曰：『臣以執政大臣薦而任諫官、御史，恐無以示公。』乃命除尚書吏部員外郎，充國史院編修官。以霈恩遷朝奉郎，賜五品服。尋兼《哲宗實録》檢討官，修《元符勑令》參詳官，遷尚書左司員外郎。建中靖國元年，遷起居舍人。一日賜對，上面諭以『詞臣之選難其稱，今大禮甫近，正須得人，卿可當其任者』。公頓首辭。即日召試，除中書舍人，充實録修撰，賜三品服。晨趨省，省吏送詞頭，自尚書、中執法與外召還者凡三十三制，當直者已書曆，輒以病告。公不辭，蓋屬辭如流，無難色。崇寧元年，遷給事中，加飛騎尉，封丹陽縣開國男，食邑三百户。尋遷尚書吏部侍郎。

明年，以寶文閣待制知廣州，道削職，知舒州。時淮右飢，流徙猥至〔三〕。公命附城茇舍以次振廩之，所活幾萬人。三年初，立黨籍，罷，提舉南京鴻慶宫。是年秋，上以公與同時數公姓名付三省，尋以公知福州，道移廣州，廣南東路經略安撫。崇寧四年，遷朝散郎，加驍騎尉，就復集賢殿修撰。五年，復顯謨閣待制。廣爲嶺南都會，番夷雜處，吏事繁猥。公政理詳明，恬若無事。有番豪殺其奴，舶司援舊例，送番長杖笞。公不可，送有司論如法，自是諸番知畏。戢海舶，以祖宗舊數爲之制，給官印以驗實，乃得行棹楫，不應法，皆没入。分配巡捕官，姦盗無所容。在政三年，一路之廣，周環萬里，歲豐人和，盗賊衰熄。大觀元年，召赴闕，且以爲吏部侍郎。論者言公與陳瓘、龔夬、張庭堅厚善〔四〕，元符末有害初政者，黜知洪州。論者不已，移知滁州。至滁未踰時，起知潭州，充荆湖南路安撫使。遷朝請郎，仍加騎都尉。進封開國子，加食邑二百户。前此，傜賊間出，病居人。公命謹斥候、嚴紀律，諭以利害，各毋侵擾，邊境以寧。崇寧二年，遷朝奉大夫，移知杭州，兼兩浙西路馬步軍總管。時新建帥府、修城壁、完守具，事集而人不知。居一年，差提舉洞霄宫。公罷，部使者行府事，亟榜賓次曰：『造作局官雖故皂史，然官有品，承前不接坐非是。自今接見如賓禮。』凡公所施置，多見廢格，公無愠言。久之，起知河南府兼西京留守司公事，充京西北路安撫使。道移知揚州，充淮南東路馬步軍總管。四年，召赴闕，以給事中兼實録修撰，同修國史，編修《神宗寶訓》。遷吏部侍郎，加上騎都尉，進封開國伯，加食邑二百户。遷朝散大夫。政和元年，以顯謨閣待制出知壽州。言者以故相商英黨，不宜守郡，削職，提舉舒州萬壽宫。五年，復寶文閣待制，提舉江州太平觀，遷朝請大夫。六年，起知滁州。七年，遷朝議大夫，進封太原郡開國侯，加食邑四百户。重和元年，移知潭州兼荆湖南路安撫使。居數月，移中山府路安撫使，兼知定武軍。過闕，上賜對勞問。時公末疾雖平，進趨猶小異，留賜御府藥，且面授湯劑之宜。遷寶文閣直學士以寵行。公至中山，一以鎮靜爲務。明年，朝廷方議北伐，差提舉亳州明道宫。三年，遷中奉大夫，加食邑三百户，食實封一百户。公之卒，享年六十有五。子二人：曰樅，朝奉郎，新差河北路轉運司管勾文字；曰楹，承務郎。孫一人，曰光遠，登仕郎。女四人，早卒。公天性端厚，自爲兒時不妄戲笑，見者不敢慢，期以遠器。年十五，居少師喪，哀毁骨立。未冠，一旦以諸生奉大對，褎然文采動一時，多士無出其右者。然公方泊然，無仕進意。教授州學六年，書《博士考》五，時人莫測也。嘗從容語人曰：『乘車常以顛墜處之，乘舟常以覆溺處之，仕宦常以不遇處之，無事矣。』紹聖間，公免喪還朝，見宰執政事堂，即請外。既得通判衛州，曾丞相布時知樞密院，聞公賢而未識也，亟使人召公，公辭以事，即日行。未幾，曾公辟置修書局，一面益加重。公論事正平，不爲峻厲不可奪之言，而其從容諷議，卒歸於正，人亦莫能奪也。及進從班，公望益孚，其風度器業，人以宰輔期之。而上實器遇公，後雖流落藩郡，見貌類公者，上曰：『是似王某。』蓋念之不衰。及召自湖南，顧睞甚渥。使公不病，必且留，留必用，公之志或有見焉。公更六鎮二郡，皆以清淨不察察爲治。在後省，其命詞書讀，不視時爲出納重輕也。在銓部，舉大綱而已。惟公簡而和，靜而敏，端亮而有容，觀其雍容醖藉、進趨語默，知其爲德人也。平居寡言，出言成文，必詣理而中會。及論古今治道，亹亹而不煩。見公者勢利俚俗之言不能出口。俱常以謂公有叔度之宏雅，而無東漢之沽激〔五〕；有猷之之風流，而又無晉人之狂放。識者以謂知言。昔周公作《立政》，亟稱『克用常人』；箕子陳《洪範》，以無作好惡、偏黨、反側爲王道。公初以小官見上，其言明白深純，有合乎大中正直之道者。蓋自燕間所稱，更世之故以至艾耆，而志未嘗不一於斯也。若公可謂有常德者，非耶？使公進不當杌隉變更之時，留侍帝前，日以所學備顧問，朝夕獻納，契上心，適幾務，福被天下豈少哉？不然，天下治安，使公端委廟堂，經體論道，俾百僚各得其職，循理守成，以阜康元元，且必爲名宰相。公有文集三十卷。而公初賜對所以告上之言，俱獨盡載而又論之詳焉，亦以見公之志爾。銘曰：

惟皇建極，福兹黎元。無反無側，無陂無偏。無作好惡，其爲如天。公初召見，揚于帝前。美哉洋洋，大臣之言。政無故新，惟是之從；人無異同，惟正之庸。由初入朝，獻納諷議。壯老行藏，一志于是。公在朝廷，將美贊猷。不亢不隨，惟德之休。出臨一邦，爰制閫外。綏之拊之，不約而治。有匪君子，性與道侔。何以求公，盍視其流。如彼麟鳳，來下來游。不鶩不馳，莫與之儔。公言不亡，公志莫施。尚考公德，視此銘詩。

【校記】

〔一〕『泣』，原作『沮』，據吳本改。

〔二〕『三』，吳本作『二』。

〔三〕『徙』，原作『徒』，據文淵閣本改。

〔四〕『夬』，原作『史』，據清鈔本、《宋史·龔夬傳》改。

〔五〕『沽』，文淵閣本作『苛』。

朝散郎直秘閣贈徽猷閣待制蔣公墓誌銘

公諱彝，字子有，姓蔣氏，常州宜興人。漢太尉浚遒侯横者，有子九人，其季曰默，曰澄，封維岱亭鄉侯，始家宜興，公則亭侯之後也。曾祖諱九皋，累贈太傅。祖諱堂，尚書禮部侍郎，爲時名臣，國史有傳，累贈少師。考諱長源，莊重博雅，不以勢利累心，官至朝奉大夫，以公升朝，累贈至中奉大夫。自侍郎始居吴，故今爲吴郡人。公幼嗜學，不妄交。弱冠，以大夫遺表恩授太廟齋郎，調潤州金壇簿，遷開封府陳留丞。未赴，丁祖母仁壽縣太君陳氏憂。服除，爲秀州崇德令，達官部使者才之。政和二年，太師魯公自錢塘召還，復當國，即以公權提轄陝西坑冶催促鑄錢事。選人將使指，前未有此。時薦者已及格，改宣德郎以行。公下車，條析所應廢置言上，皆見施行。居無幾，坑冶鼓鑄之利不貲。及代去，計所鑄息，無慮數百萬緡。凡所采金、銀、丹、砂、汞、鉛、銅、鐵稱是，寳貨入中都相屬。於是朝廷嘉其能，詔還通直郎。又以復十監五院施置就緒，遷奉議郎，錫朱衣銀魚。又以歲課遷承議郎。六年，權發遣提舉兩浙路常平事。入對便殿，敷奏詳明，皆合上旨，上命以懲按姦吏、惠康小人之意。公至所治，宣恩舉職，一路安之。是年冬，除代赴闕，未行，詔復留。時無錫丞有依勢爲姦利者贓至鉅萬〔一〕，然方以最聞。公按捕丞，丞急，道亡。或止公曰：『是有挾，弗可敗，且反爲所中。今丞亡，因未殺無窮治，亦足以立威矣。』公不聽，曰：『吾受命云何？吾知懲姦明法而已，不知其他。』丞遇赦獲免，猶坐廢。八年，移永興軍路。未行，詔授直秘閣，權兩浙路計度轉運副使，兼提舉本路神霄玉清萬壽宫，累遷朝散郎。二浙户繁，率隱丁口、避更賦，丁簿不得實。前使者鈎括釐正，追償所失丁錢，別儲爲羨餘，遠或至數十年，編户氓鮮獲免者。錮繫相屬，至或破産失業。公至具奏：『二浙比歲不登，今所追久遠，不勝治；又多貧下户，急之必且逃徙，願一切蠲之。而名籍丁錢，斷自今始，已追錢歸之有司，充歲用。』奏聞報可，吴人德之。東南歲歉，御筆下諸路，許留上供米四十萬石賑飢人。公奉詔唯謹，而廉訪使者、提點刑獄司合奏公賑濟文具無撫綏意。詔降三官停廢，然猶以爲疑。更詔廉訪、提刑司『事實，即以今詔從事』，二司徑檄公罷。已而詔降兩官留任，公力自辯。繼降御筆，還所降官。五月，中貴人使二浙，就賜金帶。先是，漕輸中都數不時足，請以故歲所欠附春運。既得請矣，發運司方以逋滯劾，詔免所居官，尋落職與莞庫。已而御筆復以公直秘閣，管勾亳州明道宫，格前詔不行。累遷朝奉大夫。故事：謫宫觀，遇恩毋得任子。是歲冬祀，詔特聽任子。宣和四年，起知明州。公裁決撫循，事得其理。居數月，以疾卒於明州州治之正寢。臨終，神色不變。易衣坐，命諸子操紙筆，付後事。畫字紙尾訖，悉遣家人輩出户，獨與母訣。三子環泣，即就枕瞑目而逝。實是年六月甲辰，享年四十有九。母夫人李氏，累封太令人，樂豈壽康，然再世子不終養而孫是託，何耶？公娶朝散郎、秘閣校理、同郡梅公灝之女，柔順而有常。自在室至于有家，長於己者，畏惕如不勝；與儕等居，未嘗失色。政和四年六月壬申卒，年三十有七，累贈安人。生三子：曰嗣康，迪功郎，起復秀州儀曹；曰嗣宗，將仕郎；曰嗣昌。孫男二人：曰謨，曰謹。孫女一人。公明爽有才氣，少治《易》，通大義，薦於有司。然載籍無不觀，尤熟唐事。爲詩詞婉美。及爲吏，事至能斷，不爲齪齪小謹。性不容物，而於故舊特篤。干乞借貸，門無虚時。至或見賣撓其治者，始聞之，怒，他日，施施復來，振給館穀之如故，終不忍謝絶。

良士友至，不計家有無，爲酒具珍饌，陳圖書奇玩，劇飲賦詩相娱樂，無厭色。自未仕及爲縣令至使者，常然也。初，大夫公捐館時，上有老親，孤女滿室，食指幾數百，公以一命仰微禄，居數年，所當嗣志卒事者無餘責。事祖母及母夫人，極甘旨之奉。方是時，家實貧甚，假貸閲日而不見寒飢憔悴態。及官稍遂，亦不汲汲爲生業計。故奮由小官、將使指，聲稱日聞，交道彌廣，以取寵榮，蓋其胷次卓犖，才能絶人遠甚。公卒之明年，詔特贈公徽猷閣待制。雖聖主簡勞勸功無存亡、久新、遠邇之間而然，抑以見公之才非唯振耀於一時，其規模藴業、所以儲榮委祉於身後者，又如此其白也〔二〕。如端拜而議，如交手相授〔三〕，施報之道，爲不誣矣！其孤將以八月戊申合葬公及安人於平江府吴縣至德鄉報恩山之原，使來請銘。余與公游且三十年，知公爲詳，則叙而爲之銘。銘曰：

姬公子齡蔣封始，中微世更國爲氏。浚遒九支鑑以繼，義興宗維兩侯裔。作周詒法粲王治，德光流行澤百世。世多賢能迺其理，孤師端亮世標軌。培基衍慶施孫子，明州才周質魁偉。皇皇節輿光族里，發姦繩惡人所徯。嘉言解紛定流徙，時非不逢用不既。天高聽遐紀瘽瘁，追功陟華告其第。有嬪維梅柔以惠，無非無儀謹嘗饋。生同甘辛葬同隧，銘無溢詞信來禩。

【校記】

〔一〕『至』，原作『主』，據吴本、馬本改。

〔二〕『白』，文淵閣本作『厚』。

〔三〕『授』，吴本作『接』。

宋故朝議大夫新知秀州軍州事兼管內勸農使武功縣開國男食邑三百户賜紫金魚袋葉公墓誌銘

宣和七年夏四月，詔以朝議大夫葉公唐稽知秀州事。秀人喜曰：『是嘗守吳興、毗陵，以清淨儒雅爲治者也。吾人其少瘳乎？』後兩月，公遽以疾卒於其子江陰縣之官舍。於是秀人聞之失色驚歎，以不得賢侯爲恨也。公守吳興時，東南師帥大抵强能，吏機警通權變，善伺時緩急，鶩視法度士。其趨利赴功，如水就下，鷙擊而機發也。皆志滿意得，高車象服，勢炎熏灼一時。而平江大猾，方以姦倖盜權寵，日用侵漁刻轢爲事，頤指目禁，而意行千里之外。當是時，唯湖也截然居中，百姓得安業、禽獸草木遂其生者，以公爲之守也。公退然如不勝衣，言若不能出口。其所下教令，不爲詭特悍急之言。其聽訟决事，無赫赫之譽，視高明惸獨一等，然無悻悻崖異之意。不曰『我能是』『吾愛吾人』，顧法如是、理當然而已。故在勢者雖不能擾其治，亦不能嫉而害之。邦人知安其政，而不能名其所以惠人之迹。其在常亦然，宜秀人之以不得公爲恨也。公字順孺。五代之季，高祖始自金陵徙居延平，遂爲延平人。曾祖諱仁昶，晦迹不仕。祖諱昭映，贈通奉大夫。父諱棐躬，官至左朝請大夫，累贈金紫光禄大夫。妣陳氏，封廣平郡夫人。君幼敏悟，自爲兒時，從諸兄游學它郡，聞講《易》，退能記其説，衆已奇之。弱冠，與其兄唐懿同登熙寧六年進士第。釋褐歸侍，不忍去親側，累年不肯調官。久之，爲亳州譙縣主簿，守不能以勢屈。監杭州仁和縣鹽監，遷潁州萬壽縣令，詳定省曹寺監條貫所删定官。改宣德郎，知蘇州吴江縣事。未赴，丁金紫公憂，繼丁母廣平夫人憂。服除，以奉議郎知常州晉陵縣事。遷承議郎，知真定府平山縣事。元符三年，覃恩轉朝奉郎，賜五品服，差管淮南轉運司文字。以朝散郎充睦親宅小學教授。崇寧三年，擢提舉利州路學事，陛辭稱旨，留爲太常博士。大觀元年，以朝請郎爲尚書都官員外郎，左右司歲考郎官治狀，公以最聞，以朝散大夫爲吏部員外郎。遷本曹郎中，實掌尚書右選。右選文牘紛猥，不勝治。公苗薅髪櫛之，要以無弊。遷鴻臚少卿。政和二年，出知湖州，遷朝請大夫。四年，移京東路提點刑獄。未赴，乞便郡，就差知常州事。明年，會歲飢，流冗充城市。公大捐倉實，不足，則勸郡豪之積粟者爲糜粥以振廩之，于荒政如捄焚拯溺，蓋所活數千萬人。七年春，常平使者建請濬治平江河港，調旁郡夫至數萬，並緣爲姦利。公力不能抗，躬會考户籍，貲若干爲一夫，吏不得措意，役以均一。還朝，差知隆德府，兼提舉澤、絳、慈、遼州威勝軍屯駐泊兵馬巡檢公事。陛辭，建言州郡法司吏當置選補法，使自愛，無玩法鬻獄者。上嘉納，然事不果行。潞當河北、河東之衝，兵庶繁夥。公政因其俗，以簡嚴治軍旅，以愷悌撫士氓，人用悦服。中官爲廉訪使者，暴震一路。公待之以誠，不爲浮禮，更見欽挹。九月，召爲吏部郎中。郡人遮道，得去。遷朝議大夫。四年，郊祀恩，賜三品服，封武功縣開國男，食邑三百户。明年，請外補，得知通州事。居無何，請宫觀，得南京鴻慶宫。又明年，除知秀州事。公之卒，實六月二十九日，享年七十三。以靖康元年十二月十一日，葬於平江府吴縣至德鄉真山之原，祔金紫公之域，夫人孫氏同穴。夫人故御史中丞覺之女。子男四人：　侊，傆，將仕郎，皆早卒；　偬，監湖州合同茶場；　俁，常州江陰縣主簿。女三人：　長女早卒，次女適鳳翔府麟游縣令孫術，幼女未行。孫男二人：　抑，將仕郎；　擕，尚幼。孫女四人。公資純固，篤孝友，不妄笑言，外和而內剛。官京師，非公事不至宰執之門。所與交不爲翕翕熱，遇所厚善，或相對終日泊然，歡不足而味有餘。居家，雖臧獲有違忤，怒不至詈。其爲郡縣，不爲無益敖宴事。閲訟牒、聽兩辭，必諄複詳盡，於治劇若烹小鮮。爲文詞如其行，粹而不繁。集其文爲十卷。公初葬，會天下兵動。後三年，其孤始克狀公行實，請銘于某。我先君子于公同年進士也，俱常以先契拜公于堂上，公知其愚惷，加厚焉。義不得辭，則序而爲之銘。銘曰：

天有常度，四時不奸。人而無常，巫醫所歎。世急征利，以得爲賢。如彼德人，爲笑於頑。公冠起家，至老而傳。時有險易，吾無或遷。詩歌宣王，能用吉士。彼哉憸壬，難與爲治。公雖不用，出守入卿。視赫赫者，誰辱誰榮？公美則多，我用是銘。

北山小集卷第三十一

墓銘二

先妣遷奉墓誌

宣和六年正月，葬我先妣太宜人鄧氏于鎮江府丹徒縣五州山之原，今資政殿學士、吳興郡公葉公夢得銘其墓。建炎三年春，車駕南渡，虜騎荐入淮淛，鎮江常宿重兵。時危，士卒恣睢，樵牧不禁，存歿罹災。及我先塋，童山發屋，殆爲荒區。會俱以辠去朝，尋抱末疾，不能跰足奔赴省視松檟〔一〕，大懼戕夷丘壠，以重不孝之辜。則要梅氏子彦升遷奉先妣之喪，謀葬開化。紹興五年五月，喪歸至程氏之故里。七年正月乙酉，始克葬于雲臺鄉雲門山之原。時先考貴溪府君贈官至通議大夫，先妣贈碩人。彦升以右朝散大夫致仕，自淛西來會葬。俱摧痛憒亂，第能以遷奉之由與襄事之年月日〔二〕，誌于石而納諸幽。若夫人之世伐家範〔三〕，性行始終，則有吳興公之銘在。男左朝奉大夫、充徽猷閣待制、提舉台州崇道觀俱泣血謹誌。

【校記】

〔一〕『足』，原作『定』，據吳本、馬本、袁本改。

〔二〕「年」，原闕，據吳本、袁本補。
〔三〕「伐」，原作「代」，據馬本、袁本改。文津閣本作「閥」。

宋故右迪功郎監潭州南嶽廟富君墓誌銘

君諱延年，字季長，富氏，世家京洛。君之大父司空諱嚴，嘉祐中以秘書監守蘇州，秩滿，上章告老。既得請，將歸河南，吳人爭挽留。父老前曰：「公之惠愛在此邦，邦人懷思將無窮，願毋去我。」百歲後，吳人謹蒸嘗、護松檟，當世世如桐鄉朱仲卿也。」公平時固已樂吳中風物之美，因留居不去。没，葬吳縣之寶華山，子孫遂爲吳郡人。父諱臨，官至朝散郎，守池州。君池州府君之季子也。幼穎晤，長力學問，行修謹，篤孝養，不妄交游，鄉里後生往往從之學。鄉舉三上不第。建炎二年，禮部特奏名釋褐。浙西鹽香使者取以爲江浦鹽官察廉，遂以爲使屬。未幾，乞監潭州南嶽廟以歸。紹興六年正月一日，以疾卒於家，享年六十五。三月十七日，其孤與賢直惠葬君寶華山先塋之側。夫人龔氏，池州府君夫人之姪也，令淑有聞，後君二年卒。五女，皆嫁士族。君資和厚，與人交盡誠無表裏。家故貧，衣食間有餘，則以周族屬之急。時具酒食延賓客，常以讀書、賦詩自娱，泊無隕穫之態。今資政殿學士衢州使君，君之從姪也。直惠自吳走千里，以君行狀來謀所以著君之美而垂不朽者，資政以諉某。某惟鄭國忠文公忠節直道、豐功偉烈，平生仰之如北斗、泰山；司空之耆德遺愛，東南搢紳至今能道之，而君實其家令子孫。紹聖初，某方客吳下，嘗過林德祖大雲坊，遇君，從容食頃，今四十六年矣。德祖善士，所與遊亦可知其槩矣。又某辱資政使君知與之舊，銘其可辭？則叙而爲之銘。銘曰：

學而敏，友則端兮。沽不沽，恬以安兮。老而仕，世方艱兮。日崦嵫，道阻邅兮。全而歸，從厥先兮。

承議郎信安江君墓誌銘

政和七年，仲嘉甫客京師。夏六月，余自吴中來即其所寓舍。及門，聞哭聲，闖其堂，則斬衰者纍然號户側。蓋仲嘉没十日矣。余失聲，爲一再慟，曰：『天乎，爲善者無所勸矣！』哭止，問其詳，曰君之没以五月壬子，親故合賻乃克斂，且將致君之喪湖州烏程縣道場山之趾，卜以明年正月丙午，穿曾孺人之墓而合葬焉。烏呼！仲嘉甫之賢，躂人善士皆知之。余不佞，知之特詳，不銘無以寫吾悲。君諱褒，字仲嘉甫，信安江氏也。故朝散郎諱汝明，以信厚廉平聞者，君之考也，以君與其兄通朝籍，贈朝散大夫。仲嘉孝友剛簡人也，自爲兒〔一〕，嶷嶷不與群兒比，長則濩落有大志。未冠，入太學，群居商論古今，不爲苟且，常屈其座人。角其文，屢出諸生上。在太學八九年，乃登進士第。足未嘗一歷闤闠狹斜間，蓋持身如處子，曰：『毋貽親憂。』既登第，樞密曾魯公妻以女，禮錢三十萬，辭不受。調壽州司户參軍，丁外艱；終喪，來京師，徑調餘杭尉。去，上官爭薦之，君辭焉，曰：『資格當爲縣令耳，餘無所用，毋妨寒俊之欲得者。』方是時，曾魯公在相位，君爲一尉山谷間，樂職瘽事，若將終身者。及魯公去位，遷衡陽，諸子捕逮下詔獄，君自姑熟致其家南徐，又調護其家。至事定乃去，爲常州宜興丞。君固不求聞知，歲盡且代去，會一二使者、郡守有好善不爲勢奪者留君。踰冬，皆薦之，遷宣德郎，知舒州太湖縣丞。辟知越州餘姚縣事，邑人宜之，丁內艱；終喪，赴吏部，調湖州司兵曹事，遷奉議郎。代還，相府稍知其賢，入國門，政事堂傳召，未獲見而君病矣。仲嘉少年有時名，薄不自有，要以篤學力行自爲。流落不試，而故人同學生往往登顯仕，君絶不自通。中都貴公有聞君賢者，力能振之，然竟以不識面爲解。間調官至京師，掩關終日，時時出從道人、處士游。蓋仕州縣踰二十年，益老益窮，而志益堅，其特立自重有絶人者。其官餘杭、宜興時，母宋夫人德興君在養，二兄一弟更往來官下，聚口常數十，同有無，均啖薄〔二〕，小大意滿，如享大牢之奉。閨門之內，雍雍如也。妻曾氏亦賢，余嘗誌其墓。觀曾氏之誌，則仲嘉孝友之槩、刑于室家者可考而知。君儀觀甚偉，疎須眉，目光烱然，山林魁壘人也。其於讀書精甚，不爲涉獵者，少所過目，終身不忘。于爲吏寬而不擾，理有所在，未嘗爲苟隨。在餘杭，遇方外士授養生説，其要以虛一爲主，君性既靜重，又于世所犇競無一豪顧計心，得其説，力行之。接親賓、治公事退，則焚香宴坐，超然一室間。出而應務，視逆順之境、得失之數與夫俯仰趨揖之間，無所繫情，不知者以爲簡也。未嘗問生事、商貨財，間爲僮役欺，或以告，則笑曰：『服冕而乘軒者，或不能飾簠簋，此曹何誅？』與人交，誠至言盡，非其儕，雖犯之不校，其於世大抵翛然也。顧嘗學書，獨傳楷法，以謂『自鍾、王、虞、褚以來，皆傳一法，以法求之，若合符節，非取其形似也。譬之正法眼藏，不以語言相似，唯傳一法』云。篆隸皆入能品。其爲詩文，磊落有遠韻，然未嘗倡也，集其藁爲五卷。烏呼！仲嘉天畀之質如此，其修身立命所以輔其才者又如此，其志用豈小哉？然年不過四十九，官不過承議郎，卒窮阨以死，是孰使之然哉？雖然，世所謂壽且達者，其果然耶？若仲嘉，其於道則達矣。仲嘉無子，以從兄之子琛爲後。二女：長嫁登仕郎沈敞，幼在室。銘曰：

物不相物，莫尊匪生。愛其一支，晉楚爲輕。惟萬斛舟，不行沮洳。輓牛彍風，千里一鶩。載沉載浮，以我重故。未見剛者，惟物之遷。譬彼一壺，霍如轉丸。傅以鈞石，不沉則顛。惟仲嘉甫，高視物表。宴居超然，玉峙川浩。惟其尊生，則可用世。任重道遠，蓋亦優爲。豈其若人，利以喪義。世不我偶，我則何求。優哉悠哉，惟德之休。吳谿之濱，有穸其臺。彼獨立者，其可亡哉〔三〕！

【校記】

〔一〕『兒』，吳本下有『時』字。

〔二〕『同有無』二句，吳本作『均有無，同淡薄』。

〔三〕『亡』，原作『云』，據文淵閣本改。

儒林郎睦州建德縣丞程君墓誌銘

君諱天秩，字秩宗，姓程氏，衢州開化人。開化之程，自都官府君以學行奮，迺始大其門而芘其宗，然位不償德，莫克大施。唯其治行于官，行尊于鄉，惟德惟義，刑于有家。是生六子，是訓是似，英特循雅，各濟其美。君則都官之季子也，幼以任爲太廟郎，穎悟秀發，見者屬目。甫冠，調杭州新城尉，縣老吏不敢弄以事。嘗部盗詣府，時盗實狗鼠偷，府君擿其具獄，謂當强盗，君論其不然者。府君一時名人，氣辯甚偉，至變色折君，君不爲動，益理前語。丁内艱，服除，爲撫州司理參軍。治獄審盡，平反者衆。用其餘力，又爲一府所賴。江西飢，縣官捐倉實以食流氓，所在常失料理，往往老稚相蹂躪，至日暮不得粒米去；而狡胥惡少相狃錮其利。州以委君，君纖悉條理，逆窒其弊，濟以勤察，惠用均一，蓋所活數萬人。使者下其目，一路交口譽之。遷婺州武義令。縣故繁委難治，君至累月，遂終日庭無人。會崇寧新舉庶政，大抵椎輪積微，倚鄉縣爲根柢。亡狀吏非駑不及事，則顛擾失法意。君既爲邑人信愛，一發言，皆奔走從事，事用前集，初不以威督也。其大要出言以誠，使明見利害處，又爲規畫，不使有意外之費、難及之約，要以便人無弊爲本。邑人安樂之，皆曰：『君愛我。』君常以謂賦役不均，則貧氓益困，其害雖緩實深。然户計槩治，則下必大擾。于是因人之愬，産竭而税在與輸割之不當實者，輒窮根索脈，毫析縷解，至於均而止〔一〕，里胥不得一措意。居四年，其所釐正殆無遺，以是去而人思之不忘。舉睦州建德縣丞。建德難治，又出武義上。時闕令彌年，君能益明。發運使故嘗使二浙，道武義，見其縣治斬斬，無一不當理法者。既出，使從事廉君政實，田野譽之如一，固異之。方辟以爲屬，檄到，君斂三日矣。君之以疾不起，實大觀二年四月某甲子，享年四十有五。君問學甚優，屢試不得志，益讀書。平居馳論數千載間，如指諸掌。中間官江西，與佛者游，超然有自得者。然出與事接，乃明辨如此〔二〕，蓋未可以世才吏論也。其孤偉既卜葬開化雲臺鄉吳村之原，將以三年某月甲子襄事，舉君夫人鄭氏之柩祔焉。先期以書抵某，曰：『先君不幸阨於無媒，才不用世以没，其所已試，雖小足以明大。兄知先君治行實詳，又先君愛重莫如吾兄，葬當有銘，謹以告。』某飲泣失聲，則伏而思曰：『昔者朱司農，桐鄉一嗇夫；卓太傅，密令耳，皆以循良吏顯名一時、垂後世，不以公卿故傳也。士顧所立如何，仕小大烏足論哉！季父才能甚高，內行修謹，又飾以問學，不慊良吏稱。賢卿大夫故有知其然者，顧勢未便，不果進其身，使發其所有。而君數適窮，且君子樂進善，生不克振之，死豈不能顯之後世耶？則幽堂之銘，固可以請。』然窀穸既有期，使一往返，輒數百千里，懼不及事，無以識諸幽，則職某之故。又偉之語某者甚哀，其敢辭不能？如其墓上之表，則以俟所謂賢卿大夫之知吾季父者焉，故於兹不敢略。偉舉進士。二女，嫁江陰杜居仁、鄱陽黄忬。都官府君諱迪，以尚書都官郎中致仕。凡三娶，俱之先考貴谿府君與季父皆天水縣君出也。若族氏世伐，則有先都官之銘在，亶叙其治行，而系以銘。銘曰：

士貴於學，繫其有施〔三〕。豈其誦傳，而用莫知。有敏建德，何施弗宜？其特不亢，其同不淄。有彼君子，智盡心勞。惟才之求，才或不遭。才之不遭，肉食者謀。年止於斯，其孰之尤？人者惟人，其致則天。尚載嘉實，銘之九原。

【校記】

〔一〕『止』，原作『上』，據吴本、馬本、袁本改。

〔二〕『辨』，原作『辦』，據吴本、馬本改。

〔三〕『繫』，吴本、馬本作『緊』。

宋故德興縣君宋氏墓誌銘為王侍郎彦舟作

夫人宋氏，鄭州管城人，故吏部尚書贈太尉謚文安公諱白之曾孫，奉寧軍節度副使檢校尚書水部員外郎諱良臣之孫，尚書比部員外郎諱保孫之女也。母崇德君吕氏早喪，夫人哀慕如成人。及長，端嫕通敏，事至迎解。奉繼母建昌君趙氏，得禮之宜，比部每奇之。擇所從，年十八，以歸信安江氏，爲尚書職方員外郎諱楫之冢婦，故朝散郎諱汝明之妻。宋氏世望族，内外姻大抵將相通顯家。夫人少長貴富間〔一〕，而江氏世儒，被服寒素，土著山谷中，聚食數千指。夫人無毫髮驕氣，承上撫下，盡得其驩心。至烹飪蠶桑，若素習者。諸子勝衣，則口授以《孝經》、《論語》，群兒敖戲處，輒屏不使近。望衆中衣服端潔、詞貌循衎者，則知其爲德興兒也。自朝散君喪，事其姑壽安君周夫人益謹。周夫人治家嚴整，鮮可其意者，獨以夫人爲能，飲饍、藥劑不經手不以進，至屬纊猶咨其勤孝云。既就養諸子，處門内事明白簡直。朝夕坐堂上，子婦從侍，孫息走前，怡怡如也，僮使訢訢如也。大觀四年閏月四日，以疾卒于其家，享年六十七。夫人常曰：『吾自念平生無貪嚣戕暴一可悔事，期于死生之際如覺寐者。』既疾，屏葷味彌月。少間，起居如平時。一日夙興，復就寢，若將寐者。候之，形神離矣。將斂，飾無珠玉，篋無新衣，其于樂施予、尚純素，又過人遠甚。蓋爲江氏婦垂五十年，見其夫以進士決科，繇州縣吏至二千石。身被命書，爲德興君。諸子皆好學有立，又相繼登第、與鄉舉，族人欽慕之。卒之日，來會哭，皆盡哀。夫人生五男六女：曰裒，宣德郎，勾當在京都茶庫；曰褒，宣德郎，知越州餘姚縣事；曰衮，曰褒，曰袠。衮舉進士，袠幼卒。女長適朝散大夫、知蔡州軍州事陸偕；次已嫁而歸，皆前卒；次適從事郎、知潭州湘潭縣事王居仁；次適宣德郎、知睦州建德縣丞毛寛；次適宣德郎、知泗州臨淮縣事程俱；其幼在室。孫男四人，女二人。其孤將以明年正月乙酉，葬夫人於常山縣定陽鄉菱湖之原。前期，以其族人狀來請銘。余惟朝散君居鄉爲篤行君子，仕爲清白吏，繄必有内助，故能遂其志焉。嘗聞鄉人云然，考狀益信，乃爲之銘。銘曰：

女子之正，惟輔惟從。其覆則仁，其承則恭。有如德興，能婦能母。不汰不嬉，績我桑杍。卒相夫子，既遂既成。生靡忮行，没有榮名。內德則懋，不顯其儀。我銘昭之，彤史之資。

【校記】

〔一〕『間』，原作『聞』，據馬本改。

朝議大夫郭公宜人周氏墓誌銘

故朝奉大夫、贈朝議大夫海鹽郭公元祐中嘗通守信安郡，余故信安人，時雖童稚，而鄉里善士往往能道郭公履行，蓋愛人勤職、信厚人也，而以清特聞。余固疑其家必有輔佐之賢，而後公得行其志。後二十餘年，公子三益慎求以承議郎令武進，而余官毗陵市，相與遊善也。間從武進語，輒問太夫人起居，蓋日誦佛書常數十百過，大聲疾步，未始聞于外。朝議中年過義興，樂其佳山水，家焉。義興故多姻舊，武進乃比縣。慎求爲人剛介自信，人固莫敢以事請。顧嘗有祈太夫人者，夫人輒曰：『吾婦人，不當知門外事。』後數日，其人復來理前語，夫人則謝曰：『老人善忘，不記所言矣。』終不爲關説。而猶常戒屬其子曰：『縣治近鄉間，當以絶請託爲先務。』余時聞之，益知朝議之賢，夫人蓋有助，而武進能成其質者，繄夫人之賢。政和三年，武進奉夫人朝京師，得御史臺檢法官。越九月甲子，以疾終。明年，慎求以大理朱丞衮之狀來請銘。將以十一月乙酉，葬于宜興縣君山鄉横澗之西，祔朝議公之域。

余義不得辭。謹按，夫人姓周氏。初，朝議未仕，方苦學尚行，而夫人之父周君隱居讀書，慕蜀莊之爲人，無子，獨生夫人，愛之甚。語人曰：『吾邑固有賢如郭子者乎？』以夫人歸之。時舅姑在堂，夫人執婦禮，躬勤約，一循郭氏法度。及治平中，朝議登進士弟，宦遊四方，夫人佐佑，清慎惟謹。朝議之兄早世，室有女子，夫人撫逮，加己女一等，縫紉緝纍，以時嫁遣之。朝議俸有餘，則以賙内外親，夫人無吝色。朝議不禄，慎求周旋州縣事，有所未便，輒禀而後行，未嘗有悔。慎求爲常熟丞，常平使者調蘇、常、湖、秀四州之人濬治青龍江，分地程役，而常熟丞所部前期告辦。使者留丞，俾常熟人僇役以助他邑不如期者。丞重留吾人，即引所部歸。使者怒，檄追甚急。慎求以爲戚，夫人曰：『青龍之役連數郡，其分地程役，賦廪食宜皆已上聞。今我工前辦，何名復役之？使者儻再思，行悔矣。雖然，汝不可無會，第無以所部從也。』慎求如教，已而使檄止勿來。其明識可記者如此，可不謂賢母哉！疾革，其子婦環泣，不能仰視，夫人曰：『自吾與乃翁訣，歲且一紀，而吾獨未亡。今年七十四，豈不壽耶？吾何憾？』猶誦佛經以没。三子：長則三益也，才高有器識，大臣屢薦，未果用；次三達，通仕郎，明州士曹掾；三雅，皆爲善士。五女，鄉貢進士吴洵武、劉繪、陳稙、尚書吏部侍郎霍端友、上舍陸友端，其壻也。劉氏女前卒。孫男六人〔一〕：知古，知微，知彰，知柔，知訓，知十。孫女六人。曾孫女一人。夫人以元祐七年明堂恩封金鄉縣君，大觀四年，郊祀恩封長壽縣太君。新制行，改號宜人。朝議諱瑑。周君諱順之。銘曰：

女正乎内，古難其人。俗敝而澆，壺彝莫振。憒憒不理，則疑於賢。維明克淑，賢則可言。敏察辯利，維世之能。匪哲之難，維淑斯明。猗嗟夫人，柔嘉維則。俯仰成承，輔以明識。我歌《鵲巢》，至于

《采蘋》。德如鳲鳩，法度是循。銘兹不刊，維古其倫。

【校記】

〔一〕『六』，原作『七』，據文淵閣本改。

宋奉議郎孺人曾氏墓誌銘

信安江氏有賢婦曰曾氏，字季儀，建昌南豐人，故相魯公布之第五女也。幼靜重寡言，不好戲劇，等輩或以爲癡。唯適母瀛國魏夫人曰：『是兒性行不群，它日當爲賢婦，爾曹不及也。』愛之甚於己出。瀛國歲時朝謁三宮，必以夫人從，進止詳敏，見者稱之。紹聖初，信安人江褒仲嘉有聲太學中，登進士第，魯公遂以夫人歸之，年始十六。時舅姑在堂，夫人入門，稚弱如不勝衣，然婦禮克備，不啻如成人。已而仲嘉以父朝散君喪歸信安，夫人去華腴，居山谷，其安於苦啖，不啻如窶人子。自祖姑壽安君與群從先後，下至媼御僮使皆宜之〔一〕，無後言。仲嘉骯髒不苟合，免喪，至京師，徑調餘杭尉以東。時魯公位冠樞府，諸壻往往官中都，夫人不以夫爲言，亦不以遠宦爲慊也。朝散君没時，有四女子，及仲嘉以母夫人德興君就養餘杭，二年間三妹有歸，繄夫人之助。仲嘉丞宜興，兄弟更至官下如餘杭時，而又諸女弟歸寧去來，聚食常數十人。夫人上則徯志先事，承德興君之養；下則遇娣姒諸姑，盡親愛之懽，未嘗有幾微煩厭心見於言色。顧常以謂骨肉之隙生於小物、下人，屬其婢，使必切切以是爲戒。是時，仲嘉俸入租錢盡於日費，獨不取貲於田園，留以爲兄弟奉，而夫人未嘗商有無、計彼我也。仲嘉伯兄罷永康丞，携孥京師，困於久客，田園之奉又不給。仲嘉謀所資，夫人顧室中有器皿奩具尚餘幾所，舉以進曰：『以此致京師。』無吝色。其力於爲善，疏財睦宗，皆若此也。夫人生二女，未嫁。政和三年，仲嘉爲湖州司兵，到官之三月，實六月某甲子，夫人以疾卒于官舍，享年三十五。越七月某甲子，殯于城北。至六年，仲嘉當代去，顧而嘆曰：『體魄歸于土，魂氣則無不之，延州來之言是已，葬何必故鄉。』則卜地于烏程縣道場山之原，又卜以七月某甲子葬吉，求銘於里人程某。某授室於仲嘉氏，目夫人之賢行實詳，今又得其常言遺事於仲嘉，則又與所聞合，此而不銘，何以文爲？夫婦人之行，不出於閨房窔奥之間，飲食衣服之事，其迹甚微，而其賢不肖，則家道或以盛衰，士行或以成毁。此無它，其迹微則其積著也。谿簞食豆羹見於色而移於事，則可使親戚離；無爭求媢妬之端而充其類，則父子、兄弟、夫婦、長幼可使得其道而天下平。其初皆若甚微，而善惡吉凶之致乃如此，豈不遠哉！夫人之懿，其所可記者不過如彼，然使其夫遂美志，其身享令名，其家樂愷而無惡，則雖古列女猶且願之。故余銘之無愧焉。銘曰：

義不勝利，克不勝私。於厚則觳，在智斯迷。有一于此，士或病之。何物女子，而古其心。不溢吾言，以爲世箴。

【校記】

〔一〕『僮』，原作『憧』，據吴本、馬本、袁本改。

嘉興周君墓誌銘代江仲嘉作

烏程丞綱以父喪去職，郡從事與其僚咸會弔，又旬一再至其舍問所須，則相與謀曰：『吾聞丞家固貧，爲吏之日淺，祿無餘貲，恐不能歸葬其鄉。儻遂客吳興，且圖葬，同官力能濟其事，必相與留其行。』丞號隕，久乃能言曰：『迺者侍親庭養官下，先人始至吳興，四顧佳山水，意頗樂之。今諸公爲綱計如此，庶其有協。』則又慟。已乃從葬師走郊，遂得地烏程縣永新鄉菁村之原，卜以九月丙午葬，食墨。於是請於余曰：『先人晦迹，無所見於世，今不肖綱罪釁不天，日與死迫，恐遂無以顯其親。今且葬，儻得士君子銘之，宜不朽，敢以是託。』余辭不獲。丞以狀來，其凡曰：君姓周氏，諱抃，字熙父，秀州嘉興人。曾祖晏然，祖仁惠，父從之，皆不仕。君少謹飭，重然諾，善與人交。遇親疏長幼，下至僕屬，一以信。絶口不及人之非短，鞭朴未嘗用於家中。年口益衆，生理不支，君不以爲子孫憂。方縱之學，且戒之曰：『汝曹能從賢師友力問學，使鄉里稱良士，吾之志也。若外物得失則有命，吾無容心焉。』已而綱以行藝貢辟廱，遂登上舍第〔一〕，閭巷以爲榮，而君不色喜。疾病，家人泣請治命，君笑且麾之去曰：『物之去來，數耳，又何怛焉？吾不復言矣。』蓋反席奄然而歿，實政和六年五月壬子，享年七十一。君娶同郡沈氏，生四男，曰絪，曰綱，曰經，其一從浮屠法。一女，嫁里人胡昌。孫男二人，女三人。余聞君嘗學養生於方外士，是以行年七十而無黧悴之色，起居飲食常如四五十人。彼誠不以外物嬰其心，使中扃泊然，神氣內守，則不蘄乎壽而生且養矣。其於死生之際，如去傳舍、適故鄉，亦因是已，君豈有聞於此乎？今夷考其素，蓋不忮不欺，與物無忤，抑天資近道然邪？銘曰：

雩之瀕，卞之趾，青烏恊圖龜見喜，歸藏永新生檇李。蜕形九區同一寄，子而能賢君不死。

【校記】

〔一〕『上』，原作『止』，據吴本、馬本改。

北山小集卷第三十二

墓銘三

宋故安人戴氏墓誌銘

安人戴氏，常州無錫人。父通，隱居不仕，鄉里稱長者。安人幼穎悟，凡縫紉組繡事，一見輒能。聽誦書，默記不忘，父母奇之。時同縣士許公亦以信善稱，兩家皆爲邑人所重，時相往來，聞安人早慧，請昏焉。年十七而嫁，爲今東陽郡守許侯德之振叔之配。嫁一年，而振叔登進士第。安人年甚少，之官處家事，雖老於治家者不過也。振叔仕州縣，以廉靖爲理誼，不以口體擾人。安人視日所應市無餘積，然甘旨賓客之共，猝然未嘗乏事。其事舅姑，承顔先意，久益不懈。姑亡，事後姑加謹，舅姑宜之，曰：『是可以爲人婦矣。』其友先後如兄弟，接内外親皆有恩。婢使有過，面責之，已而釋然，未嘗笞詈也。被服簡素，誦經日有常課，肉食月不過十四五。嘗聞世有造道自得之説，刻意精思，頗達其趣。其爲人大抵識明而性厚，無溢言，無匿怨，事至了然，而濟之以愼云。振叔入爲尚書郎，遷太常少卿，一年而安人卒。初疾病，衣衾冠珥皆自區處，顧語後事，精爽如平生。屬纊之夕，遽問振叔以古人所謂安心法者，試爲我舉本末。振叔具言之。安人竦然曰：『得之矣。』遂不復語。黎明，氣息奄奄而逝，實宣和元年七月庚申也，享年四十有四。即以其年十一月壬申，葬於無錫縣開化鄉軍山之原。安人生二男子，長曰濤〔一〕，次未名。一女子，年十二，先五年卒。初封榮德縣君，後改封孺人，進封安人。俱少壯辱交振叔，其純白不撓、言行若一，吾黨推爲德人，而或以爲徐孺子、黃叔度之流也，其賢蓋如此，而安人實克配之。安人卒，余往弔之。振叔無洵涕〔二〕，無失聲，而神如傷，徐道安人平生，以爲閨門之良友，其助己實多。振叔在奉常，日懷東歸，至是決請於朝，得直顯謨閣、守東陽。將行，以安人行狀授余，請銘其墓。余聞安人賢舊矣，又聞其臨絶之言如是，是益可銘。銘曰：

心孰爲在，莫知其鄉。誰其索之，知詬皆亡。有索何獲，無在奚安。四闢六通，而莫控摶。婉婉安人，閨壼之懿。琅琅絶音，識此大事。安人之賢，君子之視。我用是銘，昧者之惎。

【校記】

〔一〕『長』，原作『畏』，據吴本、馬本、袁本改。

〔二〕『無洵』，文淵閣本作『流』。

宋故尚書吏部員外郎鄭公安人錢氏墓誌銘

安人姓錢氏，吴越武肅王之子曰廣陵王元璙，爲中吴軍節度使，死葬吴，因家焉。其孫曰喆，爲太子左贊善大夫，贈太常少卿。有子曰中孚，以集賢殿修撰爲梓州路計度轉運使，贈中散大夫。中散之子曰承，爲通州軍事判官。安人通州之仲女也。年十八，歸同鄉鄭公綘，後仕至尚書吏部員外郎，封夫人桃源縣君，改封安人。靖康元年六月二十一日，以疾終於吴郡里第，享年五十九。男曰作肅，奉議郎、前鎮江府府學教授；曰作乂，從政郎、光州定城縣令；曰知章，蚤卒。女七人，亦皆蚤卒。孫男曰烈，曰勳，曰然，曰熊，曰照，曰庶。孫女三人〔二〕。以九月二十七日合葬安人於吏部之墓，實吴縣長洲鄉龍館山之原。前期，以狀來求銘。曰：安人幼則秀晤，父母早世，能自力女功事，閒則學書誦詩。歸鄭氏時，年尚幼，皇姑太宜人吴氏御家嚴，安人侍起居惟謹，無故未嘗去左右，太宜人寢疾，安人嘗藥餌，不解衣者半年，宗族稱其孝。吏部爲吏敏明，馭黠吏如束溼，持身廉。安人主中饋，加慎重，日市所應入，不使有錙銖分寸贏餘。家素貧，有不給未嘗以爲言，蓋處之裕如也。二子長就學，安人教督如嚴師。吏部一意公家事，少暇日，往往從安人授句讀。後作肅登進士第，作乂預薦書〔二〕，皆好學自持，安人之訓爲多。其治家要以勤儉爲本，積纍爲功，其所經畫皆中理。門内事吏部未嘗知，亦未嘗問也。吏部赴官陝右，時貧不能具行裝，安人適遇其姊京師，持金幣遺之甚厚，安人不啟封，謝其賜而歸之。退而曰：『身受姊之賜，固何以全吾夫之廉？』二子寖長，吏部爲求昏，必於安人族黨，曰：『庶幾耳熟安人所爲以爲法。』後得安人一甥一姪昏焉。安人戒之曰：『室家之閫，率常生自婦人。其念母訓，謹婦事，毋以我故怠。』吏部喪外除，二子出仕，安人每以吏部爲吏所施設者教之。内益整齊其家，小大肅雝，無敢慢。日誦佛書，有常課，已則蕭然危坐。時以古詩授諸孫，間閱圖史，略知其大旨。不幸疾且革，事皆有治命云。是可銘。銘曰：

婦罔攸遂，惟生有從。無索而昌，則緊其躬。欲知其人，勿視其它。盍視其夫，其助伊何，克成厥家。盍視其子，雖厚於仁，而教以義。懿實則備，允乂而和。有煒斯銘，以永不磨。

【校記】

〔一〕『三』，馬本作『二』。

〔二〕『乂』，原作『人』，據吴本、馬本改。

宋故焦山長老普證大師塔銘爲傳國華作

師名法成，秀州嘉興縣人，姓潘氏。自爲兒時，謹重不敖戲。嘗夜行失道，有僧異相，携置空舍若佛寺者，黎明則『資聖禪院』也。主者驚問狀，更歎異之，皆曰：『是子當爲佛法中人耳。』十七出家，事本覺法真守一禪師。落髮受具戒已，即從一公問安心法，參究累年，至忘寢食。去之四方，初抵廬山羅漢英公，執侍久之。歷東林覺照、泐潭真淨、翠巖新、潙山喆、雲蓋本、夾山齡公之室，蓋十有九年。最後至隨州大洪山。時芙蓉道楷禪師道譽聞天下，師親炙累月，根塵迥脱，大用現前，如朗月空，了無證取。於是命師唱導西堂，衲子接迹。楷公他日歎曰：『會禪者多，悟道者少。吾宗不墜，是子親得矣。』會芙蓉師住持淨因，師從以來，助揚佛化，如大洪時。大觀元年，始從汝州之請，傳法香山。政和二年，詔以師住持左街淨因禪院。時楷去未幾，德範在人，而師之名稱固已高遠，士夫緇素，望風信仰。由淨因住潭州大潙、密印、道林、廣慧，韶州之南華、寶林，鎮江焦山、普濟，所住皆天下名刹。師解裝敷坐，無所施爲，而山林增重，四衆雲集矣。建炎二年二月，方退居東歸。壬寅，舟次無錫，晚與門人侍者經行河濱，顧瞻山川，從容樂也。夙興，盥頮易衣而坐，如入三昧，即示滅云，實二月二十五日也。嗣法弟子韶山長老慧能適在平江，與比丘信士具威儀，迎致平江之能仁寺，郡人瞻禮如市。危坐三日，膚色瑩澤，儼然如生。乙巳，入龕。越三月庚寅，茶毗於閶門之外，送者萬計。薪盡火滅，得五色舍利不可勝數，骨色珂雪。僧俗爭取頂戴供養，至不可遏。其徒亟奉師靈骨舍利歸焦山之南館，以是月己酉建塔於石公山之陽。師報年五十八，僧夏四十一。嗣法弟子法雲等十有五人，受業弟子思慎等一百四十人。其徒以余宿與師游，以銘爲請，義不得辭。余嘗論之：自菩提達磨初入中土，傳無所傳，唯一心法。六承而後，代有宗師。雲門正真、臨濟慧照、洞山悟本，皆出大鑑，如師子吼，無異音聲；如大虚空，豈有封畛？而末學道聽，妄見立知，派别支離，堅若墨守，苟惟深徹源底，則亦泯爾相忘矣。百年以來，禪學滋盛。雪竇、天衣、廣雲門之曲；慈明、黄龍，據臨濟之關。燈燈續然，龍象繼出，奔走四海，輝曜一時。洞山中微，芙蓉楷公最爲後出，實際履地，不立絲毫，回彼狂瀾，徑超空劫。至於忍力不動，建無畏幢，孤風絶人，又爲卓爾〔一〕。而師親承密記，常坐道場，寂照兼忘，去來不二，可以知其道矣。銘曰：

惟芙蓉師，峯峻壁立。超然物初，化度無極。是普證老，攝衣從之。彼固無示，師亦何爲。如彼枯木，千尺無枝。開敷妙華，鬱密離奇。大洪之顛，香山之下。淨因鐵牛，大溈木馬。息駕襄陽，在晦彌聞。潭人挽之，宴坐道林。捨筏曹谿，脱屣海門。昔未嘗住，今豈非存。是孤絶處，雲濤曉昏。潮音海照，萬劫猶新。

【校記】

〔一〕『又』，原作『乂』，據吴本、馬本、袁本改。

宋故南安軍大庾縣尉贈朝奉大夫南城鄧公墓表

建昌軍城東出天酒門十里曰十里原，衆山回礴，水由其間，起于癸，迤于乾，委于壬。水之南有墓據離山癸向者〔一〕，故大庾縣尉鄧公及其母夫人之墓也。東行五十舉步，有墓據巽山乾向者，夫人夏氏之墓也。初，公以熙寧八年七月五日卒。明年卜葬，既得離山之地矣，公母夫人徐氏又卒。於是公弟宣義公之純舉二柩葬焉，徐夫人居左，公居右，夏氏素孝睦，日號泣，邑邑不自理。明年六月，又以毁卒，不閲月而葬。塋中無所容，故從別卜，然其地皆南城縣太平鄉之大原也。公諱景儁，字師厚。曾祖諱戇，贈少傅。祖妣蔡氏，永昌郡夫人〔二〕。祖諱立，贈太傅。父諱元甫，太傅長子也。太傅蚤世，四子皆幼。大寧年未三十，守志甚苦，力撫教諸子。年稍長，伯氏能任生事，不以累諸弟，縱之學，有成焉。它日，仲氏遂以德行文學起家，被遇神考、哲宗，三入翰林，與持政柄，是爲太師、魏國安惠公。惟叔惟季，或處或出，爲高士、才大夫。公未冠而孤，復持産當門户，間買書竊讀。一旦，家人失其所在，求得之山中，蓋閉門讀書，學爲科舉，文有緒矣。間歸省其親，繼往益勤〔三〕，迺西游，入太學。會安惠公知制誥，時未有子，愛公，欲以爲子，則伯兄之長嫡也，不可，則任公試將作監主簿，調南安軍大庾縣尉。歸南城迎家，將赴官，遽以疾卒，享年三十三。方是時，二女子甚幼，一男子纔三歲，外家收養之。會安惠公自中執法出守臨川〔四〕，迺取以來。其後嫁長女於邵武黄德裕，今爲朝請大夫、直秘閣、知利州軍州事。次女嫁同郡陳楹。男曰紹密，爲擇師，俾學焉。壯而仕，能以才爲時所知，嘗選使吳蜀，今爲朝請大夫。有孫五人矣，曰昌宗、昌國、昌時、昌世、昌朝。孫女三人。宣和元年，紹密被命提舉九路坑冶，將行，泣語其從姑之子信安程某曰：『紹密罪大，父母見棄懷抱間，零丁契闊，祀不絶如綫。今獲仕于朝，贈先人至朝奉大夫，先夫人累贈太宜人，既以命書之副告于墓矣。茲又幸以菅蒯之用奉使九路，而江西適在行部中。初以孤童子西來，今四十年，始得過家掃丘墓，於紹密幸矣，而悲實深。然自少長走四方，未知所稅駕，苟無以表其墓，後數十百年，使子孫不知先祖墓處，則紹密之罪益大。將子是託，其毋辭！』某聞之曰：大庾伯舅之爲人常衡氣，拱手抑首，恂恂如不能言。擇地而蹈，其出入步趨，殆可以尺寸數也。大寧太夫人賢，治家如嚴師。安惠公兄弟清慎孝恭，成於自然，大庾兢兢，稱其家兒也。其卒，大寧念之，過時而哀不衰。烏虖！公之生，俱不及見也，然采於所聞，跡其行己，蓋居家爲良子弟，於鄉里爲善人。出而仕，其爲廉謹吏必矣〔五〕。不幸蚤死〔六〕，使世無述焉。然其爲人如是，亦足以表於世矣。故某叙其美而不敢溢其詞焉，庶足以發潛德而信將來，亦孝子之志也。

【校記】

〔一〕『癸向』，文淵閣本作『向癸』。

〔二〕文淵閣本『永』字上有『贈』字。

〔三〕『勤』，馬本作『勸』。

〔四〕『川』，原作『州』，據吳本、馬本改。

〔五〕『廉謹』，吳本作『謹廉』。

〔六〕『死』，吳本作『世』。

宣義郎知常州江陰縣朱君墓誌銘

公諱耜，字元益，吳郡吳人。曾大父諱億，内殿崇班、閤門祗候，知邕州〔一〕，贈刑部尚書。大父諱公綽，光禄卿，贈特進。父諱長文，祕書省正字，博學篤行，以道出處，爲時老儒，吳人尊之，號『樂圃先生』。元益幼以大父任補太廟齋郎，弱冠，赴吏部别試，爲第一，調婺州東陽主簿。丁父憂，終喪，爲杭州鹽官尉，坐蝗蝻生境内免。再調鄂州江夏尉，以捕盗功遷宣義郎。丁母夫人夏氏憂，終喪，爲太原府司録，不行，改知常州江陰縣事。秩滿代還，卒京師，實政和七年四月四日，享年四十三。元配程氏，我先人之仲女，淑慧過人，秀而不實。繼室顧氏，朝請大夫沂之女，婉懿有聞。生四男子，曰愈、慤、懋，其一未名。二女子，未嫁。顧夫人前卒，既葬吳縣至德鄉南峯山龍池之西矣，至是以公之柩合葬焉。葬之日，實宣和元年二月三十日。其弟通直郎、宗子學録發以狀請銘於俱。俱獲友於元益，於今二十八年矣，相與之厚如元益者，世無幾人。初，仲姊歸朱氏，年始十六，元益齒先一歲，余固童子也。正字公有風裁，喜獎誘後學，目余奇童，或舉余以勵其子。元益既親厚，相與友又善也。方是時，正字俾公專意於學，訓飭如嚴師，子職之外，未嘗與事接，余知其爲良子弟而已。一旦出爲吏，迺得東陽。東陽天下劇邑，元益年甚少，適行縣令事。余嘗道至其邑省吾姊，庭訟日閲數百人，或杖或遣，或付曹對辯，斯須盡決，要爲無所凝滯，而後知公可試以事也〔二〕。元益與人無所忤，犯而不校，循循不見圭角。然在東陽時，縣令有所施置〔三〕，便於人而不可於上官者，僚佐不敢從，元益欣然，書字唯謹。以父喪去官，時行義烏令。僚吏邑豪知其貧，率縑帛數百以賻，元益毅然揮之，至追路數十百里，卒不受。尉鹽官，歲久不雨，傷人田，俾公行視，盡復旱田之賦，十蠲八九，計使不能以意奪。余聞之，然後知公之自立如此。元益天姿近道，行官自江西回，會余於吴下，觀其外毁譽、甘澹泊，頽然加昔也〔四〕。家益貧，不汲汲於禄仕，家人迫之行，裹糧而西。遇親故，留輒移日，未嘗接淅於路也。蓋所謂『推而後行，曳而後往』，若古之棄知去己者〔五〕。及爲江陰，其政亦如是。然其愛物循理，不爲擾人趣辦以儌利一切者自若也。至於樂善善，與人交，稱士友所長，津津喜見顏間，若己預有；客至，相與道古今、閲圖史，怡然終日而不厭；兄弟同甘苦，衎衎如也，則正字之風流餘範，猶有存云。江陰令圭田租歲責八百斛，至元益，按實取入，又會無年，代歸，室中猶四壁也。其遺孤聞訃假貣，迺能具喪服。自元益之逝踰年矣，余言之未嘗不出涕焉，非直以親厚然也。銘其可辭？銘曰：

九卿之門，實望吴下。德名孔振，大自樂圃。奕奕江陰，尚有其儀。好古慕善，歉如渴饑。亦持厥躬，淳白無悔。泛然有施，若退若昧。我思舊交，契闊無幾。矧伊吉人，竒阨終世。南峯之游，今子是藏。我懷之悲，寄此銘章。

【校記】

〔一〕『知』，原作『和』，據吴本、馬本、袁本改。

〔二〕『試』，吴本、馬本作『使』。

〔三〕『置』，吴本、馬本作『設』。

〔四〕『加』，文淵閣本作『如』。

〔五〕『去』，原作『云』，據吴本、馬本改。

通直郎湖州司刑曹事顧君墓誌銘代江仲嘉作

故翰林學士會稽顧公之仲子曰復幾，字彌先，以通直郎爲湖州司刑曹事，卒官下，實政和四年四月八日，享年五十有四。其孤奉喪歸會稽，卜以六年二月八日葬君五雲鄉化鹿山之原。君少專篤，翰林教之學。元祐四年，以宗祀恩授承務郎。時諸弟皆幼，君不忍去親側。又五年，始集吏部選，得監保州酒税、虔州都鹽倉。丁外艱，喪除，監温州比較務、兖州東嶽廟、明州酒務。秩滿，得官湖州。蓋爲吏二十餘年，常以廉白自持，所歷筦庫曹幕，不以官小事微骫靡喪其職。在家厚友愛。翰林平生清約，及棄養，家貲益微。君衣食閒有餘，輒以分姻族之貧者。親黨宴集，則置大觵其前，曰：『朝廷事，公事；與人之私勿道，違者浮之。』方待次閭里及爲祠吏，三年不入公門，不以一介干人。平居不汲汲產業爲子孫顧計，有諫之者，君輒曰：『子孫能自立與否，初不在是，顧所遺何如耳。』與人語，其人識致優遠，終身誦服；有不當意，則怫然去。其天性如此。余與君爲僚且一年，幕府僚吏常十數人，君於其閒無所親疏也。然觀其發言臨事，胷中要無毫髮留隱，有所欲發必盡吐乃已。言必稱道翰林之德，曰恐負先訓、恐負先訓云云。余以是獨知君。其卒也，同寮皆一再會哭其舍，余哭之出涕焉。君之曾大父諱晃。大父諱言，贈正議大夫。翰林諱臨，恢廓有大志，以信厚端靖聞一時，以而通朝籍，贈通議大夫。母鄭氏，封滎陽郡太君。新制行，改封淑人。君娶盛氏，嘗封廣陵，改封孺人。男三人：大隆、大陞、大堃，皆爲士。女二人，長適宣教郎郁藻，次適開封王琛。銘曰：

馬不必善走，要之不蹶； 器不必瓌異，要之無缺。有如彌先，知足以効官，廉足以自衛，言無匿情，志不逾器，守常盡年，以從其先於九原，亦足以無愧矣。視夫畫虎而犬成，賈石而玉衒，顛冥畏途，心迹萬變，其得喪短長必有能辨之者矣。

北山小集卷第三十三

墓銘四

衢州開化縣龍華院意上座塔銘

師名修意，字無言，開化人，姓魏氏，田家子。幼勤恪不欺，不事敖戲。年十五，受業於龍華傳教師道圓。後七年，削髮受具戒，圓稍授以天台章句。未幾，已能貫習，益縱之遊學他郡，凡名師哲匠，皆從之肄業焉。居數年間，有傳正法眼藏出世間、了生死者，棄所習往從之。初入天童齊公之室，後至新定之廣靈。時佛印祖禪師道化方隆，師又入其室，刳心遺形，刮摩淘汰，晨夕不懈，殆忘寢食，佛印器之。卒之能所兩忘，盡得其奧。會佛印去廣靈，里居士夫自江公人表皆請以師繼其法席，師力辭，亟歸開化靈山之故棲〔一〕，蓋去龍華十八年矣。結庵安居，名之曰『安養』。足不踰閾，修長懺者三年〔二〕，以迴向般若，施度有情。崇寧間，余上書，罷吏太湖，歸鄉邑，寓靈山寺之西軒，始識師。頎然衆中，麻衣芒屨，韻孤而貌寂，固異之。與之言，蓋明道眼、飽叢林者也。余方幽憂塊處〔三〕，往往日至其廬，語必移晷，相對蕭然，忘其身之窮而世道隘也。大觀初，余迫於祿養，又出而求仕。是年冬，師亦復歸龍華。其後余歸省松楸，必與師會。紹興二年春，余罷職西省歸，而過師於龍華，則師病且衰矣。八年，余寓郡郊四年矣，師之弟子慶居以書來告，師以四月己卯晨起，沐浴更衣，集衆告辭，趺坐，奄然而寂。荼毗，齒牙獨不壞散，其徒以謂真實無誑誕之所致云。壽七十九，僧臘五十八。弟子慶居、戒月、妙辯、善信、希聲將以九月丁酉，奉師遺骨藏於寺之東南隅，而建塔焉。慶居走余門，以銘爲請。余惟師慧目既清，履行無玷，於教席爲阿闍梨，而無鄙吝、封執、貢高之心；能捨有爲而從無學，於禪林爲第一座，而未嘗有幾微營保社、希利養之意。蓋聞人巨刹請留而不顧，視世之釋子貪濁狂亂、區區汲汲於權利之間者，豈不賢哉！又與之有故，是宜銘。銘曰：

是惟意公之塔，雲壑縈帶，蓮峰秀發。風林演唱，山谷響答。師曾不亡，常説妙法。

【校記】

〔一〕『亟』，吳本作『遽』。

〔二〕『三』，吳本作『二』。

〔三〕『憂』，吳本作『居』。

朝散大夫行尚書司封員外郎致仕毛公墓誌銘

建炎四年秋，有旨召朝散大夫毛隨詣行在所，尚書下衢州，趣爲駕。既至，始見政事堂，陳天下利害，慷慨明白，有言動聽。先是，虜比歲大入。是年春，猖獗至東南并海郡，回，留兵淮南，須涼秋，示必渡。君言：『按《漢志》：「歲星所在，國不可伐。」昔湯之元祀，歲星順行，與日合于房。房心，宋亳分也。周之興也，武王還自盟津，至于豐。明年，歲星順行，與日合于柳，建留于張，其分實河洛之墟。故武王定鼎洛邑，而周公迄營成周。今年冬，歲星當躔于斗，歲主福德，斗，吴越之會，蓋與商周之事略同，天其或者將厭亂而興宋乎？虜不南渡矣。然敵人進退本不足言，自古禦戎上策，莫先自治。今六軍在行日久，豈無致果殺敵之心，在朝廷所以用之耳。爲今日計，莫若保天險、增戰備，權宜都邑，不爲輕動，以係四方之觀聽，則人心不搖，士氣日壯，此孫武所謂「恃吾有以待之」者也。』因條上三策，所以措畫之宜甚悉。已而詔以爲尚書司封員外郎。明年春，有薦公材中御史者，方召對，而君病矣。會余亦召至行在所，備官蘭臺，間至君舍問所苦。病寖劇，則日一至其舍。君上氣加腫，奄奄息僅屬〔一〕，言及天下事，輒奮髯扼腕，語吃吃不能盡意，則太息而止，不以後事一語屬人。余未嘗不悲其志而惜其病且死也。請老，詔以本官朝散大夫、尚書司封員外郎致仕。竟以紹興元年四月己巳，卒于越州大善僧寺之寓舍，享年五十五。季子叔度實從以喪歸其家，將以某月某甲子葬君於其鄉某山之原，來請銘。崇寧初，當國者取士大夫所上書舉爲二籍，余與彦時在邪籍中，皆罷吏歸鄉郡。彦時固邑子，至是始識面，與游驩甚。時年皆未壯，平居相與言，必天下所以治亂興衰之槩，與夫出處去就之宜，所從游往往一世英豪。後十五年〔二〕，上皇稍更政事，去泰甚，黨禁少弛，余寖被收録爲尚書郎，君纔脱州縣，因以類進，得爲祕書省校書郎，遷著作佐郎。會二府三公相傾奪，思以不克紹述致罪宰相者，出君通判虔州。已而相以它罪罷，黨事復緩，而北方兵起矣。余知君最深，其出處又如此，是安得辭？君諱隨，字彦時，衢州江山縣人。其世所自出與徙著之由，則有先世之譜諜在。曾祖諱煥，贈中大夫。祖諱愷，朝請郎，贈正議大夫，清約有古人之介。父諱勉，朝奉郎，贈中大夫，躬行有家法。母江氏，累贈令人。君年始冠，中紹聖四年進士第，調秀州華亭縣尉。其持身効官，爲邑人之所欽愛。秩滿，調明州鄞縣主簿。遷文林郎，爲江寧府司户曹事。丁外艱，服除，監大觀東庫，改宣教郎。丁内艱，服除，遂入祕書省。其在虔州也，靖康初，朝廷調諸郡將吏防秋北邊，虜犯河南，經制使復裒見卒援京師。虔居江西上游，俗喜鬬輕死，群不逞乘間起，嘯聚山澤，衆且數千。郡吏憑虚堞、張空拳以示備，君馳喻諸邑，索土豪大猾、拳勇奇技，得數十人，徹衛與語，開懷見誠，人人感奮，爭自効。因使各部其衆，淬勵須戰。則又牓盗區曰：『所取渠魁耳，脅從皆吾人，凡散歸閭里、持鋤耰者，不爲盗。』居數日，賊黨散三之二。公擇所募，授以方略曰：『賊酋以其衆，今在某山中，若爲我生致之。』期三日反報，公還未及城，渠魁以生得。朝廷嘉其功，進官三等。時中原新罹虜禍，劇盗潰卒，驚剽相望。君方攝行郡事，益募士，除戎器、謹關候、偫糇糧，郡以無事。軍興調發〔三〕，應時趣辦而人不擾。君幼則警敏，嘗讀《漢書》一傳三千言，數過輒成誦。長遊學校，有俊聲。一出仕，即坐上書不得調。於是刻意爲己之學，涵泳六經、諸史、百氏之間，窮理盡性之説，至天文地理、歷數卜筮，無不學。學必窮日夜，書必汗牛馬。至占驗消息，猝然失之，即棄去，又學不休。其爲文歷落平易，獨寫其意所欲道，意盡便止，粲然立成。論事抗顔不疑，視天下事若無難者。其爲吏自縣簿尉、參幕府至監一郡，隨事不苟，必有所裨助建立，所歷有能聲，然人卒不能以能吏名也。妻李氏，故朝奉大夫秠之女，累封宜人。二男子：曰伯亮，將仕郎；曰叔度，舉進士。一女子，嫁從政郎詹堯謨，前卒。孫男一人。集其文得十五卷，藏於家。銘曰：

士有才奮，勇於敢爲。火馳機張，蹈險若夷。不奠其發，以顛以危。亦有君子，負繩抱規。擇地而行，惟古是稽。詭以應變，昧時與幾。君學而思，又敏於施。吏不蘄能，不苟不隳。學不蘄言，期見於時。而阸于初，而隕方躋。匪死之哀，君志是悲。

【校記】

〔一〕『奄奄息僅屬』，文淵閣本作『奄奄一息』。

〔二〕『英豪』，文淵閣本作『豪俊』，下無『後』字。

〔三〕『興』，原作『典』，據吴本、馬本改。

江仲舉墓誌銘

公諱褎，字仲舉，開化通德諸江也，故朝散郎、篤行君子諱汝明之第二子。母德興縣君宋氏，賢懿爲宗黨式。俱之大父初昏孔步江氏，某於朝散公兄弟行也。朝散通判睦州，余初以童子見，公與爲禮，待余猶成人。後十年，公之第三子仲嘉褎爲餘杭尉，余繼室以公之第五女，親迎餘杭，於是始識仲舉。時德興在養，兄弟娱侍門内，熙怡如也。仲嘉玉立鴻舉，落落有塵外態，仲舉愷樂蕭散，其在親側，有戲綵弄雛意。相與友不厭也。自是别而復會，率不過數歲。每相遇輒劇飲大笑，披肝膽，悦情話，久而加親焉。君幼得肺病，及壯大不除，作則害寢食。政和六年，會吴興仲嘉官下，君益癯，骨見衣表，然劇飲大笑，踈爽猶昔時也。别吴興西境上，仲嘉來京師，不幸死；仲舉歸里中，病益固。宣和二年冬，盗起新定。明年正月，入信安郡，人皆避賊山谷，晝伏草薄間，夜出謀食。仲舉匿近舍黄茅山中，素羸，加惴恐，病無醫藥，食飲不時得，以上元日卒，享年五十六。是年十一月十一日，其弟仲長衮與其子俊葬公開元鄉馬汪村之原〔一〕。仲舉少治經，讀書質甚美，顧肺病間作，不能勞，一再試場屋不偶，即棄去，然讀書不廢也。善鼓琴，棋品甚高，作字有楷法。晚益窮阨，然未嘗有不遇之感。每病作，則吒曰：『會當更一世爲完人，吾視此身猶疣贅也。』亦以是爲談笑。病不作，則油然自適，不以一豪汩中扃〔二〕，余所謂愷樂蕭散者近之。公娶鄞郭氏，承事郎敦愿之女。一子，俊也。銘曰：

蜕和襲教，質則靈兮。光塵外合，中渭涇兮。悦親信友，惠且寧兮。背諼蕃萃，庭蘭馨兮。天驩熙怡，國爵并兮。隙駒一過，空頹齡兮。決疣潰癰，脱天刑兮。亦既艾耆，息幽扃兮。

【校記】

〔一〕『村』，文淵閣本作『山』。

〔二〕『汩』，吳本、馬本作『泊』。

莆陽方子通墓誌銘

宣和四年正月庚辰，興化方公卒吳下，享年八十有三，以三月乙亥葬于長洲武丘鄉汝墳湖西先塋之南。其壻奉議郎、親賢宅講書朱發請銘於史官尚書禮部員外郎程某，某以不佞辭，不獲，則叙而爲之銘。公諱惟深，字子通，世爲莆陽人。考諱龜年，終尚書屯田員外郎，葬吳，因留家不去。公生挺特，幼爲文，見稱鄉長者。長則端敏，涵養滋大。鄉貢爲第一，試禮部不第，即棄去。吳下有田一廛，公與其弟躬出入耕穫，凡衣食之具，一毫必自己力。間則讀書，非苟誦其言而已也。至於黃帝老莊之書，養生爲壽者之説，其户庭堂奥、根源派別無不知，其所操之要則，曰無爲而已。於西方別傳〔一〕，得其大指。不數爲人劇談，平居視之，猶欺魄木鷄也。及其論議古今道理，窮覈至到，確然莫能移。然常以雅道自娱，一篇出，人傳誦以熟。舒王以知制誥卧鍾山，得其詩，以謂精詣警絶，元、白、皮、陸有不到處。方元豐、元祐間，公賢益聞，以韋布之士閉關陋巷，躬行不言，而孝友清介之風，隱然稱東南。時朱先生長文隱樂圃，二人皆以學術爲鄉先生，士之往來吴下者，至必禮於其廬。朱公晚起爲太學博士，卒三館。公後死三十年，然世終莫得而挽也。元符初，孫集賢傑以郎官使淮浙，風采震懾州郡。入境，遣從事問訊，且邀見，公辭焉。孫公至蘇，即日造公門。歸薦諸朝，雖知公之不可以吏也，以謂『善人，國之紀、人之望也，庶幾旌善人以風士類乎！』輒報聞罷。崇寧中，詔舉遺逸，蒲輪走四方，二浙特起無虚郡，吴以公應詔，人以爲處士之雄也〔二〕。復報聞罷。時宰相皆公故人，豈意其不可以起也，弗强焉。崇寧某年，有司舉貢籍以年格應補軍州助教者，就賜勑牒、袍笏於其家，公得興化軍助教。命且至，或覞之曰：『是其志視軒裳珪組亡如也，何助教云。是必辭。』公曰：『君命也。』拜受唯謹。公長不踰中人，貌古骨强，目光如冰。居親側，洞洞屬屬；兄弟，誾誾如也；交際，色勃如也，足躩如也。其歲時祭享自滌除，水火之役身先之，蓋至老不變。閭里慶弔，每先衆人。其酬應曲折，雖小夫孺子，如見所畏者。至於王公貴人，去就疏數，或見或不見，皆有辭，非苟然者。或曰：『公信無求於世矣，何自苦爲是拘拘者邪？』嗚呼，是所以爲方子已矣！夫以亢爲高，以隨爲通，以放爲達，以無忌憚爲果，其似而非。譬之鼃紫也，足以眩盲聾而不可以欺婁曠。且仁與禮，君子所不可斯須離者也，而謂處士可以去之乎？公初年四十，無子，其弟有子，以謂吾先人有後足矣，即屏居於外。平生深於詩，遇得意，欣然忘食。中年忽若有所不樂者，因絶筆不道。夫卓絶之行可能〔三〕，而常因循於所易；死生之決有不顧，而不能忘懷於嗜習。余於此知公之剛果絶人矣。公預知死期，期至不亂，喪葬皆有治命云。集其詩文爲五卷。母趙氏，參知政事文安公安仁之女。繼母王氏，封長壽縣君，宣州觀察使得一之孫。妻建安吴氏。公之葬，合諸吴氏之壙。二女，長嫁郟傑而卒，季嫁樂圃先生之仲子發也。銘曰：

猗歟方公，行峻而禮恭，徒人而志獨，學該而守約，吴越之瞻也。一介不以與人，非以爲儉；一介不以取諸人，非以爲廉也。蓋妄取害於義，妄與害於仁，造端於取與之微，而賢否之分不容髮。故君子於此若是其嚴也。古之人有眇六合以爲隘，捐一瓢以爲煩，是以遯世絶跡、窮苦其身而不悔。故獨善、濟物，不可得而兼也。雖位三旌、馬千駟，吾知其不以煩濁易安恬也。之人所以懷寶不試，寧老死而伏巖巖也。

【校記】

〔一〕『西』，文淵閣本作『四』。

〔二〕『雄』，文淵閣本作『榮』。

〔三〕『行』，吴本作『事』。

江器博墓誌銘

江公諱大方，字器博。江氏爲信安望族，家世群從皆以業儒起家，大理評事諱相者，公之考也。器博少多病，即從父兄丐其身，求異人方士，問衛生養性之説。學鼓琴隸書，有能名，精於是技者皆推下之。築室錢塘西湖上，閒奕棋以自娱。士之蕭散曠達者，行李出於錢塘，往往從之遊。中年生計益落，棄所居歸故鄉。然浮寓去來，不能土著。故人與之厚，欲經紀其衣食者，遇輒死徙憂患，否則以事去官。器博游益困，客吴中，無所遇，故延康殿學士、信安侯兄弟以鄉里舊，以其兄彦楚之子妻其子參，留家南徐，居有廬，月有饋，公以是少休。宣和二年九月二十日，以疾終於家，享年七十七。器博姿淳壹，與人無町畦，口不道世故，衆座談説是非如不聞，亦不省。顧嘗爲余言：『少遇道人，授以内丹訣，當立静以月日時下，不以毫髮累心，養之數年，庶有成。今日有飢寒迫，未可也。』余歎曰：『公且老，歲月逝矣。使我得官南徐，治一室如公言，爲任衣食事，丹幸成，其授我訣。』明年，余得倅鎮江，私喜曰：『器博之言，庶有合乎。』未到，有改命。後五年而公卒。參爲余言，公病即不食，喜飲水，曰：『吾夢遊三茅，甚樂其死，頂熱如火』云。公有六男一女，曰某、某、某、某，與女子先卒；曰參，曰履，以十一月五日葬公丹徒縣釜鼎山下。銘曰：

不昏若可以無累，不宦若可以爲高。絶學捐書，以遊以遨。若可以度濁世而解天弢，而卒以不遭。釜鼎之南，鬱然三茅。其藏者形存，其夢者神交。豈大塊於此，息夫子之勞乎！

承奉郎致仕楊君墓銘

吴郡有二老焉，或仕或不仕，皆隱者也。居城之東北曰方公，居城之東南曰楊公〔一〕。余少壯客吴下，獲交焉。宣和四年春，二老相繼沒，方氏既以銘爲請。楊公之沒，實二月丁巳，以九月辛酉葬於長洲縣武丘鄉祖興墩之原矣。其子友夔始克狀公行實，走書京師曰：『葬當有銘。地遠不時請，既焰以俟，非公無以圖不朽。』余不佞，束髮行四方，所交往往天下善士。今吴有二老，生相從游，死誌其墓，其又何辭？矧所謂發潛德之幽光者，亦余之職也。公諱懿孺，字彝父，世爲建州浦城人。曾祖有證，贈太僕少卿。祖伉，贈光禄卿。父諱，尚書屯田員外郎。屯田始葬常州無錫縣，諸孤因家長洲，遂爲吴郡人。公少孤，能自力學，長爲進士。家素貧，事母盡孝養。言行相顧，疾惡無隱情。宗族有疑，咨而後決。其子弟有過失者，踧踖不敢見。既喪親，生事益廢，朝無夕儲，家人以告，公方讀書哦詩，泊如也。猝然遇之，神夷氣昌，劇談大笑，未嘗有飢寒憂，雖閭里不盡知其貧也。凡三預鄉貢，五試禮部，卒不第。崇寧二年，特奏名，始授簡州文學，監杭州富陽縣茶場。遇郊恩，以將仕郎權亳州城父縣主簿。八寶汎恩，遷登仕郎，調洪州南昌縣主簿。居一年，忽載妻子歸吴下，且告老。今中書侍郎清河公時守洪州，與部使者固留，皆薦之。公辭，不聽，不得已求沿檄淛西。至則復告老，奏下，以承奉郎致仕。又七年乃卒，年七十有六，屬纊不亂如平生。公年艾耆始禄仕，平居直心自信，不知世間有傾巧事。見用於州縣者，或纖利導諛，否則害人以自便，輒眙愕却立，退或以言劘切之，以是益不喜爲吏。自未仕及老于家，不入州縣，不事鄉里請謁，間一過所親厚，歲不過數四。客至，相與辨論古今或終日。性簡介，見其狀貌，知非俯仰人也。雖嘗出而仕，余猶謂隱者云。娶章氏，甚勤以和。二男：曰友益，先公三十七日卒；曰友夔，能文，有志操。一女，嫁修武郎侍其佃。二孫：曰瞻，曰睦。銘曰：

行險狙利，榮猶辱也。和光處順，群猶獨也。五試三仕，仕以禄也。其隱者存，安且穀也。【校記】

〔一〕『東』，吳本作『西』。

宋故中散大夫知虢州軍州管勾學事兼管內勸農使賜紫金魚袋李公墓誌銘爲傅冲益作

大觀四年二月丁丑，今龍圖閣直學士李公譓對垂拱。上問弟誡所在，龍圖言方以中散大夫知虢州，有旨趨召。後十日，龍圖復奏事殿中，既以虢州不禄聞，上嗟惜久之，詔別官其一子。公之卒，二月壬申也。越四月丙子，其孤葬公鄭州管城縣之梅山，從先尚書之塋。公諱某，字某，鄭州管城縣人。曾祖諱惟寅，故尚書虞部員外郎，贈金紫光禄大夫。祖諱惇裕，故尚書祠部員外郎、祕閣校理，贈司徒。父諱南公，故龍圖閣直學士、太中大夫，贈左正議大夫。元豐八年，哲宗登大位，正議時爲河北轉運副使，以公奉表致方物恩，補郊社齋郎，調曹州濟陰縣尉。濟陰故盜區，公至，則練卒除器，明購罰〔二〕，廣方略，得劇賊數十人，縣以清淨。遷承務郎。元祐七年，以承奉郎爲將作監主簿。紹興三年，以承事郎爲將作監丞。元符中，建五王邸成，遷宣義郎。時公在將作且八年，其考工庀事，必究利害。堅窳之致，堂構之方，與繩墨之運，皆已了然於心，遂被旨著《營造法式》。書成，凡二十四卷，詔頒之天下。已而丁母安康郡夫人某氏喪。崇寧元年，以宣德郎爲將作少監。二年冬，請外以便養，以通直郎爲京西轉運判官。不數月，復召入將作爲少監。辟雍成，遷將作監，再入將作又五年。其遷奉議郎以尚書省，其遷承議郎以龍德宮、棣華宅，其遷朝奉郎、賜五品服以朱雀門，其遷朝奉大夫以景龍門、九成殿，其遷朝散大夫以開封府廨，其遷右朝議大夫、賜三品服以修奉太廟，其遷中散大夫以欽慈太后佛寺成。大抵自承務郎至中散大夫凡十六等，其以吏部年格遷者七官而已。大觀某年，丁正議公喪。初，正議疾病，公賜告歸，又許挾國醫以行。至是，上特賜錢百萬。公日敦匠事，治穿具，力足以自竭，然上賜不敢辭，則以與浮屠氏，爲其所謂釋迦佛像者，以侈上恩而報罔極云。服除，知虢州，獄有留繫彌年者，公以立談判。未幾，疾作，遂不起，吏民懷之如久被其澤者。蓋享年若干。公資孝友，樂善赴義，喜周人之急。又博學多藝能〔二〕，家藏書數萬卷，其手鈔者數千卷。工篆籀草隸，皆入能品。嘗簒《重修朱雀門記》，以小篆書丹以進，有旨勒石朱雀門下。善畫，得古人筆法。上聞之，遣中貴人諭旨，公以《五馬圖》進，睿鑒稱善。公喜著書，有《續山海經》十卷，《續同姓名錄》二卷，《琵琶錄》三卷，《馬經》三卷，《六博經》三卷，《古篆説文》十卷。公配王氏，封奉國郡君。子男若干人，女若干人云云。某觀虞舜命九官，而垂共工居其一，疇咨而後命之，蓋其慎且重如此。誠以授法庶工，使棟宇器用不離於軌物，此豈小夫之所能知哉！及觀周之《小雅·斯干》之詩〔三〕，其言考室之盛，至於庭户之端，楹桷之美，且又嗟詠騫揚奐散之狀，而實本宣王之德政。魯僖公能復周公之宇，作爲寢廟，是斷是度，是尋是尺，而奚斯實授法於庶工。方紹聖崇寧中，聖天子在上，政之流行，德之高遠，巍然沛然，與山川其侔大也，而後以先王之制施之寢廟、官寺、棟宇之間。當是時，地不愛材，工獻其巧，而公獨膺垂、奚斯之任者十有三年，以結睿知，致顯位，所謂『君子攸寧，孔曼且碩』者，視宣王、僖公之世爲甚陋，而公實尸其勞，可謂盛矣！某初爲鄭圃治中，始從公遊。及代還京師，久困不得官，遇公領大匠，遂見取爲屬。寖以微勞竊資秩，緊公德是賴。既日夕後先，熟公治身臨政之美，泣而爲銘。銘曰：

維仕慕君，不有其躬。何適非安，唯命之從。譬之庀材，唯匠之爲。爾極而極，爾榱而榱。亦譬在鎔，不謁而擇。爲利則斷，爲堅則擊。垂在九官，世載厥賢。曰汝共工，沒齒不遷。匪食之志，緊職則然。公爲一尉，群盜斯得。公在將作，寢廟奕奕。爲垂奚斯，以奐帝績。仕無小大，必見其賢。無不自盡，以虔所天。帝以爲能，世以爲才。勞能實多，福禄具來。有生會終，公有貽憲。竅辭貞珉〔四〕，盡力之勸。

【校記】

〔一〕『購』，文淵閣本作『賞』。

〔二〕『藝』，吴本作『技』。

〔三〕『詩』，吴本作『篇』。

〔四〕『珉』，原作『岷』，據袁本改。馬本作『銘』。

宋故徽猷閣直學士左中奉大夫致仕常山縣開國伯食邑九百户贈左通奉大夫趙公墓誌銘

公諱子晝，字叔問。五世祖德昭封於燕，是爲燕懿王。子曰惟和，永清軍節度觀察留後、安定郡公，公之高祖也。曾祖諱從審，寧海軍節度觀察留後、宣城郡公〔一〕。祖諱世禕，鎮海軍節度觀察留後、北海郡公。父諱令僉，中亮大夫、榮州防禦使，累贈少保。母王氏，封定國夫人。叔問幼則端厚警敏，秀穎特異，中亮愛之甚。稍長，於讀書如嗜欲。中亮藏書三萬卷，號『書窟』。叔問日肆習其間，沈涵薰浹，不捨晝夜。中亮遇大禮，任子當及叔問，顧而曰：『是兒能自致，何以此爲？』取楷笏予之，因捨公而任其次。初入南京國子監，於經籍固已貫穿便習，視當時場屋之文，意以謂殆可不學而能。每較藝試闈，日未中，文已就，徜徉笑謔若不經意者。及牓，名屢出諸生上。年未冠，遂中大觀元年進士第，爲宗子第一。起家授承奉郎、簽書大名府判官廳公事。魏固大府，賓幕僚史時宴飲相追逐，叔問常以事辭。公退，手未嘗釋卷。歷佐二留守。許特進將莊重謹繩墨，大器重之。後尹梁資政子美爲治强敏任威，一路畏讋，僚屬唯唯進退，叔問恂恂少年耳，獨能因事白其已甚者，尹或捨己意而行其說。秩滿，調湖州司録事。代歸，持所生母心喪三年。調憲州通判。宣和元年，差充詳定《九域圖志》所編修官。會書局例罷，除知澤州。未赴，改知密州。召對，爲刑部員外郎。自元豐新官制初除令鑠爲郎，久無繼者，至是始除叔問，族屬榮之。未幾，丁中亮憂。中亮居家剛嚴有常度，叔問自幼及壯在親側，目未嘗迕視。雖盛夏，冠帶終日，出入虞侍，時温凊、視膳羞。朝夕左右，便便唯謹，蓋誾誾侃侃，盡色養之驩焉。中亮以其敦樸，常曰：『是質實兒竟自佳〔二〕。』其於兄弟篤友愛，鞠其孤猶己子，宦學婚嫁，皆身任之，無失其時者。於親故咸有恩意。靖康虜寇大入，自宋流寓淮淛，道丁母夫人憂，間關南渡，竄伏信安山中。建炎四年，車駕駐蹕會稽，詔以吏部員外郎召，俄遷左司員外郎。時范丞相當國，叔問舉職不懈，裨益居多，遷太常少卿。艱難以來，有司文籍散失〔三〕，典禮或闕。公學既通博，隨事討論，稽參古今，綿蕝草創，禮無違者。會禮部侍郎闕，除權官，上以公爲可，遂以命之。明年，除徽猷閣待制、樞密都承旨。宗室任三省密院從官，實自公始，人以爲宜。又明年，遷兵部侍郎。紹興三年冬，虜使李永壽、王詡來，上命公館伴。時虜使久不至，至是虜情叵測，人以館客爲難。叔問自迋勞燕好，至於贈賄、彌縫應對，無不得宜。虜使卒入見，成禮而去。其在朝廷，恬曠靖共，無所適莫，思不出位，從容以和。踰年，請外補，以徽猷閣直學士知秀州。明年，移知平江府。其爲治安靜不擾，循理去甚，不爲赫赫名。久之，懇請祠宮，以兵部侍郎召至行在。力申前請，遂以舊職提舉江州太平觀。寓止衢州凡七年，未嘗有留滯之歎。自言慕司馬徽之爲人〔四〕，若所謂『入獸不亂群』，『舍者與之爭席』，蓋優爲之。得寬閑之地城南之郊，爲池亭林圃，間與交舊游息其間，浩浩然若將終身而不厭者。晨起，誦六經率若干卷。又身教子姪，講論經史，日有常課。間則報謝賓客，不以寒暑、風雨、高下易其度也。十二年夏四月，以疾告老，遷左中奉大夫致仕。壬辰，以不起聞，享年五十四，詔贈左通奉大夫，交游皆失聲相弔。余初識叔問吳興，一面定交，今三十年〔五〕，情好彌厚，終始如一。觀其剛而不亢，通而不流，不爲利回，行己有耻，至於廣覽强記，直諒多聞，蓋余之益友也。其文敏而粹，其家集而藏之，得二十卷。於游藝往往精諸〔六〕，書法尤爲識者所推，篆、籀、楷、隸皆力追古人。至訓詁形聲之末，與夫禮樂、度數、名物之微，莫不審其是而知其説也。其孤將以七月己酉葬公西安縣道泰鄉甘泉之原，厥既得卜，其孤號踊請銘於俱。余惟叔問之交友知舊，其名位文詞足以聳動一時而傳信於後者爲不少，盍請銘於彼而俱是求？不可。其孤叩頭見要曰：『先友之久且厚，莫先丈人，知先人平生又詳。況遠日既迫，儻辭避引日，將不及事，無以掩諸幽，以没先人之美，而重不孝之罪。』泣血固請。余義不得終辭，則叙其治行而繫以銘。公配邵氏〔七〕，封碩人。三男：長曰伯賜，右承務郎，提點坑冶鑄錢司檢踏官；次曰伯昂，右承務郎；幼曰伯量。一女：長嫁右修職郎、監臨江軍贍軍酒庫馮作，次已嫁而歸。銘曰：

太支惟四，仲封於燕。純嘏有衍，流光邈綿。五世彌昌，允藝且賢。惟叔問甫，奮由厥躬。抗志厲行，光亨有終。驥墮地走，蘭茁而芳。絕出羣輩，鳳翔高岡。瑞此王室，家廷之慶。垂髫就傅，束髮試吏。至於艾耆，出守入侍。靖共明哲，純美無纇。進斯匪懈，退以求志。風流江左，術業洙泗。胡不百年，益用於世。向、歆七略，間、平六藝。庶幾有成，斧藻皇治。甘泉之幽，盤鬱森邃。藏之孔安，遺祉嗣裔。

【校記】

〔一〕「城」，原闕，據《宋史・宗室傳》補。

〔二〕「竟」，文淵閣本作「意」。

〔三〕「失」，原作「已」，據文淵閣本改，文津閣本作「佚」，《年譜》作「亡」。

〔四〕「徽」，原作「微」，據文淵閣本改。

〔五〕「三」，吳本作「二」。

〔六〕「諸」，疑當作「詣」。

〔七〕「邵」，原作「郡」，據《年譜》改。

北山小集卷第三十四

行狀

延康殿學士中大夫提舉杭州洞霄宫信安郡開國侯食邑一千七百户食實封一百户贈正奉大夫王公行狀

曾祖敏，故不仕；　曾祖母陳氏。　祖言，故高郵軍判官，贈光禄大夫；　祖母徐氏，長安郡君。　父介，故尚書祠部郎中，充祕閣校理，贈少師；　母蔣氏，贈越國太夫人。

衢州常山縣人，年七十。

公諱漢之，字彦昭。自曾大父好書服儒，懷器不售，光禄始以進士起家。至少師，遂以賢良方正決殊科，登文館，出入三朝，以直氣讜言聞天下。艾耆不衰，老於外徙。教授諸子，身爲嚴師。公幼則不群，學爲文詞，已有驚人語。神宗皇帝初以經術取士，公年始弱冠，中熙寧六年進士甲科，以祕書省校書郎、秀州司户參軍差充汝州州學教授。少師以公年尚少，方爲人師，當益輔以學，無求速成，因留膝下研究經史，滋進益勤。未行，少師捐館。公居喪毁瘠，以孝聞。服除，爲亳州州學教授，郡守南豐曾子固侍以國士。遷和州防禦推官，知河南府左軍巡院。元祐元年，以舉者應銓格，改宣德郎，知婺州金華、河南府澠池縣事。丁越國太夫人憂。紹聖四年，以奉議郎充潁川郡王院吳王宫大小學教授，遷鴻臚寺丞。會仲兄卒吳中，公求外補，恤幼孤，治窆事。以承議郎知真州。元符三年，以登極恩遷朝奉郎，賜五品服。儀真當東南要衝，號難治。公發姦舉廢，人以乂安。建中靖國元年，除提舉河東路常平等事。進對稱旨，留爲開封府推官。以朝散郎遷尚書工部員外郎，尋遷吏部，兼國史編修官，移禮部。不閲月，以太常少卿充講議司參詳官。時方紹修前烈，大起庶政〔一〕，廣學校、行三舍，公之參預爲多。踰月，遷尚書禮部侍郎，兼修國史，充講議司詳定官。久之，移户部侍郎。崇寧二年，以顯謨閣待制出知瀛州、高陽關路安撫使、馬步軍都總管。公下車，撫綏邊氓，申嚴軍律，威聲隱然。時朝廷下邊郡，展樓櫓、布埤堄、新守具、除戎器，廣袤長短，一以元豐法式從事。公言：『以高陽舊城較并邊諸郡城壁，小大厚薄固已不同，而械具由一律，恐虚費不適用。願詔諸路參酌元豐法式，隨宜製備。』從之。公又言：『國朝塘泊，東起滄州，西至安肅、廣信軍之南，凡九節。其所限地里高下、水之深廣，各有定數。淳化中，知雄州何承矩始制屯田，詔發戍兵萬八千人給其役，由是順安以東瀕于海，廣袤數百里皆爲稻田。其浚陂塘、築隄道，則安撫司專制置，邊郡遵條式、按圖籍以從事。其後又詔修保塞等五州堤道爲田。

匯水之備，唯跳山以西壅水不能及，則爲田設穽，種所宜木。至大中祥符間，榆柳至三百萬本。此中國戰守之助，萬世之利也。自北虜通好，塘泊屯田浸失舊制，並邊官司無復案籍可考，願俾河北東西具今廢置利害，仍詔有司討論故事，畫一下邊郡，守而行之，復祖宗之舊。』又言：『舊制，界河戰舡，置務乾寧軍造。崇寧初，漕司建徙真定就材木，或窳敗，不時得，請如舊制便。又總管司舊領義勇鄉軍，自置保甲以來，更屬提舉保甲司。願倣舊制，鄉軍義勇俾部帥兼領，庶上下服習，緩急有所統一。』所陳略見施行。是年，雄州歸信、容城旱，兩輸人户請蠲税，雄州不聽，止全蠲南户税。公密論：『雄州規小利，失大體，非聖朝撫綏意。萬有一契丹蠲税振荒，則何以示遠？』三年夏，移知江寧府，兼江南東路兵馬鈐轄。未赴，改知河南府，兼西京留守司公事。轉朝請郎，移知蘇州。以《哲宗實録》成，遷朝奉大夫，改知潭州，兼湖南路安撫使，封保寧縣開國男，食邑三百户。時傜人向、黄二族寇通遠峽武陽寨，略省地，殺居人，捕盗官戰死。公至，密遣兵據要地，阻其往來，掩獲數百，降其酋豪三千餘人，一路安息。移知洪州，充江南西路兵馬鈐轄。五年春，詔乘驛赴闕。公入對，具言天下利病。如州縣納税租加耗無定法，吏緣侵漁爲姦，洪州秋苗十七萬石而耗至二萬八千；又市易歲息千緡，而廪禄雜費至用八百緡，無益公上；大錢利厚，盗鑄者不息，當立法爲經久計。留爲尚書兵部侍郎，轉朝散大夫。大觀元年，成都擇守，以顯謨閣直學士知成都府，充成都府利州路兵馬鈐轄。未至，知鄭州，充西輔馬步軍都總管。移知應天府，兼南京留守司公事。未至，又改知蔡州。未幾，知青州，充京東東路安撫使。進封開國子，加食邑三百户。以受寶恩，遷朝請大夫，移知鄆州，充京東西路安撫使。青、鄆留皆踰年，政隨其俗，皆以治稱。轉朝議大夫。四年夏，召赴闕，拜尚書工部侍郎。時議北郊儀物配位，公言：『自神宗皇帝正典禮、罷合祭，始詔親祠北郊如南郊儀，此成法也，尚何疑？』後如公議。八月，充賀北朝生辰國信使。使回，爲《見聞録》以進，且言：『契丹上下游惰，無長慮却顧，爲其國爲久安計者，今預密議唯宰相李儼，儼雖更事，然習久安，無遠識。契丹歲比荒，用度畢取於燕人，凌蹙掊剥，至不堪命，怨嗟日聞。又渤海俗獷悍，契丹尤疑而防之，然待之不以理，其積憤與燕人未嘗一日忘契丹也。其亡可待。』又言河北它利害甚衆，上悦。政和元年，以顯謨閣直學士充定州路安撫使、馬步軍都總管，兼知定州，進封開國伯，加食邑三百户，轉中奉大夫。公臨邊踰年，訓練拊循，境内寧肅。時朝旨下河北路均糴，依陜西先得旨。兩轉運使文檄各下，人自立説，郡縣莫知適從。公具奏請决，使者怒。公因移疾自陳，且乞避使者。朝廷下本路詰使者當何從〔二〕，已乃有旨，漕臣及其屬皆降官一等，其屬仍免所居官。明年，轉運使竟劾公恃故相黨與沮糴法〔三〕，落職，提舉杭州洞霄宫，時政和二年三月也。後三年，復集賢殿修撰。明年，復顯謨閣直學士，知濠州。六安賊劉五竊發，鄰境皆警，公曰：『是何能爲？不足爲請兵。』即命巡捕吏閲部曲，斥孱惰，明保伍，籍强勇，識險易，廣耳目，至備禦所宜，皆親受方略。居人按堵，賊卒不犯。七年，轉中大夫，進封信安郡開國侯，加食邑三百户。八年夏秋，淮水暴漲，城不没者數尺。公止次城上，部勒捍治，城賴以完，濠人德之。頃之，引疾丐歸，復提舉杭州洞霄宫。重和元年，江東水災，朝廷擇帥安輯振廩之〔四〕，起公知江寧府事兼江南東路兵馬鈐轄，加食邑三百户，食實封一百户。明年十一月，方賊起青溪，踰月，陷睦州，遂陷杭、歙，聲揺江東。承平久，士不知兵，一旦狗鼠輩䛴讙陸梁，横潰四出，守將往往茫不知所爲。遠近相蒙，初不以實聞上，及事急，則日爲遁逃計，至則委城去。公初聞賊勢張甚，即具奏，不少隱。且下令曰：『賊來，以死守，敢言退避者斬。』於是練士卒，募丁壯，據走集，遠斥候，明賞罰，賊爲少却。就差江南東路安撫使，詔奏事皆徑達上前。正月，賊攻廣德，焚宣州之寧國縣。事益急，公日夜訓撫，且守且禦。時兵裁數千，賊徒動以數萬計，人爲公危。公命當賊衝，除地爲場，曰：『賊來力戰，共死於此。』吏士皆感泣。外督守將進討，數獲賊將，勅書嘉奬。蓋自十一月至二月，會大兵至境，由江東入賊峒，取渠魁以獻。賊平，以功遷龍圖閣學士〔五〕，加食邑三百户，御前遣使賜茶藥合、金鍍銀鞍轡〔六〕。四年，引年告老，優詔不許，轉太中大夫。九月，以疾力請，進職延康殿學士，提舉杭州洞霄宫，金陵之人流涕遮道。頃之，以守江東日它路糧運留境上，降官一等。五年正月，上章請老。命未下，以二月四日卒於鎮江居第之正寢。詔贈正奉大夫，下兩浙轉運司助襄事。公夫人曾氏，先卒，贈信安郡侯淑人。子二人：曰楟，曰櫟，皆承務郎。以某年某月某日葬公于鎮江府丹徒縣黄杜村馬鞍山之原少師墓後。公以高明之姿，純正之學，敏達之才，自經術、政事、文詞、字畫、養生之妙、方外之理，皆意出人上，自以無前一時，交游號爲第一。然其高心獨見，常糠粃文詞，有不足爲之意，故應酬落紙，初不留顧。公没，家集其文，纔得三十卷。至於友愛惇睦，輕財好施，軒豁無隱，又出天性。公既通顯，即買田鄉里，疏宗群從，均濟若一。凡戚屬之貧無告者，赴之如歸。至治命，猶曰妹姪之嫠孤者廪給如故。中年遇方士，授以要訣，常專氣葆神，燕坐儵然。然事至不留，不爲頹惰苟簡，故出屏藩翰，入贊尚書，知無不言，事無不理。初得九轉丹訣，練養十有五年，晚於大茅峯建洞陽庵，延道士沈若濟守之，丹未成而公逝矣。然行年七十，鬒鬢蔚然，自初疾至病，未嘗困卧。屬纊之日，呼家人理後事，具遺表，整衣端坐，如假寐者。議者以謂其平生自强，雖大期至，不爲變屈，是誠足以過人矣。其遭時事主，出入進退，歲月事實，可考如右，謹狀。宣和五年三月日，從表姪朝奉郎、尚書禮部員外郎、賜緋魚袋程狀。

【校記】

〔一〕『大』，原作『火』，據吴本、馬本改。

〔二〕『詰』，原作『誥』，據吴本、馬本改。

〔三〕『恃』，原作『特』，據吴本、馬本、袁本改。

〔四〕『輯』，吳本、馬本作『集』。
〔五〕『閣』，吳本下有『直』字。
〔六〕『鍍』，原作『渡』，據吳本改。

故武功大夫昭州團練使驍騎尉徐公行狀

曾祖，故任尚書屯田郎中、陜西路提點刑獄公事。祖，故任朝散大夫、太子中舍，贈太常少卿。父，故任中散大夫〔一〕，尚書屯田郎中，贈正議大夫；　母慎氏，永壽縣君，贈永嘉、大寧、華原郡太君，改贈太碩人。

衢州西安縣人，年六十二。

公諱量，字子平。徐氏系出帝高陽，自柏翳受封有虞，得嬴姓。其子若木別封於徐，傳三十二世至偃王誕，以仁義懷拊其人。時周天子倦于勤，乘八龍彷徉海外〔二〕，諸侯無所歸，相與朝徐者三十六國。周天子聞之，懼，歸與楚謀伐偃王。王義不以所養害人，大去其國，徐人從之武原之下，又國焉。章禹不競，子孫散四方，因以徐爲氏。至漢，欒出無終，上書論事，有名武帝時。稺處豫章，眇然窮巷，有公輔之望。在魏曰幹，在梁曰陵，皆以文顯。唐世益大，嗣有聞人。公之先自建武二年繇彭城來朱方，居官堂城。七世祖仕吳越，官於信安，死葬西安縣清平原，因家焉，號官堂徐氏。公之曾大父初以儒術起家爲郎，出使有指，子孫繼登進士第。公獨忼慨沈固，喜讀司馬兵法。熙寧初，置武士舉。趙清獻公表言公能，會丁通議公喪，不果西。清獻於通議姑子也，才以内舉，人服其公。元豐中入武學，累試出諸生右，廷試策，用字犯昌陵嫌名，財得三班借職，調台州海内松門巡檢。高麗遣使朝，大風失道，漂至松門海上，使人問塗，將出天台以西。公曰：『使者受命趨四明，今天子之命使與夫導候、餼館咸在，敝邑不豫戒，其敢越官以共事？且使者入吾疆，關尹不聞，導候不先，而欲創歷二州、行千里，無乃不可乎？繇是轉四明，海道徑易，商旅所安行也。使者圖之。』夷人愧去如公言。遷三班奉職，調建州浦城縣尉。會差役法行，閩俗户知書，其被差爲鄉兵者大抵舉子也。公諭使雇人以代，縣令以爲言。部使者至，面質公曰：『尉沮格耶？何敢爾！』公言：『鄉兵所以衛不然、折姦宄，今用書生操利挽强，猝與寇賊遇，無幸也。又程督有稽怠法，當杖，則爲廢終身。今户出一夫，是即差耳，安用問所從來？不廢尉職可矣。』使者更歎賞。縣有楊倜父子，持吏短長，横一邑。會公行令事，倜有所訴不直，公命驅出，籍其積犯若干條上府，請置法，按捕甚急。倜走死延平，其子訖公去不敢歸爲人害。哲宗登極恩，遷右班殿直，爲温州海内莆門巡檢，遷右侍禁。砦當海道，商販所往來，至則發賂，砦卒以爲常。卒分財不平，相告言，辭及公。事駭聞，部使者即具奏，請傳重比。既驗治無實狀，坐前旨廢。公詣闕，請置獄辨治。會吕觀文帥鄜延，知公之能，又聞獄事曲折，取以爲第二部將。會討西羌，戰大吾堆，斬獲中率，遷左侍禁。又以明堂川大沙堆戰多，超遷内殿崇班，至供備庫副使。上登極恩，遷西京左藏庫副使。積吃羅鐵壁及田家流、輕清泊等功，超遷皇城使。田家之役，公與劉法部二千人，與賊遇，公曰：『彼衆倍我，要當以筭勝之。』則分軍爲四，一軍據山，一軍臨河堧，餘軍左右進。羌人易之，直貫二伍中。兵奮夾虜之，賊潰走，臨河軍逐之，據山軍逆之，斬獲自倍。方戰酣，劉法陷覆中，重傷墜馬。公馳球，格數十餘人〔三〕，以劉法還。是日凡七遇，皆血戰，不暇食飲，因得上氣疾。呂觀文罷府，公終更赴吏部銓，得監黄州岐亭鎮。後帥治冒賞事，以番休士卒坐家、奏功不實，又不覺所部貤虚級，削秩八等，爲供備庫副使。崇寧元年，除環慶路備將。未至，徙涇原。延帥得罪去，覆治冒賞事，異前，復皇城使、涇原第九將。兵屯靜邊砦，熟羌弓箭手號驍鷙，時將佐不和，失撫御。涇原以公同領，至不踰年，兵厲馬蕃，士伍思奮。明年，諸路大舉，入青唐。公提第九將兵，爲選鋒將，戰多，遷持節威州諸軍事、威州刺史，賜金帶、弓槊、器帛有差。統制官言公功大賞薄，詔加秩二等，公請以授其猶子云。徙環慶第七副將。將副故別屯，異公帑，公不以自封，一以犒賚熟羌戰士，接以恩意，人滿所欲。偏裨不幸死軍中，輒爲請官其子，又經紀其家〔四〕，且使得歸葬，人皆感勵，樂爲用。明年，爲畿内第十將，屯順寧砦，導護夏國使入朝。還屯，會築綏德、銀川二壘，游翼捍禦，公預有勞。戍滿，還軍尉氏縣。以八寶恩，遷持節昭州諸軍事、昭州刺史，充本州團練使。尋除知石州。初，畿内將兵亡死多闕，詔諸將募士補所闕，雖亡卒亦聽募，過期不足，罪違制。公自六月至八月凡募二千四百人。既乃有旨，亡卒當究所從來，而尉氏兵馬都監嘗以亡命禁旅充募〔五〕，覺，按罪，并劾公，降二官廢。政和元年秋，爲太原府路兵馬都監，復皇城使。明年，權知嵐州。官制行，改武功大夫。十二月，行邊至府州，疾作，請老，未報，以十八日卒于府州之行館。先是，朝廷既辨尉氏募兵事，而公卒，追復昭州團練使。詔别官其子若孫一人。公配江氏，累受邑封，今爲恭人。長男曰慎言，爲太學生，不樂武資，以公卹典補將仕郎；次曰碩言，早卒；次曰昌言，保義郎，監絳州金臺監；曰徽言，承節郎，監華州西嶽廟。女長嫁里人江簡能，次嫁太常博士馮躬厚而卒，繼室以季。孫男三人，女四人。其孤將以明年九月癸酉，葬公杭州錢塘縣定山之原。公姿度脩碩，鬢髯如畫。少時力絶人，里有惡馬，公騎不施韉轡，急鞭之，從空舍過，引手攀棟，兩足挾馬起，人以爲神。平居衡氣低首，恂恂如不能言。其於事父兄、對子弟、御僮僕，常若恐傷其意者，居官不以私怒行笞罰。見貴人至敵以下，其禮謹如一，然不爲令色諂笑，未嘗以竿牘苞苴自媒。白首與其兄朝奉君基專以孝友信厚示後生。奉稍粟帛入門，莫適專主。群從至僮奴趨走指呼，不見彼我之色。與人交盡誠，口不道非短。或見侵侮，不以動容。生平同危難、捄死矢石之間，後貴，不復通，或以爲言，公笑曰：『我得疾，彼得侯，均命也，何尤焉？』未嘗積藏、問生業，間有所餘，或以貧阨告，不計多寡，舉與之。有所施於人，不望其報己。中間再廢免，至數年不得官，妻孥告匱，恬然無不自得之意。歷二郡，不爲一毫縱侈事。其恃武力、矜功伐以擾人骫法者，公所諱也。方尊禮學官弟子，其勸駕士具宴禮，則遣騎導，作樂迎送，若見所畏者。曰：『邊夷不知儒重，非痛折節以竦動之不革。』他日詣學官求試者倍常。喪歸嵐石，州人父老皆涕泣追送〔六〕。平時子弟問戰獲事，絶不肯言，曰：『此錄錄隨人所就耳，是吾所耻，何足云。』每行軍野宿，賊壘在前，他人刺促不得卧，公方大鼾熟睡，其智識氣度非等伍所能窺也，然自士君子至庸人鄙夫，皆稱曰吉人長者。俱之祖母夫人謂公内弟也，俱故熟公之孝友信厚之槩矣。又從其家得閥閲事實加備，謹考核比次，以俟立言之君子銘幽宫以信後世焉。政和三年十二月日，宣德郎、新差知泗州臨淮縣、管勾學事兼兵馬監押程狀。

【校記】

〔一〕『散』，原闕，據吳本、馬本補。

〔二〕『彷』，文淵閣本作『徜』。

〔三〕『餘』，原作『數』，據文淵閣本改。

〔四〕『又』，原作『父』，據吴本、馬本改。

〔五〕『充』，原作『究』，據吴本、馬本改。

〔六〕『老』，原作『者』，據吴本、馬本、袁本改。

北山小集卷第三十五

狀劄一

吴江縣申乞准赦放秋苗議狀

今月某日，户案手分將到文引通簽准使符准轉運衙牒，催索去年苗米事。右，某伏見聖主初臨寶位，思布惠澤於天下，故赦文内將應干積欠並行蠲放，以至去年秋苗亦行放免。宣赦之日，百姓聞之皆稽首感抃，驩頌之聲，如出一口。尋已黏黄張掛，及行下鄉村，曉示人户。今來旬日，乃復催索。不唯使皇澤不下於民，亦何忍使聖主即位之初失大信於天下〔一〕？非小故也。况去秋苗米，富家上户必已於上中限内送納入官，今來已入末限，欠苗米未納之人，多是殘零或貧氓下户，力未能及者。此尤仁政所當先及者，乃不被覃霈之恩。又况所得無幾，徒格上恩，且傷國體。某竊以謂准赦蠲放，乃爲得宜。所有文引，難以書押行出。謹具議狀申縣，伏乞備申使府。伏候裁旨。

【校記】

〔一〕『主』，原作『旨』，據文淵閣本改。

吴江回申講求遺利狀

准縣牒，備准使府准轉運衙牒，准省符云云。右，某竊謂財用之在天下，譬之衆川之水，豬之萬頃之陂〔一〕，決漏既多，乾涸可待。乃欲崎嶇回遠，引綫脉之流以益之，不如塞其陂之決漏而已。今諸路賦入，則衆川是也；萬頃之陂，則總計是也；決漏如江，則無藝之費是也；崎嶇回遠，引綫脉之流以益之，則講求遺利是也。所謂無藝之費，某疏遠小吏，不能盡知。徒見頃年以來，綱運自杭而西以過縣境者，有曰明金生活，有曰佛道帳殿，有曰花石者，挽舟之卒所支口券米，歲無慮若干千石，計工無慮若干萬夫，家糧借請之數不與焉。然比造作之費，曾何足道！竊以謂天下無藝之費如此類者，儻一切罷之，則神宗皇帝息民裕國之政具在，守而勿失，可以有餘。某愚無知，妄陳管見，謹具申縣衙，伏乞備申使州。伏候裁旨。謹狀。

【校記】

〔一〕『川』，原作『州』，據吴本、馬本、袁本改。

乞罷著作佐郎恩命申尚書省狀

右，某今月十五日准尚書省劄子節文，八月十一日，三省同奉聖旨，除某著作佐郎。某疏遠小官，皐戾之餘，久伏農圃，涵泳皇澤，期畢此生。敢圖聖朝棄瑕錄用，非某糜隕所能報塞，固當竭蹶奔命，以効犬馬之勞。然伏自惟念，某愚鈍迂惷，一無所長，憂憤以來，心志耗落，窮獨貧病，因以早衰，收置朝廷，何所裨益？而況著作品秩雖卑，實古太史氏之職，所修日曆，言動兼載，細大畢書〔一〕，是以選擇必精，職任亦重。又況某昔年備員東觀，更歷歲月，纂次無幾，尸曠已多，豈容冒榮，更塵史屬？方聖主焦勞側席，懋建中興之業；羣能著職，總核名實之時。而某以疵謬之迹，無用之才，加以衰瘁，玷兹盛選，義不自安。所有新除著作佐郎恩命，伏望鈞慈察其懇誠，特行敷奏，許賜寢罷，除某一宫觀差遣，以安愚分。

【校記】

〔一〕『大』，原作『入』，據吴本、馬本改。

乞許六參官赴二十六日起居建炎三年二月隨駕初到杭州

某竊聞已降指揮，二十六日朝殿。契勘當日不係六參日分。切緣六參官及望參官自此月已來，車駕戒行在道，久闕常儀；況艱危之後，駐蹕之初，始御朝殿，不勝臣子之情。欲乞特降指揮，六參官及望參官並赴二十六日起居。

省官奉聖旨令都司勘當以聞

竊見元豐官制行，在京職事官不盡除足。至紹聖間，六曹郎官猶通輪宿直，此可見。崇寧已後，當國者好夸喜權，省曹、寺監、郎官、丞簿始皆除足，館職至數十人。既冗則濫，官益以輕，事不加治。況今艱難危蹙，主上方當撥亂創業，決策西向，以馬上恢復天下之際，尤非崇虚飾、備冗官之時也。朝廷耗府庫，捐爵位於窘匱擾攘之中，進一士必得一士之用，具一官必有一官之實，然後可以有爲也。愚切以謂其職事官之不急者，當闕而不除，或令劇易相兼，以赴事功，竊以爲便。謹以管見，參考古今之宜，條件梗槩，以備采擇。僭冒妄言，無所逃辠。畫一如後：

一、祕書省、宗正寺、國子監，目今最爲事簡。其見有長官者，不論它日或有遷移出入，止以給舍兼判，似亦不失祖宗故事，及於官制無妨。李至自前執政以本官兼祕書監，趙安仁以從官判宗正寺，熙寧時從官、諫官、講筵官判國子監或同判國子監，皆故事也。

一、六曹長貳如駐蹕揚州時，尚書侍郎不皆除足，似亦不聞闕事。

一、吏部如尚書左右選侍郎、左右選郎官四員，户部左右曹郎官二員，刑部郎官二員不可闕外，吏部則司封、司勳、考功，户部則度支、金部、倉部，若止除一員，似不闕事。司封事少，若令兼判官告院爲便。

一、若除禮部、祠部各一員，仍分權主客、膳部；兵部一員，通管四曹；刑部則比部、都官或各除一員，兼管司門；　工部一員，通四曹，似不闕事。

一、太常寺若無少卿，光祿、鴻臚若無卿少，則以禮部長貳判一寺，或以郎官兼某少卿事，或以某少卿兼行禮部郎中事。兼則止云兼某官事，下兼則云兼行某官事。漢制行太常事、行太子少傅事，皆是兼權官之稱。本朝官制，官高職卑則稱行。它寺倣此。內郎官兼管如止云兼某寺事，於體亦宜。

一、衛尉、鴻臚、太僕皆事簡，若見有卿少，則令兼劇曹，如某少卿兼行尚書左選事，如某卿兼行户部右曹事。若遷移出入且欲闕員，則以兵部長貳判衛尉寺或太僕寺。若郎官有才効或久次當遷，則以衛尉或太僕少卿兼行兵部郎中。若卿少遷移，郎官未當遷改，而又長貳止判一寺，則以兵部員外郎兼某寺事。他曹寺倣此。

一、少府、將作、軍器監在今事務亦簡，儻如前衛尉、太僕寺比，以工部長貳郎官或兼管，或以監兼郎中事。

一、太府、司農恐各合除卿或少卿一員，丞各一員，兼主簿。若度支、金部、倉部其間一員欲除兩員郎官，則令兼太府或司農寺事，而不除所兼卿少員闕。或欲除兩員少卿，則以一員兼度支或金、倉部。

一、大理不可與刑部官相兼，以妨駁案故也。有卿則以卿斷刑，少卿治獄；　無卿以從官兼判大理寺，行卿事，以二少卿治獄斷刑。所有評事素聞員頗猥多，恐當裁省。其大理正、司直，若職事雖簡，亦或各留一員，以示欽刑之意。

一、諸寺監丞除大府、司農恐不可闕，仍兼主簿外，其見有官處存留未除或不到者，姑闕。

一、太常寺當有博士二員分兼丞、簿，所有奉禮太祝，遇有祠事，於館職、博士、寺監丞內差攝。

一、祕書省若除丞或郎一員管省事，著作、校正通除四員，以養才能，不廢故事。

一、太學官若除博士二員，正、錄各一員，亦不乏事。仍於博士内以一員兼權丞，正兼主簿。

一、若以六曹長貳兼判所轄寺監，申本部狀但押檢列銜而不書名，庶幾不紊體統。

論淮南撫諭

竊聞遣官淮南撫諭，今具管見利害如左：

一、今來淮南潰卒甚多，未有所歸，頗爲州縣之患。願因撫諭官宣上德意，一切撫存，勿云招安，止曰招撫。招撫之旨，預爲口宣。或降勑牓，具載迺者車駕怱遽戒行，寇騎已迫，其流離轉徙與夫責躬之意，告以使臣員僚等並依舊資級，及統領之人別議超擢〔一〕，庶幾懷服，自同平人。若朝廷便欲令各歸五軍或元主將下〔二〕，亦須逐旋抽發。一則過江不至擁坌，無稽留暴露之虞；二則使淮南之人不疑盡數收兵過江，而妄謂朝廷無復北顧之意；三則設或將來上流及夾江衝隘等處各合屯兵，則便道就屯，差爲徑易。若其間有係見在江北將帥下人兵，即便令管押赴逐軍下交割。

一、乞令撫諭官遇招撫軍人，即於郊野各立旗號，如曰元係前軍人兵，曰後軍，曰中軍，曰左軍，曰右軍。倣此，餘將帥下各立一旗。又一旗曰諸路軍兵，以待群盜之未就招安，及非見今領兵將帥下軍兵，或雖是五軍及諸將而有嫌隙畏憚，不願復歸舊軍下者。於逐軍後又立一小旗曰家口。既各立旗下，即時各軍爲籍，具載見統領人某姓名下，及元來軍分、資級、姓名。有家口者并家口注籍，結計若干人。又一旗曰百姓老小，一百姓老小又别爲三旗，一旗曰願歸本鄉，一旗曰願就近便州縣居住，一旗曰願充禁軍。其願歸本鄉者計置口券，寧可少支，務令實惠；其願就近便州縣居住者亦給口券，於所至處權暫摽撥空地，令搭席屋居住，官作糜粥，賑濟半月或一月止；其願充禁軍者，依等仗填刺，仍令所在州或本路運司計置招軍例物支給。此老小三項須先具措置曉示，使之通知。

一、今來國典、公案皆已不存，乞令撫諭官於所至州依監司例取索；見任官脚色、家狀，仍并寄居待闕官取索。各爲一冊，回日繳申朝廷，以備吏部參照置籍。

一、乞欲令撫諭官因便尋訪應干朝廷典籍，如累朝實録、《國朝會要》、户部《會計録》、《太常因革禮》、《官制格目》之類，應於典籍故事，可以參驗。或殘闕公案首尾不全者，一件一紙，皆令收拾。其典籍文字，先明出牓示，除去私蓄之禁。有賣者，於所在州委官抽差識字廂軍及事簡處貼司，就令謄本。若人力不足，則許雇人書寫。每一部畢，逐旋送納行在。其就令謄本之家卷數最多或投獻者，並乞朝廷量加賞激，如命官減年、循資，以至轉官，及無官人據多少支賜錢物與名目，庶幾國典公案漸可補全。如上二項儻蒙收采，其權兩浙轉運副使劉寧止見往揚、潤，亦乞指揮於所至州縣依此取索尋訪。

【校記】

〔一〕『擢』，原作『權』，據吳本改。

〔二〕『令』，原作『今』，據吳本、馬本改。

論徐鷹禦賊賞

某昨寓止鎮江，竊見本府朝報中有臣寮上言，向者張遇焚劫真州時，揚子縣令徐鷹獨開縣門，率衆捍禦，射退賊徒，遂全縣廨內官物、文書等。奉聖旨，下本路提刑司保明聞奏。後經三四月，不聞保明推賞，但聞提刑司下本州保明，本州乃下本縣問當時所以措畫。而鷹回申本州及以語人，止云賊徒以密邇行闕，不敢久留，偶全縣廨〔一〕，本縣别無措畫。於是士論益知徐鷹所立事出名上，蓋不可與世俗酷吏、能吏同日道也。方張遇殘真入潤，如發蒙振槁，而鷹爲縣令，獨能以弓手鄉兵禦賊徒、全縣廨，則平時信惠於此可見。方今多事之時，如鷹謂宜進擢中外任使，必有可觀。其疲愞不材如某等輩，當亟汰去，則士夫皆赴事功、知勸沮矣。

【校記】

〔一〕『偶』，吳本作『便』。

乞早行越州告變人賞

竊聞越州去秋軍人謀變，因徒中告發，皆即伏誅，其告事人未聞推賞〔一〕。《傳》『稱賞不踰月』，欲人速覩爲善之利。今越州告事人功効如此，而經涉半年已上，賞典未行，將何以示爲善之利，而消姦宄之萌？向使無人告發，姦惡遂成，不唯塗炭一方，而府庫甲兵之所亡及興師招撫之費，所捐爵祿貨財，比之推賞所用，相去不啻萬萬矣！欲乞朝廷檢會，其越州告事人如未推賞，乞早賜施行。

【校記】

〔一〕『聞』，吳本作『蒙』。

三年三月初乞郡或宮觀劄子

某昨以辠戾之餘寓居鎮江，屏迹丘園，自知無用。伏自車駕駐蹕揚州將及一年，某雖累經寇攘之後，衣食不給，然一水之間，終不敢出干祿仕。於去年八月，忽蒙誤恩，復除著作佐郎。某皇恐具狀，備述多病不才，與朝廷方當總核名實，以圖中興之舉，非疵賤小臣尸祿養痾之時，申尚書省，乞賜罷免。尋又蒙尚書省劄子催促就職，遂再具劄子申丞相府，具述如前。久不聞罷，漸至冬深，疆埸未寧，恐涉避事，以十月二十三日赴行闕朝見供職。每見宰執，具陳誠懇，略如前意，且言方冬，未敢乞罷，只候開春丐歸林下。今僕射相公、門下侍郎及尚書右丞時領中司，每蒙與見，皆曾具布此誠。而正月已來，邊報日急，未敢復申前懇。又蒙恩命，還置禮曹。入謝之初，即復狼狽渡江，緣路遭劫，幾至裸露，即與妻孥徒步跰足〔一〕，奔赴行闕。於時從官尚有未到，庶官到者纔十數人，留家杭州者不過一二，人之常情，理勢應爾。但疵賤惷愚，人所不貸，深自懲創，不敢遲留，區區之私，亦足矜察。今天氣漸暖，既無外虞，厚祿清曹，別無規避，乃敢復申前懇。伏望鈞慈陶鑄宮廟一次，俾遂首丘，不負本志，則雖死之日，猶生之年。下情無任激切俟辠之至。

【校記】

〔一〕『徒』，原作『徙』，據吳本、馬本改。

北山小集卷第三十六

狀劄二

辭免太常少卿申尚書省狀

今月十六日，准尚書省劄子，除某太常少卿，日下供職。某契勘昨詣都堂呈納劄子，具述某愚拙不才，選調十有七年，粗知州縣利病，及改官後所歷差遣皆是閑簡去處，從初至今，坐尸廩禄又十五年，久負厚顔。況今國步艱難，尤非小官端居苟禄之時，乞賜陶鑄外任，合入差遣，庶幾少塞平日素飡之愧。未蒙施行，某遂再具狀申陳。某昨以辠戾之餘寓居鎮江，屏迹丘園，自知無用。伏自車駕駐蹕揚州將及一年，某雖累經寇攘之後，衣食不給，然不敢出干禄仕。於去年八月，忽誤恩復除著作佐郎。某皇恐具狀，備述多病不才，及朝廷方當總核名實，以圖中興之舉，非疵賤小臣尸禄養痾之時，申尚書省，乞賜罷免。尋又蒙尚書省劄子催促就職，再具劄子申陳政府，具述如前。久不聞罷，漸至冬深，疆埸未寧，恐涉避事，遂以十月二十三日赴行在朝見供職。每見宰執，具陳誠懇，略如前意。且言方冬，未敢乞罷，只候開春丐歸林下。今僕射相公、門下侍郎及尚書左丞時領中司，每蒙與見，皆曾具布此誠。而正月已來，邊報日急，未敢復申前懇。又蒙恩命，還置禮曹。入謝之初，即復狼狽渡江，緣路遭劫，幾至裸露。即與妻孥徒步跰足，奔赴行闕〔一〕，以二月十四日到杭州。今來天氣漸暖，既無外虞，厚祿清曹，別無規避，乃敢復申前懇，乞陶鑄宫廟一次。今來乃蒙更加進擢，聞命皇恐，若無所容。况太常高選，當得一時賢儁博通之人，乃能允愜人望。疵累不才有如某者，豈敢冒居？兼某於十四日徒步山間，失脚倒地，有側石隱著腰脅，疾痛日加，有妨行步俛仰，見請假將理。所有恩命，不敢祇受。

今月十六日，具狀申尚書省，爲蒙恩除太常少卿，疵累不才，豈敢冒居？兼緣某先累具狀劄子，乞外任合入差遣及宫廟一次，乞賜檢詳前狀施行。今月十九日，准尚書省劄子，三月十八日，奉聖旨不允，仍依已降指揮，日下供職。某疏遠小官，仰煩朝廷再降指揮趣令就職，非某疵賤之所宜蒙。敢爾稽違，罪當竄斥。然有誠悃，須至控告朝廷，乞加揆察。某近者三具狀劄申陳，既以久尸廩祿〔二〕，乞一外任自効，少塞平日素食之愧。未施行間，又申向者揚州所陳誠懇，乞差宫廟一次，亦是未蒙矜允。而乃遽被超遷，却便祇受，是前日求退皆非實情，若非觖望不遷，即是邀求進擢，以迹觀之，可謂躁進嗜利、不顧廉耻之人，豈可置禮樂之司，以玷一時之選？有害政體，無補事功。使某稍有識知，豈敢犯此公義？伏望鈞慈罷免恩命，檢詳某累次具狀劄子，乞早賜施行，俾某不累朝廷用人之美，下不爲清議所非，進退之宜，兩得其所，不勝幸甚！

近具狀乞賜罷免太常少卿除命，檢詳前此累次狀劄，乞陶鑄外任或宫觀差遣，於今月十九日，再准省劄，備奉聖旨不允。某再具狀，述昨方乞外任及宫觀，未蒙施行間，有此除命，義難祇受，乞賜檢詳前狀施行。今月二十五日，再准都省劄子，奉聖旨不允。某疵賤小官，上瀆再三，累煩朝命，死有餘罪。契勘庶官自來唯左右史、臺諫官例有辭免，止是備禮一辭，其餘必有因依，方敢冒陳情悃。今來若非義有可辭，豈敢屢違朝旨？某之知義難安，不敢祇受者，其説有五，不避煩瀆，今請一一具陳。某近請外任，繼乞宫觀，未蒙施行，乃叨進擢，若遂就職，則是前日叩請皆非本情，以迹觀之，難逃清議，此某所以不敢祇受者一也。昨者車駕到杭州之初，某嘗於朝廷妄陳管見，以謂元豐官制初行，除官尚多不足。祖宗以來，慎惜名器，自崇寧後，於是從官悉皆除足，至諸曹郎吏無復闕員，官以益多，事不加治。今國步艱難，尤非崇虚飾、備冗官之時，進一士當得一士之用，具一官當有一官之實。其間亦及太常少卿與禮部郎官或可互兼之意，推此類具言之。近聞已除黎確太常少卿，而季陵亦兼權寺事，繼又除某。若遂就職，則是苟叨目前進擢之利，不顧前日所獻之言，此某所以不敢祇受者二也。祖宗以來，三館臺閣承學之士，必更中外繁劇之選，才德器業如韓琦，經術士行如王安石，文章才氣如蘇軾，皆以館職監左藏庫或省府推判官，與夫州郡之寄。不唯不以文學、政事分爲二途，亦使中外迭居，周知吏事。頃年以來，頗乖舊典，故分符出使者或多文俗之吏，雅意本朝者鮮知裁劇之方，如某鄙陋幺麼，蓋不足道。雖入仕之初上書邪等入籍，居選調十有七年，然自改官以來，宫觀任滿，即備員書局。從初至今，兩爲著作佐郎，三爲禮部郎官，徒以編摩著撰爲名，初無赴功立事之補。今乃更蒙擢置奉常，典司禮樂，尸禄充位，益負厚顔。某實何人，常玷清選？故力乞外任，冀効寸長。不然，辭富居貧，竊食宫觀。今來除授，某所以不敢祇受者三也。某以廢斥之餘，赦復舊官，曾未三年，浸還舊物。雖艱難以來，朝廷兼收並用，何所不容，然疲駑選愞，上不能捐軀引義以徇國家，次不能被堅執鋭以衛社稷，下不得分憂共理以備使令。今四郊多壘，臣主憂辱之時，雖處庶僚，豈皇寧處？此某所以不敢祇受者四也。而又私計狼狽迫切之甚，不敢不布腹心以覬矜察。某奇蹇窮獨，世無與比。昨在鎮江，兩經兵火。近者倉猝隨駕起離，身與妻孥徒步趼足，飢凍累日，奔赴行闕。沿路遭劫，資用無餘，血屬幸存，貧病交至。而年垂六十，老無子息，内無弟姪群從之助，外無甥婿强近之親，病妻疲弱，三女未嫁，苟今寄寓他所，恐亦未保生全。故欲備員外任、宫觀差遣，不唯小輸駑蹇以謝素飡，亦或收拾妻孥，待盡丘壠。若勉就寵遷，豈得遽去？此某所以不敢祗受者五也。伏望朝廷察其誠懇，特賜指揮，檢詳前狀施行。

某自三月初以來，震駭憂憤，尋以病告，申乞外任差遣，繼乞宫觀。於十六日蒙除太常少卿，日下供職。某即罷禮部郎官職事，止以階官具狀申尚書省，乞罷免除命，檢會前狀施行，蒙指揮不允。某再具狀，申緣先乞外任及宫觀差遣，若今來祗受新命，即是前日所請皆非實情，以迹觀之，難逃清議，仍乞檢會前狀施行。再蒙省劄，備奉聖旨不允。某又於二十五日具述如前。又言車駕到杭州初，某曾具管見，乞省冗官，其間亦及禮部、奉常可以互兼之意。今來已除黎確太常少卿，兼季陵見以起居郎兼寺事，今又除某，若遂祗受，則是苟徇目前進擢之利，遂忘前日所獻之言。又言方臣主憂辱之時，上不能捐軀引義以徇國家，次不能被堅執鋭以衛社稷，雖在庶僚，不皇寧處之意。仍乞檢會前狀，陶鑄外任差遣或宫廟一次。四月一日，准都省二十八日劄子，除直秘閣，知秀州。

【校記】

〔一〕『闕』，文淵閣本作『在』。

〔二〕『尸』，文淵閣本作『縻』。

四月二十二日車駕經由秀州賜對劄子

臣伏見陛下復正天位，適以正陽之朔，天日明霽，氣候協時，此天眷有宋而保祐陛下之符驗也。御殿之初，搢紳士大夫往往感涕，詔音始下，皆欣然若更生，此人助有宋而歸戴陛下之明證也〔一〕。豈非方今國勢不振，宗社岌岌，安危之任在陛下？永膺天禄，盛德日新，政事日舉，賞罰施置，皆仰有以當天意，俯有以合人心，則趙氏安而社稷固。苟惟反是，則天之所以眷佑者將恐替，人之所以欣戴者將恐離，如是則社稷危而天下亂。其間蓋不容髮。方靖康京城之陷，大宗正屬狼狽北徙〔二〕，無遺族焉。國朝故事，親王未有得預外廷、當事任者。而陛下乃適以親王摠兵河外，於是神器有歸，宗祀絶而復續。日者事變之起，陛下退處别宫，不閲月而復正天位，此天所祐，非人之所能爲者也。古稱『大福不再』，而天祐陛下者再，此天下之慶，而陛下所當戒懼之時也。戒懼則如之何？政事舉措、刑罰施置，使足以當天意、合人心而已。古之人君承衰亂之世，能濟大難以致中興者，率由是也。《詩》曰：『戒之戒之，天維顯思，命不易哉！』故臣敢以是爲陛下反正之初之獻，狂愚惟陛下留聽。

臣竊見陛下奮勵威武，不遑寧居，以圖恢復中興之業，此黄帝居無常處，以兵車爲營衛，與夫漢高帝以馬上得天下之意也。然恐它日隨機應變，移駐不常。若分大將以鎮撫諸路，則宿衛單寡；若使州自爲計，不加措置，恐寇盗生心。願陛下與大臣將帥深圖其宜。若每路以前宰執之有才望或大將之才略忠勇者一員爲制置使，諸州仍慎擇守臣，勿輕移替，少寬文法，俾盡才力，庶幾足以少分陛下宵旰之憂，而能保一路一州之人，衛王室、輸貢職而禦寇敵也。

〔貼黄〕：唐節度使帶管内觀察處置等使，蓋節度主兵，觀察主財賦。今制置使若帶制置度支等使，則兼管財用，而本路轉運爲度支之副。

昔漢高帝與項籍戰彭城，敗至下邑，下馬據鞍而顧曰：『吾欲捐關以東，誰與共此功者？』張良進曰：『黥布，楚梟將；彭越，反梁地；韓信，可當一面。陛下必欲捐之，捐之此三人。』漢高即用良策。其後會垓下，卒滅楚，此捐關東三大國以王，此三人之力也。今陛下欲治兵江浙，若淮南不能堅守，則江浙不能安。願捐淮以南、京以東爲四五大鎮，以置忠勇梟雄之人。俾居自爲守，出自爲戰，使足以捍敵人之衝，然後江浙可以休士治兵，伺便決策，以圖西向也。

契勘本州華亭縣通惠鎮舊名青龍鎮，最爲繁劇去處。自來監官兼本鎮煙火公事，係吏部差注京朝官。自頃以來，止差使臣，往往不通文法吏事。況本鎮無異大縣，不與尋常場務一同，切恐不可輕授。欲望聖慈特降指揮，令有司依舊來格法注京朝官。奉聖旨，見任官罷，令吏部差京朝官，仍令兩浙轉運司差文官權。

【校記】

〔一〕『人』，原作『又』，據吳本改。

〔二〕『北』，原作『此』，據吳本、馬本、袁本改。

寄李樞密論事劄子

某昨者伏聞朝廷遠馳召節，允副具瞻，尹正王畿，進職祕殿，有識欣賴，隱如長城。屬寇入已深，中外隔絶，大變猝起，二聖北征，率溥之情，痛憤難過。况碩德純忠，股肱柱石，其爲痛憤憂灼，何以堪處！幸天命人心，未忘有宋。今皇帝適以元帥摠戎于外，德業隆重，四海樂推，聿承大統，宗廟社稷、華夏生靈永有依歸，幸甚！傳聞車駕駐蹕南京，或云亦已遣兵肅清宫闕，或云方議巡守江淮，料須及時早定大計。緣今已是深夏，更數日即是六月節氣，不數十日，水冷草枯，諒惜分陰，當無曠日。此正主上大臣焦心盡瘁、嘗膽枕戈之時也。伏想亟趨行在，攄發廟謨，惟時幾以佑聖主，使宗社永固，皇業再隆，天下各安其生。某得長守丘園，與蒙膏澤。下情無任翹企之至。不敢具狀以塵鈞覽，輒具劄子，少叙悃誠，伏幸賜察。

某竊以前年虜人犯境之初，宰執侍從如竹葦林，下至郎吏小官，震動失色。而明公以一太常少卿，忠智奮發，惟國大計，感憤激切，言與涕俱。當是之時，止則天下是念，曾身之不暇恤顧，豈有貪功懷利之心哉！開寶話言，龍天實在，此固某之所以歎息面讚、自愧駑懦者也，雖罪廢之中，忘其取禍，切切爲人感槩稱述者已。然當是時，明公以疏遠一旦爲上畫策，如數一二，任國大事，奮不顧身。旬日之間，位冠樞府，中外之望，頓重益隆，此固古人之所甚畏者也。夫大名難以久居，驟貴衆所深忌，而又以疏遠之士一旦謀畫忠勇，遂蓋在廷之臣。嗚呼，斯亦危矣！虜退之初，某在南徐，客有誦明公謝表者，其言實壯。而某愚不曉事，雖對客歎仰，而心竊爲左右懼焉。它日東下，士於是有以矜伐自任斥明公者，某竊恨之。高明安得有此，殆不知之過耶？夫任大事、立大功，望實蓋人，可謂處甚危可畏之機也。非示之以不能，持之以謙退，求無嫉忌顛沛，不可得也。觀龔遂治渤海，其功亦微耳，而王生教以詭對；淮陰侯下趙，方北面師降虜而問計策，其下而取之，所以盡其力也。況以能問不能，以多問寡，詢于蒭蕘，樂取諸人以爲善，固明公之所厭飫者已。使其人與其言可用固善，即不可用，何損於才略威望哉！願觀文堅前日忠勇奮發、憂國如飢渴之心，而加古人深崇退抑之意，則朝廷有柱石之賴，而天下蒙帡幪之賜矣。某欽向之素，固非一日。伏自昨者數奉光儀，益窺器業之大，德義之美。傾頌之切，如前所陳，而誤蒙知與，亦異倫輩，是以忘其罪戾，敢獻區區之誠，非欲明公永無忌嫉顛沛、全身保位而然也。某觀今艱難之時，其德義才力足以任大事、衛王室、赴斯人之望者，非唯駑鄙所窺，實在左右，而有識之士皆然。古人所謂『身安而國家可保』者，非特爲明公計也。是以僭易有言，伏俟譴絶。方今天下譬如人身五臟久虛，忽得大病，危困之極，賴元氣尚在，餍而復蘇。正須所服湯劑，物物中病；所進飲食，一一適宜。不使少失平和，不可少有傷忤，倍萬調護，然後可望復安。此正主上宵衣旰食、焦勞嘗膽之時也。然主上初即位，諒謙恭退託，委任大臣，則安危治亂之機，中外諸鉅公之責也。非至公至仁、至懃至儉、深思遠慮，未有能濟者也；非如諸佛菩薩、禹稷孔孟用其心，亦未有能濟者也。竊有愚款，思布於諸公，則罪廢之餘，加以久病，誓不求聞，其身欲隱，而不藏其狂言，將爲不知者之所疑誚矣。然念世蒙國家涵養之恩，又嘗食郎吏之禄矣，駑懦無以圖報毫髮；又況天下無事，藿食者與蒙其福，天下有事，塗炭先之；故不勝感槩激切之心，布於左右，亦冀此言稍聞於諸公。雖得僭越狂妄之罪，不敢辭也。王、蔡之所以爲相，固諸鉅公之所稔聞而深戒者也。若徒知王、蔡之罪，而不變王、蔡之術，未見可以弭亂也。大臣之患，莫大於懷利而患失。苟利於己，悖理不恤也，越法不恤也，傷財不恤也，害人不恤也，敗國事不恤也。積而至於無所不至者，皆懷利患失之故也，而不知利之所以爲害也。今艱難隉杌如此，固非懷利患失之時也，諸鉅公固非懷利患失之人也，此一事無可慮矣。然而大臣之患，又莫大於怙權而好勝者，不可不察也。人臣初孰不欲言聽計從，久安於位，無所取疑於上者，而肯取怙權之名哉？積好勝之心而不已，必至於怙權也。何以言之？進一人焉，建一事焉，初亦漫耳。同列偶有異同，臺諫偶有論列，於是所進之人遷之愈驟，所建之事行之愈力。我之所進，雖小人而衆所不與，必力援之，親戚、厮役不遺也；我之所惡，雖君子而時之彦也，必顯擠之，芥蔕不置也。是不唯出於好勝而已，意天下以己爲言不行也，意天下以爲眷弛而權去己也，故極力而捄之耳，如是則無非一己之私者。君之威福、事之是否、國之安危，果安在也？人臣而有怙權之名，免於禍者鮮矣。是不知好勝所以爲大不勝也。大臣之患，莫大於爭能而護短者，蓋不可不察也。大臣之於國，譬之操舟，今者中流遇風波之時也，苟可以濟，不問其力之出於我歟，出於彼歟；謀之出於我歟，出於彼歟，求於濟而已矣。舟一敗，吾肉且爲魚鼈食，何人我聲利之足云乎！則是雖有胡越之殊，鬭很之志，過溢之言，亦必協心而取濟矣。若曰『寧使覆溺，吾必去若人，功必自我出』，如是而可乎？豈有國之大臣而智出操舟者之下哉？必不然矣。天下之事無窮，以二三股肱之力佐一人，而求所行之事無不當，所用之人無不堪，亦無是理已。使公道常存，正言日至，則雖或差失，而害不及於天下矣。以天子之尊，而古有繩愆糾繆、拾遺補闕之臣，而人臣乃欲護短遂非，此何理也？上則開天子拒諫之心，必曰『大臣有所爲，衆不得議，而我之所欲乃不得行』，雖忠言至論，亦將不聽矣；下則長朝廷壅蔽之患，初則一事不合政理，一事不厭衆情，言之不行，又嫉言者，至再至三，而獻替不聞，是非倒植矣。天子拒諫於上，朝廷壅蔽於下，此亂亡之兆也，蓋亦不思耳矣！夫身處將相之位，而當予奪生殺之柄，此可畏之地也。朝有過舉而言者敢論，進有非人而同列獻疑，此助我者也。豈唯有助於政理問譽之間哉？抑使下不忌而上不疑，知無怙權作威福之事也，豈非助我之大者？此而不圖，顧且力排公論，取必人主，此可謂之智乎？昔之大臣交惡而取勝者又倡一説於其間，此説一行，而天下之善言滅矣。其説何也？臣下有言於上，於理雖當，而非甲之所便與所欲聞於上者，則爲之説曰：『此乙之黨也。乙惡臣，使之爲此言耳。』又摘其言，委曲爲之説曰：『其言如此，其意將以陷臣也，其意將以搖某事也，其意將以黨乙也，爲乙游説者也。』而乙於甲亦然。臣下有言不便於近習之意，則曰：『是廟堂使之也，此出於中旨故也。若出於宰執之意，則言者不敢言矣。』如是則言者每至，雖有至誠愛君憂國之心，解紛排難之計，雖有謨如皋陶，忠如稷契，論事如陸贄，激切如劉蕡，而人君若不聞矣。豈唯不聽，適足以取怒而已，蓋以爲皆飾説游説之詞故也。如此則是常以僕妾鷹犬待朝廷之臣，而永無守正自立之人矣。嗚呼，其厚誣天下而欺吾君也亦甚矣！凡此皆足以變亂是非，隳斁綱紀者。是非變亂，綱紀隳斁，則事無不乖剌舛繆者矣，如是而有不亡者乎？乃若言至以道揆之，事至以道揆之，而勿措私情於其間，則是非利害之實無不白矣，豈讒巧之所能眩乎？昔者夏姬以淫蠱亂陳，楚王伐陳而取之，將納夏姬，申公巫臣諫，於是捨之，而巫臣妻之。它日楚王怒，或曰：『彼自爲則不忠，爲王則忠。』王乃釋然，此楚王之所以霸也。當是時，楚王當論夏姬可納不可納，巫臣之可聽不可聽，不當以巫臣懷不正之意而疑其言也。能推是心以納諫，則如前甲乙之論不入矣。公甫文伯死，婦人爲之自殺於房中者二人，其母聞之不哭也，爲其於長者薄而婦人厚也。唯其言出於母也，故爲賢母；使其婦言之，不免爲妒婦。夫言一也，而言者異則人心變矣。然則觀言者當論其言之是否，而不當論言之者何人也。雖推是心以聽言，則如前甲乙之論亦不入矣，不唯甲乙相陷之言不可用也。苟聽言之際不究理之是非、可用不可用，而先懷逆詐、億不信之心於其間，則善言無自通矣。此最人主大臣之大患，蓋不可不察也。某又竊有腐儒之常談，往古之成事，思一誦焉。雖遼東白豕之類，亦當今之急務，前日之成戒也。昔諸呂之變，劉氏不絶如綫，陳平以爲憂，問計於陸賈。賈固辯士，多智謀，乃不爲畫誅諸呂之計，又不爲言所以安劉氏者，獨言『天下安，注意相；天下危，注意將；將相和，則士豫附』，教平以交驩於周勃者。陳平固謀畫之士也，又不以賈爲迂闊而深然其言，因以數百金爲勃壽，往來相結納，相得驩甚，卒誅諸呂。此何謂也？蓋賈知平之智術，勃之惷勇，足以誅諸呂而安劉氏；所不知者，二人相與之情耳。使平、勃和則協心而事濟，一有纖芥不平之隙，則方且傾擠防慮之不暇，亦何事之可濟乎？此艱危之際，蓋莫急於將相之和也。且藺相如一勇夫，持璧睨柱，尚氣決之人耳。廉頗不忍以力戰之功而位其下，聲言衆辱之。相如引避而不較也，以謂國方危弱，秦之所不敢加兵者，以二人在也，今兩虎共鬭，勢不俱生，故先國家之急而後私讎也。頗聞之，肉袒負荆而謝，驩好如初，而趙國賴之。彼雖勇夫壯士，可不謂之賢乎？此皆所謂腐儒之常談，往古之成事，豈有通儒碩輔，博洽明智，肯忽國家之大慮，快一時之褊心，而計出廉、藺、平、勃之下者乎？必不然矣。夫和異於同，固儒士之常談而熟知者。然好同之風不革，則必至於不和，此最當今之急務也。夫當今之急務，豈不在於練卒選將，足食足兵，還二聖之北征，禦強虜之南牧乎？是固然。使君臣之間、廟堂之上和而不同，人無彼我之分，事無適莫之意，唯理之從，則利害無不明，事功無不立矣。苟好同而不和，則反是，反是則亂亡之道也。故竊以爲當今之急務也。且同則宜若無所生其隙矣，而某以謂好同之風不革，則必至於不和者，何也？蓋自公道不行，好同之風通於上下，大抵以獻忠爲議己，以商榷爲立異，以可否爲相排，以雷同爲厚善。於是雖親戚朋友，有懷不敢吐，有見不敢爭，初則爲後言，終則爲怫氣，二者交違而睽矣，而況廟堂之上乎？何則？强之使同，壅之使止故也。積不快爲背憎，持公言爲造膝，其不爲仇敵者幾希，此好同所以必至於不和也。嘗聞祖宗時，廟堂之上鹽梅可否之論，無日無之，豈相排而立異哉？各盡其謀國愛君之心而已。方杜、韓、范之當國也，世所謂同心而厚者也。且以水洛一事觀之〔一〕，一以爲可城，一以爲不可；一則是劉滬，一則是尹洙。然不聞三人者失平生之歡也。使有一人出於私情，一言不相照了，則必睽矣。大臣睽貳，豈國家之福哉？世或以謂人主不欲臣下和，恐爲朋比，故激使之睽，以爲御下之術；大臣亦或故爲痕隙，以攘取寵位。嗚呼，何其小也！天下大器，而可以小數御之乎？未有能長久者也。若人君以道遇臣，臣下以道事上，選擇委任，疇咨訏謨，使各盡其所懷，善者從之，未盡善者改之；可者用之，不可於衆者去之；同不爲朋比，異不爲乖睽；刑賞與衆共之，憂樂必以天下，則所謂『無作好惡』，『無偏無黨』，『無反無側』，而皇極之道立矣。前所謂以道者，豈微妙慌惚之謂哉？亦上合天道，下合民心，惟理是從，而不置私情於其間而已。言之雖若迂闊，此治亂存亡之判也。方今如起危困之病，如濟風波，如救焚溺，若是其急也。所爭者晷刻，所計者毫末，頃刻之積，毫末之差，而事有不勝諱者矣〔二〕。狂率，死罪。

某竊以天下多事，取人之路雖不可不廣，然亦當使君子小人各當其位，不可以艱難多故而遂逆施倒植也。何謂各當其位？常使君子使人，小人使於人，君子治人，小人治於人，則雖市井屠販之人，雞鳴狗盗之伎，與夫群盗大猾，雜處並進而無害也。況今与漢高祖時不同。漢高祖起匹夫，方與豪桀競逐爭天下，所用將才策士耳。不如今立國有天下二百年，所謂聖智之法、適治之具具在。主上紹業垂統，正當與賢能，内維持紀綱，外攘備寇敵，雖艱難之時，不可失體統也。又況漢高所取，皆實名將之才，世亂無所用，適在市井屠販中耳，非取市井屠販之才而假以名位也。至叔孫通所進群盗，亦皆善戰而已，不使之經體贊治、謀國牧人也。蕭曹雖出刀筆吏，亦賢相之才也，世亂無所用，適在刀筆吏中耳。觀其所立，識大謀遠，又有公天下之心，持身以恭謹，佐治以清淨，有後世名相碩儒之所愧歎而莫及者。皆不可一槩論也。某竊憂當國任事之賢急於事業，廣於搜羅，不究古人之所以而操其所謂不遺市井屠販與夫使貪使過之説而思之，至取之不精也。事業誠不可緩矣，若使君子小人不當其位，則適足以敗事而已。蓋數十年來，以凶狠犯上、無所顧忌者爲敢爲，以刻薄貪躁、夸誕不遜者爲智謞。以居家，則持吏短長，爲姦利以致富；爲吏，則御下如束濕，任喜怒。以騁私者爲才豪，以伺顔色於眉睫之間、射權利於角逐之會者爲機警。若此類者雖小有才〔三〕，可以使於人而不可居師表一方之任，可以治於人而不可以當承流宣化之地，可使効一官、營一事而不可使牧養小民，又況過此任乎！蓋使之當一州，一州不安；當一路，一路不安。不唯不安，又不服。天下之人不安不服，而求事功之立，豈可得也！不然，極其凶躁之心、射利之術，則亦至於亂亡而已矣。天下赤子罹兵革離亂之餘，若又引此曹以臨其上，使依勢倚法以肆其毒，斯亦不仁之甚矣。譬如以莛爲柱，以狼牧羊，有傾壓傷殘而已，蓋無辜也。

此區區嫠不恤緯之心，所以强聒而深憂者也。願明公無忽淺鄙之思，苟以爲是，一爲明主精言之，亦天下之幸也。

某嘗竊謂承平久安之時，革弊事爲難；創業興衰之時，革弊事爲易。蓋承平久安之時，人皆樂因循、積僥倖，一旦革之，必駭物情而斂衆怨，終亦掣肘而不得行。故曰艱虞之時，天下之人自非樂禍怙終、好亂不逞，無賢不肖，必有憂時捄死之心，庶幾休息之望。苟誠心庇民，革弊去害，則亦唯上之所爲而已。譬之居室，無事之時，雖有蠹壞，思欲葺而新之，則居安者重遷，主財者惜費，左支則右傾，工堅則材竄，蓋不勝其難也。不幸爲水火之所爇焚，盜賊之所戕毁，勢必一撤而更之。凡前日商榷之所未定，面執有所未安，材植之有朽敗者，於斯時也革因去取，必使至於無可恨者而後已。抑時之不可失也。弊事之所當革者，姑以重爵禄、省冗官、裁僥倖言之。祖宗之時，建官不多，而事無不舉。元豐官制既行，文物大備而不盡除。時中書舍人曾鞏、趙彦若而已；林希以館職爲禮部郎中，猶兼著作；王古自提舉官除司農丞。其初遴選如此，元祐加密焉。至紹聖間，中書舍人、給事亦多兩員，尚書省六曹長貳不盡除，卿少、郎官多闕，郎官宿直，六曹通輪，此可見也。館職亦不過數人，雜學士、待制有數，未聞闕事遺才也。自崇寧初，除官皆足，於是所選不精。所選不精，則官職稍輕，而下不厭服矣。又從官之中，每有遷移貶責，多不補以舊人，俾之出入更用，但欲成就門下之人，且示權勢之盛，不復爲官擇人，爲朝廷惜名器也。一歲必增從官十數，由他岐以取待制、學士者又不論也。今亦可以循祖宗之舊，使爵禄稍重乎！若省冗官、革僥倖，又不可失之時也。然何獨此耳，凡可以改爲建立，使足以去弊害而裕國家者，此其時矣。此太祖所以創業垂統規模宏遠者，亦因草昧之時，故得從其志耳。今雖不同，然興衰撥亂之初也，作室之喻，愚闇竊以謂近之。

【校記】

〔一〕「水」，原作「永」，據《年譜》改。

〔二〕「諱」，文淵閣本作「悔」。

〔三〕「此」，原作「比」，據吴本、馬本改。

寄李丞相劄子

某罪廢之餘，駑懦狂瞽，近者不勝惓惓畎畝之誠，敢以蠡管之見，仰裨聽采之萬一。伏蒙答以教字，下情感戢，不知所云。藿食餘生，隱憂多慮，忘其淺鄙，繼欲有陳。顧自屏丘園，誓無聞達之念，不敢上書闕下，懷不能已，用瀆鈞聽，庶幾少助啟沃之際，餘議所及。僭冒皇恐，謹條具如左：

一、竊聞車駕尚且駐蹕梁宋，此得計也。不唯變故之後，以係西北之心；兼奏報往來，指蹤制畫，不至遼遠，或失事機。昔者黄帝居無常處，以兵車爲衛。今雖與古不同，然亦經綸草昧，聖人焦勞勤儉，不遑寧處之時也。若駐蹕梁宋以據天下之衝，繕治建康以爲時巡之所，備禦有素，順動以時，亦一時之策也。然行在、百司與供奉等物，要當簡易，稍略繁文。多備車乘以當營衛，其餘冗從，或俾舟行。權時之宜，竊以爲便。

一、竊有愚慮，妄意萬一。自來虜人入寇，率是因我之糧。兩年以來，皆自河北、河東而來，劫掠殘破，諒已無餘，千里蕭條，必無供億。兼彼既圖割據，則於此兩路，理必少寬。竊慮今秋萬一南牧，却恐或自山東以趨內地，不唯前此未到城邑聚落可以剽攘，兼亦衝我衿喉，出於不意。某雖不曉山東道路，但去冬傳聞虜人輜重有自單州去者，又聞向日山東群盜有海州招安者。若金人以一軍自單州出來，直擣南京；一軍自海州出來，或自徐趨泗，截斷淮楚；則爲患益深。更乞朝廷先事防慮控扼之地，密爲經畫。

一、竊聞泗州建府，實爲控扼之地。然泗州城在淮北，切恐淮之南岸不可無城以置倉場、庫務、軍營、官府。所有北城，諒須亦有措置。况今已是深夏，不日秋凉，願惜分陰，如救焚溺。

一、伏以新天子聰明聖武，出於天縱，然古所謂『念終始典于學』與夫『監于先王成憲』者，固不可略也。高宗所以爲商中興王者，用是道也。使《大學》之道成於胷中，則其於聽言應物、出入起居、發號施令，豈不恢恢然有餘地而唯理之從哉！此古之賢佐所以未嘗不以學爲言者也。願選端亮敦厚、通知古今大體之人，專以侍講讀爲職，使之日侍天子左右以備顧問，不必俟開經筵也。要令出入禁闥，常在上前，如漢侍中、尚書郎之比。清閒之宴，爲聖主陳説治道與古之正心誠意、修身愛物、任賢御事之宜，古今成敗之事，亦所以資緝熙光明之萬一，非小補也。况上方焦勞，念國步之艱難，懷二聖之北狩，天下之大，不足解憂，諒無燕豫便嬖之娱矣。儻使儒生日奉簡編於前，講論古今，不唯仰裨海嶽，亦足少寬聖懷以度永日，豈不賢於餘事哉！若夫使沾沾自喜、截截諞言、傾險淺躁、利口嗜進之人爲之，又不若無之爲愈也。此蓋當今急務之一。

一、古者雖在艱難草創之時，紀綱亦不可不振，獻替尤不可不聞。蓋一事失宜，不比平時，立能致患。肅宗方在鳳翔，李勉爲御史大夫，老將乘馬闕門，彈劾不置。德宗雖在奉天，欲以試銜官與人，陸贄論列再三。今者行在臺諫之官，諒須得人，端厚誠實，維持至公，通達國體，足以開廣聰明、獻替可否，則朝廷黜陟之間，政事弛張之際，莫不適於事理、當於人心矣。夫日親講讀以資聖學，妙選臺諫以正朝廷，此事之本源也。豈有源清而流濁，表正而景邪者乎？則天下無不立之事矣。狂瞽仰幸采擇。

一、方今宰執、侍從固是安危所繫，休戚實同，然諸路帥臣，比之平時，尤當慎選。若諸路撫綏無事，不唯屏衛王家，抑亦兵食所出，兼不貽朝廷之憂，得以一意并力，備禦燮和。如其不然，小有蠢動，兵旅既難抽發，饋餉或致闕供，擾潰之虞，不可勝計。且以邇日浙西利害觀之可見。二浙自經方賊陸梁，人往往喜亂。倪賊比作，一路振駭。賴安撫司綏馭措畫有方，卒以無事。蓋賊徒初欲出而肆掠，徑擣錢塘，則官兵已集；欲脅誘鄉氓以廣徒衆，則保伍素嚴。是以數月之間，不離巢穴，卒以窮迫，乞就招安。何方賊於承平之時，旬月之內，能致數十萬人，掉臂横行，圍陷州府；而倪賊當艱危之際，以勤王之餘，半年之久，不能近一嚴州者？此帥臣得人與否之異也。然則諸路帥臣不當輕付，蓋利害如此，惟朝廷加意。僭越死罪。

北山小集卷第三十七

狀劄三

十月五日車駕經由上殿劄子

臣昨備員禮部，自三月初震駭憂憤，即以病告，連乞外任，又乞宫廟，乃蒙除太常少卿。臣以分義難安，皇恐卧家，三具狀上省，乞寢除命，力伸前懇，遂蒙除知秀州。至四月十日被受勑差，不敢復辭，黽勉赴任。到官已來，竭盡疲駑，幸無曠敗。近臣僚論臣，優於學問而劣於權術，長於撫綏而短於控禦，恐海道有不測之虞，臣不能當。閏八月十二日奉聖旨，程某與閑慢州軍兩易。臣尋具狀申尚書省，乞早賜施行。又准省劄，備奉九月十二日聖旨，程某治郡，人頗安之，可依舊知秀州，更不對移。臣疏遠小官，才力綿薄，誠如論者所言。聖朝仁厚，愛惜士類，不使坐疲輭不勝任之誅，量能因任，許易閑郡。而又繼蒙知察，復賜獎與，令復故常，非臣糜隕所能報塞。然臣竊有誠悃，非敢爲身，實繫社稷朝廷安危利害，不得不陳。竊以浙西臨江五州軍，自鎮江至秀州五郡，用人及戍兵皆當如一，仍各向前捍禦，方能不使虜寇渡江。如四郡備禦甚堅，一郡稍弱，使彼諜知虚實，止從弱處渡江，則四郡之功一時皆廢，二浙之禍何可勝言！今鎮江、常州、平江等郡皆擇强能之守，又戍以宿將重兵，而秀州既無重兵捍禦江海，而臣綿薄，軍旅之事素未更嘗，又況如論者所言，劣於權術而短於控禦。萬一敵人諜知緊慢，止循北岸抹過鎮江、常、蘇等界，直犯秀州沿江海岸，若土軍弓手用命奮擊，尚可支梧，但彼既至下流，即是置之死地，蓋向下則憚於洋海，欲返則難遡逆流。以彼悍强，仍致死命，如臣孤弱，必誤使令，不過率衆嬰城，萬死無益。伏望聖慈察臣危懇皆出悃誠，特賜指揮，檢會閏八月十二日臣僚所論與所降聖旨，兩易閑慢州軍指揮施行。臣敢不量力所能，安輯民伍，仰報聖恩？仍乞亟命大臣精擇秀州守臣，及分宿將重兵屯戍邊岸，庶幾五州協力，或保無它。利害不輕，非敢爲臣私計。臣不勝激切俟罪之至。取進止。

臣輒有管見，上瀆聖聰。今者車駕雖暫駐吳越，如臨江諸將，當時遣有名望才實清要之官往來軍前，問勞督趣，責以守禦江津。一則務令諸屯聲援聯屬，二則行在近臣人使常到軍前，將士之心有所歸係。如唐武宗征澤潞時，諸宿將在屯，亦遣御史中丞李回督戰。今雖事勢不同彼時，但問勞督責，使之聲援相接，心有係屬，庶幾稍有固志，亦一助焉。取進止。

臣竊以古人臨事圖功，必皆先有定計。今兹禦捍江海，戡定寇戎，睿筭廟謨，諒有長計。臣愚不揆，冒獻畎畝之忠，以爲目今事勢，當作兩段商量。一則禦之江岸，使之決不得度，當如何處置；二則不幸彼既於一處渡江，即當如何處置，何處設伏、何處把截、何處堰閘當決、何處道路當斷、何處備禦，令不能深入江南西浙，決能爲行在後拒。此二段須先有定計。譬如善奕之人，先圖取勝；不幸局勢既敗，則於既敗之中料理收拾，不至狼狽。其後段亟當議定，願先作蠟彈，付之左右僕射及宣撫近臣。萬一不幸彼於荆楚以至秀州忽於一處渡江，遠郡未及知覺〔二〕，即各用蠟彈行與諸將諸州，按以施行，尚能捄急，不至失措。臣願陛下試採愚言，付之廟論，或有可取，早賜施行，天下幸甚！取進止。

【校記】

〔一〕『及』，原作『反』，據吳本、馬本、袁本改。

乞免秀州和買絹奏狀

臣邇者伏遇聖駕巡幸，道由本郡，臣以守臣蒙恩賜對。親奉玉音，以謂守臣六職，當以恤民爲務，所以固邦本而寧國家者，訓飭甚備，令臣訪察疾苦，咸以上聞。此以見陛下愛民澤物至誠之心出於天縱，實社稷之福、天下之幸。臣時到郡曾未浹日，退即訪問耆老，以謂秀州近年和買紬絹最爲民害。蓋祖宗以來，以秀州不產桑蠶，故雖夏稅紬絹，尚止令上户送納本色，第三等以下人户皆折錢入官，轉運司却於出產絲蠶處置場收買，以足歲額。豈聞稅絹之外，更加和買？蓋以蘇、秀州出米至多，逐年和糴既已甲於他郡，而杭、湖等州屬縣多以桑蠶爲業，故和買紬絹比他郡爲多。自靖康元年，獻議大臣不知祖宗朝立法之旨與夫諸州土產之宜，但見杭、湖等州和買絹數頗多，而蘇、秀不及，因以爲不均，於是分撥八萬匹與平江府，而秀州管認四萬匹。自是秀州之民於常稅之餘、和糴之外，又加此一項和買紬絹，於是民力益困，爲害浸深。後來於建炎三年十一月中，因轉運司狀，以平江、秀州不產蠶桑，減秀州和買爲二萬疋。然終是創添此項，責以所無。輸納之時，遠於他州貴價收買，而官給價直不過八百，貧弱下户未必得錢，横被誅求，急於常賦。秀民疾苦，莫此爲大。伏望聖慈深賜詳察，特賜蠲免和買紬絹，則一州之民受惠不細。臣謹檢坐皇祐五年許下户折納税絹指揮節文如後。

皇祐五年七月十二日，州准轉運司牒，准三司户部牒，准中書批狀指揮節文，兩浙轉運司奏：『體訪得蘇、秀兩州鄉村自前例種水田，不栽桑柘，每年人户輸納夏税物帛爲無所産，多被行販之人預於起納日前，先往出産處杭、湖州鄉莊賤價撲攬百姓合納税物，擡價貨賣。人户要趁限了納，費耗甚多，官中又不納得堪好物帛，虧損官私，頗爲不便。當司昨於皇祐元年内，曾體問得蘇、秀州不産蠶絲，人户送納夏税紬絹不便事理，遂擘畫，牒蘇、秀州除第一等、第二等人户各依常年例送納本色外，所是第三等已下百姓户内税物，即告示取便，折納見錢，遂便敷與出産杭、湖、睦州，差官置場，依市價買得上等堪好匹帛，數目充備，起發上京送納〔一〕，即無遺闕。彼時官司極獲濟辦。至皇祐二年，准三司户部牒，請依舊例施行，不得更令人户折納見錢。當司看詳逐州不産蠶絲，難得紬絹送納，不免依前於販易人邊高價買納，下户轉成困弊。又值疊年災傷，人民轉更不易。今本司已認定逐年蘇、秀州合上供匹帛，管在不虧失元額。只乞許令本司將納到見錢於出産杭、越、湖、睦州收買。』奉聖旨送三司，依所奏施行。

【校記】

〔一〕『送』，原作『迭』，據吴本、馬本改。

論本州冗員及權官等事尋准尚書省劄子：奉聖旨，鹽倉監官減三員

竊見朝廷減省冗官，而監司、州郡未能上體朝廷之意，冗濫尚多，無復法制。以本州觀之，可以槩見。今具如後：

一、本州鹽倉乃有監官五員，若減罷三員，未爲闕事。

一、依條，唯繁難縣分知縣及巡檢、縣尉、課利場務許差權官，今本州錄事參軍、司理、縣丞、主簿皆是權官，又有未出官人將仕、登仕郎，亦權監當或簿尉，皆不應法。

一、通惠鎮舊名青龍，兼煙火公事，最爲大鎮，自來係京朝官窠闕。今來監鎮二員，內一員是舊宰執家指使富人，初任小使臣，便得上件差遣。若係吏部差，不知用何格法？若係舉辟，何由舉辟得行？顯見弊幸。第一二項如蒙采擇，乞作訪聞施行。第三項或恐廟堂要知，推此措置。

乞差陳沔充將領

契勘前知本州葉煥在任日，奏乞武翼郎宋恩充本州准備將領，統領四縣弓手一千三百餘人。今來宋恩就差充東南第四將，其秀州准備將領不可闕官訓練統轄。伏見忠訓郎陳沔在宣和間係處州劍川縣監當，時方賊作過，連陷婺、睦、衢、處等州，至諸縣皆被殘破，而沔獨率縣人捍禦劍川，相持累月，賊

不能入。不唯保全一縣倉庫生靈，而又障蔽福建之衝，使無侵軼之患。某不識其人，然稔聞其事，觀其已試，可見其才。某今欲乞特差陳沔充本州准備將領，填宋恩闕，庶幾緩急可以倚仗。奉聖旨依。

論撥還平江府定慧院官田

契勘平江府定慧院昨改充神霄宫日，依寶赦撥賜田十頃。緣本院常住止有田三百一十六畝，遂撥過崑山縣及本州華亭縣没官田，揍足十頃之數。近緣神霄宫廢罷，續准聖旨，將平江府神霄宫元管田産並撥與定慧院。切詳當時指揮，必謂元初撥過田産盡是定慧院常住，所以依舊撥還本院，不知當來爲要滿足十頃，於別州縣摽撥官田充數。所有撥過本州華亭縣官田二百五十畝二角三十步，恐難以撥與定慧院。本州已具狀申尚書省，乞賜鈞旨施行。

〔小貼子〕：契勘天下神霄宫多是僧寺改充，一例撥田十頃，後來改還寺院。竊恐似此帶却官田不少。方今兵食爲急，財用無餘，朝廷不應以官田却與僧徒坐食浮費。

乞留鄧根通判秀州

竊見報狀，都省劄子備坐六月十六日聖旨指揮，秀州通判朱原係先差下待闕人，鄧根係明受元年三月十四日差，合行改正，令朱原赴任，鄧根別與差遣。某輒有誠懇，上干朝廷。契勘本州通判鄧根先任崇德縣令，方陳通之變，親部弓手，召募射生等人，至杭州城下，追奔獲級，及措置把隘，塹掘來路，以制奔衝。後來本縣土軍結集爲亂，根率所領人兵夜半掩擊，手殺數人，衆乃爭奮，賊以殄平。扼杭賊奔突之衝，弭一縣塗炭之禍。故吏部劉侍郎珏採於公論，應詔薦根，初不相識。及召至行在，適在三月，崇德之政，人人知之，故廟堂除根通判秀州，以從公論。今秀經去年殘破之後，軍兵闕少，廩藏空竭，又防秋不遠，訓練新舊弓手，措置城池〔一〕，除治器甲，某雖竭力盡心以圖微効，當得强佐相與維持，庶無敗事。今朱原嘗歷寺監，朝廷選用之人，必亦甚有才力，但根已試之効，州人備知，緩急易以率衆。又嘗經戰鬬，奮不顧身，取勝擒姦，根亦自信。某觀其人，既不避事畏縮，又不悦衆市恩，似肯向前，協力圖濟。若令因任，遇事應猝，功必倍差。伏望鈞慈留根終任。如原才能揚歷，何所不堪？某素不識根，同官纔踰月，本無情好，何苦爲根游説以罔朝廷？但爲凋瘵之郡，相次防秋，措畫經營，理須强佐。不獨在某有助，實欲賴其已試，共保一州，少分憂寄。真切之情，仰幸省察。僭易陳叩，伏深皇恐。

根上舍出身，乃有材武，已試之効，秀人所安，乞賜鈞察。某竊以方今州郡全藉僚吏協力向前，庶於艱危之時，可望全濟。故某昨因賜對，乞差保守劒川使臣陳沔充准備將領，已蒙朝廷矜允。某不識其人，亦無關節，但欲得實材以備緩急。今者僭易，復從朝廷乞一鄧根且留在任，蓋非私請，伏乞矜察。如朱原指揮不可復回，或依平江添差一員，候春暖無事日罷。更取鈞裁。

【校記】

〔一〕『置』，吳本作『畫』。

辟官奏狀

臣昨蒙恩差權發遣秀州軍州事，即具申陳，去年秀州軍兵作過，撫定之初，係差葉煥知本州事。緣殘破州郡，本官節次申請辟官等事，皆蒙朝廷施行。今本州事務繁重又甚昔時，欲乞許候到任，檢具葉煥已得指揮，申請施行。尋准建炎三年四月四日都省劄子，依所乞。今檢會建炎二年九月日准尚書省劄子節文，葉煥劄子：『乞將本州見闕巡尉、添差尉，應帥司未曾奏差去處，許臣奏差一次，仍先次赴任。』九月二日三省同奉聖旨，依所乞。臣契勘本州海鹽縣澉浦巡檢袁序在任過滿，蒙差到敦武郎蘇敏中承替。其蘇敏中昏耄，行步艱難，眼目不明。見准提刑司牒，體量其澉浦是海口把隘緊要去處，委是難以放令在任。竊見忠翊郎毛礄孺頗有心力，乞差充澉浦巡檢。又華亭縣尉見闕，未曾差人。竊見迪功郎、新宣州旌德縣尉石茂良雖是書生，嘗游西北，亦有心力，乞差充華亭縣尉，並填見闕。伏望聖慈特降睿旨與差，所貴防秋之時，不致闕事。奉聖旨依。

申呈兩府劄子

本州近依朝旨，於見管禁軍内抽差一半，計七十三人，前去鎮江府防秋把隘，仍那融搜刷器甲，應副前去。各支盤纏、犒設，借請家糧外，又發一季錢米，往鎮江府交納訖。至今月五日，忽准浙西安撫都總管司牒，揀退四十三人，就令軍員張雅管押歸州，仍指揮別揀禁軍四十三人，令本州都監王本管押前去，仍各要黑皮笠子、衲襖、衣甲、弓弩、箭鏃、鎗刀等。本州除已依應別行揀選上件人數發遣，所有器甲，並係今年三月内韓太尉勤王盡數般取前去。昨來已是那融搜刷器甲前去一番，今來若又要四十三副如黑皮笠子等，實無從出。所有衲襖見製造朝廷抛降二千領尚未了。及本州都監二員，内一員趙子震久患瘦病，自五月内在假，至今只有一員王本部押幹當。近安撫司揀退四十三人，止令軍員管押歸州，今來人數一般，竊意不須兵官管押。除已牒都監王本不須前去，仍開析回申安撫都總管司去訖。

〔小貼子〕：契勘所换人數壯怯、事藝相去不遠，徒又費一番盤纏、犒設、借請等，止是徒欲本州困於應副。如軍員既押兵士四十三人回州，豈有换去人數一般，却須兵官管押？蓋緣安撫葉待制近作發運使日，因隨行兵士借支口券數少，及巡幸事務所牒閣住逃走兵士倪榮等名糧等事，嘗蒙怪責，其家子弟至今云云〔一〕。

【校記】

〔一〕『云云』，原闕，據吴本、馬本、袁本補。

申御營使司乞先次勒停使臣宋卸狀

臣本州見今措置防秋事務，依准近降指揮，誘諭人户修築城壁。某日逐帶領州事，於城上簽書決遣，仍令官屬分頭管幹。有本州指使承信郎宋卸，帖委本人往來檢察人夫媮惰，其宋卸自承差使後更不前來管幹，因某巡行城上，點檢不見，遣人追呼〔一〕，至夜不伏前來。至次日追到，傲慢不遜。某緣見興衆役，理當彈壓；兼防秋急切，若皆似此違犯指揮，不伏驅使，切恐緩急難以使人。某已枷送司理院勘〔二〕。兼本人近管押隨軍米至鎮江府，有欠米斛，方行取問，遂就令根勘。尋已招承自盗情罪。除候結案、依條施行外，謹具申御營使司，伏乞鈞慈特賜敷奏，乞先次勒停，庶幾軍興之際，緩急使人不至違慢。伏候鈞旨。奉聖旨，宋卸先次勒停。

【校記】

〔一〕「追」，文淵閣本作「差」。

〔二〕「枷」，吳本作「械」。

北山小集卷第三十八

狀劄四

紹興元年三月四日上殿劄子

臣伏覩二月二十六日手詔，陛下以國難未平，寇賊滋熾，慨然以四事詢于侍從臺諫之臣，誠急務也。然國家之患，在於論事者不敢盡情，當事者不敢任責，使之含糊前却，坐失歲月，而恨功業之不成者，良以此也。其故安在？夫言必有用否，事必有成敗，必然之理也。言不合則見排於當時，事不諧則追咎於始議，則人皆莫敢盡情而任責矣。且以近事言之。時方主戰，則主和者爲罪人；時方主和，則主戰者以遠貶。以南渡爲非是，則執政以請移蹕而賜罷〔一〕；避狄有定議，則宰士以請駐蹕而外遷。欲理財而資軍食者，則或被聚斂之名；欲治兵而厲威武者，則或負不愛君之謗。時有未至，勢有未便，其言不用，容之可也；而因以斥廢，使負大罪而被惡名，此有志者所以解體，而憂國者所以寒心也。如是陛下之臣雖有智如陳平，不敢請金以行間；勇如藺相如，不敢全璧以抗秦；善將如韓信，不敢言去漢中而下三秦；通才如劉晏，不敢言理財以贍軍食矣。時有用捨，事有成否，戰有勝負，一有不至，則將負不可解之罪於無窮，此臣下之所懼也。臣願陛下采狂瞽之言，下丁寧之詔，俾論事者得以盡情，任事者無悼後害，容之以大度，示之以大信，揆之以道而采用焉。方今陛下焦勞於上，臣庶憂憤於下，蓋惜分陰、捄焚溺之時也。湯以七十里，文王以百里，而況席祖宗之成業，因天下之思戴，厲精嘗膽，覽群策以興事功，則亦何爲而不成，何敵而不服，何功而不立哉！取進止。

臣竊以陛下聰明英武，雖已出於天縱，成於日躋，然古所謂『念終始典于學』與夫『監于先王成憲』者，故不可略也。高宗所以爲商中興主者，以是道也。人君之學異於臣庶，學爲王者事而已。使大學之道成於胷中，則其於聽言應物、出入起居、發號施令，莫不唯理之從而恢恢然有餘地矣。臣願陛下選端亮敦厚、通知古今、識大體之人，專以侍講讀爲職，使之日侍左右以備顧問，不必俟開經筵也。要令出入禁闥，常在上前，如漢侍中、尚書郎之比，清閒之宴，爲聖主陳説治道與古之正心誠意、修身愛物、任賢御事之宜，古今成敗之事，亦所以資緝熙光明之萬一，非小補也。伏況陛下方勞心焦思，念國步之艱難，懷二聖之北狩，天下之大，不足解憂，諒無燕豫便嬖之娱矣。儻使儒生日奉簡編於前，講論古今，不唯仰裨海嶽，亦足少寬聖懷，以度永日，豈不賢於餘事哉？乃若截截諞言，沾沾自喜，傾覆如主父偃，險躁如賈捐之，捷給如韋渠牟，狂憸如李訓，與夫浮華嗜進之徒得而爲之，則又不若無之爲愈也。狂瞽妄獻愚忠，伏惟陛下裁赦。

臣竊以方今强虜憑陵，群盗充斥，國之大事，莫急於兵戎；人之司命，莫大於將帥。今舊勳宿將固已選而用之矣，惟才之難，不可不兼收而預擇也。臣意文武臣僚之中，或有才略忠勇之人足以爲將帥而未用者。儻俾二府與前執政於文臣中，管軍臣僚、諸將節度使以上於武臣中，各保舉一人，簡而儲之，以待將帥之選，亦漢之數路得人之意也。

【校記】

〔一〕「罷」，原作「能」，據吴本、馬本改。

四月納相府劄子

某竊見朝廷省寺監、去冗官以來，進用人才，止有郎官闕次； 郎官遷陟，止有左右史、太常少卿、左右司、樞密院檢詳、大理卿少、御史臺官。而所省之官，其間蓋有不應全闕者； 而增置之員，乃復繁冗。儻損繁冗之員以補應置之闕，則官不加多而事實治矣。且六曹郎官在平時爲高選，然其進而爲郎者有漸，以有館職、博士、寺監丞、少監、府曹故也。然文學才能、積勞累資皆可充選，其流不一，故其遷有二塗： 平遷者則有七寺少卿、三監長官，其進擢者則爲左右史、太常祕書之貳、左右司、司業。今則不然矣。以郎官爲重耶？ 則未歷朝廷差遣，初離州縣之人皆可得； 以爲輕耶？ 則其遷必爲左右史等官者也。又有舊爲七寺卿少、三監長官者，往往無以處之，恐非朝廷甄别人才、慎重名器之本意也。某於建炎三年二月二十四日嘗具劄子於都堂，陳述省官利害。三省進呈，有旨下都司討論施行，後乃中輟。及至建康，有司不復采照，於是寺監官吏一切罷之，文書案牘隨亦散失。竊尋某之所陳，粗有意義，不唯官實省而事不廢，其於祖宗之制、除用之差、流品之異，悉存其中，似可裁用。又某所謂所省之官，其間乃有不應闕者，如著作郎佐，太府、司農寺丞，太學博士之類是也。祖宗之時，天下有大功伐、祥瑞、忠節義士，凡所應書之事，皆宣付史館。元豐更修官制，於是史館併入祕書省，置國史案，以史館修撰置著作佐郎，以直史館置著作佐郎，專修日曆，是爲史官，蓋古之南史、董狐與太史公之任也。故自是以來，應書史之事皆宣付祕書省。夫秦趙列國，雖一時好會，猶未嘗不以史官自隨，所謂『趙御史書秦王爲趙王擊缶』是也。今天下雖多事，然國之大事與夫義夫正婦、伏節死義之臣，不有史官書之，則無乃浸廢大典，而無以勸懲天下乎？又户部度支、金部之有太府，所以謹關防、吝出納也。舊四丞書押鈔引、文書，按行庫藏，猶不暇給；今則一員專管鹽鈔，餘皆歸之户部，事猥至則姦弊積矣。又諸路漕運輸於闕下，則司農主之，户部領其凡目〔一〕，權其出入，考其登耗而已。今行在以錢糧爲根本，非細務也。又兵器未備，於今爲急。儻用太府二丞以稽出納，司農一丞以佐太農，軍器一丞以掌繕除，則體統備而官曹清矣。又學校號爲教化之原，古者衰亂之際，僭竊之邦猶假崇儒之名以修俎豆之事，況巍巍大宋，雖居無常處以圖中興之時，亦當愛禮而存羊也。今國子監有丞一員，儻置太學博士二員以備經術文詞之選，未爲過也。如某所陳，若祕書省丞郎、著作、校正通置五員，與太府、司農、軍器丞、太學博士，所增共不過十員。今寺監之吏失職者衆，所在胥徒乃有事簡禄厚而猥多者。若損繁冗不急之官〔二〕，均厚禄無庸之吏，自足以充所增之數矣。所有某於建炎三年二月所陳省官劄子，謹録本在前，伏望鈞慈更賜采擇。

【校記】

〔一〕『領』，文淵閣本作『頒』。

〔二〕『損』，文淵閣本作『省』。

修城乞度牒

本州幫築州城，裏壁並已周匝，并開廣城濠狹處，增築上城慢道，及增添樓櫓三十座，並皆了畢。所用磚灰砌城裏壁相次了當。除依朝旨勸誘外，先具狀申，乞朝廷支降度牒、紫衣各五十道，支還磚灰等錢。雖蒙省劄行下轉運司，至今文移往回取會，切恐猝無給降之期，它日別有興作，人不信從。欲望朝廷委官徑行檢視所申有實，則乞即賜指揮給降上件所乞紫衣、牒各五十道。右牒具呈，取鈞旨。

申宰執劄子〔一〕

某今月十三日准尚書省劄子，三省同奉聖旨，程某治郡，民頗安之，可依舊知秀州，更不對移。某疏遠小官，才能無取，仰蒙鈞造，曲賜知察，非某糜殞所能報塞，固當夙夜廑職，死而後已，不知其他。然有悃誠，事關利害，不敢不陳。竊以秀州若只如今日車駕駐蹕平江府，江北無事，則雖疏拙不才有如某者，竭盡駑蹇以赴事功，自度未至曠瘝，上貽朝廷之憂。若江北少有邊塵之警，則秀州乃是沿邊州郡，如前日臣僚之言，所謂海道不測之虞者，以某綿薄與本州事力，誠不能當，不過率衆嬰城，以死償節而已，於國事未有補也。不然，朝廷臨時方議易以强敏之臣，不唯州將於郡人無拊循之素，而倉猝之際方易郡守，轉使人心不安。又使新除者以迫於倉猝、無以集事爲詞，被代者有僥倖避事之謗。此某所謂事關利害者，非以小己之私而已。伏望鈞慈特賜敷陳，將秀州便比臨邊控扼要處，於從容無事之時，擇强敏勇略之人，付以郡事，庶幾不至臨時顛沛，以負委使。伏乞檢詳閏八月十二日聖旨指揮，早賜陶鑄一閑慢州軍，誓當竭力，以報恩造。

〔小貼子〕：　某近具劄子陳懇，乞賜陶鑄與衢、處州對换一處，所貴秀州臨海控扼去處，早得强能守臣，備禦不測。伏望矜察。

【校記】

〔一〕吴本、馬本、袁本題下有『九月』二字。

二月納富樞密劄子

平江府司理參軍薛倞，建炎二年進士出身，閩人，强力喜功。嘗依雄州守遊邊，至燕山，遇金寇初入，脱身歸，爲雄守護家屬六十口。致之京師，有氣義。自言曉遁法壬課，骨强長大，赴事功不辭難者也。

納相府劄子

竊聞平江以北河中流尸及兩岸遺骸頗多，不唯氣象足以傷和氣而致凶年，其臭穢發越，亦足以致疾疫。欲乞指揮下諸路，各令逐州差官一員，立限收拾上件骸胔〔一〕，於係官地作大冢深坎埋瘞訖，勒逐州軍具收瘞淨盡保明狀申尚書省。仍乞密委監司一員按行，如尚有收瘞不盡去處，令按本地分元被差官施行，庶幾掩骼埋胔不違時令，而澤及枯骨，見於聖時。

【校記】

〔一〕『件』，原作『什』，據吴本、馬本改。

五月納相府劄子

宣教郎、主管杭州洞霄宫江端友，通經史，敏於文詞，清修簡易。宣和中置補完書籍於祕書省，兼用舉人，尋即命官，時招置端友不就。靖康初，特起爲王府講書，尋遷兵部員外郎，撫諭福建、兩浙，罷。奉議郎、權通判臨安府事鄭作肅，何渙牓鎖廳及第，特改官爲鎮江府教授，曾任司農主簿。其人嗜學有思慮，臨事詳審不苟，清修有耻，頗亦能文。

竊見此月以來，積雨汎溢，聞之道塗，近郭之田，已無可望。而城中軍民多是席屋居住，上漏下濕，皆不聊生。物價益高，人情咨怨。其間有舟行去處，恐致淺澀，所以不敢放泄斗門。欲望朝廷更加詳酌，稍移遠日，俯就權宜。若頓事早畢，即放泄積潦，使人情稍獲舒甦，爲利不細。

竊見久雨不止，紫米益貴，四方士大夫日至省部注授差遣，行在食口愈多，物價愈長，軍人百姓愈見不易。緣五月半已後，到部之人合候銓試，留滯頗多，儻降指揮，並與免試，參部注擬，庶幾逐旋發遣，不至擁坌，使遠方寒士無坐食留滯之艱，亦使行在食口稍減，物價不增。況至八月別無試場，又迫明堂大禮，臨時必恐放免銓試，目今徒令留滯，無補銓量。伏望鈞慈更加裁酌。

竊見朝廷自訪求國典以來，士庶所獻之書稍稍全備，憲章稽若，漸有考證。然國步尚艱，未見回鑾或定都之所，謂當裒緝副本，藏之名山深僻僧寺，俾之守掌，歲度僧一名，候朝廷收取日罷。某今來所請如蒙聽采，乞即行指揮踏逐去處，收置掌管。所有度僧，自紹興二年始。仍令本縣令佐於交替日批書印紙，無散失損壞〔一〕，兩相交管，及不得將出本寺院門，依祕閣文書法科斷。住持、知事僧亦依係帳物交管。右，謹具呈，取鈞旨。

〔小貼子〕：契勘自來僧寺有御書恩澤去處，雖經兵火，所有御書多是倉猝收藏存在。蓋逐寺院僧行利度僧恩澤，莫不用心收掌。

【校記】

〔一〕『散』，原作『敢』，據吴本、馬本改。

再論省官劄子

某昨具管見劄子，錄白建炎三年二月內所上省官劄子繳連申呈，仰干聽采。今竊見七月十三日聖旨指揮備坐臣僚上言，欲參酌議，斷自宸衷，稍復常員併領司局事。竊詳某昨所陳利便，欲乞檢降，以備群議之末。內有講究未盡去處，今具如後：

一、如某昨來所陳管見，或患增置人吏，費耗大農，誠有此理。今若將修書了畢合罷局分人吏之數，及取會閑簡局所人吏數目，量行裁減繁冗之人，以爲寺監人吏之數，如此則是名爲增置而實無所增。寺監每處儻以三人爲率，不過二十餘人，以所罷減吏祿充給，尚恐有餘。蓋大理、太府元有人吏，今來若存太僕、鴻臚、光祿、衛尉、司農、將作、少府、軍器，不過八處，隨其劇易，通融收置。如軍器、司農多可置四人，則太僕、衛尉，只須二人。又如軍器轄下有軍器所，可以就撥人吏充填；太僕轄下有御馬院，可以裁減一名充太僕吏額。若皆如此，則增置人吏、費耗大農者，非所患矣。所有人從只以郎官見破，人數更不增添。如某所乞置博士、司農、軍器丞及增太府一丞，所破人從不多，通以所屬曹部郎官寄廳人充，亦非增置。

一、如某昨來所陳管見，或慮它日差除浸廣，員數暗增，無異未省之時，益費廩祿。今若將截日行在見任卿少以下官員數目，降一指揮條具併復之後，它日行在官所除之數毋得過此，如此則它日差除浸廣、員數暗增、益費廩祿者非所慮矣。況如某所乞，止是上下遞兼，別無增置，而所增丞、簿、博士不過五員，并朝廷近置祕省八員，共十三員。今罷局之官及無事冗員可減之官，儻取見數目量加罷減，當不啻十三人。又其俸入，一人之費可贍二人，初無增費。右，謹具呈。

論事劄子會罷職，不果上

臣竊觀自古國家有急或政事有疑，必詢於廷臣，使各盡其說。甲之言可用，乙之言不可用，雖用甲言而不罪乙。如真宗皇帝時，契丹大入，陳堯佐蜀人，請幸蜀；王欽若江南人，請幸建康；唯寇準請親征以幸澶淵，而虜以敗衄。向使用欽若、堯佐之言，則大事去矣。及凱旋，社稷再安，然終不罪欽若、堯佐者，以謂寧失二人之罪，而不可杜天下議臣之口故也。國家有急，臣下獻計，苟可以紓禍難、安國家者，蓋將無不爲也。使用之而中，足以解紛；用之不中，或因致不虞。謀之不臧，固可罪也，然其心豈有它哉，亦思所以排難捄急而然耳。如太祖皇帝時，方伐江南，有得江南張洎以蠟書結太原以緩師者，會洎以使至，太祖面詰，將殺之。洎視書曰：『此實臣所爲也。臣國方危急，苟可以紓禍者無不爲。臣所作蠟書甚多，此其一耳。』太祖雖赦之，時亦必舉此以爲問罪之端也。然爲李氏者，不聞罪張洎以蠟書致討也，何則？知其將以排難捄急而然耳，不幸事洩。臣觀自頃以來，謀議成敗，以計畫異同爲終身不解之罪者有矣。故後來者雖身在廟堂，事方危急，而終莫敢披心腹、盡底藴，必回互含糊，莫以身任成敗者，其心以此爲戒故也。臣嘗竊憂之，以謂此非社稷之福也。夫事之大者〔二〕，莫若敵國之和戰，車駕之行留。方李綱主戰，則李邦彦等以主和爲罪人；及耿南仲主和，則李綱以主戰而遠貶。黄潛善以南渡爲非是，則許景衡以請移蹕而罷斥；邇日以遷避爲良圖，則論事者以請駐蹕而外遷。然則人安得不務回互含糊以苟目前之利也？且以李綱、邢倞之結余睹，謂之疏率可也，因以致敵人之怒；謂謀之不臧可也，其謀遽洩而適不中耳；使其謀遂行，世必以爲奇計也。雖然，使無是，虜人之憑陵迫脅，亦極其力而後已也。然固以謂二聖北狩，職此之由，則臣愚不識也。然則雖有智如陳平者，不敢行金以反間；勇如藺相如者，不敢全璧以抗秦；將如周亞夫，不敢不受命而堅壁以挫吳；相如李德裕，不敢違衆論而起兵以伐澤潞。何則？事有成敗，戰有勝負，一有不至，則將負不可解之罪於無窮矣。陛下欲廢李綱，默廢之可也，若聲其罪於天下，而其説不當於人心，則人不信伏而有後言矣。不唯非號令刑政之美，而又使横身任事、開口獻計者不敢謀，此國之大患也。車駕之在揚州，有爲翰林學士者，方侍講讀，被聖知，爲彼計者，保身緘默，不失主眷，則高爵重位亦可致矣；而乃剌口論天下財計，慕劉晏之爲，欲以紓民力、資軍食、富國而强兵者。會孫覿論常平之法，詔俾討論，其追積欠青苗本錢〔二〕，此一事不可行也。然比降詔旨，因以爲聚斂之臣，朕知其姦而罷黜，以此播告，臣竊以謂沮赴功立事者之心也。財利臣所不曉，方討論常平法時，行在士大夫以爲非者大半，臣以輿言問之主議者，爲臣言財賦之出於民，多取誠不如寡取，寡取誠不如勿取。然今國家艱急，方欲西向復中原，非兵食不濟也。與其無名横斂於民，如賣官告、責免夫，曷若因舊法而損益之，取之微而積之多，於國計有補，而民力不困者？亦足以紓目前之急。恢復既定，雖常賦猶當時一復之，其所以爲聚斂之臣且爲姦者〔三〕，臣愚不識也。然則雖有李悝不敢盡地力，雖有劉晏不敢議平準，蓋聚斂之名爲可耻也。此使人人不敢當事，人人不敢盡謀，人人先求自安，人人恐忤上意，則艱危之時，誰與圖回而恢復乎？此亦臣之所謂非社稷之福者也。臣既忘軀昧死以盡忠矣，請遂畢其説。如近者奮不顧身、惟力是視、思赴國家之急者如宗澤，亦少矣。然而沮挫詰責之，曾不得舉首，雖以老病盡年，而不知者至以爲朝廷沮死，豈不傷忠義赴功者之心哉！至使論者以謂位高望隆、奮不顧死者，朝廷輒疑而憚之，此言尤不可使天下聞也，聖主豈有是哉？日者杜充守東都，威望日著，提兵來朝，遠方之人雖不知其所設施，然聞之者若隱然可恃而增氣者，此何理也？然或以謂朝士已有論而攻之者，果有是乎？不幸有之，是宗澤之疑復生於輿論也。夫國之成敗，在事之立不立；事之立不立，在士氣之鋭惰；士氣之鋭惰，在黜陟好惡之是非。使禄食之人皆解體而歎息，則何事又能立乎？狂愚惟陛下裁赦。

【校記】

〔一〕「大」，原作「木」，據吳本、馬本改。

〔二〕「青」，原作「責」，據吳本、馬本改。

〔三〕「且」，原作「具」，據吳本、馬本改。

初召到越州呈宰執論事劄子

近依准尚書省劄子，乘遞馬赴行在。二月九日道由浦江縣，雇夫不時得，留滯一日。無誰何者，塊坐逆旅，因訪問縣令爲誰，稱是王三錫，方致齋不出，且以非意將代去，無意於事。其人又具言浦江初闕令，郡檄王三錫權縣事，會有潰兵入境，郡遣人招安，本縣應副錢粮，潰兵聽命。知州沈晦以王三錫招安應副有勞，奏乞正差知浦江縣。勑未下間，有先授浦江知縣劉某到任交割。半月餘日，王三錫差勑下，遂却替罷劉某，其劉某尋得官秀州華亭。而浦江有邑豪二人，初以物力事怨王三錫，遂率人經監司及朝廷陳狀，乞留劉某，稱有治術，且稱三錫是婺州人，恐於縣事不無顔情。三錫遂具狀申陳，若身有贓私，乞付獄究治。尋下監司體量，並無不公迹狀，猶蒙朝廷令與劉某兩易。愚竊以王三錫若有不公罪犯，此二邑豪必無容隱。劉某到任半月，未應便致百姓挽留，徒以邑豪二人初懷小憾，既率人舉留劉某，恐三錫不去，深懷反側，遂出死力取必朝廷，卒能回已行之命，遂一己之私。況此二人既有財豪一縣，今者又能上紊朝廷去留縣令，在任者排之使去，已替者挽之使來，以下凌上，權移匹夫。竊恐此風浸不可長，此事雖小而所繫者大。區區愚慮，敢以上裨聰明，或加省納。

進麟臺故事申省狀

右，某竊見車駕移蹕以來〔一〕，百司文書，例從省記，按以從事，蠹弊或生。日者朝廷復置祕書省，稽参舊章，稍儲俊造，而某濫膺盛選，待罪省貳。竊以謂典籍之府，憲章所由，當有記述，以存一司之守，輒采摭見聞，及方册所載、法令所該，比次爲書，凡十有二篇，列爲五卷〔二〕，名曰《麟臺故事》。繕寫成二册，詣都堂呈納。所有進本，欲乞批狀送通進司收接投進。仍乞以副本藏之省閣，以備討論。謹具申尚書省，伏候鈞旨〔三〕。

【校記】

〔一〕『右某』，四庫全書《麟臺故事・進麟臺故事申省原狀》作『朝奉大夫守祕書少監程俱奏』。

〔二〕『五』，原作『四』，據《原狀》改。

〔三〕『詣都堂呈納』七句，《原狀》作：『詣通進司投進。如有可採，許以副本藏之祕省，以備討論。謹録奏聞，伏候敕旨。九月十九日奉聖旨，依奏。右劄送中書程舍人。紹興元年九月二十日』。

納宰執論事劄子

竊見車駕到杭以來，朝廷所降劄子，紙札字畫，苟簡太甚。事體削弱，而又出勑太遲，使有司奉行或有窒礙。如朝廷職事官俸錢，即有行、試、守之異，劄子不帶，則勘請不行。郡守近制，則有路鈐轄、都監之名。設有本路它州士卒違犯，論咆哮長吏，則是杖罪；論犯階級，則當處極刑。若劄子既未具細銜，則豈敢便從階級行遣？舉此二端，則知出勑太遲，窒礙如此。欲乞朝廷若有差除，後省如別無繳駮，則自經由三省至發勑給付，各立日限，所貴不至稽遲。所有劄子，亦乞稍令如法。

二

竊以政本之地，是謂朝廷。在京師時，都堂及尚書令僕廳是也。朝廷之上，百官朝集期會，未嘗不以官班爲序。若行私禮，則以雜壓序坐而已。今月八日，集議隆祐皇太后謚於都堂，據御史臺貼定坐圖，無復舊制，不唯官序紊亂，仍亦臺省交參。謹按故事，定臣僚謚於都省，本省官集於令廳，而涖以御史一員。宰相、左右丞坐於中，六尚書近南稍退，侍郎重行於後。左右司郎中、左右司員外郎、諸曹郎中、諸曹員外郎以次分左右，重行於後。考功郎官、博士、御史皆設特位，面北而坐。乃傳議以次書字，亦未嘗設案紛然也，亦未嘗有陞考功、禮部郎官、太常、博士於尚書侍郎之列，而雜置憲臺、後省官於寺監郎官之間者也。今雖以大典禮之故，集監察御史以上議於都堂，不止尚書省官，亦當倣平日尚書省定謚之儀而爲坐次也。誠知既往不咎，竊恐它日定臣僚謚復循此舉，紊班著之常，失朝廷之體，故敢僭易有言，仰裨聽采。所有舊日坐次，謹具圖子在前。機政之暇，乞賜鈞覽。

三

竊聞虔賊李敦仁昨犯建昌軍，先經南豐縣，其本縣上三鄉人畏懼投降，賊退之後，各已歸業。而本軍主兵人乃欲盡殺南豐上三鄉人以爲功，遣人燒蕩廬舍，奪取牛畜，致其人失業，聚衆劫行，劫掠下三鄉人。切恐兵連不解，遂爲寇賊。又有建昌軍人保義郎姓管人於提刑司乞往招安李敦仁，遂被差委，仍令本軍應副。其本軍主兵人稱是李敦仁姦細，收送本軍，并其骨肉盡行枷禁。地遠未知事實，萬一不虛，竊恐合行措置體究。

北山小集卷第三十九

狀劄五

辭免召試中書舍人狀

右，某准尚書省劄子，云云。聞命震惶，不知所措。伏念臣才術不競，性質惷愚，加以積憂薰心〔一〕，志思凋耗，問學寖廢，文字荒疎，使勉就於試言，必難充於盛選。所有召試恩命，伏望聖慈特賜寢罷，庶安愚分，不致疾顛。無任云云。

【校記】

〔一〕『心』，原作『必』，據吳本、袁本改。文津閣本『志』。

辭免除中書舍人狀

右，臣今月十一日准尚書省劄子，奉聖旨召試中書舍人，尋具奏辭免，乞賜寢罷上件恩命。十三日准尚書省劄子，奉聖旨，程俱特免試除中書舍人，日下供職者。臣仰戴誤恩，益不遑處，敢布誠悃，上瀆睿聰。竊以西掖詞臣，當世高選，自非文學足以資潤色而備顧問，才識足以明治道而達國體，公望所屬，豈敢冒居？而臣迂惷之質既無取材，鄙陋之文又不足道，年齡迫於耆艾，心志耗於隱憂，苟貪寵榮，不量稱否，必速官謗，上負簡求。而況班著之中，俊彥甚衆，以之充選，諒不乏才。猥以命臣，實深惶懼。伏望聖慈察其懇款，收還新命，曲賜允俞。螻蟻之私，不勝幸願。臣無任。

舉自代狀二十四日授告，二十五日告謝，賜章服，二十七日正謝

右，臣伏覩朝請大夫、行尚書駕部員外郎王禹得學問淹通，資性簡靜，揚歷中外，幾二十年，老於郎曹，泊無隕穫。如蒙進擢，以鎮躁浮，舉以代臣，實允公議。

繳詞頭狀

今月二十七日准中書門下省刑房送到詞頭一道，內朝請郎耿延禧復龍圖閣學士，令臣命行者。右，臣竊以謂刑賞進退，皆當覽天下之公議而行之，則勸沮明而天下服。夫致天下之亂者，蔡京、王黼、童貫及京之子攸；致京城之陷者，耿南仲及其子延禧者。此天下之公議也。當靖康時，南仲以官僚之舊，雖避宰相之位而實當宰相之權，愛子延禧乃一時之宗主，陷京城者，非此而誰？臣以謂南仲、延禧之罪，不在於議和，而在於沮天下之兵。蓋兵威振而後和可成也，以古今之迹考之，則可知已。其所

謂沮天下已到之兵者，前日臣寮言之備矣。今二聖之北狩未還，宗社之艱危未濟，上下岌岌，宵旰靡寧，南仲、延禧不得不任其責。而乃起自廢放，盡復舊職，無乃廢天下之公議乎？所有延禧復龍圖閣學士詞頭，臣未敢命行。

繳李處勱再任詞頭奏狀

今月二十六日准中書門下省吏房送到録黄一道，爲知衢州李處勱今任滿令再任事，令臣書行者。右，臣竊以方今國勢未安，莫如固邦本。而勢來撫綏，使百姓稍安廬里，不轉而爲餓殍盜賊者，守令之職也。李處勱久在衢州，科率無度：軍期之入，收支不明；妄召使臣，虚破請受，其弊不一〔一〕。科率之令，名色實繁，朝行夕改。如以絹折米，後復折錢；應就縣納者，忽令赴州；應納本色者，又行折變。人不堪命，殆不聊生。契勘州郡用度，縱令不足，不免科敷，亦當至誠惻怛，思戢姦弊，使出入分明，民無横費，則亦無復怨嗟。處勱漫不加察，而州縣之吏與攬納人首尾相應，務爲侵擾。山鄉百姓擔擎送納，動是數程，非理退抑，率意改更，令窮朴之民奔走轉換、倍費不暇，自然厭苦，唯命是從，須於攬納人處倍價收買見抄，方免追驅。催迫科敷，略無休息。處勱之政若此，豈陛下固邦本、安百姓之意哉！又處勱既逼替期，已謀寄居外縣，於是益務苟媮，委政佐幕，勢須姑息豪猾，假借吏人。若令再任，必有寄名買産、屈法故縱、收恩鬻獄之事，亦非所以全處勱也。况爲後來之代者又是其叔傳正，雖强有占市，人誰敢言？方陛下厲精求治之秋，必不以一州苟便處勱，而使疲瘵之民重不幸也。所有處勘再任録黄，臣未敢書行。

〔貼黄〕：契勘處勘見帶權發遣，其進奏院却供合稱知衢州軍州事，致録黄誤作知衢州，伏乞照會施行。

【校記】

〔一〕『其』，原作『具』，據吳本、馬本改。

繳宋喚詞頭奏狀

准中書門下省刑房送到宋喚復舊官、宫觀差遣詞頭〔一〕，令臣命詞行下者。右，臣謹按宋喚天資憸壬，唯利是嗜。出守州郡以至備官寺監，見内外貴倖、利權所在者，無不以諂交貨取，得其利而後已。至艱難之初，亟除待制，出使六路，忠勞蔑聞，罪戾昭著，昨言者論之詳矣。夫赦令之有叙復者，常法也，其予奪則當揆之以天下之至理、士夫之公議而行之。今喚自散官用赦復舊官，其爲湛恩亦已足矣，乃并以宫觀差遣與之，則它日復有赦恩，將寖復待制之職矣。如待制者，非宋喚等輩之所得爲者，乃可以赦宥馴致而牽復之乎？如此則凡能趨利奪便、由徑媚竈以取美官高位者皆爲得計，而視英才恬默沉逸之士爲無能矣。然則奔競安得息，而風俗安得厚乎？此臣之所以不得不先事而論者也。伏望聖慈特降指揮，其宋喚依赦復官外，宫觀差遣乞賜寢罷。

【校記】

〔一〕『詞』，原作『調』，據吳本、馬本、袁鈔本改。

轉對狀

右，臣准御史臺牒，十月一日輪當轉對者。臣伏讀改元德音、宗祀赦令，陛下所以勤恤人隱、惻怛丁寧之意可謂備矣。豈非以謂人心者，邦本之所以固耶？自天下兵動以來，其横潰四方，爲生靈之禍、國家之憂者衆矣，然有叛卒而無叛民。今者江西、福建、湖廣之民往往起而爲盜，此不可不思其故也。傳曰：『應天以實不以文，動民以行不以言。』今仁愛之言聞於天下屢矣，元元之民必將冀其實也。且朝廷知民之所患，莫大於科率之繁重，故令提刑司覺察州縣科率者，以自盜贓論。夫科率之繁重，由府庫空竭、横費日加也，不取之民，將安出哉？如此，則雖以自盜定罪，日殺一人，而不能禁。其科率之爲害，又不如姦贓不才之吏之爲害深也。所謂科率之錢，官用一二，私取八九者是已。監司不按，與之同罪，所以禁切之亦至矣，然贓吏終不止者，何也？由不慎擇守令、監司，而未嘗正贓吏之罪故也。遠州僻縣未嘗聞使者之足音〔二〕，使傳忽至，非搜府庫、竭膏血，輟耕穫之夫以挽負於道塗，耗糧儲以悦隨行之吏卒，則親舊賓客請託爲姦，如是而已。民之疾苦不問也，贓吏不按也；豈唯不按，又罔朝廷而薦之。州有軍期之庫，縣積軍期之錢，如德音所云者皆是也，然且迭爲姦欺，不相蒙則相持耳。夫監司、郡守不慎擇，贓吏不正典刑，無額之斂無所稽考，告賞之科不嚴，則雖日下一詔，而姦贓之吏不悛也。如此，則德音之欲去贓吏之弊者，尚爲有實乎？夫科敷之害未能遽去也。剥民之財，破民之産，常使其入皆以資公上緩急之須，則元元之民尚無憾也；而所謂官用一二、私用八九者存焉，此民之所以怨也。縣令不能徧知也，則亦慎擇郡守、監司而已。朝廷誠恤窮民、疾贓吏，何不遣一忠信才能之使，取一二州科敷侵盗之尤，廉核而考驗之，若其匿文書、庇胥吏、俾使者不得治者，則其姦狀明矣。罷之而對置，又重告賞之格以發其姦，而贓吏得矣；贓吏得，付之定法而必行之，如祖宗之時，或可以少警矣。如此而後横斂之患稍息。藉令不得已而斂之，悉以資公上之急，而不以肥贓吏之家矣。庶幾民少安而無怨，則聖主所以發德音而下明詔者非空言也。惟陛下留神裁斷，以安窮困之民，則天下幸甚！

【校記】

〔一〕『遠州僻縣』，吴本作『縣州僻遠』。

辭免權侍講狀

右，臣今月八日准尚書省劄子，三省同奉聖旨，差臣兼權侍講者。臣一介愚賤，上蒙恩簡，雖是暫權，然臣伏自惟念學術淺陋，心力衰疲，今此盡瘁絲綸，尚恐速荒疎誤忘之辠；若侍經帷幄，必將有鄙拙尸素之譏。聞命之初，惶恐無喻。伏望聖慈特降睿旨，别選時俊，罷臣上件權侍講指揮，俾安愚分，不勝幸甚！謹錄奏聞，伏候勑旨。十月十日奉聖旨不允。

十月十三日上殿

臣竊以謂制誥者，人主所以號令天下而鼓動群物之具也，其可不慎其言哉！　臣觀前古訓誥之文，其都俞戒飭吁咈之詞未嘗過其實也，唯其稱而已矣。　昔者有臣如皋陶者，而舜稱其功，止曰『汝作士，明于五刑，以弼五教，期于予治，四方風動，惟乃之休』而已；　有臣如周公者，而成王稱之，止曰『惟公德明光于上下，勤施于四方』而已；　其稱畢公曰『惟公懋德，克勤小物，弼亮四世，正色率下，罔不祗師言』而已；　其餘則皆相與儆戒訓飭之言也。　後世儷辭纍句，稱頌功德，如啓事之爲者，恐非臣下所當得於君上者也。　至如西漢，去古未遠，故當時詔令，號爲温厚，其詞皆節緩而思深，於進退黜陟之間，不爲溢言以没其實。　夫號令之出而使加膝墜淵之語日聞於天下，非所謂『大哉王言』者已。　臣愚不肖，蒙陛下簡拔，以當絲綸之任，誠願竭駑，少倣古人之體以當今之宜，以著陛下德意於訓詞，而無使爲天下後世之所嗤議，亦報効之萬一也。　取進止。

〔貼黄〕：　昔唐之詞臣有爲魚朝恩之誥而其詞簡約者，朝恩怒曰：　『一字不可增耶？』由是銜之。　而近世率以詞臣之情好厚薄愛憎，以觀時之用捨緩急，而爲訓詞之輕重，蓋不思其爲人主之言而非詞臣之言也。　臣竊非之。

臣竊以方今强虜憑陵，群盜充斥，國之大事，莫急於兵戎；　人之司命，莫大於將帥。　今舊勳宿將固已選而用之矣，惟才之難，不可不兼收而預擇也。　臣意文武臣僚之中，或有才略忠勇之人足以爲將帥而未用者。儻俾二府與前執政於文臣中，管軍臣僚、諸將節度使以上於武臣中，各保舉一人，簡而儲之，以待將帥之選，亦漢之數路得人之意也。右，臣三月四日蒙恩賜對，進呈上件劄子，未聞施行。謹再錄上進，更乞聖裁。取進止。

繳詞頭奏狀

准中書門下省吏房送到詞頭，三省同奉聖旨，胡舜陟特起復差知饒州，填見闕，不許辭免，不候受告般家，限三日起發前去赴任，令臣命詞行下者。右，臣竊考祖宗故事，臣僚起復皆緣兵革之事，或見係將帥及邊任寄委不可暫闕之人。今舜陟身自在閭里，而饒州別無事宜。兼舜陟近經起復，方因罷退，復令持喪，今而再被奪情，在於人子之心，誠爲至痛。使舜陟聞命而趨，則是三年之喪乍持乍否，在於名教，必不自安。所有上件除授，臣未敢命詞行下。謹錄奏聞，伏候勑旨。

〔貼黄〕：臣契勘舜陟必須辭免，乞候奏到，特降允俞指揮，庶幾授辭兩得其所。臣職在論思，輒敢因事陳愚，伏望聖慈采擇。

繳宣州起復司户參軍狀

准吏房將到錄黄，爲宣州奏司户參軍馬允升乞令起復，奉聖旨特起復，依舊在任，令某書行者。

右，某契勘自來起復皆緣兵革之事，或見任將帥、或守職邊防、或寄委事任不可暫闕之人。今來宣州司户參軍職事人人可爲，而乃煩紊朝廷，爲求起復，徒令人子不得自盡於罔極之情，而於事功初無所補。所有録黄，某未敢書行。謹具申中書門下省。謹狀。

繳江東大使司辟持服人狀

准中書門下省吏房送到録黄，江東安撫大使司奏，乞依張縝奏辟持服高堯明起復知建康府溧水縣例，許辟持服人。太平州繁昌知縣乞差持服人、迪功郎胡慤，蕪湖知縣乞差持服人、承直郎閻彦昭，奉聖旨特依奏者。右，某近緣宣州奏司户參軍馬允升丁憂，乞令起復，依舊在任，奉聖旨依，某遂具論列。契勘自來起復皆緣兵革之事，或見任將帥、或守職邊防、或寄委事任不可暫闕之人。今來宣州司户參軍職事人人可爲，而乃煩紊朝廷，爲求起復，徒令人子不得自盡於罔極之情，而於事功初無所補。已奉聖旨，上件指揮更不施行。今來江東安撫大使司所辟持服人胡慤、閻彦昭，雖是乞依張縝前例，及朝廷待遇大使與偏郡不同，并繁昌、蕪湖二縣正是沿江控扼去處，又非司户之比；然胡慤、閻彦昭身非在任遭喪，二縣見今闕官，儘可選求能吏。若皆用持服人，奪情起復，終恐創巨痛深、方寸既亂，徒虧禮制，不能集事赴功。欲乞收還前件指揮，下江東安撫大使，令别辟官。如蒙聽采，其高堯明亦乞指揮罷官持服。所有録黄，某未敢書行，隨狀繳納，謹具申中書門下省，伏候鈞旨。

劄子 十二月十一日上

臣輒有愚悃，上瀆聖聰。臣仰蒙聖慈知遇獎拔，每思報効，唯有寸心，蓋筋力不足以備顔行，才術不足以當繁劇。若於籌思利害、裨補闕遺，又無以効區區之忠，則是頑無所知，素餐而已，苟無人責，必有天譴。此微臣所以常於出納命令之際，未嘗敢懷不盡之情者也。今月七日，中書門下省送到録黄，奉聖旨，福國長公主臨月，令户部支錢三千貫文。臣以堂判報行，必已支給，事關賜與，理無復追，遂更不敢論繳，上煩聖聽。然臣愚過計，竊恐産乳或滿月之後，儻援此爲常，則爲無藝。若其他賜予之間每事如此，浸恐傷財害民，以貽陛下它日宵旰之憂。故敢妄陳瞽言，伏惟采擇。自天下承平，錢帛山積，遂使禁庭宫邸與夫宗戚貴近之家視數千百緡僅如糞土，不思民力，輕以費用。臣聞神宗皇帝時，初欲更制俸禄，遣中使咨問李氏大長公主以先朝俸禄之數。大長公主初不肯言，久之乃曰：『言之使人羞愧。未下降時，月俸五千。』臣政和間守官京師，則聞大長公主之女月俸并雜給之物無慮數百千矣。此國用安得不乏？國用乏，横斂安得不厚？横斂厚，民安得不困窮也？且三千緡在今日，亦中人之産也。觀州縣催科之政，關市之征，大抵農商貧下之民錙銖圭撮之所積，鞭扑禁錮之所得者，豈非生民之膏血耶？而取承平以來所謂中人百金之産，王姬數十年之俸者，曾不滿富貴之家一笑之費、一日之給，此所以天惡人怨而馴致天下至於此極也。近年禁庭宫邸與夫宗戚貴近之家具享富貴之奉，極驕奢侈麗之欲〔一〕，皆自古所無有；然其卒也流離狼狽，亦自古所無之苦。此皆不知惜福畏罪、仁民愛物之道，故其報如此其酷也。然懷利封己之人習熟聞見，至今猶以侈大爲當然，以嗇儉爲削弱，此不可不變也。以邇日昭慈葺宮與接伴麗使之事觀之，則知貪冒者之心未嘗少知戒懼也。夫以昭慈之喪，葺宮非園寢之制，近郊非洛邑之遠，而臣竊聞之，費至三十萬緡。接伴麗使，初欲自明至京舊例之半，今館伴之使當在明州，則接伴使罷之可也，而置局自如，此何理也？其肯爲陛下撙節財用、不市私恩而專恤國事者鮮矣。今國用不足如此，民力困極如此，養兵賞設、官吏之俸、不時之費如此，然未至於闕絶者，江浙之地尚可征，江浙之民尚可斂而已。徒見其未闕絶也，因以謂天下之財無有窮盡，可乎？不知一日闕絶，則禍變不可勝言矣，豈可使至於闕絶而後急也？此臣所以深憂而切歎者已。臣願陛下以祖宗爲法，每於賜予費給之間，視金帛錢穀當以生民之膏血、國家之基本視之，而無復以近年爲比也。夫三百萬之錢，賜骨肉之親，而臣喋喋如此者，艱危之時，匱乏之甚，雖至微之物，然積以致多，亦當節以制度而與天下共之，所以惜生民之膏血，而痛革近世侈大之風、貪饕之俗，爲國家計耳。太宗皇帝固嘗曰：『朕爲天下守財，安敢妄用？』推此心以制用，則天下無憾矣。夫將以痛革侈大之風、貪饕之俗〔二〕，非陛下以身率之，示之以儉約樸素之實，恐難以法令操之也。臣今月二日因次進故事，嘗以太宗、真宗愛惜財用、克勤小物之事爲陛下言之矣，乞賜裁覽，則天下幸甚！臣職在論思，仰懷陛下厚恩，不敢不盡愚。僭易獻言，無任惶恐俟罪之至。

【校記】

〔一〕『奢侈』，文淵閣本作『侈奢』。

〔二〕『大』，原作『木』，據吳本、馬本改。

應詔薦士狀

准尚書吏部牒，准尚書省劄子，備奉十一月十九日手詔，令侍從官舉三人已上同罪保舉。臣今以所知保舉如後：　朝奉郎、權發遣巴州軍州事馮檝，勁直敢言，通理性之學〔一〕，故臨大事而不懼，嘗説二凶賊，得其要領。其憂國捄時之志甚切，若備臺諫之選，必能知無不言。朝散郎、主管江州太平觀許德之，端靖有守。宣和初，任太常少卿，遽求外補，則其恬退可知。其性行學問，可備師儒議論之地。朝散郎、主管臨安府洞霄宫許亢宗，静粹有立，學問亦優。靖康元年，嘗任起居郎。朝散郎、尚書考功員外郎潘良貴，性質剛方，輔以學識，投閑累歲，涵養益深。議論正平，有志許國。朝散郎、尚書司勳員外郎吳表臣，學有師承，性行純静。承議郎、權通判臨安府事鄭作肅，嗜學知方，思慮詳審，清修有立，可任以事。右，謹件如前。臣所舉馮檝等如蒙擢用，後不如所舉，臣甘當同罪。謹録奏聞。謹狀。

【校記】

〔一〕『理性』，吳本作『性理』。

十月三日納宰相劄子

竊以道揆之地，政事浩繁，廢日力者，莫如冗長之文書。伏見祖宗以來，應有升黜或與職名，並須便帶差遣，一就命詞行下。歷觀典故及舊掌詞命臣僚文集，可考而知。近歲以來，凡罷在京差遣與除職名知州及在外遷轉者，皆先以所得指揮命詞，及除某州，則又行錄黃，命詞出告。如邇日學士、侍郎、給舍除職與郡，及在外武臣轉官遥郡，並是兩番行遣。從官則兩次命詞，餘官雖降勑，亦是兩次錄黃。如此之類，似亦冗長。欲望朝廷詳酌，倣祖宗故事施行。

二

今略行檢具中書省及後省除如後：諸受内降，若尚書省送到取旨文書，門下省、樞密院及諸處送到文字同〔一〕。不親發者，每件各降三名，諸房發錄黃、畫黃并簽書呈納舍人文書，封記，不如法者准此。守闕、守當官隔三試，三犯勒停。諸點檢房點檢文書差失，私令改正者，許人告，取旨賞罰。諸房互關照應事，如無施行，止舍人判知。諸房承受到生事文書，並本房舍人背書日諸得旨及入進等文書，本房錄事以下簽訖，赴舍人廳，於草背簽書押。如事有未盡，即稟本省官。諸房簿曆日以事目計總數，本房錄事以下次第簽書訖，曆每日，簿月終，並押舍人。諸房應書押舍人文書，令連簽，守當官以上齎赴。諸房點簽到稽違差失、應理功過者，已改正施行訖，諸房即批認姓名。即半月具事因，狀背次第書職位、姓名、押字，勘實謂手分令同行人及職級，其職級即本房。陳乞，理爲勞績。經舍人書押者仍於限内關送。諸錄事以下功過，舍人廳注籍，歲終比較諸房功過等第，並舍人廳依格書鑿。格所不載，聽比附增損。即難依常格與奪者，取當筆官判。諸房點檢勳封賜有脱錯，若輕重不同，不因案驗而糾正，應理功，加本格一等。餘條糾正准此。右，謹具呈，欲乞鈞旨下點檢文字錄事等，盡行檢舉合行勑令，遵依施行。取鈞旨。

【校記】

〔一〕「同」，原作「詞」，據吳本、馬本改。

北山小集卷第四十

狀劄六

府第納宰相劄子

竊見接伴高麗人使官申請一行人支賜，並乞減半支給，已得指揮施行。竊謂今日國力比承平時所耗削者何啻一半，而自越至明之勞，比昔時自京師至明，遠近又不及十分之一，尚循弊風，冗費如此。竊謂在艱急時，所宜上下體國，以從省儉。又自來國信使及接送伴使並自受命置局之日，使支破一行人食錢請給，所費不貲。欲乞裁酌國信使及接伴送使自朝辭前若干月日置局，勿爲浮費，以耗國用，但使不至妨事足矣。何必纔因事便，欲廣費官錢，蠹國病民也？右，謹具呈。

申省狀

昨於紹興元年十一月十九日准中書門下省吏房送到詞頭一道，爲資政殿學士盧益該遇明堂大禮封贈，內故妻趙氏淑國夫人擬封福國夫人。竊慮前執政官妻未應封國，尋呼到司封手分崔彥通供稱，勘會見任執政官并前執政官遇赦并初除封贈；　母妻並封贈郡夫人，如係小郡，合封贈次郡；　已係次郡，合封贈大郡夫人。　緣擬封與所供有此異同，遂具狀申中書門下省，乞下本部契勘的實，依條格施行。今來本房送到司封狀稱：　『今據承信郎宮使盧資政府幹辦使臣左政狀，契勘本使宮使、樞密資政該遇去年九月十八日明堂大禮，合該封贈，尋依條式陳乞。　近蒙尚書司封取會亡妻淑國夫人趙氏所封，係用是何年日恩賜封贈〔一〕，已具回申外，今竊聞省部疑惑，謂淑國係大國，初封未合封大國，致有取會。今再稟覆，得本使資政鈞旨，昨於建炎二年九月内初除同知樞密院，合該封贈。是時係初封，特封小國；　又於當年十一月内該遇冬祀大禮，又合封贈，係合贈次國。　其逐次封贈官告，因建炎三年二月渡江，並皆去失不存。今來又該遇紹興元年九月十八日明堂大禮，又許封贈，係第三次，合封大國。今來即不審淑國係是大國，爲復次國？　若是大國，即乞省部指揮，於一等大國内别封一國號；　如是次國，即乞依條封贈大國。　及司封手分崔彥通狀稱，本官妻今來合遷改次國夫人，本部已擬福國夫人具奏訖，兼福係次國。』俱再追喚到司封手分崔彥通，令供具宰執合封贈母妻條法。　據本人狀稱，勘會左右僕射封贈母妻國夫人、執政官封贈郡夫人者。　右，契勘同知樞密院即非宰臣，於條封妻只合封郡夫人。　其盧資政妻初除封國已是謬誤，司封人吏非不明知條格，乃復妄有奏擬，欺罔朝廷。　其人吏欲乞指揮送大理寺勘斷施行，仍令司封將盧資政封贈依條格奏擬，以憑命詞行下。　謹具申中書門下省，伏候鈞旨。

【校記】

〔一〕『日』，吳本作『月』。

乞住講月分不支職食錢奏狀

右，臣等各以非才，備員講讀，學術淺陋，無補聖聰，月請添給，固已厚顔。今來住講月分若依常月勘請，尸祿實多〔一〕。況時方艱虞，國用尚屈，是雖小費，在於臣等，無功而受，竊不自安。伏望聖慈特許臣等住講月分更不勘支職食錢，候開講筵日，既修職事，所不敢辭。伏候勑旨。奉聖旨不允所乞。

【校記】

〔一〕『尸』，原作『户』，據馬本改。

申堂改正王擇仁轉官不合命詞狀

承吏房送到詞頭，爲王擇仁昨建炎四年九月准告授通直郎、直徽猷閣，近具狀經朝廷，爲當時已係通直郎，近又承宣撫司便宜指揮轉奉議郎，今來合轉朝奉郎、直徽猷閣，合下宣撫處置使司取索元告毀抹，令某命詞者。某尋發貼子，於吏部取索建炎四年王擇仁轉官除職因依。據吏部錄到元降指揮全文并告有詞，係是本年八月十九日賞功轉官除職。某契勘當時既已是通直郎，轉兩官即合轉承議郎，上件告只合改正前銜作通直郎，後擬作承議郎、直徽猷閣，令官告院檢會元指揮全文，別行給告，或出劄子改正。如此則與當時告詞賞功之意相應。所有今來再轉一官合轉朝奉郎，只合給告，不合命詞，欲乞鈞慈特賜判筆施行，庶於體制爲宜。

乞貼改敕黄劄子

劉光世、王𡧖營田畫一録黄内有稱『今來朝廷撫定邊事，措置營田，保守邊面』。某欲乞鈞裁，貼改『邊事』字作『江北』，改『保守邊面』字作『保養兵農』，取鈞旨。

繳蘇易轉行横行奏狀

准中書門下省兵房送到詞頭一道，爲武功大夫、榮州團練使蘇易把截奉化縣界，已蒙轉一官回授，乞於今官上收使。奉聖旨，蘇易將所得轉一官特於階官上轉行，其已降回授指揮更不施行，令臣命詞行下者。右，臣竊見自頃以來，武臣轉官皆自武功大夫轉入横行，寖以冗濫，頓失祖宗之法。得者既衆，則官益以輕。使人人皆懷欲得之心，無有紀極，在於厲世勸功之時，其爲弊害尤大。今蘇易止是把隘奉化，不經鬭敵，便轉一官回授有服親，已是優恩；既降成命，今來乃於階官上轉行，即合轉右武大夫，乃是昔時西上閤門使。而朝廷即從其請，收還回授指揮，其於祖宗之法、號令之宜，皆非所應得也。臣契勘祖宗之法，文臣自守將作監主簿至尚書左僕射，武臣自三班奉職至節度使〔一〕，即是以次遷轉之官。而武臣閤門副使至客省使爲横行，不係磨勘遷轉之列。既不係磨勘，即非皇城使所得轉入之官，其除授皆須特旨。故元豐肇新官制之時，以承務郎至特進爲寄禄官，以易監主簿至僕射之名。而武臣獨依舊，不以寄祿官易之者，蓋有深意也。自政和，不唯輕改武臣官稱爲郎、大夫，遂并與横行易之，而爲轉官之等級。此皆當時有司不習典故，不思祖宗之深旨，率意改更，以開僥倖之門，大抵如此，故流弊日深也。祖宗時，如曹瑋屢更邊帥，功名傑出，乃以閤門使知秦州；張亢揚歷最久，官止於客省使。且以元豐三年言之，是時官儀人物最盛且多之時，而閤門使止有十四員，引進使一員，四方館使二員〔二〕，副使五員而已，諸將之爲横行者皆在數中，如种諤、韓存寶、李浩、李昌祚、姚麟之流是也。諤以崇儀副使知岷州，擒宗哥首領，敗鬼章，而得引進副使，後以擒山後生羌泠鷄朴而得東上閤門使。當時横行既少，官職貴重。官職貴重，則人以爲榮，人主慶賞之柄亦重。不然，則反是矣。且文臣之所謂庶官者，轉不得過中大夫，而武臣乃得過皇城使，此何理也？横行職事親近人主，恩數多類從官，故祖宗時官至皇城使者尚少，其有至皇城使而合轉官者，多是只與遥郡刺史。今乃於武功大夫上一例轉行，其爲冗濫甚矣。自改使爲大夫已來，經靖康、建炎覃沛之後，常調之官，下至皂使僕厮之餘，轉而爲横行者不可勝數，而運戰之物不以功之高下一例轉入者又不可勝數也。自古名器不慎，官職太輕，變易舊章，紊亂體制，未有如十餘年以來者也。今横行之官無慮數百千員，其弊可謂極矣！夫官職重輕，在朝廷所以用之而已。朝廷愛重官職，不妄與之，則官職重；若朝廷輕以與人，得者冗濫，則官職輕。官職輕，則得者不以爲恩，未得者常懷觖望。何謂得者不以爲恩？異時横行至少，得者即爲異恩。今則人人可以循次轉行，則彼才器超絶之人、軍職立功之士與常進碌碌之流官稱一同〔三〕，了無差别，所在之處，百千爲曹，則亦何足貴者？使彼挈短量長，計功比類，則所謂得之不以爲恩者有矣。何謂未得者常懷觖望？ 蓋與之既輕，得之容易，則其流必濫，既濫則冗，理之必然。則彼未得者將曰：『某人之才，我豈不如？ 某人之遷，豈以功伐？ 然彼爲横行，而我獨平進。』則所謂未得者常懷觖望者有矣。豈唯不以爲恩與常懷觖望而已，而安危治亂之萌，實存其中，蓋不可不慎所與也。關、張官爲將軍，則雖以黄忠之才之功，先主亦欲爲將軍，而諸葛武侯以爲不可遽與關、張等，如此則官職安得不重？ 唐德宗時，勳官冗濫，於是有以開府驃騎告身易一醉者。然則官職重輕無它，唯朝廷所以用之如何耳。臣不勝愚惷拳拳慮國之誠，忘其么麽，敢因蘇易之請，曲折布陳，亦冀陛下深思熟計，有以捄其弊而已。其蘇易所轉一官，伏望聖慈只令依前降回授指揮施行，庶使有功而得之者皆知爲異恩，而非可知循致者也，則官職重而勸激深矣。所有詞頭繳納中書門下省外，謹錄奏聞，伏候敕旨。

【校記】

〔一〕『自』，原作『目』，據吳本、馬本改。

〔二〕『二』，原作『云』，據吳本、馬本、袁本改。

〔三〕『職』，吳本、馬本作『戰』。

繳任源管押成都府等路内藏庫金銀疋帛等奏狀

今月二十八日承中書門下省户房送到錄黄，爲正月二十八日奉聖旨，成都府、潼川府路每年合給内藏庫金銀疋帛并御服綾絹，將建炎元年、二年未納欠數及建炎三年至紹興元年並未納數，可劄下張浚催發計會，任源除合用疋帛外，並令宣撫司變轉輕賫，差得力使臣同任源押赴行在本庫交納，令臣書行者。右，臣竊見陛下以張浚宣撫陝西，與將士卒暴露之久，比者殺獲虜寇，荐立戰功，特降中使傳宣撫問，以示恩意。兼川陝之人累年以來，朝廷音信幾於隔絶，今聞王人之來，諒皆感慨悲喜，企聞德音。乃以催發變轉内藏庫金銀疋帛并御服綾絹，使之管押。臣恐遠方之人不達事體，妄意聖朝以寬恤民隱之實未聞，以誅求逋貢之務爲急，則是陛下諄勤之意，一介之使未足以布宣恩仁，適足以招致怨讟而已。臣愚竊爲聖主惜之者此也。況内藏庫合納之物并御服綾絹自有司存，在内則户部，在外則漕司，起發驅催，乃其所職，恐不必更煩聖慮，委任中使然後辦也。兼張浚宣撫陝西以來，三年于此矣，供給、餽餉、賞軍等用不聞出於朝廷，而陝西五路例遭殘破，是則資費出於四川者必多矣，民力凋困，不問可知。今乃追逋欠於五年之後，責歲額於方春之初，其於示遠方、宣德旨，尤非所先也。若使漕司逐急既已用過，未能遽集，而今乃中使臨之，宣撫使督之，漕司州縣將安取乎？則必取之於民耳。非急於星火，剥及膚髓，何從便得之以赴中使之回也？是一使至而四川之人爲之騷動，又非所以安遠方之民也。不唯如此，中使至彼，若未得内藏庫物及御服綾絹，則豈敢空回，必須日有公移督促宣撫使及轉運司，則是日久經營、養軍備寇之外，别生一項憂煎掊斂之事也。督之益急，則中使當有妄作威福之嫌，而事未必濟，一也。中使既得物帛，則不唯地里極遠，兼道路亦未甚通，必須兵衛而行。兵少則不能禦，兵多則事體張皇，使好亂無知之人得以藉口惑衆，二也。不然，劇賊生心，多以師旅要而取之，或害中使，徒辱朝廷，三也。至於御服綾絹，固是臣子共奉之常，然於枕戈嘗膽、大冠帛衣之際，而俾聖主親其文以索之，又非所以感人心而先恭儉之術也。建炎二年，臣以尚書郎從駕渡江，至杭之初，竊聞執政進呈減婺州貢羅事，陛下驚歎曰：『如此等事，朕都不知！』盡令蠲免，而執政止乞分數蠲減，遂蒙制可。陛下曰：『如此好事，一日做得一事，一年當復幾何矣！』臣時徒步趼足、剽敚凍餒之餘〔一〕，殆無生意，傳聞此言，歡喜踊躍，至於出涕，知聖德之可以大有爲也。雖禁中之語，然神聖之言，所當宣布，無事於密，自是臣常爲士大夫誦之。竊以謂如臣等輩不可以畏辠謀己、懷利緘默，以負聖德也。臣願陛下以爾時之心爲心，所降指揮乞賜寢罷，俾有司具諸路合供內藏庫物與御服綾絹之數，且詰其不至之由。候到，出自聖裁，或蠲或減之外，責以期限，孰敢不供？所有錄黃，未敢書行，謹錄奏聞，伏候敕旨。

【校記】

〔一〕『趼』，原作『跰』，據吳本、馬本改。

正月二十九日上殿劄子

臣竊觀古者國有大疑，則謀及卿士，謀及庶民，故《周官》有大詢。在西漢時，有大政事、典禮、刑辟，必集博士、議郎以上至公卿中二千石、二千石議之而取捨焉，同者不以爲賢，異者不以爲罪，唯其當而已矣。祖宗之朝倣漢制，自三館之士皆得與議，尚可考也。況今天下多故，云爲舉措，蓋安危利害間不容髮之時也。雖陛下總攬圖回於上，大臣盡忠竭慮於下，然廣采兼聽、深思熟計，而後擇而行之，未爲過也。臣愚欲望它日應有大議，如所謂政事、典禮、刑辟之大者，下博士、祕書省郎官以上、臺諫、侍從議。前二日集議於朝堂，俾同者爲一狀，所見異者退別爲狀〔一〕，偕上中書門下省進呈，而後擇而行之。其便有五：合衆人之智，盡天下之公，是非利害，斷而行之，一也。示天下以無我，以來嘉言良策，二也。自博士以上皆得與議，則雖欲退有後言，以歸非於上、橫議於下不能，三也。陛下因揆之以道，陰察邪正、辯能否於其間，以備簡擢而汰庸才，四也。如此則在朝之臣既皆有慮國謀事之責〔二〕，庶思裨益朝廷，而不爲秦人視越之人肥瘠者，五也。臣愚無知，竊以爲便，惟陛下裁擇。取進止。

【校記】

〔一〕『爲』，吳本下有『一』字。

〔二〕『朝』，文淵閣本作『廷』。

二

臣竊見邇日以來，所在寇賊往往已就招安，然欲一切收而養之，則耗財而滋冗食；簡而汰之，則無所歸而聚爲盜，此不可不慮也。自寇之入，其所經州縣，户口所耗幾半。如聞閒田不耕者尚多，儻專遣一使有學識而疏通、有吏能而端厚者，如以勸農爲名，辟屬毋過若干人，俾行經寇州郡，與縣令佐根具閒田爲籍，各注鄉村、里保、地名、頃畝、户人姓名、丁口等，印牓招諭復業。其未復業田計見實數，候有招安、簡放疲冗之人，即從朝廷按籍撥遣，令於某處給逃田耕種，借以牛種，及起蓋席屋，並田以居。如乏耕牛，即習用《漢志》人犁之法，一熟或再熟之後，即住支糧種，浸爲屯田，是一舉而兩得也。即有歸業者，證驗無僞，即以給還，而就耕之人別給閒田如初給之數。仍專置一司以領護之。臣所陳梗槩，如蒙聖裁稍有可采，即乞降指揮，俾朝廷博議可否。如可施行，仍衆具措置曲折纖悉之務以聞，更委大臣裁定施行，庶幾有利而無弊。取進止。

繳錄黄奏狀

准中書門下省吏房送到錄黄一道，爲兩浙西路安撫大使司乞辟持服人承直郎閻彦昭充營田幹辦公事，令臣書行者。右，臣契勘近者胡舜陟起復知饒州，并宣州乞起復司户參軍馬允升依舊在任，及江東安撫大使司奏乞起復胡慤知繁昌縣、閻彦昭知蕪湖縣，臣並具奏陳，以謂饒州別無事宜及非邊任寄委，又司户之職人皆可爲，并蕪湖、繁昌自可求選能吏，不必皆用持服之人，奪人子至痛罔極之情，創巨痛深，方寸既亂，徒虧禮制，無補事功。皆蒙聖慈采納施行。今來閻彦昭從浙西再乞起復，乞賜檢會前奏及所降閻彦昭起復不行指揮，照會施行。所有錄黄難以書行，謹錄奏聞，伏候勑旨。

繳錄黄狀

准中書門下兵房送到錄黄一道，樞密院奏，神武右軍都統制申，竊見迪功郎孫愿丁父憂，乞令起復，差充本軍幹辦官，奉聖旨令某書行者。右，某契勘近緣起復從官知州及江東、浙西安撫大使司辟官起復，某各具繳論，已蒙降指揮不行訖。今來孫愿亦非將帥及見任從軍在行不可暫闕之人，所有錄黄難以書行，隨狀繳納。謹具申中書門下省，伏乞照會施行。

二月二十日實封奏二十二日承省劄備坐白劄子上言云云。奉聖旨，罷中書舍人，提舉江州太平觀

右，臣准中書門下省吏房送到詞頭一道，徐俯除右諫議大夫，令臣命詞行下。臣伏見自頃以來，陛下圖治之切，往往急於用人，德意誠厚也。然竊考古今之宜與祖宗之制，其進用人才，自非隱遯丘園、道義才器卓然傑出如陽城、种放之流，未有闊略資望，不循次而進者。何哉？名器不可不重，人情當使厭服故也。俯之少時，誠有俊聲，氣亦豪邁，以禧之子，嘗見用於崇寧、政和之間。然以黄庭堅甥，又上書入邪等，且連任宫觀，故流落於群枉當路之時。靖康之初，召爲省郎，其後未有所歷也。陛下即位以來，初未之識，今乃遽自前任省郎驟除諫議大夫，自元豐五年更定官制來，五十餘年未之有也。上皇用人，雖號爲兼收驟用，然亦未有所謂親擢之士闊略資歷如此者。傳曰：『如有所譽，其有所試矣。』又曰：『左右皆曰賢，未可也；諸大夫皆曰賢，未可也；國人皆曰賢，然後察之，見賢焉，然後用之。』此古聖人之言，用人之法也。今陛下亦既有所試而見其賢矣乎？況諫議大夫以彌縫衮闕、佑佐上德爲職，昔者端厚如王覿，博通如孔文仲，剛果如劉安世，忠清如豐稷，嘗爲之矣，然覿、文仲、安世皆自諫官次遷，稷自前侍郎、待制遷，皆望實俱高，人主熟其議論趣向以充選。今俯雖氣豪才俊，然陛下何從便得之而驟用若此？臣恐天下怪惑也。漢鮑宣嘗言：『古刑人尚服，今爵人反惑。』無乃與人美

官未足以勸，而反令天下惑乎〔一〕？陛下誠知徐俯，何惜歲月，召至行在，所謂『視其所以，觀其所由，察其所安』，使其望實已孚於人〔二〕，然後進而用之，蓋無不可也。寧使士論以得之爲後時，而無使相顧駭視、腹非而竊歎也，非君父所以成就愛惜臣子之心也。不然，則似恐其不來，以高位誘之，要其必至，如此則不唯非所以待士，亦不足以得士矣。何哉？蓋上之人期之以利，而彼亦懷利而來，苟懷利也，亦何士之可得哉？臣願陛下但下召命，須其至也，姑以所應得者命之。陛下它日欲置之左右，循塗而進，亦何爲不可哉？臣誠爲朝廷惜此舉措，而愛俯人才，竊思有以彌縫成就之也。臣承詞頭，竊用惶惑〔三〕，伏念旬日，不敢措詞。已而再思，蒙陛下厚恩〔四〕，俾待臯論思之地，儻使朝廷舉措未厭人心，或致疑謗，而乃惜身懷利，不能長慮却顧、盡忠獻言，是臣仰負聖恩，苟貪榮寵，人尤鬼瞰，將無所逃。所以觸死忘生，妄貢愚瞽，伏望陛下深思愚言，更賜裁處。臣聞漢武帝時，讀《子虛賦》而善之，有『恨不與朕同時』之歎。狗監楊得意侍旁，進言：『乃臣里人司馬相如所作。』及召相如至，但以爲郎，久之爲文園令而已。使相如不因狗監，不由華麗之文以聞，則漢武必有以處之矣。史稱漢武雄才大略，豈此類耶？今俯之素行無相如之累，陛下育材從善、愛惜臣子之心又遠過前古，但不須匆匆如此，無故使上下皆受疑謗於清議也。只如唐之元稹，其才器文章既爲名御史矣，在長慶時命知制誥，以至翰林，真不忝矣。止緣自荆南判司中，忽命從中出，召爲省郎，便知制誥，遂喧朝聽，穆宗與稹皆得謗議，以謂荆南監軍崔潭峻之所引也。致使元稹才能一皆埋没，爲正人面辱，比之青蠅，是進之適所以毁之也。以此觀之，不可不慎，不可不惜，此臣所以拳拳懇懇上瀆聖聽者也。所有告命，臣未敢命詞行下。謹錄奏聞，伏候敕旨。

臣兩日來聞外傳俯與中官唱和，有『魚須』之句，號爲警策。臣恐外人不知陛下所以得俯之由，妄以此爲疑議〔五〕，仰累聖德之聰明，愚所以不敢緘默，終具繳論。然臣未敢具申中書門下省。如臣所陳或蒙采納，只乞聖旨從中處分，別降指揮，收還前命。臣無任惶懼憂灼俟皋之至。

〔貼黄〕：奏爲徐俯差除詞頭，欲乞聖慈更加裁省。如臣所陳或蒙采納，只乞從中處分，別降指揮，收還前命，候勑旨事。

臣手寫奏狀，如蒙聖慈開可，別作施行，即乞不須降出。

右，臣今月二日准尚書省劄子，奉聖旨，差提舉萬壽觀，充實錄院修撰。聞命震懾，若無所容，敢瀝懇誠，上告君父。伏念臣自紹興二年八月六日忽嬰末疾，今已七周年餘，百端治療〔六〕，終未復常。左手不能舉動，五指皆拳，左足不能屈伸，步趨拜起，至於執持食器，穿著衣裳，卷舒紙札，無不須人。加以年齒益衰，心志益耗，於朝謁則不能步趨，於職事則必至曠闕。扶掖蹇跛，傳笑四方，玷涴聖朝，取譏士類，不但以愚拙空踈、衰病廢忘、不足當筆削之任而已也。況聖主在上，賢雋如林，一朝大典，舉以付之，必能稱職，如臣殘廢，豈可冒榮？伏望聖慈特賜寢罷上件旨揮，許臣依舊在外宫觀，養痾里閭，一意醫治，涵泳聖化，以畢餘生，不勝厚幸！伏惟皇帝陛下天地父母，矜而察之。臣無任祈天望聖激切屏營之至。

【校記】

〔一〕『反』，原作『及』，據吳本、馬本改。

〔二〕『孚』，原作『爭』，據吳本、馬本改。

〔三〕『惑』，吳本、馬本作『恐』。

〔四〕『恩』，原作『思』，據吳本、馬本、袁本改。

〔五〕『妄』，原作『妾』，據文淵閣本改。

〔六〕『治』，原作『始』，據吳本、馬本改。

附錄

洪

诗

附錄一

詩文補佚

題閻立本畫

大塊浮空轉兩輪，越南燕北共毫塵。齊州古莽應相笑，夢覺何人定識真。（《能改齋漫錄》卷十二）

飽山閣記

吾宗伯寓，世家浮梁。浮梁山水之勝名番陽。紹興七年，伯寓以提舉太平觀歸里中二年矣，始治第室龍潭之上，以據山水之會。舍之東有山曰洞靈，番水出焉，行三里爲龍潭，釀而爲渠，映帶左右，琤琮演迤，宛轉成趣。淺有蓀芷，深有蒲荷，茂林豐草，蔭翳靃靡。作亭其上，名曰『漫吾』。躊躇四顧，百里之内，奇峰秀巘，間見層出。而伯寓猶以爲未足也，又爲閣東偏，以盡登覽之勝，而名曰『飽山』。以書抵予，道其詳，屬予爲之記。予方抱末疾，心志彫耗，未能也。其後伯寓書來必以飽山爲言，予惟伯寓少長游學上庠，壯而仕於朝廷，方其形疲於道路之阻修，衣弊於京汴之塵土，心勞於聲利之畏途也，夢想龍潭之上而邈在千里之外，其於故鄉山林之勝，猶饑渴之於飲食，未嘗須臾忘也。今以辭劇就閒之故，得徜徉食息於其間，不離廣厦之間，几席之上，俯而觀，仰而聽，所以快心滿意，説耳目而還舊觀者，從容自得於指顧之間，宜其樂而不厭也。雖然，朝廷之士入而不能出，山林之士往而不能返，其於失中道而囿於物，等爾。伯寓少年力學自奮，方大比兩學三舍郡國賓興之士，而褎然爲第一，取榮名，登顯仕，如拾地芥，伯寓非無意於世者也。進而用於朝廷，區區常有納忠陳善、愛君許國之心，又非恝然如秦人視越人之肥瘠，况上方勵精嘗膽，專任兼聽，修庶政，整六師，將以復大烈而成中興，蓋求賢用吉士之時也，如伯寓，其能久而自放於山林乎？浮梁，饒屬邑也，饒、歙、開化諸程系皆出黄墩，陳安西將軍司空忠壯公之後。予與伯寓生同姓，系同出，仕同朝，志同道，初肄職道山，後以給事中、中書舍人對局東西省，又同僚也。以伯寓之質厚端諒，予之惷愚狷介，其質性疑若異趣，抑臭味同也，故樂爲之記，因以見其出處之概焉。（《新安文獻志》卷十一）

宋故朝奉郎賀公墓誌銘

公諱鑄，字方回。其先吳公子慶忌避公子光亂，奔衛；妻子散走越，越人與之湖澤之田，表其族曰慶氏。漢避安帝諱，改氏賀。至唐，有爲陽穀令名知止者，于方回爲十五代祖。其後北徙，終止開封。孝惠皇后克配昌陵，家世仍以才武顯。曾祖維能，左侍禁。祖維慶，東頭供奉官、閤門祇候，贈左千牛衛將軍。父安世，内殿崇班，閤門祗候，贈右監門衛大將軍。母秦氏，贈令人。方回幼孤立不羣，濟良恪公克彰擇妻以女。授右班殿直，貧迫於養，非其好也。監軍器庫門，臨城某酒稅，磁州都作院，徐州寶豐監，和州管界巡檢。辭所當遷東頭供奉官，封其母永年縣太君。元祐七年，學士清臣、百祿、軾薦于朝，改承事郎，請監北嶽廟，監鄂州寶泉監。丁母憂，服除，以宣德郎通判泗州。遷宣德郎，通判太平州，管勾亳州明道宫。再遷至奉議郎。遂請老，以承議郎致仕，時年五十八。二年，從臣薦起之，以故官管勾杭州洞霄宫。遷承議郎，賜五品服。以后族恩，遷朝奉郎。明年復致仕。又六年，年七十四，以宣和七年二月甲寅卒于常州之僧舍。夫人趙氏，前葬宜興縣清泉鄉東篠嶺之原，至是以九月甲申葬公，同穴。

方回豪爽精悍，書無所不讀，哆口疎眉目，面鐵色。與人語，不少降色詞，喜面刺人短，遇貴執，不肯爲從諛。然爲吏極謹細，在筦庫，常手自會計，其于窒罅漏、逆姦欺無遺察。治戎器堅利，爲諸路第一。爲巡檢，日夜行所部，歲裁一再過家，盜不得發。攝臨城令，三日決滯訟數百，邑人駭歎。監兩郡，狡吏不得指其私。蓋仕無小大不苟，要使人不能欺，而用不極其才。以老，自右選易文階，時薦者皆有文名，且當路，顧願爲嶽祠吏，退居海上三年，乃復就筦庫。元符、靖國間，除太府光禄寺主簿，辭不赴，卒請補外。自去姑熟及告老再仕凡十五年，不離宫祠吏。觀其骯髒任氣，若無所顧忌者；然臨仕進之會，常如臨不測淵，覰覰視不敢前，竟疾走不顧，其慮患乃如此，與蹈污險徼幸、不爲明日計者殊科。有《鑑湖遺老前後集》二十卷，予爲序，尚可考樂府辭五百首，他文數十百篇。方回姓氏聞天下，其詩詞雅麗，有古樂府之風。讎書至萬卷，無一字一畫譌闕，老且病，猶搰搰不置云。二子：曰房，承節郎，監保州酒税；　曰廩，將仕郎。二女，皆嫁士族。孫男女五人。政和間，予居吳，方回病，要予曰：『死，以銘委公矣。』今年春，病甚，見予毗陵，復理前約，且曰：『平生果於退，懼危辱耳，今知免矣。』將葬，其子又以治命來求銘。銘曰：

其進踖踧，若將越于谷；　其退若逝，惟危辱是畏。依隱傲世，世亦莫吾厲。卒安其所，是以無悔。

（《慶湖遺老詩集》卷末）

附録二

行狀傳記

宋故左中奉大夫徽猷閣待制新安縣開國伯食邑九伯户致仕贈左通奉大夫程公行狀

曾祖伯照，故贈光祿卿；祖母扶風太君魯氏、彭城太君錢氏；祖迪，故任尚書都官郎中致仕；祖母仁和縣君江氏、仙居縣君余氏、天水縣君愼氏；父天民，故任瀛州防禦推官、信州貴溪縣丞，贈左宣奉大夫；母贈太碩人鄧氏。

公諱俱，字致道，衢州開化人。程氏實高陽之裔。周成王時，伯符封國於程，休父爲宣王司馬，後因以國爲姓。春秋時，嬰以立趙孤顯。六國時，邈爲秦獄史，易大小篆爲隸書。漢有不識，魏有昱，號名將。晉元帝即位，命元譚爲新安太守，百姓悦之，代還，遮道請留，不得去，詔從其請。比卒，賜其子孫田宅於新安之歙縣，遂居黄墩。遷開化北原者，公十世祖也。公之曾祖光祿君樂愷平易，重然諾，喜施與，鄉里稱爲長者。祖父都官君始以儒奮，擢進士第，治劇邑，有德於民。唐質肅介爲江東轉運副使日，特加賞遇，以謂不任威刑而人不犯，雖古循吏無以加也。父宣奉君爲兒時，日誦數千言；成童屬文，握筆立就； 未冠，舉進士，試南宮爲第一，廷試中甲科。益博觀典籍，研繹奥義。常進所撰詩書論，得相州、饒州州學教授。尋爲瀛州防禦推官、貴溪縣丞攝令事，闔邑欣賴。召試太學博士而卒。

公時方年九歲，哭泣哀毀，見者咨歎。終喪，從母氏寓外家。母性嚴，公左右承意，得其歡心，外祖尚書鄧公左丞潤甫深奇之。後其家人緣左丞意奏補公假承務郎。紹聖四年，授蘇州吴江縣主簿。時徽宗即位肆赦，放免秋苗，本縣復行催理，吏持文書通簽，公即申縣請准赦蠲放。而轉運司牒准省符，講求遺利。公申狀謂：『財用之在天下，譬之衆川之水，潴之萬傾之陂，决漏既多，乾涸可待。乃欲崎嶇回遠、引綫脉之流以益之，不如塞其陂之决漏而已。今諸路賦入，則衆川是也； 萬頃之陂，則總計是也； 决漏如江河，則無藝之費是也； 崎嶇回遠、引綫脉之流以益之，則講求遺利是也。凡無藝之費一切罷之，則息民裕國之政具在，守而勿失，可以有餘。』見者驚嘆，亦或指以爲狂。任滿，辟差舒州太湖茶場，以上書論時政罷歸。時執政者方力持紹述之説以售其私，凡持正論者斥以爲邪，雖被擯廢，人更以爲榮焉。大觀初，監常州市易務。八寶恩，遷通仕郎。政和元年，改宣德郎，差知泗州臨淮縣事。三年，召赴審察，以前上書報罷，尋主管兖州岱嶽觀。七年，差通判延安府，以侍親非便辭，改通判鎮江府，俄除編修《國朝會要》所檢閲文字。八年，兼道史檢討。宣和二年，轉承議郎，賜五品服。明年，除將作監丞。時論謂公以儒術世其家，今藝學績文之士鮮出其右； 近臣亦推公長於譔著。於是以聞徽宗，即遷祕書省著作佐郎，賜上舍出身。三年，除禮部員外郎。駕幸祕書省，特旨召觀書閣下，因賜御筆書畫，遷朝奉郎。五年，丁母憂。七年，復除禮部員外郎，以病告老，不俟報而歸，坐責。歲餘，今上登極，轉朝請郎。建炎三年，復爲著作佐郎，尋再遷禮部員外郎。除太常少卿，卧家力辭，章四上，遂以直祕閣知秀州。會車駕臨幸，有旨賜對。公奏事訖，即啟陳濟大業、致中興之説，言極剴切，有曰：『陛下盛德日新，政事日舉，賞罰施置，仰有以當天意，俯有以合人心，則趙氏安而社稷固。苟惟不然，則天之所以眷佑者將恐替，人之所以欣戴者將恐離，如是則社稷危而天下亂，其間蓋不容髮。』上欣然納之。及虜騎南渡，既據臨安，遣兵破崇德、海鹽，公厲兵守禦方力，已降省劄，令公遷避，復被旨管押錢帛，由海道趨行在。始出華亭，宣撫使留公，有旨趣使津發，因航海至永嘉。既朝見，以病乞歸鄉聽命，時建炎四年三月也。冬，復召赴行在。紹興改元，始置祕書省，即以公爲祕書少監。九月，除中書舍人，仍兼侍講。二年，罷職，提舉江州太平觀。四年，差知漳州，以病辭，改提舉台州崇道觀。五年，復集英殿脩撰。六年，除徽猷閣待制。九年，除提舉萬壽觀，充實錄院脩撰。先是，公得風痺之疾，朝廷知公步趨拜跪良難，特緣兵火之後簡冊散逸，謂公雅精史學，持心平實，欲使免朝參，坐局充職。其意甚厚，而公以疾力辭，乃差提舉亳州明道宫。累官至朝議大夫。三遇明堂郊祀恩，封新安縣開國伯，食邑九伯户。十四年六月，疾稍寖，乞致仕。轉左中奉大夫。壬辰，卒於寢，享年六十有七。遺表聞，贈左通奉大夫。

公初娶新昌石氏，贈令人；再娶同郡江氏，封令人。男一人，曰行敏，右承務郎，監潭州南嶽廟。女三人，孟以病在室，仲嫁右承務郎、提點坑冶鑄錢司檢踏官趙伯暘，季嫁右迪功郎、監潭州南嶽廟江振卿。公天資端方誠直，言動不妄，思慮精切，志趣高遠，加以該洽深邃之學、典雅閎奥之文。自其幼年未仕，人推爲有父風。稍任州縣，即能遇事引義，慷慨論列利害。及緣上書坐譴，湮阨連年，飢寒轉迫，氣益堅剛，而自信愈篤，學業大成，偉然有公輔之望〔二〕。然不能以辭色假人，頗亦寡徒少侶，詆笑隨之。而與之深交者，率名卿、才大夫或其丈人行。久之，名實益孚。其再佐著作，三爲郎儀曹，朝廷蓋欲用之矣。晚登掖垣，侍經席。凡命令之下，竭思畢慮，有不安于心者，率明白反覆言之。其進講若故事，必考古驗今，曲致規鑒，未嘗有所觀望畏避，大抵務合人情、當事機，守祖宗之法度，遵先聖之訓誥，非持甚高難行之論以苟邀名取譽也。每憂外難未夷，寢食不置，章奏數上，如所謂『國家之患，在於論事者不敢盡情，當事者不敢任責。言有用否，事有成敗，理固不齊。今言不合則見排於當時，事不諧則追咎於始議。故雖有智如陳平，不敢請金以行間；勇如相如，不敢全璧以抗秦；善將如韓信，不敢言去漢中而下三秦〔二〕；通才如劉晏，不敢言理財以贍軍食。』『此有志者所以解體，而憂國者所以寒心也。』又謂『《書》所謂「念終始典于學」與夫「監于先王成憲」者，固不可略也。高宗所以爲商中興主者，以是道也。人君之學異於臣庶，學爲王者事而已。使大學之道成于皇躬，則其于聽言應物、出入起居、發號施令，莫不惟理之從而恢恢有餘地矣。臣願陛下選端亮敦厚、通知古今、識大體之人，專以侍講讀爲職，使之日侍左右以備顧問。要令出入禁闥，常在聖前，如漢侍中、尚書郎之比，清閑之宴，爲聖主陳説治道與夫誠意正心、脩身愛物、任賢馭事之宜，古今成敗之事，亦所以資緝熙光明之萬一，非小補也〔三〕。』祖宗之制，謂『近年禁庭宫邸與夫宗室貴戚之家，其享富貴之奉，極驕奢侈麗之欲，皆自古所無有。然其卒也流離狼狽，亦自古所無之。而懷利封己之人，習熟聞見，至今猶以侈大爲當然，以嗇儉爲削弱，此不可以不變』。又論『武臣轉官，皆自武功大夫轉入横行，得者既衆，則官益以輕。使人人皆懷欲得之心，無有紀極，在於厲世勸功之時，其爲敝害爲尤大。祖宗之法，文臣自將作監主簿至尚書左僕射，武臣自三班奉職至節度使，即是以次遷轉之官。而武臣自閤門副使至内客省使爲横行，不係磨勘遷轉之列。既不係磨勘，即非皇城使所得轉入之官，其除授皆頒特旨。故元豐肇新官制之時，以承務郎至特進爲寄禄官，以易監主簿至僕射之名，而武臣獨依舊，不以寄禄官易之，蓋有深意也。政和間，改武官稱爲郎、大夫，遂并横行易之，而爲轉官之等級。此皆當時有司不習典故，不思祖宗之深旨，率意改更，以開僥倖之門，故流弊日深。且文臣之所謂庶官者，轉不得過中大夫，而武臣乃得過皇城使，此何理也？自改使爲大夫以來，常調之官下至皂隸，轉爲横行者不可勝數，其敝極矣！夫官職輕重，在朝廷所以用之而已。朝廷愛重官職，不妄與人，則官職重；若輕以與人，得者冗濫，則官職輕。官職輕，則得者不以爲恩，未得者常懷觖望』。他人莫能言也。顧任職未幾而罷，罷未幾而病，病卒不可復起，此有識者之士所以深爲天下惜也。

公平生著述不可勝紀，已抱病，猶不輟。然憂深慮危，時時芟削焚棄。今所存者，《北山小集》四十卷，《麟臺故事》五卷，《默説》三卷，餘無傳焉。其孤卜以九月辛酉葬于開化縣北山之原，屬瑀狀公行實，將求銘於鉅儒碩學以圖不朽，謹考核叙如右。紹興十四年九月日，龍圖閣學士、左中奉大夫、提舉江州太平觀、鄱陽縣開國子、食邑五百户、賜紫金魚袋程瑀狀。

【校記】

〔一〕『輔』，原作『轉』，據吴本、馬本改。

〔二〕『善將如韓信』二句，據《年譜》所附《行狀》補。

〔三〕『者所以解體』至『補也』二百零七字，據《年譜》所附《行狀》補。

宋史列傳·文苑七·程俱

程俱，字致道，衢州開化人。以外祖尚書左丞鄧潤甫恩補蘇州吴江主簿。監舒州太湖茶場，坐上書論事罷歸。起知泗州臨淮縣，累遷將作監丞。近臣以譔述薦，遷著作佐郎。宣和二年進頌，賜上舍出身，除禮部郎，以病告老，不俟報而歸。建炎中爲太常少卿知秀州。會車駕臨幸，賜對，俱言：『陛下德日新，政日舉，賞罰施置，仰當天意，俯合人心，則趙氏安而社稷固。不然，則宗社危而天下亂，其間蓋不容髮。』高宗嘉納之。金兵南渡，據臨安，遣兵破崇德、海鹽，馳檄論降，俱率官屬棄城保華亭，留兵馬都監守城。朝廷命俱部金帛赴行在，既至，以病乞歸。紹興初始置秘書省，召俱爲少監，奏修日曆，秘書長、貳得預修纂自俱始。時庶事草創，百司文書例從省記，俱摭三館舊聞比次爲書，名曰《麟臺故事》上之，擢中書舍人兼侍講。俱論：『國家之患，在於論事者不敢盡情，當事者不敢任責。言有用否，事有成敗，理固不齊。今言不合則見排於當時，事不諧則追咎於始議。故雖有智如陳平，不敢請金以行間；勇如相如，不敢全璧以抗秦；通財如劉晏，不敢言理財以贍軍食。使人人不敢當事，不敢盡謀，則艱危之時，誰與圖回而恢復乎！』武功大夫蘇易轉横行，俱論：『祖宗之法，文臣自將作監主簿至尚書左僕射，武臣自三班奉職至節度使，此以次遷轉之官也。武臣自閤門副使至内客省使爲横行，不繫磨勘遷轉之列，其除授皆頒特旨。故元豐之制以承務郎至特進爲寄祿官，易監主簿至僕射之名，武臣獨不以寄祿官易之者，蓋有深意也。政和間改武臣官稱爲郎、大夫，遂并横行易之爲轉官等級。

蓋當時有司不習典故，以開僥倖之門。自改使爲大夫以來，常調之官下至皂隸，轉爲橫行者不可勝數。且文臣所謂庶官者，轉不得過中大夫，而武臣乃得過皇城使，此何理也？夫官職輕重在朝廷，朝廷愛重官職，不妄與人，則官職重，反是則輕。輕則得者不以爲恩，未得者常懷觖望，此安危治亂所關也。』徐俯爲諫議大夫，俱繳還，以爲『俯雖才俊氣豪，所歷尚淺，以前任省郎遽除諫議，自元豐更制以來未之有也。昔唐元稹爲荆南判司，忽命從中出，召爲省郎，使知制誥，遂喧朝聽，時謂監軍崔潭峻之所引也。近聞外傳俯與中官唱和，有「魚須」之句，號爲警策，臣恐外人以此爲疑，仰累聖德。陛下誠知俯，姑以所應得者命之』。不報。後二日，言者論俱前棄秀州城，罷爲提舉江州太平觀。久之，除徽猷閣待制。俱晚病風痺，秦檜薦俱領史事，除提舉萬壽觀實錄院修撰，使免朝參。俱力辭不至，卒年六十七。俱在掖垣，命令下，有不安于心者，必反覆言之，不少畏避。其爲文典雅閎奧，爲世所稱。

附録三

序跋

北山小集序

葉夢得

紹聖末，余官丹徒，信安程致道爲吴江尉，有持其文示余者，心固愛之，願請交，未能也。政和間，余自翰苑罷領宫祠，居吴下。致道亦以上書論政事與時異籍〔一〕，不得調，寓家於吴，始相遇。則其學問風節，卓然有不獨見於其文者。即爲移書當路，論以言求士，孰不幸因此自表見，其趣各不同。若槩論其過，一斥不復録，天下士幾何，可以是盡棄之乎？併上其文數十篇，宰相見而驚曰：『今之韓退之也。』亟召見政事堂。會有間之者，復得閑秩，然宰相知之未已也。宣和初，復召入館，稍遷爲郎，議者翕然，始恨得之晚。自是二十年間，卒登侍從，爲天子掌制命，文章擅一時。蓋嘗論當孔子時，固已患直道爲難行，而毁譽之不可信。然人之有善，君子未嘗不樂道，其得譽常多；至居下流，天下之惡必歸焉，其毁之者亦衆。則直道雖不可盡行于天下，而天下終不能廢直道。方致道齟齬於初，一夫搖之，不能自立；及其久也，雖非其素所厚善，亦莫敢不謂然，其善之效歟！今觀其文，精確深遠，議論皆本仁義，而經緯錯綜之際，則左丘明、班孟堅之用意也。至于詩章，兼得唐中葉以前名士衆體。晚而在朝，雖不久遇，所建明尤偉。蓋其爲人剛介自信，擇於理者明，所行寧失之隘，不肯少貶以從物，是以善類皆相與推先，惟恐失。雖有不樂之者，亦不敢秋豪加玼病。信乎直道之不可終屈也！嘗哀次平生所爲文，欲屬余爲序，會兵興不果。後遇火，焚棄殆盡。稍復訪集，尚得十四五，而益以近所著，爲四十卷。夫天既以是假致道矣，乃不使盡暴其所長，病痺，杜門里中且十年。豈在人者猶可以力致，而天反不能相之歟？不可知也。紹興十年，詔重修《哲宗史》，復起致道領其事，力辭疾不拜。而以其前欲屬余者，請之堅甚。致道之文，固不待余言而後著也，乃先衆人而知之深者莫若余，乃爲論其本末歸之。致道名俱，今爲左朝請大夫、徽猷閣待制、提舉亳州明道宫云。

【校記】

〔一〕葉夢得《建康集・程致道集》此句無『籍』字。

後序

鄭作肅

紫微舍人程公先生建炎己酉歲自太常少卿出守嘉禾，作肅過之，館於郡齋。會左丞葉公罷政經從，謁先生，作肅屬耳屏間聽話言，則聞公曰：『别去未有復見日，吾二人後死者，其誌先死者之墓。』先生曰：『左丞勳業未艾，某不日溘先朝露，當勤大手筆。』紹興甲子歲，先生卒，其子請公如約，公從之。僅述誌叙，未及銘詩而薨，然其藁今傳於世也。其略曰：『其爲文辭，在司馬遷、班固之間。進則掌天子命書，退猶將付以太史氏之筆。蓋有不可誣者焉。』議者謂公之誌文，實踐平生然諾，必不虚美以諛墓中人，有以取信於學士大夫也。作肅昔爲南徐學官時，偶先生卜居在焉。一日裁書問文於先生，先生翌日答書凡數百言，其要曰：『昔之作者，自六經百氏之書、世傳之史、方外之書無不讀。非惟讀之而已，取舍是非，了然於心。其粲然者，我之文也；而資焉者，六經百氏載籍之傳而吾自得者也。然而莫見其迹也。』嗚呼！先生論文淵源如此。則謂其文辭在司馬遷、班固之間，未爲過也。頃又嘗見大參毗陵張公，言先生嘗爲毗陵筦庫，因見鄒忠公。公與語連日，奇之，謂人曰：『程致道，所謂北斗以南一人而已者也。』忠公德名甚重，不輕許可，則其所取又有出文辭之外者矣。門人中吳鄭作肅序。

跋一

方若蘅

《北山小集》，藏書家著錄甚稀。是本由黃氏士禮居宋本傳寫，不特校對盡善，且字法歐、虞，深得宋槧遺意。聞李女史慧生常以此書臨摹書法，大有唐人風味。宋本歸汪氏後，女士懷想不釋。辛巳歲，藝芸假出，時李曾手錄一部，亦閨閣中佳話也。道光庚寅三月，草觀一過，漫書卷尾。叔芷方若蘅。

跋二

黃丕烈

乾隆六十年六月二十日夜，余家因已遣之婢尋物失火，焰起老母房中，以致及余卧室。倉皇奔救，幸無大患，而器用財賄爲之一空，所儲書籍巋然獨存，是必有神物護持者，余亦以是轉憂爲喜焉。閱兩日，書友胡益謙持《北山小集》示余，欲一決其宋本與否。余開卷指示紙背曰：『此書宋刻、宋印。子不知宋本，獨不見其紙爲宋時冊子乎？』胡公深以余爲不欺，遂議交易。余許其每冊一金，卒以物主居奇倍價易得，復以二金酬之，親朋見者無不笑余癡獃。余曰：『天灾忽來，身外之物俱盡，所不盡者惟此書籍耳。則書籍之待儲於余者益急矣，余曷敢不竭盡心力以爲收藏計？且是集流播絶少，寫本不多見，矧其爲宋本！』近時《浙江採集遺書總錄》載有知不足齋藏影宋槧寫本，吴之振識云：『此冊昔年爲季滄葦侍御所贈，侍御從絳雲樓宋刊本影寫者。』是宋本係東澗舊藏。今本首冊有健菴圖章，而彭城無所記識，豈真絳雲餘燼耶？余不能辨其是一是二也。卷尾有『黄氏淮東書院圖籍』印，未知吾宗何人，轉相授受，仍歸江夏家藏，我子孫其世寶之，或可自詡爲天下無雙也與？吴郡棘人黄丕烈識。

嘉慶二年，歲在丁巳閏六月八日，天晴曝書，展玩一過。時與西席顧澗蘋、夏方米同觀，因見目錄在葉、鄭兩序後而反缺半葉，未解其故。余曰：『此當年裝潢匠誤以序文次于目錄後、卷一前，故遺失半葉也。今每葉後有字影及硃筆痕，隱隱可見，是爲確證。』爰復著數語以傳信于後，時在王洗馬巷新宅之士禮居。蕘圃氏識。

是歲良月廿又泰日，瞿中溶藉觀于春風亭。

癸亥六月一日，輯《宋刻書目》，檢及此集，其去得書之歲月已足八年矣。昔余繪《續得書圖》，名是曰『蝸廬松竹』。蓋致道寓居吾郡之城北，葺屋曰『蝸廬』，而松柱竹椽，饒有古樸之意。今余自壬戌冬又遷于東城之縣橋，題藏書室曰『百宋一廛』，夫亦取其小焉耳。爰誌數語于冊尾。蕘翁記。

跋三

錢大昕

黄孝廉蕘圃買得宋槧本《北山小集》四十卷，皆用故紙印刷，驗其紙背，皆乾道六年官司簿帳。其印記文可辨者，曰『湖州司理院新朱記』，曰『湖州户部贍軍酒庫記』，曰『湖州監在城酒務朱記』，曰『湖州司獄朱記』，曰『烏程縣印』，曰『歸安縣印』，曰『監湖州都商税務朱記』。意此集板刻於吴興官廨也。古人公移案牘所用紙皆精好，事後尚可它用。蘇子美監進奏院，以鬻故紙公錢祀神宴客得罪，可見宋世故紙未嘗輕棄。今官文書紙率輭薄不耐久，數年之後黴爛蠹蝕，不復可用矣。北山詩文有風骨，在南宋可稱錚錚佼佼者。而此本紙墨古雅，的是淳熙以前物，讀之殊不忍釋手。嘉慶丁巳冬十一月廿日，竹汀居士錢大昕題，時年七十。

跋四

黄丕烈

《北山小集》爲宋人集中罕有之本，且其中多與吾郡典實有涉，故錢潛研老人取其集中文字入《養新錄》中，謂他日修志可資考證。噫！潛研往矣，而是集余不能守，早歸藝芸書舍。當日家藏時無暇傳錄副本，此又余生平缺憾事也。歲辛巳，郡中有修志之舉，始憶及此，遂向主人借歸，分手傳錄，錄畢細校，即以原本歸趙。而余亦作一小跋記其原委，是又爲此書添一公案矣。海虞月霄張君愛素好古，收弆秘册甚多，著有《愛日精廬讀書志》，於一書之源流，纖悉畢具。余所歸之書，亦得附名簡末，此真讀書者之藏書也。聞余有此，欲傳其副，遂復從余分寫本仍分寫予之，并讐校之。古云：『書經三寫，魯魚亥豕。』自謂此寫本出余士禮居，雖未經老人過眼，然兒孫輩頗習聞校書緒論，一一手校，當不致爲鈔胥所誤。回憶初得時及復寫此，已歷三朝，世有三本，可爲此書幸，即可爲余補過幸。安得世有好事者盡如月霄其人，悉舉世間未見之書傳錄其副，是真大樂事，想藝芸當亦不吝余之屢假也。書此以俟月霄聞之，不識以余言爲何如。道光二年歲在壬午秋七月，蕘夫識。

跋五

張金吾

宋槧本《北山小集》四十卷，吳縣黄氏士禮居舊藏，轉入汪氏藝芸書舍，金吾從之影寫一分，芙川此本又從金吾藏本傳錄者。嘗見藏書家得一宋元舊籍，輒思秘之帳中。噫！此何説也？古之人讀書稽古，萃一生之心思才力以成一書，難矣！萃一生之心思才力以成一書而歷七八百年，幾經兵火，舊槧如新，抑又難矣。愛古者碎金片石、斷塼剩瓦，猶且公之同好，互相激賞，况書籍爲作者精神所寄、靈爽所憑者與！得之者其亦思古人成書之難何如，流傳之難何如；今既幸爲已有，冥冥中鄭重付託，大望後之人廣爲傳布者又何如。乃謬爲愛護，秘不示人，甚無謂也！是書傳本絶稀，今一時頓有三四分，維藝芸主人不吝通假之功寔多。其諸得古人傳之其人之意者與？道光柔年八月上澣，張金吾書。

跋六

邵淵耀

北山程公以文學氣節著於東都南渡之間，史稱其制誥典雅閎奥，而其所論諫繳駁見諸集中者，尤徵亮直之槩。詩傚韋柳，抑餘事矣。集四十卷，著録祕閣，當即鮑氏影宋寫本。芙川此本乃士禮居舊藏宋槧，雖經一再傳抄，而典型尚在，猶可想見風軌，固不必以絳雲故物爲梓里之遺而珍之也。道光丁亥歲嘉平月，邵淵耀記。

跋七

柳瀛選

咸豐辛酉，余客江北之海門。時髮逆陷蘇垣，江南幾無乾淨土，避亂北渡者日以數百計。有以此書來售者，闕卷首印記，知是常熟張氏故物，因以重價得之。嗟乎！兵燹之餘，書畫之屬灰燼者何可勝數，而此書獨無恙以歸於余，豈非有所護之耶？爰書數語以誌幸。時同治丁卯二月，慈溪荇軒柳瀛選記於海門茅鎮之旅寓。

跋八

張元濟

江安傅沅叔同年得此書於上海，藏余家者浹月，余請於沅叔攝影備印，存之有年矣。月霄先生跋力斥藏書家愛護舊籍、祕不示人之謬，復深望後人之廣爲傳布。閘北之變，幸未被燔。今印成行世，可以慰先生於九原矣。卷第十二第八葉《小山賦》首二行第一字均不全，余見一明鈔節本爲『何』字、『納』字。又卷第二十七第一葉《勑楊沂中等》首行第九似『舒』字，第十『游』字，僅存大半。次行『龔行天討』句闕『行』字，下作『大』字。檢閱原本暨鐵琴銅劍樓瞿氏所藏同出一源者均如此。此足見傳寫之慎，一筆不苟，洵可信已。民國紀元二十三年五月，海鹽張元濟。

附錄四

年譜

程北山先生年譜

蘭谿　葉渭清　編

卷第一

知人論世，是謂尚友；　數典忘祖，吾黨之咎。述《程北山先生年譜》。

神宗元豐元年戊午，生於魏。

程瑀《宋故左中奉大夫徽猷閣待制新安縣開國伯食邑九百户致仕贈左通奉大夫程公行狀》：『公諱俱，字致道，衢州開化人。程氏實高陽之裔。周成王時，伯符封國於程，休父爲宣王司馬，後因以國爲姓。春秋時，嬰以立趙孤顯。六國時，邈爲秦獄史，易大小篆爲隸書。漢有不識，魏有昱，號名將。晉元帝即位，命元譚爲新安太守，百姓悦之，代還，遮道請留，不得去，詔從其請。比卒，賜其子孫田宅於新安之歙縣，遂居黄墩。遷開化北原者，公十世祖也。』

『曾祖伯照，故贈光禄卿；　祖母扶風太君魯氏、彭城太君錢氏；　祖迪，故任尚書都官郎中致仕；祖母仁和縣君江氏、仙居縣君余氏、天水縣君慎氏；　父天民，故任瀛州防禦推官、信州貴溪縣丞，贈左宣奉大夫；　母贈大碩人鄧氏。』

『公之曾祖光禄君樂愷平易，重然諾，喜施與，鄉里稱爲長者。祖父都官君始以儒奮，擢進士第，治劇邑，有德於民。唐質肅介爲江東轉運副使日，特加賞遇，以謂不任威刑而人不犯，雖古循吏無以加也。父宣奉君爲兒時，日誦數千言；　成童屬文，握筆立就；　未冠，舉進士，爲南宮第一，廷試中甲科。益博觀典籍，研繹奥義。常進所撰詩書論，得相州、饒州州學教授。尋爲瀛州防禦推官、貴溪縣丞攝令事，闔邑欣賴。召試太學博士而卒。』

『公初娶新昌石氏，贈令人；　再娶同郡江氏，封令人。男一人，曰行敏，右承務郎，監潭州南嶽廟。女三人，孟以病在室，仲嫁右承務郎、提點坑冶鑄錢司檢踏官趙伯暘，季嫁右迪功郎、監潭州南嶽廟江振卿。』

《北山小集》《穹窿葬事回邑有感》。案：　此為先生悼前室所作，以『冠笄共甘苦』語詳之。先生初娶時，蓋在二十歲左右。

《次韻和潁昌葉翰林七首》《生第三兒余近得子，因及之》：　『今年熊羆夢，亦復來貧家。』案此云得子，疑即阿申。

《哭阿申二首》：　『安知隨泡露，變滅失俄頃。悲來淚成河，俯仰吊孤影。』『遺劒日以遠，刻舟那可求。滄溟一漚發，散滅何當收。而我舐犢悲，中懷不能休。』

《辭免太常少卿申尚書省狀》云：『而年垂六十，老無子息，內無弟姪群從之助，外無甥婿强近之親，病妻疲弱，三女未嫁，苟今寄寓他所，恐亦未保生全。』案此狀爲建炎三年己酉所上，先生五十二歲矣，而行敏尚未生，證知先生生子晚甚也。

《懷居賦》：『余生魏而長吳兮，問蓬轉乎四方。』案：《賦》所稱生魏，當在宣奉君為相州教授時。相于春秋，晉之東陽地。戰國魏得其地，雄于三晉，故此以魏言之。又賦稱『僑食岐隴』，檢閱全集，唯卷五《同江仲嘉納凉飛英寺》詩有『我老厭羇旅，三年困歊氛。年年走長道，東越西游秦。白汗信揮雨，孤蓬坐如焚』之句，而他無可證，不知先生『僑食岐隴』爲壯爲少，其主停主人又是何人也。

二年己未，二歲。

三年庚申，三歲。

四年辛酉，四歲。

五年壬戌，五歲。

六年癸亥，六歲。

七年甲子，七歲。

八年乙丑，八歲。

哲宗元祐元年丙寅，九歲。

正月，父宣奉君卒。

《行狀》：『公時方年九歲，哭泣哀毀，見者咨歎。』

陸佃《陶山集·貴谿縣丞程君天民墓表》：『尚書都官郎中程公諱迪，有子曰天民，字行可，未冠，舉進士中甲科。後二年，始應銓格，進所撰《詩書論》，以洪州司法參軍充相州州學教授，遷瀛州防禦推官，知衢州西安縣事，充饒州州學教授。丁外艱，服除，調信州貴谿縣丞，以疾卒于智亭，寔元豐九年正月十三日也，享年三十二。葬以八月二十四日，墓在其鄉三衢雲臺大澳之原。君幼則聰敏，不好兒弄，日誦數千言；成童屬文，操紙立就。及出仕官，恂恂一年少爾，然爲學官有師法，爲縣有吏治。熙寧中，予暨行可嘗試開封進士，是時神考相王文公作成治法，初以經術造士，其被命考校者至數十人，稱一時之選。余于其間愛行可受才俊邁，而造行粹良，竊謂異時當爲國器。即今雖未備成，蓋《詩》所謂「金玉其相」者也。《傳》曰「金錫鍊而精，琮璧性有質」，此衛武公得數九十有五，更事閱理，既老而益精，故詩人歌之，道盛德至善，民之不能忘也。嗟乎！行可雖受道之質可謂美矣，然閱世未久，不幸短命以死。誠使黄髪兒齒台背如古之人，其所至豈易量哉！有文集若干卷，亦可以觀其志也。夫人尚書左丞鄧公諱潤甫之女，生男曰俱，今爲假承務郎；女二人，適太廟齋郎樓彦升、婺東陽縣主簿朱耜。俱能自樹立，甚似行可，其續大前人之光將在于此，故樂爲之道，使歸揭石焉。』按：宣奉君知西安縣不載後之《西安縣志》，蓋古事之湮没者多矣。

二年丁卯，十歲。

三年戊辰，十一歲。

《行狀》：『終喪，從母氏寓外家。母性嚴，公左右承意，得其歡心，外祖尚書鄧公左丞潤甫深奇之。後其家人緣左丞意奏補公假承務郎。』

集《鄧安惠公贊》。

四年己巳，十二歲。

五年庚午，十三歲。

集《新城道中》詩注云：『元祐庚午歲，嘗至新城。』

六年辛未，十四歲。

集《宣義郎知常州江陰縣朱君墓誌銘》：『初，仲姊歸朱氏，年始十六，元益齒先一歲，余固童子也。正字公有風裁，喜奬誘後學，目余奇童，或舉余以勵其子。』案：元益諱耜。正字公諱長文，號『樂圃先生』，《宋史·文苑》有傳。元益以正和七年丁酉卒，享年四十三。自政和丁酉上溯其生年，當在熙寧八年丁卯。仲姊年十六歸朱氏，元益齒先一歲，則爲年十七也。

七年壬申，十五歲。

八年癸酉，十六歲。

集《送朱伯原博士赴太學癸酉》：『朱公將赴成均時，炎炎六月雲峯竒。閶門鼓聲催晝鷁，陂塘菡萏方華滋。朝雲回首暮雲合，汗青嵬磊扃巖扉。先生顧此重惜去，片帆未肯乘風飛。賤子乃前致以詞，誠知去魯心遲遲。丈夫出處會有時，從來猿鶴焉能知。醇儒况復生盛世，終老巖穴將何爲。公其去矣莫回首，君王仄席思賢久。公懷慷慨善哉言，挽舟便出楓橋口。』案：集八卷之末自《初秋》至《雪中口占二首》凡八題彙爲《少作》，唯此題下注有『癸酉』字，明白可據，今但録此首以存《少作》之一班。伯原，朱長文字。《宋史·朱長文傳》云元祐中起教授於鄉，召爲太學博士，遷秘書省正字，元符初卒。據是詩其召赴太博在癸酉六月。證知同時人之詩文可以補國史之闕，文如此類者固甚多也。

紹聖元年甲戌，十七歲，客吴下。

集《駐蹕楊州以提點刑獄公廨爲尚書省禮部在西北隅卷書樓下甲戌年余嘗寓止焉今寓直其下有感》：『三入南宫更白頭，夜寒持被卷書樓。那知跰足半天下，投老浮山省舊遊。』

《宋故右迪功郎監潭州南嶽廟富君墓誌銘》：『紹聖初，某方客吴下。』《衢州府志·縣官表》：『紹聖元年，陸周西安。』案：《志》不載陸周之字。

集《西安謁陸蒙老大夫觀著述之富戲用蒙老新體作》。案：二詩不知的爲何年所作，然《史記》稱『莊周蒙人，嘗爲蒙漆園吏』，則蒙老必是陸周之字。據《衢志》，陸周以紹聖初到任，故附之是年，意二詩亦先生少作也。

二年乙亥，十八歲。

三年丙子，十九歲。

集《題米元章墓》：『紹聖丙子，余初識公南徐，貽詩謂余李太白後身，非所擬也。』《祭江仲嘉褒文》：『言念丙子，識君京師。語未一再，君以憂歸。』

四年丁丑，二十歲。授蘇州吴江縣主簿。

《行狀》：『紹聖四年，授蘇州吴江縣主簿。』

《宋史》本傳：『以外祖尚書左丞鄧潤甫恩補蘇州吴江主簿。』

葉夢得《北山小集序》：『紹聖末，余官丹徒，信安程致道爲吴江尉，有持其文示余者，心固愛之，願請交，未能也。』

集《與蔣子有道丁丑相從吴下之適感而賦詩甲午》。《廣游》。案：此文未必作于丁丑，以『假故人之敝廬，就寸禄於吴下』二語與《與蔣子有道丁丑相從吴下之適感而賦詩》語合，故係之丁丑。

元符元年戊寅，二十一歲。

案：集無吴江到任年月，據庚辰有《數詩述懷》，稱『二十起東山，誤爲微官縛。三年瞬眸耳，郵傳那久託』，疑先生蓋以戊寅到任。《宋史·哲宗紀》：『是年六月戊寅朔，改元。』未改之前，固紹聖五年也。《石林集序》以爲吴江尉在紹聖末，並無不合。

二年己卯，二十二歲。

三年庚辰，二十三歲，上書論事。

《宋史·本紀·徽宗一》：『崇寧元年九月乙未，詔中書籍元符三年臣僚章疏姓名，爲正上、正中、正下三等，邪上、邪中、邪下三等。』據此證知先生上書在是年。

集《提舉江州太平觀謝表》：『伏念臣戇迂成性，憂患俱生。無乘機應變之才，有至愚極陋之累。束髮從仕，浪懷甽畝之忠；詣闕上書，妄陳蠡管之見。少不更事，愚無所知。方權臣立黨以錮人，而以謂當兩忘元祐、熙豐之别；省檄講求於遺利，而以謂不若罷明金、花石之綱。雖云應詔以獻言，要爲越職而多事。』案集不載所上書，此云『方權臣立黨以錮人，而以謂當兩忘元祐、熙豐之别』，蓋指所上書；『省檄講求於遺利，而以謂不若罷明金、花石之綱』，則集中《吴江回申講求遺利狀》是也。

葉夢得《北山小集序》：『即爲移書當路，論以言求士，孰不幸因此自表見，其趣各不同。若槩論其過，一斥不復錄，天下士幾何，可以是盡棄之乎？』案：此亦指所上書言之。

集《吴江縣申乞准赦放秋苗議狀》。《行狀》：『時徽宗即位肆赦，放免秋苗，本縣復行催理，吏持文書通簽，公即申縣請准赦蠲放。』即指此狀。

《侑坐元龜序》。

《三高堂詩序》。

《雜興十首》。據第八首有『昔年過吴江，戀戀不能去。茲爲三年留，已厭波濤怒』云云，係十首於是年。

《數日江上頗有春色偶成絶句遣興五首庚辰》。

《移竹庚辰》。

《數詩述懷庚辰》：『一生共悠悠，今者曷不樂。二十起東山，誤爲微官縛。三年瞬眸耳，郵傳那久託。四壁自蕭然，青編束高閣。五更霜鍾動，起視星錯落。六律聿其周，忽忽更歲籥。七哀哦幽韻，感念驚獨鶴。八極豈不廣，衰懷了無託。九原歎多賢，死者那可作。十里望煙村，天隨去寥廓。』案：『廓』原誤為『廊』，以義改。據『二十起東山，誤為微官縛』，證知先生以丁丑授官據任。據『六律聿其周，忽忽更歲籥』，證知先生庚辰尚未任滿。

徽宗建中靖國元年辛巳，二十四歲。

集《採石賦》：『建中靖國元年，以脩奉景靈西宫下吴興、吴郡採太湖石四千六百枚，而吴郡實採於包山。某獲目此瑰奇之産，謹爲賦云。』

《吴江回申講求遺利狀》。《行狀》：『而轉運司牒准省符，講求遺利。公申狀謂：「財用之在天下，譬之衆川之水瀦之萬傾之陂，决漏既多，乾涸可待。乃欲崎嶇回遠、引綫脉之流以益之，不如塞其陂之决漏而已。今諸路賦入，則衆川是也；萬頃之陂，則總計是也；决漏如江河，則無藝之費是也；崎嶇回遠、引綫脉之流以益之，則講求遺利是也。凡無藝之費一切罷之，則息民裕國之政具在，守而勿失，可以有餘。」見者驚嘆，亦或指以為狂。』即係節引此狀。

《寓齋記》。

《賀方回詩集序》：『季真去後四百二十載，建中辛巳歲，始識其孫方回五湖上，蓋「鑑湖遺老」也。』

《日日辛巳》。

《看鏡辛巳》。

《讀神仙傳六首》。此六首年不能定，然必在吴江所作，姑附之是年。

《即事戲作四首》。此四首年亦未詳，以意附此。

逆婦江於餘杭。

集《祭江仲嘉褒文》：『歲在辛巳，我室君娟。』

《江仲舉墓誌銘》：『後十年，公之第三子仲嘉褒爲餘杭尉，余繼室以公之第五女，親迎餘杭，於是始識仲舉。』

《餘杭法憙院荆文公書堂文公康定中讀書於此辛巳》。

《同餘杭尉江仲嘉褒道人陳祖德良孫遊洞霄宮》。案洞霄宮在餘杭縣大滌山。

任滿，辟差舒州太湖茶場。

《行狀》：『任滿，辟差舒州茶場。』

崇寧元年壬午，二十五歲。中書籍姓名爲邪等。

《宋史·本紀·徽宗一》：『崇寧元年九月乙未，詔中書籍元符三年臣僚章疏姓名，爲正上、正中、正下三等，邪上、邪中、邪下三等。庚子，以元符末上書人鍾世美以下四十一人爲正等，悉加旌擢；范柔中以下五百餘人爲邪等，降責有差。時世美已卒，詔贈官，仍官其子一人。』

《宋會要》：『崇寧元年九月十四日，詔開具元符三年臣僚章疏姓名，邪上尤甚：范柔中、鄧考甫（《宋史·隱逸傳》作鄧孝甫）、封覺民、李新、吳朋、衡均、胡端修、趙令時、周誼、安信之、孫琮、高公應、郭執中、王察、趙峋、李傑、李賁、石芳、吳安遜、朱紱、周永徽、楊琳、金極、張集、吕諒卿、蘇昞鮮、于綽、黄策、高漸、王右、張夙、王貫、葛茂宗、曹益、趙天優、袁公適、洪羽、柴衮、劉謂。邪上：梁寬、曹興宗、謝潛、許安修、羅鼎臣、于肇、黄遷、劉吉甫、王公彦、萬俟正、楊朏、許堯輔、胡良、李修、黄安期、梅君俞、沈千、張居、黄才、寇宗顔、曹譽、林膚、葛輝、逢純熙、王交、張溥、胡潛、劉勃、陳唐、董祥、陳師錫、王守、蔣津、高遵恪、王陽、張裕、王拯、侯顯道、周遵道、宋壽岳、扈充。邪中：趙越、朱光裔、王忠恕、劉質夫、鄧允中、王岐、謝悰、蘇處厚、高公湜、吳偉、江洵、劉冲、蕭刑、劉戣、宋勛年、吳文規、張悰、狄瑾、郭時、楊令、劉憲、張宷、任寶賢、任伯雨、蘇大本、沈街、王箴、陳師錫（陳師錫重出）、王發、吕陶、李浩、王履、陳師道、上官公裕、劉天啟、張來、史彭年、梁俊民、黄絃、李賡、李昇、楊垣、薛逢、梁景初、李霆、張諟、耿毅、劉涣、李平、劉廓、李孝迪、陳中夫、張永弼、張戢、李良翰、竇誦、黄安期、孫大臨、張恕、宋許、李宷、馬衷、高定、唐秬、富開、鮮于綽、韓莢、范鍔、陳象古、王天常、甯祖武、李幹、翁升、邵伯温、張上行、韓安、岳商、師申、宇文諿、李知遠、吴瓌、潘見素、蘇之悌、張蘇、李閎衡、石祁、彭年、陳喆、葉世英、孫琮、毛隨、楊敦仁、檀固、許廣淵、李雲從、夏侯景仁、唐廣仁、許邵、高徽、楊明、郭簡修、黎延、孫秉義、陳昇、朱曾、陳琰、段察、武仲荀、姚颯、王望之、李由頤、蘇迥、段猷、馮伯藥、陳良能、王迥、趙孝立、宋之珍、楚興宗、陳霦、李晉裕、馮千里、高士戩、韓晞、王彦昇、張確、劉奕、王由師、范植、賀昌辰、張及、張鐸、鞠士復、曹公裕、裴迪祖、王祐、梁安國、晁説之、王奥、劉經國、倪直孺、王夷約、楊天惠、劉覺、陳策、李處仁、朱恪、路昌衡、周鼎、李圭、陳縝。邪下：王萃、朱肱、錢昇、楊忠信、王收、李庚、劉端彦、梁光、張叡、傅耆、王偉、趙茂曾、楊致詳、董丕、竹璟、鄭綱、黨均、任日新、趙齊賢、蘇堯臣、高復、任仲奇、閭邱陞、陳琰、陳皁、成彭年、梁嶷、陳琳、王腴、喬天錫、丁執善、何宗翰、卞衷、李知章、范子修、李援、徐瑛、王覬、毛叔度、吴倚、方适、林定、譚極、黄同、傅希龍、王彦若、王師正、劉知至、劉宷、李程、馬收、任廱、竇護、黄汝方、宋適、張譽、杜之邵、王時、馬恕、孫發、李彦弼、倪直侯、王箴、楊韶、鄧安正、黄正一、吕公美、徐公亶、李公寅、楊伯、聶敏修、吴昞、崔陟、徐説、謝諸、周邠、高臨、李士忞、蕭景修、徐俯、李孝常、范百億、何權、宇文輝、余次契、甯宗傑、魏鎧、季羲叟、蘇之悌、時君、陳張照、李茂、安譚、章颯、魏价、江瑔、陳雝、林宗直、陳京、陸涣、張保淳、程之才、余卞、吕賁、魏當、陸彦述、支詠、劉勃、陳京、費勉中、馬永逸、董乂、辛春卿、毛撝、黄叔靖、陳竑、楊恂、鄭子淵、傅列、蓋士宏、耿居正、毛完師、薛睿、黄諷、聶思孝、楊明、甯鳳、舒升中、洪芻、武仲洵、向湜、徐愈、王驥、陳力、閻建、孟道、張友、劉跂、汪忱、李燾、邵樞、胡盤、熊浚明、崔鷗、向詢、黃應求、劉仲昕、司馬宏、孟宗直、張元矩、黃熙、唐嘉問、曾嶧、范子舟、江汝言、馮正卿、王濤、劉思、徐大經、吕元中、吳文規、杜穎、柴義、卞義、歐陽昊、尹翊、胡沔、孫大臨、葛敏修、葉擬、錢大中、燕景賢、任唐毅、張碩、陳誨、李庭堅、史君、陳楊居、陳并、黃子蹇、趙晞、張沆、王彥、富純、江洵、劉溥、吳環、史保躬、趙丕遠、王璉、姜蹈中、朱繪、西門聿、趙襄、馬洙、張濟、朱恪、李黯、文嘉謀、上官彝、孫曾、潘瑤、黃瓘、胡庶、程俱、馬待問、李翦、國希尹、燕默、傅寧、鄭少微、王知常、郝宗臣、林駢、鄭語、劉寬、施邁、楊容之、高公湜、何景甫、范埴、張廷玉、唐靖、趙衡、王適、曾驛、劉蒙、先才、蓋薦、李敦常、張直、楊懷寶、李處晦、晁詠之、宋由正、陳中、張珙、史彭年、李機、楊禾、梁鼎吉、高公傑、趙子渙、家願、陸表民、楊傑、白鎮、袁公適、蘇象先、高漸、趙伓、郭永年、楊傅、朱行中、王注、滕友、侯晉升、周謂、毛友直、范世文、苗蓁、王景下、王景行、謝舉廉、李世基、陳觳、竇卞、趙渥、孟長民、周种、閻崇、郭奉世、薛及、任有功、徐商美、宇文湛、劉之美、上官均、張沔、王公彥、賈休復、宋直方、喬甫、高士丕、江煒、劉鼎臣、常徽猷、何爽、韓升卿、何大受、陳修己、賀霖、張彥逸、俞唐、馬希道、蒲俊、劉爽、秦憲、蔣琳、方鼎、胡謹修、馮正雅、張宇、張材、勾居體。』

『十一月二十三日詔：「元符下詔求直言，蓋欲廣朕聞見，裨益政治。比以所上章疏付之有司，考其所言，內有附會姦慝誣毀先帝政事者，總五百四十一人。然惡有淺深，罪有輕重，取其詆譏謗斥言之尤甚者三十八人，覽之流涕，弗忍再觀，得罪宗廟，朕不敢貸，可責逐遠方。次等者四十一人，其言亦多詆譏，各與等第降官，責遠小處監當，以戒為臣之不忠者。」勘會邪上尤甚係范柔中等三十八人，內郭執中已除名勒停，朱紱老疾。邢上次等係梁寬等四十一人，内陳唐、扈充、許安修已身亡，劉吉甫係承務郎致仕。奉圣旨：范柔中等並勒停，永不收叙。朱紱免羈管外，餘分送逐處羈管，于肇至王公彦二十九名並衝替，係私罪事理重，仍不得改官。』（《永樂大典》佚卷數引）

集《過方子通惟深》，是詩據集《秋夜寫懷呈常所往來諸公兼寄吳興江仲嘉八首》詩注，係於壬午，方子通與楊彝父並家吳郡，集《承奉郎致仕楊君墓銘》云：『吳郡有二老焉，或仕或不仕，皆隱者也。居城之東北曰方公，居城之東南曰楊公。余少壯客吳下，獲交焉。』此云『闔言城東北，閭閻即巖丘』，則先生時居吳下可知。

《罷吏客郡城已數月滯留忽已歲暮浩然興歎作一首》。

《松江賦》。《後松江賦》。

二年癸未，二十六歲。到官。

集《王八侍郎祭文》：『及官太湖，公鎮龍舒。顧睞歎息，刻畫吹嘘。借重培塿，比之衡廬。肝肺開示，底藴無餘。』案王八侍郎，王涣之也。據集《寶文閣直學士中大夫致仕太原郡開國侯食邑一千四百户食實封一百户贈正議大夫王公墓誌銘》：『崇寧二年，以寶文閣待制知廣州，道削職，知舒州。三年初，立黨籍，罷，提舉南京鴻慶宫。』證知先生固以崇寧二年到官也。

《高郵旅泊書懷寄淮東提舉蔡成甫觀兼呈鄭使君弁三首癸未》。

《喜雨呈鄭高郵》。

《癸未秋金陵懷古三首》。

《到官兩旬四走山野作詩以自勞云》。

《太湖沿檄西原道即事三首》。

《靈仙觀》。

《宿海會寺》。

《山谷寺》。

《石牛洞》。

《故人張達明澂餉舒木將以古句次韻酬之》。 此詩未詳何年所作，以言舒事附於是年。

三年甲申，二十七歲。罷歸。

《行狀》：『以上書論時政罷歸。時執政者方力持紹述之說以售其私，凡持正論者斥以爲邪，雖被擯廢，人更以爲榮焉。』

《宋史》本傳：『坐上書論事罷歸。』

集《朝散大夫行尚書司封員外郎致仕毛公墓誌銘》：『崇寧初，當國者取士大夫所上書舉爲二籍，余與彥時在邪籍中，皆罷吏歸鄉郡。』

《衢州開化縣龍華院意上座塔銘》：『崇寧間，余上書，罷吏太湖，歸鄉邑，寓靈山寺之西軒。』

《寶文閣直學士中大夫致仕太原郡開國侯食邑一千四百户食實封一百户贈正議大夫王公墓誌銘》：『三年初，立黨籍，罷，提舉南京鴻慶宫。』以集中詩考之，先生罷吏亦在三年，故系於此。

《人日書懷兼寄吳中三二友甲申》。

《許主簿見和過有推借再作奉呈》。
《過劉姓園居甲申》。
《虞君明謩和劉氏園居詩再用前韻作因以叙出處之意》。
《陪君明華藏燕集復用前韻》。
《望九華甲申》。
《登富陽觀去聲山亭三首》。據壬子詩有『回思二十九年事』句，知此三首作於甲申。
《同江彦文緯江仲嘉褒度菱湖嶺游三衢諸山道靈真出入巖谷勝絶可駭雜然有卜築之意然此地寥閴人所不争小隱不難致顧吾曹出處何如耳二公皆修真養氣精進不衰予晚聞此道又爲憂病頓挫志倦體疲每思益友儻得静舍安餘年資二子以待老豈不樂哉作詩叙游且志本末巖谷之勝實自仲嘉發之予嘗聞而賦詩所謂武陵迷漢魏妙喜斷山川者也甲申》。據此詩證知先生是年固歸鄉邑矣。

四年乙酉，二十八歲。

集《懷居賦并序》：『余轉徙四方，實自始生之年，今兹二十有八年矣。』
《黄魯直有食甘念慈母衣綻懷孟光之句用爲韻作五首以寄旅懷》。案：此詩不能實指其年，以類附此。
《何蒙聖挽詞二首》註云：『乙酉歲歸里中，始獲交蒙聖，蒙聖時年五十。』
《紀夢》：『崇寧乙酉，寓衢之天王僧舍。』
《衢州常山縣重建保安院記》。後署『崇寧四年某月日，北山程俱記』。院在常山縣之謝原，江氏之祖吴越侍御史景房所建，院僧文雅所重建。

《照堂記》：『崇寧四年六月庚辰，北山程某爲謝原山照堂比丘作如是説。』

《常山瑞相記》：『崇寧四年冬，客開化縣之靈山寺。』

《衢州開化縣雲門院法華閣記》：『作於元豐之辛酉，成於紹聖之甲戌。後十一年，寶聲比丘從里人程俱説如是事，請記以文。因隨喜佛事，以偈贊云。』案：自紹聖甲戌數後十一年爲四年乙酉，證知文爲是年所作。

《謹追和諸父留題雲門聲闍梨經閣詩一首》。案：此詩不知何年作，以類附此。

《衢州開化縣龍華院意上座塔銘》：『崇寧間，余上書，罷吏太湖，歸鄉邑，寓靈山寺之西軒，始識師。』案：此寓靈山寺不著年，據《常山瑞相記》定為是年云。

《朝散大夫行尚書司封員外郎致仕毛公墓誌銘》：『崇寧初，當國者取士大夫所上書舉爲二籍，余與彦時在邪籍中，皆罷吏歸鄉郡。彦時固邑子，至是始識面，與游驩甚。』案：與彦時識面未必在是年，以類附此。

《山中對酒乙酉》。

《謝江仲舉惠酒乙酉》。案：是年冬先生在開化，故有『會待東郊春意動，鳴鞭乘興草堂游』之句。

《有美一人乙酉》。

五年丙戌，二十九歲。

集《衢州開化縣靈山寺大藏記》。

《安養庵記》：『崇寧五年八月甲子，北山程俱記。』

《山中秋夜丙戌》。

《静虛堂銘》。

《爲宜興鄭主簿賦寓軒一首》。

《劉朝散長源淮夫劉先生彝之子孝悌有賢行年六十一且致仕侍其親義興爲賦詩一首》。此詩未詳其年，以類附此。

《泊義興長橋》。《遊善權寺》。《善權洞》。《白馬洞》。《神魚泓是日與諸公流杯水中如西丘故事》。《九斗壇善權山中》。《张公洞》。此七題並目訪江仲嘉於宜興而作。據《善權洞》詩云『向來共幽討，九鏁藏芝巖』，必作在甲申後。又據《祭江仲嘉褎文》云『訪君宜興，過我市區』，亦必作在丁亥前。姑係之丙戌，以俟考實。

《神遊賦記夢》。據《張公洞》詩稱『昔年京江夜，飛夢投雲山』，則此夢五年前在京江所作。此注與上七詩當是同時，并録於後。

大觀元年丁亥，三十歲。監常州市易務。

《行狀》：『大觀初，監常州市易務。』

集《衢州開化縣龍華院意上座塔銘》：『大觀初，余迫於禄養，又出而求仕。』

《祭鄒侍郎文》：『公歸一年，某仕蘭陵，始以姻故，膺門是登。』據《宋史·鄒浩傳》『尋竄昭州，五年始得歸』，證知公歸一年爲大觀元年也。

鄭作肅《北山小集後序》：『頃又嘗見大參毗陵張公，言先生嘗爲毗陵筦庫，因見鄒忠公。公與語連日，奇之，謂人曰：「程致道，所謂北斗以南一人而已者也。」忠公德名甚重，不輕許可，則其所取又有出文辭之外者矣。』

集《書壽昌驛丁亥》。

《借居毗陵東門四首》。

《小山賦爲鄒至完侍郎作》。

二年戊子，三十一歲。八寶恩，遷通仕郎。

《行狀》：『八寶恩，遷通仕郎。』

四月，季父建德君卒。

集《儒林郎睦州建德縣丞程君墓誌銘》：『君之以疾不起，實大觀二年四月某甲子，享年四十有五。』

《常州新修市易務壁記》。

《常州州學獎諭敕碑》。

《祭徐申典樂文》案：此文言『自守毗陵，至于歷陽』，又云『脫屣殊庭』，則徐典樂守毗陵，後又守歷陽，而歿于爲祠官也。以其守常與北山筦庫同時，故附諸是年。徐申卒于何時，今未考得。

《常州會三從官致語胡、鄒、陳》案致語中稱知府典樂，則為徐申無疑。王明清《揮麈餘話》：『徐幹臣伸，三衢人。政和初，以知音律爲太常典樂，出知常州。嘗自製《轉調二郎神》之詞：「悶來彈鵲，又攬碎、一簾花影。謾試著春衫，還思纖手，薰徹金虬燼冷。動是愁端如何向？但怪得、新來多病。嗟舊日沈腰，如今潘鬢，怎堪臨鏡？重省。別時淚滴，羅襟猶凝。爲我厭厭，日高慵起，長託春酲未醒。鴈足不來，馬蹄難駐，門掩一亭芳景。空佇立，盡日欄干倚遍，晝長人靜。」既成，會開封尹李孝壽來牧吳門。李以嚴治京兆，號「李閻羅」。道出郡下，幹臣大合樂燕勞之，喻群娼令謳此詞，必待其問乃止。娼如戒，歌至三四，李果詢之，幹臣蹙額云：「某頃有一侍婢，色藝冠絶，前歲以亡室不容逐去。今聞在蘇州一兵官處，屢遣信，欲復來，而今之主公靳之。感慨賦此，詞中所叙，多其書中語。今焉適有天幸，公擁麾于彼，不審能爲我之地否？」李云：「此甚不難，可無慮也。」既次無錫，賓贊者請受謁次第。李云郡官當至楓橋，橋距城十里而遠。翌日，艤舟其所，官吏上下望風股栗。李一閱刺字，忽大怒云：「都監在法不許出城，迺亦至此，使郡中萬一有火盜之虞，豈不殆哉！」斥都監下堦，荷校送獄。又數日，取其供牘判奏字。其家震懼求援，宛轉哀鳴致懇。李笑云：「且還徐典樂之妾，了來理會。」兵官者解其指，即日承命，然後舍之。曾仲恭云。』案：此徐伸當即徐申，惟徐之出知常州必在大觀初，而云政和初以知音律爲太常典樂出知常州，則未免於前後倒置，蓋亦傳者之誤也。

集《常州華嚴教院上梁文》。此以常州事附此，實不知其何年何作。

《衢州溪橋記爲王八侍郎作》。後署『二年夏四月辛巳，顯謨閣待制、荆湖南路安撫使王渙之記』。以其代人所作，又事不在昆陵，故又第之于後。

三年己丑，三十二歲。

集《和柳子厚讀書己丑》。

《秋日市區作》。

《西漢詔令序》：『大觀三年歲次己丑十月壬申朔，信安程俱序。』

《建除一首酬林德祖虙癸丑》。案癸丑疑己丑之誤。癸丑爲紹興三年，德祖殁已久矣。

四年庚寅，三十三歲。

集《用德祖韻送毛彦時二首庚寅》。案：此詩蓋冬夜送别所作。據集《朝散大夫行尚書司封員外郎致仕毛公墓誌銘》遷文林郎爲江寧府司户曹事，詩之『未應迫期會，促步佐一同』當指此言之。

《適軒庚寅歲郭慎求見邀同作》。

《朝議大夫郭公宜人周氏墓誌銘》：『後二十餘年，公子三益、慎求以承議郎令武進，而余官毗陵市，相與遊善也。』

《江氏小山祖墓記》：『四年四月壬午，北原程俱記。』

《題米元章墓》。案：此文作於何年，别無明據。以元章卒於大觀庚寅，故即係之是年。《困學紀聞》考史云：『張融風止詭越，齊高帝曰：「此人不可無一，不可有二。」程致道贊米元章云：「是千載人，不可無一。」』

《宋故德興縣君宋氏墓誌銘爲王侍郎彦舟作》。案：此文已稱宣德郎知泗州臨淮縣事程俱，則臨淮之命固不始於政和元年也。

《宋故中散大夫知虢州軍州管句學事兼管内勸農使賜紫金魚袋李公墓誌銘爲傅冲益作》。案：李公，李諴也，以大觀四年二月壬申卒。越四月丙子，其孤葬公鄭州管城縣之梅山，從先尚書之塋。據

《誌》云：『某初爲鄭圃治中，始從公遊。及代還京師，久困不得官，遇公領大匠，遂見取爲屬。』則庚寅之歲冲益方仕於中朝也。

卷第二

政和元年辛卯，三十四歲。改宣德郎，差知泗州臨淮縣事。

《行狀》：『政和元年，改宣德郎。差知泗州臨淮縣事。』

《宋史》本傳：『起知泗州臨淮縣。』

集《客舍寫懷呈王八丈侍郎五首辛卯》。

《君明出留題吳江詩次韻辛卯》。

《鄒侍郎挽詞二首辛卯》。

《祭鄒侍郎文》。

《贈別吳忱宣德并序》。

二年壬辰，三十五歲。

集《和江仲嘉見寄壬辰二首》。

《秋將穫水行田中不復留因窾塍通溝引水過堂下小兒以芒葦作車其上晝夜決決不休戲書壬辰》。

三年癸巳，三十六歲。召赴審察，以前上書報罷，尋主管兖州岱嶽觀。

《行狀》：『三年，召赴審察，以前上書報罷，尋主管兖州岱嶽觀。』葉夢得《北山小集序》云：『併上其文數十篇，宰相見而驚曰：「今之韓退之也。」亟召見政事堂。會有間之者，復得閒秩，然宰相知之未已也。』

《復古編序》。案此序爲吴興張有作，後署『政和三年九月朔，信安程俱叙。』

《賀方回詩集序》：『政和三年癸巳歲十月朔，信安程俱叙。』《宋史·文苑五·賀鑄傳》云：『其所與交終始厚者，惟信安程俱。鑄自裒歌詞，名《東山樂府》，俱爲序之。』

《故武功大夫昭州團練使驍騎尉徐公行狀》。後署『政和三年十二月日，宣德郎、新差知泗州臨淮縣、管句學事兼兵馬監押程狀』。不出岳祠，疑改爲祠官或不在本年也。徐公諱量，字子平，衢州西安縣人，有子徽言，見《宋史·忠義傳》。

《戲呈虞君明察院暮癸巳》。《君明見和再作》。《出北關再以前韻作寄》：『公如二疏方不辱，我亦三吴甘脱粟。』案：此云『我亦三吴甘脱粟』，證知是時寓家於吴也。

《秋夜寫懷呈常所往來諸公兼寄吴興江仲嘉八首》：『二篇屬江仲嘉。仲嘉有氣節，多難，比有伉儷之戚，故云。』案：江仲嘉妻曾氏以政和三年六月某甲子歿于湖州官舍，正與此注『比有伉儷之戚』語合。

《癸巳歲除夜誦孟浩然歸終南舊隱詩有感戲効沈休文八詠體作》。

是年遊吳興。

集《懷忠并序》：『余游吳興，拜祠下，肅然想其餘烈，退爲文以頌之，名曰《懷忠》。』

《宋奉議郎孺人曾氏墓誌銘》：『政和三年，仲嘉爲湖州司兵，到官之三月，實六月某甲子，夫人以疾卒于官舍，享年三十五。』

《戲贈江仲嘉司兵》。《空相僧舍書事癸巳》。《雨霽同仲嘉小酌久之雲開月出光照席上頗發清興戲作此詩癸巳》。《過吳興城北超覽堂》。《同江趙潘集以鍾監博山爐黟硯石屏爲題予得鍾監分韻得金字鍾監蓋饗板也形製如鍾背作雲雷紋面可監我曹創爲之銘曰癸巳作鍾監子子孫孫永保用張有篆甚奇古》。《再分題得易分韻得醉字一首》。《與江仲嘉褒趙叔問子晝潘杲卿杲分題賦詩以顔魯公裴晉公賀監陳希夷畫像爲題以我思古人爲韻余得裴晉公我字韻一首》。《同叔問諸人以橘栗柿蔗爲題以東南之美爲韻余得橘美字韻一首》。《仲嘉分題得詩分韻得經字是日仲嘉以事先歸代作一首》。

四年甲午，三十七歲。

集《奉陪知府内翰至卞山有詩五首甲午》。

《與蔣子有道丁丑相從吳下之適感而賦詩甲午》。

《朝議大夫郭公宜人周氏墓誌銘》。案郭公諱瑑，元祐中嘗通守信安郡。夫人周氏，以政和三年九月甲子終于京師，明年十一月乙酉，葬于宜興縣君山鄉橫澗之西，祔朝議公之域。以大理朱丞袞之狀來請銘云。

五年乙未，三十八歲。

集《葉内相赴淮西》。《宋史·葉夢得傳》：『政和五年，起知蔡州。』唐淮西節度使治蔡州，故係是年。

《次韻葉翰林見寄乙未》。

《葺蝸廬吴下用葉翰林見寄詩韻作》。

《遷居城北蝸廬》。

《九日寫懷》。案：集有《丁巳九日携酒要叔問登通道門樓而江彦文寄玉友適至因用己未歲吴下九日詩韻作》一詩所稱己未歲吴下九日詩韻，即此詩也。己未，乙未之誤，元豐二年己未，先生二歲，此己未必是訛文。

《蔡州葉翰林寄示近詩次韻八首》。

《衢州開化縣新學記》：『新學之成，實政和五年八月甲子。十月丁酉，通直郎、管勾岱岳觀程某記。』

《寄開化李令光四首》。案：是詩未詳何年所作，然必作於乙未之前。故附《學記》後，庸俟考定。

六年丙申，三十九歲。

集《次韻張祠部見示丙申》。

《京西北路提舉常平司新移公宇記》。爲信安余侯作。後署『政和六年夏四月甲子，具位程俱記。』

《江仲舉墓誌銘》：『政和六年，會吳興仲嘉官下，君益癯，骨見衣表，然劇飲大笑，踈爽猶昔時也。别吳興西境上，仲嘉來京師，不幸死；仲舉歸里中，病益固。』

《祭江仲嘉襃文》云：『去年之秋，過我而西。子神雖昌，而色甚釐。送子西郊，匆匆語離。劇飲大笑，無復向時。曰老則然，余竊異之。誰謂此别，無相見期。嗚呼哀哉！』

《通直郎湖州司刑曹事顧君墓誌銘代江仲嘉作》。案顧君諱復幾，翰林學士顧臨之仲子。以政和四年四月八日卒，六年二月八日葬會稽五雲鄉化鹿山之原。

《嘉興周君墓誌銘代江仲嘉作》。案周君，諱抃，烏程丞綱之父。以政和六年五月壬子卒，以九月丙午葬烏程縣永新鄉菁村之原。

《宋奉議郎孺人曾氏墓誌銘》。案：曾氏，曾布之女，江襃仲嘉之室，以政和三年六月卒，至六年七月，葬於烏程縣道場山之原，求銘於先生。

七年丁酉，四十歲。差通判延安府，以侍親非便辭，改通判鎮江府，俄除編修《國朝會要》所檢閱文字。

《行狀》：『七年，差通判延安府，以侍親非便辭，改通判鎮江府，俄除編修《國朝會要》所檢閱文字。』

《江器博墓誌銘》：『明年，余得倅鎮江，私喜曰：「器博之言，庶有合乎。」未到，有改命。後五年而公卒。』案：江器博以宣和二年卒。上數五年，江公蓋以政和丙申語先生也。

《臨芳觀賦》：『政和七年春，蔡州作臨芳觀于牙城之上。太守，翰林葉公也。俱爲之賦云。』據

《宋史·葉夢得傳》『政和五年，起知蔡州』，于今三年矣。
集《晁無斁將之錄示近詩有和其兄以道説之詩次韻以致區區兼簡以道》。
《復次韻酬葉翰林見寄》。據此詩葉少藴以是年移帥潁昌府也。
《次韻寄謝公表韓公朝請》。
《次韻寄謝存之曾公學士》。
《次韻和潁昌葉翰林》。
《和葉翰林湖上夜歸古句》。
《酬潁昌葉內翰見招丁酉》。
《和酬梅悦之大夫澤送行古句》。
《自仲嘉云亡未始見夢舟行夜入吳興境有夢如平生感而賦詩四首》。
《承議郎信安江君墓誌銘》：『政和七年，仲嘉甫客京師。夏六月，余自吳中來即其所寓舍。及門，聞哭聲，闖其堂，則斬衰者纍然號户側。蓋仲嘉歿十日矣。』
《祭江仲嘉褒文》。
《江仲嘉仕吳興雅重道場山長老惠顔仲嘉之柩以八月十五日至山下顔以是日告寂》。
《送林德祖致仕東歸并序》。據集《祭林德祖文》云『而公出我入，如相避然』，證知德祖以丁酉東歸。又據《丁酉有酬潁昌葉內翰見招》詩稱『觸熱西游泝濁波，京華回首謝經過』，與此序『余時冒初暑，向遠途』語合，亦德祖歸在丁酉之一證，故系之丁酉。

《初到書局以萬七千錢得一老馬盲右目戲作古句自嘲一首》。

《過毛達可友給事覽壁間舊詩次韻二首》。

重和元年戊戌，四十一歲。兼道史檢討。

《行狀》：『八年，兼道史檢討。』

集《春日與會要同舍會飲西園》。

《會要官集西池同舍翁挺作詩次其韻》。

宣和元年己亥，四十二歲。轉承議郎，賜五品服。

《行狀》：『重和二年，轉承議郎，賜五品服。』

集《宣義郎知常州江陰縣朱君墓誌銘》。案：朱君名耜，字元益。秘書省正字長文之子，先生之姊壻也，以政和七年四月四日卒，葬之日，實宣和元年二月三十日，其弟通直郎、宗子學錄發以狀請銘於先生。

《宋故南安軍大庾縣尉贈朝奉大夫南城鄧公墓表》。案鄧公，鄧景儁也，先生之伯舅，以熙寧八年七月五日卒。宣和元年，其子紹密託先生爲之表云。

《宋故安人戴氏墓誌銘》。案戴氏，東陽郡守許德之振叔之配。宣和元年七月庚申卒，以其年十一月壬申葬於無錫縣開化鄉軍山之原。

《分題得舡子和尚一首同宗正江少卿緯彦文、周比部武仲憲之、趙編修子晝叔問》。按集有《趙子晝墓誌銘》稱：『宣和元年，差充詳定《九域圖志》所編修官。』此云趙編修子晝叔問，故係之宣和元年。

二年庚子，四十三歲。除將作監丞，遷秘書省著作佐郎，賜上舍出身。

《行狀》：『明年，除將作監丞。時論謂公以儒術世其家，今藝學績文之士鮮出其右；近臣亦推公長於譔著。於是以聞徽宗，即遷秘書省著作佐郎，賜上舍出身。』

《宋會要》：『宣和二年十二月二十四日，賜程俱上舍出身。』《永樂大典》卷一萬六百五十三引。

《宋史》本傳：『累遷將作監丞，近臣以譔述薦，遷著作佐郎。宣和二年，進頌，賜上舍出身。』

集《夜宿丞舍即事呈蔣大匠存誠蘇少監元老》。

《以夜宿匠舍詩示晁以道說之乃以古句爲謝次韻酬之一首》。

《酬葉翰林喜某除官東觀庚子》。

《詩送趙承之秘監鼎臣安撫鄧州三首》。案林侯林德祖處。

《暴書會和陳正字磷觀御製書二首》。

《送葉善卷致仕歸吳衛尉丞葉勸 庚子》。

《謝著作佐郎啟》。

《江器博墓誌銘》。案：江器博諱大方，信安人，葬丹徒縣。

三年辛丑，四十四歲。除禮部員外郎。

《行狀》：『三年，除禮部員外郎。』

集《和同舍雪晴即事》。

《和同舍上元迎駕起居辛丑》。

《雪中與禮部同舍過葆真宮》。

《和翁秘監彥深喜雪絶句四首》。

《和同舍夏日四詩辛丑》。

《江仲舉墓誌銘》。

四年壬寅，四十五歲。遷朝奉郎。

《行狀》：『駕幸秘書省，特旨召觀書閣下，因賜御筆書畫，遷朝奉郎。』案：《行狀》上繫三年，據集《車駕幸秘書省口號》，題注『壬寅』，改隸四年。

《宋史·本紀·徽宗四》：『四年三月辛酉，幸秘書省，遂幸太學，賜秘書少監翁彥深、王時雍、國子祭酒韋壽隆、司業權邦彥章服，館職、學官、諸生恩錫有差。』

《宋會要》：『四年二月二十九日，東上閤門奏勘會將來聖駕幸秘書省賜茶聽旨。如有旨賜茶合赴官赴坐外，所有本省監少赴坐取聖旨，詔秘書省官並赴坐。三月二日，幸秘書省，御提舉廳事。再宣三公、宰執、親王、使相、從官觀御府書畫。既至，上起就書按斜倚觀，設按御榻前尋丈許。左右發篋出御書畫，公宰、親王、使相、執政，人賜御書畫各二軸，十體書一冊。公宰、使相有別被賜者不在此數。於是上顧少保蔡攸分賜從官已下，群臣環聚雜遝，肩摩跡纍，至或鬨首人中爭先覩之爲快。少保攸手自付予，人得御畫、行書、草書各一紙。又出祖宗御書及宸筆所摹名畫與古畫法書，令得縱觀，從官復環聚雜遝。餘官有不得前者，捧所賜拱立人後，上顧見，詔左右益設書按東間，指畫所置處，俾皆得與觀，以示恩意。此四字聖語云。左右奔走，設案唯謹。上命保和殿學士蔡翛持真宗皇帝御製御書《聖祖降臨記》及宸筆所摹展子虔畫《北齊文宣幸晉陽圖》於所設按展示，既迺出御墨賜群臣。靈臺郎奏辰正，三公宰執已下逡巡請退。蓋辰正則將進膳。上命以墨付太宰黼分賜，皆拜庭下以次出。是日，再宣觀御府書畫，賜御書畫公宰至侍從已下凡五十六人，庶官特召者九人。初，車駕將幸秘書省，命提舉官選日以聞，宰相先朝按視，前臨幸一日，秘書省官提舉官屬習儀於本省。至日，開省西便門東御廊上，便門非臨幸不開。質明，提舉官已下至正字及貼職道史官以次班秘書省門外西向北上。車駕出宣德門，從駕官如常儀，車駕垂至西便門，在省官迎駕再拜。是日特宣太師至，亦迎駕秘書省門外。輦入，皇帝御道山堂幄次，俟班齊。群臣既班右文殿下，皇帝御殿。閤門奏宣太師致仕蔡京至，起居畢，在省官再拜起居。秘書少監少前，提舉三館秘閣梁師成以手詔授秘書少監致詞復位。在廷皆再拜，迺移幸秘閣，宣群臣觀書及古器。累朝國史、寶訓、御制皆設秘閣下。自宰執至在省官立庭下，班首奏聖躬萬福，再宣示手詔訖，以次陞，皆得以縱目。上再御右文殿賜茶，待從官已上賜坐殿上，秘書少監已下用中整坐東廡，太學賜茶止設席。起趨庭下在省官再拜謝恩退。在省官轉官賜章服者皆臚傳，謂之「喝賜」，時車駕已興。上御提舉廳事，別宣召臣僚觀御府書畫，傳呼置笏，皆置笏。及入，方罄折庭下，詔毋拜，喝「不要拜」。以次陞。既受賜，皆再拜庭下以次出，錫服者受賜殿門外。秘書少監翁彥深、王時雍、管勾彫造《祥應記》劉倜提舉秘書省，管勾文字馮温舒、徐时彥皆改賜章服。皆進膳已，車駕幸太學。』《永樂大典》卷一萬一千九百四十三所引。

集《車駕幸秘書省口號壬寅二首》。案：第一首『春入仙洲晝漏長』句正與《賀駕幸秘書省太學表》『及春日之載陽』語合，故知詩、表是同時之事。

《賀駕幸秘書省太學表》。《謝賜御書御畫并宣召觀書畫表》。《宣和御書贊》。《宣和御畫贊》。

《賀收復涿易二州表》。案：《宋史·本紀·徽宗四》『宣和四年九月己卯，遼將郭藥師等以涿、易二州來降』，故知此表在四年。

《朝散郎直秘閣贈徽猷閣待制蔣公墓誌銘》。案：蔣公諱彝，字子有，常州宜興人。祖堂，尚書禮部侍郎，始居吳，故今爲吳郡人。宣和四年，彝知明州。是年六月甲辰，以疾卒於州治之正寢。娶梅氏，政和四年六月壬申卒。其孤以八月戊申合葬公及安人於平江府吳縣至德鄉報恩山之原，使來請銘云。

《莆陽方子通墓誌銘》。案：方子通諱惟深，世為莆陽人。考龜年，終尚書屯田員外郎，葬吳，因留家不去。叙稱『宣和四年正月庚辰，興化方公卒吳下，享年八十有三，以三月乙亥葬于長洲武丘鄉汝墳湖西先塋之南。其壻奉議郎、親賢宅講書朱發請銘於史官尚書禮部員外郎程某』，又云：『方元豐、元祐間，公賢益聞，以韋布之士閉關陋巷，躬行不言，而孝友清介之風，隱然稱東南。時朱先生長文隱樂圃，二人皆以學術爲鄉先生，士之往來吳下者，至必禮於其廬。朱公晚起爲太學博士，卒三館。公後死三十年，然世終莫得而挽也。……崇寧某年，有司舉貢籍以年格應補軍州助教者，就賜勑牒、袍笏於其家，公得興化軍助教。命且至，或覞之曰：「是其志視軒裳珪組亡如也，何助教云。是必辭。」公曰：「君命也。」拜受唯謹。』公無子，二女，長嫁郟傑而卒，季嫁樂圃先生之仲子發也。

《承奉郎致仕楊君墓銘》。案：楊公諱懿孺，字彝父，世爲建州浦城人。曾祖有證，贈太僕少卿。祖伉，贈光祿卿。父諱，尚書屯田員外郎。屯田始葬常州無錫縣，諸孤因家長洲，遂爲吳郡人。楊公之沒，實宣和四年二月丁巳，以九月辛酉葬於長洲縣武丘鄉祖興墩之原。其子友夔狀公行實，走書京師，請爲銘云。

五年癸卯，四十六歲。母鄧太宜人卒。

集《延康殿學士中大夫提舉杭州洞霄宫信安郡開國侯食邑一千七百户食實封一百户贈正奉大夫王公行狀》。案：王公，常山王漢之也。以宣和五年二月四日卒。後署『宣和五年三月日，從表姪朝奉郎、尚書禮部員外郎、賜緋魚袋程狀』，證知先生母夫人固無恙也。

《宋會要》：『五年八月辛巳朔，日當食不見。』

《宋史·本紀·徽宗四》：『五年八月一日，翰林天文局言：「今月辛巳朔，日當蝕，其日蒼黑雲起，不辨虧分。日蝕陰陽相掩，有雲蔽之，即日不蝕。乞付史館。」從之。』《永樂大典》佚卷數引。

按《天文占》云：

集《禮部賀陰雲不見日蝕表》。《賀管押常勝軍郭藥師進嘉禾表》。案：此二表並在秋時，證此先生秋間未丁母憂也。

母鄧太宜人卒。

《行狀》：『五年，丁母憂。』

集《祭林德祖文》。據『銜哀東歸，中止北固』二句，知此文作於宣和五年。

六年甲辰，四十七歲。正月，葬鄧太宜人于鎮江府丹徒縣五州山之原。

集《先妣遷奉墓誌》：『宣和六年正月，葬我先妣太宜人鄧氏于鎮江府丹徒縣五州山之原，今資政殿學士、吴興郡公葉公夢得銘其墓。』

《王八侍郎祭文》：『維宣和六年歲次甲辰，七月丙子朔十一日丙戌，從表姪程某謹以茶菓素饌清酌之奠，致祭于表叔寶文學士、太原郡侯之靈。』

卜居鎮江。

鄭作肅《北山小集後序》：『作肅昔爲南徐學官時，偶先生卜居在焉。』

集《答鄭教授書》。

《次韻葉內翰游西余山用袁奉議韻甲辰》。

七年乙巳，四十八歲。復除禮部員外郎，以病告老，不俟報而歸，坐責。

《行狀》：『七年，復除禮部員外郎，以病告老，不俟報而歸，坐責。』

《宋史》本傳：『除禮部郎，以病告老，不俟報而歸。』案史傳，禮部郎除命失於分書，癸卯畧去，丁艱乙巳，不及坐責。均乖事實，兹依行狀正之。

集《閏唐待詔顧德謙畫入貢圖贊》：『宣和乙巳八月，舟行道睢陽，趙叔問携此圖過河亭共閲，爲題此贊。』據此贊注，先生蓋以秋間歸也。

《寶文閣直學士中大夫致仕太原郡開國侯食邑一千四百户食實封一百户贈正議大夫王公墓誌銘》。案：王公，衢州常山王涣之彦舟也，以宣和六年七月四日病卒。越十一月十日，葬公于丹徒縣長樂鄉馬鞍山之原，合諸碩人滕氏之窆。明年，其孤樅以狀請銘於先生云。

欽宗靖康元年丙午，四十九歲。

集《鎮江府鶴林天寧寺大藏記》案：此記稱『城中有居士，氏名曰程俱』，證知是年先生其時固居鎮江也。

《宋故尚書吏部員外郎鄭公安人錢氏墓誌銘》。案：錢氏，鄭絳之室，作肅、作乂之母。靖康元年六月二十一日，以疾終於吳郡里第，以九月二十七日合葬於吏部之墓，實吳縣長洲鄉龍館山之原。前期，以狀來求銘云。

《何瞻聖博士究新年八十口號奉賀三首》。

《同葉内翰遊南峯竊觀壬辰舊題詩謹次嚴韻》。

《房太尉傳論》。案：先生著《論》之年無考。據《宋史·高宗紀》：『靖康元年閏十一月，欽宗遣閤門祗侯秦仔持蠟詔至相，拜帝爲河北兵大元帥，知中山府陳亨伯爲元帥，汪伯彦、宗澤副元帥。仔於頂髪中出詔，帝讀之嗚咽，兵民感動。十二月壬戌朔，帝開大元帥府，有兵萬人，分爲五軍，卒以此成帝業。』意先生此論或即感於是事而作，故即附之本年云。《困學紀聞·考史》：『司空圖《房太尉》詩曰：「物望傾心久，匈渠破膽頻。」注謂：祿山初見分鎮詔書，拊膺歎曰：「吾不得天下矣！」琯建遣諸王爲都統節度，而賀蘭進明讒於肅宗。以司空表聖之言觀之，則琯建此議，可以破逆胡之膽。《新唐書》采野史稗説，而不載此語，唯程致道著論發揚之。王氏自注云：晉以瑯邪立江左之業，我宋以康王建中興之基，琯可謂善謀矣。』案：王氏此注可見作意，故并録之。

二年丁未，五十歲。夏五月，康王即皇帝位于南京，大赦，改元。轉朝請郎。

《行狀》：『歲餘，今上登極，轉朝請郎。』

集《寄潛老求菊栽丁未》。潛老，鎮江天寧寺僧道潛也。

《和潛老秋日山中三首》案：此三首不注甲子，以類附此。

《得小圃城南用淵明歸田園居韻六首丁未》。案：陶集此題有六首五首之異，先生和作六首，證知所見陶集亦有末一首，與李本陶集同。

《次韻和江子我道中絶句七首丁未》。

《避寇儀真六絶句》。

《泊舟儀真江上連日風雨作六言遣悶四首》。

《庭菊爛開招子我共賞而空無酒飲聞瓜洲酒美遣酤數升殆如灰汁戲作三絶句因以酬九月四日戲贈之作》。

《寄李樞密論事劄子》。

《寄李丞相劄子》。

高宗建炎二年戊申，五十一歲。八月，除著作佐郎。十月，赴行闕朝見供職。

《行狀》：『建炎三年，復為著作佐郎。』案：除著作佐郎在二年，有本集狀劄可證。《行狀》併入明年遷除書之，不合事實。今仍依狀劄按年分隸。

集《乞罷著作佐郎恩命申尚書省狀》。

《宋故焦山長老普證大師塔銘爲傅國華作》。案師名法成，以建炎二年二月二十五日示滅。三月庚寅，茶毗於閶門之外，以是月己酉，建塔於石公山之陽。

《避寇村舍戊申》。《避寇還舍一首戊申》。

《答和江子我四首》。

《和江子我端友戊申》。

《齒落》。

《題叔問燕文貴雪景二首戊申》。

《戲題錢守宋漢傑泉巖古刹和韻戊申》。《題太守錢侍郎所藏薛少保獨鶴圖和韻三首》。《題錢守宋漢傑清夢圖》。

《某前日謁見國史侍讀尚書獲款燕談蒙出示周楊子書報許藏山中得巖壑之勝過冷泉亭者歎想不已俾某賦詩退成七言古句一首上呈戊申》。

三年己酉，五十二歲，再遷禮部員外郎。二月，隨駕到杭州，除太常少卿，卧家力辭，章四上，遂以直秘閣知秀州。

《宋史》本傳：『建炎中，爲太常少卿，知秀州。會車駕臨幸，賜對，俱言「陛下德日新，政日舉，賞罰施置，仰當天意，俯合人心，則趙氏安而社稷固。不然，則宗社危而天下亂，其間蓋不容髮。」高宗嘉納之。』《本傳》略去著作佐郎、禮部員外郎二除，單自太常少卿叙起，非是。

《行狀》：『尋再遷禮部員外郎。除太常少卿，卧家力辭，章四上，遂以直秘閣知秀州。』

集《乞許六參官赴二十六日起居建炎三年二月隨駕初到杭州》。

《省官奉聖旨令都司勘當以聞》據集《四月納相府劄子》，此劄子以建炎三年二月二十四日於都堂所上。《四月納相府劄子》。《再論省官劄子》案：已上兩劄並是紹興元年所陳，以申論省官，故附初劄後。

《三年三月初乞郡或宮觀劄子》。

《辭免太常少卿申尚書省狀》。

《秀州謝上表》。

《四月二十二日車駕經由秀州賜對劄子》。

《秀州賀天申節表》。案：《宋史·本紀·高宗一》：『大觀元年五月乙巳，生東京之大內，赤光照室。……建炎元年五月乙未，以生辰爲天申節。』先生以三年四月十五日到任，明年三月，航海至永嘉，既朝見，以病乞歸。此云『適應朱明之侯』，又云『臣屬守偏州』，故知此是三年也。

《十月五日車駕經由上殿劄子》。

《申宰執劄子》。

《乞免秀州和買絹奏狀》。

《論本州冗員及權官等事》。

《乞差陳沔充將領》。《論撥還平江府定慧院官田》。《乞留鄧根通判秀州》。《辟官奏狀》。《申呈兩府劄子》。《申御營使司乞先次勒停使臣宋卸狀》。《修城乞度牒》。《秀州回朱司業啟》。《呈寄居官員咨目》。《回柯暘刑部簡》。

《論事劄子》。《紹興元年三月四日上殿劄子》第一劄即採此劄中語。

《宋故朝議大夫新知秀州軍州事兼管内勸農使武功縣開國男食邑三百户賜紫金魚袋葉公墓誌銘》。案：葉公唐稽以宣和七年夏四月，詔知秀州事。後兩月，公遽以疾卒於其子江陰縣之官舍，實六月二十九日，享年七十三。以靖康元年十二月十一日，葬於平江府吴縣至德鄉真山之原，祔金紫公之域。公初葬，會天下兵動。後三年，其孤始克狀公行實，請銘於先生云。

《駐蹕楊州以提點刑獄公廨爲尚書省禮部在西北隅卷書樓下甲戌年余嘗寓止焉今寓直其下有感》。

《己酉二月二日車駕渡楊子江四日匆遽離鎮江余與妻孥徒步跰足飢走至吕城道中口占》。

《得趙叔問衢婺道中書作寄己酉》。

《新作紙屏隆師爲作山水筆墨略到而遠意有餘戲題此句末句蓋取所謂柴門鳥雀噪游子千里至也》。

《題隆師山水短軸二首六言》。

《陸宣公祠堂贊》。

《陸宣公祠堂祭文》。

四年庚戌，五十三歲。二月，金人陷秀州，出保華亭。朝命部金帛赴行在，因航海至永嘉，既朝見，以病乞歸。冬，復召赴行在。

《宋史·本紀·高宗三》：『四年二月辛卯，金人陷秀州。』

《行狀》：『及虜騎南渡，既據臨安，遣兵破崇德、海鹽，公厲兵守禦方力，已降省劄，令公遷避，復被旨管押錢帛，由海道趨行在。始出華亭，宣撫使留公，有旨趨使津發，因航海至永嘉。既朝見，以病乞歸鄉聽命，時建炎四年三月也。冬，復召赴行在。』案：宣撫使周望也，《揮麈後錄・錢穆〈收復平江記〉》正紀周望失守平江本末。

《宋史》本傳：『金兵南渡，據臨安，遣兵破崇德、海鹽。馳檄諭降，俱率官屬棄城保華亭，留兵馬都監守城。朝廷命俱部金帛赴行在。既至，以病乞歸。』

《三朝北盟會編・炎興下帙》：『**建炎四年二月十八日辛卯，金人陷秀州。權知州軍事趙士醫死之。**金人陷秀州，軍民共推兵馬鈐轄趙士醫為知州。士醫出城與金人戰，為其所敗，士醫死之，秀州遂陷。**二十二日乙未，宣撫使周望棄其軍衆，奔于太湖。**周望以宣撫使駐于平江府，聞金人已破秀州，漸入吳江縣，恐怖畏怯，即委軍民而去，走入太湖。**知平江府湯東野棄城走。**知平江府湯東野見周望已出郡，即以府印授郭仲威，俾權知府事，遂率家屬棄城而走。**二十五日戊戌，金人陷平江府。**周望、湯東野既已棄城而去，城中無主。丁酉夕，火發者數處，百姓驚惶，乃曾班、郭仲威縱火也。戊戌，金人寇盤門，仲威遣七防禦者當之，七防禦大敗，退入城中。金人襲之，亦入城中。仲威率衆奔常熟縣。是夜，金人縱火，三日夜乃滅，城中悉爲灰燼。金人雖不甚屠戮，居人自赴水火而死者大半矣。庚子，金人行。』

《宋史列傳・忠義七・趙士醫傳》云：『士醫任秀州兵馬都監。建炎四年，兀朮入州，士醫乘城拒戰，城陷死之。後贈武翼大夫，官其二子。』

王明清《揮麈後録·錢穆〈收復平江記〉》：『建炎四年庚戌春二月，金人首領四太子者自明、越還師，由臨安府襲秀州。』《揮麈第三録·高宗東狩四明日録條·中書舍人李正民〈乘桴記〉》云：『七日，周望又言：「知秀州程俱率官吏棄城保華亭縣。」』

集《漢儒授經圖序》。

《山居上梁文》。案：集《庚戌柳子厚詩十七首》中有《卜築西塢》一題可證此文，故即繫之庚戌。

《山居》。案：此二十九首不知的爲何年所作，以記山居之勝，故附於此年。

《和柳子厚詩十七首庚戌》：《辛亥正月六日夜雷已發聲大雨達旦山中流泉高下噴薄殆不啻九十九不減仇池也》。案：此首當入辛亥。以統於十七首中，故附此。

《戲書古句題山居》。

《五月二日同叔問過彌陁閣觀山中飛瀑》。

卷第四

紹興元年辛亥，五十四歲。三月甲辰，詔以朝請郎直秘閣試秘書少監，進《麟臺故事》。九月，除中書舍人。十月，兼權侍講。

《行狀》：『紹興改元，始置秘書省，即以公爲秘書少監。九月，除中書舍人，仍兼侍講。』

《宋史》本傳：『紹興初，始置秘書省，召俱爲少監。奏修日曆，秘書長貳得預修纂，自俱始。時庶事草創，百司文書例從省記。俱摭三館舊聞，比次爲書，名曰《麟臺故事》，上之。擢中書舍人兼侍講。』集《朝散大夫行尚書司封員外郎致仕毛公墓誌銘》：『會余亦召至行在所，備官蘭臺。』案：毛公名隨，字彦時，衢州江山縣人。以紹興元年四月己巳卒于越州大善僧寺之寓舍，年五十五。先生此誌亦作于是年云。

《初召到越州呈宰執論事劄子》。案：據劄子，證知先生以今年到行在所也。

《紹興元年三月四日上殿劄子》。《行狀》：『每憂外難未夷，寢食不置，章奏數上，如所謂「國家之患，在於論事者不敢盡情，當事者不敢任責。言有用否，事有成敗，理固不齊。今言不合則見排於當時，事不諧則追咎於始議。故雖有智如陳平，不敢請金以行間；勇如相如，不敢全璧以抗秦；通才如劉晏，不敢言理財以贍軍食。」此有志。』云云，正引此劄子。『此有志』下盡行五空格，劄子有『此有志者所以解體，而憂國者所以寒心也』二語，《行狀》蓋用以作結，而傳寫或漏去也。

《二月納富樞密劄子》。案《宋史·宰輔表》：『建炎四年十一月戊申，富直柔自御史中丞除簽書樞密院事。紹興元年八月己卯，富直柔自端明殿學士、簽書樞密院事除同知樞密院事。十一月戊戌，富直柔罷同知樞密院事，以中大夫提舉臨安府洞霄宫。』證知此是紹興元年二月也。《納相府劄子》。

《五月納相府劄子》。案《宋史·高宗本紀》：『紹興元年九月辛亥，合祭天地於明堂，太祖、太宗並配，大赦。』此稱又迫明堂大禮，證知係在紹興元年。《納宰執論事劄子》（二）（三）。

《宋史·本紀·高宗三》：『紹興元年八月戊辰，張守等上紹興重修敕令格式。』

集《進新修紹興敕令格式表》。

《中興會要》：『九月十九日，秘書少監程俱上所編《麟臺故事》五卷，詔送秘書省。』《永樂大典》卷一千七百四十一所引。

集《麟臺故事後序》。

《進麟臺故事申省狀》。

《辭免召試中書舍人狀》。《辭免除中書舍人狀》。

《舉自代狀》。

《中書舍人謝表》。

《繳詞頭狀》。《繳李處勱再任詞頭奏狀》。《繳宋唤詞頭奏狀》。

《轉對狀》。

《辭免權侍講狀》。

《十月十三日上殿》。

《繳詞頭奏狀》。《繳宣州起復司户參軍狀》。《繳江東大使司辟持服人狀》。

《劄子十二月十一日上》。《行狀》：『祖宗之制，謂近年禁庭宫邸與夫宗室貴戚之家，其享富貴之奉，極驕奢侈麗之欲，皆自古所無有。然其卒也流離狼狽，亦自古所無之苦。而懷利封己之人，習熟聞見，至今猶以侈大爲當然，以嗇儉爲削弱，此不可以不變。』即引此劄子。

《府第納宰相劄子》。

《應詔薦士狀》。《宋史·本紀·高宗三》：『紹興元年十一月壬子，詔内外侍從各舉所知三人。』正與此合。

《題陳襄薦士狀草并手詔及本傳後》：『紹興二年庚子，具位臣程俱謹記。』案：二年疑元年之誤，壬午之詔疑即十一月壬子之詔也，庚子上當有某月字。今附之《應詔薦士狀》後。

《十月三日納宰相劄子》。《二》。

《乞住講月分不支職食錢奏狀》。

《申堂改正王擇仁轉官不合命詞狀》。《乞貼改勑黄劄子》。

《繳蘇易轉行横行奏狀》。案：《行狀》『又論武臣轉官，皆自武功大夫轉入横行，得者既衆，則官益以輕。使人人皆懷欲得之心，無有紀極，在於厲世勸功之時，其爲敝害爲尤大。祖宗之法，文臣自將作監主簿至尚書左僕射，武臣自三班奉職至節度使，即是以次遷轉之官。而武臣自閤門副使至内客省使爲横行，不係磨勘遷轉之列。既不係磨勘，即非皇城使所得轉入之官，其除授皆頒特旨。故元豐肇新官制之時，以承務郎至特進爲寄禄官，以易監主簿至僕射之名，而武臣獨依舊，不以寄禄官易之，蓋有深意也。政和間，改武官稱爲郎、大夫，遂并横行易之，而爲轉官之等級。此皆當時有司不習典故，不思祖宗之深旨，率意改更，以開僥倖之門，故流弊日深。且文臣之所謂庶官者，轉不得過中大夫，而武臣乃得過皇城使，此何理也？自改使爲大夫以來，常調之官下至皂隸，轉爲横行者不可勝數，其敝極矣！夫官職輕重，在朝廷所以用之而已。朝廷愛重官職，不妄與人，則官職重；若輕以與人，得者冗濫，則官職輕。官職輕，則得者不以爲恩，未得者常懷觖望』一節，即引此奏狀也。

《題鄜生長揖圖》。後署『辛亥孟夏朔，程俱書。』

《秘省回館職啟》。

《外制一》。《外制二》。《外制三》。《外制四》。《外制五》。《外制六》。《外制六》中自正月六日已下各制並係紹興二年，今依集目彙叙於此，更不分隸。

《內制》：《綦密禮辭免吏部侍郎兼權直學士院不允詔緣學士院獨員，勅差撰》。《擬試武臣節度使除開府儀同三司制已下六道擬試》。《觀文殿學士除保大軍節度使制》。《宗室開府郡王檢校太保加食邑制》。《資政殿大學士安撫大使奉國軍節度使制》。《交阯國王加恩制》。《戒百官勤修職事詔》。《移蹕至臨安府手詔右僕射令作，余以是翰林學士職事，不果納》。《進故事》《進故事五篇罷講日講筵官翰林學士兩省官輪進》。案：五篇各於篇末注有月日。第一篇，《兩朝寶訓》，九月二十日；第二篇，《三朝寶訓》，十二月二日；第三篇，《春秋左氏傳》，《史記·齊世家》，十二月八日；第四篇，《唐書·韓休傳》，二月十四日；第五篇，《唐書·張九齡傳》，十二月廿一日。

《進講》：《論語講義第十五授十月十三日》，《雍也》『子華使于齊』章。《孟子講義第三授》，『寡人之於國也』章。《論語講義第十七授十月十九日》，《雍也》『季康子問仲由可使從政也與』章。《孟子講義第五授》，『寡人愿安承教』章。《論語講義第十九授十月二十三日》，《雍也》『賢哉回也』章，『冉求曰非不說子之道』章。《孟子講義第七授》，『孟子見梁襄王』章。《論語講義第二十一授二月二十一日》，《雍也》『孟之反不伐』章，『不有祝鮀之佞』章。《孟子講義第九授》，『齊桓晉文之事』章。

《和答江彥文送行長句辛亥二首》。

《會稽旅舍言懷》。

《次韻江子我見寄長句余時初忝秘書少監》。

《泛舟鑑湖同趙來叔子泰趙叔問聯句》。

《春日與汪彦章藻趙叔問相約遊樟林閣樟林閣蓋郡豪家舍背城郊墟無與比者因詠靖節感彼柏下人安得不爲歡之句偶書五言呈同遊二公》。

《會稽喜得家書辛亥》。

《偶成四十字上呈彦章内翰叔問侍郎》。

《彦文見和謹用韻作二首》。

《再作述懷》。

《再和寄彦文》：『青燈對編簡，秋氣入郊墟。』據『秋氣入郊墟』之句，則連上四首並是秋間所作。

《戲呈叔問》。

《彦章屢顧郊居作詩叙謝》。

二年壬子，五十五歲。二月，罷職，提舉江州太平觀。

《行狀》：『二年，罷職，提舉江州太平觀。』

集《繳任源管押成都府等路内藏庫金銀疋帛等奏狀》。

《正月二十九日上殿劄子》(二)。

《繳録黄奏狀》。《繳録黄狀》。《申省狀》。

《宋史》本傳：『徐俯爲諫議大夫，俱繳還，以爲「俯雖才俊氣豪，所歷尚淺，以前任省郎遽除諫議，自元豐更制以來，未之有也。昔唐元稹爲荆南判司，忽命從中出，召爲省郎，便知制誥，遂喧朝聽，時謂監軍崔潭峻之所引也。近聞外傳俯與中官唱和，有魚須之句，號爲警策。臣恐外人以此爲疑，仰累聖德。陛下誠知俯，姑以所應得者命之。」不報。後二日，言者論俱前棄秀州城，罷爲提舉江州太平觀。』

集《二月二十日實封奏二十二日承省劄備坐白劄子上言云云。奉聖旨，罷中書舍人，提舉江州太平觀》。

《提舉江州太平觀謝表》。

《困學紀聞·評詩》：『徐師川以諫議召，程致道在西垣，封還除書，言與中貴人唱和「魚須」之句，為人所傳。《朱文公語錄》云：「師川游廬山，遇宦者鄭諶，與之詩。」後村謂《徐集》不載「魚須」之篇，愚考集中有《次韻鄭本然居士》云：「頗知鶴脛緣詩瘦，早棄魚須伴我閒」，本然居士豈即鄭諶歟？』原注：魚須，笏也。

集《衢州開化縣龍華院意上座塔銘》：『紹興二年春，余罷職西省歸，而過師於龍華，則師病且衰矣。』

《和白樂天二首寫懷仍效其體》。

《登富陽觀去聲山亭三首》。據《壬子春暮》詩，此三首爲崇寧甲申所作，已載崇寧甲申條。

《壬子春暮罷職西省以宮觀東歸道由富陽默記舊詩俯仰二十八年矣有足感者用前韻作因簡叔問并諸故人三首》。

《舟行即事二首》。

《歸至山居戲集古句》。

《余常愛杜牧之晚花紅艷靜高樹綠陰初之句還山居適當此時諷味不已有槩於余心者用爲韻作十絶》。

《偶作三首》。

《壬子七月十六日夜月蝕五首》。

《晨起梳頭髮白且稀有感》。案：集《紹興九年辭修史奏》稱『伏念自紹興二年八月六日忽嬰末疾，今已七周年餘，百端治療，終未復常。左手不能舉動，五指皆拳，左足不能屈伸，步趨拜起，至於執持食器，穿著衣裳，卷舒紙札，無不須人』與此『自從伏峨巖，風淫得偏痺。有足不得行，有手不得持』語合。先生得疾始於二年，居故里亦在初歸時。此又云『但願老窮健，長甘北山薇』，證知是時未居郡郊，故係之二年云。

居開化。

三年癸丑，五十六歲。

四年甲寅，五十七歲。差知漳州，以病辭，改提舉台州崇道觀。

《行狀》：『四年，差知漳州，以病辭，改提舉台州崇道觀。』

集《集英殿修撰謝表》：『旋膺出綍，誤畀分符。復再致於煩言，徒仰喧於聰聽。』

《復集英殿修撰謝宰執啟》：『昨蒙鈞冶，假以郡符。反再致於煩言，徒仰喧於公聽。』

《比者彦文少卿一再枉過且有卜鄰之約投老山林深尉孤陋兹者誤蒙召旨固已具述多病不才乞侍祠宫觀矣辱况佳篇佩戢厚意謹次韻奉酬》。

五年乙卯，五十八歲，復集英殿修撰。

《行狀》：『五年，復集英殿修撰。』

《宋史・本紀・高宗四》：『四年九月辛酉，合祭天地於明堂，大赦。』

集《集英殿修撰謝表》。

《復集英殿修撰謝宰執啟》。

是年始寓郡郊。

集《實相齋銘》：『紹興己未，北山老人寓止長壽五年矣。』從己未上數五年正爲乙卯。

《衢州開化縣龍華院意上座塔銘》：『八年，余寓郡郊四年矣。』從八年上數五年乙卯正爲四年，故知先生以乙卯寓郡郊也。

《殷浩廢處信安偶覽衢州圖經故居尚有遺址有感予懷書四十字》。

《哭徐節之學士慎言》。

《又六言》。

六年丙辰，五十九歲，除徽猷閣待制。

《行狀》：『六年，除徽猷閣待制。』

《宋史》本傳：『久之，除徽猷閣待制。』

集《徽猷閣待制謝表》。

《復待制謝宰執啟》。

《題八師經後》。

《題杜范歐公帖》。

《過徐節之宅有感三首丙辰》。

《書事呈叔問》。

《丙辰八月六日作》。

《太守富樞密見示題趙叔問回光庵詩次韻奉和因叙比蒙屈顧郊居愧謝之意》。

《又和呈叔問》。

《用韻述懷》。

《觀老杜久客一篇其言有感於吾心者因爲八詠》。

七年丁巳，六十歲。正月乙酉，改葬母鄧太碩人于開化雲臺鄉雲門山之原。

集《先妣遷奉墓誌》：『紹興五年五月，喪歸至程氏之故里。七年正月乙酉，始克葬于雲臺鄉雲門山之原。』

《題温公帖石刻》。

《太上皇帝升遐慰表》。《寧德皇后上仙慰表》案：《宋史·本紀·高宗五》：『紹興五年四月甲子，太上皇帝崩于五國城。五月辛巳，遣何鮮等奉使金國，通問二帝。七年正月丁亥，何鮮、范寧之至自金國，始聞上皇及寧德皇后崩。己丑，帝成服，下詔降徒囚，釋杖以下。』故知此二表並在七年也。

《六言屬叔問》。

《丁巳九日携酒要叔問登通道門樓而江彦文寄玉友適至因用己未歲吴下九日詩韻作》。己未蓋乙未之誤，詩即集之《九日寫懷》也。

《自寬吟戲効白樂天體》。

八年戊午，六十一歲。

集《送莊大夫綽赴鄂州守》。

《戊午歲九日復與叔問登城樓再用前韻作》。

《題三界四禪天圖偈句》。

《衢州開化縣龍華院意上座塔銘》。

九年己未，六十二歲，除提舉萬壽觀，充實録院脩撰。以疾力辭，差提舉亳州明道宫。

《行狀》：『九年，除提舉萬壽觀，充實録院脩撰。先是，公得風痺之疾，朝廷知公步趍拜跪良難，特緣兵火之後簡冊散逸，謂公雅精史學，持心平實，欲使免朝參，坐局充職。其意甚厚，而公以疾力辭，乃差提舉亳州明道宫。』

葉夢得《北山小集序》：『紹興十年，詔重修《哲宗史》，復起致道領其事，力辭疾不拜。』

《宋史·本紀·高宗六》：『九年二月壬申，命修《徽宗實録》。十一年秋七月戊戌，秦檜上《徽宗實録》，進修撰以下各一官。』據《本紀》，則《石林序》稱紹興十年誤也。又《本紀》：『四年五月癸丑，以范冲爲宗正少卿兼直史館，重修神宗哲宗《正史》、《實録》。』《石林序》以爲起致道重修《哲宗史》者，亦誤。石林與先生同時，不解何以致誤。

《宋史》本傳：『俱晚病風痺，秦檜薦俱領史事，除提舉萬壽觀、實録院修撰，使免朝參，俱力辭不至。』

《實相齋銘》。

《衢州大中祥符寺大悲觀世音菩薩閣記》。

《宋故右迪功郎監潭州南嶽廟富君墓誌銘》。案：富君，富延年也。祖嚴，嘉祐中以秘書監守蘇州，秩滿，留居不去，殁葬吴縣之寶華山，子孫遂爲吴郡人。君以紹興六年正月一日卒於家，其夫人龔氏後君二年卒。《誌》稱『今資政殿學士衢州使君，君之從姪也。直惠自吴走千里，以君行狀來謀所以著君之美而垂不朽者，資政以諉某』，又稱『紹聖初，某方客吴下，嘗過林德祖大雲坊，遇君，從容食頃，今四十六年矣』，自紹聖元年下數高宗紹興九年己未，爲四十六年，則此誌作於紹興九年。其云『衢州使君』，即富直柔也。

十年庚申，六十三歲。

集《臨池并序》。

《行狀》：『公平生著述不可勝紀，已抱病，猶不輟。然憂深慮危，時時芟削焚弃。今所存者，《北山小集》四十卷，《麟臺故事》五卷，《默説》三卷，餘無傳焉。』

葉夢得《北山小集序》：『紹興十年，詔重修《哲宗史》，復起致道領其事，力辭疾不拜。』

《後序》案：《後》爲作於先生身後，以類附此。

集《某啟伏蒙宫使資政左丞以某末疾漸平寵況新詩仰荷眷私欽誦不足謹依嚴韻攀和四首少叙盛德仍述鄙懷伏惟采覽某再拜》據詩序『以某末疾漸平』與丁巳之《自寬吟》稱『詳觀動息間，儻有全安理』語合。其云『閉關蘭若斷知聞』，『蘭若』即指長壽僧舍言之。此必丁巳後所作，以後有《叔問覽北山小集用葉左丞韻二首》，姑附《集序》後。

《叔問覽北山小集用葉左丞韻辱惠佳篇推與過情良深愧戢謹次韻奉酬二首》。案：二詩雖不能確定其年，然必在丙辰後、壬戌前，與前四首並次《集序》後。

十一年辛酉，六十四歲。

十二年壬戌，六十五歲。

集《宋故徽猷閣直學士左中奉大夫致仕常山縣開國伯食邑九百户贈左通奉大夫趙公墓誌銘》。

《祭趙侍郎文》。

十三年癸亥，六十六歲。

十四年甲子，六十七歲。六月，疾稍寖，乞致仕，轉左中奉大夫。壬辰，卒。遺表聞，贈左通奉大夫。九月辛酉，葬于開化縣北山之原。

《行狀》：『累官至朝議大夫。三遇明堂郊祀恩，封新安縣開國伯，食邑九伯户。十四年六月，疾稍寖，乞致仕。轉左中奉大夫。壬辰，卒於寢，享年六十有七。遺表聞，贈左通奉大夫。』『其孤卜以九月辛酉，葬于開化縣北山之原。』

鄭作肅《北山小集後序》：『紫微舍人程公先生建炎己酉歲自太常少卿出守嘉禾，作肅過之，館於郡齋。會左丞葉公罷政經從，謁先生，作肅屬耳屏間聽話言，則聞公曰：「别去未有復見日，吾二人後死者，其誌先死者之墓。」先生曰：「左丞勳業未艾，某不日溘先朝露，當勤大手筆。」紹興甲子歲，先生卒，其子請公如約，公從之。僅述誌叙，未及銘詩而薨，然其藁今傳於世也。其略曰：「其爲文辭，在司馬遷、班固之間。進則掌天子命書，退猶將付以太史氏之筆。蓋有不可誣者焉。」議者謂公之誌文，實踐平生然諾，必不虛美以諛墓中人，有以取信於學士大夫也。』

《程北山先生年譜》附錄一

《宋史・列傳・文苑七・程俱》。

《北山小集程瑀宋故左中奉大夫徽猷閣待制新安縣開國伯食邑九伯户致仕贈左通奉大夫程公行狀》。

《程北山先生年譜》附錄二

《北山小集・論》（《老子論一》，《老子論二》，《老子論三》，《老子論四》，《老子論五》，《列子論上》，《列子論中》，《列子論下》，《莊子論一》，《莊子論二》，《莊子論三》，《莊子論四》，《莊子論五》。

《北山小集・論》（《維摩詰所説經通論八篇》）。

《北山小集・雜著》（《天辨》）。

《程北山先生年譜》附錄三　後記

程北山先生之文，宰相見謂『今之韓退之』（此據葉石林《集序》，以時考之，蓋蔡京也）；米元章貽詩，擬之李太白後身；葉石林誌其墓，以爲在司馬遷、班固之間；石林又稱其詩章『兼得唐中葉以前名士衆體』；鄒忠公則謂人曰『程致道，所謂北斗以南，一人而已』。蓋其文詞之取重於當時如此，而其人則固吾開化人也。子曰：『見賢思齊焉，見不賢而内自省也。』學者讀古文辭，震於韓、柳、歐、蘇之名，咸退讓若不可企及。然如北山先生，徒以文論，何渠遜韓、柳、歐、蘇者？則吾開化固未嘗不能生韓、柳、歐、蘇，而吾開化人亦未嘗不能爲韓、柳、歐、蘇也。古人稱『三不朽』：立德、立功、立言，北山先生既沒而言立，斯不朽矣。後之人可不務乎？甲申歲冬十一月伯侯題。

附録五

版本著録

遂初堂書目　別集類

〔宋〕尤　袤

程俱《北山集》。

直齋書録解題卷一八　別集類下

〔宋〕陳振孫

《北山小集》四十卷。中書舍人信安程俱致道撰。俱父祖世科，而俱乃以外祖鄧潤甫蔭入仕。宣和中賜上舍出身，爲南宮舍人，紹興初入西掖，徐俯爲諫議大夫，封還詞頭，罷去。後以次對修史，病不能赴而卒。

文獻通考卷二百三十九　經籍考六十六　集·別集　〔元〕馬端臨

《北山小集》四十卷。陳氏曰：　中書舍人信安程俱致道撰。俱父祖世科，而俱乃以外祖鄧潤甫蔭入仕。宣和中賜上舍出身，爲南宫舍人，紹興初入西掖，徐俯爲諫議大夫，封還詞頭，罷去。後以次對修史，病不能赴而卒。

石林葉氏序略曰：　余居吴，始識致道，見其學問風節卓然有不獨見于其文者，即爲移書當路，并上其文數十篇。宰相見而驚曰：『今之韓退之也。』亟召見政事堂。其後二十四年間，卒登侍從，爲天子掌制命，文章擅一時。今觀其文，精確深遠，議論皆本仁義，而經緯錯綜之際，則左邱明、班孟堅之用意也。至于詩章，兼得唐中葉以後名士衆體〔一〕。晚而在朝，雖不久遇，所建明尤偉。蓋其爲人剛介自信，擇于理者明，所行寧失之隘，不肯少貶以從物。是以善類皆相與推先，惟恐失之，雖有不樂之者，亦不敢秋毫加疵病。信乎直道之不終屈也。

【校記】

〔一〕據《北山小集》、《建康集》，『後』當作『前』。

宋史卷二百零八　艺文七　〔元〕脱　脱　等

《程俱集》三十四卷。

（嘉靖）浙江通志卷五六　藝文志四　〔明〕胡宗憲　等

程俱《北山集》。

内閣藏書目錄卷三　集部　〔明〕張　萱　等

《北山集》八册。宋紹聖間信安程俱著，葉夢得序。凡四十卷，闕十九至二十八卷。

國史經籍志卷五　集類　〔明〕焦　竑

程俱《北山集》四十卷。

宋詩鈔初集　北山小集鈔　〔清〕吴之振

程俱，字致道，衢之開化人，以外祖鄧潤甫恩補官，坐上書論紹述罷歸。宣政間進頌，賜上舍出身，歷官禮部郎。建炎直秘閣知秀州，南渡航海趨行在。紹興初，爲秘書少監，時庶事草創，俱摭三館舊聞爲書曰《麟臺故事》上之，擢中書舍人兼侍講，旋除徽猷閣待制。晚病風痺，秦檜薦領史事，不至，卒年六十七。爲文典雅閎奥，詩則取塗韋柳，以闚陶謝，蕭散古澹，有忘言自足之趣，標致之最高者也。

繡谷亭薰習録　集部一　〔清〕吴焯

《北山小集》四十卷，宋徽猷閣待制開化程俱致道著。集手自編次，屬其友石林葉夢得爲序，門人中吴鄭作肅後序，末附程瑀行狀。俱爲文本乎經史，不甚多作，故集中表制居多。古詩堅潔，猶有宋初風味。然頗負著述，當時人亦尊之，鄒浩稱其『北斗以南一人而已』，則其人可想見也。

浙江採集遺書總録壬集　别集類二　〔清〕沈初

《北山小集》四十卷（知不足齋藏影宋槧寫本）。右宋左朝請大夫、徽猷閣待制開化程俱撰。有石林葉夢得、中吳門人鄭作肅二人序。吳之振識云：此冊昔年爲季滄葦侍御所贈，侍御從絳雲樓宋槧本影寫者。

四庫全書總目提要卷一五六　集部·别集類九

〔清〕永瑢等

《北山小集》四十卷（浙江鮑士恭家藏本），宋程俱撰。俱有《麟臺故事》，已著録。是集凡詩十一卷，賦及雜文二十九卷。俱天性伉直，其在掖垣，多所糾正。如《高宗幸秀州賜對劄子》，極言賞罰施置之當合人心；《論武功大夫蘇易轉横行劄子》，極言朝廷之當愛重官職。又徐俯與中人唱和，驟轉諫議大夫，俱亦繳還録黄，頗著氣節。今諸劄俱在集中，其抗論不阿之狀，讀之猶可以想見。至制誥諸作，尤所擅場，史稱其典雅閎奥，殆無愧色。詩則取逕韋柳以上闚陶謝，蕭散古澹，亦頗有自得之趣。其《九日》一首，毛奇齡選唐人七律，至誤以爲高適之作，足知其音情之近古矣。其集傳世頗稀，此本乃石門吳之振得於泰興季振宜家，蓋猶從宋槧鈔存，故鮮所闕佚。近時厲鶚作《宋詩紀事》，載俱古詩二首、律詩二首、聯句一首，皆稱採自《北山集》。而其中《南園》一首，檢集本實作《章僕射山林》，與鶚所引已不相合。又《遊大滌》一首，採自《洞霄詩集》，而集本第三卷内有《同餘杭尉江仲嘉褒道人陳祖德良孫遊洞霄宫》一首，檢勘即鶚所引，而篇幅較長，幾過其半。鶚亦不及詳檢，反欲以補是集之遺，殊爲疏舛。殆鶚據他書轉引，未見此本歟？

四庫全書簡明目録卷十六　集部四　〔清〕永瑢等

《北山小集》四十卷，宋程俱撰。俱在掖垣，以抗直著。所論諫繳駁，今具見集中。其制誥典雅閎奥，爲《宋史》本傳所稱。其詩徑取韋、柳，亦綽有自得之趣。

蕘圃藏書題識卷八　集類二　〔清〕黄丕烈

《北山小集》四十卷（鈔本）。

乾隆六十年六月二十日夜，余家因已遣之婢尋物失火，焰起老母房中，以致及余卧室。倉皇奔救，幸勿大患，而器用財賄爲之一空，所貯書籍巋然獨存，是必有神物護持者，余亦以是轉憂爲喜焉。閱兩日，書友胡益謙持《北山小集》示余，欲一决其宋本與否。余開卷指示紙背曰：『此書宋刻、宋印。』子不知宋本，獨不見其紙爲宋時冊子乎？』胡友深謂余爲不欺，遂議交易。余許其每冊一金，卒以物主居奇倍價易得，復以二金酬之，親朋見者無不笑余癡獃。余曰：『天災忽來，身外之物俱盡，所不盡者惟此書籍耳。則書籍之待儲於余者益急矣，余曷敢不竭盡心力以爲收藏計？且是集流播絶少，寫本不多見，矧其爲宋本！』近時《浙江採集遺書總録》載有知不足齋藏影宋槧寫本，吴之振識云：『此冊昔年爲季滄葦侍御所贈，侍御從絳雲樓宋刊本影寫者。』是宋本係東澗舊藏，今本首冊有健庵圖章，而彭城無所記識，豈真絳雲餘燼耶？ 余不能辨其是一是二也。卷尾有『黄氏淮東書院圖籍』印，未知吾宗何人，轉相授受，仍歸江夏家藏，我子孫其世寶之，或可自詡爲天下無雙也與？ 吴郡棘人黄丕烈識。

嘉慶二年，歲在丁巳閏六月八日，天晴曝書，展玩一過。時與西席顧澗蘋、夏方米同觀，因見目録在葉、鄭兩序後而反缺半葉，未解其故。余曰：『此當年裝潢匠誤以序文次于目録後、卷一前，故遺失半葉也。今每葉後有字影及朱筆痕，隱隱可見，是爲確證。』爰復著數語以傳信于後，時在王洗馬巷新宅之士禮居。 蕘圃氏識。

癸亥六月一日，輯《宋刻書目》，檢及此集，其去得書之歲月已足八年矣。昔余繪《續得書圖》，名是曰『蝸廬松竹』。蓋致道寓居吾郡之城北，葺屋曰『蝸廬』，而松柱竹椽，饒有古樸之意。今余自壬戌冬又遷東城之縣橋，題藏書室曰『百宋一廛』，夫亦取其小焉耳。爰志數語于冊尾。蕘翁記。

《北山小集》爲宋人集中罕有之本，且其中多與吾郡典實有涉，故錢潛研老人取其集中文字入《養新録》中，謂他日修志可資考證。噫！潛研往矣，而是集余不能守，早歸藝芸書舍。當日家藏時無暇傳録副本，此又余生平缺憾事也。歲辛巳，郡中有修志之舉，始憶及此，遂向主人借歸，分手傳録，録畢細校，即以原本歸趙。而余亦作一小跋記其原委，是又爲此書添一公案矣。海虞月霄張君愛書好古，收弆秘冊甚多，著有《愛日精廬讀書志》，於一書之源流，纖悉畢具。余所歸之書，亦得附名簡末，此真讀書者之藏書也。聞余有此，欲傳其副，遂復從余之寫本仍分寫予之，并讐校之。古云：『書經三寫，魯魚亥豕。』自謂此寫本出余士禮居，雖未經老人過眼，然兒孫輩頗習聞校書緒論，一一手校，當不致爲鈔者所誤。回憶初得時及復寫此，已歷三朝，世有三本，可爲此書幸，即可爲余補過幸。安得世有好事者盡如月霄其人，悉舉世間未見之書傳録其副，是真大樂事，想藝芸當亦不吝余之屢假也。書此以俟月霄問之，不識以余言爲何如。道光二年歲在壬午秋七月，蕘夫識。

百宋一廛書録

〔清〕黄丕烈

《北山小集》。此程俱致道所撰《北山小集》四十卷，宋刻宋印，即其紙背之字，已可徵信。余嘗持示錢少詹辛楣先生，先生云：古人公移案牘所用紙皆精好，事後尚可它用，蘇子美監進奏院，以鬻故紙公錢祀神宴客得罪，可見宋世故紙未嘗輕棄。此宋槧本《北山小集》四十卷皆用故紙刷印，驗其紙背，皆乾道六年官司簿帳。其印記文可辨者，曰『湖州司理院新朱記』，曰『湖州户部贍軍酒庫記』，曰『湖州監在城酒務朱記』，曰『湖州司獄朱記』，曰『烏程縣印』，曰『歸安縣印』，曰『湖州都商税務朱記』。意此集板刻於吴興官廨也。紙墨古雅，洵是淳熙以前物，讀之殊不忍釋手云云。余考《浙江採集遺書總録》載有知不足齋藏影宋槧寫本，吴之振識云：『此冊昔爲季滄葦侍御所贈，侍御從絳雲樓宋槧本影寫者。』是宋本係東澗舊藏，今本首冊有健庵圖章，而無彭城印記，未必是絳雲燼餘矣。是集得於乙卯六月二十二日，正余被災之時，後器用財賄悉爲六丁取去，惟所備書籍巋然獨存。閲兩日，并得此集。天之所以予我者豈淺鮮哉？卷尾有『黄氏淮東書院圖籍』印，未知吾宗何人，轉相授受，仍歸江夏家藏，我子孫其共寶之。

文選樓藏書記卷六　〔清〕阮　元

《北山小集》四十卷，宋程俱著，抄本。

天一閣書目卷四之二　集部　〔清〕范邦甸

《北山小集》八卷，附行狀一卷，鈔本，宋程俱撰，施介夫編，葉夢得序。

愛日精廬藏書志卷三一　集部·别集類　〔清〕張金吾

《北山小集》四十卷（影寫宋刊本），宋信安程俱撰。後附行狀（程瑀撰）。

葉夢得序曰：『紹聖末，余官丹徒，信安程致道爲吴江尉，有持其文示余者，心固愛之，願請交，未能也。政和間，余自翰苑罷領宫祠，居吴下。致道亦以上書論政事與時異籍，不得調，寓家於吴，始相遇。則其學問風節，卓然有不獨見於其文者。即爲移書當路，論以言求士，孰不幸因此自表見，其趨各不同。若槩論其過，一斥不復録，天下士幾何，可以是盡棄之乎？併上其文數十篇，宰相見而驚曰：「今之韓退之也。」亟召見政事堂。會有間之者，復得閒秩，然宰相知之未已也。宣和初，復召入館，稍遷爲郎，議者翕然，始恨得之晚。自是二十年間，卒登侍從，爲天子掌制命，文章擅一時。蓋嘗論當孔子時，固已患直道爲難行，而毁譽之不可信。然人之有善，君子未嘗不樂道，其得譽常多；至居下流，天下之惡必歸焉，其毁之者亦衆。則直道雖不可盡行於天下，而天下終不能廢直道。方致道齟齬於初，一夫摇之，不能自立；及其久也，雖非其素所厚善，亦莫敢不謂然，其善之效歟！今觀其文，精確深遠，議論皆本仁義，而經緯錯綜之際，則左丘明、班孟堅之用意也。至於詩章，兼得唐中葉以前名士衆體。晚而在朝，雖不久遇，所建明尤偉。蓋其爲人剛介自信，擇於理者明，所行寧失之隘，不肯少貶以從物，是以善類皆相與推先，惟恐失。雖有不樂之者，亦不敢秋豪加玼病。信乎直道之不可終屈也！嘗裒次平生所爲文，欲屬余爲序，會兵興不果。後遇火，焚棄殆盡。稍復訪集，尚得十四五，而益以近所著，爲四十卷。夫天既以是假致道矣，乃不使盡暴其所長，病痺，杜門里中且十年。豈在人者猶可以力致，而天反不能相之歟？不可知也。紹興十年，詔重修《哲宗史》，復起致道領其事，力辭疾不拜。而以其前欲屬余者，請之堅甚。致道之文，固不待余言而後著也，乃先衆人而知之深者莫若余，乃爲論其本末歸之。致道名俱，今爲左朝請大夫、徽猷閣待制、提舉亳州明道宫云。』

紫微舍人程公先生建炎己酉歲自太常少卿出守嘉禾，作肅過之，館於郡齋。會左丞葉公罷政經從，謁先生，作肅屬耳屏間聽話言，則聞公曰：『别去未有復見日，吾二人後死者，其誌先死者之墓。』先生曰：『左丞勳業未艾，某不日溘先朝露，當勤大手筆。』紹興甲子歲，先生卒，其子請公如約，公從之。僅述誌叙，未及銘詩而薨，然其藁今傳於世也。其略曰：『其爲文辭，在司馬遷、班固之間。進則掌天子命書，退猶將付以太史氏之筆。蓋有不可誣者焉。』議者謂公之誌文，踐實平生然諾，必不虚美於諛墓中人，有以取信於學士大夫也。作肅昔爲南徐學官時，偶先生卜居在焉，一日裁書問文於先生，先生翌日答書凡數百言，其要曰：『昔之作者，自六經百氏之書、世傳之史、方外之書無不讀。非惟讀之而已，取舍是非，了然於心。其粲然者，我之文也；而資焉者，六經百氏載籍之傳而吾自得者也。然而莫見其迹也。』嗚呼！先生論文淵源如此。則謂其文辭在司馬遷、班固之間，未爲過也。頃又嘗見大參毗陵張公，言先生嘗爲毗陵筦庫，因見鄒忠公。公與語連日，奇之，謂人曰：『程致道，所謂北斗以南一人而已者也。』忠公德名甚重，不輕許可，則其所取又有出文辭之外者矣。門人中吴鄭作肅序。

黄孝廉蕘圃得宋槧本《北山小集》四十卷，皆用故紙印刷，驗其紙背，皆乾道六年官司簿帳。其印記文可辯者，曰『湖州司理院新朱記』，曰『湖州户部贍軍酒庫記』，曰『湖州監在城酒務朱記』，曰『湖州司獄朱記』，曰『烏程縣印』，曰『歸安縣印』，曰『監湖州都商税務朱記』。意此集板刻於吴興官廨也。古人文移案牘所用紙皆精好，事後尚可它用。蘇子美監進奏院，以鬻故紙公錢祀神宴客得罪，可見宋世故紙未嘗輕棄。今官文書紙率輭薄不耐久，數年之後黴爛蠹蝕，不復可用矣。北山詩文有風骨，在南宋可稱錚錚佼佼者。而此本紙墨古雅，的是淳熙以前物，讀之殊不忍釋手。嘉慶丁巳錢大昕題。

黄氏手跋曰：《北山小集》爲宋人集中罕有之本，且其中多與吾郡典實有涉，錢潛研老人取其集中文字入《養新録》中，謂他日修志可資考證。噫！潛研往矣，是集余不能守，歸之藝芸書舍。當日家藏時無暇傳録副本，此余生平缺憾事也。歲辛巳，郡中有修志之舉，遂向藝芸主人借歸傳録。而作一小跋，記其原委歸之。海虞月霄張君愛書好古，收棄祕冊甚多，著有《愛日精廬讀書志》，於一書之源流，纖悉畢具。余所歸之書，亦得附名簡末，此真讀書者之藏書也。聞余有此，欲傳其副，遂復從余傳録本仍分寫予之，并讐校之。古云：『書經三寫，魯魚亥豕。』自謂此寫本出余士禮居，雖未經老人過眼，然兒孫輩頗習聞校書緒論，一一手校，當不致爲鈔胥所悮。回憶初得時及復寫此，已歷三朝，世有三本，可爲此書幸，即可爲余補過幸。安得世有好事者盡如月霄其人，悉舉世間未見之書傳録其副，是真大樂事，想藝芸當亦不吝余之屢假也。書此以俟。道光三年歲在壬午秋七月，蕘夫識。

鐵琴銅劍樓藏書目録卷二一　集部三·別集類　〔清〕瞿　鏞

《北山小集》四十卷（影宋鈔本），宋程俱撰。後附程瑀撰行狀，有葉夢得、鄭作肅序。是集傳本絶稀，黄氏百宋一廛嘗得宋刻本，用公牘故紙印刷，紙背有湖州諸官司印記。潛研錢氏謂刻於吴興官廨，淳熙以前刊印，此即從之。傳録者每半葉十行，行二十字。宋本後歸汪氏，今歸邑中龐氏。又有知不足齋藏本，吴之振題識云：『此冊爲昔年季滄葦侍御所贈，侍御從絳雲樓宋刊本影寫者。』聞鮑氏書已散落，今不知藏何許矣。

開有益齋讀書續志　集部　〔清〕朱緒曾

程俱《北山集》。《延康殿學士中大夫提舉杭州洞霄宫信安郡開國侯王公行狀》：『公諱漢之，字彦昭，衢州常山縣人。宣和元年，江東水災，朝廷擇帥安集振廪之，起公知江寧府事兼江東東路兵馬鈐轄，加食邑三百户，食實封一百户。明年十一月，方賊起青溪，踰月，陷睦州，聲搖江東。承平久，士不知兵，一旦狗鼠輩叫讙陸梁，横潰四出，守將往往茫不知所爲。遠近相蒙，初不以實聞上，及事急，則日爲遁逃計，至則委城去。公初聞賊勢張甚，即具奏，不少隱。且下令曰：「賊來，以死守，敢言退避者斬。」於是練士卒、募丁壯，據走集、遠斥候、明賞罰，賊爲少却。就差江南東路安撫使，詔奏事皆徑達上前。正月，賊攻廣德，焚宣州之寧國縣。事益急，公日夜訓撫，且守且禦。時兵裁數千，賊徒動以數萬計，人爲公危。公命當賊衝，除地爲場，曰：「賊來力戰，共死於此。」吏士皆感泣。外督守將進討，數獲賊將，勑書褒獎。蓋自十一月至二月，會大兵至境，由江東入賊峒，取渠魁以獻。賊平，以功遷龍圖閣直學士，加食邑三百户，御前遣使賜茶藥合、金鍍銀鞍轡。四年，引年告老，優詔不許，轉大中大夫。九月，以疾力請，進職延康殿學士，提舉杭州洞霄宫，金陵之人流涕遮道。頃之，以守江東日他路糧運留境上，降官一等。五年正月，上章請老。命未下，以二月四日卒於鎮江居第之正寢。』余曾得孫淵如所刊《景定建康志》，云：『宣和元年乙巳，王藻之以顯謨閣直學士知府事。』嗣借宋本讀之，『乙巳』當作『己亥』，載王漢之政蹟較多，錄補孫本，并叙入《景定志》跋中。此集更爲詳盡，且程俱在掖垣以抗直稱，時代亦與漢之相近，言必不誣。

郘亭知見傳本書目卷十三　集部三・别集类二　〔清〕莫友芝

《北山小集》四十卷，宋程俱撰。四庫依抄本。昭文張氏有影宋抄本，宋刊本四十卷，半頁十行，行二十字。皆用乾道六年官司簿帳，紙背摹印，其印記文可辨者，有歸安、烏程兩縣印，有湖州司理院新朱記，湖州户部贍軍酒庫記，監湖州都商税務朱記等五六事。意此板刊于吴興官廨也。藏吴門黄氏，又歸藝芸書舍，在邗見舊抄本，有孫淵翁藏印。

善本書室藏書志卷二九　集部　〔清〕丁　丙

《北山小集》四十卷（舊鈔本），宋程俱撰。前葉石林序云：『致道嘗裒平生所爲文屬序，會兵興不果。復遇火，焚棄殆盡。稍復訪集，得十四五，益以近著，爲四十卷。復請之堅，乃論其本末歸之。』卷數與馬氏《經籍考》所載合。吴之振嘗得季振宜藏本，猶從宋槧而出，後來傳鈔者皆本是耳。

皕宋樓藏書志卷八十　别集類一四　〔清〕陸心源

《北山小集》四十卷（影寫宋刊本），宋信安程俱撰，後附《行狀》（程瑀撰）。

葉夢得序曰：『紹聖末，余官丹徒，信安程致道爲吴江尉，有持其文示余者，心固愛之，願請交，未能也。政和間，余自翰苑罷領宫祠，居吴下。致道亦以上書論政事與時異籍，不得調，寓家於吴，始相遇。則其學問風節，卓然有不獨見於其文者。即爲移書當路，論以言求士，孰不幸因此自表見，其趨各不同。若槩論其過，一斥不復録，天下士幾何，可以是盡棄之乎？併上其文數十篇，宰相見而驚曰：「今之韓退之也。」亟召見政事堂。會有間之者，復得閑秩，然宰相知之未已也。宣和初，復召入館，稍遷爲郎，議者翕然，始恨得之晚。自是二十年間，卒登侍從，爲天子掌制命，文章擅一時。蓋嘗論當孔子時，固已患直道爲難行，而毁譽之不可信。然人之有善，君子未嘗不樂道，其得譽常多；至居下流，天下之惡必歸焉，其毁之者亦衆。則直道雖不可盡行於天下，而天下終不能廢直道。方致道齟齬於初，一夫搖之，不能自立；及其久也，雖非其素所厚善，亦莫敢不謂然，其善之效歟！今觀其文，精確深遠，議論皆本仁義，而經緯錯綜之際，則左丘明、班孟堅之用意也。至於詩章，兼得唐中葉以前名士衆體。晚而在朝，雖不久遇，所建明尤偉。蓋其爲人剛介自信，擇於理者明，所行寧失之隘，不肯少貶以從物，是以善類皆相與推先，惟恐失。雖有不樂之者，亦不敢秋豪加疵病。信乎直道之不可終屈也！嘗哀次平生所爲文，欲屬余爲序，會兵興不果。後遇火，焚棄殆盡。稍復訪集，尚得十四五，而益以近所著，爲四十卷。夫天既以是假致道矣，乃不使盡暴其所長，病痺，杜門里中且十年。豈在人者猶可以力致，而天反不能相之歟？不可知也。紹興十年，詔重修《哲宗史》，復起致道領其事，力辭疾不拜。而以其前欲屬余者，請之堅甚。致道之文，固不待余言而後著也，乃先衆人而知之深者莫若余，乃爲論其本末歸之。致道名俱，今爲左朝請大夫、徽猷閣待制、提舉亳州明道宫云。』

紫微舍人程公先生建炎己酉歲自太常少卿出守嘉禾，作肅過之，館於郡齋。會左丞葉公罷政經從，謁先生，作肅屬耳屏間聽話言，則聞公曰：『别去未有復見日，吾二人後死者，其誌先死者之墓。』先生曰：『左丞勳業未艾，某不日溘先朝露，當勤大手筆。』紹興甲子歲，先生卒，其子請公如約，公從之。僅述誌叙，未及銘詩而薨，然其藁今傳於世也。其略曰：『其爲文辭，在司馬遷、班固之間。進則掌天子書命，退猶將付以太史氏之筆。蓋有不可誣者焉。』議者謂公之誌文，實踐平生然諾，必不虚美以諛墓中人，有以取信於學士大夫也。作肅昔爲南徐學官時，偶先生卜居在焉，一日裁書問文於先生，先生翌日答書凡數百言，其要曰：『昔之作者，自六經百氏之書、世傳之史、方外之書無不讀。非惟讀之而已，取舍是非，了然於心。其粲然者，我之文也；而資焉者，六經百氏載籍之傳而吾自得者也。然而莫見其迹也。』嗚呼！先生論文淵源如此。則謂其文辭在司馬遷、班固之間，未爲過也。頃又嘗見大參毗陵張公，言先生嘗爲毗陵筦庫，因見鄒忠公。公與語連日，奇之，謂人曰：『程致道，所謂北斗以南一人而已者也。』忠公德名甚重，不輕許可，則其所取又有出文辭之外者矣。門人中吳鄭作肅序。

藝風藏書記卷六　詩文第八上　〔清〕繆荃孫

《北山小集》四十卷。舊鈔本，從宋刊本影寫。每半葉十行，每行二十字。前有葉石林序，後有鄭作肅序。

藝風藏書續記卷六　〔清〕繆荃孫

《北山小集》四十卷，舊鈔本，前有『衎齋』朱文長圓印、『道古樓鈔藏』朱文長印。

書林清話卷八　葉德輝

宋時印書，多用故紙反背印之，而公牘尤多。《黄賦注》、《黄書録》：『《北山小集》四十卷，程俱致道撰，用故紙刷印。錢少詹有跋云：「驗其紙背，皆乾道六年官司簿帳。其印記文可辯者，曰湖州司理院新朱記，曰湖州户部贍軍酒庫記，曰湖州監在城酒務朱記，曰湖州司獄朱記，曰烏程縣印，曰歸安縣印，曰監湖州都商税務朱記。意此集板刻於吴興官廨也。」』……又宋本《北山小集》四十卷云：『書友胡益謙持《北山小集》示余，欲一决其宋本與否。余開卷指示紙背曰：「此書宋刻、宋印。子不知宋本，獨不見其紙爲宋時冊子乎？」胡深謂余爲不欺。』

書林清話卷九

胡益謙，抄本《北山小集》四十卷。

乾隆六十年六月二十日夜，余家因已遣之婢尋物失火，焰起老母房中，以致及余臥室。倉皇奔救，幸無大患，而器用財賄爲之一空，所儲書籍巋然獨存，是必有神物護持者，余亦以是轉憂爲喜焉。閱兩日，書友胡益謙持《北山小集》示余，欲一決其宋本與否。余開卷指示紙背曰：『此書宋刻、宋印。子不知宋本，獨不見其紙爲宋時冊子乎？』胡公深以余爲不欺，遂議交易。余許其每冊一金，卒以物主居奇倍價易得，復以二金酬之，親朋見者無不笑余癡獃。余曰：『天災忽來，身外之物俱盡，所不盡者惟此書籍耳。則書籍之待儲於余者益急矣，余曷敢不竭盡心力以爲收藏計？且是集流播絶少，寫本不多見，矧其爲宋本！』近時《浙江採集遺書總錄》載有知不足齋藏影宋槧寫本，吳之振識云：『此冊昔年爲季滄葦侍御所贈，侍御從絳雲樓宋刊本影寫者。』是宋本係東澗舊藏，今本首冊有健庵圖章，而彭城無所記識，豈真絳雲餘燼耶？余不能辨其是一是二也。卷尾有『黄氏淮東書院圖籍』印，未知吾宗何人，轉相授受，仍歸江夏家藏，我子孫其世寶之，或可自詡爲天下無雙也與？吳郡棘人黄丕烈識。

嘉慶二年，歲在丁巳閏六月八日，天晴曝書，展玩一過。時與西席顧澗薲、夏方米同觀，因見目錄在葉、鄭兩序後而反缺半葉，未解其故。余曰：『此當年裝潢匠誤以序文次于目錄後、卷一前，故遺失半葉也。今每葉後有字影及硃筆痕，隱隱可見，是爲確證。』爰復著數語以傳信于後，時在王洗馬巷新宅之士禮居。蕘圃氏識。

是歲良月廿又桼日，瞿中溶藉觀于春風亭。

癸亥六月一日，輯《宋刻書目》，檢及此集，其去得書之歲月已足八年矣。昔余繪《續得書圖》，名是曰『蝸廬松竹』。蓋致道寓居吾郡之城北，葺屋曰『蝸廬』，而松柱竹椽，饒有古樸之意。今余自壬戌冬又遷于東城之縣橋，題藏書室曰『百宋一廛』，夫亦取其小焉耳。爰誌數語于冊尾。蕘翁記。

黄孝廉蕘圃買得宋槧本《北山小集》四十卷，皆用故紙印刷，驗其紙背，皆乾道六年官司簿帳。其印記文可辨者，曰『湖州司理院新朱記』，曰『湖州户部贍軍酒庫記』，曰『湖州監在城酒務朱記』，曰『湖州司獄朱記』，曰『烏程縣印』，曰『歸安縣印』，曰『監湖州都商税務朱記』。意此集板刻於吳興官廨也。古人公移案牘所用紙皆精好，事後尚可它用。蘇子美監進奏院，以鬻故紙公錢祀神宴客得罪，可見宋世故紙未嘗輕棄。今官文書紙率輭薄不耐久，數年之後黴爛蠹蝕，不復可用矣。北山詩文有風骨，在南宋可稱錚錚佼佼者。而此本紙墨古雅，的是淳熙以前物，讀之殊不忍釋手。嘉慶丁巳冬十一月廿日，竹汀居士錢大昕題，時年七十。

《北山小集》爲宋人集中罕有之本，且其中多與吾郡典實有涉，故錢潛研老人取其集中文字入《養新錄》中，謂他日修志可資考證。噫！潛研往矣，而是集余不能守，早歸藝芸書舍。當日家藏時無暇傳錄副本，此又余生平缺憾事也。歲辛巳，郡中有修志之舉，始憶及此，遂向主人借歸，分手傳錄，錄畢細校，即以原本歸趙。而余亦作一小跋記其原委，是又爲此書添一公案矣。海虞月霄張君愛素好古，收弆秘冊甚多，著有《愛日精廬讀書志》，於一書之源流，纖悉畢具。余所歸之書，亦得附名簡末，此真讀書者之藏書也。聞余有此，欲傳其副，遂復從余分寫本仍分寫予之，并讐校之。古云：『書經三寫，魯魚亥豕。』自謂此寫本出余士禮居，雖未經老人過眼，然兒孫輩頗習聞校書緒端，一一手校，當不致爲鈔胥所誤。回憶初得時及復寫此，已歷三朝，世有三本，可爲此書幸，即可爲余補過幸。安得世有好事者盡如月霄其人，悉舉世間未見之書傳録其副，是真大樂事，想藝芸當亦不吝余之屢假也。書此以俟月霄聞之，不識以余言爲何如。道光二年歲在壬午秋七月，蕘夫識。

道光五年春三月，仿士禮居黄氏影宋本鈔録，藏於五硯樓，貞節堂袁識。

八千卷樓書目卷十五　集部　丁　仁

《北山小集》四十卷，宋程俱撰，抄有附録本。

天一閣藏書經見録　周子美

《北山小集》，宋程俱撰，明抄藍格本。前有葉夢得序，每卷各備一類而不稱明卷第幾，其中一五律，二七律，三賦，此卷末有『晚學潛山施介夫編輯』一行。四表、五記、六序、七論辨題傳、八書祭文贊、九行狀附，後題『紹興十四年九月日龍圖閣學士左中奉大夫提舉江州太平觀鄱陽縣開國子食邑五佰户賜紫金魚袋程瑀狀』，此卷亦有施介夫題名。

《北山小集》四十卷。至制誥諸作，尤所擅場，史稱其典雅閎奥，殆無愧色。詩則取逕韋柳以上闚陶謝，蕭散古澹，亦頗有自得之趣。其《九日》一首，毛奇齡選唐人七律，至誤以爲高適之作，足知其音情之近古矣。其集傳世頗稀，此本乃石門吴之振得於泰興季振宜家，蓋猶從宋槧鈔存，故鮮所闕佚。

吴氏《繡谷亭薰習錄》云：『集手自編次，屬其友石林葉夢得爲序，門人中吴鄭作肅後序，末附程瑀行狀。俱爲文本乎經史，不甚多作，故集中表制居多。古詩堅潔，猶有宋初風味。然頗負著述，當時人亦尊之，鄒浩稱其「北斗以南一人而已」，則其人可想見也。』玉縉案：陸氏《藏書志》有影寫宋刊本，并載葉序及鄭序。

北京圖書館古籍善本目錄

《北山小集》四十卷，宋程俱撰。清抄本，清吴之振跋。十五冊，十行二十字，白口四周單邊。

《北山小集》四十卷，宋程俱撰。清道光五年袁氏貞節堂抄本。十六冊，十行二十字，黑口四周雙邊。

《北山小集》四十卷，宋程俱撰。清道光七年張蓉鏡家抄本，清張金吾、邵淵耀、方若蘅、柳瀛選跋。十二册，十行二十字，黑格上黑口四周雙邊。

《北山小集》四十卷，宋程俱撰。清抄本，八册，十行二十字，無格。

《北山小集》八卷，宋程俱撰，明施介夫輯。附録一卷。明抄本。一册，十二行二十四字，藍格白口四周單邊。

《北山小集》八卷，宋程俱撰，明施介夫輯。附録一卷。清抄本。一册，十二行二十四字，無格。

《北山小集》二卷，宋程俱撰。

《北山小集》四十卷，程俱撰，清鈔本。程俱（一〇七八—一一四四）字致道，號北山，衢州開化（今屬浙江）人。哲宗紹聖四年，以蔭入仕，歷知泗州臨淮，通判鎮江。宣和間遷著作佐郎，賜上舍出身，除禮部員外郎。紹興初爲秘書少監，上《麟臺故事》五卷，除中書舍人兼侍講，以棄秀州事論罷奉禮祠，十四年卒。程俱志趣高遠，爲人剛介不阿。著有《北山小集》、《默説》等。事蹟見程瑀《程公行狀》（《北山小集》附）、《宋史》卷四百四十五本傳。

《北山小集》四十卷，爲程俱手自編定，葉夢得《北山小集序》稱『嘗裒次平生所爲文，欲屬餘爲序，會兵興不果。後遇火，焚棄殆盡。稍復訪集，尚得十四五，而益以近所著，爲四十卷』，則亦兵火之幸存者。《直齋書録解題》卷十八著録四十卷本，而《宋史・藝文志》所録爲三十四卷本，傳於後世者亦皆作四十卷。宋刻本在清代尚存世，爲黄丕烈購得，其紙背尚有乾道六年官司簿帳，其集蓋刻於吴興官廨（錢大昕《北山小集跋》）。宋本後歸汪氏藝芸書舍，黄丕烈傳鈔一部，張金吾再影寫一部。張蓉鏡又據張金吾本傳録一部，邵淵耀跋所謂『雖經一再傳抄，而典型尚在』，其後張元濟據此本影印入《四部叢刊續編》，成爲通行之善本。《四庫全書》所録《北山小集》四十卷，爲浙江鮑士恭家藏鈔本，『乃石門吴之振得於泰興季振宜家，蓋猶從宋槧鈔存，故鮮所闕佚』。此本爲道光五年袁廷檮貞節堂據黄氏士禮居傳録本仿鈔，目録首頁缺其半，附行狀一卷，卷四十後附行狀，卷末鈔存黄丕烈、錢大昕等題識，鈔工頗細。取校《四庫》本，文字偶有小異，當由傳録所致。

《北山小集》八卷，附録一卷，程俱撰，明施介夫編選，明寫本。

程俱生平事蹟及文集版刻情況，參見前書提要。

是書爲程氏文集選本，乃明『晚學潛山施介夫編輯』，後附行狀一卷。傅增湘《藏園群書經眼録》卷十四著録此明寫本八卷，謂其『詩文皆不全』，『蓋施氏就所見選輯之，非完本也』。今取此本校庫本《北山集》，如卷一『五言律詩』下所選諸詩，分别見於庫本《北山集》卷九、卷十，而前後次第與庫本相同，可見施介夫當據《北山小集》原書節編爲此本。文中遇『陛下』、『上』、『聖』、『皇帝』、『御』、『祖宗』、『太宗』、『徽宗』等，均提行另起，可見其所據底本當爲宋刻。是本文字，與庫本多有異處，如卷一《和虞長洲遊虎丘》『菱花多背日』，庫本作『藤花』；《和友人陳傳道師仲司録遺興之作》『宦遊心易闌』，庫本作『官遊』；《高郵夜泊書懷寄淮東提舉蔡成甫觀兼呈鄭使君弇三首》，庫本作『旅泊』；《觀王君玉侍郎集有酒胡詩次韻》，庫本無『有』字。可見，雖同出宋本，而因鈔手之故，文字異同時見筆端，各有優劣。雖爲選本，以其古舊，收入本書，或可補庫本及諸清鈔本之不足。